DELICIOUS

JULIETTE BRUNEL

DELICIOUS

Luv

« Quand une femme cuisine, ce n'est pas pour se nourrir,
c'est pour créer un scénario d'amour.
Quand un homme cuisine, c'est pour jouer,
pour tenter une acrobatie culinaire
qui provoquera des rires ou des exclamations. »

Boris Cyrulnik, *Les Nourritures affectives*

PROLOGUE

Je fais défiler ma playlist de musique classique, coiffe mes écouteurs et plonge dans la magie. La pâtisserie avant tout, c'est un peu mon credo. Et cela ne date pas d'hier. Je n'y peux rien, c'est ma passion.

Quand j'étais petite, mon entourage parlait de moi comme d'une fillette fantasque et créative. J'aimais la poésie, les coccinelles, et inventer des histoires de princesses et de licornes pour mes poupées. Mais surtout, j'étais la reine du goûter. Mes petites camarades d'école s'émerveillaient de *tea time* imaginaires servis dans de la vaisselle en plastique « Charlotte aux Fraises ». Alors que, moi, j'avais déjà ma petite idée quant à l'élaboration d'un goûter parfaitement réussi. Je baignais dedans depuis ma plus tendre enfance. Je me souviens avec bonheur des étés passés avec mon père dans sa cuisine, à imaginer des recettes magiques et savoureuses pour la carte de son restaurant.

À l'âge de 8 ans, j'ai réalisé mon premier gâteau au chocolat entièrement seule et mes parents ont dû se rendre à l'évidence : ma destinée était toute tracée. Tout naturellement, je me suis tournée vers la pâtisserie et ai accueilli cette vocation comme une bénédiction.

Quelques années plus tard, à ma sortie de l'Institut Paul Bocuse[1], mon diplôme en poche, j'étais impatiente d'en découdre avec le milieu. Après avoir fait mes preuves dans quelques grandes

1. L'Institut Paul Bocuse, situé à côté de Lyon, est une école de formation aux métiers de l'hôtellerie, de la restauration et des arts culinaires.

« maisons » de la région en tant qu'apprentie, j'ai été chaleureusement accueillie au sein de la brigade de l'Alessandro. Un prestigieux restaurant de Lyon, où j'ai trouvé ma seconde famille.

Tandis que les premières mesures des *Préludes* de Debussy résonnent à mes oreilles, je me laisse porter par le calme et la sérénité qui règnent dans la cuisine à cet instant.

Partager les citrons dans la longueur, les évider délicatement, disposer les écorces dans une assiette et mettre à refroidir au congélateur...

J'ai toujours apprécié ces moments, seule, derrière mon plan de travail. Cet endroit qui, il y a quelques heures, était le théâtre d'une mécanique bien huilée, quasi militaire. J'entends encore la résonance des casseroles et des ustensiles qui s'entrechoquent, des annonces portées à haute voix, esquissant la bataille livrée chaque jour pour produire le meilleur de nous-mêmes. L'intense satisfaction du travail accompli. La passion.

Prélever les zestes du citron vert, travailler dans un bol les jaunes d'œufs, le sirop, le zeste et le jus de citron...

Je ne trouve rien de plus relaxant que ça. C'est le moyen parfait pour faire retomber la pression après une journée de travail intense. Alors que la musique vibre à fond dans mes oreilles, la virtuosité et la volupté des notes guident mes gestes mesurés, calculés, mais devenus tellement instinctifs. Le temps s'arrête et ma créativité en constante ébullition se révèle peu à peu.

Faire blanchir le mélange, fouetter la crème en chantilly, incorporer au mélange en soulevant le fouet...

Les notes s'envolent. C'est mon moment préféré du *Prélude à l'après-midi d'un faune*. J'imagine la scène : une étendue d'eau immense, le crépuscule qui s'annonce, une envolée d'oiseaux à travers les cimes des arbres chatouillées par les derniers rayons du soleil. Puis le calme de nouveau. Le doute, à l'écoute des sons de la forêt.

Incorporer délicatement les blancs fouettés en neige à la crème de citron…

C'est à ce moment-là que je sens une main se poser sur mon épaule. Dans un sursaut, je me tourne et vois Raphaëlle qui se tient devant moi. Elle me toise de ses iris noisette. Les spots de la cuisine font scintiller les reflets dorés de sa chevelure, déposant un halo céleste autour de son visage de poupée. Je l'ai toujours trouvée très jolie, parfois intimidante malgré sa petite taille. La chef de l'Alessandro est aujourd'hui une amie et je ressens beaucoup de fierté à travailler sous ses ordres. Son talent a permis au restaurant d'obtenir sa première étoile au Michelin l'année dernière.

Je pose ma spatule, avec laquelle je m'apprêtais à garnir les écorces de citron, et baisse mon casque sans couper la musique. Raphaëlle semble songeuse, voire inquiète.

– Tu m'as fait peur…

– Pardon, Drea, me répond-elle, soudain hésitante.

Je l'interroge du regard.

– Drea… je suis désolée, mais il est là. Il attend en salle. Je sais que tu ne souhaites plus lui parler et je m'en veux de te déranger avec ça, mais il n'a pas l'air de vouloir partir.

À cette annonce, mon sang se fige dans mes veines. Jusqu'à présent, j'avais réussi à l'éviter. Cela fait deux mois et demi que je l'ai quitté, et il s'est présenté partout où j'étais susceptible de me trouver : chez mon amie Stéphanie, où je vivais momentanément ; à l'Alessandro ; il est même allé importuner mes parents dans leur trattoria. Effectivement, je ne veux plus le voir et je n'ai aucune envie de vivre une nouvelle prise de tête comme ces dernières semaines.

Je pars demain. Demain, une nouvelle vie commence. Je dois en finir une bonne fois pour toutes.

– Merci, Raphaëlle, ne t'inquiète pas, je vais m'en charger.

Elle arbore une moue désapprobatrice et vient se poster dos au plan de travail, face à moi.

– OK, Drea… écoute… je suis là. Je ne bouge pas, si tu as besoin de moi. N'hésite pas, d'accord ?

Je lui souris. Raphaëlle est vraiment un ange et très protectrice avec moi. Quand notre patron, Luca Di Fusco, m'a donné ma chance dans son restaurant, elle m'a tout de suite prise sous son aile. J'ai du mal à accepter que tout s'arrête demain, au terme de six belles années de collaboration.

Je m'essuie les mains et retire mon tablier, peu rassurée, mais décidée à mettre un terme définitif à cette relation toxique qui me ronge depuis si longtemps.

Prenant mon courage à deux mains, je pénètre dans la salle de restaurant. Il est assis là, les mains posées à plat sur la table, le regard impassible. Sa carrure sportive façonnée par des années de rugby en impose dans la salle déserte. Cette silhouette athlétique, ces boucles brunes tombant autour de son visage durci par le questionnement… je le trouvais beau à une époque.

Je l'aimais.

Je l'ai tellement aimé.

Aujourd'hui, je ne peux plus le regarder sans occulter l'enfer qu'il m'a fait traverser. Benjamin a une personnalité complexe. C'est un manipulateur, qui a pratiqué sur moi un harcèlement moral intense. Il m'a usée, diminuée, laissant derrière lui une coquille vide.

Bref, un super connard.

Avec le recul, aujourd'hui, je me mets mentalement des baffes d'avoir été aussi aveugle et idiote au point de ne pas concevoir qu'un tel comportement n'était pas normal. Je suis immédiatement tombée sous son charme quand il a poussé la porte de l'Alessandro, où je travaillais depuis peu.

Et charmant, il l'était.

C'est d'ailleurs comme cela que le piège s'est refermé sur moi. Car je n'ai rien vu venir les premiers temps. Benjamin est photographe pour une agence de pub et gagne plutôt bien sa vie. Il est beaucoup plus âgé que moi et m'a, dès le début de notre idylle, couverte de cadeaux, conduite dans les plus beaux endroits. Très vite, notre relation est devenue plutôt fusionnelle. Il n'y a pas eu de signes annonciateurs du calvaire que je m'apprêtais à vivre avec lui, ni d'événement particulier qui aurait pu marquer un avant et un après. J'ai mis du temps à comprendre que son comportement attaquait de plus en plus mon intégrité physique et morale.

En société, j'étais sa fabuleuse petite amie très douée et destinée à un avenir prometteur. Il se gargarisait devant tous ses amis, sa famille et ses collègues d'avoir rencontré une jeune femme aussi talentueuse. Pourtant, dès que nous nous retrouvions seuls, une pluie de reproches et d'intimidations faisaient voler en éclats cette apparente sérénité.

Plus il avait été charmant et révérencieux en public, plus la sentence était lourde dans l'intimité. Ajoutez à cela les effets de l'alcool, qu'il consommait avec de plus en plus de régularité, et nos disputes me plongeaient dans l'incompréhension la plus totale.

Il me critiquait sur tout et tout le temps. Mon apparence physique n'échappait pas à son jugement sans pitié.

Dieu merci, je suis loin d'être repoussante, mais j'allais devoir, petit à petit, reprendre confiance en moi de ce côté-là.

Je ne suis ni trop mince, ni trop grosse. Je suis moyenne, quoique assez petite. Je sais que mes principaux atouts sont, sans conteste, mes yeux gris nuancés de touches bleues et mon épaisse chevelure brune qui tombe en cascade sur mes épaules. Mais, apparemment, mon ex me trouvait tout un tas de défauts.

J'en étais même réduite à douter de ma légitimité dans ma profession, tant il avait réussi à me diminuer psychologiquement. Mais il était rusé et trouvait toujours le moyen de revenir dans ma vie. Et comme il était plus âgé, il utilisait cet argument à son avantage. Prétextant que, n'étant qu'une gamine, je ne connaissais rien des relations adultes et que tous nos désaccords étaient la conséquence de mon manque de maturité. D'ailleurs, il se targuait de vouloir parfaire mon éducation sentimentale. Et, paradoxalement, il savait se montrer très protecteur. Créant chez moi un besoin et un manque d'assurance et de confiance qui se manifestaient partout où il n'était pas à mes côtés. Partout, sauf dans ma cuisine.

Pourtant, je lui pardonnais. À chaque fois.

Et lui me persuadait qu'il me faisait l'aumône de me reprendre.

Il était fort, ce con.

J'ai mis du temps à admettre que j'étais malheureuse. Mais j'étais convaincue d'être dans une relation exclusive avec un homme très sage et expérimenté. Je croyais que je devais prendre sur moi parce que les relations amoureuses sont ainsi faites. Non ?

J'avais peu d'expérience. À part quelques amourettes au lycée, l'école de cuisine avait pris tout mon temps. Et soudain, je me suis retrouvée dans ma première vraie relation sérieuse avec un homme. Une relation destructrice, corrosive, dans laquelle j'ai perdu de vue ces sentiments essentiels. Le respect, la confiance, l'amour.

Ben me voit et me sourit. Son regard est chargé d'une chaleur qui m'est étrangère. Je ne veux pas m'asseoir à sa table. Le restaurant est vide ; seule Mia, notre barmaid, se tient à distance derrière le comptoir. Elle essuie tranquillement les verres, inconsciente de la scène qui va se jouer.

Je le fixe, droite comme un piquet, les poings serrés, affichant un aplomb et une détermination inébranlables. Cette fois, je ne céderai pas.

– Qu'est-ce que tu veux, Benjamin ? Pourquoi es-tu là ?

– Aïe ! Tu me donnes du Benjamin, ce n'est pas bon signe. J'espérais qu'on pourrait discuter, toi et moi ?

Cela ne fait pas deux minutes que je me trouve en face de lui et déjà je perds patience.

– De quoi veux-tu discuter ? On s'est tout dit il y a des semaines. C'est fini. Il n'y a rien à ajouter.

– Drea, ma chérie…

Il attrape doucement mon poignet, que je retire aussitôt de son emprise d'un coup sec. Il me dévisage, surpris. Il me connaissait soumise et effacée. C'est terminé.

– Drea, mon ange… S'il te plaît… Je sais que tu m'en veux et que tu es en colère. J'essaie de comprendre ce qui s'est passé. J'ai conscience d'être allé trop loin. Mais je t'aime, je ne veux pas qu'on se sépare, ça ne peut pas se terminer comme ça entre nous ?

– Je rêve ? Tu crois vraiment à ce que tu es en train de raconter ? Remarque, cela ne me surprend même pas !

Je fulmine de rage et je vois Mia relever la tête derrière le bar. Sans doute est-elle surprise d'entendre le ton monter. Je lui fais un signe rassurant de la tête, l'encourageant à continuer son travail et finis par m'asseoir en face de Ben pour apaiser les tensions. Il se détend, ses épaules se décontractent. Il doit s'imaginer qu'il va encore gagner la partie.

Que nenni ! Il y aura peut-être du sang et des larmes, mais cette rupture va être consommée, ici même et dès maintenant.

– Ben… On ne va pas épiloguer des heures sur le sujet. Toi et moi, c'est fini. Il n'y a plus de retour en arrière possible. Tu m'as fait trop de mal. La dernière fois, c'était la fois de trop. Mais nos problèmes ne datent pas d'hier. J'aurais dû partir bien plus tôt.

Il ratatine son dos au fond de sa chaise, comme abasourdi.

– Tu ne peux pas être sérieuse, là, Drea ? Je t'aime. Et je sais que tu m'aimes aussi. On ne tire pas un trait comme ça sur cinq ans d'une relation comme la nôtre. Je ne pense pas mériter ça. Tu as conscience que tu fais une grosse erreur ? Qui t'a soutenue toutes ces années ? Qui a supporté tes humeurs et tes gamineries ? Je ne peux pas croire que tu te comportes de façon aussi puérile. Je pensais que tu avais besoin de temps pour grandir un peu. Visiblement, ce temps ne t'a pas été bénéfique.

– Tu vois ? Tu recommences, m'exaspéré-je, tentant de rassembler le peu de calme qu'il me reste. Tu m'aimes, dis-tu ? Je crois qu'en fait, tu ne sais pas ce que cela veut dire. On ne fait pas souffrir les gens qu'on aime en les cassant comme tu l'as fait avec moi. J'étais ton souffre-douleur, Benjamin. Au sens propre comme au figuré. Tu ne supportais pas que je réussisse et que je m'épanouisse. Tu me rongeais, détruisais ma confiance en moi ! Tu n'aimes que toi, Benjamin. C'est ça, la vérité ! Seulement toi, et personne d'autre ! Tu as besoin de moi à ton bras en tant que faire-valoir, mais tu te moques pas mal de savoir qui je suis et ce que je ressens. Ça n'est pas ce que j'appelle *aimer*. Je ne vois pas du tout à quoi cela sert de ressasser tout ça. Ma décision est prise depuis longtemps.

Il secoue la tête, arborant une moue méprisante.

– Eh bien, on peut dire que tu m'auras bien baladé toutes ces années. Je comprends enfin quelle personne tu es réellement ! Quel gâchis ! Tout ce temps investi pour toi et tes projets futiles. Je ne peux pas croire que tu me remercies comme ça !

Je le sens soudain lâcher prise. Les battements de mon cœur s'accélèrent. La donne serait-elle en train de changer ? Chaque dispute avec lui se termine toujours de la même façon. Il se confond en excuses, jure ses grands dieux qu'il m'aime passionnément, qu'il veut mon bonheur et, sentant que je lui reviens, à ce moment-là seulement, il retourne la situation à son avantage, me faisant porter la culpabilité de nos désaccords. Mais pas cette fois. Il est en colère, il va certainement se montrer encore plus blessant si je ne mets pas fin immédiatement à cet échange stérile.

Je me lève subitement, comme pour marquer la fin de notre entretien et croise les bras sur ma poitrine, signifiant clairement que j'en ai terminé.

– C'est lui, n'est-ce pas ?

Je ne réponds pas, refusant d'encourager sa paranoïa.

– C'est encore et toujours lui. Tu ne pourras pas m'éviter. Tu le sais ? Si j'apprends que tu m'as quitté pour lui, Drea, je te jure que…

– Ça suffit ! m'écrié-je, en enfonçant mes talons dans le sol, raffermissant ma posture par la même occasion. Je ne veux plus avoir peur. Je ne *peux* plus avoir peur.

Benjamin se lève brusquement, repoussant sa chaise avec fracas. Il me toise longuement puis jette un coup d'œil circulaire, comme pour rassembler ses pensées. Mais il ne parle plus, sans doute déstabilisé par mon assurance inhabituelle. Enfin, il tourne les talons sans un regard en arrière, refermant la porte derrière lui.

Je soupire de soulagement.

Cette fois-ci, c'est réellement terminé.

1

Depuis deux mois, j'ai l'impression d'avoir appuyé sur la touche avance rapide du film de ma vie. Toutes les certitudes et les convictions que je cultivais depuis cinq ans venaient de s'effondrer, m'obligeant à me réveiller et à décider ce que je voulais, ou plutôt ce que je ne voulais plus subir avec résignation.

Cette prise de conscience a eu pour conséquence directe de me faire passer par quatre phases « post-rupture » importantes et bien distinctes.

La dépression, la colère ; mes parents furent d'ailleurs les premiers à en faire les frais. On ne peut pas dire qu'ils se sont montrés très compréhensifs après ma rupture. Et pour cause, Ben avait tout du gendre idéal et je les privais d'un mariage en grande pompe. Sans parler de l'image subliminale des précieux petits-enfants que mon cher ex avait fait germer dans leurs subconscients. Sa manipulation n'avait pas de limites.

Phase trois : l'autoflagellation. Comment expliquer que j'aie pu être aussi soumise dans mon couple quand j'étais si sûre de moi dans mon boulot ? Avais-je une part de responsabilité dans ce cataclysme amoureux ?

Puis est arrivée la phase quatre. L'acceptation. Suivie d'une volonté viscérale de m'en sortir.

– Tu as fait le plus dur, m'a dit Paul, mon ami depuis l'enfance, à l'annonce de ma rupture. Maintenant, tu dois vivre pour toi et, rassure-toi, tu n'es pas seule. Tu ne l'as jamais été.

Et il a raison. Paul vit à Chicago depuis quelques années et m'a parlé d'une de ses connaissances, propriétaire d'un restaurant très prometteur là-bas. Il dirige son affaire avec son jeune frère, un chef aussi caractériel que pétri de talent, qui court depuis des années après sa première étoile et vit mal le fait de ne pas trouver la perle rare pour compléter sa brigade au rang de chef pâtissier. Paul lui a donc parlé de moi, vantant mes compétences et ma créativité. Ce restaurateur a eu l'occasion de lire quelques articles sur l'Alessandro et, la réputation de l'Institut Paul Bocuse étant de renommée mondiale, il a été désireux de me rencontrer. Nous avons conversé brièvement par mail, puis avons eu l'occasion de faire plus ample connaissance lors d'un séminaire à Milan. Nos échanges ayant été concluants, Ian Hatwood, le propriétaire du Bower, m'a donc répondu que le poste était à moi si je souhaitais intégrer la brigade. À l'époque, l'idée de rejoindre Paul m'a autant séduite qu'elle m'a effrayée. Mais, par manque de confiance en moi, attisée par le harcèlement constant de Ben et la peur de sortir de ma zone de confort que représentait l'Alessandro, j'étais dévorée par le doute.

Et puis je l'ai quitté. Enfin.

Complètement désorientée, j'ai eu comme premier réflexe de me tourner vers mon formateur à l'école, qui a toujours vu en moi une pâtissière hors pair. Nous avons gardé le contact au fil du temps.

Il a tout de suite perçu que j'étais dans une relation abusive avec Benjamin quand j'ai refusé de participer à une émission de télé où on lui avait proposé d'être juré. Il me l'avait apportée sur un plateau. Il me voyait, moi, concurrente et gagnante de ce programme télévisuel, et j'ai dû refuser sa proposition. Ben m'avait tellement persuadée que je me ridiculiserais que je n'ai pas eu le cran d'accepter. Bertrand, mon professeur, Meilleur Ouvrier de France de surcroît, a alors compris que tant que je resterai sous l'emprise de cet homme, je ne laisserai pas ce genre de proposition venir à moi.

Et il a su trouver les mots pour me convaincre.

J'ai donc appelé Paul pour lui annoncer que j'acceptais l'offre du Bower. Il était fou de joie et m'attendait de pied ferme à Chicago.

Stéphanie me tend une tasse de café ; je m'empresse d'avaler la première gorgée. Le liquide chaud se répand lentement dans mon œsophage et dans tout mon corps, me procurant un intense réconfort. Ma meilleure amie, dans sa grande bonté, a accepté de m'accueillir dans son deux-pièces, ou du moins sur son très inconfortable canapé trois places. Juste le temps que je puisse prendre mes dispositions pour ma nouvelle vie. Et je dois avouer que je ne sais pas comment j'aurais fait sans elle. Vivre chez mes parents était devenu insupportable.

– Besoin d'un coup de main ? demande-t-elle sur un ton hasardeux.

Je dois avoir bien piètre allure avec mes cheveux en bataille, assise à califourchon sur ma valise.

Elle n'attend pas ma réponse, et se laisse tomber à côté de moi pour venir à bout du bagage récalcitrant. Nous luttons encore quelques secondes, et un soupir de soulagement m'échappe lorsque le clic de la fermeture retentit.

Nous nous écroulons au sol, essoufflées, et mon amie prend son air conspirateur.

– J'ai une bonne et une mauvaise nouvelle. On commence par laquelle ?

– Oh, Steph… soupiré-je dépitée, vas-y, balance la mauvaise nouvelle.

– Il va falloir la rouvrir !

– Mais non ?

Elle hoche la tête et me sourit avec malice.

– Mais la bonne nouvelle, c'est que tu vas pouvoir y ranger mon fabuleux cadeau !

J'étais tellement affairée à boucler cette foutue valise que je n'ai même pas remarqué la boîte que Stéphanie me tendait.

– Qu'est-ce que c'est ? demandé-je, intriguée.

– Ouvre, tu verras bien.

Je ne me fais pas prier deux fois et me jette sur l'emballage avec hâte. Je suis une incorrigible curieuse et la vue de ce gros paquet m'excite comme une gosse. Une fois le dernier lambeau de papier arraché, je retourne la boîte dans tous les sens et lance un regard stupéfait à ma colocataire.

– Tadaaaaa !

– Mais… c'est…

– Tu peux dire le mot, tu sais ? se moque-t-elle. Ce n'est pas sale. Même dans ta bouche.

– Steph, c'est un vibro.

– Bravo ! On progresse !

– Mais pourquoi ? Pourquoi… balbutié-je.

– Il s'appelle Hugh, comme Hugh Jackman, ajoute-t-elle avec un clin d'œil. Cinq heures d'autonomie, rechargeable sur secteur, et prévois un paquet de Duracell pour quand tu pars camper !

Je pouffe. Ma blonde délurée aura toujours le don de me surprendre. Son caractère exubérant va cruellement me manquer. Oui, Stéphanie est cash et se moque pas mal de choquer son auditoire. Et c'est parfois un peu déroutant.

Sans compter que c'est une vraie bombe avec ses lèvres ourlées rose framboise, des iris d'un bleu profond et de magnifiques boucles blondes qui auréolent son beau visage d'ange. Son corps, quant à lui, pourvu entre autres d'une paire de jambes interminables, pourrait faire pâlir de jalousie les tops models de Victoria's Secret. C'est le genre de fille sur lequel on se retourne dans la rue, que l'on soit un homme ou une femme. Elle dégage une sorte d'aura, la féminité incarnée. Enviée et jalousée au lycée, Stéphanie avait trouvé en moi une solide alliée. Nous sommes très vite devenues inséparables et avons traversé l'adolescence, son lot de fêtes et de chagrins d'amour, main dans la main.

Depuis que je la connais, elle multiplie les conquêtes et les expériences. Elle ne s'encombre pas de sentiments comme je peux le faire. Ça colle, tant mieux ! C'est trop compliqué ? Elle évacue le malheureux, séance tenante. Au cours de nos douze ans d'amitié, j'ai consolé un nombre infini de cœurs brisés, de petits amis éconduits, de Don Juan blessés dans leurs ego. Stéphanie est pourtant un cœur tendre, une amie fidèle et loyale. Mais elle a assisté, impuissante, à la trahison de son père infligée à sa mère. Son père est un chirurgien de renom et travaille comme un acharné. Mais la somme de ses heures supplémentaires ne se déroule pas qu'au bloc opératoire, visiblement. Voyant sa mère plongée dans un profond désarroi, elle s'est juré de ne jamais se laisser couillonner de la sorte. « Pff, l'amour ? Non, mais quelle connerie ! a-t-elle coutume de dire. On n'a pas besoin des mecs, j'ai à ma disposition tout un arsenal électronique qui fait beaucoup mieux le boulot et sans attendre que je le complimente une fois que j'ai pris mon pied, en plus ! »

Il est certain que la vie à Chicago a des chances d'être bien plus tranquille, voire reposante.

Paul est tout le contraire de Steph, et vit selon des préceptes quasi monacaux. Il était rare de trouver des brebis égarées au détour des couloirs de son appartement quand il habitait encore en France. Pourtant, Paul est plutôt bel homme et plaît beaucoup à la gent féminine. Mais il a toujours fait passer sa carrière en premier et n'est pas franchement adepte des coups d'un soir. Mon ami a eu deux grandes histoires d'amour à ma connaissance et s'applique à construire ses relations sur des bases solides.

Je profite de mes dernières heures en France à me prélasser avec Stéphanie dans le canapé, en savourant un cappuccino. Nous passons en revue les derniers détails à ne pas oublier avant de quitter le pays. Mes amis et collègues se sont cotisés pour m'offrir une tenue complète flambant neuve de professionnelle et un livre de pâtisserie dédicacé par quelques-uns des MOF[2] de l'école Lenôtre[3] qui m'ont aidée à parfaire ma formation. Je suis prête. Les valises sont bouclées.

– Passeport ?

– Check !

– Billet d'avion ?

– Check !

– Trousse à maquillage ?

– C'est bon, et trousse de toilette aussi.

– Il te faut des capotes.

– Tu es sérieuse là, Steph ?

– Quoi ? Toi, tu es sérieuse ? Tu ne pars pas en Iran que je sache ! Alors c'est soit Hugh, soit capotes. Mais qu'est-ce que je raconte ? C'est Hugh *et* capotes. Te connaissant, ça peut être long avant que la chair humaine ne remplace l'électronique.

Je lève les yeux au ciel.

– Je ne peux pas croire que tu viens de dire ça ! Et Hugh est, bien sûr, déjà soigneusement camouflé dans ma valise, comme tu dois t'en douter !

– Brave fille. Il n'est pas question de perdre la main, si je puis dire.

2. Acronyme pour Meilleur Ouvrier de France. Il s'agit d'une distinction annuelle, par catégorie de métier, décernée par un jury de professionnels. Dans le cas présent, le métier est la cuisine.

3. L'école Lenôtre a été fondée par le célèbre pâtissier Gaston Lenôtre.

– Ah ah ah, comme si tu te privais de dire ce que tu penses en temps normal.

– Pendant que tu seras là-bas, pense à montrer à Paul comment ça marche un zizi, parce que je le sens tout dépassé, le biquet, avec son petit outil.

– Arrête d'être méchante comme ça ! Et il n'est pas question que je parle de Hugh à Paul, ni de cul, ni de rien de tout ça, bref…

– Ce que tu peux être prude, ma biche, ce n'est quand même pas normal avec un cul pareil.

– Steph…

– Drea… sérieusement, fais-moi plaisir, ne sois pas fermée. On ne sait jamais, tu pourrais trouver l'amouuuur là-bas, s'exclame-t-elle, la main sur le cœur.

– J'en doute.

Steph m'imite avec une voix niaise et un air abruti.

– J'en doute, gna gna gna. Mais qu'est-ce que je vais faire de toi ? Tu saccages, en à peine une heure, plus de trois semaines de formation intensive.

Formation intensive, comprendre, trois semaines à expérimenter la finesse de la cloison qui sépare le mur de sa chambre du salon, laissant filtrer des grognements et autres manifestations bestiales à la limite de l'indécence.

– Tu vas me manquer, mon chat ! conclut Steph avec mélancolie.

– Tu viendras me voir ? Pas vrai ? Et je sais que Paul te manque aussi, on te préparera un programme d'enfer quand tu te décideras à nous rendre visite !

– Oh que oui ! Tu peux compter sur moi ! C'est un peu dingue à l'hôpital ces derniers temps, mais je suis déjà en train de négocier mes prochains congés. Dès que l'occasion se présente, je saute dans un avion pour Chicago. Tu es ma top priorité !

Je hoche la tête, sereine, mais je sens déjà les larmes perler au coin de mes yeux. Je me suis interdit de pleurer, mais Steph, tout comme Paul, est ma plus vieille amie et nous avons toujours pu compter l'une sur l'autre. Je me force à garder le sourire bien que je sache que la quitter sera plus difficile que prévu.

– Tout s'est enchaîné si vite ces dernières semaines, je le sais… et je n'ai pas vraiment trouvé le temps de te remercier pour tout ce que tu as fait pour moi, lui avoué-je, des trémolos dans la voix.

– Bah… répond-elle, balayant l'air d'un revers de la main, comme pour minimiser la portée dramatique de l'échange à venir. Toi et moi, on est comme des sœurs… et, entre sœurs, c'est tout à fait normal.

N'y tenant plus, je prends Stéphanie dans mes bras et la serre contre mon cœur. Et, bien qu'elle ne veuille rien laisser paraître, je la sens approfondir notre étreinte, elle-même sous le coup de l'émotion.

– C'est interdit, ça, tu le sais, hein ? chuchote-t-elle, la voix tremblotante, essayant vainement de se redonner une contenance.

– Hum, hum.

– J'ai dit qu'on était comme des sœurs, mais on n'est pas des pisseuses, pas vrai ?

Je pouffe. Je la reconnais bien, pressée d'éradiquer la moindre émotion de nos embrassades pour garder un peu de dignité.

Je resserre, à mon tour, notre étreinte.

– Tu es ma pisseuse préférée et tu vas me manquer aussi, Steph.

2

Ce qui devait être le commencement d'une aventure palpitante s'avère être en réalité, depuis quelques heures, un merdier incommensurable.

Le vol LH1077 pour Francfort, censé décoller à quatorze heures quarante-cinq, n'a finalement pris son envol qu'à quinze heures trente, me faisant rater ma correspondance de dix-sept heures quinze à destination de Chicago O'Hare, sans parler du dédale infernal et interminable des allées de l'aéroport de Francfort, qui a failli avoir raison de ma santé mentale.

Retenez-moi ou je vais frapper quelqu'un.

Une fois passés les douanes et le dernier contrôle de sécurité pour le vol sur lequel j'ai finalement pu être replacée, c'est dans une course effrénée que je parviens à atteindre la porte d'embarquement, dans un état proche de l'apoplexie. Je n'ose même pas penser à la tête que je dois avoir en montant dans l'avion, mes joues me brûlent, j'arrive à peine à reprendre mon souffle et je sue à des endroits où je ne pensais même pas qu'il était possible de transpirer.

Pour couronner le tout, les hurlements stridents d'un bébé à quelques sièges du mien accompagnent tout le cérémonial d'avant décollage, consignes de sécurité incluses.

Je m'installe le plus confortablement possible, coupe mon

téléphone après avoir envoyé un dernier texto à mes parents et à Paul. Puis, je visse mon casque sur mes oreilles, agacée de m'être vu attribuer un siège dans l'allée. J'essaie tant bien que mal de maîtriser mon stress grandissant de me retrouver coincée dans cet avion pour les neuf heures à venir. Je parviens tout juste à me détendre quand un sac, renfermant probablement une enclume ou un instrument de torture du même acabit, me dégringole lourdement sur l'épaule.

Ne pas m'énerver, ne pas m'én…

Soudain, le choc. Un choc visuel de ceux qui vous donnent des palpitations et des tremblements dans tout le corps. Une chose est sûre, Dieu existe.

Le fautif : un homme probablement âgé de la trentaine. Il se tient devant moi, sublime, un adonis au teint hâlé avec une mâchoire carrée et parfaitement ciselée, des épaules larges, une chevelure de boucles caramel aux reflets dorés n'attendant que ma main experte pour les remettre en place, et un regard… d'un vert lagon dans lequel je rêve de plonger. Cet homme arbore une mine déconfite, comme un chat qui vient d'avaler un canari et a été pris sur le fait.

Le casque encore sur les oreilles, je ne prends conscience que tardivement que ce charmant inconnu est en train de se confondre en excuses, en désignant du regard le siège côté hublot juste à côté du mien. Je retire mes écouteurs, puis me lève pour laisser passer mon appétissant nouveau voisin. Il range correctement son bagage dans le coffre réservé à cet effet et vient s'installer sur le siège collé au mien.

Beaucoup trop collé, si vous voulez mon avis.

J'ai soudain honte. Honte de l'allure que je dois sûrement avoir avec mon look débraillé, mes joues rouges, mes cheveux effet coiffé slash décoiffé et mon besoin flagrant de déodorant.

Le mystérieux homme se met à l'aise en retirant son sweat à capuche, qu'il roule en boule sur ses genoux, et je peux alors constater à quel point il est bien bâti. De solides avant-bras, qui en disent long sur la forme physique de ce magnifique spécimen, et un t-shirt de la couleur de ses yeux, moulant ses pectoraux saillants et laissant présager des abdominaux parfaitement dessinés.

Ne pas baver, ne pas baver.

Aucun doute possible : monsieur s'entraîne. J'ai immédiatement une image subliminale de cet éphèbe poussant de la fonte, la sueur perlant entre ses omoplates, et les muscles de son corps sculptural tendus par l'effort.

Il tourne soudain son visage vers moi ; je rougis de honte. Inconsciemment, je le détaille sans la moindre gêne depuis quelques minutes. Il me sourit.

– J'espère que je ne vous ai pas fait mal ?

Un Américain. Bien sûr. Le stéréotype même du beau gosse américain.

– Pas de souci…

– Je m'appelle Colin, se présente-t-il en me tendant une poignée de main franche, que j'accepte.

– Et moi, Drea, enchantée.

– Tu n'es pas américaine, n'est-ce pas ?

Je secoue la tête négativement, encore troublée devant ce mâle chargé de testostérone.

Mon organisme est saturé d'hormones en folie. Et cela fait très longtemps que je n'ai pas ressenti cela. Que je le veuille ou non, ce beau gosse m'a maraboutée contre mon gré.

– Allemande, alors ?

Ma foi, ce jeune homme me semble bien curieux. Je ne suis, d'ordinaire, pas très à l'aise avec les interrogatoires, cela a le don de très vite me gonfler. Je suis d'un naturel méfiant, mais je ne veux pas me montrer désagréable avec Colin, que j'ai déjà imaginé dans dix positions du Kama-sutra en l'espace de cinq minutes. De plus, celui-ci tient visiblement à faire amende honorable après m'avoir pratiquement amputée de mon bras droit.

– Je suis française.

– Ah, la France !!! J'adore la France ! s'exclame-t-il dans un français impeccable, ce qui contribue, dans la mesure où cela est possible, à le rendre encore plus sexy.

Je pouffe bêtement, comme une midinette. Et il m'adresse un sourire éclatant.

C'est tellement typique des Américains. Dès qu'ils entendent parler de notre chère patrie, ils prennent un air transcendé en louant ses mérites. Particulièrement quand il est question de cuisine. J'ai cependant été parfois confrontée à la jalousie de mes acolytes outre-Atlantique, de ce point de vue précis. Et, bien que j'aie eu l'occasion de découvrir de très talentueux chefs américains, je n'ai jamais été séduite côté pâtisserie. Tout a ostensiblement le même goût de génoise, crème au beurre et pâte à sucre.

Une fois de plus, je m'aperçois que je suis perdue dans mes pensées depuis un certain temps et je surprends mon voisin en train de me dévisager d'un air dubitatif. Il m'a parlé ? Il m'a sans doute posé une question. Je suis manifestement encore à côté de la plaque.

Puis, comme résigné, il se redresse sur son siège et pioche un magazine dans la pochette devant lui. Il commence à le feuilleter avec attention alors que l'avion progresse sur le tarmac. Je remets discrètement mon casque sur mes oreilles, sélectionne un album d'alt-J sur mon iPod et me cale au fond de mon siège. Nouvelle vie en cours de téléchargement, 3... 2... 1... décollage !

Bye bye, l'Europe.

***

À mon grand soulagement, les heures de vol défilent assez vite. Je suis réveillée au bout de six heures par mon voisin qui tente de m'enjamber de façon périlleuse pour se rendre au petit coin. Je me lève donc de nouveau, tout ensommeillée, pour le laisser passer. Puis, profitant de son absence, je prends l'initiative à mon tour de feuilleter le magazine devant moi. Je suis agréablement surprise et curieuse d'y découvrir, dans la rubrique « Endroits en vogue dans le Magnificent Mile[4] », un article élogieux sur le Bower, restaurant où je vais prendre mon poste dans quelques jours. L'article est agrémenté d'une photo et je reconnais Ian Hatwood posant fièrement devant l'entrée de son restaurant. Il est plutôt pas mal, assez grand et incarne la simplicité que j'ai déjà pu remarquer chez lui lors de notre rencontre à Milan. Il pose vêtu d'une chemise à carreaux et d'un treillis kaki. Il semble décontracté et arbore un sourire canaille très ressemblant de celui que m'a adressé Colin quelques heures plus tôt. L'article est succinct, mais évoque de manière poétique quelques-unes des spécialités de l'adresse, « tournedos Rossini », « tartare d'huîtres citronné au safran », « lapin au pesto et vin blanc ». J'ai très vite l'eau à la bouche et calcule que je n'ai rien avalé depuis plus de douze heures. J'ai sans doute raté le passage des plateaux-repas et mon estomac se met à gargouiller bruyamment. Fort heureusement, le bruit assourdissant qui règne à bord de la carlingue préserve les oreilles des autres passagers.

Colin me signale sa présence en posant sa main sur mon épaule ; une vague de frissons se propage immédiatement sur mon bras droit. Je mets cela sur le compte de la fatigue, mais

4. Le Magnificent Mile est l'avenue touristique de Chicago, l'équivalent de la Cinquième avenue à New York.

quand je me lève pour le laisser passer de nouveau, son regard croise le mien et une volée de papillons prend naissance au creux de mon ventre. Soudain, je n'ai plus faim du tout. Il reprend sa place à mes côtés et jette un coup d'œil furtif à l'article que je suis en train de lire.

– Le Bower, hein ? m'interroge-t-il.

– Tu connais ?

– Bon resto, mais le proprio est un con.

Je suis complètement désarçonnée par la radicalité de sa déclaration. Pendant plusieurs secondes, je ne sais que répondre.

– Voyez-vous ça ? marmonné-je, d'un ton suspicieux.

– Il ne connaît rien en cuisine, et il a des goûts vestimentaires douteux, si tu veux mon avis.

Décidément, la vie n'est qu'une suite constante de déceptions, ces temps-ci. Je tombe sur cet Américain canon, au sourire à tomber, pour découvrir dès qu'il ouvre la bouche que c'est un connard. J'ai beau ne pas bien connaître Ian Hatwood, il m'a l'air d'un type tout à fait charmant et passionné. En revanche, l'attitude négative de Colin le rend de moins en moins séduisant. Je ne saurais dire s'il pratique l'ironie mais, me voyant troublée, il change de sujet.

– Combien de temps restes-tu à Chicago ?

– Je viens m'installer, à vrai dire. Donc, disons que la durée est indéterminée pour le moment.

– Intéressant, murmure-t-il, presque penché à mon oreille avec un soupçon de malice dans le regard. Eh bien, si tu as besoin, je pourrai te faire visiter ?

– C'est gentil, mais je rejoins mon ami. Il vit là-bas depuis maintenant quatre ans, je pense qu'il maîtrise le sujet.

Mon ton sec me surprend moi-même et Colin s'en rend compte. Il esquisse un sourire narquois qui m'est visiblement destiné.

Sentant l'atmosphère se refroidir quelque peu, je me saisis de ma trousse de toilette et m'éclipse discrètement.

Après avoir rafraîchi mon teint, brossé mes dents et procédé à une toilette de chat minutieuse à coups de lingette, j'arrange mes cheveux en un chignon un peu brouillon et je reprends peu à peu figure humaine. Je sors des toilettes pour quémander un verre de jus d'orange à la première hôtesse qui croise mon chemin, reprends place à mon siège et extirpe mon roman de mon sac à dos. Je sens le regard de Colin de nouveau sur moi ; soudain, il s'exclame :

– Cormac McCarthy est mon auteur préféré, c'est drôle. Peu de gens connaissent ce roman.

Je lui souris, voyant que le pauvre maladroit essaie une fois de plus de rattraper le coup avec moi.

– C'est un écrivain passionnant, j'ai presque tout lu de lui.

– *Child of God* est de loin son meilleur roman à mon goût, mais aussi le plus sombre, déclare-t-il en désignant la couverture du doigt.

– C'est vrai, j'aime son univers et l'atmosphère parfois dérangeante qui règne dans ses livres.

– Si tu aimes ce roman, tu aimeras peut-être ce qu'écrit Daniel Woodrell.

– Ce nom ne me dit rien.

– Un de ses romans a été adapté il y a quelques années au cinéma, le film *Winter's Bone*, avec Jennifer Lawrence, te parlera sans doute plus.

– Effectivement, je l'ai vu et j'ai beaucoup aimé.

Il me sourit de nouveau de toutes ses dents et je fonds. Ce garçon est difficile à cerner, finalement. Peut-être me suis-je encore emballée, en le jugeant trop vite, comme à mon habitude.

– Chicago est un choix audacieux pour s'expatrier, déclare-t-il soudain.

– C'est un nouveau départ. J'avais une occasion à saisir.

– Tu verras, c'est une ville merveilleuse, une fois que l'on a su l'apprivoiser. Tellement différente du reste des États-Unis.

– Je n'ai pas eu beaucoup l'occasion de voyager, c'est un peu une première pour moi.

– Tu parles très bien anglais pour quelqu'un qui ne voyage pas.

– Ma mère est franco-américaine, elle est de Boston. Ton français n'est pas mal non plus… ajouté-je.

– Merci, il m'est surtout indispensable.

– Ah oui ? Et pourquoi ça ?

– Essentiellement pour séduire les jolies Françaises que je rencontre dans les avions.

Voilà, voilà. Festival de la lourdeur, bonjour !

– Oh, tiens donc ! Et ça marche ?

– À toi de me le dire !

Il sourit malicieusement, le regard suspendu à mes lèvres.

C'est moi ou il fait très chaud, d'un coup ?

Il n'est pas très subtil, mais difficile d'ignorer les picotements sur ma nuque, que suscite le timbre de sa voix chargée d'érotisme.

– Ayant cinquante pour cent de sang italien et vingt-cinq de sang américain, je ne me sens pas totalement concernée par ta question, balbutié-je.

Il éclate de rire, surpris. Puis, constatant ma gêne, il change de sujet.

– Tu as toujours de la famille dans le Massachusetts ?

– Non, plus maintenant. Les parents de ma mère sont morts depuis longtemps. J'ai encore un peu de famille du côté de mon père.

– Ça ne doit pas être facile de laisser tout ce petit monde derrière toi.

– Ils me manqueront, c'est certain, mais je ne suis pas seule.

– Je vois, ton ami, c'est ça ?

– Mmh. J'aime à croire que certaines personnes nous font nous sentir chez nous, peu importe l'endroit où l'on se trouve, réponds-je.

– Oui, ce n'est pas faux. Encore faut-il trouver cette personne.

Ses deux prunelles de jade quittent un instant mon regard, alors qu'une mélancolie profonde semble l'envahir. Puis il reprend :

– J'ai parfois l'impression que l'on voyage pour chercher quelque chose que l'on ne trouve pas chez soi.

– Tu as sans doute raison.

– Ou pour fuir quelque chose, ou quelqu'un.

Son éclair de lucidité me pique au vif ; cette conversation prend une tournure un peu trop analytique à mon goût.

– Mais tu verras, les Chicagoans[5] sont géniaux et très chaleureux ! Je suis sûr que tu vas te plaire chez nous.

Je lui souris, contente de comprendre que la légèreté est enfin de retour. Nous passons le reste du vol à parler musique, voyage et littérature, et il apparaît finalement que nous avons bien plus de points communs que ce que je m'étais imaginé.

Quand l'hôtesse passe dans l'allée pour nous demander d'attacher notre ceinture en vue de l'atterrissage, je me rends compte que je n'ai pas vu les dernières heures passer.

Une fois l'avion posé et arrêté sur le tarmac, Colin me tend un petit bout de papier plié en quatre.

– Tiens, me dit-il, si tu changes d'avis, je serais ravi de te revoir et de te faire découvrir le vrai Chicago.

Je hoche la tête, troublée, et le remercie.

Puis nous quittons notre siège pour sortir de l'avion en file indienne.

Au moment de récupérer ma valise, je ne peux m'empêcher

5. Les habitants de Chicago.

de le chercher du regard, mais je le soupçonne de n'avoir que son sac cabine outrageusement lourd, qui m'a démoli l'épaule quelques heures plus tôt. En effet, nous avons beau être nombreux à attendre nos bagages, je ne vois aucune trace de Colin dans le hall des tapis roulants.

Malgré mon appréhension, je passe la douane et l'immigration sans difficulté. Il est déjà vingt et une heures et, bien qu'ayant prévenu Paul en catastrophe du retard de mon avion, j'ai peur qu'il n'ait pas eu mon message et qu'il ait piétiné comme un diable dans le terminal des arrivées. Puis je le vois, enfin !

Non seulement il est là, mais il est parfaitement visible puisqu'il est venu affublé d'un bouquet de ballons multicolores et d'une pancarte, non moins voyante, où je peux lire « *Welcome*, chef Rosetti ! » en toutes lettres. Ne lui manque plus que le gyrophare sur la tête. Et malgré le voyage éprouvant, c'est le sourire jusqu'aux oreilles que je me jette dans ses bras. Paul était déjà grand mais il semble avoir pris du muscle. Il arbore une barbe naissante et semble un peu fatigué. Ses cheveux blonds ont poussé ; je sais qu'on lui interdit le *man bun* au travail. Il va sans doute falloir y remédier. Plus je l'observe, plus je lui trouve un air de Viking avec son regard bleu perçant et sa carrure imposante. J'ai l'impression que nous ne nous sommes pas vus depuis un siècle.

Il me serre chaleureusement contre lui et m'embrasse bruyamment dans le cou après avoir jeté tout son attirail à terre.

– Ouh, ce que tu m'as manqué, Suricate… murmure-t-il tendrement.

Je suis cueillie par l'émotion. Même si Paul et moi discutons régulièrement au téléphone, je ne l'ai pas tenu dans mes bras depuis plus d'un an.

Et un an, c'est long.

À la mort de son mari, la mère de Paul a sombré dans une grave dépression. Elle n'a jamais vraiment réussi à s'en sortir, et Paul a vécu chez mes parents et moi toute son adolescence quand sa mère est partie en maison de repos.

Nous avons une vraie complicité et, n'ayant jamais eu de frère ou de sœur, je considère Paul comme mon frère d'adoption. Il est ma famille, celle que j'ai choisie, et me séparer de lui m'a terriblement coûté.

Il encadre mon visage de ses mains et de ses pouces ; il essuie les larmes qui coulent sur mes joues.

– Laisse-moi te regarder, Suricate. Dis-moi, tu as perdu encore des centimètres, ou ce sont mes yeux ? Toujours aussi lilliputienne ! s'exclame-t-il en éclatant de rire.

Je lui envoie un coup de poing dans l'épaule, vexée. C'est la grande blague de mes deux amis. OK, je suis petite, un mètre soixante, j'ai l'impression de devoir me hisser sur la pointe des pieds en permanence pour que l'on me remarque. Pas besoin de m'affubler de ce sobriquet ridicule.

– Tu sais ce qu'on dit ? argumenté-je. Ce qui est petit est mignon !

Il éclate d'un rire franc et sonore. Mon Dieu, ce que ce son m'a manqué ! Puis il se penche à mon oreille en grimaçant :

– Hum, dans ton cas, je ne serais pas aussi catégorique, mais je suis ravi que tu affectionnes ce proverbe. Juste, évite de le crier trop fort ; on est entourés de monde ici.

J'éclate de rire à mon tour, quand mon regard est attiré au loin par une silhouette familière. Je vois Colin penché sur une blonde plantureuse aux jambes interminables, procédant à une fouille buccale en profondeur, visiblement soucieux de vérifier que les amygdales de Barbie sont toujours en place. Il se déventouse de son top model et me surprend à le dévisager. Il me lance un clin d'œil discret, puis tourne les talons avant de glisser sa main sur le fessier rebondi de son amie.

Je ne peux m'expliquer cette sensation étrange qui m'assaille soudain. Je n'ai aucun droit sur cet homme, mais une pointe de déception m'envahit. Je ne flirte jamais. Mais il m'a semblé qu'une connexion particulière s'était établie entre Colin et moi. Dans quel but m'a-t-il donné son numéro s'il n'est pas disponible ? Je doute franchement qu'un garçon comme lui soit à la recherche d'une amitié purement platonique.

J'avais senti que je lui plaisais. Quel genre d'homme se comporte comme cela, alors qu'il est en couple ?

Un genre qui ne me convient pas. Définitivement.

– Tout va bien, Drea ? me demande Paul, inquiet.

– Oui… soupiré-je, je crois que je suis juste fatiguée.

Il prend ma main dans la sienne, attrape ma valise de l'autre et me conduit à l'extérieur du terminal.

Ressaisis-toi, Drea ! On se recentre sur les priorités. Nouveau boulot, nouvelle vie. Pas le temps pour la bagatelle.

Je suis Paul dans la chaleur du mois d'août, me sermonnant silencieusement. Je songe, rêveuse :

Il était quand même beau, ce connard.

3

Paul s'arrête sur la route pour prendre des plats à emporter, avant de nous ramener chez lui. Il habite le North Side dans le Old Town Triangle, à deux pas de Lincoln Park et du lac Michigan. Malgré l'heure tardive, je remarque avec surprise l'apparence très chic du quartier où il vit. Il a toujours été plutôt évasif quant à la situation et au confort de son logement. De manière générale, Paul est un garçon d'une grande simplicité, qui se contente de peu et n'est nullement impressionné par le luxe ostentatoire auquel il peut prétendre par son niveau social. Et j'aime cela chez lui. Retrouver Paul ici, c'est un peu comme rentrer chez moi. Il me fait me sentir bien partout où nous nous trouvons. J'ai été élevée selon ces principes également, ne manquant jamais de rien, mais toujours reconnaissante de ce que la vie m'offre.

Je tombe de fatigue et, alors que nous arrivons aux abords de son appartement, Paul comprend immédiatement que nos grandes discussions habituelles seront remises à demain. Nous dînons rapidement, en plaisantant de choses futiles, puis il me conduit à la chambre d'amis.

Il m'aide à faire mon lit, et me dépose un baiser sur le front avant de me souhaiter bonne nuit. Je m'écroule sur le matelas et m'endors aussitôt.

La nuit est de courte durée.

Le décalage horaire a raison de moi et, à quatre heures du matin, n'y tenant plus, je me lève pour faire le tour du propriétaire à pas feutrés. L'appartement de Paul ressemble plutôt à une petite maison cosy.

L'entrée donne sur un vaste salon aux allures de loft brooklynien, des murs de pierre, un parquet en chevrons, de grandes baies vitrées au travers desquelles filtre le rayonnement timide de la lune. À ma droite se trouve la cuisine ouverte avec son îlot central et, au fond, un escalier mène à une mezzanine fermée, où se situent la chambre et la salle de bains de Paul. À ma gauche, le salon donne sur un couloir distribuant un petit bureau, une chambre d'amis et une deuxième salle de bains.

La fenêtre de ma chambre s'ouvre sur un minuscule balcon assorti d'une échelle. J'en profite, dès l'aurore, pour m'adonner à mon vice préféré. Munie d'une tasse de café fumant, je m'assieds sur un des barreaux de l'échelle et allume ma première cigarette depuis ce qui m'a semblé être une éternité. Il fait encore nuit, et le voisinage est profondément endormi. Mais la chaleur est pourtant déjà bien présente. Paul m'a prévenue que les températures des villes du Midwest peuvent être extrêmes : des étés caniculaires et des hivers rigoureux.

Je savoure ce calme, me demandant avec un soupçon d'angoisse à quelle sauce je vais être mangée, une fois en poste au Bower. Ian m'a semblé être quelqu'un de très posé et raisonné. Il m'a cependant mise en garde concernant le caractère tempétueux de son frère qui officie au rang de chef au restaurant. « Tu vas devoir te faire une place, m'a-t-il dit, et… je ne vais pas te cacher que mon frère laisse peu d'espace à d'autres que lui dans sa cuisine. » Pas étonnant que tous les candidats au poste prennent la poudre d'escampette dès que la situation se gâte : le chef m'a tout l'air d'être une forte tête. D'après Ian, travailler sous ses ordres en aurait fait fuir quelques-uns.

J'ai moi-même un caractère bien trempé et, alors que je suis plutôt effacée et soumise dans ma vie amoureuse, je peux me montrer forte en gueule quand il s'agit d'imposer ma vision dans le cadre de mon travail. Une dichotomie pour le moins surprenante pour les gens qui me connaissent, à commencer par mon mentor et formateur Bertrand. J'ai beau être consciente que l'apprentissage est permanent dans mon métier, j'ai compris dès le départ que mon mètre soixante et ma position de femme dans ce milieu allaient faire de moi une cible facile. Je me remets en question souvent, mais je dois parfois faire montre d'une assurance sans faille pour canaliser le stress du reste de la brigade et pour encaisser les remontrances et diverses humeurs du chef.

Ma cigarette terminée, je me glisse à l'intérieur de l'appartement et me rends dans la cuisine pour préparer un copieux petit-déjeuner à mon meilleur ami. Le meilleur moyen de me changer les idées.

Paul émerge deux heures plus tard, le sourire aux lèvres, sans doute attiré par le doux parfum des muffins qui sortent du four et des crêpes au miel que j'ai disposées sur une belle assiette garnie de fruits rouges.

– Je suis mort et je suis au Paradis, c'est ça ? dit-il en bâillant à son entrée dans la cuisine.

Je lui souris et l'embrasse affectueusement sur la joue.

Il prend place sur un des tabourets autour de l'îlot et se sert un verre de jus de fruits frais.

– Tu as de quoi nourrir tout un régiment dans ton frigo et tes placards. Si je ne te connaissais pas, je dirais que tu as une petite amie cachée quelque part.

– OK, j'ai quelque chose à t'avouer, chuchote-t-il avec un air malicieux.

Il boit une longue gorgée de café, mord dans un muffin, faisant volontairement durer le suspense puis, me sentant trépigner d'impatience, il cède.

– J'ai une femme de ménage extrêmement concernée par mon bien-être.

– C'est ta manière de me dire que tu la sautes, ça ? raillé-je, incrédule.

– Enfin, Drea ! me réprimande Paul, outré. Dès le matin, sérieusement ? Non ! Je ne la saute pas ! Un peu de respect, voyons !

– Pardon, soupiré-je avec un air emprunté.

– Elle est juste très dévouée et très professionnelle. Et je suis bien content de l'avoir. Mon linge est lavé, mon appartement rangé et mon frigo rempli, c'est une vraie mère pour moi.

– OK, et cette femme de ménage sait-elle que je suis là ?

– Évidemment, je l'ai prévenue, mais elle est partie en congé chez sa fille en début de semaine. Tu ne la verras pas avant deux ou trois semaines.

J'arbore une moue boudeuse, prenant subitement conscience que je ne viens pas ici en vacances et que je vais devoir, moi aussi, faire mes preuves et me mettre à la recherche d'un appartement.

– Hey ? Tout va bien, Suricate ?

– Oui, tout va bien, bredouillé-je. Je réalise encore à peine que je suis là avec toi. Ça m'enthousiasme autant que cela me terrifie.

– C'est ta manière de me dire que je t'ai manqué, ça ?

Je lui adresse mon plus beau sourire.

– Ça, tu peux le dire, que tu m'as manqué, et à Stéphanie aussi d'ailleurs.

– Ah ! Comment va la sorcière ?

– Arrête de l'appeler comme ça, Paul, c'est vraiment nul !

– Elle adore ça et tu le sais, ricane-t-il. Je voulais te proposer la chose suivante. Je dois bosser aujourd'hui mais, à partir de ce soir, je suis libre comme l'air pour le week-end, et je m'engage à te sortir dans le monde et te balader dans toutes les rues de Chicago jusqu'à épuisement. Alors, aujourd'hui, tu te reposes, et tu prends tes marques. Qu'en dis-tu ?

– Eh bien, cela me semble parfait, je vais juste devoir aller au Bower me présenter à Ian et à la brigade, avant de commencer.

– Ian t'a donné une date ? Tu sais quand tu attaques ?

– Hum, lundi, j'imagine. Je suis hyper nerveuse, si tu savais.

– Ne t'angoisse pas, Drea. Ian est adorable et il est très patient, tu n'as pas à t'inquiéter.

Je n'ose pas lui dire que ce n'est pas de Ian que j'ai peur, mais du mystérieux chef dont j'entends parler en termes peu rassurants depuis plusieurs mois.

Après s'être rasé de près et douché, Paul me confie un jeu de clés et ses précieuses consignes pour naviguer dans le quartier et rejoindre le Bower.

– N'oublie pas, me dit-il sur le pas de la porte, tu prends la Brown Line à Sedgwick et tu descends à Merchandise Mart. Tu n'as pas besoin de marcher longtemps en direction du lac Michigan avant de tomber dessus mais, si tu as peur de te tromper, prends un taxi.

– Je devrais pouvoir me débrouiller, je suis une grande fille, tu sais ? plaisanté-je.

Paul se penche pour me donner un baiser, quand la porte du palier d'à côté s'ouvre brusquement. Un petit homme rabougri et bedonnant, au regard torve – visiblement à l'intention de Paul –, apparaît sur le seuil avec une poubelle à la main.

– Monsieur Olifant, bien le bonjour ! s'exclame Paul gaiement.

– Mouais… ronchonne l'intéressé. C'est un point de vue.

– Je vous présente mon amie Andrea, qui me rend visite de France pour quelque temps, continue Paul, pas une seconde déstabilisé par l'attitude peu avenante du vieillard.

– Bonjour, monsieur, réponds-je.

M. Olifant me jauge de haut en bas, sans me rendre la politesse, avant de revenir à Paul.

– Monsieur Serra, avez-vous conscience de la chaleur qu'il fait dehors ?

Paul le regarde, sans comprendre où son voisin veut en venir.

– Euh… oui, en effet, il fait très chaud, mais des orages sont annoncés la semaine prochaine ! assure-t-il tout sourire, comme pour parer une éventuelle attaque.

– Je ne vous demande pas un bulletin météo, rétorque l'homme agacé. Sachez, monsieur Serra que, par cette chaleur, je dors la fenêtre ouverte !

– Ou… oui… C'est en effet une solution, mais je…

– Ainsi, coupe Olifant, vous comprendrez également que je n'apprécie guère de sentir la fumée de cigarette s'infiltrer par mes fenêtres à une heure avancée de la nuit ?

Paul m'adresse un regard perplexe puis, reprenant contenance, rétorque :

– Je vous prie de m'excuser, monsieur Olifant, mais il doit s'agir d'une erreur, aucun de nous n'est fumeur ici.

– C'est cela, traitez-moi de vieillard sénile tant que vous y êtes ! l'admoneste-t-il.

Puis il avance péniblement jusqu'à l'escalier, tout en ronchonnant de façon inintelligible.

– Je suis désolée, Paul, chuchoté-je une fois que son voisin est suffisamment loin. Je m'en suis grillé une petite au lever du soleil, je n'arrivais pas à dormir… Pardon.

– Drea, soupire Paul un brin courroucé, je croyais que tu avais arrêté cette vilaine habitude ?

– Mouais, j'ai surtout arrêté d'arrêter ! Je te jure que c'est mon seul vice, tu n'auras pas d'autres plaintes.

– Entendu. En parlant de vice, je ne peux, par contre, pas en dire autant de M. Olifant. Si tu veux un conseil, évite d'oublier des petites culottes dans le séchoir quand tu descendras faire ta lessive. Des disparitions étranges ont été portées à ma connaissance dernièrement et je vois déjà un coupable tout désigné.

– Mais non !!! croassé-je en éclatant de rire.

Paul me lance un clin d'œil, puis s'élance dans l'escalier pour rejoindre sa voiture. Je prends alors mon temps pour ranger le petit-déjeuner, faire la vaisselle et nettoyer l'îlot de la cuisine.

Bon, je n'ai pas été complètement honnête avec Paul. J'ai un autre vice, auquel je compte bien m'adonner illico presto. Pour mon plus grand bonheur, je pars fouiner dans l'appartement.

Je grimpe en haut de la mezzanine et pousse la porte de la chambre de Paul. Son parfum familier m'emplit les narines ; il porte le même depuis toujours et je ne m'en lasse pas. Son lit est fait au carré, comme d'habitude. J'ouvre le placard où les vêtements sont parfaitement pliés ou suspendus. Idem dans les tiroirs de la commode près de son lit, les t-shirts sont classés par code couleur, tout comme les boxers et les paires de chaussettes. Notre Paul Serra est un chouïa maniaque.

Sur sa table de chevet trône un cadre de photo nous représentant tous les trois, avec Stéphanie, à la montagne. Je me souviens très bien de ce cliché. Nous avions fêté nos 20 ans à Courchevel et avions passé une journée fabuleuse sur les pistes, à skier et à nous rouler dans la poudreuse. Nous avions déjeuné au restaurant d'altitude de la station et étions repartis ivres morts.

Je souris au souvenir de ces bons moments passés ensemble. Et je me demande ce qu'aurait été ma vie si je ne les avais pas rencontrés. Tout serait sans doute différent, je n'aurais peut-être pas fait les mêmes choix de carrière par exemple. Nous nous sommes soutenus les uns les autres, et avons tous les trois concrétisé nos rêves. Stéphanie travaille en tant qu'infirmière dans le service « traumatologie » d'un grand hôpital, et Paul, son diplôme d'ingénieur en poche, a trouvé un bon poste au sein d'une firme franco-américaine. Puis, il a été muté à la suite d'une promotion au siège de Chicago il y a quelques années. Sa profession lui plaît et lui donne l'occasion de beaucoup voyager.

Il est d'ailleurs temps pour moi de me préparer pour mon nouveau poste. Aujourd'hui, je rencontre l'équipe du Bower et je suis aussi impatiente que pétrifiée.

4

Je commence ma journée par une balade dans le quartier résidentiel autour de l'appartement de Paul. À mesure que je remonte West Eugenie Street en direction du parc Lincoln, je découvre l'architecture basse et la structure des rues rectilignes, se croisant en angle droit. La cartographie urbaine, à la géométrie soignée, déroule des rubans de verdure réconfortante et de piste cyclable, en contraste avec les tours de verre de la *skyline* que j'aperçois au loin. Les trottoirs sont larges ; il est très agréable d'y flâner. Au bout de quelques minutes de marche, je tombe sur le plus grand parc public de Chicago. J'entreprends de m'y promener une petite heure. Paul m'a confié venir souvent profiter des plages qui bordent le lac Michigan, pendant l'été. Le parc dispose d'un zoo gratuit, d'un jardin botanique et de deux musées, sans compter la base de loisirs nautiques. Ce poumon vert en pleine ville est un véritable havre de paix et je m'imagine très bien y faire mon jogging matinal avant de prendre mon service au restaurant.

Je suis les instructions de Paul à la lettre et trouve le Bower sans difficulté, directement situé au nord de Michigan Avenue, qui est en réalité l'artère principale du quartier Magnificent Mile ; un emplacement de choix, donc. Dès le début, comme dirait Stéphanie, « ça envoie du lourd » !

Stratégiquement, je me présente au restaurant une heure avant le début du service. Je ne souhaite pas commencer à perturber la dynamique de la brigade en plein coup de feu. Je pousse la lourde porte et une magnifique rouquine vient à ma rencontre, chemisier en soie émeraude, pantalon à pinces noir, des talons vertigineux et une allure…

Doux Jésus ! Une vraie déesse !

Brutalement, je prends conscience que je dois avoir l'air d'une clocharde devant cette beauté. J'ai passé une petite robe d'été et des Converse blanches ; j'ai choisi de jouer la sobriété.

Elle me sourit et je ne saurais expliquer le sentiment qui m'anime tout à coup, mais… elle m'inspire confiance, comme si je la connaissais depuis toujours.

– Bonjour, mademoiselle ! Puis-je vous renseigner ?

– Bonjour, je… hum… je m'appelle Andrea Rosetti, je dois rencontrer M. Hatwood aujourd'hui.

– Andrea Rosetti ? Vous êtes la nouvelle chef pâtissière ? m'interroge-t-elle sur un ton presque trop enthousiaste.

Parfait ! Je suis attendue, cela ne fait plus aucun doute.

– Hum… c'est ça, oui.

– Eh bien, je suis ravie de vous rencontrer enfin. Je suis Aria Murphy, je travaille en tant que sommelière au Bower.

– Enchantée également, réponds-je en serrant la main qu'elle me tend.

– Je ne crois pas que Colin soit déjà arrivé, mais Ian est dans son bureau, si vous voulez bien me suivre.

Je tique un peu à l'évocation du prénom de Colin. Je sais que la coïncidence est fortuite, mais j'ai un curieux pressentiment. J'emboîte donc le pas à la déesse gaélique. La salle est très grande et peut accueillir une centaine de couverts par service. La décoration est feutrée, dans les tons noirs, gris et corail ; les tables sont dressées avec élégance ; le linge de table anthracite, piqué de notes orangées, rappelle la décoration intérieure, et d'immenses suspensions d'un noir laqué ornent les plafonds, diffusant une lumière tamisée.

Pas de doute, je suis dans un lieu extrêmement tendance et sophistiqué.

Nous passons devant un cube vitré, la cuisine, exposée aux yeux des clients, où je peux apercevoir les commis recevant les premières instructions de la journée. Malgré mon anxiété d'intégrer cette nouvelle équipe, il me tarde de les rejoindre. L'attente m'a déjà semblé trop longue.

Nous nous engageons dans un couloir sombre au bout duquel se dresse une lourde porte frappée d'une plaque indiquant la mention « *staff only* ». Derrière la porte, une seconde sur la gauche – probablement le vestiaire – et, tout au fond, une dernière, portant une autre plaque au nom de « Hatwood ».

Aria marque un temps d'arrêt et frappe, franchement, trois coups. Un « Entrez » ferme et cordial retentit. Aria saisit la poignée, se tourne vers moi toujours souriante et pénètre dans la pièce, moi à sa suite.

Ian est installé dans un fauteuil en cuir derrière son bureau. Face à lui, assis également, se tient un deuxième homme, au regard noisette et au visage poupon. Il fait sauter sur ses genoux une blondinette coiffée de deux couettes, qui serre un doudou en piteux état dans ses bras.

– Andrea ! me salue chaleureusement Ian, en se levant de son fauteuil.

Il contourne son bureau et vient, à ma grande surprise, me donner une accolade plus qu'amicale.

– Je suis tellement heureux de te voir ! As-tu fait bon voyage ? Pas trop fatiguée ? Paul m'a prévenu hier de ton arrivée ; il trépignait d'impatience ! débite-t-il sans respirer.

– Bonjour, monsieur Hatwood, merci, tout s'est bien passé. Je suis arrivée tard et j'accuse encore un léger retard de sommeil, mais tout sera rentré dans l'ordre lundi, si vous voulez encore de moi, répliqué-je, reprenant peu à peu confiance en moi.

– Si nous voulons de toi ? Elle est adorable ! Aria, n'est-elle pas adorable ?

La belle rouquine pouffe discrètement.

– Tu vas commencer par m'appeler Ian. Ici, on peut être informel en dehors des cuisines. Mais je manque à tous mes devoirs, je te présente Rufus, le second de notre chef ! Rufus, voici Andrea Rosetti. Cette femme a de l'or au bout des doigts, et je me félicite d'avoir pu la voler à l'Alessandro.

– Bonjour, réponds-je, me tournant vers le fameux Rufus, en lui tendant la main. Mais s'il vous plaît, tout le monde m'appelle Drea.

Rufus me sourit chaleureusement et me salue d'une poignée franche et encourageante.

– Enchanté, Drea ! Bienvenue au Bower !

– Et cette petite fée, ici présente, poursuit Ian, c'est ma fille Madeline, la relève en somme !

Tout le monde éclate de rire, moi y compris.

– Maddie, dis bonjour à Drea, ma chérie.

Une petite voix de pinson émane alors de la fillette et un cordial « Bonzour ! » me fait fondre instantanément. La petite Maddie me sourit et je ne peux que constater une dentition en créneaux de château fort, ce qui a pour effet de me faire sourire.

– J'en connais une que la petite souris doit gâter régulièrement, la taquiné-je.

– Oui, z'ai dézà quatre dollars, m'assure-t-elle, mais avec le pot à gros mots, Papa dit que ze serai bientôt... euh... actionnaire mazoritaire de son restaurant.

Nous sommes pris d'un fou rire collectif, et la petite Madeline se met à rire à son tour.

– On peut dire que, oncle Colin étant le principal approvisionneur de ton pot à gros mots, il ferait tout aussi bien de te céder ses parts directement, on gagnerait du temps, conclut Ian en s'essuyant le résidu de larmes aux coins des yeux.

– On parle de moi ? s'élève une voix à l'embrasure de la porte.

Mon cœur rate un battement.

Quelles étaient les chances ? Sur plus de deux millions et demi d'habitants, quelles étaient les chances que le Colin qui allait devenir mon supérieur soit le même que celui qui a partagé mon vol Francfort-Chicago ?

Je ne suis pas forte en maths. Mais les chances étaient quasi nulles.

Et pourtant, il est là, c'est bien lui. Les rouages de mon cerveau tournent à plein régime, sans pouvoir s'imbriquer correctement. Je me repasse le film de la veille. Nous avons beaucoup discuté, mais à aucun moment nous n'avons évoqué nos professions respectives. Nous avons en revanche brièvement parlé du Bower ou, tout du moins, a-t-il réglé le compte de son frère de façon peu courtoise. C'était donc de l'ironie.

Bon sang ! À quoi joue ce mec ?

Il s'avance dans la pièce. Il est encore plus beau que dans mon souvenir, les cheveux ébouriffés, son beau regard vert lagon posé sur moi, et je sens soudain que mes jambes ne vont plus me porter très longtemps. Il me dévisage.

Couchée, Drea !

– On se connaît, il me semble ? déclare-t-il avec un sourire canaille.

La ressemblance entre les deux frères est frappante. Je me souviens même m'en être fait la réflexion dans l'avion.

Je suis soulagée qu'il ne la joue pas détaché et amnésique, ce qui m'aurait plongée dans un profond embarras.

– Effectivement, acquiescé-je.

– Colin, voici Andrea Rosetti, et arrête ton numéro de Don Juan sur-le-champ ! prévient Ian. Drea est la nouvelle chef pâtissière.

L'assemblée nous contemple, perplexe, attendant certainement des explications. Je décide de lever les interrogations.

– En vérité, nous nous sommes rencontrés dans l'avion. Et… j'étais loin d'imaginer que nous allions nous revoir aussi vite.

– En effet, miss Rosetti, pour une surprise, c'est une sacrée surprise… murmure-t-il, et je crois même percevoir comme une pointe d'agacement dans sa voix.

Chassez le naturel…

Rufus choisit ce moment pour quitter son siège.

– Eh bien, Drea, je pense qu'il est temps que je te présente à la brigade avant le début du service. Nous devons aussi discuter de la carte du restaurant, puis Aria te fera faire le tour du propriétaire si tu n'y vois pas d'inconvénient.

Je hoche la tête et suis distraitement Rufus à l'extérieur du bureau, précédée par Aria, tandis que la porte se referme sur les frères Hatwood.

Réflexion faite… cela promet d'être, disons… intéressant.

***

Rufus me fait l'effet de quelqu'un de profondément gentil ; un vrai nounours avec la petite Maddie, mais une main de fer dans un gant de velours devant la brigade.

Il fait son entrée dans la cuisine et plus personne ne pipe mot. Il se poste, bien visible devant la desserte, et me fait signe d'approcher.

– Bonjour à ceux que je n'ai pas encore vus, j'aimerais votre attention ! Comme vous le savez, Igor ayant choisi de nous quitter, nous accueillons la semaine prochaine notre nouveau chef pâtissier. Je vous présente Drea, qui intégrera la brigade dès lundi.

– Bonjour, Drea ! répond l'équipe d'une seule voix.

J'esquisse un sourire en hochant la tête, cela fait très « réunion des alcooliques anonymes ».

– Je compte sur vous pour lui réserver le meilleur accueil et faire votre possible pour qu'elle se sente comme chez elle. Leandro ? ajoute-t-il, je compte sur toi pour familiariser Drea avec l'équipe et les locaux.

Un jeune homme brun s'avance vers moi, il doit être mon commis attitré. Nous échangeons une poignée de main ferme et quelques formules de politesse, puis Leandro reprend sa place.

– Vous avez pu vous rendre compte également que le chef Hatwood était absent ces derniers jours. Il reprend son rôle dès aujourd'hui à la tête de la brigade, et je vous demande de faire preuve de concentration et de rigueur. Le chef sera moins clément que moi et vous n'avez pas le droit à l'erreur.

À ce moment précis, je sens un regard insistant posé sur moi. Colin se tient là, à l'entrée de la cuisine, ses avant-bras musclés et bronzés croisés sur son torse avec toujours le même sourire narquois plaqué sur le visage, et je me sens tout toute chose, d'un seul coup.

Il prend la parole.

– Bonjour à tous !

– Bonjour, chef ! répond vivement la brigade.

– Je vois qu'Andrea vous a été présentée par Rufus. J'aurais souhaité qu'elle se présente elle-même, si cela ne l'ennuie pas, bien sûr.

Je dévisage Colin, perplexe. Qu'essaie-t-il de faire, au juste ? De me déstabiliser sans doute.

Tu ne sais pas à qui tu as affaire, mon p'tit pote, si tu crois que je vais me laisser bouffer.

Je rassemble mon courage et prends la parole à mon tour.

– Eh bien, re-bonjour à tous, je m'appelle Andrea mais tout le monde m'appelle Drea, déclaré-je en fusillant Colin du regard qui, je peux le voir, jubile intérieurement. J'ai 27 ans. Je viens de France et je suis diplômée de l'Institut Paul Bocuse. J'ai également complété un module de formation à l'école Lenôtre, encadrée par quelques-uns des Meilleurs Ouvriers de France. J'ai ensuite passé six ans au rang de chef pâtissière dans un restaurant étoilé de Lyon. J'ai plusieurs spécialités, que j'ai hâte de vous faire découvrir, et je dois dire que je suis très fière d'intégrer votre brigade, dont je n'entends parler qu'en termes élogieux depuis plusieurs mois. Je crois que c'est à peu près tout.

Bon ben, ça, c'est fait. J'ai réussi à balancer plus de deux phrases sans me ridiculiser.

Rufus me remercie, puis me présente tour à tour les différents chefs de partie et commis. Il y a Djaffar, le chef de partie garde-manger, un Américain d'une quarantaine d'années d'origine tunisienne, installé à Chicago depuis plus de vingt ans ; Patrick, le chef de partie poisson, originaire de Norvège et ayant intégré la brigade il y a deux ans ; et Gordon, le chef de partie viande, un grand costaud barbu de 35 ans, natif de l'Illinois, aux manières un peu rustres et à l'haleine douteuse. Puis on me présente tous les commis et serveurs, dont j'aurai bien du mal à me remémorer les noms avant au moins deux semaines. Nous évoquons brièvement la carte, avec laquelle j'ai déjà pu me familiariser grâce à Ian. Celle-ci évolue tous les six mois et le prochain changement coïncide justement avec ma prise de poste.

C'est avec un enthousiasme à peine dissimulé que je suis Aria pour le reste de la visite. J'ai encore du mal à croire que dans à peine trois jours, je vais travailler dans cet endroit si élégant et moderne. J'espère être à la hauteur et prouver à mon patron qu'il a eu raison de me faire confiance. Avant de quitter les lieux, je retourne voir Ian pour le saluer.

– Tu as le temps pour un café ? me demande-t-il.

– Bien sûr ! réponds-je aussitôt.

Toutes ces émotions m'ont vidée de mon énergie, mais je ne me vois pas une seule seconde refuser ce café à mon patron. Ian nous conduit à l'extérieur, dans une petite cour jouxtant le restaurant. Nous dégustons nos ristrettos au soleil, assis autour d'une table, quand Ian, visiblement soucieux, en vient au fait.

– Drea, je ne sais pas comment tu appréhendes exactement cette prise de fonction au sein de la brigade, mais je veux m'assurer que je peux compter sur toi.

– Oui, tout à fait, vous pouvez compter sur moi à cent pour cent, lui affirmé-je sans hésiter, quelque peu troublée par sa déclaration.

– Comprends-moi, sans vouloir me montrer indiscret, j'ai eu vent par Paul des événements récents qui ont pu t'affaiblir émotionnellement. Nous sommes vraiment installés depuis un an, et je crois en ce restaurant et à son succès futur. Mais je veux m'assurer que tu seras suffisamment endurcie face à la pression à laquelle Colin pourrait te soumettre.

Quelque peu effarée par ces propos, je maudis intérieurement Paul d'avoir fait état de ma relation malheureuse avec Benjamin.

Note pour moi-même : penser à arracher la langue de mon colocataire en rentrant, et à m'en faire un collier.

Puis je me ravise.

– Je vais bien, Ian, mieux que bien, je dirais, et je suis extrêmement reconnaissante de l'occasion que vous m'offrez. Je tâcherai d'en être digne et de ne pas vous décevoir. Vous pouvez compter sur moi.

– C'est tout ce que j'avais besoin d'entendre, Drea, et je sais que ton talent te précède. Ne te perds pas en route. C'est tout ce que je voulais te dire.

Puis, il se lève, me salue et retourne à ses occupations.

Ça, c'était bizarre… Je ne vois pas trop ce qui lui fait aussi peur, mais on dirait que je m'apprête à partir en mission top secrète pour la CIA.

Je relâche un soupir de soulagement, heureuse de me retrouver un peu au calme. Un coup d'œil circulaire me confirme que je suis seule et je décide d'allumer une cigarette pour reprendre mes esprits.

J'ai à peine pris ma première bouffée, quand la voix de Colin me tire de ma rêverie.

– Oserais-je t'en demander une ? m'interroge-t-il, en désignant le paquet de cigarettes posé sur la table devant moi.

– On dirait que tu viens de le faire.

Il m'adresse un sourire carnassier, et je frémis instantanément. Je lui tends le paquet pour qu'il se serve.

– Je ne savais pas que tu fumais.

– Je ne savais pas que tu étais pâtissière.

– Je ne savais pas que tu étais le chef du Bower, surenchéris-je.

– On peut aller loin comme ça, me coupe-t-il, agacé.

– Je peux savoir à quel jeu tu joues exactement ?

– Quel jeu ? Je ne comprends pas de quoi tu parles, me répond-il sur un ton sarcastique.

Il se fout de moi où je rêve ?

– Tu as descendu ton resto en flèche quand nous étions dans l'avion. Pas très commercial comme démarche, non ?

– Je voulais savoir à qui j'avais affaire.

Nom de Dieu de… Quoi ?

– Attends, tu veux dire que tu savais qui j'étais ?

Mais qu'est-ce que c'est que ce taré ?

Il me toise longuement avec un sourire moqueur, et un trouble s'empare de moi une fois de plus. Que cherche-t-il ? Où veut-il en venir avec ce genre de comportement ? Il a le don de provoquer des sentiments très contradictoires chez moi. Je ne sais pas dans quelle mesure je dois me méfier de lui. J'ai connu un joueur doublé d'un manipulateur par le passé.

J'ai déjà donné, merci !

– Non, c'est une pure coïncidence, je peux te le garantir. Tout comme je peux te garantir autre chose...

Il s'approche alors de moi, puis se penche très près. Si près que je sens son souffle sur ma nuque ; je me tortille sur ma chaise, mal à l'aise. Un frisson me parcourt l'échine, comme une caresse. Puis dans un murmure, toujours au-dessus de moi, il déclare :

– Je ne joue pas. Crois-moi, Andrea. Quand ce sera le cas, tu le sauras, vraiment.

Puis il écrase sa cigarette à peine entamée dans le cendrier et disparaît à son tour à l'intérieur du restaurant. Me laissant... sur le cul.

Dans le métro qui me ramène à l'appartement, je ne peux m'empêcher de me faire des nœuds au cerveau. Ce Colin a tout du parfait connard arrogant et, très franchement, je suis inquiète de savoir ce qui lui trotte dans la tête. Il me drague sans retenue alors qu'il est déjà en couple, et notre future collaboration n'a pas l'air de le freiner dans sa démarche. Mais il est torride. Ça va être une vraie torture de résister s'il tente quoi que ce soit.

C'est une mauvaise idée. Une très mauvaise idée. Je ne suis pas cette fille, je ne l'ai même pas encouragé. Et je ne veux pas de ce genre de relation dans ma vie. D'ailleurs, je ne veux pas de relation du tout. Je ne suis pas ici pour ça.

En cherchant mon téléphone pour consulter mes messages, je sens un bout de papier que je ne me souviens pas avoir mis là.

Je l'extirpe de la poche de mon sac et reconnais le message que Colin m'a donné la veille avant de quitter l'avion. Je le déplie et identifie le morceau de magazine où figure l'article encensant le Bower. Dessus, je peux y lire l'écriture de Colin. Un numéro de téléphone et une phrase :

Le patron est un con, mais le chef est un dieu. Si tu ne m'appelles pas, passe au moins me voir à cette adresse.

Dessous figure l'adresse du restaurant.

Ne te perds pas en route.

Je suis foutue.

5

J'incorpore les blancs montés en neige au mascarpone, puis mélange le tout à l'aide de la spatule. Les premières notes de violon résonnent à mes oreilles. Méthodiquement, je dispose les biscuits à la cuillère dans le plat creux, les imbibant du mélange de café froid et d'amaretto puis, délicatement, les transfère dans le plat prévu à cet effet, avant qu'ils ne se délitent.

Le rythme s'intensifie, et je virevolte entre le plan de travail et l'îlot de la cuisine, emportée par la musique et concentrée sur ma recette.

Je pivote face à mon bol pour mélanger les spéculoos émiettés à l'appareil, et pousse un cri d'effroi, surprise de retrouver mon meilleur ami, en face de moi. Je ne l'ai pas entendu arriver. Je baisse mon casque autour de mon cou et, la main sur le cœur, je tente de reprendre mon souffle.

– Vous voulez tous ma mort ou quoi ? m'écrié-je, encore sous le coup de l'émotion.

Paul s'esclaffe.

– Tu sais que tu peux tout à fait écouter ta musique sur l'enceinte du salon. Je ne vois pas pourquoi tu persistes avec ce casque sur les oreilles, tu vas finir par te rendre sourde.

– Après l'épisode de la cigarette de ce matin ? Non, merci ! Je ne tiens pas à ce que ton voisin, renifleur de petites culottes, s'en prenne à moi pour nuisances sonores !

Paul me détaille quelques secondes avec un air amusé, puis fronce les sourcils et prend place sur un des tabourets de bar.

– Petite crise ou grande crise ?

– Je ne vois pas de quoi tu parles, marmonné-je dans ma barbe.

Il croise les bras sur son torse et porte son index à ses lèvres.

– Voyons voir… Il est seize heures… Tu as un verre de blanc déjà entamé, posé sur le bar ; tu fais de la pâtisserie en écoutant ta musique à fond dans ton casque… Je dirais…

Il s'interrompt, se saisit de mon iPod et le repose sur l'îlot.

– … *Danse macabre* de Camille Saint-Saëns, constate-t-il. Petite crise, donc.

Je le regarde, médusée.

– OK, Paul, j'avoue, je suis un putain de livre ouvert ! Franchement, tu me fais peur.

Nous sommes un vieux couple. Nous n'avons plus de secrets l'un pour l'autre.

– Parle pour toi, Suricate ! proteste-t-il tandis que je continue de garnir mon plat du mélange obtenu plus tôt. Tu veux m'en parler ?

Ma conversation avec Ian me revient immédiatement en mémoire comme un boomerang.

– Je ne sais pas, Judas, et toi ? Tu n'as pas quelque chose à me dire ?

Paul écarquille les yeux. Mon ton n'est pas tranchant, mais suffisamment irrité pour qu'il comprenne mon agacement.

– Tu n'aurais pas quelque peu outrepassé tes droits de meilleur ami en parlant de ma vie privée à ton pote Ian ?

Il se décompose.

– Oh, Drea, je suis désolé. Ian est vraiment un très bon ami, il sait à quel point tu es importante pour moi. Ça m'a échappé au cours d'une conversation, bien avant que tu n'acceptes sa proposition.

Je prends une longue inspiration. Au stade où en sont les choses, je suis incapable de raisonner logiquement sur la suite des événements. Colin flirte avec moi, soufflant le chaud et le froid, mais peut-être est-ce sa façon à lui de tester ma résistance et ma détermination.

Peut-être que, une fois de plus, je m'emballe trop vite et que je tire des conclusions hâtives quant à son comportement. Je me ravise. Il n'y a rien à dire. Juste attendre et voir ce qu'il va se passer. Oui, c'est la meilleure attitude à adopter.

– Ça va, Paul, lui réponds-je enfin. Mais s'il te plaît, à l'avenir, tiens ta langue, je n'ai pas envie que mon futur patron connaisse ma vie dans ses moindres détails.

– Reçu cinq sur cinq, ma belle ! Ça n'arrivera plus.

Puis m'essuyant les mains sur mon tablier, je déclare :

– Je crois qu'il est temps, monsieur Serra, de vous offrir vos cadeaux !

Paul frappe dans ses mains comme un petit garçon excité au matin de Noël. Je me précipite dans la chambre pour en ressortir avec un sac chargé de présents.

Il en sort une première bouteille de grappa[6] du restaurant de mon père.

– Oh, mon Dieu ! s'exclame-t-il. Dis-moi que c'est ce que je crois, Suricate, et je t'épouse sur-le-champ !

Je pouffe.

– C'est ce que tu crois. Celui-là vient de mes parents. À consommer avec modération, bien entendu, plaisanté-je.

– Hum, Modération ? Je ne connais pas cette personne. Et je doute que ce soit ton deuxième prénom, répond-il d'un air des plus sérieux.

---

6. La grappa est une eau-de-vie qui vient d'Italie, et qui se déguste souvent avec le café de fin de repas.

Je me gondole de rire ! Que c'est bon de retrouver Paul. Il n'y a que lui et son humour pour me remonter systématiquement le moral et effacer mes inquiétudes.

Il sort une deuxième bouteille, de vin cette fois-ci, un côtes-du-rhône de 2009.

Je le vois contempler la bouteille longuement.

– Je crois que c'est le plus beau jour de ma vie, murmure-t-il, les lèvres frémissantes d'une émotion à peine feinte.

– C'est de notre part, à Stéphanie et moi. Mais j'ai prévu deux ou trois petites choses pour aller avec.

Il replonge la main dans le sac et en extirpe alors un pot de rillettes d'oie et un saint-marcellin savamment emballé.

– Tu es tarée ! s'exclame-t-il. Tu as de la chance que la peine de mort soit abolie depuis 2011 en Illinois parce que si tu t'étais fait choper à la douane avec ton pot de rillettes et ton fromage qui pue, tu ne revoyais plus jamais ta famille.

– L'amour n'a pas de frontières… murmuré-je en battant des cils et je récolte le plus beau des sourires.

La découverte des cadeaux se poursuit avec une boîte de calissons d'Aix et un sachet de pralines. Reste un dernier paquet au fond du sac, qu'il s'empresse de déballer. C'est un t-shirt bleu marine.

– Avant toute chose, Paul, je tiens à préciser que je n'ai pas approuvé ce cadeau.

Il hausse un sourcil et déplie le vêtement pour découvrir l'inscription floquée dessus : « Dans le Midwest, on baise en chaussettes ».

– Je ne crois pas avoir besoin de demander de qui celui-ci vient. C'est l'œuvre de la sorcière ; je dois terriblement lui manquer à ce que je vois.

– Mais c'est le cas, Paul. Tu lui manques vraiment.

Paul affuble Stéphanie de ce surnom depuis que, à la suite d'une soirée beaucoup trop arrosée, elle lui a sauté au cou, tentant littéralement de le violer. Conscient qu'elle avait bien trop bu pour être lucide, Paul l'a éconduite et Stéphanie l'a très mal pris, arguant qu'aucun homme ne lui résistait habituellement.

Qui plus est, Paul a toujours été effrayé par les femmes trop entreprenantes et aime la jouer chevaleresque et « *old school* » ; faire la cour, tenir la porte, offrir des fleurs, etc. Stéphanie est une vraie mante religieuse, en total contraste avec la personnalité de Paul.

S'en est ensuivie une longue période de joutes verbales et d'échanges de vacheries en tous genres entre mes deux amis, qui n'a cessé qu'une fois que Paul a quitté le territoire français. Ne se remettant pas de l'affront qu'il lui avait fait subir, elle l'a alors accusé de cacher sa véritable orientation sexuelle. Paul ne s'en est pas formalisé, mais cela a quelque temps jeté un froid au sein de notre trio. Et je soupçonne Stéphanie d'avoir développé des sentiments plus que fraternels à son égard.

Aujourd'hui, les tensions se sont apaisées, mais nous vivions à plusieurs milliers de kilomètres de notre ami, et je n'avais aucune idée de comment les choses se passeraient à l'occasion de nos retrouvailles.

– Je sais déjà où ce cadeau va se retrouver, soupire-t-il.

– Laisse-moi deviner, deuxième tiroir à gauche, avec le reste de la pile bleue, Mister Mystérieux ? plaisanté-je avec un air malicieux.

– Suricate ! Tu as fouiné ! C'est très vilain !

– Tu me connais, je n'ai pas pu m'en empêcher ! me défends-je.

Il saute de son tabouret et contourne l'îlot de la cuisine pour me prendre dans ses bras.

– Merci, Drea, je suis très touché par tous ces cadeaux. Mais tu n'aurais pas dû. C'est un plaisir de t'accueillir et tu m'as vraiment manqué.

Il accompagne le geste à la parole en me frottant doucement le dos, son autre main sur ma nuque.

À cet instant, le besoin pressant de mettre de la distance entre lui et moi me submerge. Comme si, malgré nos témoignages d'affection fréquents, je sentais, subtilement, la donne en train de changer entre nous. Je le repousse doucement pour qu'il relâche son étreinte et prends un air blasé que j'aurais pu facilement voler à Stéphanie.

– Mouais, bah, comme dirait Steph… je ne suis pas une pisseuse, alors t'attends pas à me voir chialer, hein ?

Il sourit et se dirige vers la mezzanine.

– Je vais prendre une douche rapide et me changer. Ce soir, mademoiselle Rosetti, nous sortons dans le grand monde !

***

Nous quittons l'appartement peu après dix-neuf heures pour nous rendre dans le quartier de Marina City. Nous poussons la porte d'un restaurant de fruits de mer sur West Wacker Dr et je suis tout émoustillée par l'élégance des lieux.

Nous dînons copieusement de tartare de thon et de crabes farcis, et la soirée se passe dans la décontraction la plus totale. Je ne peux m'empêcher de remarquer que notre serveur me fait du gringue de manière très appuyée, ce qui n'échappe pas à Paul non plus et ne manque pas de l'agacer. Il trouve culotté de sa part de flirter aussi ouvertement avec moi alors que je suis en compagnie d'un homme qui pourrait tout à fait être mon petit ami. Je finis par calmer Paul en lui administrant un tendre baiser sur la joue après être revenue des toilettes, ce qui a pour effet de freiner instantanément les assauts de notre serveur.

Paul me propose ensuite d'aller prendre un dernier verre. Nous remontons au nord du quartier où il vit, pour nous rendre dans un bar appelé le Dellilah. Le décor est sombre et je comprends tout de suite que nous nous trouvons dans un des bastions défenseurs du bourbon sous toutes ses formes.

Nous commandons des Old Fashioned[7] et allons nous installer dans un des box au fond du bar. C'est vendredi soir et l'endroit est bruyant, ainsi Paul vient se serrer tout contre moi sur la banquette pour que nous puissions discuter sans crier. Le malaise que j'ai éprouvé quelques heures plus tôt dans sa cuisine refait subitement surface. Notre relation n'avait jamais souffert aucune forme d'ambiguïté auparavant, mais je dois avouer que son comportement ambivalent me trouble, et pas de la meilleure des façons.

– Tu ne m'as pas raconté ta journée, au fait ? Comment s'est passée ta rencontre avec la brigade du restaurant ? me demande-t-il, penché à mon oreille.

– Plutôt pas mal… Ian est toujours aussi charmant et Rufus, le second du chef, a l'air d'être brillant et très sympathique.

Voyant se profiler une occasion de sonder les pensées de Paul, j'ajoute :

– Il y a aussi cette rouquine, Aria. Mon Dieu, Paul, je suis sûre qu'elle te plairait, c'est une vraie splendeur et je suis certaine qu'elle et moi allons devenir de grandes amies.

– Tu ne m'as pas parlé du chef ? poursuit-il en caressant l'intérieur de mon poignet avec la pulpe de son pouce.

Il a complètement balayé la perche que je lui tendais, que dois-je en déduire ?

– Oh ? Le frère de Ian ? Il est sympa, rien de plus.

Paul lâche soudain ma main et fronce les sourcils.

– Sympa ? Vraiment ? insiste-t-il, incrédule.

Bizarre, cet intérêt soudain qu'il porte à Colin…

---

7. L'Old Fashioned est un cocktail légèrement sucré, à base de bourbon ou de whisky.

Je ne sais pas si je dois lui parler de notre rencontre fortuite dans l'avion. Je décide d'éluder.

– Oui, enfin, tu sais, je n'ai pas vraiment eu le temps de me faire une idée. J'ai dû le voir à peine une heure, alors…

– Sympa… ce n'est pas le qualificatif que j'emploierais pour désigner le frère de Ian, il lui en fait voir de toutes les couleurs apparemment.

– Eh bien, ce n'est pas le sentiment que j'ai eu. Je suis sûre que nous allons parfaitement nous entendre.

Même si ce n'est pas tout à fait vrai, et que mon impression reste mitigée, je ne tiens pas à ce que monsieur Pipelette aille cafter à son frère. Paul ne dit rien et se contente de boire une gorgée de son bourbon. J'ai oublié, l'espace d'un instant, que mon ami a le don de lire dans mes pensées. Ma nervosité m'aurait-elle trahie ?

Puis il rompt le silence alors qu'à mon tour je sirote mon cocktail.

– Tu ne m'as jamais dit comment les choses s'étaient terminées entre Ben et toi.

Je sens une vague de bouffées de chaleur m'envahir, et les larmes me monter aux yeux. Il s'en rend compte immédiatement.

– Hey, Drea… murmure-t-il inquiet.

– Je t'en prie, Paul. Pas ce soir, le coupé-je.

Il acquiesce, résigné, et finit son verre, puis tente de détendre l'atmosphère avec quelques plaisanteries au sujet de son boulot. Mais l'ambiance est désormais tendue. Je lui demande de rentrer, submergée par la fatigue.

Nous nous souhaitons bonne nuit au pied de l'escalier qui mène à sa mezzanine, et je cours me réfugier dans ma chambre.

Je me recroqueville sur le lit et n'ai pas le temps de cogiter sur cette soirée pour le moins étrange. Transie de fatigue et dans un état proche de l'hébétude, je sombre dans un profond sommeil sans rêves.

***

Le reste du week-end se déroule normalement. Paul se comporte comme à son habitude, toujours chaleureux, tactile, mais à aucun moment, je ne ressens la gêne que j'ai éprouvée dans la soirée du vendredi.

Nous déambulons bras dessus, bras dessous dans le quartier du Loop, naviguant entre les buildings, les œuvres d'art et les boutiques. Il m'aide à choisir un nouveau téléphone et je souscris un forfait adapté pour les États-Unis. La chaleur est écrasante et nous sommes contents de profiter, en fin de journée, de la climatisation au Art Institute de Chicago, sur Michigan Avenue.

À la nuit tombée, j'ai, cette fois-ci, beaucoup de mal à trouver le sommeil. Je traîne les pieds jusqu'au salon et m'affale sur le canapé, déterminée à trouver un programme télé digne d'intérêt.

Alors que je suis en train de zapper frénétiquement, j'entends la porte de la mezzanine s'ouvrir. Je tourne paresseusement la tête. Paul se tient en haut des marches, torse nu, uniquement vêtu de son bas de pyjama.

Je déglutis péniblement. Je me sens particulièrement vulnérable ces derniers temps et je n'ai pas envie d'avoir à repousser Paul s'il tente quelque chose.

Je me gifle mentalement. Comment puis-je seulement l'envisager ?

Paul est comme ton frère, Drea. Il n'osera pas ! On se calme !

Il descend au salon et vient s'asseoir à mes côtés.

– Tu n'arrives pas à dormir ? murmure-t-il.

– Non... c'est l'enfer ! J'espère que je ne t'ai pas réveillé, au moins ?

– Non, j'avais du mal à trouver le sommeil moi aussi.

– Pourquoi est-ce qu'on chuchote ? demandé-je.

Il pouffe. Soudain, je détourne les yeux et tombe enfin sur un programme de choix.

– Oh, putain, Paul, regarde ! m'exclamé-je, folle de joie.

Il regarde la télé et sourit.

– *Princess Bride*[8] ? Il doit passer au moins une fois par semaine.

Je le dévisage, scandalisée. Il a l'air blasé alors que c'est juste de mon film culte qu'il parle d'un air moqueur.

– Nan, c'est vrai ? J'adoooore ce film, allez, on regarde ça !

– Comme vous voudrez[9]... plaisante Paul.

Je m'esclaffe, quand je le vois se lever brusquement.

– Mais ? Où tu vas ? Tu ne regardes pas avec moi ? le supplié-je en arborant des yeux de cocker.

– Je reviens, je vais faire du pop-corn !

Je lui souris, soulagée que la tension soit retombée entre nous.

Nous passons toute la durée du film dans un véritable bain de jouvence, à rire et à reprendre les répliques cultes.

Quand je reviens à moi au petit matin, Paul nous a recouverts d'un plaid et est profondément endormi tout contre moi. Nous sommes pelotonnés l'un contre l'autre, comme lorsque nous étions enfants. Je prends soudain conscience d'une triste évidence qui ne m'avait pas frappée jusqu'alors. Paul est seul. Abandonné par sa mère à l'adolescence, il n'a eu que mes parents et moi comme unique famille, jusqu'à aujourd'hui. Vivre si loin de nous tous ne doit pas être facile et je n'ai pas encore distingué les signes évidents d'une présence féminine à ses côtés. Ce constat me submerge de chagrin, et je ressens automatiquement l'envie viscérale de le protéger, de le prendre dans mes bras pour le câliner et le consoler.

Je me fais la promesse de prendre soin de lui, avec autant de ferveur qu'il prend soin de moi.

---

8. *Princess Bride* est une comédie fantastique et romantique de Rob Reiner, sortie en 1987.
9. Phrase culte de *Princess Bride* prononcée par le palefrenier Westley à l'intention de la princesse Bouton d'Or à chaque ordre qu'elle lui donne.

6

Le lundi arrive étonnamment vite. J'ai passé mon dimanche à potasser la carte du restaurant et à réfléchir aux différents entremets que je vais pouvoir proposer à Colin pour le changement de saison. Le chef qui officiait avant moi m'avait l'air audacieux. Je ne m'explique pas comment quelqu'un qui assumait de telles prises de risque a pu prendre ses jambes à son cou face à un mauvais garçon qui faisait son caca nerveux. Puisque visiblement, c'est de cela qu'il est question. Colin serait ingérable et colérique. Et aurait poussé plusieurs pâtissiers à rendre leur tablier. Pourtant, ce restaurant a tout ce qu'il faut pour faire des étincelles.

Néanmoins, il manque quelque chose au Bower selon moi : un plat et un dessert « signature ». Beaucoup de leurs concurrents fonctionnent comme cela. On fait le déplacement pour le baba au rhum de telle adresse, ou pour le risotto au homard de telle autre. Je vais sans doute devoir attendre un peu avant d'avancer quelques idées. Mieux vaut tâter un peu le terrain au début, prendre la température des lieux et essayer de mettre Colin dans ma poche.

Je suis, moi aussi, ambitieuse et je sais Ian de mon côté. Il est temps de se jeter dans le grand bain.

Arrivée au Bower, je suis de nouveau chaleureusement accueillie par Harper, un des serveurs que j'ai eu l'occasion de rencontrer vendredi. Aria n'est pas encore arrivée, mais il faut dire que je me suis présentée à huit heures du matin, soucieuse de prendre mes marques au laboratoire.

Je pénètre dans le couloir pour rejoindre les vestiaires quand je surprends des éclats de voix provenant du bureau.

– Je n'arrive pas à croire que tu baisses aussi facilement les bras !

Colin.

– Colin, sois raisonnable. Les faits sont là. L'auberge ne marche plus aussi bien qu'avant, c'est une évidence.

– Renvoie-moi là-bas, alors ! Laisse-moi reprendre la tête de la brigade !

– Colin, on a déjà essayé cette solution. Ce n'est pas la cuisine le problème, et tu le sais pertinemment ! Harrison est un chef très compétent. Cette auberge est un gouffre financier et nous arrivons à peine à louer des chambres en hiver.

Je savais que Ian avait une autre affaire, mais il ne m'a pas dit où elle se trouve. J'entends Colin pester et vociférer des propos incohérents.

– Tu as bien vu que cela ne donnait rien avec les investisseurs potentiels que tu as rencontrés en Europe la semaine passée, reprend Ian. Nous allons devoir prendre une décision d'ici à la fin de l'année prochaine si nous ne voulons pas creuser le déficit.

– Qu'es-tu en train d'insinuer ? Tu veux vendre ? tonne Colin, la voix teintée d'amertume.

– Je dis juste qu'il faut peut-être l'envisager. L'envisager sérieusement.

– Si tu fais ça, Ian, c'est comme… c'est comme tuer maman une deuxième fois.

Choquée par la violence des propos de Colin, je ne prends même pas le temps d'écouter la réponse de son frère. Je choisis ce moment pour m'éclipser et disparaître dans le vestiaire.

À peine une minute plus tard, j'entends la porte du bureau claquer violemment. Colin entre comme une tornade dans le vestiaire, le souffle court et le regard embrumé.

Je fais face à mon casier, mutique, quand j'ose enfin me retourner.

– Bonjour, Colin, lancé-je d'une toute petite voix, intimidée.

Il se tient au milieu de la pièce, les yeux perdus dans le vague, ses mains puissantes posées sur les hanches.

– Bonjour, Rosetti, répond-il sèchement, prenant soudain conscience de ma présence.

Il se dirige vers son casier et se saisit de son uniforme, puis il retire sa chemise. Il est dos à moi, et j'ai le loisir coupable de détailler sa physionomie sculpturale. Je remarque alors un tatouage entre ses omoplates, représentant une splendide fleur aux pétales parfaitement dessinés. On dirait une fleur de camélia, terminée par une épaisse tige qui descend jusqu'à la chute de ses reins. Sexy à mort.

Il se retourne brusquement et me dévisage.

Oups ! Prise en flagrant délit de matage.

Je fixe alors mon casier pour ranger mes affaires et attacher mes cheveux en un chignon serré.

– Tu veux ma photo, Rosetti ? maugrée-t-il.

Je choisis de ne pas relever et secoue négativement la tête, les yeux baissés sur ma blouse, que je tente de boutonner avec maladresse. Il claque de nouveau la porte de son casier et quitte la pièce de la même façon qu'il y est entré.

Une fois habillée, je prends mon courage à deux mains et vais toquer à la porte de mon patron. Un « Oui ? » prononcé d'une voix chevrotante m'invite à entrer.

– Ian ? Bonjour, tenté-je doucement.

Ian a les yeux rougis et semble totalement désemparé.

– Est-ce que tout va bien ?

– Bonjour, Drea. Oui, merci, tout va bien. Et toi ? Tu es matinale, dis donc !

– Eh bien… euh… C'est-à-dire que je n'ai pas trop le choix

avec la mise en place et tout ça, argumenté-je maladroitement.

– Bien sûr… soupire Ian, je suis bête. Pardon, je suis complètement à côté de la plaque ce matin.

Je me tourne pour fermer la porte et m'avance jusqu'au bureau sans que mon patron m'invite à le faire.

– Ian… je… je sais qu'on ne se connaît pas beaucoup. Mais si vous avez besoin de parler, n'hésitez pas, d'accord ? C'est parfois plus simple de se confier à une personne extérieure. Croyez-moi, j'en sais quelque chose.

Ian me regarde, médusé, puis s'affaisse complètement dans son fauteuil.

– Tu nous as entendus, n'est-ce pas ?

– Malgré moi, je peux vous le promettre. Est-ce que je peux faire quelque chose pour vous aider ?

Il me sourit. Et je sens dans son regard toute la reconnaissance qu'il me témoigne.

– Tu es un ange, Drea, mais non. Non, il n'y a rien à faire.

Il appuie ses coudes sur le bureau et passe les mains dans ses cheveux dans un geste las.

– Paul ne t'a jamais parlé du Pilgrim's Rest ?

Je prends une seconde pour réfléchir puis secoue la tête en signe de négation.

– C'est une auberge qui nous appartient, à Colin et moi, dans le Door County.

– Dans le Wisconsin ?

– Oui, sur la péninsule de l'État. C'est un endroit fabuleux en pleine nature ; j'y ai de magnifiques souvenirs. C'est là-bas que j'ai rencontré Paul pour la première fois. Il venait dans le coin pour faire de la randonnée et du canoë.

Il sourit, visiblement heureux de se remémorer cette rencontre.

Effectivement, Paul m'en a touché deux mots. Il y va de temps en temps pour se ressourcer. Je n'avais pas conscience qu'il parlait de l'auberge de son ami.

– Nous avons tout de suite sympathisé, reprend-il, j'ai été ébahi par ce beau garçon plein de vie, amateur de bons vins et qui vadrouillait seul. Mais… nous avons surtout un passé douloureux en commun, nos pères respectifs se sont donné la mort.

Je déglutis péniblement, secouée par cette révélation. J'étais au courant pour le père de Paul, mais je ne savais pas qu'un tel lien les rapprochait, Ian et lui.

– Un soir, l'alcool aidant, Paul s'est livré à moi. Nous étions tous les deux bouleversés. Je n'avais jamais rencontré quelqu'un d'aussi fort que lui. Il m'a aussi beaucoup parlé de toi. Il t'aime tellement.

Je rougis, incertaine de savoir si je veux entendre ce qu'il s'apprête à me révéler.

– Toutes ces choses que l'on fait par amour, avoue-t-il. J'ai quitté l'auberge pour mes deux enfants, Madeline, que tu connais déjà, et Jack. Mais je l'ai surtout fait pour ma femme. Elle rêvait d'une autre vie, c'est une citadine. Je savais quand je l'ai rencontrée qu'elle ne se ferait jamais à cette vie. Mais elle a fait l'effort. Je devais aider ma mère à maintenir l'auberge à flot après le suicide de papa. Puis, quand elle nous a quittés… tout naturellement, nous sommes partis. Je continue d'assurer la gestion de la propriété à distance. Je m'y rends une fois tous les quinze jours, et plus souvent si nécessaire. Colin a fait ses armes là-bas. C'est un excellent chef, tu sais ? C'est pour lui que la mort de maman a été le plus difficile. Tous nos souvenirs d'enfance sont intimement liés à cet endroit. L'auberge n'est plus rentable aujourd'hui, à mon grand désespoir. Colin a beaucoup de mal à l'accepter.

– Je peux le comprendre, acquiescé-je.

Nous restons silencieux quelques instants. J'éprouve un élan d'affection profonde pour Ian et son frère à cet instant, mais je n'ai moi-même pas de solution à apporter pour les tirer de leur désarroi.

– Ian… j'ai conscience que je suis jeune, et que je sais peu de choses, mais la vie m'en a appris une très importante.

Il se penche au-dessus de son bureau et je constate que j'ai toute son attention.

– Vous aimez cet endroit, n'est-ce pas ?

– Plus que tout, oui.

– Alors battez-vous pour cette auberge. Vous trouverez un moyen, j'en suis sûre. Quand on a foi en quelque chose avec autant de force, j'ose croire que tout est possible.

– J'aimerais que ce soit aussi simple, Drea, tu sais ? soupire-t-il, résigné.

Je hoche la tête, je sens bien que ma déclaration sonne comme un lieu commun à ses oreilles. Je lui souris, puis je me lève pour rejoindre les cuisines ; je sais que là, au moins, je suis bonne à quelque chose.

***

À neuf heures quinze, je suis à pied d'œuvre. Une fois ma toque en place et mon tablier noué, je procède à la mise en place de mon poste de travail, avec le concours de mon commis Leandro, qui m'aiguille sur les divers rangements du labo et les endroits où je trouverai tout ce dont j'ai besoin pour la journée. Dans la foulée, nous démarrons nos préparations de mignardises, de chocolat et d'agrumes.

Passés en revue les premiers détails de notre organisation militaire, je mets un point d'honneur à vérifier les commandes de fruits en provenance du marché où s'approvisionne le Bower (j'espère pouvoir m'y rendre moi-même dès cette semaine). Nous rangeons l'économat en chambre froide, vérifiant scrupuleusement les dates de péremption des divers produits déjà stockés. Je n'hésite jamais à renvoyer des fruits qui me semblent douteux ou qui ne me plaisent tout simplement pas. Je ne me laisse aucun droit à l'erreur.

À travers les baies vitrées du labo, ouvertes sur la cuisine, je peux voir le reste de la brigade s'affairer activement, et Colin me jeter des coups d'œil furtifs de temps à autre. Il ne laisse rien paraître de sa contrariété et, quand nous approchons les onze heures trente, Rufus me fait signe de les rejoindre avec la brigade pour un déjeuner sur le pouce avant d'attaquer le service. Le calme règne dans les locaux et je me sens fébrile, pressée de montrer ce que j'ai dans le ventre.

Une fois mon en-cas avalé en quatrième vitesse, je mets en place mon poste de travail afin que tout soit prêt avant le coup de feu. Aucun détail ne doit être laissé au hasard.

À midi, le balai des serveurs finissant de dresser les tables dans la salle fait doucement monter la pression. Harper vient me trouver pour me faire état du nombre de couverts attendus pour la journée. Le lundi s'annonce plutôt calme, mais nous ne sommes pas à l'abri d'une commande de dernière minute. C'est monnaie courante à l'Alessandro.

À l'heure de laisser entrer les premiers clients, la cuisine prend des allures de champ de bataille. Et je comprends enfin, en regardant tout ce petit monde évoluer autour de Colin, ce que Ian a voulu dire à propos de son frère. Il aboie les annonces et aide Rufus à finaliser le dressage des assiettes. Il occupe tous les postes sans empiéter sur le travail de chacun, assurant avec vigilance l'enchaînement du service dans les moindres détails.

Harper et les autres serveurs en salle déposent les bons tous azimuts au passe-plat et Colin crie les premières annonces pour les entrées. La cuisine vibre comme un essaim d'abeilles.

À midi trente, alors que Colin annonce les premières commandes en pâtisserie, il me signale que nous avons une requête de dernière minute pour un anniversaire de mariage. Le client veut quelque chose de léger et d'élégant. Après que Harper m'a communiqué les diverses contre-indications et consignes du client, je m'active dans le labo et lance en urgence la préparation d'un parfait au citron – ma spécialité. Je n'oublie pas, dans la foulée, de prodiguer mes conseils à Leandro, occupé à garnir les choux avec une mousse à la pêche de vigne. Les « oui, chef ! » fusent à tout va et témoignent du flux tendu constant régnant dans la cuisine.

À quinze heures, les derniers plats sont envoyés. Je m'apprête à aller me griller une cigarette avant de laver le laboratoire à grande eau, quand Aria vient me chercher, arguant qu'un client est désireux de m'adresser ses compliments.

L'anniversaire de mariage.

Je reçois les éloges des clients avec une immense satisfaction. Puis, après m'être délestée de mon tablier et de ma toque, je m'éclipse discrètement à l'arrière du restaurant pour savourer ma précieuse récompense.

C'est sans surprise que j'aperçois Colin à l'embrasure de la porte donnant sur l'extérieur. Comme je l'ai fait il y a deux jours, je lui tends mon paquet de cigarettes et il s'empresse de se servir en me remerciant d'un hochement de tête.

– Tu m'as beaucoup impressionné aujourd'hui, Rosetti, lâche-t-il.

– La journée n'est pas finie, rétorqué-je en souriant faiblement.

– Je commence à comprendre ce que mon frère a vu en toi.

Je suis touchée par ce compliment, qui semble venu de nulle part au regard de nos échanges tendus de ces derniers jours.

– Je crois que je peux en dire autant à ton sujet.

Je tire une nouvelle bouffée sur ma cigarette. Colin vient s'asseoir à mes côtés sur le muret. Nos épaules se touchent presque, et une vague de frissons me parcourt de la tête aux pieds.

– Je peux te poser une question ? lui demandé-je.

Il acquiesce sans me regarder.

– Pourquoi ne m'appelles-tu pas Drea, comme les autres ? Tu m'as appelée Rosetti toute la journée.

Il soupire et laisse passer quelques secondes. Il tourne son beau visage, ses agates de prairie verte plongées dans mon regard. La fumée s'échappe de ses narines avec une sensualité déroutante, mon cœur tressaute dans ma poitrine.

Dieu qu'il est beau, même après ce matin, même après qu'il s'est comporté comme un connard, il reste le plus bel homme que j'aie jamais vu.

– Toi et moi, on ne va pas s'engager sur cette voie, annonce-t-il d'une voix chaude qui suggère justement tout le contraire.

Je le contemple, stupéfaite.

Euh… c'était quoi, ma question, déjà ?

– Quelle voie, Colin ? murmuré-je.

Son visage est maintenant très proche du mien. Il regarde mes lèvres avec envie, je regarde les siennes, charnues, invitantes. Plus rien n'existe à part nous deux, dans cette petite cour intérieure à l'arrière du Bower.

– Ne me regarde pas comme ça, ajoute-t-il, éludant complètement ma question.

Nos souffles sont maintenant presque mêlés, il me perturbe, j'ai l'impression de perdre mes moyens face à lui. Je suis à la fois intimidée et terriblement excitée.

Puis, il pose les mains à plat sur ses cuisses, les frictionne machinalement et se lève d'un bond. Il écrase sa cigarette et tourne les talons, me laissant une fois de plus comme deux ronds de flan.

Frustration.

Je rentre à mon tour à l'intérieur pour prêter main-forte à Leandro et Hanna, une autre commis qui nous a aidés pendant le service.

Je prends un peu de temps au calme pour appeler Stéphanie et mes parents malgré l'heure tardive en France. Mes coups de fil restent brefs, je tiens juste à les rassurer et à leur communiquer mon nouveau numéro de téléphone.

Je n'évoque pas le comportement ambigu de Paul avec Stéphanie. Ne connaissant pas la nature réelle de ses sentiments à son égard, je ne veux pas lui causer de peine inutilement.

Le reste de la journée se déroule selon le même schéma que dans la matinée. Mais le service de la soirée est en réalité bien plus calme que celui du midi.

Aria vient me chercher, munie de deux verres et d'une bouteille de chardonnay, peu après le départ des derniers clients. Nous nous installons dans un recoin de la salle de restaurant caché par un petit paravent.

– Tu as fait des étincelles pour ta première journée, la Frenchie ! Quelles sont tes impressions ? Je suis curieuse.

Je savoure le doux nectar que nous partageons, pensive et surtout complètement éreintée.

– Je dois avouer que cela m'avait manqué. Et je suis moi-même épatée de voir avec quelle fluidité et quelle dextérité ce restaurant fonctionne.

Aria me sourit et porte son verre à ses lèvres.

– Que penses-tu du vin ?

– Il est très agréable, rond, assez fruité avec des touches d'agrumes et de… pomme verte on dirait ? réponds-je en levant mon verre de vin pour en contempler la robe.

– C'est un Beringer, de la vallée de Napa, en Californie. De manière générale, je préfère les blancs plus secs. Mais, en fin de soirée, j'aime savourer ce type de vin. Je pense d'ailleurs qu'il s'accorderait très bien avec ton fameux « parfait au citron », ajoute-t-elle en français dans le texte, avec un clin d'œil malicieux.

Je lui souris et me hisse sur mes deux jambes pour aller chercher un échantillon de l'entremets que j'ai laissé plus tôt dans le réfrigérateur.

Aria se saisit d'une petite fourchette et me regarde approcher, avec des étoiles dans les yeux. Elle prend une première bouchée et pousse un gémissement de satisfaction.

– Oh, mon Dieu. C'est juste… Je n'ai pas de mots, Drea !

Je pouffe. On se croirait dans la scène orgasmique de *Quand Harry rencontre Sally*.

– Ravie que cela te plaise !

Nous dégustons notre dessert en échangeant quelques boutades. Quand Ian passe la tête derrière le paravent, il fronce les sourcils, puis à son tour récupère une fourchette pour s'installer avec nous. Il se sert un verre de vin et nous scrute, amusé.

– On vous entend glousser depuis le vestiaire ! plaisante-t-il en enfournant un morceau de parfait dans sa bouche.

Il mâche très lentement, marque une pause et, enfin, il soupire.

– Ah, Drea ! Quel dommage que je sois déjà marié ! Je pourrais épouser ce dessert.

Nous éclatons de rire en chœur, observant Ian gémir sans retenue, au comble de l'extase.

– Je suis sérieux, je vais sans doute rentrer, demander le divorce à Caroline et partir vivre avec ce parfait au citron sur une île déserte.

Il n'est pas difficile de comprendre pourquoi Paul et Ian s'entendent si bien. Ils ont le même genre d'humour tous les deux.

– Je disais à Aria que j'avais vraiment apprécié ma première journée parmi vous, déclaré-je.

– Mmh, mmh… J'en suis enchanté, Drea ! J'espère que Colin ne t'a pas trop malmenée ? ajoute-t-il.

Eh bien…

Je m'apprête à répondre à Ian quand je perçois du remue-ménage provenant des cuisines. Colin rouscaille d'une voix sourde mais je distingue tout à fait son agacement malgré notre éloignement.

– Rosetti ! hurle-t-il.

Je me fige et mes deux comparses me dévisagent, perplexes.

Quand on parle du loup.

– Ça doit être moi ! soupiré-je, désabusée.

Je me lève pour me précipiter dans la cuisine, et je le distingue dans le laboratoire, derrière la baie vitrée. Il vocifère sur le pauvre Leandro qui, tête baissée, s'applique à mettre de l'ordre au poste de travail.

– Que se passe-t-il ? questionné-je en pénétrant dans le labo, impassible.

On dirait que monsieur fait son caca nerveux, le but est de ne pas se laisser intimider.

– Rosetti ! Je ne crois pas t'avoir permis de partir, s'écrie-t-il, portant à présent son regard sur moi.

Il bout de rage, et je me sens tout à coup toute petite.

– De quoi parles-tu ? Je ne suis pas partie, Colin, j'étais en salle avec Ian et Aria !

– Ton poste est dégueulasse ! hurle-t-il. Ici, personne ne part tant que les cuisines ne sont pas étincelantes !

– Je t'en prie, Colin ! Tu t'énerves pour pas grand-chose, là ! J'allais revenir, je profitais juste des quelques instants de calme avant de finir de ranger.

– Leandro n'est pas ton esclave ! maugrée-t-il, loin de se calmer. Il est de ton devoir de montrer l'exemple. Ton poste n'est pas propre, tu ne pars pas !

Leandro me regarde avec pitié ; je me doute bien que le pauvre n'a rien à voir dans cette histoire.

– Calme-toi, Colin ! Je vais ranger et laver le laboratoire ! Tu n'as pas besoin de te mettre dans des états pareils !

Je commence à faire couler l'eau sur une poignée d'ustensiles qui se trouvent encore dans le bac de l'évier.

– Ne me dis pas de me calmer, Rosetti ! Je suis ton supérieur, et c'est encore moi qui commande dans cette cuisine, à ce que je sache !

Je le regarde, effarée par cette réplique cinglante et tout bonnement injustifiée. Il croise les bras sur son torse, tapant du pied comme attendant une réponse de ma part. Alors je lui donne ce qu'il attend.

– Bien, chef ! À vos ordres ! réponds-je vivement pour clore le débat.

Puis il tourne les talons, crispé, me laissant, de mon côté, complètement ahurie.

– Sale con ! le morigéné-je en français tandis que je m'affaire nerveusement à mettre de l'ordre autour de moi.

Une partie de la brigade est encore présente derrière la baie vitrée et me dévisage avec compassion. Je viens d'assister à une scène surréaliste. Il est évident que Colin avait besoin de montrer à tout le monde, moi en premier, qui commande dans la cuisine. Pas étonnant que l'ancien chef ait foutu le camp finalement. J'ai affaire à un véritable maniaque du contrôle. Si Colin pique sa crise à chaque contrariété, travailler avec lui ne va pas être une sinécure. Je n'ai pas pour habitude de me laisser traiter de la sorte, surtout quand la réaction semble totalement disproportionnée.

Mais à la réflexion, je choisis de laisser couler. Mieux vaut m'écraser.

Pour le moment.

7

Allongée sur mon lit, je me laisse porter par le rythme lancinant de la musique et la voix de Dawn Golden. L'air est moite et je n'ai plus le courage de lutter contre la chaleur. Deux semaines se sont écoulées depuis mon altercation avec Colin au Bower. J'essaie tant bien que mal de comprendre ce qu'il se passe dans son esprit. À vrai dire, je suis épuisée. Depuis plus de trois mois, ma vie n'a pas connu de temps mort et tous les changements qui sont en train de s'opérer dans mon existence me donnent le tournis.

Colin ne s'est jamais excusé. Je continue à travailler en faisant bonne figure mais le cœur n'y est pas. Il est sans arrêt sur mon dos, analyse mes faits et gestes, conteste la moindre de mes décisions et j'ai parfois l'impression qu'il ne me fait pas vraiment confiance. Je pensais que nous avions pourtant trouvé un équilibre dès le premier jour.

Je me trompais.

Nous avons commencé à travailler sur la carte des desserts pour la saison. Mais mes interactions se font presque essentiellement avec Rufus ; Colin a instauré une sorte de guerre froide entre nous, et je sens bien qu'il garde ses distances volontairement.

Ian s'est absenté quelques jours pour une urgence à l'auberge. Et même si le calme est revenu pour un court instant au Bower, je suis constamment sur le qui-vive.

Je suis allée courir seulement deux fois à Lincoln Park depuis mon installation. Je n'ai le temps pour rien d'autre que la cuisine. C'est le jeu. Je le sais. Mais le plus dur dans tout cela est que Paul et moi nous croisons à peine. Je me rends au restaurant aux aurores et rentre tard le soir. Avec tout ce stress, je n'ai pas encore eu le temps de chercher un appartement. Je me sens comme submergée par une profonde nostalgie. Stéphanie me manque. Mes parents me manquent. Cela fait à peine trois semaines que je suis là et j'ai déjà le mal du pays. Ben a obtenu mon numéro – je ne sais comment – et me harcèle de messages. Je n'arrive plus à aligner une seule pensée cohérente.

J'entends toquer à la porte de ma chambre. Paul entre discrètement et m'observe, recroquevillée sur mon lit, dos à la fenêtre. Le matelas s'affaisse légèrement et il s'allonge derrière moi pour me prendre dans ses bras.

– Dis-moi ce qui te tracasse, Suricate… murmure-t-il dans mon oreille.

– Je réfléchissais, soupiré-je.

– Ouh là ! Ne te fais pas mal ! se moque-t-il.

Je ne réagis pas, aux prises avec mes doutes et remises en question. Je le sens se tendre, et bascule sur le flanc, face à lui.

Nous nous observons silencieusement, son doux regard noisette plongé dans le mien, alors qu'il tente certainement de sonder mes pensées. Dans un geste qui se veut coutumier entre nous, je passe ma main dans sa chevelure aux reflets dorés. Il aurait besoin d'une coupe de cheveux et de raser cette barbe. Bien qu'elle soit sexy, elle lui mange la moitié de son beau visage.

– Je devrais couper tes cheveux.

– Tu n'aimes pas ?

– Ils sont trop longs, on dirait un Viking.

Il ricane et pose sa main sur ma hanche, très doucement. Jusque-là, rien que nous n'ayons déjà fait, mais je vois bien qu'il teste continuellement les limites avec moi.

– Je suis désolée, Paul, je n'ai pas encore eu le temps de chercher un appart, avec tout ce travail au restaurant.

– Ce n'est pas grave, Drea, murmure-t-il en s'approchant très près de moi. Tu peux rester aussi longtemps que tu le souhaites. D'ailleurs, on pourrait envisager une colocation à long terme, qu'en penses-tu ?

– Je ne sais pas... réponds-je, hésitante. Je n'ai jamais vécu seule, tu sais ? Je suis partie de chez mes parents pour vivre avec Ben et je me dis que je devrais peut-être devenir un peu autonome.

– Drea, tu as l'air épuisée, nerveusement et physiquement ; tu as même perdu du poids, ça se voit. Je ne sais pas si vivre seule est une bonne idée. Au moins, avec moi, tu aurais quelqu'un pour veiller sur toi.

– Oui, mais...

Allez ! Il faut que je me lance, pour enfin connaître le fond de sa pensée.

– ... C'est un peu délicat, tu ne trouves pas ? Et si tu veux ramener une fille, un soir ? Enfin, je veux dire, ça ne me gênerait pas bien sûr mais...

– Ce n'est pas le cas.

– Quoi ?

– Je n'ai pas envie de ramener de fille ici.

– Oui et si, moi, je veux ramener un garçon ?

– Pourquoi diable ramènerais-tu un garçon ici, Drea ? Alors que tu m'as, moi.

Je soupire et me tourne sur le dos, les yeux rivés au plafond. Paul retire sa main et m'imite.

– Tu as raison, dis-je enfin. C'est loin d'être d'actualité de toute façon. Je n'ai pas du tout envie de replonger dans une histoire, quelle qu'elle puisse être. Je dois me recentrer sur mes priorités.

Paul croise les bras sur son torse et prend une longue inspiration.

– Drea…

Je ferme les yeux, toujours apaisée par la musique, cette fois-ci c'est « Discoloration » qui passe.

Paul va-t-il s'ouvrir ? Je ne supporte plus cette tension persistante entre nous.

– Je… je suis tellement désolé que Ben t'ait bousillée comme il l'a fait.

– Qu'est-ce que tu racontes, Paul ? Tu n'y es pour rien !

– Je sais… mais je voyais bien que ça n'allait pas, vous deux, j'aurais pu…

– Tu n'aurais rien pu faire ! le coupé-je. Paul, arrête ! Je suis seule responsable. Si j'avais eu le cran de le quitter plus tôt, il n'aurait pas…

Je m'interromps subitement. Je n'ai jamais évoqué les circonstances de ma rupture avec Paul. Seuls mes parents et Raphaëlle à l'Alessandro sont au courant.

– Il n'aurait pas quoi, Drea ?

Je me tourne de nouveau vers lui, appuyée sur un coude.

– Paul, pardonne-moi, mais je ne veux pas en parler.

Il se redresse sur le lit et pose la main derrière ma nuque. Puis, le plus tendrement du monde, il dépose un baiser sur mon front.

– Quand tu seras prête, Suricate. Rassure-toi, j'ai tout mon temps.

Je ne saurais dire si Paul parle de ce qu'il s'est passé avec Ben, ou si sa phrase porte un tout autre sens.

Une fois de plus, je choisis de l'occulter.

***

Après un copieux petit-déjeuner et deux ou trois emplettes dans le quartier, nous décidons de nous rendre à la plage pour passer l'après-midi. Nous partons à vélo et empruntons la piste cyclable qui longe le lac Michigan pour accéder à Oak Street Beach. C'est avec surprise que je découvre une plage artificielle immense, extrêmement propre et disposant de toutes les commodités nécessaires pour passer une journée parfaite. Le contraste de cette plage en plein milieu urbain avec une vue imprenable sur la *skyline* est époustouflant. Nous sommes le premier lundi du mois de septembre, jour de la fête du Travail aux États-Unis, et la plage est bondée.

Alors que je me mets en maillot de bain, Paul, qui ne me quitte pas des yeux, émet un grognement.

– Oui, je sais, j'ai un peu maigri, avoué-je, blasée.

Je n'étais déjà pas bien épaisse.

– Non, non, Suricate ! Tu m'as surtout caché ça ! s'exclame-t-il en pointant mon abdomen du doigt.

– Oh ! Ça ?

Je me suis fait faire un piercing au nombril juste après le départ de Paul. Cela n'a d'ailleurs absolument pas plu à Ben. Mais j'en avais envie depuis longtemps. Et j'avais complètement oublié la petite pierre brillante qui scintillait au creux de mon ventre plat.

Je lui souris.

– Il te plaît ? demandé-je avec un air coquin.

– S'il me plaît ? Bon sang, Drea, tu vas faire tourner quelques têtes, là !

Je glousse discrètement. Puis nous nous élançons en direction de l'eau. Celle-ci est fraîche, voire glaciale, mais j'accueille cette baignade comme une véritable bénédiction tant la chaleur de ces dernières semaines a été étouffante. Nous passons près d'une heure à batifoler ; je m'amuse à plonger la tête de Paul sous l'eau, chose qui n'est pas aisée. La bête est coriace. Mon Viking se débat, bouge dans tous les sens et parvient à son tour à me faire boire la tasse, pas une seconde découragé par mes menaces et mon déluge de jurons imagés.

Puis nous retournons à nos serviettes pour nous prélasser au soleil. Au bout d'un certain temps, je vois Paul se lever et s'éloigner pour répondre à son téléphone.

Il revient s'asseoir à côté de moi au bout de quelques minutes.

– C'était Ian.

– Ah ?

– Les enfants s'ennuyaient à la maison et je lui ai suggéré de se joindre à nous. Cela ne te dérange pas, j'espère ?

Les enfants de Ian s'ennuient et il appelle Paul ? Curieux. Surtout quand on sait que mon ami n'a pas une once de fibre paternelle.

– Il est seul ?

– Non, ils sont en famille. Mais avec cette chaleur, les petits sont ingérables. Drea, je sais que Ian est ton boss mais il est cool, ne t'inquiète pas.

Je hoche la tête et me rallonge sur ma serviette. Ce n'est pas ce boss-là qui me pose souci. J'espère seulement que Colin ne fait pas partie du package. Je ne tiens pas à ce qu'il me ruine mon jour de repos.

À peine un quart d'heure plus tard, une Madeline sautillante fait son apparition sur le sable, suivie d'un petit garçon un peu plus âgé. Ian, quant à lui, se débat avec le matériel de plage, les sacs et les jouets. Je plisse les yeux à l'approche des retardataires. Bon sang ! Colin est là. Une belle blonde accrochée à son bras. Mais je ne reconnais pas la fille de l'aéroport. Un profond sentiment de jalousie m'assaille aussitôt. Je suis verte de rage et cela sans raison. Je sens déjà que ma fin d'après-midi va être un véritable calvaire.

Ian lâche lourdement son chargement sur le sable, soufflant et pestant contre la terre entière. Puis il me présente Jack, 7 ans, passionné d'astronomie et bien plus taciturne que sa pipelette de petite sœur, qui m'apostrophe aussitôt.

– Tu sais, Drea, moi z'ai 5 ans ! zozote-t-elle en me montrant les petits doigts tendus de sa main.

– Eh bien, tu es déjà une grande fille, alors ! lui réponds-je, de nouveau sous le charme.

– Tu aimes mon maillot de bain ?

La poupée tourne sur elle-même maladroitement, arborant fièrement un minuscule bikini blanc avec des petites fraises et des volants sur les côtés.

– Je crois que je n'en ai jamais vu d'aussi beau !

– Toi aussi, tu es belle !

Mon deux-pièces triangle est loin d'être aussi joli. Sobre, rouge carmin, mais il est aussi rikiki que le sien. Je pique un fard. C'est officiel, je suis fan de cette gosse.

– Maddie, laisse Andrea tranquille ! intervient la jeune femme blonde.

Elle s'avance alors et me tend la main pour se présenter.

– Bonjour ! Je suis Caroline, la femme de Ian et la maman de ces deux petits monstres, ajoute-t-elle avec tendresse.

Ah ?

– Bonjour, je suis ravie de vous rencontrer, mais appelez-moi Drea.

– Drea, c'est un plaisir pour moi également et je suis contente de pouvoir enfin mettre un visage sur un nom. Colin ne parle que de vous.

Tiens donc ! Voyez-vous ça ! Il cache pourtant bien son jeu, l'animal.

Colin étale sa serviette à bonne distance, après m'avoir saluée froidement. Puis, il charge Madeline sur son épaule comme un sac de patates, et se précipite vers l'eau glacée. La fillette proteste et se débat, puis finit par abdiquer en se gondolant de rire.

Je m'étais juré de ne pas craquer. Je m'étais interdit de l'observer, mais c'est plus fort que moi. Dès l'instant où Colin a fait sauter son t-shirt, la dure réalité s'est imposée à moi. Une réalité sûrement aussi dure que ses abdos en béton. Ce mec est canon. Un connard arrogant bâti comme un dieu grec. Monde cruel.

Un corps massif, élancé, à la peau subtilement dorée. Son *boardshort* orange tombe bas sur ses hanches fines, laissant apparaître le V qui termine ses obliques parfaitement dessinés. Je réprime un gémissement, hypnotisée par le spectacle décadent de ses muscles bandés lorsqu'il soulève Maddie comme si elle était aussi légère qu'une plume.

Je m'exhorte à reprendre mes esprits. Le voilà qui s'amuse à éclabousser sa nièce comme un sale gosse. Merde ! Même ça, c'est torride !

Ian s'installe à côté de Paul et tous les deux entament une discussion à bâtons rompus. Quant à Caroline, elle s'applique à enduire de crème le petit corps frêle de Jack, tout en sermonnant son beau-frère depuis sa serviette.

Je m'allonge et ferme les yeux après avoir longuement contemplé Colin s'ébrouant dans les vagues.

De longues minutes plus tard, je suis arrachée à ma somnolence par une pluie de gouttes glacées qui s'abat sur ma poitrine. J'ouvre un œil pour apercevoir Colin en train de s'égoutter sur moi.

– Arrête, t'es con ! fulminé-je.

Il affiche un sourire diabolique et s'installe à même le sable juste à côté de moi. Tout le monde est désormais dans l'eau, mis à part nous deux.

– Tu ne te baignes pas ?

Je secoue la tête de gauche à droite.

– Tu as tort, elle est parfaite.

Je sens son regard se poser longuement sur mon corps et il prend son temps pour me détailler sans aucune gêne. Je suis en train de subir un vrai matage en règle. Il s'attarde sur mon ventre. Sans doute intrigué par mon bijou scintillant.

Je me redresse brusquement.

– Tu veux ma photo, Hatwood ?

Il ricane sans me lâcher des yeux.

– Je préfère l'originale, mais merci.

Je me sens devenir écarlate. Il recommence ce petit jeu. Ça ne va pas tarder à me gonfler.

– Vraiment, Colin ?

– Quoi ? Je ne vois aucun mal à se rincer l'œil.

– Non, je veux dire… Vraiment, tu veux jouer à ça avec moi ?

– De quel jeu tu parles, Rosetti ? rétorque-t-il, faussement indigné.

– Colin, soupiré-je, je parle de toi flirtant avec moi quand nous sommes seuls et me traitant comme de la merde dès que nous sommes en public.

– Je te sens sur les nerfs, Rosetti. Et je me demande bien pourquoi.

– Putain, ce que tu peux être agaçant ! pesté-je en sortant mon paquet de cigarettes de mon sac.

Il me regarde avec envie.

– Tu peux crever pour que je t'en offre une, mon pote ! l'invectivé-je dans ma langue maternelle.

Il me toise longuement puis lâche :

– Ce que tu es sexy quand tu m'engueules en français, Rosetti ! Je crois que si ton petit ami ne nous regardait pas à l'instant même, je te prendrais violemment sur cette serviette.

Je déglutis lentement, les yeux écarquillés.

Mon petit ami ? Il pense que Paul est mon petit ami ? Attendez…

Quoiiii ? Me prendre violemment, où ça ?

– Une veine que Barbie ne t'ait pas entendu.

– Barbie ?

Il semble chercher dans les tréfonds de sa mémoire à qui je peux faire allusion.

– La petite chanceuse qui est venue te chercher à l'aéroport à notre arrivée à Chicago.

Il explose de rire en se tenant les côtes. J'aperçois Paul qui nous regarde en fronçant les sourcils depuis le rivage.

– Elle s'appelle Kate. Et nous ne sommes plus ensemble, reprend Colin.

Mon pouls s'accélère. Je ne suis plus qu'un amas de chair en fusion. Il a appuyé sur le bon bouton et je suis en train de me liquéfier. Malgré mes efforts pour le cacher, son numéro de drague commence à fonctionner. Je me lève d'un seul coup de ma serviette, soucieuse de ne rien laisser paraître, et me dirige vers le bord de l'eau, mon paréo sagement noué autour de la taille.

– Je savais que tu avais trop chaud ! s'époumone-t-il.

J'ai la sensation de sentir son regard sur moi alors que j'approche des vagues. Je rejoins Paul, rouge comme une tomate.

– Tout va bien ? me demande-t-il, inquiet.

– Oui, nié-je effrontément. J'aimerais juste rentrer après ce bain, si cela ne t'ennuie pas.

Paul acquiesce, mais je remarque qu'il n'est pas dupe. Quant à moi, je suis bel et bien dans une merde noire. Colin a été plus que clair sur ses intentions à mon égard.

Et mon trouble face à lui est sans équivoque. Mais c'est un connard. Un vrai de vrai. Et je n'ose pas imaginer les dégâts que causerait une relation avec lui dans mon travail, dans ma vie. Je ne veux pas décevoir Ian. Il compte sur moi. Ce restaurant est une vraie chance. Je ne peux pas me permettre de tout foutre en l'air pour une histoire de cul. Car il n'est question que de cela dans l'esprit de Colin, j'en suis persuadée.

Je dois impérativement me ressaisir, sinon il va me bouffer toute crue. Et je ne suis pas sûre de pouvoir lui résister. J'ai beau être excédée par son arrogance, quelque chose en lui m'attire et m'appelle sans que je puisse parvenir à me contrôler.

8

J'ai définitivement pris mes marques au Bower et, trois fois par semaine, Rufus m'accompagne sur les marchés pour choisir les fruits de saison que je souhaite incorporer à mes recettes. Les Chicagoans étant friands du *farm to table*[10], il est courant d'aller chez les petits exploitants de la région des Grands Lacs pour obtenir des produits de qualité. De retour au restaurant, nous faisons le point avec Colin et Djaffar.

La nouvelle carte se met progressivement en place. Le « baba au rhum », le « fondant chocolat Gianduja » et la « tarte tatin » restent au menu. De mon côté, j'ajoute le « nougat glacé aux châtaignes et pralines », le « parfait au citron », le « risotto sucré à la vanille et à la granny-smith » et le « tiramisu à ma façon », qui remporte aussitôt un franc succès auprès de notre clientèle. Je réussis également à imposer le « café gourmand », un must dans les restaurants français, mais qui n'a pas encore complètement trouvé sa place chez les restaurateurs aux États-Unis.

Nous décidons de fermer le restaurant un soir par semaine, jusqu'à la fin du mois d'octobre, afin de perfectionner nos recettes.

Tout semble fonctionner parfaitement jusqu'à ce que Leandro arrive un jour au Bower, peu avant dix heures, dans un état lamen-

---

10. *Farm to table*, en français « de la ferme à la table », désigne le principe de supprimer les intermédiaires entre les producteurs agricoles et les restaurateurs.

table. Il est brûlant de fièvre et tousse comme un tuberculeux. Mon commis me jure qu'il est prêt à travailler et refuse catégoriquement de quitter son poste. Mais le service se traîne et je vois bien que le pauvre garçon en est au stade de décomposition avancée dès que les premières entrées sont commandées à la brigade.

À midi quarante-cinq, je l'envoie au vestiaire se passer un peu d'eau fraîche sur le visage mais, ne le voyant pas revenir, je finis par m'angoisser. Quand Harper vient s'entretenir discrètement avec Colin derrière le passe-plat, je comprends tout de suite que quelque chose de sérieux se trame.

Colin demande notre attention, et l'annonce tombe.

– Il semblerait que nous ayons un critique culinaire en salle. Il est accompagné et n'a pas encore passé commande. Je vous demande la plus grande précision pour la table huit et j'exige de contrôler toutes les assiettes qui lui sont destinées avant que celles-ci n'arrivent sur le passe !

La brigade scande un « oui, chef ! » collégial et la cuisine se remet en ébullition. Harper vient alors me trouver, paniqué, à l'entrée du laboratoire, en me faisant de grands signes. Il ne souhaite visiblement pas être entendu de Colin.

– Où est Leandro ? chuchote-t-il. Il faut qu'il revienne. Si le chef s'aperçoit qu'il n'est pas là, ça va barder.

J'acquiesce, comprenant que la situation risque de devenir explosive. Et je fais signe discrètement à Rufus d'approcher.

– J'ai besoin que tu me couvres, Rufus. Leandro ne va pas bien et je dois m'assurer qu'il ne lui est rien arrivé.

– Je te donne trois minutes. Si tu ne l'as pas retrouvé d'ici là, laisse-le crever dans son coin. On n'a pas le temps pour les petites natures, aujourd'hui.

Le discours austère du sous-chef ne me choque pas. En cuisine, qui plus est dans un grand restaurant, le moindre grain de sable risquant d'enrayer la dynamique de la brigade est redouté comme la peste. Ici, l'erreur n'est pas admise.

Sans perdre une minute, je fonce dans le couloir menant au vestiaire et pousse la porte, en proie à la panique la plus totale. Comme je le présageais, Leandro est écroulé dans un coin, grelottant de fièvre. Désemparée, je me précipite dans le bureau de Ian, priant pour qu'il y soit encore.

Je le trouve devant son ordinateur portable, ses lunettes sur le bout du nez, en pleine réflexion.

– Pitié, Ian, j'ai besoin de toi !

– Que se passe-t-il, Drea ? Calme-toi !

– Il y a un critique culinaire en salle qui attend d'être servi et Leandro a fait un malaise au vestiaire. Je dois retourner au labo avant que Colin ne s'aperçoive de notre absence, il faut que tu le ramènes chez lui ou que tu appelles une ambulance.

Ian bondit aussitôt de son siège et me suit jusqu'aux casiers où je venais de trouver Leandro dans une profonde léthargie. Nous parvenons à le mettre debout et je les accompagne à l'arrière du restaurant pour aider Ian à charger notre comateux dans son 4x4.

Une fois assurée que mon commis est conscient, je retourne en trombe aux cuisines. Mais c'est déjà trop tard. Colin a remarqué que j'avais quitté mon poste.

Je trouve les bons éparpillés sur la desserte et Rufus m'a lâchement abandonnée pour assister Patrick. L'invité surprise a commandé un bar au safran, mais je ne trouve nulle part la trace du bon pour son dessert. Colin continue d'aboyer les plats puis demande à Rufus de le relayer ; je comprends immédiatement que je vais entendre parler du pays.

Réfléchir vite et ne pas se laisser déstabiliser. Tu n'as rien fait de mal, Drea.

– Un mot, Rosetti, s'il te plaît.

Je m'approche, le menton levé, le défiant peut-être un peu trop du regard.

Chef ?

– J'annonce pour la huit un tiramisu et un parfait.

Son ton est monocorde, impossible de savoir dans quel état d'esprit il se trouve. Je n'en mène pas large, mais je ne montre rien, moi non plus.

– Oui, chef ! réponds-je énergiquement.

Je fonds sur mes spatules et mes poches à douille. Dieu merci, je suis bien organisée et tous mes appareils sont prêts. Un gain de temps considérable dans les situations de crise comme celle-ci.

Trente minutes plus tard, Colin hurle dans le laboratoire.

– Allô ! Le passe n'attend pas ! Qu'est-ce que tu fous, Rosetti ! Bouge un peu ton cul !

Qu'est-ce qu'il croit ? Je ne suis pas en train de buller. Je n'ai pas que les desserts de la table huit à dresser, et je suis seule. Les serveurs ne sont pas encore revenus au passe !

– Tu m'as entendu, Rosetti ! Qu'est-ce que tu fous ?

– Oui, chef ! Tout le monde a entendu d'ailleurs, marmonné-je en français.

Je me demande s'il a conscience que nous sommes dans un cube de verre, exposés au regard de tous les clients.

– Je te demande pardon ? s'écrie-t-il, bouillonnant de rage.

– Chef, je disais juste que chaque table est importante. Leurs assiettes ne sont même pas encore revenues en cuisine, les entremets seront prêts à temps, je m'y engage.

Je vois alors le visage de Colin se décomposer, comme si je venais de lui planter un couteau dans le dos. Mais contrairement à lui, je ne me laisse pas gouverner par ma colère et poursuis mon dressage. Le tiramisu et le parfait au citron sont envoyés *right on time*[11]. Et à quinze heures, mes jambes semblent ne plus vouloir me porter.

Colin se matérialise de nouveau à l'entrée du laboratoire, sous les yeux de la brigade, visiblement impatiente de connaître la suite de son feuilleton préféré.

– Je peux savoir ce que c'était que ce bordel tout à l'heure, Rosetti ?

Je lance un regard torve à Rufus à travers la baie vitrée. Celui-ci hausse les épaules, en guise de réponse.

Sympa !

– C'était un cas de force majeur, Colin, je...

– Chef, coupe-t-il subitement.

– Pardon ?

– Dans les cuisines, c'est chef ! Je t'interdis de m'appeler Colin. Et tu n'avais aucun droit de quitter ton poste sans me prévenir. Quelle qu'en soit la raison !

– Oui mais, là, Leandro avait fait un malaise et j'ai cru qu'il était dans un état grave. Je...

– Je ne veux pas le savoir ! vocifère-t-il. S'il était malade, il n'avait qu'à rester chez lui, ce n'est pas mon problème !

– Alors j'aurais dû le laisser crever dans son coin ? C'est ça que tu es en train de dire ?

– Je crois que j'ai été clair, tu n'as pas à contester mon autorité, et ça vaut aussi pour les autres !

Sidérée par cette démonstration de force, je vois huit têtes se baisser simultanément derrière la vitre, faisant mine d'être, tout à coup, très occupées.

Bon sang, mais quel salaud ! Il faut toujours qu'il ait le dernier mot !

– Enfoiré ! pesté-je en français.

---

11. Juste à temps.

Envahie par un sentiment de colère intense, je dénoue avec vigueur mon tablier, que je jette négligemment sur le plan de travail. Puis je bouscule Colin pour sortir de la cuisine alors que celui-ci me hurle de revenir pour nettoyer mon poste. Je déboutonne ma blouse rageusement dans le couloir. Soudain, on me saisit par le coude. Évidemment ! La huitième plaie d'Égypte m'a suivie. Il m'entraîne vers le bureau, force la porte et me pousse à l'intérieur avant de tourner le verrou derrière lui.

– Qu'est-ce que tu fous, Colin ? demandé-je, la mâchoire serrée.

– Je t'interdis de me contredire devant la brigade, Rosetti ! C'est inadmissible !

– Tu m'interdis ? m'écrié-je. Tu exiges ? Mais tu sais que tu peux *aussi* me parler correctement ! Je ne suis pas ton esclave ! Je suis ton chef pâtissier et j'ai droit au respect !

Colin me scrute, sidéré, son regard vert prenant des allures de lagon déchaîné dans la tempête.

– Je te donne un ordre, tu as le devoir de montrer l'exemple. Pour qui te prends-tu ?

– Tu perds complètement le contrôle, là ! Et tu ne vois même pas que tu abuses totalement de tes prérogatives !

– Drea, je…

– Avoue-le ! le coupé-je. Avoue que ça te fait bander de me hurler dessus !

Il s'avance vers moi brusquement, ce qui a pour effet de me ramener plusieurs mois en arrière, à ma dernière engueulade avec Benjamin. J'ai immédiatement un mouvement de recul.

– Putain ! souffle-t-il, se passant nerveusement la main dans les cheveux.

Puis avant que je ne réalise ce qui est en train de se passer, il fond sur moi, agrippe ma nuque et plaque sa bouche sur la mienne. Sa langue force la barrière de mes lèvres, s'enroulant autour de la mienne dans un baiser désespéré, achevant de brûler toutes mes terminaisons nerveuses. Il me pousse contre le bureau et, en un instant, ses mains sont partout sur mon corps. Il arrache les derniers boutons de ma blouse et empoigne mes fesses vigoureusement pour me hisser sur le bureau.

Je suis perdue, je suis en rage, mais c'est si bon, et ce pic de colère soudain fait grimper mon adrénaline en flèche.

Je plonge les mains dans sa chevelure soyeuse alors que sa bouche descend sur ma mâchoire, la couvrant de baisers aussi intenses que furieux. Le désir a pris possession de nos corps, durcissant la pointe de mes seins. Notre rage n'est que de tension sexuelle, depuis le début. Et nous voilà, cédant brutalement à la tentation qui embrase nos sens. Il se cale entre mes cuisses et je noue mes jambes autour de sa taille, prenant instantanément conscience de la preuve tangible de son ardeur frottant contre mon intimité. Il émet un râle presque animal qui me tire un gémissement.

Ne te perds pas en route.

Alors qu'il sème des baisers brûlants sur ma peau, ses mains glissent sous mon débardeur et je sens la douceur de ses doigts caressant mon ventre plat. Il remonte encore et attrape ma poitrine avant de pincer mes tétons, m'envoyant une décharge de plaisir. Sa langue, à présent dans le creux de mon cou, descend sensuellement jusqu'à la naissance de mes seins. Nous ne sommes plus que le glissement de nos peaux s'épousant dans une étreinte passionnée, nos halètements et nos gémissements.

Je veux savoir que je peux compter sur toi à cent pour cent.

Les paroles de Ian, bien qu'inopportunes dans le feu de l'action, rejaillissent dans ma mémoire et je recouvre, peu à peu, un semblant de raison.

– Colin, murmuré-je, haletante. Colin, on ne peut pas…

Il relève la tête et plonge son regard dans le mien.

– J'ai essayé, Drea, j'ai essayé de résister, gémit-il.

Puis il m'embrasse avec un désespoir qui me chavire, ses mains encadrant mon visage. Il stoppe son baiser et pose son front sur mon épaule, reprenant enfin ses esprits.

– On ne peut pas faire ça, insisté-je, à bout de souffle.

– Pardon, Drea… soupire-t-il d'une voix éteinte.

Puis il se redresse, s'éloigne à reculons, ses yeux fixant toujours les miens, où il peut sans doute lire ma tristesse et mon incompréhension. Il se tourne, déverrouille la porte et sort dans le silence le plus total.

9

Le reste de la journée défile dans une atmosphère brumeuse. J'ai le sentiment de me comporter comme un robot, répétant mécaniquement les mêmes gestes sans en avoir vraiment conscience. J'essaie de joindre Stéphanie, ressentant un besoin vital de me confier. Mais sans succès. Elle doit être au boulot, ou au fond de son lit. Je décide de ne pas laisser de message.

Après le service du soir, je prends brièvement des nouvelles de Leandro. Ian l'a conduit directement chez son médecin, qui lui a diagnostiqué une bonne grippe. Il doit rester couché chez lui les quatre prochains jours et se reposer.

Une fois de retour, Ian nous convoque, Colin, Rufus et moi dans son bureau, pour convenir d'une solution d'urgence pour les jours à venir. Nous décidons d'engager un deuxième commis en intérim pour le laboratoire, afin de pallier tout manque d'effectif. Ian me demande de participer au recrutement, arguant que je suis la plus susceptible de reconnaître les compétences à avoir pour me seconder.

Colin accepte sans rechigner toutes les directives de son frère et ne m'adresse pas un seul regard. Ian nous apprend ensuite qu'il a eu les premières retombées de la visite du critique culinaire qui s'était présenté plus tôt au Bower. Celui-ci a témoigné à Aria son extrême satisfaction quant au service et à l'ensemble de son repas.

Nous quittons le bureau, soulagés. Alors que Colin se dirige vers le vestiaire, je choisis de retourner en cuisine pour terminer le rangement et le nettoyage de mon poste de travail. Aria vient me retrouver, comme à son habitude, quelques minutes plus tard.

Je hausse un sourcil interrogateur en la voyant pénétrer dans le laboratoire, avec deux verres à liqueur et une bouteille de vodka.

– J'ai le sentiment que, ce soir, le chardonnay ne sera pas suffisant pour nous, Frenchie ! susurre-t-elle.

Je la remercie avec un sourire emprunté, et nous nous installons sur des caisses de fruits et légumes à l'entrée du garde-manger.

– Tu as eu une dure journée, pas vrai ?

On peut dire qu'elle va droit au but. J'aime ça.

– Colin a été… insupportable ! maugréé-je en avalant cul sec mon premier shot.

– J'ai cru comprendre, oui, acquiesce-t-elle en m'imitant.

Nous remplissons de nouveau nos verres sans attendre et ingurgitons chacune notre deuxième shot.

Aria écarquille les yeux en me voyant nous resservir.

– Ouh là, Frenchie ! Doucement, ma belle, je sais que c'était mon idée mais…

– Comment peut-il être à la fois aussi con et aussi talentueux ? la coupé-je en me jetant une nouvelle rasade d'alcool dans le gosier. Hein ? C'est quoi, son problème, Aria ? Je crois qu'il me déteste, soupiré-je.

L'alcool est doucement en train de me monter à la tête – je n'ai rien avalé depuis le petit-déjeuner –, et Aria s'en aperçoit immédiatement. Elle éloigne discrètement la bouteille et m'attrape par les épaules.

– Chérie, je ne sais pas ce que tu lui as fait, à notre chef. Mais je peux t'assurer une chose ! Le sentiment qu'il éprouve à ton égard n'a rien à voir avec la haine. Crois-en mon expérience.

Je la dévisage, dubitative, puis je noue mes bras autour de son cou dans un élan de tendresse désespérée, légèrement mâtiné par les effets de l'alcool.

– Tu es tellement gentille, Aria, bafouillé-je, complètement pompette. Tu es ma seule amie fille ici, tu sais ? Il m'arrive de me sentir si seule…

Sans que je contrôle quoi que ce soit, le barrage en moi cède alors, et je me mets à pleurer à chaudes larmes.

Aria, un brin décontenancée, me rend mon étreinte.

– Je crois que tu devrais rentrer te coucher, ma chérie. Tu as l'air épuisée.

– Mmh… Je vais commander un Uber, il n'y a plus de métro à cette heure-ci.

– Je vais la raccompagner, résonne soudain une voix masculine.

Je me tourne lentement, le visage inondé de larmes, et vois Colin à l'entrée de la cuisine, ses clés de voiture à la main. Il me scrute d'un air désolé.

– Tu es sûr, Colin ? demande Aria. Je peux m'en charger.

– Ne dis pas de bêtises, Aria, tu habites à l'autre bout de la ville. Rentre chez toi, je m'occupe de Rosetti.

Je contemple la scène, perplexe, sans pouvoir articuler la moindre parole. Comment se peut-il que je sois déjà aussi saoule ? Et comment se fait-il que l'on parle de moi comme si j'avais 5 ans ?

Sinon, je suis là, hein. Vous pouvez aussi me demander ce que j'en pense.

Aria se lève et passe devant Colin en sortant de la cuisine. Lui ne me lâche pas des yeux depuis qu'il est entré dans la pièce, et je me sens un tout petit peu nunuche de perdre mes moyens devant lui. Soudain, Aria revient sur ses pas, hésitante.

– Je peux te faire confiance, hein ? murmure-t-elle, visiblement mal assurée. Pas de conneries, d'accord ?

Youhou ! Serais-je devenue invisible ?

– Tu me prends pour qui, Aria ? siffle Colin entre ses dents.

Aria disparaît alors pour de bon, me laissant seule avec mon vague à l'âme, et mon tortionnaire slash chauffeur slash fantasme fait homme.

Il s'approche pour m'aider à me relever. Je trébuche mollement et pouffe comme une abrutie. Colin ne bronche pas. L'ambiance est redevenue glaciale entre nous et un profond malaise s'installe. De toute façon, je suis complètement pétée et incapable de réfléchir correctement.

Nous arrivons sur le parking derrière le restaurant. À ma grande surprise, il nous dirige vers une camionnette toute décrépite, loin du monstre aux chromes rutilants auquel je m'attendais de sa part. Il me fait monter du côté passager et démarre. Je lui indique la direction de Lincoln Park.

La tête appuyée contre la vitre, je tente avec difficulté de recouvrer mes esprits mais la fatigue et le fait de n'avoir rien d'autre dans le ventre que quatre shots de vodka pure rendent les choses très difficiles.

– Je te remercie de me raccompagner, dis-je enfin.

– C'est normal. Je suis sûr que ton petit ami n'apprécierait pas de te savoir seule dans les rues de Chicago à cette heure de la nuit.

– Tu parles, persiflé-je. Il n'en a plus rien à foutre.

Colin jette un coup d'œil furtif vers moi, étonné.

– Ça m'étonnerait beaucoup, rétorque-t-il. Il m'a l'air d'être très accroché.

Ah mais oui ! J'oubliais. Colin pense que Paul est mon fiancé. Pff, crétin !

– Paul n'est pas mon petit ami, déclaré-je platement. Et il n'est pas amoureux de moi, il est comme mon frère.

J'entends Colin inspirer profondément, puis se mettre à bafouiller :

– J'avais cru… Je croyais que vous étiez ensemble.

Il se tait, et finit par se concentrer sur la route. Je le détaille longuement, sa mâchoire carrée couverte d'un début de barbe lui donne un petit air *bad boy*, les manches de sa chemise sont roulées autour de ses avant-bras puissants et bronzés, ses boucles claires ondulent dans la brise s'engouffrant par la fenêtre de la voiture. Je soupire.

– Mon ex était un homme violent ; la seule chose qu'il n'aurait pas appréciée aurait été qu'on me cogne à sa place.

Voilà. Je l'ai dit.

Ce que je refuse d'admettre depuis des mois. Des années. La triste réalité qu'était ma relation avec Benjamin, je viens enfin d'avouer à haute voix une des vérités qui a terni mon couple pendant si longtemps. J'ai mis des mots dessus. Plus d'échappatoire possible.

Colin me regarde avec une expression indéchiffrable sur le visage. Je me sens aussitôt coupable d'avoir été aussi directe.

– Je ne l'ai jamais dit à personne, ajouté-je, comme pour adoucir la portée de ma révélation.

C'était vrai, je n'en avais jamais parlé. Le soir où j'ai quitté Ben, il m'avait frappée tellement fort que je n'ai pas pu le cacher à mes parents quand je suis arrivée chez eux. Raphaëlle, ma supérieure à l'Alessandro, a dû être mise au courant également. Mon visage semblait avoir subi une série d'opérations esthétiques ratées ; difficile d'éluder la question.

Néanmoins, ni Stéphanie, ni Paul, ni même Bertrand n'ont su ce qui s'était passé ce soir-là. Mais soudain grisée par l'alcool qui court dans mes veines, je ressens le besoin de me confier. Me confier à Colin, la dernière personne à qui j'aurais pensé raconter mon histoire.

***

Quatre mois plus tôt

J'entre dans l'appartement plongé dans l'obscurité. Je m'avance, mon sac sur l'épaule, mes courses à bout de bras et le courrier coincé sous mon aisselle gauche. Mon barda posé sur la table du salon, je me penche vers la lampe de la console pour éclairer la pièce.

Quand je me tourne, je pousse un cri d'effroi. Ben est assis dans le fauteuil du salon, un verre de whisky à la main, le regard éteint. Une immense fatigue s'imprime sur son visage préoccupé. Ses cheveux sont en bataille et je ne sais pas depuis combien de temps il est là mais il est toujours en costume, sa cravate dénouée autour du cou. Je porte ma main à mon cœur, reprenant mon souffle, pensant que toute cette mise en scène n'augure rien de bon.

– Que fais-tu assis là dans le noir, chéri ? articulé-je, peu rassurée.

Il ne répond pas. Il se contente de prendre une rasade de son whisky hors d'âge tout en me dévisageant.

Puis, il se lève et avance vers moi lentement, tel un prédateur prêt à bondir sur sa proie. Il me fixe intensément et jette sur la table une liasse de feuilles retenues par une pince avec une carte de visite agrafée sur la première page.

Comment l'a-t-il trouvé ? Je l'ai glissé dans ma mallette d'ustensiles, rangée sous l'évier de la cuisine et ne l'ai pas ressorti depuis mon retour de Milan.

Le contrat de travail du Bower accompagné de la carte de visite de Ian Hatwood.

– Tu comptais m'en parler, Drea ?

– Je… je… Non, Ben, enfin je veux dire, je n'allais pas le faire puisque je n'ai pas l'intention d'accepter.

Il hoche la tête lentement, regardant tout autour de lui, puis ses yeux reviennent se poser sur moi.

– Et je peux savoir de quoi il s'agit exactement ?

– C'est une offre d'emploi, c'est tout.

Je pose le courrier sur la console à ma droite et dénoue mon chignon, un geste trivial, comme pour effacer la tension qui envahit la pièce.

– À Chicago, Drea ! s'écrie-t-il, me faisant sursauter. C'est une putain d'offre d'emploi, à Chicago !

– Je sais de quoi ça a l'air, Ben, mais je t'assure que je n'avais pas l'intention de donner suite à cette offre. C'est…

– Vraiment ? m'interrompt-il. Alors tu ne vois pas d'inconvénient à ce que je fasse ça ?

Il se saisit du contrat, toujours sur la table, et fait mine de le déchirer.

– Non ! m'écrié-je.

Les bras de Ben retombent le long de son corps.

– Pourquoi me mens-tu, Drea ? Je mérite au moins ton honnêteté, tu ne crois pas ?

Je commence à sentir la sueur perler dans mon dos et les larmes me monter aux yeux. Il m'a déjà giflée à deux reprises. Je me souviens très bien de la dernière fois. Encore une crise de jalousie sortie de nulle part au sujet de Paul. J'ai conscience de l'avoir poussé à bout en lui reprochant d'avoir trop bu et de délirer complètement.

Mais cette fois-ci, c'est différent. Je ne l'ai jamais vu dans une colère pareille.

– Je ne te mens pas, Ben ! lui juré-je. Paul a cet ami à Chicago qui cherche un chef pour son restaurant, il lui a parlé de moi et il a voulu me voir à Milan, c'est tout ! Je n'ai rien provoqué, je t'assure.

– Nous y voilà ! hurle-t-il sur un ton vainqueur. Paul ! Encore et toujours Paul !

– Arrête, Ben, je t'en supplie. C'est arrivé quand nous étions séparés en février dernier. Paul a pensé que ça pourrait m'aider.

– Il t'a baisée ?

– Quoi ? Non ! Comment peux-tu dire ça ? Tu sais pertinemment qu'il n'y a rien de tout ça entre lui et moi.

– Il est toujours présent, Drea ! Même à des milliers de kilomètres, il s'insinue dans notre couple, distillant son venin... Tu crois que je ne vois rien ?

– Mais qu'est-ce que tu racontes ? Paul est mon meilleur ami !

– Avoue-le, Drea ! Tu en rêves ; s'il ne t'a pas encore baisée, tu en meurs d'envie ! Je le savais depuis le début, que ce type était une ordure.

Les larmes sont désormais bien là, dévalant la courbe de mes joues.

– Comment oses-tu dire ça ? C'est toi que j'aime ! Après tout ce que tu m'as fait subir, c'est vers toi que je reviens, à chaque fois.

– Prouve-le-moi !

– Que... Quoi ? sangloté-je

– Appelle-le !

– Non ! Pourquoi ? Arrête, c'est ridicule !

– S'il n'y a rien entre vous, si c'est vrai que tu n'as pas envie de lui ? Je veux te voir l'appeler maintenant, devant moi ! Et tu dois lui dire que tu ne veux plus jamais le revoir ou entendre parler de lui.

J'éclate en sanglots, ne pouvant plus retenir mon chagrin, secouée par les hurlements de Ben. Je me crispe complètement, attendant que l'orage passe.

Puis avant que je n'aie le temps de relever la tête, Ben m'empoigne par les cheveux et me projette violemment contre la console de l'entrée. Ma tête tape contre l'angle du meuble et je m'écroule, complètement assommée. Je peux distinguer Ben, en train de prendre mon sac, l'ouvrir et répandre son contenu sur la table. Il attrape mon téléphone portable et cherche le numéro de Paul dans mon répertoire. Puis, il vient s'accroupir devant moi et porte le combiné à mon oreille. Les relents d'alcool chargeant son haleine infiltrent mes narines – visiblement, il n'en est pas à son premier verre.

– Tu vas lui parler ! Tu vas le lui dire, espèce de salope ! Personne d'autre que moi n'a le droit de te baiser ! Est-ce que c'est clair ?

Je hoche la tête, tétanisée, quand une voix presque mécanique résonne dans le haut-parleur de mon téléphone.

« *The number you're trying to reach is no longer available.* »[12]

Le message se répète en boucle. Ben regarde le téléphone et le jette violemment contre la porte d'entrée dans un élan de rage.

– Qu'est-ce que c'est que cette connerie ? vocifère-t-il.

Il me saisit brutalement par le bras pour me relever alors que je sanglote toujours. Et m'entraîne vers la chambre à coucher.

– Tu vois, ton meilleur ami, il n'est même pas là quand tu as besoin de lui ! Ce soir, je vais te baiser et il saura que tu m'appartiens ! Tu es à moi ! Pas à cette espèce d'enculé !

– Non ! Benjamin ! Je t'en prie ! Ne fais pas ça ! l'imploré-je, désespérée.

Probablement lassé et agacé de me voir lui résister, Benjamin m'assène un violent coup de poing dans le ventre et un autre au visage. En quelques secondes, je perds connaissance.

Quand je reprends conscience, Ben ronfle sur le lit à côté de moi. Je me lève péniblement pour me rendre à la salle de bains. Je manque de pousser un cri d'épouvante en voyant l'état de mon visage. La situation m'a complètement échappé. Ben ne s'est jamais montré aussi brutal. Je retire mes vêtements à moitié déchirés, anéantie par les traces de violence que je constate sur l'ensemble de mon corps. Puis, j'enfile un pantalon de jogging et un sweat chaud.

Je me rends dans le salon, récupère mon sac et rassemble toutes mes affaires. En me baissant pour ramasser mon téléphone, j'aperçois le contrat de travail du Bower au pied du canapé. Je le range précautionneusement dans mon sac à main. Je prends

12. « Le numéro que vous essayez de joindre n'est plus attribué. »

quelques secondes pour regarder autour de moi. J'entends Ben grogner dans son sommeil depuis la chambre et une bile acide remonte dans ma gorge. Comment peut-il dormir après tout ça ? Après m'avoir brutalisée de la sorte ? Un bruit sourd de draps qui se froissent me sort de ma torpeur. Et l'angoisse d'être surprise en train de fuir me saisit.

Alors, avec le peu de courage et de dignité qu'il me reste, je quitte l'appartement, et je quitte Benjamin.

***

Colin gare sa camionnette devant le petit immeuble de Paul. L'ambiance est tendue, il n'a pas pris la parole depuis un long moment. Je me sens un peu bête de m'être livrée sans concession, alors que nous nous connaissons à peine, même si je ne peux nier le lien fragile qui semble se créer entre nous. Il s'est contenté de m'écouter sans rien dire, concentré sur la route qui défilait devant nos yeux, la mâchoire parfois légèrement contractée. Son énervement ne fait aucun doute.

D'un pas vif, il sort du véhicule pour en faire le tour et m'ouvre la portière. Je me hisse hors de l'habitacle et accepte son aide pour descendre. Il garde ma main dans la sienne pendant que nous montons les marches jusqu'à la porte. Je me tourne pour le regarder et il me fait signe d'entrer.

– Je t'accompagne jusqu'à ta porte, déclare-t-il d'une voix douce.

Nous empruntons la volée de marches jusqu'au seuil de l'appartement, puis il prend délicatement ma joue en coupe. Ce geste si soudain et familier me surprend mais je ne le repousse pas. Il me contemple un long moment, son regard vert empli d'une infinie compassion. Je ferme les yeux une seconde, succombant à sa caresse, et le sens se rapprocher lentement.

– Drea… soupire-t-il. Je suis tellement désolé que tu aies dû traverser tout ça.

Je hoche la tête tristement. Il n'y a rien à dire. Ces mauvais souvenirs appartiennent au passé. Il se penche très doucement au-dessus de moi, je suis prête à accueillir le baiser qu'il veut me donner. Soudain la porte de l'appartement s'ouvre brusquement ; je repousse Colin par réflexe.

Paul se tient dans l'embrasure de l'entrée, interdit. Je n'ai rien à cacher à mon ami, et je me sens pourtant très mal. Comment expliquer que j'ai pu confier aussi facilement à Colin cette part sombre de ma vie quand Paul en ignore les moindres détails ? Cela pourrait lui sembler injuste.

– J'ai entendu du bruit, se justifie-t-il d'une voix éteinte.

Colin salue Paul brièvement et se tourne vers moi, résigné.

– À demain ? murmure-t-il.

– Oui, à demain.

Puis, il descend rapidement les escaliers et disparaît derrière la porte principale.

J'entre dans l'appartement, et entends Paul refermer derrière moi. Je n'ai pas envie de parler. La vodka coule encore dans mon sang et cette journée a été éprouvante. Je n'ai qu'une crainte, que mon ami me demande de m'expliquer sur ce qu'il pense avoir surpris.

Je retire mes chaussures, passe mes mains sur mon visage, le regard inquisiteur de Paul toujours sur moi. Puis, sans un mot, il monte sur sa mezzanine et s'enferme dans sa chambre.

Je l'ai blessé, je le sens bien. Mais pour l'heure, la seule chose que je souhaite est de me glisser dans mon lit et ne plus penser à cette journée.

Nous aurons tout le loisir de parler demain.

10

Au matin, terrassée de fatigue par une nuit agitée, je n'entends pas mon réveil sonner. Et je me lève à huit heures en catastrophe. Je me brosse les dents sous la douche et enfile la même tenue qu'hier pour gagner du temps. Je me précipite dans la cuisine pour me servir une tasse de café quand je trouve un mot de Paul laissé sur l'îlot.

Suricate, je voulais t'attendre pour te parler ce matin,
mais tu dormais si bien que je n'ai pas osé te réveiller.
Je pars en déplacement jusqu'à la semaine prochaine.
Je suis joignable sur mon portable.
À mon retour, il faut qu'on parle.

Je déglutis, sentant l'angoisse m'envahir. L'usage de mon petit nom dans son mot me laisse penser qu'il n'est pas fâché contre moi. Mais c'est sa dernière phrase qui me fait le plus peur. « À mon retour, il faut qu'on parle. » Parler de quoi ? Je ne dois pas céder à la panique et m'emballer, comme à mon habitude. Mais les événements d'hier et sa réaction quand il m'a aperçue dans les bras de Colin me laissent un goût amer. Souhaite-t-il que je parte ? A-t-il des sentiments pour moi plus profonds que l'amitié qui nous lie ?

Je n'arrive pas à imaginer cette option. Je n'ai jamais envisagé Paul de cette manière. Il est beau, extrêmement gentil et intelligent. Mais non. Paul ne m'attire pas. On n'est pas attiré par son frère.

J'arrive au restaurant un peu avant neuf heures trente. La salle et la cuisine sont calmes. Leandro n'est pas là, je vais donc devoir assurer la journée seule. Dans mon état de fatigue, je doute que mon pragmatisme et mon optimisme me soient d'un grand secours aujourd'hui.

Je trouve Colin dans le vestiaire, il m'adresse un sourire chaleureux qui me fait fondre. Je suis peu de chose devant cet homme splendide, malgré son caractère bipolaire assez déconcertant.

– Bonjour, Rosetti ! me dit-il, toujours souriant.

– Bonjour, Colin ! Tu as bien dormi ?

Nous nous jetons des coups d'œil gênés, comme deux ados maladroits ne sachant quoi faire de leurs mains, un rictus niais plaqué sur le visage.

Il se tourne vers moi en boutonnant sa blouse.

– J'ai dormi seul, Rosetti.

Je rougis instantanément. Cette pique de provocation lourde de sens m'est très clairement destinée, mais je ne veux pas l'encourager sur cette voie. La situation devient un peu trop ambiguë à mon goût. Je me dépêche de me changer alors qu'il quitte le vestiaire en sifflotant. Puis je gagne la cuisine avec la sensation que, malgré mon manque de sommeil, la journée s'annonce bonne.

Nous commençons par une réunion d'équipe et un point sur la santé de Leandro. Nous sommes, avec Ian, en pleine prospection pour trouver un second commis. Le restaurant affichant complet pour les trois prochains mois, il a été décidé d'embaucher quelqu'un sur le long terme. Ian doit recevoir un certain nombre de candidats dans la semaine et n'hésitera pas à me solliciter pour avoir mon opinion. Colin annonce enfin que Rufus prendra sa place jusqu'à nouvel ordre. Je tique un peu car, à aucun moment, il n'a pas été fait mention que lui ou Ian allait devoir s'absenter.

Rejoignant le laboratoire pour mettre en place mon poste de travail, je vois arriver Colin, en train de nouer son tablier.

– Tu fais quoi, là ? lui demandé-je, étonnée.

– Aujourd'hui, je suis avec toi.

– Tu déconnes ?

– Non, je suis très sérieux ! Tu as devant toi ton nouveau premier commis jusqu'à ce que Leandro revienne.

J'explose de rire, croyant à une blague, mais je dois admettre, au bout de quelques minutes, qu'il ne plaisante pas.

– Colin, c'est ridicule ! Prête-moi plutôt un apprenti ou un stagiaire. Tu ne vas pas bosser sous mes ordres ?

– Je ne vois pas en quoi cela te gêne, Rosetti. Je le fais bien volontiers et tu vas pouvoir un peu te venger. Avoue que c'est excitant, non ?

Je pouffe de nouveau. Qu'est-ce qu'il me fait, là ? Il passe en mode charmant alors que j'ai eu plus d'un mois pour constater l'étendue de sa goujaterie.

– Je te donne une heure avant de craquer, lui dis-je en affichant un sourire diabolique.

– Alors tu peux considérer que tu as gagné ton pari, Rosetti, annonce-t-il en papillonnant des cils.

Je le dévisage, sceptique, tandis qu'il s'approche de mon oreille et murmure :

– J'ai déjà craqué.

Euh… un défibrillateur ? Quelqu'un ?

Le service se passe étonnamment bien. Colin est très concentré et efficace, il jette de temps à autre des coups d'œil au travail de la brigade, mais il s'investit totalement au poste de pâtisserie. Nous enchaînons les services et prenons toutefois le temps de fumer une cigarette au calme dès que le besoin s'en fait sentir. Il est extrêmement charmant et doux. Je ne suis pas habituée et ne peux m'empêcher de me questionner sur ce soudain changement de comportement.

À la fin de la journée, après qu'Aria et Ian nous ont rejoints, nous dégustons une bouteille de vin espagnol autour d'un plat de lapin farci aux olives et au chorizo, un pur délice !

Le jour suivant se déroule de la même façon, dans la bonne humeur et les fous rires. Colin et moi décidons finalement d'embaucher une personne à plein temps pour le laboratoire. Nous ne serons pas trop de trois pour gérer la partie « pâtisserie ».

Nous recevons trois candidats potentiels et je n'en retiens qu'une. Une jeune Argentine de 23 ans, prénommée Pilar, qui a travaillé sous les ordres d'un chef catalan mondialement connu pour sa cuisine moléculaire. Je ne suis pas une grande adepte de ce type de gastronomie, mais les états de service de la jeune Pilar me font pâlir de jalousie et j'exprime vivement à Ian mon désir de la voir rejoindre la brigade au plus vite.

En à peine vingt-quatre heures, Pilar prend ses marques, signe d'un grand professionnalisme, et Colin quitte, visiblement à regret, le laboratoire, pour reprendre sa place de chef à la tête de la brigade. Leandro revient demain et je suis très impatiente de le retrouver gonflé à bloc.

Seulement, le lendemain matin, cinq jours après le départ de mon commis en congé maladie, je suis dans l'incapacité de sortir de mon lit. Je suis terrassée par la fièvre et tellement courbaturée que me rendre aux toilettes se révèle une véritable épopée.

J'appelle Ian avec le peu de force qu'il me reste pour l'avertir que j'ai attrapé la grippe de Leandro, mortifiée de laisser la cuisine à mes deux commis alors que je suis en poste depuis si peu de temps. Ian me rassure, confiant dans l'expérience de Pilar et

Leandro, et insiste pour me conduire chez un médecin.

Je lui explique que j'ai déjà eu la grippe et que la seule chose à faire est d'attendre en m'hydratant et en m'assommant d'antalgiques.

***

Seule dans l'appartement, je déambule tel un zombie de la chambre à la salle de bains, de la salle de bains au canapé, et mon manège dure ainsi depuis le début de ma retraite forcée. À la fin de mon deuxième jour d'arrêt, peu après vingt et une heures, M. Olifant vient toquer à la porte. Je n'ai pas du tout envie de lui ouvrir, mais je ne suis pas véritablement chez moi et peut-être a-t-il quelque chose d'important à dire à Paul.

Quand il me voit, le nez rouge, les yeux larmoyants et secouée par des quintes de toux, il me prend immédiatement en pitié, au point qu'il en oublie totalement la raison qui l'a poussé à frapper à notre porte.

Il m'apporte du bouillon de poulet et une tisane aux plantes destinée à m'aider à dormir et à libérer mes bronches.

– Je vous ai mis un peu de miel pour adoucir le goût. Sinon, c'est infect, précise Olifant.

Je tente de humer le breuvage, mais mon nez est bouché et je suis donc obligée de lui faire confiance.

– Buvez. Vous verrez, c'est efficace.

Je m'exécute, pas vraiment convaincue.

– Je suis désolée, c'est un peu le foutoir ici, dis-je en avalant la tisane par petites gorgées. Je ne savais pas que j'aurais de la visite.

Je me traîne jusqu'au frigo et en sors une assiette de macarons rapportés du Bower.

– Vous aimez la pâtisserie ? demandé-je en déposant le plat devant lui.

– Demandez à un aveugle s'il veut voir, plaisante-t-il avant de se servir copieusement et d'engouffrer la moitié du contenu de l'assiette.

Puis, il se fige.

– C'est Maria qui a fait ça ?

– Maria ?

– La gouvernante de M. Prout Prout.

– M. Prout Prout ? dis-je, intriguée. C'est Paul que vous appelez comme ça ?

– Prout Prout Serra, me confirme Olifant d'un air satisfait. Il y a deux P devant son nom sur la boîte aux lettres. Je trouve que ça lui va très bien.

Je suis prise d'un fou rire incontrôlable. Ce petit vieux est décidément un vrai comique. Paul tient absolument à ce que ses deux prénoms, « Paul » et « Philippe », figurent sur tous ses documents administratifs. Il est vrai que cela lui donne un côté un peu… disons, rigide.

– C'est moi qui ai fait ces macarons. Je suis chef pâtissière, précisé-je.

– Vraiment ? Hum… pas mauvais, vos machins, mais j'ai quand même goûté mieux, ajoute-t-il avant de se goinfrer avec les derniers restant dans le plat.

Quelle mauvaise foi ! Il a le menton couvert de sucre et ne s'arrête pas pour respirer entre deux bouchées.

Mais le papy m'amuse et je décide d'en savoir plus.

– Pourquoi Prout Prout ?

– Sérieusement, vous l'avez bien regardé ? Toujours tiré à quatre épingles, pas un fil qui dépasse, je ne connais pas plus coincé que lui. Je n'en voudrais pas pour mes filles.

– Vous avez des filles ?

– Deux. Mon aînée, Helen, est neurochirurgienne au Cook County

Hospital de Chicago, annonce-t-il fièrement. Olga, la plus jeune, suit les traces de sa défunte mère et exerce le métier de sage-femme dans l'Ohio. Elle attend d'ailleurs son premier enfant. Malheureusement, elles ne viennent que très rarement me rendre visite. Elles sont très dévouées à leurs carrières.

Une pointe de tristesse me submerge devant l'aveu de ce petit monsieur un peu abandonné à son sort.

– Et votre épouse ?

– Emportée par une embolie il y a dix ans.

Je le sens se refermer doucement, sans doute ému au souvenir de celle qui a partagé sa vie trente-huit longues années.

– Vous savez… si vous refaites de ces petites cochonneries, il faudrait songer à les vendre. Ça pourrait marcher.

Je pouffe et finis ma tisane. Bien qu'impromptue, cette visite a le mérite de me donner du baume au cœur. Et je trouve mon voisin acariâtre plutôt passionnant. Il m'apprend d'ailleurs qu'il occupe une place de consultant en sciences économiques à l'université de Northwestern de Chicago. Le temps passe vite et Olifant finit par prendre congé. Après m'avoir fait promettre de l'avertir si j'ai besoin de quoi que ce soit, nous convenons de programmer un déjeuner au retour de Paul. Mais je ne suis pas dupe et comprends tout de suite que j'ai affaire à un sacré gourmand. Il m'assigne d'ailleurs la tâche de préparer le dessert.

Le lendemain, je ne saurais dire si cela est dû à l'infusion miracle du voisin, mais je ne tousse presque plus. J'ai encore un peu de fièvre, mais je commence à entrevoir le bout du tunnel.

Nous sommes au début du mois d'octobre et le temps a changé subitement. Des bourrasques glaciales parcourent la ville et les magasins arborent fièrement leurs parures d'Halloween, une fête que j'affectionne particulièrement. Mais il fait froid et je ne suis toujours pas au top de ma forme.

Ainsi, à la fin du quatrième jour, je me pelotonne grelottante sur le canapé sous un gros plaid, pour regarder un bon film avec une tasse de thé à la main, quand on frappe de nouveau à la porte. Je pense tout de suite qu'il s'agit de mon cher voisin, qui vient prendre de mes nouvelles. J'ouvre donc, sans prendre la peine de regarder par le judas.

Et là, stupeur !

Colin se tient devant moi sur le perron, avec un sac de victuailles à la main. Il m'adresse un sourire solaire et je me sens, tout à coup, extrêmement repoussante. J'ai les cheveux sales, le nez rouge, et je suis fringuée comme une pouilleuse.

– Je peux entrer ? demande-t-il d'une voix hésitante.

Je me pousse pour le laisser passer, et commence mentalement à ranger la pièce. Il y a des tasses à moitié vides qui traînent aux quatre coins de l'appartement, mon oreiller tout dégueulasse et couvert de microbes, aplati sur le canapé et, pour couronner le tout, je n'ai pas beaucoup ouvert les fenêtres de la semaine, tant j'étais transie de froid.

Colin vient se poster derrière l'îlot de la cuisine et commence à déballer les courses qu'il a apportées.

– Ian m'envoie pour voir si tu es toujours vivante. Paul n'est pas là ?

– Nan, il est à un séminaire en Floride, déclaré-je en parlant du nez.

Colin pouffe.

– Qu'est-ce qui te fait rire ? demandé-je, vexée.

– Rien, rien. Un sébinaire, donc ?

– T'es con, je suis malade, je le fais pas exprès, de parler comme ça.

Il rit de plus belle.

– Bon, déballe tes courses, qu'on en finisse, lui dis-je, excédée.

Il sort plusieurs plats en aluminium. La brigade m'a gâtée, il y a l'éternel bouillon – aux légumes, cette fois-ci –, un plat de fusilli au pesto et au parmesan, des gougères au fromage, du poulet à la tapenade d'olives noires et aux poivrons, et deux parts de gâteau au chocolat.

Je n'ai pas mangé grand-chose depuis plusieurs jours et mon estomac se met à crier famine de façon tonitruante.

Colin me lance un regard en coin et retient un fou rire.

– On dirait que je tombe à pic ! Pas vrai, Rosetti ?

J'installe les assiettes sur le bar, lui tends des couverts et nous passons à table dans le silence, comme deux étrangers qui se dévisagent en chiens de faïence. Nous ne parlons pas pendant plusieurs minutes, savourant les mets délicieux. Puis il prend la parole :

– Rosetti... je me demandais...

Je le fixe, attendant la suite.

– À propos de ce que tu m'as confié l'autre soir, au sujet de ton ex... Je me demandais pourquoi tu n'avais pas porté plainte.

Je soupire, prise au dépourvu par sa question, je regrette de lui avoir avoué la vérité. Je n'ai pas envie de ressasser ce qui est arrivé, encore moins avec Colin.

– Pardonne-moi, je sais que ce ne sont pas mes oignons, reprend-il incertain, mais... je n'arrête pas d'y penser et ça me rend fou que ce sale type s'en sorte sans être inquiété.

– Je sais... murmuré-je.

Je prends une longue inspiration.

– Je pense... je pense que c'est parce que j'avais un peu honte.

Colin laisse tomber ses couverts dans son assiette et m'examine avec consternation.

– Tu avais honte ?

– C'est compliqué, Colin, notre relation était compliquée.

– Au contraire, Drea, je pense qu'il n'y a rien de plus simple.

Il serre la mâchoire, soudainement submergé par une vague de colère.

– Ce connard t'a tabassée, Drea, il t'a battue et… Bon sang ! C'est puni par la loi ; je ne pense pas que les lois soient différentes en France pour ce genre de crime.

– Colin, je t'assure que ce n'est pas aussi simple. Je suis aussi coupable que lui dans cette histoire. J'ai laissé la situation dégénérer.

– Tu ne peux pas être sérieuse, là ? Tu n'es pas coupable, Drea, tu ne peux pas penser ça ? C'est lui, le criminel !

Il s'arrête net.

– Bon Dieu, il ne t'a pas seulement démolie physiquement, c'est ça ?

Mon regard se perd dans le vague. Je ne veux pas. Je ne peux plus en parler. Pourquoi est-ce que personne ne semble le comprendre ?

– Il t'a aussi détruite psychologiquement ? murmure-t-il.

La tristesse m'accable brutalement. Et les larmes se mettent à picoter mes yeux. Colin se lève et contourne le bar à toute vitesse pour me prendre dans ses bras. Il me serre contre lui. Je passe mes mains dans son dos et laisse libre cours à mon chagrin.

Son torse est ferme et doux à la fois ; la chaleur de ce câlin improvisé se répand dans mon corps. Je suis bien. Je me sens en sécurité.

– Je suis désolé, Drea, je ne voulais pas remuer le passé. C'est juste que… je trouve ça dégueulasse ce qui t'est arrivé et il devrait payer. Pardon, pardon, ne pleure plus, s'il te plaît.

Au bout de quelques minutes, mes larmes se tarissent et je relâche mon étreinte.

Il me contemple avec inquiétude et essuie les dernières traces de larmes sur mes joues.

– Je peux te demander une faveur ? lui demandé-je alors.

– Tout ce que tu voudras.

– Ne dis rien à Paul. Il n'est pas au courant. S'il savait la vérité, ça lui ferait trop de peine.

Colin acquiesce, puis son regard se fait plus intense. Je suis toujours dans ses bras et il attrape une mèche de mes cheveux pour la glisser derrière mon oreille.

– J'ai très envie de t'embrasser, Drea, susurre-t-il, d'une voix chaude.

Je le regarde un moment, puis le repousse subitement, prenant conscience que la situation est en train de m'échapper.

– Ce n'est pas une bonne idée, Colin.

– Je suis sûr que tu n'es plus contagieuse, argumente-t-il avec un sourire mutin, en se rapprochant de nouveau.

– Non ! Je veux dire… Tu avais raison. Toi et moi, on ne devrait pas s'engager sur ce chemin.

Il s'apprête à me répondre, quand mon téléphone se met à vibrer bruyamment sur le plan de travail. Je détourne les yeux pour consulter l'écran, qui affiche une photo de Paul coiffé d'un chapeau épinglé de leurres, brandissant fièrement une truite. Je saisis l'appareil et colle mon index sur mes lèvres, signifiant à Colin de rester silencieux, avant de décrocher.

J'ai à peine le temps de remarquer que Colin secoue la tête, dépité, quand la voix de Paul me perce presque le tympan.

– Suricaaaaate ! Comment ça va ?

– Salut, Paul, réponds-je d'une petite voix enrouée.

– Ouh là ! Tout va bien, trésor ?

Je souris à l'utilisation de ce petit nom réconfortant. Je m'éloigne de la cuisine pour aller m'installer dans le canapé.

– J'ai la grippe et ce n'est pas la joie, Minou.

– Merde ! Ça fait longtemps que tu es dans cet état-là ? Tu veux que je rentre ?

– Non, non, ne t'inquiète pas, je vais déjà mieux. En revanche, je ne sais pas quand passe ta femme de ménage, mais ça sent un peu le poney-club ici. L'appartement aurait besoin d'une bonne désinfection.

Paul soupire à l'autre bout de la ligne.

– Justement, c'est à ce sujet que je t'appelais. Elle m'a prévenu par téléphone hier qu'elle souhaitait rester chez sa fille jusqu'à la fin de l'année. Je n'ai pas tout compris mais, apparemment, celle-ci est enceinte et cela ne se passe pas très bien. Je voulais que tu lui prépares son solde du mois de septembre dans une enveloppe. Elle va passer le chercher, mais je ne serai peut-être pas rentré à temps.

– Envoie-moi les détails, je m'en occupe. Pas de problème.

– Tu es un amour, je te rembourse à mon retour. Mais tu es sûre, tu vas t'en sortir toute seule ?

– Eh bien… je ne suis pas si seule que ça, à vrai dire. Figure-toi que ton charmant voisin m'a un peu tenu compagnie.

– Tu déconnes ? Ce vieux con d'Olifant ?

– Lui-même, et c'est une crème, il faut juste savoir le prendre.

– Mouais… J'espère qu'il n'a pas cru pouvoir tirer avantage de ton état de faiblesse.

– Mais non ! T'es cochon, quand même. Il a été adorable.

– Bref, je t'envoie un mail plus tard pour l'enveloppe de Maria et surtout, si tu as besoin de moi, tu m'appelles, OK ?

– Bien reçu !

– Je te laisse, Suricate, prends soin de toi.

– Toi aussi, Paul, à très vite.

Je raccroche et tourne lentement la tête vers la cuisine. Colin n'est plus là. Je parcours le reste de l'appartement du regard et constate, avec regret, qu'il est réellement parti.

Un sentiment de tristesse m'accable. Colin s'est montré tellement gentil avec moi, j'ai l'impression de m'être mal comportée à son égard.

Je me traîne jusqu'au plan de travail où je remarque une

brochure, qu'il a dû laisser là. Le *Chicago Magazine*. Un marque-page est glissé à l'intérieur. Je l'ouvre et tombe sur la rubrique gastronomique, l'article du critique culinaire qui avait visité le restaurant il y a quelques semaines. Je le parcours rapidement.

« Le Bower, ou l'heureux mariage du salé-sucré.
Je connaissais le Bower pour la cuisine créative et audacieuse de son talentueux chef Colin Hatwood, bla, bla, bla. Une fois de plus, le ravissement des papilles était au rendez-vous, bla, bla. Si le Bower est loin de se reposer sur ses acquis, il surprend de nouveau en accueillant au sein de sa brigade un tout nouveau chef pâtissier à la maîtrise incontestable. Son parfait au citron est un tourbillon de saveurs acidulées aux accents de Toscane et le tiramisu, une institution revisitée de main de maître, plus qu'une découverte, un voyage. Force est de constater que le Bower fait encore un sans-faute dans sa carte comme dans son personnel, bla, bla, bla. Plus rien ne semble arrêter le chef Colin Hatwood dans sa course aux étoiles. Courez vite au Bower avant de devoir poser votre nom sur une liste d'attente. »

Mon cœur se gonfle d'orgueil. Colin va obtenir cette étoile si attendue. Nous allons réussir. J'en suis convaincue. Nous devons garder le cap sur notre objectif.

Avant de refermer le magazine, je crois reconnaître son écriture sur le papier qui marque la page de l'article.

Il a juste écrit ces deux mots. Deux mots simples, qui me brisent le cœur autant qu'ils me réconfortent.

Je comprends.
XXX
Colin

11

« Bip… Vous avez deux nouveaux messages.

Message reçu mardi 1er novembre à une heure treize…

Drea… C'est encore moi. Pourquoi ne me réponds-tu pas ?… Tu me manques.

Je… je m'en veux tellement… Je ne sais pas quoi faire pour que tu me pardonnes. Je t'en prie, rappelle-moi. Je sais que tu n'es plus en France. Mais… j'ai besoin d'entendre ta voix… Je t'aime. Biiiiiiiip. »

Ben. Encore.

Je n'en reviens pas ! Qu'espère-t-il au juste en me laissant ce message larmoyant ? Je ne comprends pas qu'il s'obstine à m'appeler, à me supplier. J'ai pourtant été claire. J'efface son message, excédée.

« Message reçu mercredi 2 novembre à quatre heures…

Hello, ma biquette, je sors de ma garde, là, pfiou, je suis éclatée ! Bref, j'ai vu que tu avais essayé de me joindre, j'ai été pas mal occupée ces derniers jours, mais je pense à toi, hein ? J'espère que tu vas bien ? Il faut absolument que l'on arrive à se parler, je m'ennuie sans toi… et… Putain ! Tu vas encore dire que je laisse des messages d'une plombe sur ta boîte. (Elle part dans un fou rire.) Je veux juste être sûre que tu vas bien, mon chat. Donc… rappelle-moi ?

Ciao, ciao.

Fin des nouveaux messages. »

Je souris. Entendre la voix de Stéphanie me fait énormément de bien, même si ma meilleure amie ne saisit absolument pas la notion de décalage horaire. Je vais devoir trouver un moment pour la recontacter. Mon affolée de copine me manque et nos petits délires aussi. Je prends sur moi, mais je vois Paul beaucoup moins que je l'aurais voulu, et mon boulot ne me laisse aucun temps libre. Mais j'ai pris mes marques, les cuisiniers de la brigade me respectent et je suis à l'aise avec mon boss. Du moins, un des deux.

Je marche d'un pas alerte en direction du Bower, le froid glaçant mes os, et je compte mentalement mes pas dans ma tête en fredonnant « 1234 » de Feist. Ça m'aide à oublier que je me gèle.

Un mois s'est écoulé depuis ma grippe carabinée. J'ai repris le travail avec une détermination à toute épreuve, revigorée par la critique du *Chicago Magazine* et portée par la dynamique désormais bien installée de la brigade.

Paul est rentré depuis trois semaines. Nous n'avons pas parlé, comme il l'avait évoqué dans son message avant de partir pour la Floride. De mon côté, je ne l'ai pas relancé non plus. Nos rapports sont revenus complètement à la normale, même si je le trouve un peu bizarre et distant ces derniers temps. Il monte dans sa chambre pour prendre ses appels, rentre souvent tard et demeure plutôt énigmatique quand je l'interroge sur sa journée.

Je ne m'en formalise pas, ne souhaitant pas me montrer intrusive. Mais ma curiosité est un peu piquée au vif et ça me démange de lui poser la question.

Car je note toutefois un léger changement dans son comportement et le soupçonne d'entretenir une liaison secrète. Ce qui me réjouit pour lui, soyons honnêtes.

Je ne veux pas le brusquer avec des questions indiscrètes pour autant. Il viendra à moi quand il se sentira prêt à en parler.

De mon côté, c'est le calme plat. Colin a très bien intégré le fait que rien ne se passera entre nous. Nous échangeons des regards pendant les services, mais je me débrouille pour ne jamais me retrouver seule avec lui. Il m'obsède, occupe tous mes rêves érotiques. Certaines nuits, je me réveille en nage, déboussolée, dans un état d'excitation tel que même Hugh n'arrive pas à me soulager. C'est démentiel. Mais je tiens bon. Je préfère me consacrer corps et âme à mon travail au restaurant. Et ça paye : le Bower affiche complet jusqu'aux fêtes de Noël... Quant à Ian, il est sur un petit nuage.

Je me rapproche de plus en plus d'Aria, qui s'avère être une confidente inestimable. Je ne m'étais pas trompée sur les origines de la belle rouquine. Elle est un condensé parfait de ce qui se fait de mieux au pays du trèfle. Les Murphy sont de riches propriétaires terriens dans le comté de Galway. Aria a fait ses études d'œnologie entre la France et la Californie, et rêve de soleil. Le Bower est une étape transitoire, car elle projette d'aller s'installer plus à l'ouest, où elle a un peu de famille. Aria m'a raconté que ses parents l'ont prénommée ainsi parce que sa mère avait écouté énormément d'opéras pendant sa grossesse. Elle avait assommé son père avec l'opéra *Carmen* et le morceau « L'amour est un oiseau rebelle »[13].

Ma belle sommelière, malgré son apparence élégante et sophistiquée, est un incorrigible boute-en-train et un véritable moulin à paroles. Son exubérance me rappelle certains traits de caractère de Steph et j'ai la ferme intention de les présenter l'une à l'autre dès que celle-ci trouvera le temps de venir nous voir à Chicago.

13. Une aria est une mélodie chantée, souvent dans le cadre d'un opéra, comme ici dans l'opéra *Carmen*.

Elle me fait rire aux larmes lorsqu'elle imite certains de ses clients un peu péteux. Elle me narre ses aventures décevantes avec le sexe opposé, et semble plutôt désenchantée par ses multiples rencontres malheureuses. Nous avons de longues conversations, concernant nos idéaux masculins respectifs, et notre petit rituel. Trois ou quatre soirs par semaine, la belle rouquine vient me retrouver en cuisine avec une bouteille millésimée et nous discutons et plaisantons jusqu'à point d'heure avant de rentrer chez nous, éreintées.

– Il faut vraiment que je te présente mon ami Paul, Aria. Je suis sûre que ça collerait entre vous deux.

– Aaargh ! Je ne sais pas, Frenchie. Je crois que j'en ai un peu ma claque des hommes en ce moment. J'ai parfois l'impression de n'être qu'un bout de bidoche à leurs yeux.

– Toi ? C'est impossible ! Tu ne fréquentes pas les bons, ma belle. Et je t'assure, Paul est l'exact opposé des connards que tu as pu croiser sur ta route.

– Mmh, il a l'air tellement merveilleux que je me demande pourquoi tu n'es pas avec lui, Frenchie !

– Ah, jamais de la vie ! Je te l'ai déjà dit, Paul et moi, c'est impossible.

– Je vois… Et avec Colin ?

J'écarquille les yeux, sans pouvoir cacher mon embarras.

– Que… Quoi ? Comment ça, Colin ? Qu'est-ce que tu veux dire ?

– Genre… se moque Aria. Arrête un peu de prendre ton air innocent.

– Aria, je t'assure qu'il n'y a rien entre Colin et moi, m'offusqué-je, moi-même peu convaincue par mon mensonge.

– Frenchie, je t'en prie, ne me prends pas pour une imbécile. Toute la brigade a été témoin de vos préliminaires il y a quelques semaines. Vous étiez à deux doigts de vous sauter dessus dans la cuisine. Et il ne faut pas être prix Nobel pour remarquer la tension sexuelle qui règne entre vous deux. Donc ma question est : est-ce que ça avance ?

– Je ne sais pas, Aria, avoué-je, lasse de lutter contre l'évidence. C'est compliqué, nous avons eu ce…

Je cherche mes mots, soucieuse de ne pas trop en dévoiler.

– … ce moment, il y a plus d'un mois dans le bureau de Ian.

– Mmh… Par « moment », tu veux dire échange de fluides ?

– Aria ! protesté-je.

Ma peau se colore d'un rouge carmin laissant peu de place au doute.

– On s'est embrassés. On s'est… C'était, disons, torride.

– Ouh là là, c'est génial ! jubile Aria en tapant dans ses mains comme une diabétique dans un magasin de bonbons. Et donc ?

– C'est tout.

– C'est tout ?

– Oui, Aria, c'est tout et il n'y aura rien de plus.

– Tu n'es pas sérieuse ? se désole-t-elle.

– Je suis on ne peut plus sérieuse. Ce n'est pas le bon moment pour moi ; je sors d'une histoire très difficile et je veux me concentrer sur le boulot. Colin le sait et il l'a tout à fait compris.

– Tu veux dire que le célibataire le plus convoité de Chicago en pince pour toi et tu l'as éconduit, juste comme ça ?

– Arrête, Aria. Colin n'en pince pas pour moi. N'exagère pas, quand même.

– Drea, quand tu auras cinq minutes, je te présenterai un pote à moi, il est ophtalmo, c'est urgent, là !

– C'est ça. Et pour être honnête, je ne tiens pas trop à développer.

– OK. Juste une dernière question et après je te fous la paix.

– Je t'écoute.

– C'est Colin que tu rejettes ou bien tu refuses toute relation ?

– Je dirais que… le simple fait de me projeter dans une relation à l'heure actuelle me fait peur. Mais avec Colin… c'est encore différent. Il est colérique, très exigeant, et j'ai peur de ne pas arriver à suivre. Et cela pourrait mettre notre collaboration en péril. Le succès du restaurant dépend grandement de notre capacité à travailler ensemble. Je ne veux pas ruiner nos efforts alors que le Bower commence vraiment à se démarquer.

– Tu veux savoir ce que j'en pense ?

– J'ai le sentiment que je vais le savoir, quelle que soit ma réponse, soupiré-je.

– Drea, tu te cherches des excuses, et je ne sais pas pourquoi. OK, Colin est un volcan prêt à péter à tout moment, mais je pense qu'il y a un vrai truc entre vous. Je ne sais pas ce qui t'est arrivé avec ton ex, mais je sais une chose, Colin est un mec bien malgré son caractère de merde.

– Aria, je…

– Laisse-moi finir ! me coupe-t-elle. Je vois comment il te regarde. Il t'admire, c'est hyper touchant, surtout venant d'un homme comme lui. Mais j'ai peur que tu ne te réveilles trop tard, et que tu ne le regrettes, ma belle. Il ne va pas rester seul longtemps. Tu en as conscience ?

Je hoche la tête, un peu refroidie par le franc-parler de ma collègue et amie, quand une voix féminine venant du fond du restaurant nous interrompt. Une jolie brune au regard noisette, emmitouflée dans un beau manteau en laine rouge, se tient près du pupitre de l'accueil.

Aria se lève pour aller à sa rencontre, se lamentant de ne pas avoir fermé correctement la porte après le départ des derniers clients.

– Bonsoir, répète l'inconnue, je viens voir Colin Hatwood.

– Bien sûr, et vous êtes ?

– Betty, répond timidement la jeune femme.

Elle est très belle. Elle est là pour Colin. Je décide d'un commun accord avec moi-même de la détester sur-le-champ.

Aria se tourne vers moi, un sourire diabolique aux lèvres, comme pour me dire : « Je te l'avais bien dit ! »

– Il ne doit pas être très loin. Drea ? Tu peux aller voir dans le bureau si tu trouves Colin ? Et lui dire que Betty est là pour lui ?

Bien sûr ! Drea, fais ci, Drea, fais ça. Drea, pourrais-tu leur faire couler un bain moussant et remplir deux coupes de champagne, pendant qu'ils se pelotent sur une peau de bête et que tu restes célibataire comme une couillonne ?

Je hais ma vie.

Je me lève, dépitée, et emprunte le couloir qui conduit aux locaux réservés au personnel.

Colin n'est ni dans le bureau ni dans le vestiaire. Je pousse alors les portes battantes de la cuisine. Celle de la chambre froide est entrebâillée. Il se tient dos à moi, toujours en tenue de travail, une casquette des Bears de Chicago vissée à l'envers sur la tête. Il range les stocks et consulte les dates de péremption sur les couvercles de grosses boîtes en plastique. Je prends quelques secondes pour le contempler, cachée derrière la porte. Son dos massif aux muscles parfaitement dessinés, que je devine sous sa blouse, qu'il porte à même la peau, ses fesses fermes, des mèches caramel aux nuances de sable doré qui s'échappent de sous sa casquette. Et son parfum, *my God* ! Que j'aime son parfum aux tonalités iodées de l'océan. J'ai un léger pincement au cœur en pensant à ce à quoi je renonce. Mais il est un peu tard pour remettre mes choix en question. Il me plaît, c'est indéniable mais, même à cet instant, je suis convaincue d'agir pour le mieux en le tenant à distance.

– Colin ?

Il pivote brusquement, entraînant dans son mouvement une caisse de champignons qui s'écrase par terre avec fracas.

– Putain ! maugrée-t-il. Tu m'as foutu une de ces trouilles !

– Je suis désolée, je vais ramasser tout ça, dis-je en désignant de la main les pleurotes et les morilles éparpillées au sol. Ne t'inquiète pas.

Je m'agenouille pour accompagner le geste à mes paroles et il m'imite.

– Non, non, je vais le faire.

– Colin, laisse-moi ranger. D'ailleurs, tu n'as pas le temps, une certaine Betty t'attend en salle.

Il se fige aussitôt, puis me fixe longuement.

– Ah ?

– Oui, vas-y, elle t'attend.

– Tu es sûre ? insiste-t-il.

– Mais oui, regarde, j'ai presque terminé.

– Dans ce cas, j'y vais, soupire-t-il.

Il marche jusqu'à la porte d'un pas hésitant.

– Bonne soirée, Drea.

– C'est ça, amuse-toi bien, marmonné-je.

Il se retourne pour m'observer quelques secondes et disparaît dans le couloir. J'ai alors le sentiment amer de l'avoir envoyé tout droit dans les bras de cette fille avec ma bénédiction. Ou je suis maso, ou je suis franchement déterminée. Penchons pour la deuxième option. Ma nuit sera meilleure.

***

L'automne est désormais bien installé dans le paysage urbain de Chicago. Les parcs et jardins ont revêtu leur manteau rouge et ocre et, malgré le vent glacial qui s'insinue jusque dans mes articulations, je ne déroge pas au rituel quotidien de mon jogging matinal à Lincoln Park. Je cours pour garder la forme, je cours pour me détendre, et je cours pour éliminer les traces de la frustration sexuelle qui me bouffe depuis des semaines. Si Stéphanie savait cela, elle se foutrait de moi sans aucun doute. Elle qui m'a fait embarquer avec un demi-kilo de capotes dans ma valise aurait une piètre opinion de moi aujourd'hui.

Le parc est très agréable et je découvre chaque jour de nouveaux espaces dans cet écrin de verdure. Ces temps-ci, je cours pour me vider la tête. Ben continue de me laisser des messages enflammés, ce qui commence à sérieusement me gonfler. J'ai tiré un trait sur notre histoire et n'arrive pas à comprendre pourquoi, lui, en est incapable. Cela m'inquiète un peu aussi, il arrive même après tout ça à me faire douter d'avoir véritablement rompu avec lui. Un comble !

Un dimanche matin, après quarante minutes de course dans le froid, je discute longuement avec ma mère sur Skype. Je savais que je ne pourrais sans doute pas rentrer en France pour les fêtes de Noël et, de leur côté, il leur est délicat de laisser leur restaurant. Et nous avions besoin d'en discuter. Mes parents comprennent que je sacrifie ma vie de famille au profit de mon travail, je suis encore jeune et je fais ma place dans le milieu. La conversation est donc calme et posée, jusqu'à ce que le sujet « Ben » revienne sur le tapis. Pas besoin de chercher plus longtemps comment mon ex a eu mon nouveau numéro. Ma mère soupire longuement. Ses grands yeux gris en amande me sondent et elle rassemble ses mèches brunes sur son épaule. Elle a l'air minuscule, on dirait une petite fille. Elle pince ses jolies lèvres pourpres, je sens que l'heure est grave. L'ordinateur bouge, pivote, change de pièce, change de surface et, moi, j'ai les dents du fond qui baignent.

– Je continue de croire que tu devrais laisser une chance à ce garçon, se désole-t-elle.

– Une chance de quoi, maman ? De terminer le boulot ?

– Ne parle pas comme ça, Drea ! Tu le traites comme un criminel ! Vous avez eu une divergence de point de vue, cela arrive dans tous les couples.

– Une divergence de point de vue ?!

Je crois que, celle-là, ils ne me l'avaient pas encore faite. Je me consume tout bonnement de rage. Mes parents sont des amours. Je les adore. Mais ils perdent parfois complètement pied avec la réalité.

Ils ont des moments d'absence, où tout sens commun leur fait défaut et j'ai parfois du mal à suivre. Ils vieillissent bien mal.

– Sérieusement, maman ? Attends, dis-moi si je me trompe. Tu étais là quand je suis arrivée à la maison ce soir-là ?

– Chérie…

– Non ! la coupé-je. Pas ça, maman, pas vous ! Je sais que j'ai ma part de responsabilité dans ce qu'il s'est passé. Je subissais ses intimidations et brimades depuis trop longtemps, sans réagir. Mais une divergence de point de vue ? Tu te fous de moi, là ?

Elle soupire avec exagération.

– Maman, j'ai eu deux côtes cassées, la rate éclatée, huit points de suture au crâne sans parler des dommages psychologiques ! Alors, excuse-moi de ne pas chercher à recoller les morceaux avec Ben, mais je pense que je vais essayer de rester en vie pour le moment. Parce que, malgré ce que tu as l'air de croire, ça n'est pas passé loin pour moi cette nuit-là.

– Ma chérie, sanglote-t-elle à présent. Je sais ce qu'il t'a fait subir, mais il nous a juré qu'il n'était pas dans son état normal. Si tu le voyais… Il s'en veut terriblement, il a commencé à voir un psychologue, il veut changer. Je suis sûre que si tu l'écoutais…

Je soupire ; c'est évident que Ben a plaidé sa cause pour les mettre de son côté. C'était sa tactique habituelle. Il fait les yeux doux à ma mère, apporte une bonne bouteille de vin à mon père et c'est plié pour lui. Tout cela est tellement injuste et surréaliste !

– Il faut que vous le foutiez dehors, maman ! Il ne doit plus s'imposer comme ça chez vous. Ne vous laissez pas manipuler comme il l'a fait avec moi.

– Je te demande juste d'y réfléchir, Drea. C'est tout.

– C'est ça, maman, je dois y aller, je te laisse.

Je coupe brutalement la connexion avec ma mère, effarée et épuisée d'avoir dû, une fois de plus, argumenter pour la convaincre que cet homme est une ordure. Mes parents ont vu leur fille brisée ce soir-là. Et ils continuent de défendre ce salaud. Je suis anéantie.

Au moment où je descends de mon lit pour ranger mon MacBook sur le petit bureau de ma chambre, je vois Paul dans l'embrasure de la porte. Il a l'air épouvanté, les bras ballants le long du corps.

Je hoquette, une vague de sanglots noyant ma gorge. Nous nous dévisageons plusieurs secondes avant que Paul ne se mette à balbutier :

– La… La porte était ouverte, je t'ai entendue crier.

Sa voix tremble.

– Ce n'est pas vrai, Drea ? Ça ne peut pas être possible… bégaie-t-il, bouleversé.

Je tends la main vers lui.

– Paul, viens t'asseoir, Minou.

Il ne bouge plus, dévasté par la conversation qu'il vient de surprendre. Il ne dit rien et s'avance vers moi d'un premier pas hésitant. Puis il saisit ma main et m'enlace avec désespoir. Nous restons ainsi longtemps, tous les deux secoués par les sanglots. Puis il relâche son étreinte, sans faire éclater la bulle ouatée où je me trouve depuis de longues minutes. Il encadre mon visage de ses deux mains et, toujours sans rien dire, il passe, doucement, ses doigts sur mon nez, mes sourcils, ma bouche et dans mes cheveux, cherchant les cicatrices qui ont meurtri mon corps quelques mois plus tôt. Si aujourd'hui, ma peau n'est plus marquée par la violence de Ben, les blessures internes restent ancrées en moi.

– Je vais bien, Paul. Je vais bien, psalmodié-je comme une prière, autant pour mon meilleur ami que pour moi-même.

– Pardon, Suricate, pardon, pardon, pardon, gémit-il.

Nous pleurons tous les deux.

– Paul, arrête, je t'en supplie. Tu n'as rien à te faire pardonner.

– Je t'aime, Drea, déclare-t-il avant de m'embrasser sur le front avec une tendresse infinie. Je t'aime tellement. Tu ne vivras plus jamais ça. Je te protégerai, je te le jure.

– Je sais, Paul, je sais. Je t'aime aussi.

Nous nous allongeons sur mon lit, toujours serrés dans les bras l'un de l'autre avant de succomber au sommeil, encore remués par les dernières larmes de chagrin qui nous quittent peu à peu.

12

Thanksgiving approche à grands pas, suscitant un engouement communicatif au sein de la brigade. Le restaurant ne ferme qu'un seul jour pendant les festivités, même si nous avons peu de chances d'avoir salle comble. Les Américains sont très attachés à leurs traditions, et profiter du Super Bowl avant de partager un bon repas de dinde et de tarte au potiron en famille risque de ne pas faire le poids avec notre menu spécial. C'est le quatrième Thanksgiving de Paul depuis qu'il s'est installé à Chicago, et il a lourdement insisté pour que je persuade Ian de me donner le pont de quatre jours. Je lui ai promis de me libérer pour le week-end mais je tiens absolument à être présente avec les volontaires de la brigade le jeudi et le vendredi. Paul a accepté l'invitation de Ian et sa famille à Fish Creek dans le Door County. Il partagera la voiture des Hatwood pour se rendre à l'auberge dès le mercredi matin, alors qu'il est prévu que je les rejoigne le samedi dans la journée avec la sienne. Il n'est pas question que Colin vienne, mais on ne m'en explique pas les raisons et je n'ai pas insisté pour les connaître.

Le jeudi, le métro qui me conduit dans le centre-ville est vide, et les rues qui mènent au restaurant également. L'équipe n'est pas au complet en ce jour de fête, mais j'ai la surprise de retrouver ma belle Irlandaise accoudée au bar, dégustant un expresso.

– Comment va ma Frenchie préférée ? minaude-t-elle, juchée sur son tabouret.

Je pose mon sac à terre et m'installe à mon tour.

– Ça va plutôt pas mal ! Trevor ? Aurais-tu l'extrême délicatesse de me faire couler un double expresso ?

Trevor, le barman à la mèche blonde gominée, torse moulé dans une chemise diablement sexy et sourire ultra *bright*, s'exécute immédiatement. Un beau garçon qui aime les garçons. Dommage…

Nous sommes rejointes quelques minutes plus tard par une partie de la brigade. Aria m'annonce que la fin du service du soir sera suivie par une expédition en boîte de nuit et tout le monde tombe d'accord sur le choix du club proposé par Trevor.

Du coin de l'œil, je distingue Colin en train de s'activer dans le cube de verre.

– Il est là depuis longtemps ? demandé-je, surprise, en examinant le cadran de ma montre.

Il est à peine neuf heures. Ce type est une bête.

Aria soupire.

– Ce n'est pas un bon jour pour lui. Je suis presque sûre qu'il n'a pas dormi de la nuit.

J'interroge mon amie du regard.

– C'est un anniversaire un peu triste aujourd'hui, poursuit-elle. Sa mère est décédée le jour de Thanksgiving.

– Du coup, ce n'est pas un bon jour pour nous non plus, baragouine Djaffar.

Le reste de l'équipe affiche une mine navrée. Et mon cœur se serre. Je comprends alors pourquoi Colin n'est pas avec le reste de sa famille au Pilgrim's Rest. Cela doit remuer beaucoup trop de souvenirs douloureux. Nous sommes un peu pareils, lui et moi. Le travail nous sert d'exutoire. Je prie silencieusement pour que cette journée ne se transforme pas en véritable enfer. Colin a du mal à contenir ses émotions et, bien souvent, cela rejaillit sur son humeur et, par extension, sur le travail de la brigade.

Le service du midi est tonique. Harper annonce une vingtaine de tables avec réservation, et aucun client ne se présente à l'improviste. Colin est d'une tristesse à faire peur. Il reste très professionnel et efficace, mais nous sentons tous qu'il est habité par le chagrin.

Vers quinze heures, je m'applique, avec le reste de la brigade, à ranger la cuisine. Les ustensiles s'entrechoquent et une rythmique entêtante me fait fredonner à voix haute sans que je m'en rende compte.

Pilar s'en aperçoit et reprend à son tour les mesures du morceau qui se joue dans ma tête. Le tintement des casseroles et des assiettes me fait penser aux percussions de « We Will Rock You »[14] de Queen. Très vite, toute la brigade se met à jouer des spatules sur les cuivres et à cogner les fourneaux avec les cuillères en bois. Soudain, Gordon entonne avec aplomb et d'une voix forte le premier couplet :

« Buddy you're a boy
make a big noise
Playin' in the street gonna be a big man some day
You got mud on yo' face
You big disgrace
Kickin' your can all over the place
Singin' »

Tout le monde, dans la cuisine, se met à chanter, hilare :

« We will we will rock you
We will we will rock you »

14. « We will rock you », de l'auteur-compositeur Brian May, guitariste du groupe britannique Queen.

Je vois Colin réapparaître dans la cuisine, choqué. Les percussions redoublent de vivacité, nous sommes tous complètement synchrones et emportés par la douce folie du moment.

Le chef esquisse un sourire, croisant ses avant-bras sur son torse. Aria et Harper arrivent à leur tour frappant dans leurs mains.

Nous terminons notre concert, riant aux éclats et je glisse un discret clin d'œil à Colin, qui me répond par un sourire qui me gonfle le cœur de tendresse.

Nous déjeunons, attablés tous ensemble et, même si ce moment convivial est de courte durée, je prends conscience que j'ai une chance incroyable d'avoir intégré une si belle famille et surtout de m'en être fait accepter.

Colin se penche discrètement à mon oreille alors que nous regagnons la cuisine après un bon repas.

– Tu avais raison, Rosetti.

Je fronce les sourcils.

– Je n'ai pas oublié ce que tu m'as dit dans l'avion quand nous nous sommes rencontrés pour la première fois.

J'ai dit beaucoup de choses dans l'avion ce jour-là. J'essaie de faire un tri mental à toute vitesse pendant qu'il s'éloigne, puis mes paroles me reviennent en mémoire.

J'aime à croire que certaines personnes nous font nous sentir chez nous, peu importe l'endroit où l'on se trouve.

Je comprends par cet aveu que Colin a passé une bien meilleure journée que celle qui l'attendait au départ. C'est attendrissant, réconfortant ; son expression enfantine et son œil qui frise me transportent de joie.

La fin du service du soir s'étire dans une lenteur démentielle. J'entreprends de prodiguer deux ou trois conseils à Pilar et Leandro pour combler les trous de la journée.

L'heure de fermer le restaurant sonne comme une délivrance.

Nous sommes tous excités de poursuivre la soirée ensemble et, après quelques coupes de champagne, suffisamment enivrée pour aller danser, la moitié de l'équipe commence à partir.

Je fais signe à Aria que je la suis et j'emprunte le couloir en direction du bureau de Ian. La porte est ouverte ; Colin est assis, pensif, penché sur les fiches de caisse de la journée. Il lève la tête à mon entrée.

– Tu te joins à nous ? demandé-je timidement.

– Où allez-vous ?

– Au Dark Burgundy, un club à quelques rues d'ici.

– Je connais le Dark Burgundy, réplique-t-il, amusé, limite moqueur.

Nous restons silencieux pendant ce qui me semble être une éternité. Il quitte lentement son siège et contourne le bureau pour s'approcher de moi, les bras croisés. Mon cœur bat à tout rompre. Son regard s'intensifie, et je ne sais plus comment réagir, il a cette allure féline du prédateur qui l'habite quand nous ne sommes que tous les deux. Il se penche doucement vers mon visage, je retiens mon souffle, fébrile.

– J'ai d'autres projets, murmure-t-il. Mais merci.

J'acquiesce, passablement déçue, mais convaincue que c'est pour le mieux. Une nouvelle facette de Colin m'est apparue aujourd'hui et, plus je lutte contre mon attirance pour lui, plus je me rends compte à quel point cela est difficile. Je le désire et il n'est pas aveugle, il en joue. Il se pavane comme pour me faire regretter de ne pas céder à la tentation. « Regarde ce que tu loupes », voilà tout ce que son attitude me raconte.

– Bien, bredouillé-je enfin. À demain alors ?

– À demain, Rosetti, répond-il d'une voix chaude.

Et je tourne les talons pour rejoindre le reste de la brigade sur le trottoir du Bower.

***

Le Dark Burgundy est un club immense. La façade extérieure fait penser à un vieux hangar industriel. L'entrée est éclairée par d'énormes spots lumineux. Un homme à la peau d'ébène et au regard peu engageant filtre le passage des clients à l'intérieur. La queue devant la boîte est interminable. Je suis aussitôt découragée.

Voyant ma mine déconfite, Aria m'assène un discret coup de coude dans le bras, suivi d'un clin d'œil, et s'approche du molosse dressé comme une statue devant la porte en fer.

– Salut, Omar !

Le visage de l'armoire à glace s'illumine d'une rangée de dents plus blanches qu'un lavabo de salle de bains.

– Hey, ma beauté ! Tu sors du boulot ?

– Yes, et on a bien besoin de se détendre avec l'équipe.

Aria fait alors les présentations.

– Omar, l'équipe. L'équipe, Omar. Dites bonjour à Omar, les gars.

– Bonjour, Omar, s'exclame en chœur notre petit groupe, ce qui me rappelle leur premier accueil dans les cuisines du Bower.

Je pouffe, un peu pompette à cause des quelques verres avalés à la va-vite avant de quitter le restaurant.

– Salut, tout le monde ! C'est plutôt calme, ce soir, mais vous trouverez bien le moyen de vous amuser, déclare-t-il, souriant.

Puis il décroche le cordon séparant la file de clients impatients de la porte et nous fait passer devant tout le monde sous une nuée de jurons tous plus imaginatifs les uns que les autres. Il porte sa main droite à son oreille, en écartant le pouce et l'auriculaire, pour mimer un téléphone.

– Tu m'appelles, beauté ?

– Compte sur moi, beau gosse ! minaude Aria, la bouche en cul-de-poule.

Je jette un regard interrogateur à ma sirène à la tignasse chatoyante et à l'air malicieux. Celle-ci hausse les épaules, éludant ma question silencieuse. Puis nous nous faufilons à l'intérieur.

Je ne sais pas à quoi ressemblent les soirs où le club est blindé, mais il m'apparaît, à moi, que l'endroit est plein comme un œuf. L'immense entrepôt reconverti en boîte de nuit n'offre pas moins de quatre salles avec quatre ambiances différentes. Aria me fait visiter les lieux, la bouche collée à mon oreille pour se faire entendre.

Une première salle diffuse de la musique techno, une autre propose une ambiance house et plutôt lounge, la troisième offre des sonorités plus chaudes, de mérengué, de samba et de rumba, et la dernière salle est définitivement plus rock.

Nous décidons d'un commun accord que la troisième salle, qui semble aussi être la moins bruyante, sera notre point d'ancrage pour la soirée. Nous nous installons sur les canapés confortables avec Aria et Pilar, alors que les garçons partent à l'assaut du bar pour chercher nos consommations. L'ambiance est détendue, et nous discutons, autour de nos mojitos, de cuisine et de la journée écoulée.

Au bout d'une heure, ma vessie se rappelle furieusement à moi. Aria m'indique brièvement la direction des toilettes, proposant de m'accompagner. Mais je décline son offre, persuadée de pouvoir faire confiance à mon sens de l'orientation. Je trouve sans trop de difficulté le petit coin dans le dédale des passerelles en ferraille qui serpentent au cœur du club. Mais une fois mon besoin primaire assouvi, je me rends à l'évidence que je suis officiellement perdue. J'arpente, vacillante, les couloirs de la boîte dans la quasi-pénombre quand, soudain, je m'immobilise. Au bout d'un des corridors, Colin est là, adossé au mur.

Il sirote une bière avec une fille pendue à son cou, la bouche collée à son oreille. Son regard semble perdu dans le vague pendant que la sangsue tente visiblement d'attirer son attention. Je reconnais immédiatement la belle brunette de l'autre soir, Betty. Je sens la bile remonter le long de ma gorge, et les paroles d'Aria refont surface, comme un coup de massue.

J'ai peur que tu ne te réveilles trop tard, et que tu ne le regrettes, ma belle. Il ne va pas rester seul longtemps.

On y est. La dure réalité me frappe de plein fouet. J'ai joué, et j'ai perdu.

J'ai choisi d'ignorer les appels de phares insistants de mes hormones au profit d'une vie monacale bien rangée. Sans Colin. Sans sexe. Sans sexe avec Colin. Quelle idiote ! Je suis jalouse, peut-être un peu ivre aussi. Un peu beaucoup. Peut-être plus ivre que jalouse, tout compte fait.

Alors que je tente de reprendre mes esprits, il tourne lentement son visage dans ma direction. Il étrécit les yeux. Il m'a vue. Désemparée, je rebrousse chemin et retrouve finalement la salle latino, où mes amis m'attendent.

Aria se rend compte tout de suite que quelque chose ne va pas. Je tremble comme une feuille et réponds à ses questions uniquement par des borborygmes. Je finis par reprendre mon calme, à son grand soulagement, et avale le reste de mon mojito, pratiquement cul sec.

Mon amie me gratifie d'une caresse réconfortante sur le bras.

– Tu ne vas pas me dire ce qui t'arrive ?

Je secoue la tête, comme les petits chiens fixés sur les plages arrière des voitures.

On peut dire que ça m'a foutu un coup. J'étais loin d'imaginer que ça me ferait cet effet de le voir dans les bras de cette fille.

– Ça va aller, Frenchie ?

– Oui, ça va !

– Allez, viens, on va danser, il faut éliminer tout cet alcool.

Je la suis sur la piste et me mets à onduler en rythme avec la musique. Peu à peu, je sens que je reprends des couleurs. Il faut dire que la vision de Colin avec cette fille m'a fait dessaouler à la vitesse de l'éclair.

Quelques minutes plus tard, les garçons se joignent à nous et l'ambiance redevient joyeuse. Trevor me fait des grimaces abominables, et tente d'attirer dans ses filets un beau brun qui se balance à côté de nous, chemise ouverte. Nous dansons et rions, sans nous soucier du ridicule ni de l'heure avancée de la nuit, quand un homme plutôt séduisant au regard de braise s'approche de moi en souriant. Je choisis de ne pas me prendre la tête et de me laisser porter par l'ambiance festive. J'ai indéniablement besoin de me détendre et, lorsque mon prétendant glisse ses mains sur mes hanches, entamant une danse langoureuse sur « Suavemente » d'Elvis Crespo, je noue mes bras autour de son cou et plonge mon regard dans ses prunelles incandescentes. Il amorce un rapprochement extrêmement sensuel, faisant descendre ses mains sur mes fesses. Ce genre de musique se danse ainsi, je ne le repousse donc pas. Aria me sourit de toutes ses dents en éventant son visage avec sa main.

Mon partenaire et moi dansons collé-serré, ses lèvres dans le creux de mon cou, et je ne fais bientôt plus cas du monde autour de nous, envoûtée par la rythmique lancinante du morceau qui se joue. Puis, mon cavalier se fait encore plus entreprenant, sa bouche goûtant le carré de peau en dessous de mon oreille. Bizarrement, cela ne me fait pas l'effet escompté. Il est sexy et bon danseur. Mais je ne me sens plus d'humeur du tout.

– On va dans un coin plus tranquille ? me susurre-t-il.

Je ris sans joie, un peu mal à l'aise, et le repousse gentiment.

– C'était sympa, mais ça n'ira pas plus loin.

Il se rapproche, me saisissant les hanches avec insistance.

– Je crois que, toi et moi, c'est plus que sympa, bébé. Allez, viens avec moi.

– Oh là ! Don Juan, t'es mignon mais je ne suis pas intéressée.

Il resserre son étreinte et plaque sa mâchoire contre ma joue, sans doute excité par ma résistance.

– Je vais te faire du bien, ma belle, et je pense que tu n'attends que ça.

Cette fois-ci, je le repousse avec force, accompagnant mon geste d'un « Non ! », ferme et définitif. Il lève les mains en l'air en reculant, signe de sa reddition, et je sens au même moment une autre paire de mains me saisir par la taille avec douceur. Je fais volte-face et cogne mon nez sur un torse doux et ferme à la fois.

Colin.

Il balance un regard incendiaire au type qui vient de partager quelques minutes d'un corps-à-corps torride avec moi, comme pour s'assurer qu'il a bien reçu le message.

Puis, il me contemple, intensément, se collant à moi pour m'entraîner à son tour dans une danse érotiquement chargée.

Je pose les mains sur ses pectoraux moulés dans un t-shirt noir ajusté à sa taille, tentant vainement de garder une forme de distance.

– Je ne te savais pas joueuse ? murmure-t-il, suffisamment près pour que je puisse l'entendre.

Je comprends qu'il m'a observée.

– Je ne joue pas… gémis-je, sentant mon corps se gorger de désir pour lui.

– Ah non ?

– Non. Quand je jouerai, tu le sauras vraiment, rétorqué-je pour faire écho à ses propres paroles prononcées il y a plusieurs mois.

Il me sourit et se rapproche de moi, intensifiant sa prise autour de ma taille. Je sens sa main droite remonter le long de mon dos doucement alors que l'autre se pose délicatement derrière ma nuque. Il approche ses lèvres de mon épaule et remonte lentement jusqu'à la courbure de mon cou. Son souffle sur moi me caresse la nuque, l'épaule, stimulant la pointe de mes seins. Je suis en transe, complètement soumise à sa volonté.

Putain ! Qu'est-ce que je suis en train de faire ?

Prenant subitement conscience de mon comportement déraisonné, je me dégage avec véhémence de ses bras.

– Rosetti…

– Non, Colin ! Ne fais pas ça !

Il m'attrape par le coude et m'attire à l'écart, à l'abri du tumulte de la piste.

– Tu déconnes, Rosetti ? Tu me chauffes et tu me repousses ! Qu'est-ce que je suis censé faire ? Je ne te comprends plus, là !

Il me fait une scène ou je rêve ?

Je l'ai quand même chopé, il y a moins d'une heure, dans les bras d'une autre. Je choisis de faire profil bas, je suis un peu saoule et Dieu sait quelle connerie va encore sortir de ma bouche si je ne me maîtrise pas.

– Je suis désolée, Colin. Je suis désolée, OK ? m'énervé-je, complètement désorientée.

– Non, Drea ! Ce n'est pas OK !

Il passe nerveusement la main dans ses boucles dorées, le regard perdu.

– Tu me plais. Tu me plais vraiment. Et je sais que c'est réciproque !

– Colin…

– Non, Drea, s'il te plaît !

Il se rapproche dangereusement, son souffle haletant ricochant sur mon épiderme électrisé.

Je suis tellement en manque de lui qu'un seul contact de sa peau sur la mienne et je perds tous mes repères. Je suinte de désir par tous les pores de mon anatomie.

– Je veux juste une nuit, Drea ! Une seule nuit !

Achevez-moi. Comment voulez-vous que je résiste ?

Son regard vert lagon se fait suppliant. Les ressorts qu'utilisait Ben pour me convaincre me frappent alors de plein fouet. Je sais que la situation est différente mais, sous le coup de l'émotion, je panique.

– Va retrouver ta copine, Colin ! lâché-je d'une voix éteinte. Je ne suis pas ce que tu recherches.

Je recule lentement, le laissant pantelant, abasourdi. Puis je me rue vers mon sac à main, laissé sur la banquette, sous le regard médusé de mes collègues encore attablés. Aria me dévisage avec sollicitude.

Sans lui laisser le temps d'épiloguer sur la scène qui vient de se jouer aux yeux de tous, je me précipite hors d'haleine vers la sortie du club et saute dans un taxi. J'indique mon adresse froidement et me recroqueville sur mon siège, crispée par la frustration.

J'ai bien fait...

J'ai bien fait ?

Putain... J'en sais rien...

13

Je grimpe les marches de l'escalier quatre à quatre, pressée de regagner mes pénates, mon cocon protecteur. J'ouvre la porte avec soulagement et la referme pour me laisser glisser lourdement au sol, tremblante et déboussolée.

Je suis incapable de faire le tri dans mes sentiments contradictoires. Colin occupe toutes mes pensées, je n'arrive plus à raisonner logiquement, totalement gouvernée par mes pulsions érotiques, qui grignotent ma volonté, centimètre par centimètre. Je ne peux pas me laisser dominer par son emprise. Je ne veux pas perdre le contrôle. Comme avec Ben.

Je me relève péniblement, pose mes affaires sur le bar en me déchaussant et me dirige vers la salle de bains. Je m'arrête net. Trois coups violents résonnent dans l'entrée. Je me fige, paralysée, retenant ma respiration.

– Drea ! hurle Colin derrière la porte.

Mon Dieu. Il est là.

Je ne fais plus aucun mouvement. Peut-être que si je ne fais aucun bruit, il finira par s'en aller, pensant que je ne suis pas encore rentrée.

– J'ai vu de la lumière ! Je sais que tu es là ! insiste-t-il, hors de lui.

Merde ! Merde ! Merde ! Je suis cuite !

– Je ne peux pas ! réponds-je, paniquée.

– Ouvre, je te dis !

Oh, oh, il n'a pas l'air jouasse. Je vais encore en prendre pour mon grade.

– Je suis toute nue ! bafouillé-je sans réfléchir.

Bon. OK. Je sais, c'est con. Mais sur le coup, rien d'autre ne m'est venu. J'ai l'air très stupide maintenant. C'est franchement pourri comme excuse.

– Rosetti, ouvre – cette – putain – de porte ! articule-t-il, excédé.

Je m'approche à pas feutrés de l'entrée. J'appuie mon front contre le battant, ultime rempart qui me sépare de Colin, et tourne la clé dans la serrure, résignée. J'ouvre lentement, toujours cachée derrière la porte. Il entre sans hésiter et la fait claquer d'un coup sec.

Son mètre quatre-vingt-dix de muscles me domine, majestueux, sa bouche invitante, ses prunelles dans la tempête. Nous nous dévisageons pendant de longues secondes. Il est haletant, crispé de colère, ou est-ce du désir ?

Avant que je n'aie le temps d'y répondre, il fond sur moi, empoigne ma nuque et écrase ses lèvres sur les miennes. Son baiser impétueux m'apparaît comme une délivrance faisant tomber les murs de la forteresse que j'ai dressée autour de moi. Sans aucune résistance de ma part, sa langue s'enroule autour de la mienne dans une langueur érotique désarmante, il me colle soudain contre le mur de l'entrée, intensifiant son assaut. Il cale sa jambe entre mes cuisses, mon entrejambe est déjà humide d'excitation. Je plonge avec fureur mes doigts dans sa tignasse en bataille, gémissant de plaisir. Ses mains se faufilent partout sur mon corps, l'urgence de nous toucher a eu raison de notre volonté. De ma volonté.

Il parcourt ma mâchoire de ses lèvres et, d'une voix chaude, il murmure à mon oreille :

– Dis-moi d'arrêter, Drea.

Je suis muette. À bout de souffle, tout comme lui. Je ne suis plus qu'un lac de lave en fusion, des flammes brûlantes léchant chaque parcelle de mon corps.

– Dis-moi que ce n'est pas ce que tu veux et j'arrête sur-le-champ.

Je plonge mon regard dans le sien, teinté de minuscules éclats dorés. Nous sommes tous les deux possédés par le désir et le besoin d'assouvir cet instinct primaire qui nous dévore.

– Colin... gémis-je, sentant ma peau se couvrir de chair de poule.

Ses mains remontent le long de mes côtes, ses lèvres collées à mon oreille, comme une caresse.

– Laisse-toi aller, Drea... Laisse-moi te faire du bien... Juste une nuit, m'implore-t-il, déposant des baisers dans mon cou.

Mon cerveau subit alors un véritable électrochoc. Je ne vais pas pouvoir le repousser plus longtemps. Je le désire au-delà de ce que m'intime ma raison, et je ne peux plus lutter contre ce sentiment qui embrase mes sens.

– J'ai envie de toi, Colin, dis-je dans un soupir réduisant à néant mes dernières résistances.

Sa bouche reprend possession de la mienne, sauvagement. Je fais glisser son perfecto en cuir de ses épaules et il passe ses mains sous mes fesses pour me soulever. Je ceinture mes jambes autour de sa taille.

– Bien, murmure-t-il d'une voix rauque. Ce soir, je n'ai pas l'intention d'ignorer ce que mon corps me réclame depuis des mois.

N'y tenant plus, je glisse mes mains sur sa peau brûlante, soulevant les bords de son t-shirt. Il s'en déleste et le jette négligemment sur le côté, puis revient sur ma bouche, avant de parsemer la peau de mon cou de baisers fougueux. Mon top ne tarde pas à rejoindre ses vêtements éparpillés sur le sol. Il baisse les yeux sur ma poitrine gonflée et tendue par l'excitation.

– Chambre, ordonne-t-il d'une voix grave et autoritaire.

Je désigne le couloir de ma main, toujours cramponnée à ses épaules larges et musclées, comme si ma vie en dépendait.

Il m'emporte d'un pas vif dans cette direction, mes jambes fermement arrimées à ses hanches, mes lèvres sur sa mâchoire. Puis il pousse violemment la porte avant de me jeter sur le lit. Il retire ses bottes et son jean avec précipitation, avant de plonger sur moi et d'embrasser ma poitrine pigeonnante, désormais à l'étroit dans mon soutien-gorge. Il sème un chemin de baisers le long de mon ventre et saisit avec force la fermeture de mon pantalon pour me le retirer avec détermination. Il se tient debout devant moi, massif, dominateur et résolu. Malgré mes terminaisons nerveuses bouillonnantes, mon corps est parcouru d'un frisson. Je tends ma main vers lui.

– Viens.

Il s'agenouille sur lit et m'embrasse fougueusement, un baiser passionné et tendre à la fois. Il passe la main dans mon dos pour dégrafer mon soutien-gorge avec une aisance déconcertante. Puis il se redresse et m'admire. Longtemps. Je peux sentir sa respiration chaude sur ma poitrine, son buste se relevant et s'abaissant, fébrile d'excitation. Ses lèvres fondent sur moi de nouveau, il me déguste dans un râle quasi animal. Sa main glisse, dans une caresse, de la pointe de mes seins jusqu'à la dentelle de ma culotte. Et alors que sa bouche brûlante s'empare d'un de mes tétons, le léchant et le titillant, je sens ses doigts soulever les bords de mon sous-vêtement et s'infiltrer dans les plis de mon intimité trempée.

Je me cambre, gémissant de plaisir, m'abandonnant à la sensation délicieuse de son corps couvrant le mien, m'étirant de sa main experte. Cela fait longtemps. Longtemps que je refrène ce désir. Et je m'embrase à son contact, aussi doux que sauvage. Manifestement, je n'étais pas la seule à avoir essayé de résister. Il déchaîne sa frustration sur moi, comme un condamné savourant sa dernière volonté avant de monter à l'échafaud. Il ne me quitte pas des yeux, cela rend notre échange encore plus intense et bouleversant. Mais je suis bien, je sens que nous sommes là où nous devons être, nos corps emmêlés, la passion s'emparant de nous et allant crescendo. J'approche le bord du précipice où sa main indocile tente de m'emmener. Mes gémissements redoublent d'intensité. Il s'interrompt. Il veut plus. Moi aussi. Pas besoin de se parler pour savoir. Nos yeux se comprennent, et la connexion est bien là.

Il fait glisser très lentement le bout de dentelle le long de mes cuisses tremblantes et m'en débarrasse d'un air victorieux. Puis ses sourcils se froncent tandis qu'il regarde autour de lui, nerveusement. Je comprends tout de suite ce qu'il cherche.

J'atteins le tiroir de ma table de chevet et lui jette un petit étui carré, en aluminium.

Il me sourit de toutes ses dents. Lumineux.

– Je vois que tu es prévoyante, Rosetti, plaisante-t-il.

– Fais ce que tu as à faire, Hatwood, soupiré-je.

– Oui, chef !

Il enfile le préservatif à la hâte et revient se positionner au-dessus de moi, ses coudes encadrant mon visage. Puis son regard fixé au mien, il s'enfonce en moi avec une lenteur désarmante. À ce moment précis, le terme « faire l'amour » prend tout son sens. Je ne saurais dire s'il éprouve la même chose. Mais ce sentiment me fauche en pleine tempête émotionnelle, et je sais que je ne sortirai pas indemne de cette nuit de passion.

Je gémis, délivrée de la tension qui m'oppressait jusqu'alors. Colin entame un long mouvement de va-et-vient, félin, puissant et tendre. J'encercle son bassin de mes cuisses et plante mes ongles dans ses fesses pour l'encourager à accélérer le mouvement.

– Plus fort, gémis-je, au comble de l'extase.

Il intensifie ses coups de reins, sa bouche mêlée à la mienne, et je sens les prémices de l'orgasme irradier mon corps. Une vague de décharges électriques me parcourt de la tête aux pieds. Colin m'assène un dernier et violent coup de reins quand ma respiration se bloque, mes yeux se révulsent et tout mon corps se tend d'un coup, accueillant un orgasme foudroyant. Une délivrance après ces longues semaines de frustration sexuelle.

Il reprend son va-et-vient et me rejoint dans un gémissement guttural avant de s'écrouler de toute sa masse sur moi, repu.

Colin se retourne doucement pour s'allonger sur le dos alors que je me positionne sur le ventre à ses côtés, tentant de reprendre mon souffle. Il me regarde et, de sa main, me caresse du haut des omoplates jusqu'à la cambrure de mes reins. Je frissonne, le sourire aux lèvres.

– Ça va ? me demande-t-il d'une voix douce.

– Mmh, mmh. Et toi ?

– Mmh, mmh, s'esclaffe-t-il.

Du bout des doigts, il dessine de petits cercles dans le bas de mon dos.

Il se redresse subitement, les sourcils froncés, les yeux rivés sur mon postérieur rebondi.

– Mais ? Décidément, tu es pleine de surprises, Rosetti ! Qu'est-ce que c'est que ça ?

Il caresse mon tatouage du plat de la main. De discrètes petites ailes d'ange décorent mes reins.

– Tu aimes ? demandé-je, taquine.

– Si j'aime ?

Il vient se poster derrière moi, encadrant mon corps de ses genoux.

– Mieux que ça, ma belle ! Ça me donne plein d'idées pour la suite, rétorque-t-il d'une voix malicieuse. Je n'en reviens pas de ne pas les avoir remarquées à la plage.

Il s'étale sur mon dos, plonge son nez dans mon cou et mordille ma nuque de baisers voraces.

Je glousse, un peu excitée par ses chatouilles.

– Ma parole, tu es une vraie machine ! m'exclamé-je en riant. Laisse-moi au moins reprendre des forces.

Il éclate de rire et revient s'allonger à côté de moi, sa cuisse emprisonnant mon corps contre le sien. Il glisse une mèche de cheveux rebelles derrière mon oreille et me contemple, songeur.

– Tu rejoins les autres à Fish Creek, samedi ?

– Hein hein, acquiescé-je.

– On pourrait faire la route ensemble ?

Je me redresse sur les coudes.

– Tu vas à l'auberge ?

– Je suppose. Alors, ça te dit ?

J'hésite un instant. Je ne sais pas trop ce que Colin attend de moi. C'est un homme à femmes, et j'ai bien conscience que cette nuit sera sûrement une exception. Comme un secret entre nous. Il l'a lui-même dit, « juste une nuit ». Nous avons cédé à la passion pour éradiquer la tension sexuelle manifeste qui nous pourrissait l'existence. Rien de plus.

– Euh… OK.

Il m'embrasse langoureusement. Et je constate avec stupeur qu'il est de nouveau prêt à remettre le couvert.

Ce mec va me tuer.

Il se redresse, calant son dos contre la tête de lit, et me soulève pour m'installer à califourchon sur lui. Ses mains encadrent mon visage, caressent mes cheveux. Il saisit ma lèvre inférieure entre ses dents, la mordille, puis sa langue s'entortille autour de la mienne avec application dans un lent baiser plein de promesses.

– Tu es tellement belle, Drea, murmure-t-il alors que j'ondule avec sensualité sur son corps ferme et tendu, de nouveau submergée par le besoin de l'avoir en moi.

Puis le désir s'emparant de nos corps chargés d'adrénaline, nous faisons l'amour jusqu'aux premières lueurs du jour avant de nous écrouler, fourbus, et de sombrer dans un profond sommeil.

Quand j'ouvre les yeux après une nuit bien trop courte, Colin n'est plus là.

***

Après une douche chaude de vingt minutes et une quantité industrielle de caféine, c'est dans un brouillard opaque, au sens propre comme au figuré, que je me rends au Bower. Je n'ai pas eu le temps de réfléchir à la façon dont j'allais aborder Colin après notre nuit de baise anthologique. Il est parti comme un voleur au petit matin, me laissant avec mes doutes et mes interrogations. Je suis prise de frissons rien qu'en me repassant le film des événements d'hier et dois me ressaisir quand je surprends des regards curieux posés sur moi dans le métro.

J'ai peut-être bavé ?

Je porte ma main à la commissure de mes lèvres pour vérifier.

Non. Je souris juste bêtement.

My God ! Quelle nuit !

Seulement voilà, que va-t-il se passer à présent ?

Allons-nous reprendre tranquillement le cours de nos vies comme si de rien n'était ? Ou bien ai-je compliqué les choses en lui cédant aussi facilement ?

Je ne vais pas tarder à le savoir. J'ai décidé d'anticiper toute forme de malaise en allant directement trouver Colin en arrivant.

Je pénètre dans le restaurant avec détermination. Aria pivote sur son siège depuis le bar, sur le point de m'apostropher.

– Pas maintenant, Aria ! marmonné-je, une main levée, en fonçant vers le couloir.

Je pousse la porte du sas menant aux pièces réservées au personnel et progresse en direction du bureau. Mais, alors que je m'apprête à entrer sans frapper, j'entends la voix de Colin. Il semble être en plein milieu d'une conversation téléphonique.

– Je sais, Betty, je vais tout t'expliquer, soupire-t-il.

Silence.

– Non, demain je pars dans le Wisconsin, tôt le matin.

Nouveau silence.

– Non, pas au Bower. Je t'envoie l'adresse où me retrouver.

Silence.

– Très bien, alors je te dis à ce soir.

Plus un bruit.

Bien, bien.

Cela a le mérite d'être clair. Je n'ai donc pas à clarifier la situation de mon côté. Colin vient de le faire pour moi, avec ce simple coup de téléphone.

Je fais demi-tour pour me rendre au vestiaire, avec un goût amer dans la bouche.

Je ne veux pas d'une relation. Je ne veux pas d'une relation. Je ne veux pas d'une relation.

Putain. Mais pourquoi est-ce que ça me fait mal comme ça ?

Je ne m'attendais pas à ce que Colin prenne les devants et pulvérise, en quelques minutes, le souvenir de ce que nous avons partagé. Mais qu'avons-nous partagé au juste ? Une bonne baise ? Un moment de connexion charnelle et émotionnelle ?

Tu ne veux pas d'une relation. Tu ne veux pas d'une relation.

Merde ! Je ne sais plus ce que je veux. Ça ne va pas du tout. Je suis complètement paumée.

Je suis encore perdue dans mes pensées quand Colin apparaît dans le vestiaire.

Il me regarde un long moment avant de s'avancer timidement vers moi. Je me braque aussitôt, et il doit le sentir, parce qu'il s'arrête net.

– Bonjour, Drea, me dit-il d'une voix à peine audible.

– Salut, Colin, réponds-je, souriante.

Il reprend un peu d'assurance et se rapproche de moi. De sa main, il me caresse lentement le bras et ma peau se couvre de chair de poule.

– Qu'est-ce que tu fais ? chuchoté-je.

D'un seul pas, il comble l'écart qui nous sépare.

– Drea… cette nuit, c'était…

– Juste une nuit, le coupé-je en me retournant face à mon casier.

– Pardon ?

– Ce n'était pas ce que tu voulais, Colin ? Juste une nuit ?

Je jette un coup d'œil derrière moi. Le bras de Colin retombe le long de son corps. Son regard émeraude se teinte d'incompréhension.

– Tu le penses vraiment ?

– Je ne sais pas, Colin, je ne l'ai pas inventé, c'était ton idée. Non ?

Il me dévisage comme s'il venait de me pousser une deuxième tête.

– Je vois, acquiesce-t-il tristement.

Sérieusement ?

Il se fout de moi, là ? Il ne va quand même pas jouer sur les deux tableaux ?

Il croit réellement que je vais le partager avec une autre ?

Hors de question !

– Je passerai te prendre à sept heures demain matin, déclare-t-il froidement.

– Que… quoi ?

– On fait toujours la route ensemble ? Demain ? Fish Creek ?

– Euh… oui, pardon, rétorqué-je, complètement décontenancée. Sept heures, c'est noté, chef !

Je retourne à mon casier, commençant à me dévêtir, je peux sentir ses yeux posés sur moi, et des picotements chatouiller ma nuque.

– Drea… bredouille-t-il, attendant d'avoir mon attention.

– Oui ?

Je ne veux pas le regarder, je sais que je risque de nouveau de craquer, à cause de son air de chien battu.

En plus de ça, j'ai vraiment les boules. Je savais que je n'aurais pas dû céder.

– Non, rien. Oublie, se résigne-t-il.

Puis il tourne les talons et quitte le vestiaire. Je ne m'étais pas aperçue jusqu'alors que je retenais ma respiration. J'expire bruyamment.

Surtout, ne pas pleurer.

14

Moi : Tu fais quoi ?

Steph : Je me lève. Et toi ?

Moi : Je viens de rentrer du boulot. Tu te lèves que maintenant ? T'étais de garde la nuit dernière ?

Steph : C'est quoi, cet interrogatoire ? Non, je n'ai pas bossé. Je suis sortie.

Moi : …

Steph : T'es toujours là ? Je vois les points qui ondulent.

Moi : Oui, tu es seule ? Je peux te skyper ?

Steph : Suis seule et insatisfaite. Attends ton Skype. Vas-y.

Une minute plus tard.

– Salut mini-pouce, bâille bruyamment Stéphanie.

– Salut ! Alors comme ça, tu es sortie hier soir ?

– Moui, une soirée bien décevante, je dois dire.

– C'est vrai ? Raconte.

Je vois l'écran de Stéphanie bouger, puis se déplacer dans l'appartement, de la table de la cuisine au canapé, où elle s'assied en tailleur face à son ordinateur.

– Pff. Tu te souviens de ce mec sur lequel j'étais à fond avant que tu partes ?

– Euh…

– Mais si, le blond, là !

– Ben, en fait, comme tu en as toujours cinq ou six sous le coude, franchement, non, je ne vois pas.

– Putain, Drea ! Le blond, là, qui ressemble à Chris Hemsworth ! Tu le fais exprès, vraiment.

Stéphanie a la fâcheuse habitude de trouver des sosies partout autour d'elle. De préférence, de beaux garçons clonés avec les stars masculines en vogue du moment. Pendant notre mois de vie commune, j'ai eu le privilège de déguster mon café matinal en compagnie de Johnny Depp – avant Vanessa Paradis, la nuance est importante selon Steph –, Ryan Gosling – que j'appelais Ryan Grosse Ligne, vu qu'il s'en mettait plein le pif dès que Steph avait le dos tourné –, Chris Pratt, ou même Lenny Kravitz – après Vanessa Paradis, là aussi, tout est question de nuance.

– Bon, OK ! Donc, le blond. Enchaîne ! grommelé-je, agacée.

– Dis donc, Dory[15], c'est toi qui voulais qu'on se skype donc si t'es pas d'humeur, on peut aussi retourner chacune à nos vies, hein ?

– Mais non, vas-y, continue, ça m'intéresse, je suis juste claquée.

– Mouais. Donc, hier soir, j'étais sortie au QG avec une partie des filles de l'équipe. Et il était là.

– Mmh, mmh, soupiré-je, simulant mon intérêt.

– Je te l'ai ferré discret, il a rien vu venir !

– Subtil comme d'habitude, j'imagine bien, oui.

– Tssss, arrête avec ton mauvais esprit ! Donc. On s'est chauffés à mort et il m'a raccompagnée jusqu'à l'appart et puis, petit à petit, on s'est foutus à poil... et là...

Stéphanie est subitement prise d'un fou rire incontrôlable, elle n'arrive plus à s'arrêter, je souris, cela commence à devenir communicatif.

15. Dory, personnage du film animé *Le Monde de Nemo*, est un petit poisson bleu souffrant de perte de la mémoire à court terme.

– Alors ? Qu'est-ce qui s'est passé ? la questionné-je en gloussant.

– Drea, mon Dieu ! Si tu avais vu son machin…

Nouvelle crise de rire.

– … je n'aurais même pas pu m'en servir comme cure-dent, s'esclaffe-t-elle.

– Oh merde, Stepheuhh ! m'écrié-je, outrée. Pauvre garçon. Ça ne doit pas être facile à vivre pour lui.

– Hein ? Pauvre Stéphanie, oui !

– Et donc ? Comment ça s'est terminé ?

– Ben… il s'est un peu énervé.

– Comment ça ? Qu'est-ce que tu lui as dit ?

– Trois fois rien. Enfin si. J'ai ri. Et je crois que je lui ai vaguement demandé ce qu'il espérait que je fasse avec ça. Tu t'en rends compte ? Il l'a mal pris !

J'éclate de rire ! Cette histoire aura au moins eu le mérite de me détendre.

– J'ai perdu mon mojo, Drea. Ou je me fais vieille. À partir de quel âge ça ne fait plus « désespérée de la vie » de prendre un chat ? Parce que j'y pense sérieusement.

– Tu as encore de belles années devant toi, Steph. Pas de panique.

Le silence s'installe. Steph commence à s'étaler du vernis sur les ongles des pieds. Quant à moi, je suis allongée sur mon lit, à fouiller différentes rubriques sur Amazon, cherchant des moules à gâteau en silicone en forme de personnages des Simpson pour l'anniversaire de Paul.

– Et toi alors, mon chat ? Comment va la vie ?

Je soupire longuement, je ne sais pas par où commencer.

– Comment te dire…

– Bon, vas-y, balance ! Qu'est-ce qui se passe ?

– Je suis dans la merde.

– Tu peux développer ? Je sais que j'ai un QI supérieur à la moyenne mais, là, il va falloir m'aider un peu.

– Je me suis tapé mon boss.

– OK. Il n'était pas marié, à la base, ton boss ? Et puis que fais-tu de ta règle « *No zob in job* » ?

– Je ne me suis pas tapé Ian, Steph. L'autre boss. Colin.

Cette vérité, énoncée à haute voix, me fait subitement prendre conscience que tout cela est bien arrivé.

Mon Dieu. J'ai couché avec lui et c'est un désastre. Enfin non, c'était fantastique. C'était bon, c'était… Eh merde ! Qu'est-ce que je vais faire ?

– Ah oui ? Mais je croyais que tu ne t'entendais pas avec lui.

– Oui ? Eh bien, on dirait qu'on a trouvé un terrain d'entente, plaisanté-je, amère.

– Un terrain glissant, si tu veux mon avis. Tu ne m'as même pas dit de quoi il avait l'air. Comment tu dis qu'il s'appelle, déjà ?

– Colin Hatwood.

Je l'entends pianoter sur son clavier.

– Je ne sais pas trop quoi faire, Steph. On a cédé à une pulsion, en sachant parfaitement que ça ne serait que pour une seule nuit et me voilà à me demander si je ne voudrais pas plus. Pourtant, je sais que je ne peux pas faire ça, je dois rester con…

– Oh putain ! s'écrie Stéphanie en me coupant la parole.

– Quoi ? Qu'est-ce qui se passe ? demandé-je, alarmée.

Je vois une petite photo apparaître sur mon écran dans le coin à droite.

– C'est lui, ton Colin ?

Je scrute le cliché en essayant de l'agrandir. Il s'agit bien de Colin, souriant, en tenue de chef, les bras croisés sur son torse, toujours sa casquette des Bears vissée à l'envers sur sa tête. Il pose fièrement dans la cuisine du Bower devant une sélection d'assiettes savamment dressées. Il est… à tomber, comme d'habitude.

– Oui, c'est lui.

– Drea ?

– Oui ? Quoi ?

– Comment te dire… DÉFINITIVEMENT, *ZOB IN JOB* !!! hurle-t-elle.

– Pff ! Ce que tu peux être cruche !

– Ah non, non, non ! *Zob in job* à fond et je dirais même, zob partout et tout le temps. Mon Dieu, Drea, il est bombesque !!!

– Tu pourrais te calmer, s'il te plaît ?

– Il ressemble à cet acteur, là…

– Et ça y est, c'est reparti !

– Mais siiiii ! Tu sais bien ! Celui qui joue dans *Vikings*.

– Steph ! Stop ! Tu ne m'aides pas, là.

– OK, OK. Que veux-tu que je te dise ? Ce n'est pas bien ! Tu as été vilaine, bouuuh !

– Ce n'est pas drôle.

– Il a aimé que tu sois vilaine, au moins ?

– Aaargh, mon Dieu ! Tu es incorrigible !

– Franchement, Drea ! C'est à moi que tu demandes ça ? Si tu veux te faire taper sur les doigts parce que ce beau gosse et toi vous êtes fait mutuellement du bien, ce n'est pas à moi qu'il faut le demander. Il en dit quoi, ton Colin ?

– C'est-à-dire ?

– As-tu l'impression que, de son côté, il voudrait plus ?

– C'est un *serial* baiseur. Tiens, au moment où je te parle, il est même certainement dans le lit d'une de ses pouffes.

– Bon. Passe à autre chose, alors.

– C'est tout ?

– Oui, c'est tout. Niveau connards, tu as suffisamment donné, tu ne crois pas ?

– Alléluia ! Eh bien, tu vois ? Ce n'était pas si compliqué de me donner un avis concis et raisonnable ?

– D'un autre côté... ajoute Steph. Serait-ce indélicat de te demander de me le garder au chaud pour quand je viendrai te voir ? plaisante-t-elle.

Rhaaaaa, je suis entourée de malades mentaux, ma parole !

– C'est très indélicat. Je vais te laisser, Steph, maugréé-je, les dents serrées.

– On se reparle vite ?

– Oui, à plus tard.

– Bisous, mon chat.

Cette conversation avec Stéphanie m'a épuisée. Je ne sais pas ce que j'espérais en attendant des conseils de ma grande perche complètement foutraque. Je ne suis pas plus avancée maintenant. Je décide de noyer mon désarroi dans la tisane de M. Olifant et de réfléchir un peu.

En analysant les choses, j'ai finalement peu d'expérience en amour, ce qui peut expliquer que je me comporte comme un insecte qui cherche à tout prix à aller se coincer dans une lampe halogène. Colin représente tout ce que je déteste. Un beau gosse shooté à la testostérone et gavé de sexytude, un piège à gonzesses, et je vais m'en bouffer les doigts si je cède une fois de plus.

Colin est un coureur, un vrai séducteur et, finalement, j'ai été peu confrontée à ce type d'hommes dans ma vie, en dehors de mon ex, psychopathe. J'ai l'impression d'être totalement cloche quand je me retrouve en face de lui. Pire, je suis une vraie caricature de la midinette en chaleur anesthésiée par sa montée d'hormones en pagaille.

Je suis pardonnable en tant qu'inadaptée sentimentale, détraquée par ce que j'ai pris pour une histoire d'amour romanesque avec la pire des ordures.

Mais j'ai perçu un truc touchant chez Colin. J'ai l'impression de le comprendre. Et qu'il me comprend un peu.

Oh, mon Dieu. Non, le pire, c'est ça. Que je m'imagine avoir touché en plein cœur le charmeur de ces dames alors que, à ses yeux, je ne suis certainement qu'un vulgaire cinq à sept coincé entre la rousse du mercredi et la blonde du vendredi. Pitoyable.

Je me fais du mal. En plus, monsieur a un caractère de merde.

Mais il est beau.

Et il le sait, ce salaud.

Mais c'est un dieu au lit.

Bon. Je n'ai pas besoin de Stéphanie pour me vriller les neurones, en fin de compte. J'y arrive très bien toute seule comme une grande.

Malgré toutes ces tentatives stériles de chercher des raisons valables pour le repousser, je suis forcée d'admettre que Colin s'est montré d'une gentillesse déconcertante quand je lui ai raconté mon histoire avec Ben. Il m'a écoutée sans me juger et m'a témoigné une forme de tendresse protectrice que je ne soupçonnais pas chez lui.

Mes choix ont beau m'appartenir, je crains l'opprobre de mon entourage. J'ai peur du jugement de Ian, de Paul.

Et si je cède à Colin pour ce qui s'avère être une banale histoire de cul, finalement ? Si je faiblis et que nos rapports viennent à en pâtir. Quel jugement portera-t-on sur moi ?

De plus, je ne me sens pas prête à refaire confiance à un homme. J'en ai trop souffert.

Putain, je suis dans une sacrée merde.

Cette journée a été bizarre. Colin s'est montré stressé et particulièrement agressif. Hier, une partie des garçons de la brigade a regardé le Super Bowl entre deux services et, le plus naturellement du monde, chacun y est allé de son petit commentaire sur la qualité du jeu, la cérémonie d'ouverture, etc.

Colin leur a hurlé dessus de la boucler, au motif qu'il n'avait pas encore pu voir le match en replay et qu'il en avait assez de se le faire spoiler tous les ans par, je cite : « Une bande de connards, égoïstes, incapables de faire la différence entre un *quarterback* et un *running back* ». À la suite de cela, la brigade, dans sa globalité, était restée particulièrement silencieuse mis à part pour les confirmations réclamées par le chef.

Bref, pour quelqu'un qui va tirer son coup deux soirs d'affilée, je l'ai trouvé singulièrement irascible et peu tolérant.

J'ai décidé de me faire toute petite, afin de ne pas attirer l'attention sur moi.

Le restaurant a fermé ses portes à vingt-deux heures. Et tout le personnel s'est précipité vers la sortie pour profiter de ce week-end tant attendu.

Quant à moi, fidèle aux petits rituels qui rythment ma vie, j'ai commencé une nouvelle expérience pâtissière, le casque sur les oreilles.

J'ai décidé de perfectionner ma technique du macaron, disposant sur mon plan de travail de la patate douce, du miel de lavande et de la poire.

Je destine ces macarons aux propositions de café gourmand que Ian m'a demandé de mettre au point avant Noël.

Alors que Coldplay et les Chainsmokers entamaient « Something just like this » à fond dans mes oreilles, j'ai aperçu Colin traverser le couloir en direction de la cave. Il a utilisé sa clé et s'est servi sans complexe à l'étage des grands crus.

Il s'est ensuite tourné et m'a vue. Quelque chose n'allait pas. Ses yeux étaient rouges, comme s'il avait pleuré, ses traits étaient tirés, et si je n'avais pas été au courant qu'il rejoignait cette fille, j'aurais misé sur le fait qu'il allait se saouler jusqu'à perdre connaissance. Je connaissais ce regard. J'avais déjà eu le même. Avant.

Je lui ai fait un vague geste de la main, auquel il n'a pas répondu. Il a baissé la tête sur sa bouteille, le regard triste, et est parti. Tout simplement.

Merde. J'ai peut-être bien fait une connerie en l'envoyant chier si brutalement.

Bilan de ma vie actuelle : merdique.

15

Le soleil vient de se lever. Dire que j'ai vraiment mal dormi est bien trop loin de la vérité. Je n'ai pas fermé l'œil de la nuit.

Je suis dans un état second, pas si proche que ça de l'Ohio malgré ce que pouvait chanter Isabelle Adjani. Ohio-Illinois, environ sept heures de route sans les pauses pipi.

On est loin du compte.

Et il n'y a pas moins de cinq heures de route qui m'attendent, coincée dans une voiture avec Colin. À supposer qu'il se soit mis une belle cuite hier, cela promet d'être épique.

Alors que je tente de me redonner forme humaine, mon portable vibre sur le meuble de la salle de bains, me signalant l'arrivée d'un message.

Paul.

[Hello, Suricate ! Prévois
des chaussures de marche
et des vêtements chauds.]

Je tape ma réponse à la vitesse de l'éclair en me brossant les dents.

[Sans déc ? J'avais prévu des
tongs et un maillot de bain.]

[Ha, ha ! Fais ta maligne. Tu te marreras moins quand je t'aurai mis une branlée au baby.]

[Ouuuh ! J'ai peur, arrête.]

[Les clés de la Lexus sont dans le tiroir de la desserte à l'entrée avec les papiers.]

[T'inquiète, Colin m'emmène. Tu n'avais pas besoin de ta caisse, j'espère.]

[What ? Colin vient ?]

[Oui, tu peux me laisser ? Je dois finir de me préparer.]

Je grimace, il est six heures du matin et Paul est déjà debout. Je l'imagine, m'attendant frétillant à l'entrée de la propriété. Cette pensée me soulage néanmoins, Paul sera là, nous allons avoir un peu de temps pour nous et cela n'est pas arrivé depuis de longues semaines. Je sais qu'il est aussi parti plus tôt avec Ian pour l'aider à fignoler quelques bricolages dans l'auberge. Ian peine à payer les factures et la bâtisse est vieillissante. Tout ce qui peut être fait sans l'aide d'un professionnel, Ian l'entreprend lui-même. À l'approche de l'hiver, certains travaux sont devenus plus qu'urgents, et Paul voue une véritable passion à cet endroit. Il est très impatient de me faire découvrir le coin.

Une fois débarbouillée et caféinée, j'enfile mon sweat à capuche

Roots préféré, un slim noir et mes UGG grises fourrées. Mon sac est prêt, et je n'attends plus que Colin pour enfin mettre les voiles. À sept heures pétantes, je reçois un SMS. C'est lui.

[Suis en bas.]

Un rayon de soleil !

Ça sent la bonne journée.

J'enfonce mon bonnet sur mes oreilles, attrape mon sac et claque la porte derrière moi. Sa vieille Hemmings est garée dans l'allée, le moteur tourne, et je distingue à peine Colin derrière les vitres embuées. Dans ma tête, je m'imagine rejoindre cet amant ténébreux qui m'emmène loin de la ville pour un week-end de sexe endiablé à la campagne.

Euh, il n'est que sept heures, Drea, on va peut-être se calmer ?

Je me hisse à l'intérieur.

– Salut ! claironné-je.

– C'est bon, on peut y aller ? bougonne-t-il.

Ambiance.

– Euh… Colin, si ça te fait chier, je prends la voiture de Paul. Ça ne me gêne pas.

– Non, je me suis engagé à t'emmener et je tiens mes engagements, répond-il d'une voix morne.

Pourquoi ai-je soudain l'impression qu'il ne parle pas que de la route jusqu'à Fish Creek ?

Il démarre en trombe. Et le silence se fait dans l'habitacle. Un vieux tube de Massive Attack passe à la radio. Je m'enfonce dans mon siège et me laisse porter par la musique envoûtante.

Nous nous engageons sur la 43 en direction de Green Bay, Wisconsin. La monotonie du paysage gris et décharné défile devant mes yeux ensommeillés ; je finis par m'endormir.

Je me réveille en sursaut au son répétitif du clignotant indiquant que la voiture sort de l'autoroute. Je m'étire comme un chat, et regarde ma montre. Nous avons roulé deux heures.

– Où est-ce qu'on est ? demandé-je dans un bâillement.

– Au nord de Milwaukee. J'ai besoin d'un café.

– OK.

– Au fait, tu ronfles.

– Hein ? Mais c'est faux ! m'indigné-je.

– J'étais sûr que tu allais dire ça, j'aurais dû t'enregistrer.

– Je ne ronfle pas.

– Tu ronfles et tu baves.

Je pousse un couinement de protestation.

Je le vois esquisser un très léger rictus.

Eh bien, eh bien… On se détend à ce que je vois !

– Décidément, j'ai tout pour plaire, hein ? ronchonné-je.

Il ne répond pas. Il se contente de parquer son tas de ferraille devant l'entrée de la station-service et de couper le contact.

– Tu veux quelque chose ?

– De l'argent, euh, non ! Une licorne ! Attends, la jeunesse éternelle ?

Il se renfrogne, je comprends tout de suite qu'il vaut mieux ne pas abuser de la très petite fenêtre de bonne humeur qui est sur le point de me claquer en pleine figure.

– Un café. Ça ira très bien, soupiré-je.

Il sort de la voiture en refermant la porte avec force.

Je descends péniblement à mon tour de la camionnette et allume une cigarette. Quelle sensation de plénitude ! J'en avais besoin !

Mon téléphone vibre dans la poche arrière de mon jean.

[J'ai trouvé le nom de l'acteur
à qui ton dieu du sexe

ressemble : Ben Robson.
Et puisque je suis une brave fille,
la photo est en pièce jointe.]

Je me marre en découvrant la photo du fameux Ben Robson. Quand Stéphanie a une idée en tête, elle ne l'a pas ailleurs.

– Qu'est-ce qui te fait rire ? demande une voix grave et sexy.

Colin approche dans mon dos.

Doux Jésus, mon fantasme fait homme !

– Rien, rien. Une copine qui m'envoie des conneries.

Je le dévisage sans m'en cacher. Il est tellement craquant avec ses deux écrins de prairie verte, son bonnet Billabong sur la tête et ses mèches dorées qui s'en échappent. Il me tend un gobelet de café. Puis il se rapproche de moi, saisit la cigarette que je tiens entre les doigts et en tire une bouffée. Nous nous fixons, intensément. Sa main a effleuré la mienne dans son geste, provoquant une série de petites décharges électriques un peu partout dans mon corps. Est-ce que ça va toujours être comme ça entre lui et moi ? Il fait deux degrés dehors et je suis déjà en chaleur. Il suffit d'un frôlement, un regard innocent, pour me déboussoler complètement, déréglant tous mes radars.

Il agite ses clés, me rend ma cigarette après deux bouffées supplémentaires, et se dirige vers le pick-up.

– Tu veux que je conduise ? demandé-je.

Il se gondole de rire, incrédule, comme si je venais de proposer de faire décoller une fusée.

– Quoi ? Qu'est-ce qui te fait rire ?

– Toi ? Conduire ?

– Euh... oui. Excuse-moi, je ne vois pas ce qu'il y a de drôle, là ?

– Personne ne conduit ma voiture.

– Pardon, tu as peur que j'ajoute une rayure à ton tacot ?

Il grimpe sur son siège et boucle sa ceinture. Je le rejoins, un peu vexée.

Il semble épuisé. Je ne suis pas très rassurée de le voir reprendre le volant dans son état de fatigue.

– Je te le propose parce que je te trouve fatigué.

– Ça ira. Et tu n'as pas l'air en meilleur état que moi, je te signale.

J'hésite un long moment… Je veux lui poser cette question qui me pollue la tête depuis que nous avons quitté Chicago.

– Tu as fait quoi, hier soir ?

Il me jette un coup d'œil furtif, mais ne répond pas immédiatement. Je parie qu'il cherche un joli petit mensonge à me balancer.

– J'ai regardé le match.

Bim ! Le voilà, le vilain mensonge !

– Hein, hein.

Je n'en crois pas un mot. Je sais qu'il devait voir Betty, pourquoi me ment-il ? Nous ne nous devons rien.

– Toute la nuit ? insisté-je avant de m'apercevoir que je vais sans doute trop loin.

– Tu veux en venir où, Rosetti ?

– Je ne sais pas, je ne suis pas experte, mais tu as l'air mort de fatigue et le match n'a pas dû durer plus d'une heure et demie, alors…

– Tu me fais quoi, là ? On se rend des comptes maintenant ? Je n'ai pas beaucoup dormi si tu veux savoir.

– Tu as vu Betty ?

Je regrette ces paroles à la seconde où je les prononce.

– Je ne répondrai pas à cette question, Rosetti. Ça ne te regarde pas.

Bien envoyé ! Je l'ai mérité.

– C'est un oui, donc, maugréé-je, incapable de contrôler mon débit de paroles irréfléchies.

– Putain ! s'exclame-t-il, à bout de patience, en tapant violemment son volant du plat de la main.

Je sursaute. Je vais peut-être devoir me calmer, je n'ai aucune envie qu'il me laisse sur le bord de la route.

– Qu'est-ce que tu veux, Drea ? Je ne comprends pas ce que tu cherches. Il me semblait que les choses étaient claires entre toi et moi, non ?

– Très claires, excuse-moi, oublie cette question, je ne sais pas ce qui m'a pris.

Je me mure alors dans un profond silence, le nez collé à la vitre, espérant que le reste de la route se passera sans incident. Je m'en veux de me conduire comme une girouette avec lui, mais je n'arrive plus à voir clair dans mes sentiments. Nous sommes sans arrêt en train de nous chercher, dévorés par notre désir mutuel. La situation me semble sans issue. Le mieux, selon moi, serait d'oublier ce qu'il s'est passé entre nous. Je n'en peux plus de me faire des nœuds au cerveau. Et tant que Colin n'affichera pas franchement ses intentions à mon égard, je dois maintenir une distance de sécurité entre nous deux.

La route est encore longue et silencieuse jusqu'à Green Bay, nous bifurquons sur la N57 en direction de Sturgeon Bay, et je sens que l'ambiance commence à se détendre.

Colin sifflote sur une chanson des Mumford & Sons qui passe à la radio.

– Je peux te poser une question ? demandé-je avec précaution.

Il étrécit les yeux, et sa mâchoire se serre de nouveau.

– Je t'écoute.

– Cela fait longtemps que tu n'es pas revenu à Fish Creek ?

Je vois ses phalanges blanchir alors que ses mains agrippent le volant avec plus de fermeté.

– Trois ans.

– Vraiment ? Trois ans, c'est long.

– J'avais du travail.

– Quand j'écoute Ian parler de l'auberge, j'ai l'impression que c'est le plus bel endroit au monde.

– C'est le cas. Nous avons grandi là bas, Ian et moi.

– Vous devez avoir de beaux souvenirs dans cette maison.

Colin soupire, mais ne répond pas. Je voudrais apprendre à le connaître, comprendre la colère qui sommeille en lui, pour mieux l'apprivoiser. Il est en permanence sur ses gardes, comme un animal farouche, déjà blessé, et qui n'arrive plus à accorder sa confiance.

Il nage à contre-courant, fuyant ses sentiments, son envie de se livrer. Je connais ce mécanisme de défense pour l'avoir expérimenté. Je me débats encore avec mes propres démons, et j'ai la conviction que Colin et moi avons beaucoup de choses en commun.

– J'ai su pour ta maman, Colin… Je suis désolée, ajouté-je simplement.

– Je n'ai pas que de bons souvenirs à Fish Creek, comme tu t'en doutes.

– Je comprendrais que tu ne veuilles pas en parler. Je ne veux pas être indiscrète.

– Je n'en parle jamais.

– Même pas avec Ian ? insisté-je, bravant mes propres conseils.

– Eh bien… pour quelqu'un qui ne veut pas se montrer indiscret, tu te poses là ! s'agace-t-il.

– Pardon, je suis vraiment nulle parfois. Je ne peux pas savoir ce que tu as vécu, j'ai encore mes deux parents, mais je sais écouter. Alors… si tu as envie d'en parler…

Je souffle, un peu surprise par ma propre audace. Je vais encore le faire sortir de ses gonds et je ne peux m'en prendre qu'à moi-même.

– Merci, Rosetti. Mais je ne suis pas sûr que ce genre d'intimité entre nous soit une bonne chose.

Bon.
Quand ça ne veut pas s'ouvrir, hein ?

***

– Est-ce qu'il nous reste encore beaucoup de route ? demandé-je timidement, après quelques minutes.

– Une bonne heure et demie environ.

Il me jette un coup d'œil rapide, me voyant me tortiller sur mon siège.

– Ça ne va pas ?

– Non, non, ça va, j'ai juste besoin de faire pipi.

Colin soupire, et la voiture sort de la route quelques minutes plus tard pour s'engager sur le parking d'un *diner*. J'accueille cette halte comme une bénédiction, ma vessie étant sur le point d'exploser. Nous poussons la porte du restaurant routier, et il m'indique la direction des toilettes au bout de la salle.

– Prends ton temps, on va manger un bout avant de repartir.

Je me rends à la hâte au petit coin tandis que Colin s'installe sur la banquette d'un des box.

Une fois soulagée, je prends de longues minutes pour m'observer dans le miroir au-dessus du petit lavabo. J'ai une mine affreuse, les yeux cernés et les cheveux en bataille. Je me passe un peu d'eau fraîche sur le visage et pioche un élastique dans mon sac, pour attacher ma tignasse en une queue-de-cheval. Je prends une grande inspiration et retrouve Colin dans la salle de restaurant. Il semble étudier le menu avec sérieux, mais j'ai l'impression que son esprit vagabonde. Il relève le nez de la carte et me détaille jusqu'à ce que je vienne prendre place face à lui.

Devant l'insistance de son regard, je m'assure rapidement que je n'ai pas traîné un cortège de papier toilette derrière moi, puis mes yeux reviennent se poser sur Colin. Il me dévisage intensément.

– Qu'est-ce qu'il y a ? hasardé-je, soudain inexplicablement gênée.

– Rien… soupire-t-il, avant de replonger dans son menu.

Une jeune serveuse s'approche de notre table, un calepin à la main et dévore Colin des yeux, sans même s'en cacher. Je ne peux pas lui en vouloir. Il est vraiment canon. Il a retiré négligemment son bonnet, laissant sa tignasse caramel ébouriffée, sa barbe de trois jours lui donne un petit côté *bad boy* sexy et je ne crois pas avoir vu ses yeux plus verts et translucides qu'aujourd'hui.

– Bonjour, je m'appelle Daisy, minaude-t-elle à l'intention de Colin.

Autant dire que je suis transparente.

– Je vais m'occuper de votre table, avez-vous choisi ?

Elle bat des cils, comme une biche à la saison des amours.

Insupportable.

Colin, qui, au début, ne semblait pas avoir remarqué les efforts déployés par la demoiselle pour attirer son attention, entre finalement dans son jeu.

– Eh bien, je vais prendre un café, répond-il, et un menu spécial, avec les œufs brouillés et le bacon. Et… pouvez-vous ajouter des pancakes dans une assiette à part, vous seriez un ange ? ajoute-t-il, mielleux.

– Bien sûr, aucun problème. Et pour vous ? m'apostrophe-t-elle, plus froidement.

J'hésite entre une bonne baffe dans sa gueule et une assiette de pancakes aux fruits rouges avec du sirop d'érable.

Chut, jalousie !

Mais non. Je ne suis pas jalouse. Mais plus vite elle quittera ce petit sourire suffisant plaqué sur son visage, moins je risque de me transformer en une furie dégénérée.

Je marmonne ma commande, agacée. La serveuse nous abandonne et regagne le comptoir du *diner* pour lancer nos plats.

– Merci, Daisy ! lui lance Colin d'une voix enjôleuse.

Excédée, je hausse un sourcil. Il est décidément incorrigible, et ne peut pas s'empêcher de faire son numéro de charme.

Il me dévisage, amusé, alors que je m'engonce dans la banquette, les bras croisés sur la poitrine, décidée à bouder tout le repas.

– Que se passe-t-il, Rosetti ? Tu as l'air un peu à cran.

Je ne réponds pas, et me contente de trouver un intérêt soudain à la salière et au poivrier disposés sur la table.

– Si je te connaissais mieux, je dirais que tu es jalouse.

– Tu as raison. Tu ne me connais pas, Colin.

Il s'esclaffe au moment où nos cafés arrivent sur la table. Daisy « couche-toi-là » se penche outrageusement au-dessus de la table pour nous servir, laissant à Colin tout le loisir de découvrir un décolleté bien suggestif.

Puis comme si de rien n'était, elle s'éloigne en chaloupant de la croupe comme une prostituée.

Contrôle. Maîtrise. Et caféine. Vite !

La guerre des nerfs prend fin quand Colin rompt le silence.

– Je prévois de rentrer mardi matin à Chicago, j'espère que cela ne t'ennuie pas ?

– Je partirai avec Paul et Ian demain soir, donc pas de souci.

– Non, Rosetti, ce que je veux dire, c'est que, toi et moi, nous rentrons mardi matin.

Je le dévisage, stupéfaite.

– Je ne crois pas que…

– Ian est au courant, me coupe-t-il. Tout est prévu, et c'est pour le boulot, ne t'inquiète pas. Je voudrais t'emmener dans un endroit spécial de la région où j'aime m'approvisionner en produits frais.

– Tu aurais pu me consulter, Colin. Ce n'est pas très sérieux.

– Je suis ton patron. Je n'ai pas à te consulter pour ce genre de choses.

– OK.

– OK ? C'est tout ? Tu ne vas pas me gueuler dessus ? Me dire que j'abuse de ma position ? se moque-t-il, toujours avec ce petit rictus bien agaçant.

Je soupire avec lassitude. Me rebeller ? Je n'en ai plus la force, il aura le dernier mot quoi qu'il arrive, et lutter ne changera rien. Mais l'idée de me retrouver seule avec lui pratiquement deux jours de plus m'inquiète un peu.

– C'est pour le boulot. Tu es mon supérieur. Je n'ai rien à dire.

Il affiche soudain un regard désolé, comme s'il avait senti une forme de résignation mâtinée de tristesse dans ma réponse, et le ton de sa voix change subitement.

– Drea, je… Ce n'est pas une démonstration de supériorité de ma part. Je veux te faire connaître cet endroit comme je le connais. Prends ça comme une marque de confiance, une initiation. C'est important.

Je ne réponds rien. Je ne souhaite pas épiloguer sur la question.

Nos plats arrivent enfin sur la table, et mon portable se met à vibrer dans mon sac. Je consulte rapidement mon écran et reconnais le numéro de Benjamin ; je refuse immédiatement l'appel. Je suis alors saisie de sueurs froides et, malgré mon estomac qui criait famine il y a encore quelques minutes, je n'arrive pas à entamer mon plat.

Colin, quant à lui, a attaqué son assiette avec appétit mais, constatant mon malaise, il pose ses couverts.

– Ça ne va pas ?

– Si, si… Je suis juste fatiguée.

Il jette un œil rapide à mon portable au moment où je le range furtivement dans mon sac, avec l'impression d'être prise en faute.

– Qui c'était ? On dirait que tu as vu un fantôme.

Il n'est pas dupe, l'animal. Je ne réponds pas, crispée au possible.

Je me force à prendre ma fourchette, maladroitement, et à attaquer ma crêpe. J'ai l'estomac au bord des lèvres et je mets un temps infiniment long à mâcher ma première bouchée.

Colin se redresse et quitte sa banquette pour venir s'installer à côté de moi. Je me glisse au fond du box, sans comprendre ce qu'il a derrière la tête.

– Du calme, Drea, qu'est-ce qu'il y a ? m'interroge-t-il, visiblement très inquiet. Je vois bien que ça ne va pas.

Son regard est chargé de sollicitude, comme s'il essayait de lire en moi, il tend la main vers mon visage et j'ai un réflexe de défense. Je recule vivement, me tassant encore plus au fond du box.

– Drea… tente-t-il de me rassurer, peiné.

– On n'aurait pas dû faire ça, Colin, lâché-je dans un souffle.

– Que… quoi ? Faire quoi ?

– On n'aurait pas dû coucher ensemble.

Il baisse les yeux, semblant envahi par un sentiment de regret que je ne connais que trop bien.

– J'ai tout foutu en l'air, je suis désolée, on arrive à peine à se parler tous les deux et ça ne m'amuse pas du tout. J'aurais dû te dire non quand tu es venu l'autre soir. J'aurais dû te repousser. Je…

– Mais tu ne l'as pas fait.

– Non.

– Pourquoi ?

– Je ne sais pas.

Il prend ma main dans la sienne. Et en caresse le dos avec son pouce.

– Drea… je ne regrette pas ce qui s'est passé entre nous ce soir-là. Entre nous, c'était inévitable. Tu veux savoir pourquoi tu ne m'as pas repoussé ? C'est parce que tu penses la même chose. Tu ressens la même chose que moi.

Je baisse les yeux, complètement perdue.

Mon portable se remet à vibrer dans mon sac. Je sursaute et mes yeux s'emplissent de larmes, ce qui n'échappe pas à Colin.

– Qui est-ce, Drea ? Ton humeur a basculé au moment où ce foutu portable s'est mis à vibrer.

Je ne réponds pas, tétanisée. Colin plonge la main dans mon sac, sans réfléchir. Je tente de l'en empêcher dans un mouvement de panique.

– Non, Colin ! Pitié, ne fais pas ça ! le supplié-je.

Il observe l'écran un long moment.

– C'est lui, n'est-ce pas ? m'interroge-t-il, agacé.

Les mots se bloquent dans ma gorge alors qu'il s'éloigne de moi, le portable à la main. Et avant que je n'aie le temps de réagir, il décroche et porte le téléphone à son oreille.

– Allô !

Il se tait un long moment, la mâchoire serrée, le regard rempli d'une haine indescriptible.

– Écoute-moi bien, espèce de connard ! Je sais qui tu es ! Je sais ce que tu as fait ! Ne l'appelle plus et oublie ce numéro ! Je ne sais pas ce qui me retient de prendre le premier avion pour la France et de venir te casser la gueule !

Je suis anéantie. Il parle d'un ton calme et déterminé, avec une froideur qui me terrifie. Je sais très bien que, à l'autre bout de la ligne, Benjamin entend et comprend la moindre parole qui sort de sa bouche.

Colin reprend :

– Si tu continues de la harceler, je m'occuperai personnellement de ton cas et tu prendras toute la mesure de ce que tu lui as fait subir. Est-ce que c'est clair ?... Bien. Ne rappelle plus jamais, espèce de sale merde !

Il raccroche quelques secondes plus tard. Il semble dans un état de rage tel que je reste de longues minutes à l'observer, interdite. Son torse se soulève et s'abaisse frénétiquement. Je me fais toute petite, franchement intimidée. Il me tend le portable.

Je le range rapidement dans mon sac, et mon regard se voile sous le coup de l'émotion. Je repousse mon assiette, écœurée, pendant que Colin reprend sa place face à moi. Il termine son repas en silence puis se lève pour payer l'addition.

– Je t'attends à la voiture, annonce-t-il froidement.

Il semble furieux contre moi, alors qu'il n'en a pas le droit. Je suis partagée entre le sentiment de colère que j'éprouve à son encontre et le soulagement que quelqu'un ait enfin pris ma défense face à Benjamin.

Après avoir recouvré mes esprits, je rejoins Colin au pick-up. Il démarre et s'engage sur la route, dans un nuage de poussière.

Au bout de quelques minutes, je déclare simplement :

– Tu n'avais aucun droit de faire ça.

– Je sais. Je te prie de m'excuser.

Je reste muette et le reste de la route se déroule dans un silence de mort jusqu'à Fish Creek.

16

À partir d'Egg Harbor, la route qui mène à Fish Creek regorge de prairies verdoyantes, de vergers et de champs de blé qui s'étendent à perte de vue. Le paysage autour de nous est merveilleusement apaisant. La route est ponctuée de caves à vin offrant des dégustations gratuites, et je ne peux m'empêcher de penser à ma France natale et à la richesse viticole de la vallée du Rhône.

À l'approche des beaux jours, j'adorais parcourir la région des vignobles de côte-rôtie avec Raphaëlle et le sommelier de l'Alessandro. Nous finissions souvent nos tournées par une nuit dans une auberge de Tain-l'Hermitage car, contrairement à ce qu'exigeait la pratique, nous testions les vins sans les recracher et étions rarement en état de faire le chemin en sens inverse dans la même journée.

Le Pilgrim's Rest se situe à deux kilomètres du village, presque à l'entrée du Peninsula State Park. L'endroit est d'une beauté à couper le souffle. Un petit chemin caillouteux quitte la route principale et grimpe dans les bois. Après plusieurs mètres, au détour du chemin sur la droite, une clairière s'offre à mes yeux avec de jolis arbres fruitiers et, au fond, je peux distinguer une petite source qui serpente jusqu'à la côte en pente douce.

L'auberge est là, entourée d'arbres et de verdure. Le souvenir de la propriété toscane de mon grand-père Giuseppe se rappelle à moi avec mélancolie.

Le Pilgrim's Rest est une immense bâtisse de pierre un peu décrépie, aux volets blancs et aux murs parcourus de vigne vierge. Une terrasse en bois fait le tour de la maison, qui compte deux étages. Cette demeure éveille en moi un sentiment de quiétude et de réconfort que je n'ai pas ressenti depuis très longtemps.

Nous garons la camionnette à côté de l'imposant SUV de Ian. Alors que Colin se charge de nos sacs de voyage à l'arrière, je fais quelques pas sur la pelouse devant la maison. Un massif de camélias somptueux capte immédiatement mon attention.

Je suis ébahie par tant de beauté. Bien qu'il fasse plus doux dans la région, ces fleurs n'auraient pas dû résister à l'hiver naissant.

– Ce sont des camélias roses du Japon, me glisse Colin, qui s'est rapproché. C'étaient les fleurs préférées de maman.

– Comment… comment peuvent-elles être encore si belles ? Nous sommes au début de l'hiver, c'est impossible ?

– Contrairement au reste de l'État, le temps a été clément dans le coin ces derniers temps. Et ces fleurs… comment dire, elles sont spéciales.

– Que veux-tu dire ?

– Elles fleurissent tous les ans à la même période, de manière exponentielle. On dirait…

Il s'interrompt, comme si sa révélation à venir risquait de les faire faner instantanément.

Je tourne mon visage pour observer Colin. Ses yeux sont brillants. Je comprends soudain que ces fleurs le ramènent au souvenir de sa mère disparue. Sans réfléchir, je lui donne une caresse réconfortante sur le bras. Il plonge son regard reconnaissant dans le mien et…

– Suricaaaaate !!!

Bon Dieu, je frôle l'accident cardiaque un peu trop régulièrement ces temps-ci !

Paul dévale les marches de la terrasse devant la maison, ruinant ce rare moment d'intimité sincère entre Colin et moi. Il s'écarte aussitôt et mon ami vient m'enlacer avec beaucoup de tendresse.

– Ça va, mon grand ?

– Ça va, mais je t'attendais avec impatience ! Salut, Colin !

– Bonjour, Paul, répond celui-ci platement.

– Vous avez fait bonne route ? Vous devez mourir de faim ?

– Euh… non, Paul, ça va, on a mangé sur la route, le rassuré-je.

Paul pose ses mains sur mes épaules pour m'observer.

– Tout va bien ?

Je hoche la tête, heureuse de retrouver enfin mon meilleur ami dans ce cadre magique.

Nous pénétrons dans la vieille maison bâtie de bois et de matériaux nobles. L'entrée donne sur un vestibule assez vaste où se trouve l'accueil pour les clients. Grace, une petite femme boulotte aux cheveux courts et grisonnants, se charge de gérer la réception des vacanciers derrière le comptoir. Elle accueille Colin avec une étreinte presque maternelle et me salue avec un sourire rayonnant. Ces deux-là ont l'air très complices et il est évident qu'ils se sont beaucoup manqué. Il lui chuchote des petits mots à l'oreille, et elle éclate d'un rire jovial en lui pinçant la joue comme on taquine un enfant. Je les contemple en souriant béatement, sans même en prendre conscience.

Puis, tandis que Grace et Colin profitent de la joie de se retrouver, je ne peux m'empêcher de regarder tout autour de moi, émerveillée. Je fais quelques pas sur la gauche, où se tient un immense salon baigné de lumière grâce à de grandes baies vitrées donnant sur le lac. De confortables fauteuils et canapés en cuir invitent à la détente dans une atmosphère cosy et chaleureuse. À droite, un petit couloir laisse entrevoir une spacieuse salle à manger. Et devant moi, un très bel escalier en bois massif monte à l'étage, où se trouvent les chambres. Les lieux sont immenses. Soudain, je crois reconnaître la mélodie d'une petite voix familière.

– Tonton Colin ! s'écrie une Maddie survoltée alors que Colin lâche son paquetage pour prendre la fillette dans ses bras.

– Ma choupinette ! Comment vas-tu ?

– Ça va, tonton, mais papa dit que z'ai pas le droit d'aller chercher les noisettes toute seule dans le zardin. Tu viendras avec moi ?

– Évidemment que je vais venir ! Je n'ai rêvé que de ça tout le trajet.

La blondinette se tourne ensuite vers moi, elle n'avait pas encore remarqué ma présence.

– Drea ! Super zénial ! Tu es là aussi ! Tu viendras avec nous, hein ? Dis, tu veux bien ?

– À vrai dire, Maddie, je voulais emmener Drea visiter le village, mais peut-être qu'elle pourra venir avec toi plus tard, bredouille Paul.

Madeline arbore une petite moue boudeuse à laquelle il m'est difficile de résister. Je m'approche d'elle alors que Colin la tient toujours dans ses bras.

– Je serai ravie de t'accompagner dès mon retour, jolie poupée. Peut-être pourras-tu me montrer quelques-unes de tes cachettes préférées ? Qu'en penses-tu ?

– Z'aimerais trop ça ! Merci, Drea.

Colin m'adresse un sourire charmant et j'ai l'impression que les battements erratiques de mon cœur résonnent dans toute la pièce.

Puis, Paul, attrapant mon sac, m'entraîne précipitamment à sa suite jusqu'aux escaliers pour me conduire à ma chambre. Le premier étage de la maison comprend les quartiers de la famille, six au total, les autres, répartis sur les deux étages de l'auberge, sont destinés à la clientèle.

Ma chambre est très jolie. Un magnifique lit à baldaquin recouvert d'un épais édredon en patchwork trône au milieu de la pièce. De jolis bibelots anciens reposent sur une petite commode en bois sombre à côté de la porte. Et la fenêtre, ornée de rideaux fleuris, offre une vue splendide sur le lac. Je m'installe sur le lit douillet pour tester le matelas, et Paul vient s'asseoir à côté de moi.

– Où est-ce que tu dors ? lui demandé-je.

– La porte en face de la tienne, de l'autre côté du couloir. Ça nous rappellera quand on habitait tous les deux chez tes parents, tu te souviens ? s'amuse-t-il.

– Oui, c'est vrai. Tu venais me rejoindre dans la nuit, et nous papotions jusqu'au petit matin. Bizarrement, mes parents n'ont jamais rien dit.

Nous rions de bon cœur au souvenir de cette époque heureuse.

– Tu as l'air épuisée, Suricate.

– Eh bien… je le suis. Je suis vraiment fatiguée mais c'est assez normal quand on y pense. Depuis mon arrivée à Chicago, je vis à cent à l'heure.

– La route s'est bien passée avec Colin ? Il n'a pas été trop con ?

– Pourquoi tu dis ça, Paul ? Je ne pense pas me tromper en disant que tu n'as pas l'air de beaucoup l'aimer, ce qui m'étonne venant de toi, qui es d'habitude si sociable.

– Tu as raison, je ne suis pas tendre avec lui. Mais j'ai mes raisons, crois-moi. Il n'a pas toujours été très correct avec moi.

– De quoi parles-tu ?

– Je te raconterai ça un jour mais, en attendant, mets des vêtements confortables, on va faire un tour au village. Ça te dit ?

Je soupire, le sourire aux lèvres. Et saute sur mes pieds pour défaire mon sac. J'enfile rapidement une paire de baskets et suis Paul au rez-de-chaussée.

Ian est à l'accueil en train de gérer le *check out* d'un couple de septuagénaires, visiblement enchantés de leur séjour.

– C'était parfait, comme d'habitude, Ian. Ruth et moi pensions revenir au printemps avec nos petits-enfants. Nous appellerons Grace pour arranger tout cela.

Ian raccompagne le petit couple jusqu'à sa voiture et s'assure qu'ils ont quitté son champ de vision avant de se diriger vers moi. Il me prend dans ses bras et me soulève avec vigueur.

– Je suis si content que tu sois là, ma belle !

– Merci de m'accueillir, Ian, cet endroit est splendide, et je dois dire que je me sens merveilleusement bien ici.

– J'imagine que tu n'as pas encore eu le temps de faire le tour de la propriété. Je serai ravi de te servir de guide si le cœur t'en dit.

Paul s'interpose aussitôt.

– Je conduis Drea au village, mais on sera de retour d'ici une heure. J'avais l'intention de prendre les vélos dans le hangar.

Un léger malaise m'envahit.

– Ah ? OK, j'imagine que vous avez des choses à vous raconter, répond Ian, visiblement déçu. Paul, le dîner sera servi à dix-neuf heures. Je vous laisse alors. À plus tard, les jeunes, ajoute-t-il malicieusement.

Je fronce les sourcils, agacée par le comportement un peu exclusif de Paul. Je peux concevoir que je lui ai manqué, mais il se montre un peu trop envahissant avec moi. Je commence à croire que la fameuse conversation que je redoute tant se profile de manière plus urgente.

Nous enfourchons nos bicyclettes, et je suis Paul docilement jusqu'au petit bourg de Fish Creek. Le Door County est une avancée de terre sur le lac Michigan. L'endroit n'est pas grand, cerné par les eaux, et j'y retrouve le charme désuet et nostalgique des petites bourgades côtières américaines, avec leurs bed & breakfast aux porches soigneusement fleuris, leurs salons de thé, leurs jolies marinas aux embarcations méticuleusement alignées, tanguant doucement au gré de la brise marine. Ce petit village enveloppé d'une atmosphère mélancolique semble comme figé dans le temps ; j'aime ce genre d'endroit.

À vrai dire, j'aime le côté traditionnel qu'il représente. Cela me ramène à mes origines italiennes, les petites ruelles en pierre qui descendent jusqu'au port et le linge qui sèche aux fenêtres, les mamas qui discutent devant les étals du marché.

Alors que nous pédalons dans la douceur inespérée de cet après-midi de novembre, je constate que Paul n'est pas un étranger aux yeux des habitants de Fish Creek. Il salue tous les gens qui croisent notre route, le sourire aux lèvres, fier comme un paon.

Nous nous arrêtons à quelques pas d'une petite plage et continuons à pied, poussant nos vélos à côté de nous.

– C'est très joli ici, soupiré-je, emplissant mes poumons de l'air vivifiant apporté par les embruns du lac.

– C'est vrai.

Paul est soudain bien silencieux. Il m'a éloignée de tout le monde avec une impatience presque capricieuse et, à présent qu'il m'a pour lui seul, il ne dit plus rien. J'aime mon ami, il représente la famille pour moi. Il est rassurant, il est réconfortant. Il est important. Mais à cet instant, tout en lui me semble étranger. Nous sommes comme deux inconnus. Cette ambiguïté planant autour de nous me terrorise. J'ai peur de ce qu'il ressent. Peur de ce qu'il veut me dire. Peur de ce que cela pourrait changer entre nous. J'ai peur de ne pas savoir comment réagir, d'être maladroite, de le blesser. Toutes ces émotions sont nouvelles pour moi et je ne veux pas le perdre.

– Tu te souviens de cet été après le bac, quand nous sommes partis avec Stéphanie sur la côte basque ? me demande-t-il.

– Oui, je me souviens, c'étaient nos premières vacances seulement tous les trois. On avait économisé une année entière.

Ces vacances ont été magiques. Des amis de mes parents nous avaient prêté leur maison à Biscarosse. Ils s'étaient offert une croisière dans les îles pour leurs trente ans de mariage et ne souhaitaient pas laisser leur villa trop longtemps sans surveillance. Nous avons donc bénéficié d'un plan d'enfer et n'avons eu à payer que le transport, les choses du quotidien et nos sorties une fois sur place. Paul a pas mal brillé par son absence d'ailleurs. Je me souviens qu'il partait tôt pour aller surfer et rentrait au petit matin quand il ne sortait pas avec nous. Sur le chemin du retour, nous nous sommes pas mal disputés à cause de son comportement distant. Et j'ai boudé pendant au moins une semaine après ça.

– Je dois avouer que je suis étonnée que tu te sois rendu compte de notre présence, à Steph et à moi, d'ailleurs.

– Suricate... tu ne vas pas recommencer avec ça ?

– Paul, c'est vrai, on t'a à peine vu. J'ai quand même le droit de dire que tu m'as manqué pendant ces vacances ?

– Cette année-là... je suis tombé amoureux pour la première fois.

Je me fige. Première nouvelle ! Il n'en avait jamais parlé. Je me doutais qu'il fréquentait une fille ou plusieurs, vu qu'il était toujours en vadrouille mais, à l'époque, Paul était très secret et discret. Je me sens conne d'un seul coup.

– Tu ne me l'avais jamais raconté... murmuré-je.

– Non, c'est vrai.

– Pourquoi, Paul ? On se racontait tout pourtant...

Il soupire longuement et noue ses mains derrière sa nuque.

– Bizarrement, j'ai rejeté ce sentiment en bloc au lieu de le vivre comme quelque chose de pur et d'exaltant. Je ne sais pas... Le suicide de mon père, la dépression de maman, tout cela m'avait bien bousillé, et je culpabilisais de ressentir quelque chose d'aussi fort et qui me rendait heureux, alors que j'étais entouré par toute cette merde.

J'acquiesce, compréhensive, attristée de comprendre que Paul vivait encore ce combat intérieur qui gouvernait sa vie et le rendait inévitablement malheureux.

– C'est très con, ça, comme raisonnement. Tu le sais ?

– Oui, enfin, il nous arrive à tous, à un moment de notre vie, d'avoir des idées idiotes, tu ne crois pas ?

Je pince mes lèvres, repensant à mon comportement illogique avec Benjamin. J'oublie trop souvent que Paul a, lui aussi, été victime de ce genre de dérive psychologique par la faute de sa mère.

– Stéphanie et toi étiez très sollicitées à l'époque, et il y avait ce groupe de garçons qui vous collait au train comme des abeilles autour du miel. J'avais l'impression d'être transparent.

– Je ne m'en étais pas rendu compte, Paul. Je suis désolée.

Nous nous asseyons sur un banc devant un ponton allongé sur la vaste étendue d'eau. L'air s'est rafraîchi.

– Que s'est-il passé ? Qui était-ce ?

– Peu importe son identité, Drea. C'était un amour à sens unique. J'en ai pas mal souffert à cette époque. C'est pour cela que je me suis un peu refermé l'année qui a suivi.

Il prend une grande inspiration, comme s'il s'apprêtait à me révéler le secret le mieux gardé au monde.

– À la suite de cela, je me suis posé énormément de questions, sur qui j'étais, sur ce que je ressentais et ce que je voulais vraiment dans ma vie.

– Paul… Je ne comprends pas. Qu'est-ce que tu essaies de me dire ?

Mon ami inspire profondément et tourne son visage vers le mien. Son regard est intense et je crois même y lire un soupçon de crainte.

– Paul ? Qu'est-ce…

– Je suis homosexuel, Drea.

Encéphalogramme plat.

Je pousse un cri d'étonnement. Je m'étais attendue à tout, mais ça…

– Paul. Tu n'es pas homo. Arrête un peu ces conneries, glapis-je.

– Drea, s'il te plaît, je suis en train de te dire quelque chose de très important et j'ai besoin de ton soutien, là.

Je m'arrête de parler, fixant l'horizon.

– Mais… je ne comprends pas… Et les filles que tu fréquentais, je veux dire, tu as eu des histoires qui ont duré…

– Je sais, je sais. Je ne l'explique pas, Drea. J'ai toujours su au fond de moi que j'aimais les hommes. Mais, j'ai d'abord pensé que j'étais bisexuel, et puis j'ai dû admettre que faire l'amour à une femme ne m'avait jamais plu, en définitive. J'étais plutôt paumé, mal dans ma peau et, quand je suis venu m'installer à Chicago, j'ai rencontré beaucoup de personnes de la communauté gay. Cela m'a conforté dans l'idée que je vivais dans le mensonge depuis trop longtemps.

Tout ce que je croyais savoir sur mon ami, ce qu'il était, tout ça, c'est du vent, un mensonge. Et malgré cela, mon cœur se charge d'amour pour lui. Deux sentiments paradoxaux m'étreignent soudain. Le soulagement, celui de m'être trompée depuis le début sur les intentions de Paul, et une profonde tristesse à l'idée que mon meilleur ami se soit débattu si longtemps seul avec cette orientation sexuelle qu'il ne comprenait pas et qu'il avait tant de mal à accepter.

Je ne réfléchis pas plus longtemps et le prends dans mes bras. Je le serre contre moi, comme jamais je ne l'ai fait avant. Rassurée, heureuse que mon ami ait trouvé le courage de me parler, fière qu'il ait choisi de me faire confiance et, dans cette étreinte, je veux qu'il ressente alors tout l'amour et la tendresse que je lui porte.

– Pourquoi… Pourquoi tu ne m'as jamais rien dit ?

– Je voulais te le dire. J'ai voulu t'en parler un million de fois. Mais… je ne sais pas, pendant un temps, je pensais que je me trompais. Je me suis même détesté de ressentir ces choses. Ensuite, j'ai vécu chez tes parents, je les savais très religieux et je ne voulais pas créer de malaise. Finalement, c'était plus facile d'essayer de me convaincre que c'était une erreur, et je me suis menti pendant des années.

– Mais c'est moi, Paul, tu sais que tu peux tout me dire. J'aurais respecté ton choix de ne rien dire aux autres si c'était ça qui te faisait peur, et tu as dû vivre ça tout seul…

– Je sais, je sais, Suricate, je te demande pardon.

Nous nous taisons pendant quelques minutes, seul le ressac de l'eau qui s'échoue contre les lattes en bois du ponton vient troubler ce silence assourdissant.

– Cet été-là, c'est d'un garçon que tu es tombé amoureux.

– Oui. Et j'ai enfin compris ce qu'était un vrai chagrin d'amour. J'ai mis du temps à m'en remettre, c'était une double peine pour moi, j'étais tombé amoureux pour la première fois et je comprenais enfin qui j'étais vraiment.

– Qu'est-ce qui a changé, Paul ? Pourquoi me le dire maintenant ?

– Je veux être moi-même. Je veux ma vie. Ma vraie vie. Et je veux être heureux. Et…

Il baisse les yeux, ses joues prennent une jolie teinte rosée, je sens qu'il a encore quelque chose sur le cœur à m'avouer.

– J'ai rencontré quelqu'un.

– Oh, murmuré-je simplement.

Je n'ai plus de mots, je veux juste le laisser venir à moi, se confier.

– Je l'aime, c'est plutôt sérieux.

– Je vois, et tu voudrais me le présenter ?

– Je le ferai. Quand il sera prêt. Les choses ne sont pas simples de son côté. Je voulais juste que tu saches ce que j'avais sur le cœur. Je ne voulais plus te cacher ce secret qui me pèse depuis tant d'années.

Nous contemplons le paysage dans un silence religieux, comme attendant des réponses providentielles de la nature environnante.

Assommée par les révélations de Paul, je ne peux m'empêcher de me sermonner intérieurement d'avoir été aussi idiote. Encore une fois, je me suis fait toute une histoire de cette confrontation, pensant que mon doux Viking avait des sentiments pour moi plus profonds que l'amitié qui nous liait. J'étais tellement loin du compte. Il va me falloir plusieurs jours pour digérer cet aveu.

Nous passons un long moment au bord de l'eau. Puis, Paul m'ayant fait jurer de garder pour moi ses confidences de l'après-midi, nous retournons à l'auberge.

Il est à peine quatre heures, et Maddie m'attend de pied ferme devant la maison pour son expédition forestière. Ian est là également et m'invite à faire le tour de la propriété avant le coucher du soleil.

Peu à peu, en découvrant les trésors qu'offre ce magnifique domaine, je me laisse envelopper par l'atmosphère familière et réconfortante qui règne en ces lieux, et oublie les tensions de la journée.

Ian me présente Harrison, le chef qui officie dans les cuisines de l'auberge depuis plus de vingt ans. Un homme charismatique et passionné qui semble conserver l'enthousiasme d'un enfant après autant d'années au service de la famille Hatwood. Harrison a connu le père de Ian et Colin, mais aussi leur mère, Rose, emportée il y a quatre ans par un cancer foudroyant. Son épouse Grace, qui sert les Hatwood au rang de femme de chambre depuis plusieurs années, gère l'intendance de l'auberge conjointement avec Ian, depuis que Rose est décédée. Tout le personnel semble extrêmement dévoué au patron. Il faut dire que Ian est réellement une personne juste et très généreuse. Tout le monde ici ne jure que par lui et porte une affection toute particulière à Colin.

L'auberge dispose d'un vaste jardin fleuri au printemps, agrémenté d'un ponton sur le lac et accueille les mariages et les réceptions de la haute société, dans un cadre idyllique, l'été venu. Mais depuis quelque temps, les clients se font plus rares. Notamment à la suite de la floraison d'autres auberges plus cossues et guindées dans la région, faisant une concurrence sans pitié au Pilgrim's Rest. Le coin connaît une activité ralentie en hiver, et l'auberge est véritablement sur le déclin.

Je monte à ma chambre en fin de journée, complètement éreintée, désireuse de me reposer et de me rafraîchir avant le dîner.

Je m'allonge sur mon lit pendant quelques minutes, tirant un bilan rapide des événements de la journée. Ma vie est un joyeux bordel mais je dois me focaliser sur les choses positives. Paul est heureux, amoureux et enfin libéré de son secret, et je suis dans un endroit merveilleux, entourée de gens adorables.

Je m'assoupis une petite heure et c'est la sonnerie de mon portable qui me réveille en sursaut.

Benjamin.

Il n'a donc aucune dignité. Il s'est fait pourrir par un inconnu sur mon téléphone plus tôt dans la journée, et cela ne l'arrête pas. Je n'ai plus de solution. Même si je change de numéro, il l'obtiendra par mes parents. Je ne peux pas rentrer en France pour porter plainte ; je ne vois plus d'issue, plus d'autres moyens pour couper les ponts avec lui. Résignée, j'appuie sur le téléphone vert sur l'écran et porte le combiné à mon oreille.

– Allô.

– Drea.

– Qu'est-ce que tu veux ?

– Je serai bref. Je ne sais pas qui est ce connard qui te baise, mais il vient de faire une énorme erreur.

– Ben…

– Non ! Je n'ai pas fini ! Je suis prêt à tout pour te récupérer. Je ne me laisserai pas ridiculiser par un de tes vulgaires plans cul. Tu es incapable de savoir ce qui est bon pour toi, alors prépare-toi. Où que tu sois, je te retrouverai. Je n'ai pas peur de me battre, Drea ; et quand j'en aurai fini, tu me supplieras de te reprendre ! Est-ce que c'est clair ?

Oh oui, c'est plus que clair. Il est temps que tout ça se termine, et je ne dois plus me laisser faire.

– Tu es malade ! m'écrié-je. Fais-toi soigner, ne m'appelle plus, connard ! Moi aussi, je suis prête à tout pour que tu me foutes la paix. Continue de me menacer comme ça et je porte plainte. Adieu.

17

Le dîner se passe dans une ambiance détendue et agréable. La femme de Ian, Caroline, n'est pas restée. Le petit Jack doit être conduit dès le vendredi matin à son stage de poney. Elle a également du travail qui l'attend à Chicago. Selon les dires de son époux, elle gère un cabinet d'avocats très réputé et prend rarement des vacances. Mais Ian ne semble pas s'en plaindre, il est même d'humeur plutôt joviale. Je crois tout simplement qu'il est heureux que son jeune frère ait enfin accepté de revenir à l'auberge.

La petite Maddie est un véritable clown et guette le moindre gros mot menaçant de sortir de la bouche de son oncle. Colin connaît la sentence et est constamment rappelé à l'ordre ; l'amende peut être lourde.

Un « putain » en découpant le rôti lui a déjà coûté trois dollars, et deux de plus pour un malheureux « enfoiré » à l'intention de son frère hilare.

– Je suis stupéfaite, Colin ! me moqué-je. Toi qui fais preuve d'une si grande maîtrise devant ta brigade, te faire extorquer autant d'argent par une fillette de 5 ans, c'est vraiment de l'amateurisme.

– Hin, hin ! Fais ta maligne, Rosetti, tu verras qu'elle ne te loupera pas non plus.

– Je ne dis pas de gros mots, moi, monsieur.

Paul s'étouffe, tentant de réprimer un fou rire qui s'avère très vite incontrôlable.

– Drea qui ne dit pas de gros mots, on aura tout entendu, ajoute-t-il.

Madeline s'esclaffe, tapant dans ses mains, impatiente d'entendre des ragots croustillants sur les bafouillages orduriers émanant de ma personne.

– Je crois bien t'avoir entendue m'insulter en français plus d'une fois, argue Colin.

– Mmh, non, c'est faux ! Et ça ne compte pas, rétorqué-je en grimaçant.

– D'ailleurs, je dois dire que c'est plutôt craquant.

Ian glousse, visiblement un peu ivre, ce qui ne l'empêche pas de se resservir du vin. Paul, quant à lui, m'adresse un air lourd de reproches. Je l'interroge silencieusement du regard mais il retourne à son assiette.

Ian est en bout de table, Maddie et Paul à sa droite. Colin est, quant à lui, assis à côté de moi. Et, sans que je m'en rende compte, il glisse sa main sur mon genou. Une violente vibration me parcourt tout le corps.

– Hum, hum ! Alors, Ian, parlez-moi un peu de cet endroit, demandé-je en repoussant discrètement la main de mon chef aventureux.

– Aaah, il y aurait tant à en dire ! Cette maison est dans la famille depuis trois générations du côté de ma mère et, avant, c'était un domaine agricole essentiellement pour ses vergers. La région est réputée pour la culture du maïs, mais tu as dû t'apercevoir qu'il y avait pas mal de petites auberges qui proposaient des dégustations de vin.

– En effet, j'ai vu cela. J'imagine que cela fait venir pas mal de clientèle ?

– C'est vrai, on compte beaucoup de Canadiens, des Américains bien sûr, et pas mal de touristes anglais. D'ailleurs, l'État a été longtemps sous le contrôle de la couronne britannique jusqu'à la révolution américaine, mais nous avons aussi des Suisses, bref c'est une région riche et chargée d'histoire. Nous n'avons pas une région au potentiel viticole affirmé, mais tous les moyens sont bons pour attirer du monde dans le coin et nous devons manquer d'initiative car, depuis quelque temps, notre clientèle nous boude un peu.

Colin lève les yeux au ciel.

– C'est bon, capitaine Wikipédia ? Tu as fini ? Je suis sûr que Drea a failli mourir d'ennui au moins douze fois.

– Mais non, pas du tout ! réponds-je. C'est très intéressant.

– Ah merde, la fayote, je ne le crois pas ! Tu sais, tu peux desserrer les fesses avec mon frère, tu n'es pas en service, là.

Je lui jette un regard noir, lui aussi a dû un peu trop boire, parce qu'il ne contrôle plus ni ses mains ni sa langue, ce qui n'échappe pas une seconde à Maddie.

– Tonton, trois dollars ! s'écrie-t-elle en poussant son pot à gros mots devant lui.

Quoi ? Qu'est ce que j'ai dit ?

– Z'peux pas le dire, tonton, tu sais bien ?

– Euh, désolé ! Ze n'ai pas dit de gros mot, affirme Colin en imitant la petite voix perchée de sa nièce.

Celle-ci pousse alors un cri d'indignation.

– Han ! C'est grave, tonton !!! Tu dis des mensonzes, et c'est vrai, tu en as dis un, de gros mot. C'est pas parce que z'ai 5 ans qu'il faut me prendre pour une idiote.

Colin me fait un clin d'œil amusé et tente une nouvelle fois de glisser sa main sur mon genou.

– Je me souviens de ce que j'ai dit, choupinette, et il n'y avait pas de gros mot !

Ian secoue la tête, dépité par les enfantillages de son frère. J'en profite pour balancer à ce dernier un coup dans le tibia, ce qui a le mérite de le faire réagir immédiatement, et il lâche mon genou.

– Aïe, putain !

– Là ! claironné-je. Maddie ? Combien pour celui-ci ?

– Trois dollars, mais maintenant tu m'en dois six, affirme-t-elle sans se démonter.

Nous éclatons de rire tandis que Colin se met à bouder comme un enfant.

– J'espère que tu as ton chéquier, Hatwood ? Ça va commencer à te coûter cher, cette histoire ! plaisanté-je.

Il tord le nez et retourne à son assiette, vexé comme un pou.

Après le dîner, nous passons au salon pour boire le café. Colin emmène Maddie à l'étage pour lui lire une histoire et payer ses dettes. Ian en profite pour m'en dire un peu plus sur l'auberge et le village de Fish Creek. Il me raconte comment sa mère a dû faire front à la suite du suicide de leur père. Ils n'ont jamais trouvé d'explications à son geste. Lui et Colin étaient très jeunes, Ian était alors âgé de 17 ans et son frère de 10. À l'époque, la famille a fait bloc autour de Rose Hatwood et de ses deux enfants. Et les employés déjà en poste au Pilgrim's Rest se sont investis pleinement, au détriment de leur propre famille. Ainsi Harrison et Grace sont devenus des membres du clan Hatwood sur lesquels on pouvait compter sans faille.

– Comment est-elle morte ? demandé-je hésitante.

– Un cancer du pancréas.

Paul se rapproche et lui frotte l'épaule amicalement. Ian le regarde, reconnaissant, puis reprend d'une voix plus basse :

– La maladie s'est déclarée il y a cinq ans, mais elle ne nous disait rien. Elle continuait à travailler comme une forcenée sans nous montrer le moindre signe de faiblesse. Un beau jour, elle s'est écroulée après le service du midi. Juste comme ça. Elle a été conduite à l'hôpital à Green Bay, et le diagnostic est tombé. Depuis des mois, elle savait, mais elle ne voulait pas nous inquiéter. Le pancréas, ça peut aller très vite surtout quand ce n'est pas pris à temps. Elle a refusé la chimio et les rayons, elle ne voulait pas en entendre parler. Elle voulait juste de quoi lui éviter de souffrir et continuer à s'occuper de son auberge. Elle est morte dans son lit, un an plus tard, à seulement 60 ans. C'est Colin qui l'a trouvée le matin de Thanksgiving. Elle avait été très fatiguée la veille, et était restée couchée. Quand il est monté pour la réveiller, il a bien vu qu'elle ne respirait plus.

Ian marque une pause, quelques secondes, pour reprendre son souffle ; il tremble.

– C'est comme une malédiction dans cette famille, sanglote-t-il.

– Là, calme-toi..., murmure Paul en lui caressant le dos avec des mouvements circulaires.

– Je suis désolé, Drea, je... D'habitude, je n'ai pas de mal à en parler, mais je ne sais pas...

– Ce n'est pas grave, Ian, ne t'inquiète pas, je comprends. Tu as le droit d'avoir du chagrin. C'est tellement triste ce qui vous est arrivé, le consolé-je, les yeux embués de larmes.

– Colin a trouvé son père et sa mère, morts à quinze ans d'intervalle. Je ne sais pas comment on se remet de cela, si on s'en remet un jour d'ailleurs. Il est marqué à vie, et je ne sais pas comment l'aider.

J'opine, dévastée.

– Tu penses qu'il a besoin d'aide ? demandé-je, hésitante.

– Il ne va pas bien, Drea. Ne me dis pas que tu ne l'as pas remarqué ? C'est un handicapé émotionnel. Il refuse de s'attacher aux gens, aux femmes qu'il rencontre et il est en colère contre la terre entière en permanence.

Je n'avais pas mesuré l'étendue des dégâts causés par la perte brutale de ses deux parents. Oui, manifestement, Colin a des problèmes relationnels. Mais je mettais cela sur le compte de son sale caractère. J'ai rencontré bon nombre de chefs cuisiniers et j'ai pu constater chez certains ce tempérament de feu. Cela ne m'a pas semblé déconnant d'imaginer un Colin un peu imbu de lui-même, d'autant plus qu'il est très talentueux et très beau, cela colle à son personnage.

Il est en fait brisé par la vie.

Ian me raconte alors comment, à 10 ans, son frère a trouvé son père pendu dans la grange derrière la maison. Et a assisté, impuissant, à l'effondrement de sa mère. Leur lien à tous les trois s'en est raffermi mais, après la mort de Rose, Colin a eu beaucoup de mal à faire face. Je le trouve génial avec sa nièce et plutôt proche de sa belle-sœur et de son frère mais, apparemment, la blessure est encore bien là et ouverte.

– Les finances de l'auberge ont commencé à aller mal quand maman est tombée malade. J'avais ce projet depuis longtemps d'ouvrir le Bower à Chicago. Un collaborateur de Caroline souhaitait investir dans un endroit huppé en ville et c'était l'occasion parfaite. Alors, je me suis dit tout naturellement que j'allais essayer de trouver un acheteur pour le Pilgrim's Rest. Mais Colin ne l'entendait pas de cette oreille. Il a refusé en bloc que je vende, il m'a même menacé. Il refusait d'être chef dans mon restaurant de Chicago si je faisais cela.

– C'est compréhensible, Ian. Il a tous ses souvenirs ici et il n'a visiblement pas fini son deuil. Tu ne peux pas lui reprocher de s'opposer à cette vente, murmure Paul, sa main toujours sur son épaule.

– Il a 30 ans, Paul, il est adulte. Il doit aussi prendre ses responsabilités. Ni lui ni moi ne pouvons continuer à payer.

– Il doit bien y avoir une solution, songé-je tout haut.

– S'il y en a une, j'aimerais la connaître, Drea, je peux te l'assurer.

Le silence s'installe, seuls les reniflements de Ian viennent perturber le calme dans le salon. Nous finissons nos cafés et Ian annonce qu'il est épuisé et qu'il va se coucher, suivi de près par Paul.

Colin, quant à lui, redescend quelques minutes plus tard, et nous voilà seuls. Il me dévisage avec intensité, et un trouble s'empare de moi de nouveau. Je ne sais trop quoi penser des révélations de Ian et ne tiens pas à entacher la bonne humeur de Colin. Ses blessures me touchent au-delà des mots, mais les confessions de ce soir resteront enfouies dans mon cœur. Comme un secret.

Mon prince aux yeux émeraude me tend sa main.

– Viens.

Je le suis jusque dans l'entrée de la maison, et il dépose un épais châle en laine sur mes épaules. Je l'interroge du regard alors qu'il ouvre la porte de la maison.

Il ne dit rien, me fait juste signe de l'accompagner. Je le soupçonne d'être légèrement grisé par l'alcool et je n'ai moi-même pas les idées claires. Pourtant, ce moment d'intimité entre nous sonne comme une évidence et, sans y réfléchir plus longtemps, je lui emboîte le pas.

Nous nous engouffrons dans la fraîcheur de cette nuit de novembre. Il me conduit, sans une parole, à l'arrière de l'auberge. Nous traversons le jardin et empruntons un petit chemin descendant en pente douce jusqu'au lac. Quelques canoës sont couchés çà et là sur une petite plage de sable et nous nous engageons sur le ponton de bois qui part du rivage. Il n'est pas très large mais, au bout, je peux distinguer deux chaises en bois rouges, orientées vers l'eau.

Nous nous installons, toujours sans dire un mot. Colin sort une bouteille de bourbon et deux petits verres de sous son manteau.

Je me marre, déjà un peu enivrée par le vin bu à table.

– Maddie dort déjà ? m'intéressé-je.

– À poings fermés et… pleine aux as, ricane-t-il.

– Je vois. Je dirais que tu as deux solutions devant toi, Colin.

Il nous sert chacun un verre et se tourne vers moi pour trinquer.

– Vraiment ? Lesquelles ?

– Soit tu châties ton langage, soit tu épouses une milliardaire, m'esclaffé-je.

Colin soupire, ses beaux yeux couleur lagon perdus dans la contemplation de la nature.

– Je ne vois pas de milliardaire, et toi ?

– Non plus, réponds-je, trempant mes lèvres dans mon verre.

Le bourbon est très agréable et assez rond, je crois sentir une pointe de cannelle, qui me réchauffe le palais.

– Bordel ! On a un sacré problème, alors ! s'exclame-t-il, me faisant éclater de rire.

Les lumières scintillent sur la rive en face, nous distinguons à peine le clapotis de l'eau. Ce silence est bienvenu et réparateur. Depuis le début, nos rapports avec Colin ne sont que joutes verbales et flirts ambigus. Ce moment de paix entre nous semble providentiel, quand Colin décide de rompre le silence.

– J'adorais m'asseoir là l'été, avec ma mère, à la nuit tombée. On entend les grillons, les grenouilles sur le lac et les oiseaux qui nichent dans les arbres autour.

Je ne réponds rien. Je me contente d'acquiescer, car je connais ces moments que j'avais moi-même plaisir à partager avec mon grand-père en Toscane quand il était encore vivant.

– Elle me manque, ajoute-t-il.

– Je sais.

– Tu sais ça, toi ? murmure-t-il étonné.

– C'était ta mère, Colin. Elle te manque et c'est bien normal.

Les personnes que l'on aime nous manquent quand elles nous quittent. Mais une maman… c'est… Ce que je veux dire, c'est que personne ne remplace une mère.

– Et toi, Drea ?

– Moi ?

– Oui, toi. Quelqu'un te manque ?

Je pousse un long soupir en levant les yeux au ciel. La voûte étoilée est magnifique, inspirante.

– Eh bien, mon grand-père me manque souvent. Mais à l'heure actuelle, je dirais que la nostalgie que je ressens réside dans les petites choses du quotidien…

Colin semble tout ouïe et m'invite à continuer, tout en resservant nos verres.

– Ma maison en France me manque parfois, le café et le croissant au beurre que je prenais chaque matin, dans le petit bar en face du restaurant où je travaillais, le goût du *limoncello* que me sert mon père le dimanche après un bon repas de lasagnes, les pitreries de ma foldingue de meilleure amie, Stéphanie. Des petites choses…

– Des petites choses qui font ton monde, en vérité.

J'allume une cigarette, tire une bouffée et la lui tends. Les volutes de fumée s'envolent tout autour de nous.

– C'est ça.

– Pourquoi es-tu partie ?

Je cille, ne sachant pas trop quoi lui répondre. Même si je suis contente d'être à Chicago, je ne sais plus trop ce qui m'a poussée à partir. Un petit ami abusif et violent ? Mon meilleur ami qui me manquait ? Le besoin de faire les choses pour moi, et plus ce que l'on attendait de moi ?

– Je ne sais plus trop, admets-je. Il manquait quelque chose dans ma vie.

– Et alors ? Tu as trouvé ce qui te manquait ?

J'en suis loin. Je me sens paumée. Mes certitudes s'évaporent à son contact. Et paradoxalement, j'ai la conviction qu'il est peut-être la clé du problème. La réponse à mes questions.

– Pas encore. Mais j'y travaille.

Colin acquiesce silencieusement, il me rend ma cigarette et je la termine sans un mot. Le temps s'est rafraîchi et je sens la fatigue m'envahir peu à peu.

– Je vais rentrer, murmuré-je d'une voix à peine audible.

Peut-être espérais-je un peu qu'il me retienne. Mais il n'en fait rien. J'appuie ma main sur son épaule chaleureusement et lui souris. Il pose sa main sur la mienne et la caresse doucement. Puis son regard revient se perdre dans le lac.

Je fais les derniers mètres me séparant de l'auberge enveloppée dans une chaleur extrême et un sentiment étrange. Colin s'est confié. Et quelque chose de spécial semble s'être passé entre nous. Une sorte de connexion qui me laisse perplexe. Cet homme me trouble, physiquement et émotionnellement. Je suis incapable de définir le sentiment qui naît en moi, ce n'est pas de l'amour, peut-être une profonde affection pour ce garçon un peu cassé, qui fonctionne bon gré mal gré avec ses fêlures, ses contradictions, ses peurs. Nous avons tellement de choses en commun. Nous pourrions devenir amis. J'en ai envie.

Une autre forme de relation avec une âme aussi complexe et torturée ne ferait que me briser un peu plus. J'ai pris ma décision. Je serai son amie s'il veut de moi ainsi et je l'aiderai du mieux que je pourrai à vaincre ses démons.

Je monte jusqu'à ma chambre, pousse le verrou et relâche une grande expiration, le dos collé à la porte. Non, je ne saurais dire ce que je suis venue chercher en quittant mon pays et ma famille, mais il me semble, à la lumière des derniers événements, que je vais peut-être trouver bien plus que ce que je pouvais espérer.

***

Je m'éveille aux premières lueurs de l'aube après une nuit bienfaitrice. Je n'ai pas aussi bien dormi depuis longtemps et, pour la première fois depuis des mois, je me réveille avec un teint frais et reposé. J'achève de me préparer pour mon jogging matinal quand on toque à ma porte. Avant que je n'aie le temps d'ouvrir, Maddie entre comme une boule de feu dans la chambre.

– Salut, Drea ! fanfaronne-t-elle avant de se jeter sur mon lit.

– Salut, choupinette ! Tu as bien dormi ?

Je regarde ma montre. Il est tout juste sept heures et elle semble déjà très alerte, elle doit s'ennuyer ferme depuis un bon moment.

– Oui, très bien ! Tu fais quoi ?

– Je me prépare pour aller courir, réponds-je en enfilant ma paire de baskets usées jusqu'à la corde.

– Pourquoi ?

– Eh bien, pour me maintenir en forme, tout ça.

– Mmh. Et ze peux venir avec toi ?

– Euh… Je ne sais pas, Maddie. Tu es un peu petite pour aller courir, je crois. Ton père n'est pas réveillé ?

– Ze sais pas et ze m'ennuie.

Merde. OK. Bon, je ne vais quand même pas embarquer une fillette sur mes traces. Il y a fort à parier que le petit Zébulon devant moi n'a pas encore pris son petit-déjeuner et, de mon côté, je ne me vois pas attendre dix plombes du mat que quelqu'un prenne le relais. Je réfléchis à toute vitesse.

Help ! Qu'est-ce qu'on fait d'un pilon de 5 ans à sept heures du matin quand tout le monde est encore dans le coma ?

– On va voir si Paul est réveillé et, comme ça, tu pourras rester avec lui, le temps que je revienne.

Après avoir enfilé un sweat chaud, je prends énergiquement

Maddie par la main et me faufile dans le couloir encore plongé dans la pénombre.

Je frappe à la porte de Paul. Pas de réponse.

– Attends-moi une seconde, dis-je à Madeline, qui commence à trépigner derrière moi.

Je pousse la poignée et entrebâille la porte, sans un bruit. Réflexe complètement idiot, puisque si je viens trouver Paul, c'est pour le réveiller et le supplier de prendre la fillette avec lui le temps que j'aille peaufiner mon cardio.

La chambre est plongée dans l'obscurité, mais je peux distinguer le lit fait au carré.

Bon sang ! Il est déjà levé !

Mais je n'ai aucune idée de l'endroit où il peut se trouver. L'auberge me semble étonnamment silencieuse, puis je me souviens que les derniers clients sont partis hier. En descendant les escaliers, je trouve Grace, avec soulagement, en train de dresser la table du petit-déjeuner. Elle me salue chaleureusement et me propose un café.

– Je ne sais pas où sont les maîtres des lieux et j'avais prévu d'aller courir.

– Ne vous inquiétez pas, ma douce, s'ils ne sont pas levés après votre café, je garderai un œil sur ce petit diablotin.

Maddie s'installe à côté de moi et pose sa petite main délicate sur mon bras.

– Tu vas boire quoi ?

– Du café.

– Pourquoi ?

– Pour me réveiller, j'en ai besoin le matin, sinon je suis grincheuse.

– Ça veut dire quoi ?

Sainte Patience, priez pour moi, ou faites arriver ce café illico presto, avant que je ne commette l'irréparable. Drea, calmos. Elle a 5 ans, on moule son cake et l'on prend sur soi. Mais bon Dieu, où sont passés les adultes responsables dans cette foutue baraque ?

– Eh bien, tu vois, je deviens comme le lutin de Dora l'exploratrice.

La bouche de Maddie forme un petit O parfait, signalant qu'elle a très bien saisi où je veux en venir.

– Tu es grognon.

– Voilà.

– Et après, tu dis des gros mots ? demande-t-elle avec malice.

Je te vois venir, mon gros lapin avec tes grandes oreilles. J'ai un loyer à payer et je n'ai pas l'intention de garnir ton pot à jurons tout droit sorti de l'enfer.

– Je ne crois pas que le lutin grognon de Dora dise des gros mots.

Maddie plisse ses petits yeux verts ; sa ressemblance avec son oncle quand elle boude est troublante. Jack tient plus de sa mère Caroline. J'ai pris le temps d'observer les photos de famille dans le salon, hier soir, et les frères Hatwood ressemblent indéniablement à leur mère. En haut des escaliers, il y a une photo d'elle et son mari, une photo de mariage vraisemblablement, et j'ai été frappée par les traits familiers de Rose. De beaux cheveux ondulés caramel et de magnifiques yeux verts, encore plus verts que ceux de son fils. À ma grande surprise, il y a aussi des clichés de Paul et Ian, sans doute à l'occasion de leurs parties de pêche.

Grace apparaît enfin avec une tasse de café chaud, et c'est le moment que choisit Paul pour arriver dans la salle à manger.

– Qui ne dit pas de gros mots ?

– Pu… naise ! me ravisé-je. Mais tu étais où ?

Maddie fronce les sourcils en m'observant, je ne suis pas passée loin des trois dollars réglementaires. Paul prend un air contrit et me dévisage un moment.

– Euh… dans ma chambre, pourquoi ?

– Nope.

Maddie secoue la tête et croise ses petits bras sur son torse, en prenant un air sévère. Elle doit sans doute essayer de m'imiter.

– On a frappé et t'étais pas là, s'insurge la fillette.

Paul soupire en s'asseyant mollement sur la chaise en face de moi.

– Disons simplement que j'étais dans un endroit où l'on se rend seul.

J'acquiesce, dubitative. Mais Paul semble gêné. Il n'a jamais été très à l'aise avec les enfants. Bizarrement, lui qui est un vrai déconneur a une trouille bleue des gosses avec un semblant de repartie. Il ne doit pas être déçu avec la petite princesse de Ian.

– Tu faisais caca ? s'exclame Maddie, fière d'avoir résolu notre énigme.

J'éclate de rire alors que Grace sermonne la blondinette sur son langage inapproprié autour d'une table de petit-déjeuner.

– On ne peut rien te cacher, madame Irma, grogne-t-il.

– Mister Mystérieux, pouffé-je.

Paul me sourit, résigné, et je reprends mon calme pour avaler une nouvelle gorgée de café.

– Tu me cherchais ?

– Drea va courir le matin pour rester en forme, tout ça, et ze suis trop petite pour venir avec elle, argue-t-elle en roulant les yeux.

– Voilà ! conclus-je sans aucune autre forme d'argumentation.

Maddie me lance un regard inquisiteur, comme si elle savait quelque chose que j'ignore.

– De toute façon, Ian ne devrait pas tarder, ajoute Paul.

– Mouais, eh bien, si ça ne vous ennuie pas, les amis, moi, je vais évacuer les graisses et l'alcool de ces trois derniers jours.

Je quitte la table, dépose un baiser sonore sur la joue de Paul, remercie Grace pour sa gentillesse et m'élance dans la fraîcheur matinale de la campagne du Wisconsin.

Après avoir vissé mon casque sur mes oreilles, et lancé ma playlist spéciale *running*, je m'engage tranquillement, en petite foulée, sur l'étroit chemin qui descend de la maison. La nature autour de moi s'éveille à peine. J'entends le gazouillis des oiseaux, les moteurs des bateaux qui quittent la baie et quelques aboiements de chiens des propriétés alentour. La région est sublime et à fort potentiel touristique. Je suis désolée de constater que Ian et Colin n'arrivent pas à sortir leur auberge de la faillite. Peut-être souffre-t-elle d'un manque de communication. Je tente de réfléchir à des solutions miracle. Il m'en vient toujours quand je cours. Cela m'inspire. Je compose des recettes fabuleuses à base de fruits exotiques et de chocolat. Je réconcilie Stéphanie avec Paul et je leur trouve à chacun une âme sœur parfaite pour combler leur vie de bonheur. Avant, je profitais de ce moment de réflexion pour trouver le courage de quitter Ben, de lui pardonner, d'oublier.

Une bile acide remonte dans ma gorge alors que le souvenir de Benjamin s'imprime dans mon esprit. Il est loin, je sais que je n'ai rien à craindre, mais après notre dernière dispute, je reste très anxieuse. Il conserve une forme d'emprise sur moi et cela me terrifie plus encore que son comportement abusif. Je m'éloigne du village et passe devant un très joli bâtiment. Une belle bâtisse qui propose des dégustations de vin et de produits locaux.

Je continue ainsi durant quarante minutes avant de décider de prendre le chemin du retour, pour me glisser sous une douche chaude. En arrivant, j'aperçois Colin sous le porche de la maison. Il me voit et sourit immédiatement. Il me rend complètement chamallow et les derniers mètres sont un supplice.

– Bien couru, Forrest ? se moque-t-il.

Je souffle comme un bœuf et je dois être rouge pivoine. Je m'arrête en bas des marches pour reprendre mon souffle. Il m'explique que je suis bête de m'être épuisée puisque Ian et

Paul prévoient une balade dans le parc de Peninsula à proximité de l'auberge. Ian repart après le déjeuner pour Chicago avec son convoi infernal.

– Paul n'avait pas l'air très content d'apprendre que tu restais ici jusqu'à mardi, ajoute Colin.

Je choisis d'ignorer cette remarque et le bouscule doucement pour rentrer dans la maison en lui adressant un sourire crispé. Je n'en ai pas parlé à Paul, effectivement. Mais cela ne devait pas lui poser de problème. C'est pour le boulot, je ne comprends décidément pas ce qu'il reproche à Colin. Paul a toujours été un peu exclusif avec moi mais, aujourd'hui, je sais qu'il n'y a pas l'ombre d'une ambiguïté sur ses motivations.

Je passe en coup de vent dans le salon saluer Ian, qui joue aux mikados avec sa fille, et grimpe les marches quatre à quatre pour sauter sous une douche salvatrice. Je ne sais pas quel programme me prévoit Colin une fois que nos colocataires seront partis, mais je dois avouer que je suis impatiente de le découvrir.

18

Le Peninsula State Park est une véritable découverte pour moi. Je n'ai jamais eu l'occasion de visiter les parcs nationaux ou les parcs d'État des États-Unis. Celui-ci est peut-être modeste mais surpasse mes espoirs. Son atout principal est d'être bordé par le lac Michigan. Le parc se dessinant sur une portion de côte, il regorge de petites plages. Colin et Ian m'expliquent que les lieux sont fréquentés massivement à la belle saison, mais que les touristes se font moins nombreux à cette période de l'année. Outre les sentiers de randonnée par dizaines et les sites de campement, on peut y trouver également un parcours de golf, un musée, un petit centre de préservation de la nature et beaucoup de grottes assez impressionnantes.

Nous croisons des promeneurs avec leur chien, des enfants à vélo et des campeurs qui rentrent chez eux après leur week-end de Thanksgiving. Je me dis que nous formons un tableau bizarre tous les quatre, avec Maddie pédalant comme une forcenée sur sa bicyclette devant nous. Après avoir franchi l'entrée est du parc, nous empruntons un sentier en direction de la « Eagle Tower », un promontoire de plus de vingt mètres depuis lequel nous pouvons observer l'horizon jusqu'à Green Bay. Impossible cependant d'y accéder car la tour est en cours de rénovation. Nous marchons alors jusqu'à Nicolet Beach, où le sable est presque blanc et l'eau du lac translucide. Un peu en retrait de la plage, on trouve toutes les facilités imaginables pour les touristes : une petite épicerie, une cabane en rondins offrant des canoës et des pédalos à la location, une aire de jeux pour les enfants. Cet endroit doit être un vrai petit paradis pendant l'été.

Nous passons une bonne partie de la matinée à discuter du temps et d'autres banalités, une légèreté bienvenue après les révélations de la soirée d'hier. Je contemple Ian et Colin, en pleine conversation. Ils marchent au bord de l'eau en faisant de grands gestes. Paul s'est assis à côté de moi sur le sable humide. Maddie, quant à elle, court sur la plage, ramassant du sable à pleines mains. Elle virevolte autour de nous en chantonnant un air du dessin animé *Peter Pan*.

Je souris en l'écoutant, ses petites fautes de prononciation et sa voix aiguë la rendent tellement mignonne.

« Et là-haut, dans le ciel,
Tu t'envoles, tu t'envoles, tu t'envoles ! »[16]

Puis sans crier gare, elle se plante devant Paul et lui balance une poignée de sable en pleine figure.

– Poussière d'étoiles !!! s'époumone-t-elle.

– Aaargh, putain ! s'égosille Paul, tentant de se débarrasser des grains indésirables de son visage, de ses yeux, de partout en bref.

J'explose de rire tandis que la fée Clochette pousse de petits cris de joie et reprend son chemin, toujours en chantant, en direction de son oncle hilare et de son père, catastrophé.

– Fais gaffe, Paul ! Maddie a un livre de comptes bien rempli. Ton « putain » va te coûter cher.

16. « Tu t'envoles », chanson du dessin animé *Peter Pan*. Paroliers : Sammy Cahn / Sammy Fain, © Walt Disney Music Company.

– Oui, la vue, je crois, bougonne mon ami en se débarrassant des derniers vestiges de l'attaque dont il vient d'être victime. Les gosses me détestent ! Et je ne sais pas pourquoi.

– Pas du tout ! Tu as été béni par la poussière d'étoiles, sois-en honoré. Tout le monde n'a pas cette chance.

– Ha, ha, très drôle, Suricate. Je peux résoudre ton problème d'ego tout de suite, j'ai de la poussière d'étoiles tout autour de moi, si tu veux.

– Non, ça va aller ! protesté-je en essayant de me défendre.

Paul se réinstalle du mieux qu'il peut à côté de moi en pestant. Je continue de ricaner bêtement.

Colin a attrapé Maddie sous les aisselles et la fait tourner comme une toupie. La fillette se tord de rire et son oncle a le sourire jusqu'aux oreilles. Leur complicité est réellement touchante. Je m'émerveille de voir la patience et la tendresse dont Colin fait preuve avec sa nièce, lui qui semble si inflexible dans sa cuisine. Ian clopine jusqu'à nous.

– Ça va ? s'inquiète-t-il.

– Oui, je ne sais pas quel personnage de Peter Pan ta fille a vu en moi, mais j'ai eu droit à un aperçu de sa magie.

– Et alors ? demande-t-il. Tu t'envoles ?

Nous éclatons d'un rire goguenard et Paul ronchonne de plus belle.

Nous quittons la plage quelques minutes plus tard, affamés et satisfaits de notre matinée placée sous le signe de la bonne humeur et de la facétie !

Le déjeuner se déroule dans la même ambiance et, pendant que Colin et Ian s'isolent un moment pour s'entretenir avec Harrison, Paul et moi restons seuls avec Madeline. Nous nous asseyons sous le porche de la maison, un magnifique soleil réchauffe la pelouse devant l'auberge où Maddie cavale après quelques poules échappées de leur petit enclos.

– Cette gosse est increvable, soupire-t-il.

Je souris sans répondre. Les rayons du soleil font briller les reflets dorés des boucles soyeuses de la fillette. Elle rit aux éclats et je songe alors que sa vie est facile. Elle n'a pas encore conscience des pressions et des inquiétudes que l'avenir lui réserve. Elle se contente de profiter de ce que lui offre l'existence, des petits bonheurs qui comblent son quotidien.

– Tu es bien silencieuse, Suricate. C'est rare.

Je cille légèrement. Paul sait quand quelque chose me travaille. Il me connaît par cœur.

– Je sais, je pense à plein de choses.

– Comme ?

Je n'ai pas vraiment eu le temps de digérer l'annonce d'hier et mon cerveau est obstrué par tout un tas d'interrogations et d'angoisses.

– Je me demandais si tu étais heureux.

Paul prend une grande inspiration et expire bruyamment. Son regard vagabonde autour de nous.

– Oui. Je crois que oui, répond-il. Et toi ?

– Je vais bien. Je vais mieux.

– Tu es sûre que tu ne veux pas repartir avec nous cet après-midi ?

– Apparemment, je n'ai pas trop le choix. Colin a besoin de moi pour le boulot.

Paul arbore un air renfrogné.

– Il te mène la vie dure. Je me trompe ?

– Non, enfin, oui…

Bon sang, comment aborder ce sujet avec lui ? Dois-je lui révéler que j'ai couché avec mon supérieur ? Comment réagira-t-il ? D'autant plus qu'il ne porte pas Colin dans son cœur et je n'ai toujours pas d'explications à ce sujet.

– C'est compliqué, déclaré-je.

– Si tu veux mon avis, tiens-t'en au boulot avec lui.

– C'est ce que je fais, figure-toi, mens-je effrontément. Qu'est-ce qui te fait croire qu'il y a plus ?

– Oh rien. Je suis juste un mec et je vois bien comment il te regarde. Tu sais, je ne suis pas aveugle, Drea. Vous vous tournez autour, c'est évident. Mais ça va mal finir. Surtout avec un gars comme lui.

– Tu ne crois pas qu'il est temps de me dire ce qui te dérange, Paul ? m'agacé-je.

Il soupire longuement, visiblement pour chercher méticuleusement ses mots.

– Ce n'est pas vraiment à moi de te le dire, Drea.

– Mais encore, insisté-je, à bout de patience.

Paul me scrute, comprenant que je n'abandonnerai pas de sitôt.

– Bon. Tu me promets de garder ça pour toi ?

– Là, tu commences à m'inquiéter, Paul.

– Je ne veux pas que Ian apprenne que je t'en ai parlé. Je trahirais sa confiance, tu comprends ?

Je lui lance un regard éloquent, le poussant à développer. Paul s'assure que la petite paire d'oreilles chastes de Maddie est à bonne distance, puis se lance.

– Colin est une bombe à retardement. Après le décès de sa mère, il a complètement perdu pied et il a essayé de se suicider.

Je retiens un couinement de surprise.

Colin est dépressif. La vache !

Je me doutais qu'il était quelqu'un de très exalté, obéissant à ses pulsions et à ses émotions parfois extrêmes. Mais de là à tenter de s'ôter la vie. Je reste interdite face à cette révélation.

Paul continue :

– La plupart du temps, il est ingérable. Ian l'a poussé à consulter des psychologues, mais il refuse de se faire aider. Les médecins qui l'ont pris en charge à l'hôpital où il a été admis après sa tentative ont diagnostiqué un état dépressif profond. Son père était dépressif également, et l'avoir trouvé pendu dans la grange à l'âge de 10 ans n'a pas dû beaucoup aider à développer des bases psychiques saines. C'est quelqu'un de très sensible.

– Je comprends, réponds-je en hochant la tête pensivement. Ce que je ne comprends pas, c'est que tu ne l'aimes pas. Il ne t'a rien fait, à toi ?

– C'est plus compliqué que cela. Quand son père est mort, Colin s'est accroché à son grand frère et à sa mère comme une bouée de sauvetage. Quand sa mère a disparu… il n'avait plus que Ian dans sa vie. Il a développé un sens de la famille très profond. Quand j'ai rencontré Ian, il y a quatre ans, il vivait encore à Fish Creek avec Colin. Sa femme bossait la semaine à Chicago et revenait les week-ends à l'auberge. Ce mode de vie ne lui convenait plus. Elle voulait que Ian et les enfants se rapprochent d'elle. Et Ian avait le projet d'ouvrir son restaurant à Chicago.

– Ian m'en a parlé.

– Colin ne supportait pas l'idée que son frère s'éloigne. Et ce dernier s'est senti pris en otage de cette situation. Seulement, si Ian est resté aussi longtemps à Fish Creek, c'est aussi pour lui, pour le protéger et garder un œil sur son frère. Il était terrorisé à l'idée qu'il attente à ses jours une fois de plus. Il l'a nommé chef de son restaurant pour être sûr de l'avoir près de lui, le forçant à quitter l'auberge. Malgré tout, Ian a dû choisir.

– Sa femme.

– Oui.

– D'accord, mais… toi, Paul, ça ne te concernait pas ?

– Tu l'as sans doute remarqué, Ian et moi avons développé des liens d'amitié très forts. Et quand il est venu s'installer à Chicago, nous nous sommes vus plus fréquemment.

– Oh, murmuré-je, comprenant enfin la rivalité qui oppose Paul à Colin.

– Il ne l'a pas très bien pris et a commencé à s'éloigner de son frère. Il m'en voulait d'être apparu dans leur vie. Colin m'a perçu comme une menace, un intrus qui cherchait à lui voler son frère et il s'est mis à déconner complètement. Il buvait, couchait avec n'importe qui, n'importe où. Il a même essayé de se taper Caroline.

– Tu déconnes, là ?

– Non, je suis très sérieux. Il voulait faire réagir Ian.

Le portrait que Paul est en train de me dresser de Colin est si extrême que j'ai l'impression que l'on ne parle pas du même homme. Comment peut-il être quelqu'un d'aussi maîtrisé dans son art, dans sa cuisine, au sein de sa brigade, et si passionnel et irréfléchi dans sa vie personnelle ? D'un seul coup, je ressens beaucoup de tristesse pour Colin. Il se sent seul et fait n'importe quoi pour attirer l'attention.

– Un soir, nous étions tous ici, à l'auberge. Je me suis violemment engueulé avec Colin. Je voulais qu'il se rende compte qu'il allait trop loin et que tout le monde souffrait de cette situation. Ça ne s'est pas bien terminé. Il a quitté le Pilgrim's Rest en pleine nuit, il est rentré à Chicago et n'était pas revenu avant ce week-end. Ian m'en a voulu. Son frère était fragile et il avait peur qu'il fasse une connerie. Puis Colin est revenu travailler comme si de rien n'était, la semaine suivante. Mais nos rapports sont restés tendus depuis. Au désespoir de Ian, d'ailleurs.

– Tu n'as pas essayé d'arranger les choses ? demandé-je sur un ton peut-être un peu trop accusateur.

– Comment ça ?

– Si ton amitié avec Ian est importante, tu aurais pu avoir envie d'arranger les choses avec Colin.

– Drea, soupire-t-il, tu ne peux pas aider quelqu'un qui ne veut pas qu'on l'aide. Que voudrais-tu que je fasse ?

– Je ne sais pas, Paul, mais de mon point de vue, je trouve que vous l'avez un peu vite exclu. C'est normal qu'il vous en veuille.

– On ne l'a pas exclu, Drea ! s'énerve-t-il. C'est lui qui a choisi de ne rien avoir à faire avec moi. Je ne suis pas responsable de son caractère de cochon, quand même ?

– Mais vous saviez qu'il était fragile et qu'il s'isolerait, surtout s'il est dépressif. Vous êtes adultes et responsables, il souffre, Paul… Je ne sais pas, c'est tellement absurde, tout ça.

– Putain ! Je le crois pas ! s'exclame soudain Paul, incrédule. Tu le défends ? Et moi dans tout ça ? Je suis arrivé ici et je ne connaissais personne, j'avais aussi bien besoin d'un ami. J'aurais dû m'effacer devant les caprices de Colin, c'est ça ?

– Tu as choisi de venir ici, Paul, Colin n'a pas choisi ce qui lui est arrivé.

– Tu t'entends, Drea ? Tu entends ce que tu me dis ? Mon père à moi aussi s'est suicidé, et je n'ai plus de mère depuis longtemps. Ça, je ne l'ai pas choisi non plus. Et je ne me comporte pas comme un gamin immature pour autant.

Je baisse les yeux, ne sachant plus quoi dire. À l'entendre, je prends fait et cause pour Colin, délaissant mon ami, qui lui-même se bat comme un lion pour s'en sortir.

Je me sens un peu honteuse tout à coup. Mais Colin et lui agissent comme si Ian était une récompense qu'ils sont incapables de se partager. Ce comportement puéril, ce n'est pas Paul. Ce n'est pas mon ami que je connais depuis toujours. Il est sensible, généreux. Je n'arrive pas à comprendre qu'il ne se soit pas effacé. Au moins le temps que les choses se stabilisent dans la tête de Colin.

Paul se lève, je le retiens par le poignet.

– Pardon, Paul, murmuré-je alors que Maddie se rapproche de

nous en galopant sur un cheval imaginaire.

Il retire brusquement sa main.

– Non, Drea... Je... je suis en colère. Tu arrives ici avec tes jugements à la con sans rien savoir de ma vie et...

Il s'interrompt comme pour s'empêcher d'aller trop loin devant Maddie.

– J'ai besoin d'être seul. Je vais faire mon sac.

Sans même m'adresser un regard, il pousse la porte de la maison et disparaît à l'intérieur.

Je sens les larmes me monter aux yeux. Cela fait des années que Paul et moi ne nous sommes pas disputés et, la dernière fois, le sujet était bien plus futile. Une banale histoire d'iPod tombé dans la cuvette des toilettes. Rien que l'argent et un bon sermon ne puissent résoudre. Mais là, je sens que je lui ai vraiment fait de la peine.

Maddie vient s'asseoir à côté de moi, toute transpirante et essoufflée.

– Pfiou ! s'exclame-t-elle, en s'épongeant le front du dos de sa petite main. Z'ai bien couru !

Je lui souris. Sa vie est tellement facile, je donnerais n'importe quoi pour avoir de nouveau 5 ans.

19

Nous nous séparons une paire d'heures plus tard. Paul ne semble pas vouloir décolérer depuis notre entrevue agitée au sujet de Colin. C'est sans un regard pour moi qu'il monte à bord de la voiture de Ian. Cela n'échappe d'ailleurs pas une seconde à Colin, qui me dévisage, intrigué. J'ai le cœur gros. Il lui arrive de bouder, même si c'est plutôt mon défaut à moi. Mais cela ne dure jamais bien longtemps. Cette situation me peine autant qu'elle m'exaspère. Après avoir ficelé Maddie comme un saucisson dans son siège auto, Ian donne une brève accolade à son frère. Puis il s'approche de moi, souriant, et me serre dans ses bras. À mon grand étonnement, il me souffle discrètement à l'oreille que les choses vont s'arranger. A-t-il surpris notre dispute ? Ou Paul lui a-t-il parlé ? Il me semble que, à mon tour, j'ai perdu mon rang de meilleure amie de Paul à son avantage. Je tente de refréner mon sentiment de jalousie mais je commence sérieusement à m'angoisser.

Pourquoi faut-il que les hommes de ma vie aient une telle emprise sur moi ?

Ils me font tous tourner en bourrique, il est temps pour moi de penser à préserver ma santé mentale.

Le SUV s'éloigne dans un nuage de poussière, emportant une partie de mon cœur brisé dans son sillage.

Paul a changé. Il est devenu plus distant, plus indépendant. Et j'ai la sensation, moi aussi, d'être tenue à l'écart de sa nouvelle vie. Je suis même un peu vexée. Ian est-il au courant de son homosexualité ? L'a-t-il su avant moi ?

Non. Je ne dois pas céder à ce genre de comportement puéril. Paul a besoin de mon soutien et de mon attention. Je suis peut-être allée trop vite en besogne en portant ce jugement un peu moralisateur sur lui.

Je suis perdue dans mes pensées quand je sens un léger rapprochement dans mon dos. Colin vient entrechoquer son épaule contre la mienne.

– Hey.

– Hey... réponds-je d'une petite voix.

– Il s'est passé quelque chose entre vous deux ?

Colin m'observe avec attention. Il a l'air grave, mais ses yeux menthe à l'eau me racontent une tout autre histoire. Ils me chamboulent, me sondent, jettent leur ancre dans mon âme pour s'arrimer solidement à moi. Son parfum entêtant aux notes iodées prend possession de mes sens olfactifs. Il plisse les yeux. Il attend ma réponse.

– Je... je...

Les larmes me montent aux yeux. Je subis trop de contrariétés ces temps-ci. J'ai besoin de temps pour moi. Colin ne va pas aimer ça mais je m'en fous.

– Je...

– Tu quoi ? demande Colin.

– Je crois que je vais aller m'allonger un peu. Excuse-moi.

Je le dépasse et rentre me réfugier dans la maison.

***

Recroquevillée sur mon lit, je sanglote comme un bébé. Pour la première fois depuis que je le connais, Paul m'a rejetée. Je suis inconsolable, j'ai dû lui envoyer au moins vingt SMS depuis que je les ai vus prendre la route, Ian et lui. Tous sont restés sans réponse.

J'ai vraiment les boules.

Et à bien y réfléchir, je ne comprends pas comment on en est arrivés là. Je l'ai blessé, je peux le concevoir, mais je trouve sa réaction un peu disproportionnée.

J'étouffe un gémissement dans mon oreiller.

Aaargh ! Ils vont tous me rendre dingue !

Toc, toc, toc.

– Drea ? Tu dors ?

Super ! Il ne manquait plus que lui.

Je me mouche et me redresse péniblement sur le lit. Un « oui » d'outre-tombe s'échappe de ma gorge nouée.

Colin entre. Beau à en crever, épaules carrées, regard pénétrant, la masculinité dans sa définition la plus pure et absolue.

Seigneur.

Je donne drôlement bien le change avec mon nez rouge à la « Bozo le clown » et mes yeux de panda dépressif frappé d'une crise brutale de myxomatose. Je suis pour ainsi dire certaine d'arborer la marque – ô combien sexy – de l'oreiller sur une de mes joues. Ressentir de l'attirance pour ma petite personne, à cet instant, relèverait d'une pathologie morbide avancée au stade quatre. Toute mon enveloppe corporelle hurle le mot « abstinence » à pleins poumons.

Mais je ne suis qu'une faible femme, vulnérable au possible et, accessoirement, très légèrement en chaleur. Vu que rien ne lui échappe, je dois essayer de garder un semblant de dignité et ne rien laisser paraître.

– Ça va, beauté ? chuchote Colin d'une voix toute douce.

Oooh, merde. Première urgence, changer de culotte.

Je hoche la tête timidement. Je ne veux pas faire ma petite chose fragile et blessée mais c'est plus fort que moi, je le vois avancer vers moi de sa démarche nonchalante, sauvage, son corps entier gonflé à la testostérone, il dégage une sorte de magnétisme, une assurance insolente, comme s'il dominait le monde, mon monde. Ses yeux prennent différentes teintes de vert à mesure que l'expression de son visage change, kiwi, forêt, jade aux étincelles dorées et cette mine toute tristounette…

Bon Dieu, il ne m'en faudrait pas beaucoup pour craquer.

Penser à un truc sale. Penser à un truc vieux.

M. Olifant à poil, tiens ! M. Olifant à poil en train de renifler mes culottes. PAR-FAIT !

Un couinement involontaire s'échappe de mes lèvres pourtant scellées.

– Hey ? s'inquiète-t-il. Ça fait un moment que tu es là-dedans. Je m'inquiétais.

Il vient s'asseoir au bord du lit, pas trop proche de moi. Après tout, peut-être que lui aussi essaie de résister. Mon petit doigt me dit que ça doit être un peu moins galère pour lui.

– Je sais, reniflé-je. Je suis désolée.

– Tu as pleuré ?

– Non.

– Menteuse.

– Pff. Je ne pleurais pas.

– Bon, tant mieux. Je ne suis pas très fort pour consoler les filles qui pleurent. Je suis fort pour d'autres trucs, par contre.

Non, mais il est sérieux, là ? Il est vraiment en train de me servir son numéro de drague en carton, alors que j'ai peut-être un peu pleuré quand même ?

– Le soufflé au fromage, par exemple.

– Hein ?

– Je ne connais rien de tel qu'un peu de cuisine pour décompresser. Suivi d'un bon repas et d'une bonne bouteille. Ça te dit ?

Je cille, incrédule. Je ne m'attendais pas à ça. Au moment où je me persuadais qu'une bonne baffe dans sa tronche remettrait mon petit univers à l'endroit, il me cueille comme une débutante.

– Euh, d'accord, couiné-je.

Il me tend sa main, que j'accepte. Je descends du lit. Nous nous tenons l'un en face de l'autre dans la pénombre de la chambre ; la seule source de lumière émanant du couloir dépose un halo autour de sa tête d'ange.

Il me sourit. Ça ne devrait pas, mais une nuée de papillons prend son envol au creux de mon ventre. Il replace une mèche rebelle derrière mon oreille.

Je rougis. Un petit rictus étire mes lèvres.

– J'aime mieux ça, murmure-t-il de sa voix suave. Tu es bien plus jolie quand tu souris.

Je lui adresse une moue boudeuse, le repoussant gentiment de ma paume posée sur son torse.

Puis il m'entraîne à sa suite, ma main toujours enlacée dans la sienne.

Il ne semble rien espérer de cette complicité furtive. Il a juste réussi à m'apaiser.

Pour ce soir, il est ma prairie silencieuse.

Mon havre de paix dans ce tumulte émotionnel.

Ce soir, il est juste mon ami.

***

Le chef du Pilgrim's Rest règne en maître sur sa cuisine. Le vieil homme vient du Minnesota, il n'est pas grand, un mètre soixante-dix tout ou plus, le crâne dégarni, caché par sa toque posée de traviole, d'épais sourcils couvrant son regard noisette et une barbe épaisse de Père Noël. Il est un peu bougon mais plutôt bonne pâte, et encadre ses « jeunes », comme il aime le dire, en plongeant ses gros doigts boudinés dans toutes les casseroles et les plats qui passent à portée de ses paluches d'ours. Il chantonne très fort, rit bruyamment, raconte des plaisanteries grivoises et refuse qu'on l'appelle grand-père. À 65 ans, il ne veut surtout pas entendre parler de la retraite.

– Je m'reposerai quand j'serai mort, beugle-t-il.

Bref. Un phénomène.

Harrison, quarante ans de métier, dont vingt-cinq au service des Hatwood, est un passionné. Il tient à me faire goûter tous les plats, et à me faire visiter la chambre froide et chaque poste de la cuisine.

Il est fier comme Artaban, souriant et d'un enthousiasme communicatif. Il passe son temps à taper dans le dos de Colin qui, à la fin de la soirée, risque d'avoir besoin d'une minerve.

Les commis sont au nombre de trois, à peu près la trentaine et tous natifs de la région. Je vois Colin se raidir ostensiblement devant les regards insistants et éloquents de nos jeunes camarades de jeu pour la soirée.

– Tu vas rester dans mes pattes tout le service, Hatwood ? bougonne Harrison.

– Seulement parce que tu insistes. Drea a besoin de décompresser. On ne te gênera pas, promis, plaisante Colin.

– Ce petit gars est un vrai pot de colle, il faut toujours qu'il vienne mettre son grain de sel dans les cuisines, grommelle-t-il à mon intention. Déjà tout petit, il me tenait la jambe pendant des heures et voulait tout goûter.

Je regarde Colin, attendrie, son petit rictus malicieux encore et toujours plaqué sur le visage, me remémorant ma propre enfance dans la cuisine de mon père. Nous avons vraiment beaucoup de points communs.

– C'était le bon vieux temps, soupire Colin.

– Ta pauvre mère, ça la rendait folle. Un jour, tu devais avoir 11 ans, je t'ai collé un fouet dans les mains et je t'ai demandé de faire une omelette pour le vieux Orsnby qui venait dîner tous les mardis soir à l'auberge. Paix à son âme, murmure-t-il les yeux levés au ciel, la main sur le cœur. Eh bien, croyez-le ou non, mais il l'a envoyée, son omelette, et même que le vieux Ornsby, il a dit qu'il en avait jamais mangé d'aussi bonne !

Je pouffe à l'évocation de ce souvenir d'enfance. Colin regarde Harrison, les bras croisés sur son torse, le sourire aux lèvres.

– Tu étais jaloux, voilà tout, conclut-il.

– Tssss ! Toujours est-il que, tous les mardis qui ont suivi, tu t'es collé à l'omelette du vieux Ornsby. Mais tu t'es lassé. Je t'ai appris d'autres trucs. Il est balèze, mon p'tit gars. Ça, c'est pas des foutaises. Et sa mère a décidé de me nommer baby-sitter officiel.

– De quoi te plains-tu ? J'ai été à ton service pendant presque dix ans. Et je ne me débrouillais pas si mal.

– Moi, j'suis un chef, mon gars, pas un baby-sitter. Mais je dois bien r'connaître une chose, c'est qu't'es sacrément doué.

Ma parole, mais c'est trop chou !

Colin s'éloigne, peut-être un peu gêné par la marque d'affection témoignée par Harrison, et nous nous mettons aux fourneaux avec entrain.

La soirée passe à toute vitesse. Colin se montre adorable. Je vois bien qu'il fait son possible pour effacer mon chagrin, il me fait rire plusieurs fois aux éclats. Nous dégustons un repas onctueux et savoureux, cuisiné ensemble, en totale harmonie. Il me donne quelques-uns de ses conseils, que j'écoute avec ferveur et concentration, sous le regard amusé de Harrison et de ses deux commis. La salle de restaurant n'est pas pleine, mais Colin a dressé une petite table ronde toute simple pour nous deux, au fond, à l'abri des regards indiscrets.

Le vin nous enivre, et le soufflé nous rassasie. Son humour et sa gentillesse me font oublier pendant quelques heures que mon meilleur ami m'a abandonnée comme une vieille chaussette.

Quand nous avons terminé, seule la lueur pâle de la lune ronde et pleine filtrant par les fenêtres nous escorte à travers le salon de l'auberge. Colin me raccompagne jusqu'à ma chambre. Nous nous contemplons longtemps, les joues cramoisies par l'alcool.

– Merci, soufflé-je enfin.

– De quoi ? demande-t-il en se rapprochant subtilement.

– De ne pas avoir posé de questions.

Une lueur particulière traverse son regard. Il se penche et dépose un tout petit baiser sur ma joue, une caresse, le battement d'une aile de papillon sur ma peau frissonnante.

– Bonne nuit, Drea, dit-il en reculant lentement en direction de sa chambre.

Avant qu'il ne tourne la poignée, je stoppe son geste.

– Tu avais tort, tu sais ?

– À propos de quoi ?

– Tu sais consoler les filles.

Je lui lance un clin d'œil avant de poursuivre :

– Bonne nuit, Colin.

20

Après ma soirée enchanteresse avec Colin, suivie d'un dénouement plus que frustrant, j'ai constaté avec horreur que Hugh était resté bien sagement rangé dans le tiroir de ma table de nuit. À Chicago.

Impossible de fermer l'œil de la nuit entière.

Et Paul qui ne répond à aucun de mes appels, aucun de mes messages.

Je le savais têtu. Mais la haine tenace, ça, c'est nouveau.

Il va m'entendre. Je ne vais pas ramper pour son pardon.

Hors de question ! Non, mais !

Putain. Mais pourquoi il ne rappelle pas, ce con ? Je n'en peux plus.

Je vais mourir lentement en me gavant de yaourts périmés. Ou pire, en m'assommant de rediffusions de *La Petite Maison dans la prairie*, jusqu'à épuisement de mes nerfs optiques.

Je suis réveillée depuis deux heures du matin et je viens déjà de me taper deux saisons.

Y a quand même pas à dire, ce Charles Ingalls, quel homme ! C'est un mec comme ça qu'il me faut. Fort, gentil, honnête, bon certes, un peu con-con, mais je ne vais pas me montrer trop difficile.

Ce programme cul-cul à souhait et dégoulinant de bons sentiments commence à avoir raison de ma santé mentale.

À six heures pile, je chausse mes New Balance, colle mon casque audio sur la tête et pars courir avec les Beastie Boys à fond les ballons dans les oreilles, sans même avaler un café.

Colin va devoir faire preuve d'une patience infinie avec moi aujourd'hui.

Quand je rentre à l'auberge, ventre à terre, fourbue, vidée et insatisfaite, évidemment, Colin est debout et il a dormi, lui. Je ne prends même pas le temps de le saluer. Je fonce jusqu'à ma chambre. Et je me glisse, complètement morte de fatigue, sous un jet d'eau glaciale avant d'oser descendre pour prendre mon petit-déjeuner.

Colin m'attend. Je prends place en face de lui, l'air maussade.

Il pousse lentement un mug de café chaud devant moi. Manifestement intimidé.

Je ne suis habituellement pas du matin.

Mais multipliez ça par mille. Vous aurez mon humeur du moment.

– Prête pour notre journée de folie ?

– Mmh, pff.

– Je vois. J'en déduis que la nuit n'a pas été bonne.

– Mmh.

– On ne part que la matinée, tu pourras faire une sieste, si tu veux.

– Mmh.

– Drea ?

– Hum ?

– Je n'ai rien contre les ruminants en général mais, si tu pouvais faire de vraies phrases, j'apprécierais.

– Désolée.

– Tu préfères que j'y aille seul ?

– Non.

Je bois une gorgée de mon café. Le liquide se diffuse lentement dans mon corps.

Satisfaction.

– Je veux venir avec toi. Et puis je n'ai plus de jours d'arrêt maladie.

– Tu es malade ?

– Non.

– OK. Tout va bien alors ?

– À merveille.

– Pardonne-moi, mais on ne dirait pas.

– Colin…

– Drea ?

– Je ne veux pas en parler.

– Ce n'est pas ce que je te demande. Mais on va rencontrer des gens sympas aujourd'hui, et je ne tiens pas spécialement à traîner Mercredi Addams derrière moi.

– Très drôle.

– Tu te sens de taille ?

– Parfaitement.

– Tu seras souriante ?

– N'abuse pas trop, non plus.

Colin ricane et, alors que je mords dans un bagel tartiné de fromage, il rassemble sa vaisselle pour la porter à la cuisine,

– On part dans dix minutes, me dit-il avant de s'éloigner.

Je fais tournoyer ma main en l'air pour signaler que j'ai compris.

J'avale le reste de mon petit-déjeuner et rejoins Colin à l'extérieur de l'auberge. Je me hisse péniblement à bord de la camionnette, où l'objet de mes insomnies m'attend patiemment.

Il démarre tranquillement, et le tacot amorce sa descente jusqu'à la route principale. Il est silencieux, son bras posé nonchalamment sur le volant, l'autre accoudé à la portière, il a tout d'une gravure de mode dans cette posture. Un appel à la débauche et au péché. Il met en marche l'autoradio. Les premières notes de « Hush »[17] de Kula Shaker résonnent dans les enceintes. Mon chauffeur baisse sa vitre et tapote son volant en rythme avec la musique, puis monte le son et se met à entonner le refrain dans un croassement épouvantable.

Stupéfaction. Il a donc un défaut.

« Na na na na na na na na naaa
Na na na na na na na na naaa »

– Tu chantes faux ! hurlé-je, sidérée, en plaquant mes mains sur mes oreilles.

– M'en fous.

« Hush, hush… I thought heard you're calling my name now
Hush, hush… You broke my heart but that was a dream now »

Je croise mes bras sur ma poitrine, toujours d'une humeur massacrante, décidée à déjouer les plans de Colin pour me dérider.

« Hush, hush… I thought I heard you're calling my name now
Hush, hush… You broke my heart but that was a dream now »

Il me jette des regards furtifs, ses prunelles balançant sur moi des rayons de kryptonite incendiaires, le sourire en coin, sa belle tignasse emprisonnée sous sa casquette des Bears, toujours vissée à l'envers. Seigneur, il est tellement canon. Tellement adorable. Je

17. « Hush », paroles de Joe South. Reprise par le groupe Kula Shaker (1997).

veux bouder. Je tiens à marquer le coup. Mais il est trop charmant.

Et c'est plus fort que moi. Je me mets à chanter avec lui. D'abord à voix basse, marmonnant des bribes de paroles entre mes dents, puis un peu plus fort et, quand le refrain arrive, nous nous déchaînons dans l'habitacle, entrechoquant nos épaules, frappant dans nos mains, nous déhanchant dans la vieille Hemmings bringuebalante. Le morceau s'achève, il me présente sa main en l'air, et je frappe dedans avec conviction. Nous éclatons de rire, il ne libère pas ma main, enlacée dans la sienne. Il sourit, cela lui va si bien. Et je comprends alors pourquoi il veut à tout prix me faire changer d'humeur. Quand il me sourit comme ça, mon monde s'illumine. J'aime le voir heureux et cela doit être réciproque.

Je me suis comportée comme une conne. Comme si je le tenais responsable de ma dispute avec Paul. Il en était la cause, certes. Mais je ne veux pas qu'il le sache. Je ne veux pas ajouter à son chagrin, je connais la dépression. Je souhaite que Colin se sente bien et en confiance avec moi.

Je baisse les yeux sur nos doigts entrelacés, et dégage ma main doucement. Il ne résiste pas. Nous nous engageons sur un petit chemin caillouteux menant à une jolie fermette. Colin coupe le moteur, nous sommes arrivés.

***

Nous faisons le tour de tous les maraîchers de la région. Colin est dans son élément. Il discute et plaisante avec les cultivateurs du coin. Tous les fruits et légumes passent entre ses mains expertes. Il commente avec passion les prises de la pêche du jour, me désignant de magnifiques esturgeons, le regard pétillant. Et par une multitude de petits gestes et de réflexions pertinentes, Colin montre l'étendue de sa maîtrise et de son talent. Il fait preuve d'une grande humilité, acceptant les conseils de ses interlocuteurs sur la cuisson du bar et autres poissons. Il prend des notes, les yeux souriants comme ceux d'un enfant à qui l'on révèle un secret. Certains connaissaient ses parents et sont tous ravis de le revoir. On lui demande des nouvelles de Ian, de l'auberge. La plupart fournissent le Pilgrim's Rest depuis longtemps. La matinée est bien remplie et pleine de découvertes et de dégustations en tous genres. Nous goûtons quelques alcools fins de mirabelle et autres prunes, et reprenons la route, un peu éméchés. Nous sommes plus silencieux sur le chemin du retour. Mais je sens Colin impatient de recueillir mes impressions.

– Alors ? Ton sentiment sur cette matinée ?

– C'était… comme rentrer chez moi.

– Plutôt positif, donc.

– Très positif. Tous ces gens sont passionnés et inspirants. C'était une bonne journée.

– Je suis content.

Je lui souris.

– Cela a dû être difficile de quitter un tel endroit.

Sa mâchoire se crispe. Et je sens la tension gagner son corps tout entier.

– Tu es bien partie, toi aussi.

– C'est vrai, avoué-je à voix basse. Mais… c'est difficile de ne pas remarquer que cela t'a manqué.

– Tu as raison. Ma vie d'avant me manque parfois. Mais c'est comme ça.

– Tu sais… Tu peux me parler, si tu veux.

– Mmh.

OK.

Je ne veux pas le brusquer, je comprends qu'il souhaite garder son jardin secret. Bien que celui-ci soit garni d'orties.

– Je ne lui en veux pas, tu sais ?

Je tourne la tête, l'interrogeant du regard.

– À Ian, je veux dire. Je ne lui en veux pas.

– Je n'ai jamais pensé…

– Je me doute de ce que Paul a pu te raconter, ou même mon frère, me coupe-t-il. Je suis responsable de mes choix, et je n'en veux pas à Ian de m'avoir un peu forcé la main.

– Mais ?

– Il n'y a pas de « mais ». J'aime Fish Creek, j'y ai grandi et tous mes souvenirs, ceux qui comptent, sont ici. Mais cet endroit était en train de me détruire. J'ai toujours été un gamin un peu seul et taiseux. Je n'avais pas beaucoup d'amis, enfant. Quand mon père est mort, j'ai mis presque un an avant de reparler.

– Je n'en savais rien.

– J'ai beaucoup accaparé ma mère. Au détriment de mon frère. Il aurait eu le droit de m'en vouloir. Il aurait pu se montrer cruel, jaloux, mais il m'a toujours soutenu. C'était le meilleur.

– Ce n'est plus le cas ?

– Il a changé.

– Lui aussi a perdu ses deux parents, tu sais ?

– J'en ai parfaitement conscience.

Son beau regard se perd alors dans le mien l'espace de quelques secondes, et je sens que l'heure des révélations est sur le point d'arriver. Il baisse le son de l'autoradio et reprend :

– Je suis parti quelque temps après tout ça. J'avais besoin d'air, de me sentir vivant, me reconstruire. Ian n'a même pas essayé de me retenir. J'étais tellement noyé dans mon propre chagrin que je n'ai pas vu que lui aussi souffrait. Quand j'ai voulu être là pour lui, c'était trop tard. Il m'a repoussé. J'avais l'impression d'être un boulet dépressif qui ne pouvait rien lui apporter. Et puis il venait de rencontrer Paul, ils étaient devenus inséparables. Je crois que j'ai un peu pété les plombs. Un peu beaucoup, même.

– Comment ça ?

Il soupire, hésitant à entrer dans les détails.

– Disons que j'ai tout fait pour me sentir moins seul. Et je n'ai pas forcément fait du tri dans mes relations.

– Tu sautais sur tout ce qui bouge, en gros ?

– Dit comme ça, on dirait que je suis un vrai salopard. Mais… oui. En gros, c'est à peu près ça.

Nous demeurons silencieux pendant une minute, puis je reprends la parole, consciente que Colin vient de faire un grand pas en avant en me révélant certains faits peu reluisants de sa vie.

– Je crois que tu te trompes, Colin. J'entends souvent Ian parler de toi avec fierté. Il t'aime vraiment, et je pense qu'il s'inquiète pour toi.

– C'est le lot des grands frères. Toujours est-il que nos rapports ne sont plus les mêmes. Et…

– Et ?

– Il m'arrive de me sentir tellement seul parfois. Je veux dire… Mes parents me manquent, c'est évident, je pense à eux tous les jours, mais c'est Ian qui me manque le plus.

– Je comprends.

– Tu n'as pas de frère ou de sœur ?

– J'ai Paul. Il est comme un frère pour moi. Je ne sais pas ce que je deviendrais sans lui.

– Il a l'air d'avoir une place très importante dans ta vie, murmure Colin, intrigué.

– C'est le cas.

Il se tait pendant de longues minutes. Seul le grésillement à peine perceptible d'une chanson country qui passe à la radio filtre dans l'habitacle. Je cale les battements de mon cœur sur les cahots de la route. Émue par la marque de confiance que Colin vient de me témoigner en s'ouvrant à moi, je perçois que ces deux jours étaient nécessaires. Pour faire connaissance. Nous apprivoiser. Nous comprendre. Et je comprends également à quel point je me suis trompée sur mon beau sensible ces derniers mois. Colin est encore ce petit garçon effrayé et en manque d'affection, victime prématurée des chaos de la vie. Il est terrassé par le deuil et tenaillé par son angoisse de l'abandon. Il est humain, faillible et tellement attachant. Nous progressons dans notre apprentissage l'un de l'autre, doucement mais sûrement, et il me trouble plus encore.

De retour à l'auberge, je profite de quelques heures pour me reposer. Colin me donne rendez-vous dans la cuisine à dix-huit heures pour tester une ou deux recettes. Je descends en fin d'après-midi, détendue et de bien meilleure humeur, impatiente de passer un moment culinaire avec lui.

La brigade est déjà active quand je le rejoins au coucher du soleil. Il a aménagé un petit coin dans la cuisine où nous ne risquons pas de perturber l'équipe en plein coup de feu. Mais une fois de plus, la salle de restaurant demeure calme.

Mon chef a dressé deux esturgeons impressionnants et prévoit une recette à base de noisettes grillées et de purée de courge aux châtaignes. La brigade travaille en musique, chose à laquelle je ne suis pas du tout habituée. Colin m'explique que c'est la seule coquetterie de Harrison, qu'il n'a pas le cœur de lui refuser. Dans la cuisine du Pilgrim's Rest, c'est lui le chef et Colin reste bien à sa place, dans le respect de son aîné. Il a des valeurs que je reconnais, que j'apprécie, et c'est tout à son honneur. Lui, contrairement à d'autres, sait s'effacer quand il le faut. C'est le genre de discipline que la cuisine nous inculque.

Nous commençons à travailler nos esturgeons avec application. J'ai quelques bases mais n'hésite pas à solliciter Colin quand le besoin s'en fait sentir. Il me donne ses conseils avec patience et pédagogie.

Je découvre un autre homme depuis quelques jours, attentif, doux et indulgent. Grace passe constamment en cuisine récupérer des plats, susurrer des mots doux à son chef de mari et, quand elle a plus de latitude, elle vient pincer la joue d'un Colin enjoué et attendrissant.

Quand nos esturgeons sont enfournés pour un court moment, j'entreprends la conception d'un clafoutis tout simple aux cranberries et aux pommes, pour ponctuer ce repas « wisconsinien ». Puis, profitant de quelques minutes de calme, je monte quatre à quatre les marches de l'escalier qui mènent à ma chambre pour consulter mon portable.

Pas d'appels. Pas de messages.

Même si la journée a été au-dessus de mes espérances, je suis incroyablement déçue et peinée de constater que Paul n'a toujours pas pris de plomb dans la cervelle.

Je redescends en cuisine, un peu morose, et Colin s'en aperçoit aussitôt.

– Viens par là, m'ordonne-t-il avec douceur.

J'approche docilement, mais boudeuse.

– Il nous reste à préparer les noisettes grillées pour le dressage. Tu les émincés et on les jettera dans la poêle avec le beurre.

Je me saisis d'un couteau aiguisé et entame mon ouvrage énergiquement, rongée par l'amertume et la déception. La lame du couteau tape fort sur la planche. J'enchaîne mes mouvements comme un robot. Je suis ailleurs.

– Voilà, m'encourage Colin, c'est bien. Un peu moins violent, peut-être ? Drea ? Drea ? Doucement, tu vas te cou…

Il n'a pas le temps de finir sa phrase que je lâche le couteau, catastrophée.

Le sang se met à jaillir abondamment.

– Harrison ! s'écrie Colin, paniqué. Tu as de quoi raccommoder mon commis ici ?

Harrison hausse les épaules en guise de réponse et balance un « nope » flegmatique et désintéressé. Je sens le sang quitter mon visage.

Normal, il se vide dans l'évier de la cuisine.

Colin m'enroule la main à la hâte dans un torchon et me conduit précipitamment vers les escaliers. Nous escaladons les marches en quatrième vitesse, et je me retrouve sur le palier sans comprendre comment je suis arrivée là.

Je suis sous le choc. Je ne supporte pas la vue du sang.

Cela fait quelque temps que je n'ai pas vu de blessures sur mon propre corps. La dernière fois, c'était…

Ooh…

Colin pousse la porte de sa chambre violemment, me traînant toujours derrière lui comme une poupée désarticulée. Je suis complètement partie, incapable de réagir, je ne sens même plus ma main et le sang pulsant à travers mon bandage de fortune. Il m'assied sur le rebord de la baignoire et commence à fouiller dans les tiroirs de sa salle de bains. Il sort tout l'attirail du parfait secouriste et me lève pour placer ma main sous le jet d'eau froide du robinet. Puis il s'affaire au-dessus de moi, méthodique, investi, désinfectant soigneusement ma plaie. Bien qu'elle soit impressionnante, l'entaille semble superficielle. Je me suis coupée entre le pouce et l'index, une surface de peau pas très grande mais fine et recouvrant un réseau de petits vaisseaux complexes. Colin vient finalement à bout de ma blessure après plusieurs tours de bandage. Aucun mot n'est encore sorti de ma bouche. Je suis tétanisée. Colin s'inquiète. Il me saisit par la taille, comme une enfant, me soulève avec une aisance déconcertante, puis me place à côté du lavabo.

– Hey ? murmure-t-il, ses mains prenant mon visage en coupe. Ça va, beauté ?

J'opine sans répondre. Nos lèvres sont si proches, mon pouls s'affole. Je ne sens plus rien, je n'éprouve plus rien.

À part ça.

Cette connexion. Notre lien, soudain puissant, véritable.

– Embrasse-moi, chuchoté-je spontanément.

Il me dévisage, déstabilisé par ma demande.

– Drea…

– Embrasse-moi, insisté-je, s'il te plaît.

Colin approche très doucement sa bouche de la mienne. Il happe ma lèvre inférieure, délicatement, lentement, puis il m'embrasse de la façon la plus tendre qui soit, me consolant, me soignant, agissant comme un baume réparateur sur mon petit cœur meurtri. Son baiser se fait alors plus urgent, sa langue s'infiltre dans ma bouche, passe le barrage de mes dents, s'enroulant autour de la mienne. Puis, il se rapproche, se calant entre mes cuisses, et enfouit ses mains dans ma chevelure. Il met de la fougue et de la passion dans son baiser. Nous sommes au-delà des mots, au-delà des sentiments, il prend ce que je lui donne et je prends ce qu'il m'offre. Nous sommes dans le besoin viscéral l'un de l'autre.

Il s'écarte quelques secondes pour reprendre son souffle, et je me noie de nouveau dans le lagon vert de son regard intense et fiévreux.

– Drea… soupire-t-il.

– Fais-moi l'amour, le coupé-je, à peine surprise par mon audace.

Il me dévisage, incrédule, troublé. J'ai envie de lui depuis trop longtemps. Envie de nous. Ensemble. La tentation est trop insoutenable, il m'a tellement donné ces derniers jours, je veux qu'il comprenne que je suis là pour lui.

– Tu ne vas pas le regretter, Drea ? gémit-il.

Je fourrage mes doigts dans ses boucles soyeuses et dorées, l'embrassant de nouveau furieusement, comme si ma vie en dépendait. Une montée d'adrénaline s'empare de mon corps crispé par le choc.

– Colin, je t'en prie, l'imploré-je de nouveau.

Mes lèvres reprennent leur danse sur la peau chaude de sa mâchoire, puis de son cou.

Il m'arrête subitement, me scrute d'un air grave. Nos souffles se mêlent bruyamment, nos deux corps tendus par l'excitation, se cherchant, se devinant. Mes mains se posent délicatement sur son torse, et je commence à défaire le premier bouton de sa blouse de cuisine, puis le second. Il ne me quitte pas des yeux, complètement chamboulé, retenant son geste. Puis dans un élan libérateur, il fond sur ma bouche et m'embrasse passionnément, ses mains passent dans mon dos, agrippant mes épaules fermement, tandis que les miennes reprennent leur place dans sa nuque et sa chevelure ébouriffée. Je défais les derniers boutons de sa blouse et la fais glisser le long de ses épaules bronzées et parfaitement dessinées. Mon bel adonis, mon dieu grec, mon ange.

À son tour, il attaque mon haut avec moins de patience et fait sauter les pressions avec vigueur. Je gémis d'excitation et de désir pour cet homme que je m'interdis depuis trop longtemps.

Je suis désormais en soutien-gorge face à son buste nu et dur comme de l'acier. Il caresse ma poitrine d'un geste langoureux et plonge ses lèvres dans mon cou brûlant.

– Tu es sûre ?

– Fais-moi ressentir quelque chose. Je ne veux plus être seule.

Sans plus attendre, Colin me soulève du lavabo. Je noue mes jambes autour de sa taille fine, et il m'emporte dans la chambre. Il me dépose délicatement sur son lit moelleux et frais. Il commence par me débarrasser de mes bottes, puis de mes chaussettes, enfin il fait glisser mon legging le long de mes jambes d'un geste sec et énergique comme un prestidigitateur exécutant un numéro bien rodé.

Étendue sur le lit, folle de désir, je le vois achever de se déshabiller et s'allonger sur moi de toute sa masse brûlante et impatiente.

Nos enveloppes charnelles cherchant à fusionner dans une étreinte tantôt douce, tantôt sauvage, nous nous embrassons avec détermination. Lui, me revendiquant comme sa source en plein désert, moi, l'accueillant comme la délivrance que mon corps me réclame depuis ce qui me semble être une éternité. Il dégrafe mon soutien-gorge, en fait glisser les bretelles le long de mes bras, libérant ma poitrine gonflée, et pose sa bouche sur la pointe d'un de mes seins, l'aspirant, le suçant, l'excitant, avant de passer au deuxième avec la même application. Je suis un brasier ouvert sur le point d'exploser. Il me goûte, me dévore, me frustre.

Il fait descendre ses lèvres doucement jusqu'à mon nombril, et grogne de plaisir lorsque sa langue bute contre mon diamant puis, d'un geste brusque, il m'arrache le pauvre tissu de dentelle qui me sert de string. Il met de la bestialité dans ses gestes et de la douceur dans ses baisers. De petites flammes brûlent dans son regard. Est-ce de l'amour ? Je suis perdue, totalement sous l'emprise de cet homme qui me possède corps et âme.

Tétanisée par le plaisir et le besoin de le sentir en moi, je ne suis plus capable d'anticiper ses actions. Quand sa bouche se pose sur les plis de mon intimité déjà inondée, un hurlement d'extase m'échappe. J'empoigne ses cheveux à pleines mains, tandis que sa langue entame une danse langoureuse avec mon point sensible. Mes talons s'enfoncent dans ses omoplates, je suis au bord de l'orgasme, soumise, offerte, abandonnée à son plaisir, au mien.

Il plonge deux doigts en moi et mon corps tout entier se contracte tellement fort que je suis incapable d'émettre un seul son. Ma tête bourdonne et mes cuisses se resserrent autour de la sienne, toujours plongée dans ma féminité.

Il est doué, et me fait totalement perdre pied, appliqué, concentré, impétueux.

Alors que je reprends peu à peu possession de mes moyens, Colin remonte doucement jusqu'à moi et m'embrasse avec délicatesse, me laissant goûter le fruit de mon excitation sur ses lèvres. Je peux sentir sa raideur impressionnante frottant contre mes cuisses encore tremblantes. Mon sang bouillonne dans mes veines, mon cœur cogne dans ma cage thoracique, comme un cheval sauvage lancé à plein galop. Il se redresse, son visage face au mien et me contemple comme la chose la plus belle au monde.

– Tu me rends fou, Drea, soupire-t-il, la voix tremblante d'émotion. J'ai eu envie de toi à la seconde où j'ai posé mes yeux sur toi dans ce foutu avion.

Sa langue dessine le contour de mes lèvres déjà gonflées par nos baisers enflammés.

– Je t'en prie, Colin, me lamenté-je, au bord de l'implosion.

Il prend ma main et la dépose autour de son membre couvert d'une fine pellicule de latex. J'étais tellement bouleversée par ma perte de contrôle que je ne l'ai même pas vu se protéger. Ma main le caresse dans un lent mouvement de va-et-vient alors qu'il ne me quitte pas des yeux.

– Guide-moi en toi, ordonne-t-il d'une voix rocailleuse et haletante.

Je me suis jetée à son cou. Je l'ai supplié de me prendre et, pourtant, Colin attend encore mon assentiment. Je l'attire jusqu'à moi. Tout près. Ses pupilles se dilatent, c'est comme si je pouvais entendre nos cœurs battre à l'unisson. Mes lèvres trouvent de nouveau les siennes dans un baiser extrêmement sensuel et je bascule mes hanches pour lui laisser le champ libre.

Alors, il s'enfonce en moi brutalement. Je gémis, délivrée de mes frustrations, de cette cage trop petite pour contenir mes pulsions.

Je le sens lui, entier, imposant, dominateur.

Je ne veux plus être seule, il me remplit de toute sa virilité et de tout son être, et nous nous imprégnons l'un de l'autre dans une symbiose d'un érotisme fou.

Il me soulève dans un mouvement brusque et incline mon bassin pour accentuer la profondeur de ses coups de boutoir. Un autre hurlement m'échappe. Je suis en transe. Il me possède, me percute avec vigueur, dans une danse envoûtante et effrénée. Nos plaintes résonnent tout autour de nous. Puis, dans un geste d'une rare intimité, il entrelace nos doigts et remonte mes mains au-dessus de ma tête. Il ancre ses iris lumineux dans mes prunelles grises et intensifie sa cadence. Mes talons s'enfoncent dans ses fesses, l'invitant à me heurter plus fort encore. Un nouvel orgasme me fauche avec violence, avec toute la puissance que Colin met dans son étreinte. Il me pénètre tellement fort que je perds tout contrôle. Nos gémissements se confondent dans une apothéose de plaisir, et Colin finit par s'écrouler sur moi dans un dernier coup de reins féroce.

Son corps couvre le mien, chaud, puissant et réconfortant, le grain velouté de sa peau caressant mon épiderme encore sensible. Il promène ses doigts fins dans mes cheveux et m'embrasse tendrement. Son regard aimanté au mien, nos respirations saccadées reprenant petit à petit un rythme cohérent. Ses yeux sont d'une pureté indécente, brillants, pleins de promesses. Mon cœur se gorge soudain d'amour pour lui. Il a gagné, je suis conquise. Cette journée, cette nuit.

Nous deux.

C'est comme une évidence. Après des mois passés à le fuir, le repousser, je ne peux plus nier ce que j'éprouve pour lui. Je peux juste le taire, comme un secret. La prise de conscience est déroutante et je suis sûre qu'il peut voir, à cet instant, les fines larmes qui roulent sur ma peau encore rougie par l'effort.

21

Une caresse douce fait frissonner ma peau. Allongée sur le ventre, le visage enfoui dans l'oreiller, un œil à découvert, j'observe mon apollon tourné sur le flanc, face à moi. Sa main glisse avec légèreté de ma nuque à mes épaules, descendant entre mes omoplates et terminant sa course au creux de mes reins. Il est superbe. La lumière tamisée de la chambre m'offre un spectacle à couper le souffle. Sa tignasse en bataille après notre séance de sexe endiablée ; sa mâchoire ciselée recouverte d'une barbe naissante ; ses pommettes prononcées, ses agates menthe à l'eau. Mes yeux descendent sur ses pectoraux fermes, ses abdominaux parfaitement dessinés, sa peau hâlée et invitante. Toute son enveloppe corporelle est à tomber. Et cette nuit, il est à moi.

Il m'observe, silencieux, presque intimidant. Si je le connaissais mieux, je dirais qu'il cherche des réponses à ce qu'il vient de se passer, je le vois bien à son air inquiet. Il rapproche son visage du mien et m'embrasse avec douceur. Je n'arriverai jamais à me lasser de ses baisers. Qu'ils soient impétueux ou délicats, dans le feu de nos étreintes ou dans la plénitude de nos corps au repos. Tout chez lui m'attire, me trouble et me désarme.

Encore plus aujourd'hui que nos parts d'ombre ont été révélées. J'aime toute sa contradiction, sa détresse, ses fêlures et sa passion. J'aime qu'il soit meurtri et me fasse suffisamment confiance pour le réparer, le calmer, apprivoiser l'âme farouche et blessée qui sommeille en lui.

– Tu ne vas pas t'enfuir, cette fois… me murmure-t-il en resserrant son étreinte.

– Où veux-tu que j'aille ? Et je te signale que, la dernière fois, c'est toi qui es parti.

– Je sais, soupire-t-il. Je suis désolé, tu dormais si bien et je n'ai pas eu le cœur de te réveiller.

Je suis bien. Malgré cela, une vague d'angoisse me submerge. Je ne veux pas analyser ce qui est en train de naître entre nous. J'ai le sentiment que nous vivons quelque chose de spécial et de fort. Un lien qui repose sur davantage qu'un tourbillon de sensations. Mais je reste prudente, je ne tiens pas à me planter encore une fois. J'ai du mal à faire confiance, l'ombre du naufrage de mon histoire avec Ben plane encore sur mes relations en devenir. Et je ne saurais dire pourquoi, un vent d'incertitude me gagne, soudain. Comme un truc qui cloche et je n'arrive pas à savoir quoi.

– Tu as faim ?

– Je meurs de faim, grogné-je.

Colin se lève, et j'ai à présent tout le loisir de contempler son corps nu. Il ramasse son jean jeté négligemment au sol et l'enfile en contractant ses muscles bandés. Il est aussi beau de dos que de face.

– Ne bouge pas, me susurre-t-il en se penchant sur moi pour m'embrasser avec délectation. Je reviens tout de suite.

Je me rallonge, galvanisée par ce sentiment qui m'étreint. Le calme, l'abandon, le bien-être. Je m'étire comme un chat et remonte la couette sur mon nez. Depuis mon cocon douillet, je prends le temps d'observer la chambre, que je découvre seulement maintenant. Une chambre de garçon. On dirait que le temps s'est arrêté, ici. Le lit appuyé contre le mur fait face à une grande fenêtre aux rideaux tirés. En face de moi, une commode décorée de cadres photo trône comme la gardienne de notre nuit secrète. Les murs sont d'un vert un peu plus terne que la couleur de ses yeux et sont couverts de quelques posters d'adolescent à l'effigie de groupes de rock peut-être un peu démodés, de stars du surf et d'autres sports extrêmes. Dans le coin à droite, avant la porte de la salle de bains, une guitare sèche est posée sur un trépied.

Mon apollon est mélomane, bon à savoir.

Je me relève rapidement, et enfile un de ses t-shirts, laissé en pagaille sur un fauteuil.

Trop grand pour moi. Mais je m'en fous.

Il a son odeur, un savant mélange d'effluve de mâle alpha et d'iode aux notes chaudes et épicées. Je ferme les yeux et colle le coton à mes narines, je le respire, m'en imprègne.

Seigneur. Je suis accro. Qu'est-ce que je suis en train de faire ?

À la seconde où Colin s'est mis à prendre soin de moi, à me toucher avec douceur, me dorloter, me guérir, un déclic s'est fait dans ma tête. Comme si je venais enfin de trouver quelque chose que je croyais perdu. Il m'a enveloppée de sa chaleur, de sa tendresse. Il m'a envoûtée. Quel est son plan ? Que veut-il au fond de lui ? Ressent-il la même chose ? Les rouages dans mon cerveau tournent à plein régime, livrant à mon cœur une bataille sans merci.

Céder. Oui, mais après ? Comment me protéger de ce qui me fait si peur sans risquer de tout perdre ?

Avec toutes ces péripéties érotiques, j'en ai oublié ce pour quoi je m'étais jetée sur lui comme une louve affamée. Je me faufile sur la pointe des pieds jusqu'à ma chambre pour récupérer mon smartphone. Pressée de retourner sous les couvertures, je constate l'heure : vingt et une heures. J'ai l'impression que nous sommes restés dans cette chambre toute une vie. Une lumière clignotante attire mon attention.

Un message.

Je déverrouille mon écran, fébrile. C'est Paul. Enfin !

[Je suis désolé, Suricate.
Je t'aime. Tu me manques.
On parlera quand tu rentreras.]

Mon cœur fait des loopings et se gonfle de bonheur. Mon Paul. Mon chéri d'amour a enfin pris conscience d'être allé trop loin. Je ne m'emballe pas pour autant, j'ai ma part de responsabilités, mais je suis soulagée de voir que mon meilleur ami a tout de même quelques remords de m'avoir si durement réprimandée.

S'il savait. Lui qui me met en garde depuis le début contre Colin et me demande de m'en tenir éloignée. Je ne sais pas encore si je vais lui parler de ce que mon sexy chef et moi avons vécu. Il finira par l'apprendre, c'est certain. Mais je veux que cela vienne de moi. Sans rentrer dans les détails, bien entendu. Je ne tiens pas à heurter ses oreilles chastes. Paul et moi partageons beaucoup de choses mais les frasques sexuelles de l'un ou l'autre n'en font pas partie. Je tiens à préserver mon jardin secret. C'est aussi pour cela qu'il n'a jamais vraiment su à quel point les choses avaient déconné avec Benjamin.

De retour dans la chambre, je me jette sur le lit de Colin et m'enroule dans ses draps encore chauds de nos ébats. Il ne tarde pas à remonter avec un plateau chargé de victuailles toutes plus appétissantes les unes que les autres. Des filets de poisson au beurre avec des croquettes de courge, des petits pains ronds et du fromage, une bouteille de vin. Mon amoureux solaire a même trouvé le temps de poser une fleur de camélia dans un minuscule vase de cristal délicat. Harrison, ne nous voyant pas revenir, s'est occupé de notre repas en train de brûler et a arrangé la recette à sa sauce.

Nous nous installons confortablement sur le lit et dévorons notre pique-nique improvisé avec un appétit de loup. Colin ne me quitte pas des yeux, il m'étourdit et je ne sais quoi penser de cette toute récente proximité. Cela fait seulement quelques minutes que nous ne nous sommes pas touchés et déjà je ressens le manque de sa peau contre la mienne, de ses baisers dans le creux de mon cou, de sa façon de me caresser. Puis, il se rapproche, avançant à quatre pattes sur le lit dans ma direction, son sourire carnassier et son air rebelle plaqués sur le visage. Il s'agenouille, collé à moi, et attrape ma main toujours bandée. Il commence à dénouer le ruban de pansement, lentement. Il est calme, mesuré et d'une sensualité affriolante.

– Tu as mal ? murmure-t-il d'une voix rauque.

Je déglutis avec difficulté, sentant le désir reprendre peu à peu possession de mes sens.

– Non.

Ma peau est à nu, la coupure du couteau est légère et à peine douloureuse.

Il porte ma main à ses lèvres et embrasse ma plaie avec une lueur indescriptible dans le regard. Mon sang pulse violemment dans mes veines. Il va me tuer avec ses gestes lascifs et érotiques. Sa bouche descend à mon poignet, déposant une myriade de baisers fugaces. Puis il s'approche de mon oreille. Son souffle moite se répand dans mon cou et une vague de frissons se propage dans tout mon corps. Il me teste, me cherche et me pousse au summum de l'excitation. Je suis à peine consciente quand je l'entends susurrer :

– Et maintenant ?

Je lui lance un regard interrogateur.

– Te faire l'amour comme ce soir, c'était… Je ne veux plus connaître que ça avec toi, Drea. C'est comme si ton corps était fait pour le mien. Mais je ne veux plus de barrière entre nous. Je suis clean, ajoute-t-il en me toisant de ses iris incandescents. Tu n'es pas obligée de me croire, mais je me teste régulièrement. Je referai des analyses en rentrant à Chicago.

Il envisage un après. Avec moi. C'est plutôt bon signe. Je ne suis pas la seule à ressentir cette connexion spéciale entre nous. Il se projette. Et mon palpitant s'emballe.

– Je prends la pilule, et je suis clean aussi, lui réponds-je, encore sous le choc de son aveu.

– Toi et moi… c'est plus que du désir. C'est… J'ai besoin de toi, Drea.

Je bois ses paroles. Pas de doute, il sait y faire. J'étais loin d'imaginer qu'il pourrait me faire craquer encore plus, mais il m'abreuve de mots doux, de mots que je rêvais d'entendre. Moi non plus, je n'ai jamais éprouvé ça avant.

Il pose sa main chaude sur ma joue, son pouce caressant ma lèvre inférieure.

– Qu'est-ce que tu me fais, gronde-t-il.

Il me dévore du regard. Je me laisse glisser dans son lagon vert.

Je mordille le bulbe de son pouce et le prends complètement dans ma bouche, le suce, le lèche. Il pousse un grognement animal. Puis, sans retenue, nos corps s'appellent, s'unissent et s'aiment une fois encore dans l'intimité de cette chambre, répondant au besoin impérieux que nous ressentons de fusionner en parfaite harmonie.

***

J'ouvre un œil, puis l'autre. Les premiers rayons du soleil dardent à travers la fenêtre de la chambre de Colin et chatouillent mes orteils découverts. J'ai passé la nuit avec lui. Et un sentiment profond de satisfaction m'envahit. La pièce porte encore les stigmates et les effluves de nos étreintes passionnées. Je repousse la couette et fixe le plafond, étendue sur le dos, comblée, sereine. Je perçois le ruissellement du jet qui coule dans la douche, et des braillements stridents me parviennent de la salle de bains.

Seigneur, cet homme est un dieu grec et chante comme une casserole ! Pire, j'ai l'impression que l'on torture un chat avec un chalumeau.

Je pouffe ; même ce défaut le rend extrêmement sexy. Il chante faux et il s'en moque. Cela dit, avec un corps pareil, qui a besoin de chanter comme Barry White ?

Il est temps pour moi de rejoindre mes quartiers et de sauter à mon tour sous la douche. À moins que…

Serait-ce prématuré de me joindre à lui ? J'en meurs d'envie, mais je me retiens, tout va trop vite, trop fort, j'ai besoin de me recentrer un peu, et de ne pas oublier mon objectif. Seulement, aujourd'hui, il me semble atteignable avec Colin à mes côtés.

Je quitte le lit, et commence à rassembler mes affaires, quand le portable de Colin se met à vibrer sur la table de nuit. Je jette un coup d'œil à la porte de la salle de bains entrebâillée. Et ma curiosité prend le dessus. Je m'approche du téléphone et ce que j'y découvre ne me plaît pas du tout. Un message qui fait tout basculer. Qui me déchire le cœur.

[Je suis passée chez toi hier
soir, mais tu n'étais pas là.
Rappelle-moi. xxx Betty]

En l'espace de quelques secondes, mon cerveau fait toutes les connexions et regroupe les bribes de conversations avec Paul, avec Colin.

Il saute sur tout ce qui bouge, il a même essayé de coucher avec Caroline. Évidemment qu'il est encore avec Betty. Comment ai-je pu oublier ce détail ?

Putain ! La conne ! Et moi qui me jette sur lui comme une chienne en chaleur. Ça a bien dû le faire marrer, au fond. Merde, merde, merde.

Mon sang se glace. Je suis partagée entre la rage et une intense déception.

J'y ai cru.

Il m'a persuadée que c'était vrai, que ce que je ressentais était légitime. Que l'idée d'un nous était probable, réelle. Cette nuit avait effacé mes doutes et ouvert le champ des possibles. Je suis écœurée. Je me précipite dans ma chambre, la mort dans l'âme, le cœur au bord des lèvres.

Le voilà, le truc qui cloche. Colin n'est pas libre. Il ne l'a jamais été.

Je ne peux m'en prendre qu'à moi-même, pour avoir baissé ma garde, pour l'avoir laissé s'engouffrer dans la brèche et ravir mon cœur. Il est encore temps de tout arrêter. De stopper cette mascarade et reprendre possession de mes moyens. Je verrouille ma porte et fonce sous la douche. Quand le jet brûlant s'abat sur ma peau, je suis incapable de différencier l'eau qui me lave des larmes qui s'échappent de mes yeux. Je ne veux pas le laisser me blesser, m'atteindre. Je n'ai plus le droit de m'infliger ce genre de choses. Je me maudis de ne réfléchir que maintenant. Maintenant qu'il est trop tard. Que le mal est fait et que je suis irrémédiablement, incontestablement, follement amoureuse de cet homme.

Cet homme que je ne peux pas avoir.

***

Je n'ai pas la force de me maquiller, j'enfile un legging et un pull ample, chausse mes bottes et attrape mon sac pour sortir de la chambre. Hier, Colin m'a demandé d'être prête pour huit heures, afin de ne pas prendre la route trop tard. Je dévale les escaliers et tombe sur Grace, qui m'adresse un sourire chaleureux. Elle me propose un café, que je refuse. Alors, elle me serre dans ses bras, avant de me laisser m'engouffrer dans l'air glacial du mois de novembre. Je sors une cigarette de mon paquet et l'allume nerveusement. La nature autour de moi est d'un calme désolant, le jardin, le lac, le ponton, pas un seul bruit ne résonne autour de moi, si bien que je m'entends penser un peu trop fort. Les larmes menacent de jaillir à chaque seconde alors que la mélancolie des lieux me submerge.

Je ne saurais dire quel sentiment domine ; l'appréhension du voyage qui m'attend avec Colin, le goût amer de la désillusion, la colère. Il m'a menti. Et c'est trop tard. Je suis tombée amoureuse de lui. La chute est brutale.

La porte de l'auberge s'ouvre à la volée et Colin jaillit de la maison. Il est tellement beau que ça me tue. Ça me bouffe. Mais je ne le montre pas.

– Hey ? Tu ne m'as pas vu en train de t'attendre dans la salle à manger ? me demande-t-il d'une voix douce.

Je me tourne face à lui, les yeux rougis ; j'ai peur de craquer, mais je tiens bon. Il étrécit les yeux et comprend tout de suite que quelque chose ne va pas.

– Tu ne veux pas un café ? insiste-t-il alors que je n'ai même pas encore répondu à sa première question.

Je secoue la tête, plongée dans un profond mutisme. Je sais que, si je parle, je vais hurler et lui lâcher toute ma haine et mes regrets en pleine figure. Mais il s'approche de moi et je vois qu'il s'apprête à me toucher. Je m'écarte brusquement pour aller éteindre ma cigarette.

– On peut y aller ? lâché-je avec froideur.

Colin me dévisage, on dirait que c'est moi la méchante dans l'histoire. Il prend un air peiné, fait tournoyer ses clés dans les airs et s'éloigne en direction de la camionnette sans jamais me lâcher des yeux.

– Comme tu voudras, maugrée-t-il, visiblement déstabilisé.

Je prends place sur le siège passager et colle mon nez à la vitre, les bras croisés. Je sens son regard insistant sur moi.

– Quelque chose ne va pas, Drea ?

– Démarre, s'il te plaît. Je veux seulement rentrer chez moi.

Il ne répond pas et se contente de mettre le contact. Puis, le véhicule cahote et s'engage dans le chemin qui nous éloigne du Pilgrim's Rest, où reste enterré le souvenir de notre nuit de passion.

Dans la voiture, le silence est pesant. Je ne tarde pas à m'assoupir. Comme à l'aller, je sens que la camionnette quitte l'autoroute et sors de ma torpeur. Je regarde ma montre, nous avons roulé à peine une heure. Colin passe au pas devant la station-service et va se garer un peu plus loin, à l'écart des quelques voitures déjà stationnées sur le parking.

Il se décide à rompre le silence.

– Tu vas te comporter comme ça à chaque fois qu'on couche ensemble ?

– Ne t'inquiète pas, c'était la dernière fois. Ça n'arrivera plus.

– Quoi donc ? Qu'on couche ensemble ou bien que tu me fasses la tronche juste après ?

– Les deux.

– Drea…

– Arrête ! le coupé-je. S'il te plaît, arrête. Je n'ai pas le courage pour ça. Pas ce matin.

Je saisis la poignée de la portière, décidée à mettre de la distance entre nous.

– Où tu vas ? s'écrie-t-il.

– Je vais me chercher un café.

Je m'extirpe de la camionnette sans lui jeter un regard et me dirige vers l'entrée de la station d'un pas rapide.

L'endroit est calme et plutôt morne, comme moi. La radio diffuse un tube des années 1980 repris par une chanteuse gueularde. Les quatre seuls rayons de la boutique sont déserts et sans âme. Le pauvre type qui s'ennuie sec derrière la caisse me jette un regard suppliant, comme si j'allais le délivrer de sa léthargie et lui donner l'animation de sa journée. Je trace ma route jusqu'à un petit espace où sont regroupés des placards réfrigérés et un présentoir proposant plusieurs cafetières pleines et fumantes. Je choisis la taille de mon gobelet et me sers rapidement. Je dépose mes deux dollars sur le comptoir, sans dire un mot. J'ai cette impression étrange que même les barres chocolatées et les quelques peluches hideuses disposées à la caisse me prennent en pitié. Le type me sourit. Je fais la gueule et le fusille du regard. Il bredouille un « bonne journée » incertain, et je m'arrache de cet endroit maudit.

Sombre conne.

Il m'attend, appuyé contre le capot de la Hemmings. Je remonte en voiture et attache ma ceinture. Il me fixe, l'air sombre et la moue boudeuse.

Il se décide enfin à me rejoindre et s'assied à mes côtés. La voiture reste immobile. Je déguste mon breuvage immonde à petites gorgées.

– Qu'est-ce que tu attends ?

Ses pupilles dilatées ne quittent pas mes yeux furieux. Il a croisé ses bras sur son torse et il est tellement sexy que je pourrais lui faire l'amour tout de suite si je ne me retenais pas. Mais j'ai tellement mal que ça occulte tout le reste.

– À toi de me le dire.

– J'aimerais rentrer, gémis-je.

– Ça, j'avais compris. Je ne pars pas tant que tu ne m'as pas dit ce qui t'arrive.

– Parfait. Je vais conduire alors.

Je me penche pour tenter d'attraper les clés, toujours sur le contact. Il retient mon geste fermement et me serre le poignet.

– Lâche-moi.

– Non.

– Je te demande de me lâcher, pesté-je, hors de moi.

Je tente de dégager mon bras et manque de renverser mon café sur mes fringues. Je me débats et, plus je m'acharne, plus il resserre sa prise.

– Drea, putain, calme-toi ! Mais qu'est-ce que tu as ?

Je finis par me libérer et me jette hors de la camionnette. Je balance mon gobelet dans la poubelle la plus proche et, la mâchoire crispée, les poings serrés, je commence à marcher en direction de la route. Je l'entends me crier de revenir. Je retiens mes larmes mais j'ai le cœur gros. Et son manque de franchise et de lucidité me rend dingue. Au moment où je passe à côté d'un petit cabanon, Colin me rattrape et m'agrippe pour me pousser derrière la minuscule bâtisse à l'abri des regards indiscrets.

Il me plaque contre le mur décrépi, mes mains relevées au-dessus de ma tête.

– Putain, mais lâche-moi ! hurlé-je, excédée.

Il me maintient fermement et sa bouche plonge sur la mienne, me revendiquant brutalement comme s'il avait tous les droits sur moi. Il me mord et me caresse avec une telle intensité que, l'espace de quelques secondes, je le laisse prendre l'ascendant sur moi. Quand il s'écarte, le regard teinté d'une lueur bestiale, je reprends mes esprits.

– Ne me touche plus. Je te l'interdis.

Un bonhomme un peu obèse à l'air soupçonneux apparaît alors, sans doute alerté par mes cris.

– Tout va bien par ici ? s'inquiète-t-il.

– Oui, soufflé-je en tentant de me ressaisir.

– Vous êtes sûre ? insiste-t-il.

– Elle t'a dit oui, s'énerve Colin, qui commence à perdre patience.

Le vieux me jette un regard interrogateur et j'opine du chef pour lui signaler qu'il peut s'éloigner, ce qu'il finit par faire au bout d'une minute ou deux.

Colin n'a toujours pas lâché mes bras et il semble anéanti.

– Drea, je t'en supplie, parle-moi. Dis-moi ce que j'ai fait de mal. Je ne comprends rien. Tout allait bien il y a encore quelques heures et, soudain, tu te comportes comme une folle à lier.

Je baisse les yeux pour cacher les larmes qui dévalent la courbe de mes joues.

– Retournons à la voiture, Colin. Je veux rentrer.

– Non. Non, Drea, je sais que si on y retourne, tu ne m'adresseras plus la parole jusqu'à Chicago. Je veux savoir ce qui se passe. Et je veux le savoir maintenant. Pourquoi tu ne me parles pas ?

Je l'observe, muette, les yeux embués. Je ne sais plus quoi penser. Je ne sais plus où je vais. Je suis tétanisée par la trouille, par ce que j'éprouve pour lui et par l'absence totale de contrôle que j'ai sur moi.

– Drea, s'il te plaît, gémit-il. Je ne veux pas que ça s'arrête, nous deux. Je… je tiens à toi. Je n'ai jamais ressenti ça avant.

– Tu lui sers le même discours dégoulinant de mièvrerie à Betty ? lui demandé-je froidement.

Il se fige soudain. Comme frappé par la foudre. Il me lâche enfin et me dévisage, l'air déboussolé.

– De quoi tu parles ? Qu'est-ce que Betty a à voir là-dedans ?

– Tu as le culot de me le demander ? Sérieusement, Colin, tu vas jouer à ça avec moi ?

– Drea, hier soir, tu te jettes sur moi, tu me supplies de te faire l'amour. Je dis bien « supplier » car c'est exactement comme cela que ça s'est passé. Et aujourd'hui, tu me fais une crise à propos de Betty ? Je ne suis pas devin, si tu ne m'expliques pas ce qui se passe dans ta tête, je ne peux pas comprendre.

– Tu couches avec moi, alors que tu es avec elle, il faut vraiment que je te fasse un dessin ?

– Bien sûr que non.

– Quoi, bien sûr que non ?

– Je ne suis pas avec Betty.

Mon corps se décrispe légèrement, je suis tentée de le croire, mais je reste méfiante, Dieu sait ce qu'il est capable d'inventer pour m'amadouer.

Du calme, Drea. Il n'est pas Ben. Il n'est pas...

– Drea, je ne couche pas avec Betty, nous ne sommes pas ensemble, déclare-t-il, interrompant le fil de mes pensées.

Je lâche un couinement plaintif. Je ne sais pas comment contourner cette parade. Il semble un brin amusé, ce qui a le don de m'agacer légèrement. J'admets que je me suis encore comportée comme une furie hystérique sans lui laisser l'occasion de s'expliquer.

– Vous n'êtes pas ensemble ?

– Non.

– Tu es en train de me dire, les yeux dans les yeux, que tu n'as jamais couché avec cette fille et que vous ne vous êtes même jamais embrassés. Tu es prêt à me le jurer ?

– Oui. Betty est une amie.

– Une amie, c'est ça, maugréé-je.

– Tu es ridicule.

– Je suis ridicule ? La faute à qui, Colin ? Ta réputation parle pour toi ; je sais que tu es un séducteur, alors pardonne-moi de me poser des questions, l'invectivé-je.

– Tu es jalouse, ricane-t-il avec son air canaille. C'est mignon.

– Je ne suis pas jalouse.
– Drea, fais-moi confiance.
– La confiance, ça se gagne, Colin.
– Tu es injuste là. Je suis en train de payer pour ce que t'a fait subir ton ex. Tu en as conscience, au moins ?
– Ça n'a rien à voir avec lui.
– Est-ce qu'on ne pourrait pas retourner à la voiture et en discuter au chaud ? Je commence vraiment à me cailler, là.

Je me dégage de ses bras et rebrousse chemin en direction de la camionnette. Je suis raide comme un piquet, un peu à cause du froid, beaucoup à cause de notre altercation. Je ne sais plus quoi penser. Cet homme est un paradoxe, j'ai autant envie de le serrer dans mes bras que de le gifler. Mais je me suis peut-être montrée injuste, en effet. Colin lutte contre ses démons et contre l'image qu'il renvoie, et je vois bien, à sa façon de me parler avec douceur et à l'intérêt qu'il me témoigne, qu'il a l'air sincère.

Nous rejoignons le parking sous le regard accusateur de notre trouble-fête de tout à l'heure, montons à bord du pick-up et Colin met le contact pour allumer le chauffage. La tension est retombée d'un coup et maintenant je grelotte, transie de froid.

Je frotte mes mains glacées l'une contre l'autre. Mon bel apollon se tourne vers moi et joint ses mains autour des miennes, formant un cocon à demi ouvert. Il les porte à ses lèvres et souffle à l'intérieur, créant une sensation de chaleur salvatrice. Comment fait-il pour générer en moi des sentiments aussi contradictoires en seulement quelques minutes ? Mon cœur se gonfle d'affection et la pointe de mes seins se durcit. Il est beau, attentionné, il me cajole, me réchauffe, me calme.

Il me libère au bout d'un moment qui m'a semblé trop court.
– Ça va mieux ? me demande-t-il, les sourcils relevés.
– Mmh.

– Drea.

– Hum ?

– Je n'ai pas couché avec Betty.

Je soupire. Je n'ai vraiment plus envie d'en parler.

– J'ai beaucoup de défauts mais pas celui-ci. Je ne suis pas infidèle, Drea, et je crois que, toi et moi, ça pourrait être super, si tu me laissais une chance. Crois-moi, je n'ai pas l'habitude de supplier les femmes.

– Bah voyons, continue, tu t'enfonces, boudé-je en français.

Il éclate de rire, je vois bien qu'il se moque de moi. Je dois être pitoyable.

– Je sais que tu as du mal à faire confiance, et je t'en demande beaucoup, mais est-ce qu'on ne pourrait pas essayer ?

– Je ne sais pas Colin, sangloté-je, j'en ai envie. Vraiment. Mais j'ai tellement souffert dans mon ancienne relation que j'ai peur de me planter. Toi et moi, on est complètement bousillés et j'ai peur qu'on ne se fasse que du mal. Je…

– Ou ça pourrait être tout le contraire, me coupe-t-il. On sait déjà comment se faire du bien physiquement, ajoute-t-il, le regard plein de malice. Pourquoi est-ce qu'on n'essaierait pas de se réparer l'un l'autre ? De prendre soin l'un de l'autre. D'apprendre à se connaître. On ira progressivement, pas à pas.

On fait déjà tout à l'envers, on a commencé par coucher ensemble, pas terrible comme début de relation.

– Pourquoi, il y a des règles ?

– Non, mais…

– Je te l'ai déjà dit, je ne regrette pas ces deux nuits que nous avons partagées, et je suis prêt à faire des efforts pour que ça marche.

– Vraiment ?

– Je crois que je viens un peu de te le prouver en te poursuivant à travers le parking d'une station-service paumée, au risque d'être dénoncé aux flics par le concierge du coin. Non ?

Je lâche un nouveau soupir, de résignation cette fois. Après tout, j'en meurs d'envie. Je meurs d'envie d'avoir cet homme à moi seule et, même si je ne l'ai pas formulé clairement, mon comportement emporté des dernières heures ne le prouve que trop bien.

Je ne voulais pas d'une relation en arrivant à Chicago, et encore moins du bourbier dans lequel je m'apprête à me fourrer. Mais c'est Colin Hatwood. Comment résister à ce visage d'ange, et ce magnifique sourire ?

– Alors ? insiste-t-il, fébrile, retenant presque sa respiration.

– OK.

– OK ?

– Oui, c'est d'accord, mais à une condition.

– Je t'écoute.

– Je ne veux pas que notre collaboration en souffre.

– Pourquoi, tu…

– Laisse-moi finir ! le coupé-je énergiquement.

Il hoche la tête, attentif, son petit rictus toujours plaqué sur le visage.

– Ma priorité, c'est mon boulot. Et je ne veux pas que le reste de la brigade soit au courant. Je préfère qu'on reste discrets, pour éviter les tensions.

– Tu es sérieuse ?

– C'est ma condition.

– Bien.

– Parfait.

– Alors… j'ai moi aussi une condition.

– Voyez-vous ça ? Et quelle est donc cette condition ? demandé-je, intriguée.

– Pas de secrets entre nous. Quand quelque chose ne va pas, on se parle, est-ce que ça te va ?

– Oui, je suis d'accord.

– Je peux t'embrasser maintenant ?

– Oui, chef, soufflé-je, le pouls filant.

Sans attendre une seconde de plus, Colin se jette sur moi et me dévore comme un loup affamé.

22

Nous arrivons au Bower peu après midi et, conformément à notre entente, nous nous décollons, à regret, l'un de l'autre. C'est un supplice, et je ne sais pas si je vais pouvoir tenir longtemps comme ça. Tout son corps est un appel au sexe et j'ai beaucoup de mal à me contenir. Lui semble se dominer plus facilement, mais je le trouve incroyablement amusé par cette situation. Il bande ses muscles, me jette des regards langoureux et me donne du « Rosetti » à tout va sur un ton suave et sexy et je commence à craindre que son attitude n'éveille les doutes au sein de la brigade. À ce rythme-là, je vais devoir reconstituer toute ma collection de petites culottes avant Noël. Leandro et Pilar sont manifestement heureux de me retrouver et m'assurent que tout s'est très bien passé en notre absence. Je leur explique que nous rapportons plein de produits frais du Wisconsin et que je suis impatiente de tester de nouvelles recettes avec leur contribution. Nous mettons à jour les stocks et rediscutons de la carte du mois de décembre avec Rufus. Nous tombons d'accord pour lui donner une nouvelle ligne éditoriale qui sera valable pour toute la saison hivernale. Chaque mois donnera lieu à une thématique spéciale et mettra en avant les produits d'une région des États-Unis en particulier. La carte reste la même, mais nous proposerons un plat du jour tous les midis, en adéquation avec la saison et la thématique choisie.

Les potirons, les endives, les topinambours, et encore plus de légumes hivernaux ont fait leur entrée depuis quelques semaines dans la cuisine, et c'est au tour des huîtres, du foie gras et d'autres produits savoureux de venir décorer la carte du restaurant. Colin fourmille d'idées et d'imagination, et la brigade se laisse guider, sereine, devant l'engouement communicatif de son chef.

Ian est souriant, reposé, mais ne cesse de nous jeter des coups d'œil soucieux depuis notre arrivée. Je sens qu'il soupçonne un rapprochement entre son frère et moi, bien que nous nous montrions extrêmement prudents. Nous avons à peine le temps de bavasser que le service du soir commence et que nous reprenons tous nos postes, concentrés et impatients de faire honneur au Bower.

Peu après vingt et une heures, alors que je me lance dans l'élaboration d'un entremets aux noix et à la clémentine, je vois Gordon et Harper s'agiter nerveusement au niveau du passe-plat. La salle est pleine, pour un mardi soir, et une tablée de gros négociants en immobilier se montre particulièrement dissipée. Aria, malgré son professionnalisme et son aplomb face à ce type de clientèle récalcitrante, en fait les frais. Et c'est en catastrophe que, vers vingt-deux heures, elle vient trouver Ian dans son bureau, déclarant qu'elle n'en supportera pas plus de la part de ces clients. Ian prend le relais, leur offre les cafés et parvient à les vider du Bower en douceur sans qu'ils fassent d'esclandre.

Selon l'aveu de Trevor et Harper, après les fêtes, ce genre de choses arrive souvent. Les gros portefeuilles de la ville sont sous pression et bouclent les dossiers sensibles de l'année ; certains n'ont même pas rejoint leur famille pour Thanksgiving. Ils ont besoin de décompresser autour d'un repas gastronomique et d'une bonne bouteille à deux mille dollars et parfois, la situation dégénère. On peut dire que ces clients s'en tirent bien. J'en veux un peu à Ian de ne pas avoir plus pris la défense d'Aria, qui fait merveilleusement bien son métier et qui ne mérite certainement pas d'être traitée de façon si irrespectueuse.

Il est déjà tard quand je la retrouve en salle, et elle semble éreintée.

– Hey, ma belle, je me trompe ou tu aurais besoin d'un verre ?

Elle me sourit et nous tombons dans les bras l'une de l'autre. Avec toutes les péripéties de cette journée et accaparées chacune par nos postes au restaurant, nous n'avons pas eu une minute pour nous parler, et je dois admettre que ma belle gaélique m'a manqué.

Nous nous attablons tranquillement et débouchons une bouteille de merlot. Aria m'observe silencieusement et boit une gorgée du nectar subtilement tannique, servi à température ambiante. Puis, elle pose son verre sur la table et se penche sur moi.

– Oh, mon Dieu, vous l'avez fait ! s'écrie-t-elle.

Je déglutis maladroitement, m'étouffe, tousse de façon très inélégante et pose mon verre à mon tour.

– Que… quoi ?

– Toi et Colin, Colin et toi, la bête à deux dos. Vous l'avez fait.

– Chuuut ! lui soufflé-je, paniquée à l'idée que notre conversation puisse être entendue par des oreilles indiscrètes. Tu déconnes, Aria, il ne s'est rien passé, arrête tes bêtises.

– Jure-le ! Jure-le sur la tête de Bono ou de The Edge. Non ! Jure-le sur tous les membres de U2, si tu veux que je te croie.

– Aria…

– Ha ! J'en étais sûre, on ne peut pas jurer sur la tête de Bono. Je-veux-tout-savoir !

– Putain ! Parle moins fort.

La rouquine se frotte les mains, s'enfonce dans son siège et croise ses bras sur sa poitrine opulente. Elle me lance un de ses sourires lumineux.

– Alors ?

Je regarde autour de moi, pour m'assurer qu'aucun membre du personnel ne traîne à proximité de notre table.

– OK. Tu as raison, soufflé-je, dépitée. On l'a fait. Mais on reste discrets, personne ne doit le savoir.

– Oh, c'est fantastique, Drea ! Je suis tellement contente, vous êtes ensemble ! Comment c'était ? Quand est-ce arrivé ? Il vous en a fallu du temps. C'est trop génial !

– Remets-toi, Aria. Comme je viens de te le dire, on reste discrets. Et là, tout de suite, ça fait beaucoup de questions et je ne répondrai pas à toutes. Donc choisis bien ce que tu veux me demander.

– OK, alors quand ?

– Le soir où nous sommes allés au Dark Burgundy.

– J'en étais sûre !!! couine-t-elle comme une ado devant la dernière place de concert de Justin Bieber.

– Chuuut, Aria ! Pitié, calme-toi.

– OK, OK, OK, pardon. Donc, reprend-elle en se raclant la gorge, arborant un air plus grave, vous êtes en couple ?

– On peut dire ça. Disons qu'on a décidé de voir où cela nous mène.

– C'est vraiment top, ma chérie. Je vous vois ensemble depuis le début et je savais que ce n'était plus qu'une question de jours.

– Que veux-tu dire ?

– Hum… eh bien, disons que j'ai mes sources.

– Là, tu m'intrigues, insisté-je, il y a quelque chose que je devrais savoir ?

– Nan, rien de spécial, à part que tu obsèdes notre chef depuis un certain temps et qu'il se languissait de désir pour toi. De toutes les façons, ça sautait aux yeux. Je t'assure qu'il aurait fallu être aveugle pour ne pas le remarquer.

Sa réponse ne me satisfait pas plus que ça, mais je comprends que je vais devoir m'en contenter pour ce soir. La poche arrière de mon pantalon se met soudain à vibrer. Je regarde l'écran de mon téléphone, c'est un SMS de Colin.

[Retrouve-moi au pick-up
dans 10 minutes.]

Je fixe Aria avec sérieux.

– Je peux compter sur ta discrétion absolue ?

– Tu peux compter sur moi. Je serai muette comme une tombe, répond-elle en se signant comme à la messe.

– Là, tu viens juste de faire le signe de la sainte Trinité.

– Oh, pardon !

Elle fait mine de zipper une fermeture éclair invisible sur ses lèvres scellées. Et de jeter la clé par-dessus son épaule.

– Mouais. Ça va.

Nous finissons nos verres. Aria revient brièvement sur l'épisode de la tablée de gros rustres qui l'a malmenée plus tôt dans la soirée. Puis après quelques précieux conseils échangés, nous nous quittons, elle, tout sourire, et moi, complètement chamboulée par mes sentiments pour mon sexy chef. Je prie juste pour que cela ne cause pas ma perte.

En parlant du loup, il m'attend, adossé à son pick-up.

Respire.

Cela commence à devenir une habitude. Si je devais garder une photo mentale de mon ange aux boucles châtain, ce serait celle-ci. Lui, nonchalamment appuyé contre sa camionnette, paré de son charme et de son charisme éblouissants, son corps d'athlète sculpté dans le granit, son regard vert d'eau rempli d'éclats dorés et son sourire solaire qui fait bouillonner le sang dans mes veines.

Il me regarde approcher docilement et m'agrippe la nuque

pour me rouler la pelle de ma vie. Il me tire à l'écart et ses mains courent partout sur mon corps. Un gémissement m'échappe, je ne vais pas pouvoir lui résister longtemps.

– Viens chez moi, murmure-t-il à bout de souffle.

– Je ne peux pas, Colin.

Il s'écarte à peine et me contemple, les sourcils froncés.

– Je dois rentrer chez moi, Paul m'attend et je n'ai plus d'affaires propres.

– On s'en fout de Paul et tu feras une lessive chez moi. J'ai envie de te faire l'amour, susurre-t-il à mon oreille, d'une voix chaude et terriblement excitante. Ça a été une véritable torture de ne pas pouvoir te toucher aujourd'hui, je n'arrive pas à croire que tu nous infliges ça.

– Non, pas ce soir, mais demain, promis, je dors chez toi.

Mon ton est doux et ferme à la fois, comme si j'essayais de me convaincre moi-même.

Croyez-moi, là, je lutte.

Colin arbore une moue boudeuse et tourne la tête. J'encadre son visage de mes deux mains pour le ramener à moi et l'embrasse fougueusement, avant d'arriver finalement à me détacher.

– Je te raccompagne alors, déclare-t-il, désabusé.

– D'accord.

Je suis plutôt fière de moi d'avoir résisté cette fois. Mais je ne donne pas cher de ma peau dans les semaines à venir. Mon apollon est coriace et plutôt demandeur. Reste à savoir comment Paul va le prendre.

***

Le silence et l'obscurité règnent en maîtres dans l'appartement ; je suppose que Paul dort déjà. J'ai bien mis une demi-heure à me détacher de mon homme, et mon visage arbore le souvenir de notre pelotage soutenu dans le pick-up. Devant le miroir de la salle de bains, je porte ma main à mes lèvres gonflées de nos baisers fougueux, mon regard est brillant et mes joues sont rougies. J'ai vraiment cru que je n'arriverais pas à sortir de la voiture, il a dû me retenir une bonne dizaine de fois. Je n'aurais jamais imaginé que Colin puisse être aussi tactile et affectueux mais, au regard de nos diverses conversations, je dois reconnaître que ça se tient. Colin est un exalté et un grand sensible. Il me désarme et m'attendrit au-delà de ce que j'aurais pu imaginer.

Je suis définitivement foutue.

Impossible de dire s'il ressent la même chose que moi. Il évoque sans pudeur ses sentiments mais ne met pas de mots précis dessus. Et j'ai tellement peur du retour de flamme que je préfère attendre avant de lui confier que je suis amoureuse de lui. Si notre histoire n'est qu'un feu de paille, je m'imagine que je serai préservée en ne lui avouant pas mes sentiments. C'est plus simple comme ça.

Si seulement.

Je me déshabille, me douche rapidement et enfile un pyjama chaud. Puis, n'y tenant plus, je traverse le salon à pas feutrés et monte jusqu'à la chambre de Paul. Sa porte est entrouverte, il dort profondément, tourné contre le mur. Je m'agenouille à côté de lui, caresse ses mèches ébouriffées et dépose un bisou affectueux sur sa tempe. Il grogne légèrement mais ne bouge pas d'un millimètre.

– Tu rentres tard, soupire-t-il, la voix ensommeillée.

– Dors, Minou, murmuré-je. On discutera demain.

Avant que je n'aie le temps de me relever, Paul attrape ma main et en embrasse la paume.

– Tu m'as manqué, ajoute-t-il avant de se rendormir.

23

Je me réveille dans mon lit, le cerveau complètement embrumé. Mes paupières peinent à s'ouvrir. Je sens un corps chaud près du mien et le souvenir de Colin jaillit dans ma mémoire. Je me tourne lentement et c'est Paul que je découvre. Il est allongé à côté de moi et m'observe. Il me sourit.

– Tu ronfles, Suricate.

Il se marre.

– Bonjour à toi aussi, Minou. Et je ne ronfle pas.

– Oh que si, et tu as même un peu bavé.

– OK, vous avez tous un problème avec ma façon de dormir et ça commence à me gonfler, maugréé-je.

– Comment ça ? Qui d'autre à un problème avec ta façon de pioncer, Belle au bois dormant ?

– Personne, soupiré-je, me rattrapant de justesse.

– Tu m'as manqué, m'avoue-t-il, d'une voix très douce.

– Toi aussi, je suis désolée, Paul.

– Non, c'est moi, pardon, je n'avais pas le droit de m'emporter comme je l'ai fait.

Il me prend dans ses bras et m'embrasse le sommet du crâne. Il est douillet et rassurant. Je me délecte de cette sensation d'être de nouveau chez moi dans les bras de mon frère de cœur.

– Et si on restait comme ça pour la vie ? gémis-je.

– Mmh, nous avons tous les deux l'obligation de nous lever, pour sauver le monde. Comme toujours, Super Girl.

– Aaah, je sais, Superman, mais pourquoi perdre notre temps avec tous ces cons qui se font la guerre, alors que nous pourrions siroter des mojitos sur une plage des Bahamas ?

– J'aime ta façon de penser, Super Girl. En attendant, il faut que je m'active et choisisse quel slip je vais mettre par-dessus mes collants, aujourd'hui.

Nous pouffons tous les deux, et Paul quitte mon lit.

– Petit dèj' ?

– À fond !

Je me lève d'un bond et lui emboîte le pas dans le couloir. Il m'explique qu'il a décidé de commencer plus tard aujourd'hui, parce qu'il voulait absolument partager un petit moment seul à seul avec moi. Je me dirige vers mon sac à main et récupère mon portable. Celui-ci est saturé de messages et j'ai reçu au moins quatre appels depuis sept heures du matin. Tous de Colin.

Mon homme est déjà en manque de moi, d'après ce que je peux lire. Cela m'électrise.

[00 h 18 : Je vais rêver de toi
cette nuit et de mes lèvres sur
ton petit corps sexy.]

[00 h 30 : Tu es sûre qu'on
ne peut pas passer la nuit
ensemble ? Je suis encore
en bas.]

[00 h 32 : Drea ? Tu dors déjà ?]

[00h45 : Tu as vu qu'il y a une
échelle qui mène à ta chambre ?
Je pourrais l'emprunter et te
rejoindre discrètement pour
mettre mes projets à exécution,
qu'en dis-tu ? (smiley au rire
diabolique)]

Soupir.

J'espère qu'il n'a pas fait le pied de grue devant ma fenêtre, en espérant que je lui ouvre. J'écoute le seul et unique message vocal de Colin et une chaleur vive se diffuse entre mes cuisses.

« 07h15. C'est moi, Rosetti. Tu m'as manqué cette nuit. Je suppose que tu t'es vite endormie, mais je ne peux pas t'en vouloir, j'ai dû vraiment t'épuiser l'autre nuit. Pas vrai ? »

Je l'entends rire de façon charmante et trèèès excitante.

« Bref, je suis impatient d'être à ce soir. N'oublie pas que tu es ma prisonnière à partir de vingt-deux heures. À tout à l'heure. »

Sa voix est rauque et incroyablement sensuelle. Il est à peine huit heures du matin et je suis déjà complètement excitée et en nage. Je me rends dans le salon en tapant un rapide message à Colin.

[Salut, beau gosse. Bonne nuit
reposante. En forme pour
ce soir. Hâte de te voir.]

Je m'installe face à l'îlot de la cuisine, où Paul dispose deux tasses blanches et des cuillères. Le parfum du café qui s'écoule lentement dans le percolateur me chatouille les narines. Les toasts sautent du grille-pain, et Paul les pose maladroitement sur une assiette carrée en poussant des petits cris d'animaux alors qu'il manque de se brûler. J'éclate de rire en le voyant gesticuler comme un épouvantail possédé.

– Ben, dis donc, Superman ! Tu as perdu de ta superbe, on dirait, me moqué-je.

Paul m'adresse une moue boudeuse. Il fait mine d'être vexé en se servant du café et en évitant soigneusement mon mug.

– Hééé ! m'indigné-je.

Il me sourit de toutes ses dents et revient sur ses pas pour me verser ma ration de drogue dure.

– Alors ? me taquine-t-il.

– Alors ?

– Tu ne vas pas me raconter comment s'est passée la fin de ton week-end ?

Je retiens ma respiration quelques secondes, et j'hésite franchement à lui dire que Colin et moi sommes ensemble. J'ai peur de sa réaction. Il ne l'aime pas et je sais qu'il ne va pas bien le prendre. Tiraillée entre l'envie de me confier à Paul et le besoin de préserver le début de relation que je vis avec Colin, je choisis de ne rien dire. Pour le moment.

– Ça s'est bien passé, éludé-je.

– Mmh.

– Quoi, mmh ?

Mon portable vibre sur le plan de travail. Je le saisis précipitamment et déverrouille l'écran.

[Tu ne perds rien
pour attendre, Rosetti.]

Je retiens un ricanement nerveux, mais j'ai le sourire jusqu'aux oreilles. Paul me dévisage, les sourcils froncés et l'air soupçonneux.

– Tu es avec moi, là ?

– Oui, oui, pardon, Paul.
– Donc, je voulais être sûr qu'il ne t'en avait pas trop fait baver.
Mon chéri, si tu savais, pensé-je en tapant une réponse rapide.

[Des menaces ?]

– Non, non, il a été très correct et plutôt agréable, je dois dire.
– Hum.
– Quoi, hum ?
– Rien mais je crois que ton chef a une idée derrière la tête.
Oh oui ! Ça, tu peux le dire !
– Mais pas du tout, Paul ! mens-je effrontément, alors que mon portable vibre de nouveau.

[Non. Une promesse,
ma petite fugueuse.]

– Il a été très respectueux, je t'assure, et on a passé un long moment chez les agriculteurs de la région à faire notre marché. C'était super.

[Prétentieux.]

– Mouais, c'est plutôt une bonne chose, j'imagine. Je veux dire, une bonne chose qu'il se comporte bien avec toi. Vous bossez ensemble, après tout.
– Tu m'étonnes.

[Allumeuse.]

[Obsédé.]

– Mais à qui est-ce que tu écris si tôt le matin ? s'agace Paul en faisant le tour de l'îlot pour s'approcher de moi.

– Mon obs… euh, Steph, me ravisé-je, rouge écarlate, en cachant mon écran sur ma poitrine.

Paul me scanne, circonspect. Je déteste quand il fait ça, il arrive toujours à le voir quand je lui mens.

– Steph ? C'est le milieu de la nuit en France. Tu te fous de moi ?

– Elle est de garde à l'hôpital et s'ennuie, on discute, c'est tout.

– Hum.

[Oui, par toi.]

Hein ? Là, je crois que j'ai perdu le fil. Pourtant, ce n'était pas hautement intellectuel comme discussion.

– Tu connais, Steph, elle me raconte des trucs crades et ça me fait rire.

– Oui, globalement, Steph est plutôt crade.

– Arrête, Paul.

– Je suis là en face de toi, me sermonne-t-il en faisant un geste de va-et-vient entre mes yeux et les siens, avec son index et son majeur formant un V. Fais un peu l'effort de t'intéresser à moi, s'il te plaît, Suricate.

– Minou, pardon. Promis, j'arrête, c'est juste…

Il me lance un regard noir sans équivoque.

– OK, j'arrête, j'arrête. Qu'est-ce que tu voulais me dire ?

– Rien, boude-t-il. Ah si ! Pendant que j'y pense, tu ne lui as rien dit, à Steph ?

– À quel sujet ?

– Drea ? Tu sais bien ? Que je… Tu sais ?

– Ah oui ! Que tu préfères les Village People à Queen ?

– Freddie Mercury était bi, Drea. Mauvais exemple et pas très fin comme image.

– Oui, oh là là ! Si on ne peut plus plaisanter. Je ne vais pas devoir lui dire que tu es devenu chiant en plus ?

– Drea.

– Paul ?

– Je ne veux pas que tu lui en parles.

– Mais…

– Non, écoute-moi. Je vais le lui dire moi-même. Je ne tiens pas à ce que ça fasse le tour de la planète en moins de vingt minutes. Je te rappelle que je ne suis pas seul et que Steph est championne du monde pour divulguer la moindre information en un temps record.

Je pouffe. C'est vrai que mon amie fantasque vit une histoire d'amour passionnelle avec Facebook et affiche sur son mur le moindre de ses faits et gestes.

Quand elle s'est disputée avec Paul il y a plusieurs années, elle a laissé, toute une journée, un statut peu reluisant le concernant, sur son profil.

Un message obscur, proposant à Paul d'agir en homme et de répondre à ses coups de fil répétés. Rien de très subtil. Du Stéphanie tout craché. Paul n'a pas décoléré pendant une semaine. Ces deux-là passaient leur temps à se chercher et à se faire des vacheries. Autant, cela m'amusait quand nous étions ados, autant, aujourd'hui, cela ne me fait plus rire du tout.

– OK. Je ne lui dirai rien. Dis-moi juste comment je peux t'aider.

– Ça ira, Suricate. Ne t'inquiète pas. Je suis déjà tellement soulagé que tu sois au courant. Je déteste te cacher des choses.

Je baisse les yeux, soudain honteuse de ne pas lui avoir avoué mon coup de cœur pour Colin. Mais comme il a choisi d'amener le sujet de son homosexualité avec Steph en douceur, je vais essayer de faire la même chose pour ma relation avec mon chef. Et surtout, je ne tiens pas à me prendre une leçon de morale dans les dents à une heure si matinale.

***

Avant de quitter la maison, j'informe Paul que je passe la soirée avec Aria et que je ne rentrerai sans doute pas de la nuit. À mon grand soulagement, il semble déjà préoccupé par sa journée de boulot et ne relève pas une seconde le fait que je vais découcher ce soir.

Je suis en soutien-gorge devant mon casier, quand Colin fait son entrée dans le vestiaire. Il me détaille comme un lion devant un morceau de viande saignante et claque la porte derrière lui avant de donner un tour de clé à la serrure. Une tension douloureuse s'insinue au creux de mes cuisses. Un grondement sourd qui me traverse le corps comme une lame de fond dévastatrice.

Puis, avant même que je n'aie le temps de protester, il se jette sur moi, déchaînant toute sa frustration de la nuit dernière dans un baiser étourdissant. Il râle, il grogne. Mon lion est affamé.

– Colin, gémis-je, du calme.

Les mots sont là, mais pas ma volonté d'écourter notre étreinte enflammée. Je m'agrippe à sa nuque des deux mains et le laisse me dévorer comme il le demande.

Il s'écarte au bout de quelques minutes, le souffle court, les pupilles dilatées et la veine de sa jugulaire palpitant follement sous le col de sa blouse de travail. Je ne suis pas adepte des cinq à sept à la hussarde. J'aime prendre mon temps. Mais ce moment d'intimité entre nous vient furieusement d'attiser mes sens. Il recule lentement, ses muscles roulant sous sa peau ; je les distingue parfaitement à travers sa blouse ajustée. Et ça me rend folle. Il se tourne vers la porte, la déverrouille et l'ouvre à la volée.

– En piste, Rosetti, lance-t-il d'une voix rauque qui m'achève.

Puis, il disparaît dans le couloir.

Seigneur tout-puissant. Un défibrillateur, vite !

Heureusement pour moi, cette journée de travail est placée sous le signe de l'innovation et de la création, ce qui a le don de mobiliser toute mon attention. Une fois le laboratoire intégré, Leandro et moi nous plongeons dans la conception d'une nouvelle recette à base de noix de coco et de chocolat, sur laquelle nous planchons depuis plus de deux semaines. Pilar n'est pas encore arrivée, mais je lui ai laissé sa matinée, car elle rencontre des petits soucis administratifs avec les services d'immigration. Je lui ai donc permis de prendre quelques heures – en accord avec Colin, bien sûr – pour régler les questions de paperasse qui la préoccupent.

Leandro est plein de fougue et d'initiatives, il ne demande qu'à apprendre et me propose tout un tas d'idées aussi intéressantes que surprenantes pour notre dessert qui, je l'espère, deviendra un entremets « signature » au Bower.

Nous partons sur une base de mousse au chocolat noir à la fève de Tonka et aux éclats de noix de coco pure, que nous superposons sur une base de biscuit vanillé de forme rectangulaire. Puis je fais durcir une coque en chocolat, sur laquelle je dépose un glaçage de noix de coco, mélangé à de la crème fraîche et à du sucre glace. L'ensemble donne un lingot magnifiquement lisse et immaculé. Quand on le voit, rien ne laisse présager que le lingot est fourré d'une mousse crémeuse au chocolat. Le but principal est d'obtenir un entremets onctueux mais sans trop d'apport en sucre, et nous avons essayé plusieurs appareils avant de trouver le mélange idéal.

Enfin, au bout de deux heures, nous concevons un petit dôme de clémentine confite, que nous devrons déposer élégamment sur notre lingot bombé, une fois que le mélange aura pris dans le réfrigérateur. Leandro est aux anges et galvanisé par notre petite victoire. Je suis, quant à moi, plutôt satisfaite d'avoir obtenu un aussi beau résultat en seulement quelques heures de travail. Je dois reconnaître que je bosse avec des commis extrêmement efficaces et doués qui, en plus d'être passionnés, sont très créatifs et intelligents dans leurs initiatives.

L'enthousiasme de Leandro est si communicatif que lorsque je reviens de ma pause cigarette, je vois les membres de l'équipe, en file indienne, attendant de déguster notre tout nouvel entremets. Il me sourit, rayonnant, et rien ne pourrait me rendre plus fière à cet instant. Colin semble conquis et Ian ne tarde pas à nous rejoindre pour imiter le reste du personnel.

Le service monte en puissance à la fin de la journée. Et pendant que les derniers desserts sont envoyés, Rufus et mon chef viennent me trouver pour discuter de ce que je veux faire avec la carte des desserts. Leandro est excité comme une puce et insiste pour que la nouvelle création soit proposée aux clients au plus vite.

Je n'y vois pas d'inconvénient et Colin a l'air d'être favorable à cette idée. Notre « délice Coco-Choc » fera son entrée dans le grand monde dès demain.

***

Aria vient me retrouver peu après vingt-deux heures.

– Tu as le temps pour un verre ou bien tu pars t'envoyer en l'air tout de suite ? me chuchote-t-elle à l'oreille, alors que nous sommes en plein nettoyage du laboratoire avec Leandro et Pilar.

– J'ai toujours du temps pour toi, Merida[18], plaisanté-je.

Aria me tire la langue et me fait signe de la suivre dans notre coin favori du restaurant à l'abri des regards. Nous nous attablons et savourons quelques restes de plats cuisinés par la brigade, arrosés d'un gallo, un vin californien dont je suis très friande.

---

18. Héroïne écossaise du dessin animé Disney *Rebelle*, dotée d'une magnifique chevelure rousse.

– Comment va ma belle Frenchie ?

– Je suis crevée. Mais ça va. C'était une bonne journée.

– Eh bien, tu n'es pas la seule à penser cela, minaude-t-elle, malicieuse.

– Ah oui ?

– Tu nous l'as transformé, Drea, soupire-t-elle.

– Oh, je t'en prie ! ricané-je. Ne me fais pas ton cinéma.

– Je te jure que toute la brigade hallucine. Mais si ça peut te rassurer, personne ne se doute de rien, ils pensent tous que c'est parce qu'il est retourné dans la maison de son enfance et que ça lui a fait le plus grand bien de renouer avec ses souvenirs.

– Ça, c'est une certitude. Je pense que ce bond dans le passé a été bénéfique. Colin est quelqu'un de très sensible.

– Voyez-vous ça ? se moque-t-elle.

– Arrête ! Je t'assure que, derrière son sale caractère, Colin est un cœur tendre et il semble avoir besoin de beaucoup d'affection.

– C'est cela. De l'affection, bien sûr, poursuit-elle sardonique, un grand sourire plaqué sur le visage.

– Pff, je ne sais pas pourquoi j'argumente avec toi.

Drea, je plaisante. Je sais que Colin est quelqu'un de bien. Mais, fais quand même attention à toi, d'accord ?

Je fronce les sourcils. À chaque fois que quelqu'un me fait ce genre de réflexion au sujet de Colin, je ne peux m'empêcher de penser que l'on ne me dit pas tout. Jour après jour, je découvre un homme tendre et attachant, alors que son entourage proche semble rester en permanence sur ses gardes.

– J'ai beaucoup parlé avec lui le week-end dernier et je crois que j'arrive à le comprendre un peu mieux. Je sais qu'il subsiste toujours une part d'ombre, mais je dois avouer que je commence à en avoir marre de voir les gens qui l'entourent le diaboliser de la sorte.

– Ce n'est pas ça, Drea. Crois-moi, je ne cherche pas à te faire peur, mais tu as sans doute pu te rendre compte que Colin est quelqu'un d'assez… disons, exalté.

– En effet. Je m'en étais aperçue.

– Il est… Comment l'exprimer correctement ? murmure-t-elle en levant les yeux au ciel, comme si la réponse était écrite au plafond. Colin est comme un volcan. Il contient toute sa rage, sa frustration à l'intérieur et, quand la terre commence à trembler, c'est qu'il est sur le point d'exploser. Pourquoi crois-tu qu'il passe de femme en femme sans se poser ?

– Je…

– Il sait très bien comment il est, Drea, me coupe-t-elle. Et dès qu'il sent qu'il s'attache trop, il sabote sa relation pour ne pas souffrir ou faire souffrir l'autre.

Je ne sais quoi répondre à cette tirade. Un peu désorientée, je commence à sentir le doute poindre en moi. Je ne sais pas grand-chose sur son compte finalement. À part que c'est un homme complexe et torturé, souffrant d'une peur viscérale de l'abandon et d'un manque flagrant d'affection.

– Tu étais la première à souhaiter ce rapprochement, Aria, lui lancé-je sur un ton plein de reproches. Qu'est-ce que tu me fais, là ?

– Je sais, je sais, ma belle, je veux juste te dire que tant que vous vous amusez, cela ne porte pas à conséquence. Mais protège juste ton petit cœur, Frenchie. OK ?

– OK, acquiescé-je, mal assurée et profondément déçue par cette mise en garde.

Comment lui dire que c'est trop tard ? Que j'aime cet homme ? Qu'il m'a percée à jour et complètement privée de mes défenses ?

Je me mets à bouder dans mon coin, submergée par une tonne de sentiments contradictoires, quand mon portable vibre sur la table.

[Je t'attends sur le parking.]

– Tu feras attention à toi ? insiste-t-elle, soucieuse, alors que je me lève pour mettre fin à notre petite réunion.

J'opine du chef, vexée comme une enfant à qui l'on vient de faire la morale.

– Où vas-tu ? me demande-t-elle.

– J'ai pris le temps pour un verre, maintenant je vais m'envoyer en l'air. Bonne nuit, Aria.

Elle me répond par un sourire, mais je sens bien que cette conversation a jeté un froid entre nous. À côté de ça, je ne peux pas lui reprocher de s'inquiéter pour moi. C'est même très touchant. Je tente de mettre mes interrogations de côté tandis que je retrouve mon beau cuisinier à l'extérieur pour une nouvelle nuit qui promet d'être intense.

24

Le loft de Colin se trouve à Wicker Park. Le coin a vu émerger une population plutôt « bobo » depuis quelques années, devenant le fief des « hipsters » amateurs de mode, de petits bistrots et de street art. Colin m'avoue s'y sentir merveilleusement bien, les bas loyers et le métissage culturel y sont pour beaucoup dans son choix de s'installer ici.

L'endroit est immense. Avec ses grandes baies vitrées, ses murs en pierres et ses poutres en métal, le loft a des allures d'atelier d'artiste branché.

Colin est apparemment un adepte du style épuré. Deux gros canapés douillets entourent une table basse faite de vieilles planches de bois montées sur des roulettes. La cuisine est ouverte sur le salon, et une magnifique toile d'art abstrait aux tons ocre et rouges trône au-dessus d'une cheminée en marbre noir Marquina.

Je dépose mon sac dans l'entrée et commence à fureter, sous le regard amusé de mon apollon. Une belle collection de vinyles remplit une imposante étagère en fer et de gros spots lumineux descendent du plafond, éclairant la totalité de l'espace, dénué de meubles.

– Tu veux boire quelque chose ?

– Non, merci, dis-je, encore ébahie par le charme des lieux.

Je m'approche de la fenêtre et observe la ruelle en bas, où je peux voir un vieux bonhomme en robe de chambre en train de promener son chien.

– Tu vis ici depuis longtemps ?

– Quatre ans. C'est le loft d'un ami qui est parti travailler à San Diego. Il avait besoin d'un locataire et j'ai emménagé en rentrant de France.

Je tourne la tête, intriguée.

– Tu as vécu en France ?

– Pendant un an, oui.

– Où ça ?

– J'ai vécu à Cannes.

– Qu'est-ce que tu faisais là-bas ?

– De la cuisine.

Je hoche la tête, m'apercevant trop tard de la bêtise de ma question.

– J'ai travaillé sous les ordres d'un grand chef dans un hôtel cinq étoiles.

– Ce qui explique que tu parles le français.

– Mmh, mmh.

– En fait, tu comprends tout ce que je dis ?

– Mmh, mmh.

– Depuis le début ?

– Tout à fait exact, me répond-il dans un français impeccable.

Je pique un fard, morte de honte à l'idée qu'il ait pu m'entendre lui donner de vilains noms d'oiseaux, quand il me rendait folle de rage.

– Tu m'as bien eue, ronchonné-je, vexée.

Il ricane et cela m'agace encore plus, mais je ne peux m'empêcher de sourire en imaginant mon cuistot sexy en train de donner des ordres en français avec son accent à tomber.

Je sens alors son souffle sur ma nuque. Ses mains viennent se poser sur mes épaules et glissent le long de mes bras. Il colle son corps au mien et parsème le creux de mon cou de baisers brûlants.

– J'ai quelque chose à te proposer, annonce-t-il d'une voix rauque.

– Hum ?

– Je vais d'abord te baiser vite et fort. Parce qu'aujourd'hui, ça a été un véritable supplice de te regarder tortiller ton petit cul devant moi sans pouvoir te toucher. J'ai besoin de me débarrasser de toute cette frustration.

Je déglutis péniblement, déjà surexcitée par sa façon de me toucher et de me parler.

– Ensuite, je te ferai l'amour. Lentement, profondément, jusqu'à ce que tu lâches prise et que tu hurles mon nom de plaisir.

– Sacré programme, rétorqué-je d'une voix tremblotante.

– Mmh, mmh, toi aussi, tu trouves ?

Sa main chaude vient se glisser sous mon t-shirt et se poser sur mon ventre contracté. Ma respiration s'accélère, tout comme les battements de mon cœur. Ses gestes sont lents et sensuels, et je commence à sentir mes tétons durcir à travers la dentelle de mon soutien-gorge.

Il me mordille le lobe de l'oreille tandis que sa main poursuit son voyage en descendant jusqu'à la fermeture de mon pantalon. Je bascule en arrière, logeant ma tête entre son épaule et sa mâchoire puissante. Il attrape mon menton de son autre main et tourne mon visage vers le sien, puis il m'embrasse langoureusement, tout en continuant sa progression à l'intérieur de mon jean. Quand ses doigts entrent en moi, un gémissement de délivrance m'échappe et je le sens sourire, satisfait de me voir aussi réceptive. Il continue de m'embrasser tout en me pénétrant avec ses doigts. C'est tellement bon que je me sens perdre pied et mes jambes flageolent.

– Tu es toujours prête pour moi, grogne-t-il. Et je ne peux plus attendre.

Avant que je n'aie le temps d'intégrer ses dernières paroles, sa main quitte mon fourreau soyeux et il me penche brutalement sur l'accoudoir du canapé. Il baisse mon jean à la hâte, puis je l'entends déboucler sa ceinture et baisser sa fermeture éclair. Une poussée d'adrénaline puissante me foudroie sur place. Mon corps reste immobile, complètement offert au bon vouloir de Colin, alors que mes sens entament une danse de la joie. Tout cela semble tellement décadent et régressif que ma raison m'abandonne. Il me rend folle. Je reconnais le bruit tout à fait identifiable du sachet d'aluminium qui se déchire. Et sans crier gare, il m'empale avec force, ses mains agrippant mes hanches comme un naufragé s'agrippe à une bouée de sauvetage.

Il n'a pas menti. Il me prend vite et fort, et je mords ma lèvre inférieure jusqu'au sang. Malgré son assaut soudain et bref, l'orgasme s'annonce fulgurant. Il grogne et râle, accentuant ses coups de reins puis, me sentant proche de craquer, vient glisser sa main droite par-devant, sur mon sexe gonflé, stimulant mon bouton sensible et laissant éclater ma jouissance avec violence. Il continue de me percuter avec acharnement, la quiétude du loft est troublée par le son de nos respirations haletantes et de nos peaux qui claquent furieusement. Petit à petit, je le sens se contracter en moi, et il s'effondre sur mon corps, tremblant et satisfait. Après quelques secondes, il se redresse, toujours en moi et, d'une main, caresse mon dos encore couvert par mon t-shirt. Puis, il me claque les fesses d'un coup sec et se retire, me laissant désorientée et complètement extatique.

***

Ma joue repose sur son torse chaud et ferme, son bras puissant me maintient contre son corps musclé et rassurant. Ma jambe entrave une de ses cuisses sous la couette. Je suis réveillée depuis plus d'une heure sans arriver à me rendormir. J'écoute son souffle paisible me bercer, et me love un peu plus contre lui. Il grogne, gigote doucement et vient chercher ma main pour entrelacer ses doigts aux miens. Je relève lentement la tête pour observer son beau visage mais il fait trop sombre. C'est finalement ma vessie pleine qui me force à quitter notre nid douillet. J'attrape ma culotte jetée négligemment au pied du lit, l'enfile en vitesse avant de me rendre à la salle de bains. Une fois mon besoin assouvi, je me plante devant la glace et contemple mon reflet. Mes traits sont tirés, et mon visage émacié me fait prendre conscience de ma perte de poids impressionnante. Je ne reconnais plus mon corps devant le miroir, et la dernière fois que j'ai éprouvé cela, je venais de subir le déferlement de violence de Ben pour la dernière fois.

La situation est pourtant différente aujourd'hui. Ce que je vis avec Colin a beau être très récent, je me sens belle avec lui, chérie et en confiance. Il me fait du bien, physiquement et moralement, et je devrais aller mieux, mais quelque chose me manque. Je constate que j'ai gardé tout cela trop longtemps enfoui à l'intérieur de moi et qu'il serait peut-être temps que j'en parle à un professionnel pour clore définitivement ce chapitre sombre de ma vie. Les cicatrices sur ma peau se sont effacées, mais j'ai conscience jusque dans mes tripes que Ben a laissé sa marque indélébile. Peut-être que je n'aurais pas repoussé cet homme merveilleux aussi longtemps si j'avais été guérie de mon ex. Mes yeux se gonflent de larmes, je m'accoude au bord du lavabo et cale ma tête entre mes mains. J'essaie de reprendre mon souffle, quand une caresse sur le creux de mes reins me fait sursauter.

– Il est quatre heures du mat, beauté, qu'est-ce que tu fais debout ? me susurre mon homme d'une voix tendre.

Je me redresse et balaie mes larmes du dos de la main.

– Hé... qu'est-ce que tu as ? Tu pleures ?

– Non, ce n'est rien, Colin, juste un petit coup de blues.

– Viens par là.

Il dépose sa main sur ma nuque et m'attire contre lui. Il est doux, fort et je laisse sa chaleur m'envelopper. Je ne contrôle plus mes sanglots et je sens Colin resserrer son étreinte, sa main dans mon dos, et ses lèvres dans mes cheveux.

– Chuuut... souffle-t-il, désemparé, en me frictionnant doucement le dos.

Je me colle à son corps massif et réconfortant avec désespoir, comme si, à cet instant, je voulais rentrer en lui pour me cacher.

Au bout de quelques minutes, il s'écarte et saisit mon visage entre ses mains. Il essuie mes larmes de ses pouces et m'embrasse avec tendresse.

– Tu te souviens de ce qu'on s'est promis, Drea ?

Je le dévisage, les yeux larmoyants, incertaine de comprendre ce que mon bel ange essaie de me dire.

– Toi et moi, on se parle quand ça ne va pas. Parle-moi...

– Je... je suis désolée. Je ne veux pas te prendre la tête avec mes problèmes.

– Qu'est-ce que tu racontes ? Comment ça, me prendre la tête ?

– Ça va passer, ne t'inquiète pas, Colin.

Je vois de la déception dans son regard alors que j'essuie les dernières larmes perlant au coin de mes yeux. Je me dégage de ses bras et me dirige vers la chambre en chancelant.

– Drea, attends. Ne me fuis pas, gronde-t-il.

Je m'arrête dans le couloir, les bras croisés sur ma poitrine, les yeux baissés et j'entends Colin soupirer.

– Drea, tu... Putain ! s'énerve-t-il soudain. Qu'est-ce qu'on fait tous les deux ?

– Quoi ? Qu'est-ce...

– Toi et moi ? Qu'est-ce qu'on fait ensemble ? Qu'est-ce que tu attends de moi ? J'ai besoin de savoir.

– Je ne sais pas, hésité-je, prise de court par son besoin soudain de confession, on passe du temps ensemble, on…

– C'est juste du cul pour toi ? C'est ça ?

– Je ne comprends pas, Colin. Qu'est-ce que tu veux que je te dise ?

– Tu ne veux pas me confier ce qui te fait pleurer, donc j'en déduis que notre relation n'a pas vraiment d'importance à tes yeux. Je me trompe ?

– Colin, ça fait à peine deux…

– Je suis amoureux de toi, Drea.

Oh merde !

Mon sang se fige dans mes veines et un frisson intense me traverse le corps. Je le regarde, choquée.

– Tu m'as entendu ? insiste-t-il en attrapant ma main et en la portant à son cœur. Je suis fou amoureux de toi. Et je suis terrifié.

Sa respiration est saccadée. Sous ma paume plaquée sur sa peau, je sens son cœur qui bat la chamade.

– Je suis terrifié parce que je ne sais pas ce que tu ressens. Terrifié à l'idée que tu me fuis encore, comme tu viens de le faire. Terrifié par ce mur que tu veux à tout prix dresser entre nous. Terrifié parce que je n'ai jamais ressenti ça pour personne avant toi.

Il me fixe intensément et se rapproche de moi, me forçant à reculer contre le mur.

– Alors je veux savoir. Est-ce que je perds mon temps avec toi, Drea ?

– Non… soufflé-je, bouleversée par sa déclaration d'amour. Je ne m'y attendais pas du tout.

– Non, quoi ?

– Je suis amoureuse de toi aussi.

Colin retient un hoquet de soulagement et réduit d'un pas la distance qui subsistait encore entre nos deux corps. Il colle son front au mien, le souffle court, ses mains sur ma taille.

– Je t'aime aussi, Colin, et moi aussi, j'ai peur. Tout va tellement vite entre nous, je suis complètement perdue. Je crois simplement que je n'étais pas préparée à vivre quelque chose d'aussi fort avec toi.

– C'est pareil pour moi, me susurre-t-il. La même chose, mais je t'aime et je n'y peux rien. C'est tout ce dont je suis sûr. Je te veux. Je t'ai toujours voulue. Mais je ne veux pas qu'une partie de toi. Je te veux tout entière, sans concession.

Ses lèvres trouvent alors un chemin jusqu'à mon cou, il dépose un baiser juste en dessous de mon oreille.

– Je veux cette partie-là, susurre-t-il avant de descendre jusqu'à ma clavicule et d'y déposer de nouveau ses lèvres. Je veux aussi celle-ci.

Je commence à sentir le désir monter en moi à mesure que ses lèvres suivent le chemin inverse sur ma peau. Il dessine un tracé avec sa langue jusqu'à mon épaule. Il plante ses dents dans ma chair et je couine comme un animal pris au piège.

– Je veux ton épaule, reprend-il en déposant un baiser sur mon épiderme endolori par sa morsure.

Puis il relève la tête et plonge son regard dans le mien. Il saisit ma main entaillée par la lame du couteau de cuisine il y a quarante-huit heures et l'embrasse délicatement.

– Je veux tes blessures.

Puis il passe sa main dans mes cheveux en pagaille, toujours en me dévisageant.

– Je veux tout ça. Je te veux, toi. Ton corps, ton cœur et ton âme.

Ses iris sondent les miens, comme s'ils parlaient à sa place à présent, provoquant une vague d'émotion brutale dans mon cœur gonflé d'amour pour cet homme qui ne cesse de me surprendre. N'y tenant plus, je saisis sa lèvre inférieure entre mes dents, la mordille, la suçote avant de mêler ma langue à la sienne ; nous nous embrassons fiévreusement. J'enfouis mes doigts dans sa chevelure hirsute et agrippe quelques mèches fermement, lui arrachant un grognement sourd. Je me dresse sur la pointe des pieds et encercle ses larges épaules de mes bras. Il glisse ses mains sous mes cuisses et me soulève contre le mur, alors que je noue mes jambes autour de sa taille, puis il vient appuyer son érection massive contre mon entrejambe déjà humide. Il écarte l'élastique de ma culotte et me caresse lentement. Je gémis de plaisir à son intrusion sensuelle.

– Je veux tout, chuchote-il en ne me quittant pas des yeux.

Je cille quand son sexe sans protection frôle l'entrée de mon intimité gonflée.

– Colin, attends... On n'a pas...

– Andrea, tu me fais confiance ?

Je ne sais plus où j'en suis, partiellement ébranlée par la déclaration de Colin, mais aussi chamboulée par toutes ces interrogations qui se bousculent dans ma tête et ces doutes qui me collent à la peau.

Mais dans ses deux lagons émeraude, je lis toute sa détermination, toute sa passion et, pour la première fois, je peux lire son amour. Alors, je réponds silencieusement à sa question en hochant la tête et son membre coulisse en moi lentement, profondément, son regard toujours fixé au mien. Puis, notre corps-à-corps se fait plus impétueux et énergique. Je bascule ma tête en arrière, les yeux révulsés, laissant le plaisir me submerger.

– Regarde-moi, ordonne-t-il, haletant, accentuant ses coups de boutoir.

Je reprends possession de mes moyens et scotche, de nouveau, mon regard au sien.

– Je veux te voir.

Cette sensation de partager quelque chose d'unique et de vrai avec cet homme magnifique me chavire et me comble de bonheur. Cette fois-ci, les larmes qui menacent sont tout autres. Elles sont la conséquence de mon corps qui se rend, de mon âme qui s'abandonne et de mon cœur qui s'ouvre, après que j'ai si longtemps été leurrée par une relation destructrice sans amour.

– Je t'aime, me souffle-t-il avant de jouir en moi.

Éreinté, il pose son front sur mon épaule, je caresse ses cheveux et promène ma main sur son dos large et musclé entre ses omoplates. Il a la chair de poule. Nous nous dévisageons quelques instants, puis il nous ramène dans sa chambre et m'allonge dans son lit, nous recouvrant de son épaisse couette. Puis il me prend dans ses bras et me serre délicatement contre son corps chaud.

– Je t'aime aussi, murmuré-je en déposant un baiser mouillé sur son cœur.

Je me sens bien, épanouie, protégée, j'ai enfin trouvé cette chose qui me manque et c'est tout naturellement que je sombre dans un profond sommeil.

25

Le vent glacial de décembre s'infiltre jusque dans mes os et me pétrifie de froid. Colin a insisté pour me raccompagner chez moi à la fin de notre journée de boulot, mais je tenais à rentrer seule pour affronter Paul. J'ai obtenu de Colin que la brigade ne soit pas encore mise au courant de notre relation mais, en échange, il a exigé que je parle à Paul dès ce soir.

Nous avons passé le reste de la nuit à nous câliner comme deux amoureux transis et j'ai adoré ça. Me sentir ainsi aimée, dans les bras de l'homme pour qui mon cœur bat est une sensation tellement apaisante. Après cela, j'ai traversé ma journée comme dans un rêve. Malgré le rythme erratique des services, nous avons trouvé le temps, mon bel apollon et moi, de nous éclipser discrètement pour nous peloter dans le vestiaire, dans sa voiture, ou encore dans la chambre froide.

J'ai l'impression de me comporter comme une adolescente ; cela dit, j'ai peu profité de ces amourettes au temps du lycée. Je passais mes journées dans les livres de cuisine à apprendre de nouvelles recettes. Aujourd'hui, je savoure chaque moment de ces batifolages avec délectation.

Colin est attentif, prévenant et délicat et, même s'il m'a confrontée un peu violemment à la réalité des sentiments que j'éprouve pour lui, il me laisse le temps d'assimiler ces toutes nouvelles émotions avec patience et tendresse.

Je ne sais pas du tout comment Paul va réagir en découvrant notre relation et je ne veux pas qu'il se sente trahi.

J'accélère le pas en direction de l'appartement, emmitouflée chaudement dans mon manteau en laine bouillie, quand l'impression que quelqu'un me suit m'assaille.

Je me retourne plusieurs fois, mais impossible de distinguer la moindre présence. Il fait nuit noire et, bien que la rue soit éclairée par les lampadaires qui jalonnent les trottoirs, je ne me sens pas du tout tranquille.

Une fois devant la porte de l'immeuble, je me précipite à l'intérieur, comme une victime désespérée poursuivie par une armée de zombies.

Je regarde trop de films débiles. Pas bon pour mon cœur, tout ça.

Évidemment, pour ajouter à ma panique, la lumière du hall est hors service, et je ne trouve plus mon portable. Je n'ai qu'une seule solution mais je peine à trouver mon briquet dans le fourbi inqualifiable de mon sac à main.

Je peste bruyamment et finis par trouver mon « précieux », que je manque de faire tomber tant la tension est à son comble.

Je n'ai qu'un étage à monter, mais je sens que cette expédition s'annonce comme la plus longue de ma vie.

Oui, j'ai peur du noir. À 27 ans. Des commentaires ?

Alors que je progresse à pas de loup dans la pénombre, une respiration saccadée et laborieuse résonne dans la cage d'escalier. J'avance lentement mais sûrement, me brûlant une ou deux fois avec la flamme au passage. Quand une petite voix chevrotante me fait pousser un cri de stupeur et bondir au plafond comme un cabri.

– Andrea ? C'est vous ?

Je reconnais immédiatement la voix de M. Olifant, mon voisin.

J'oriente la lueur du briquet dans la direction où je perçois ses halètements souffreteux, et le trouve avachi sur les marches. Il n'a pas l'air de péter la forme.

– Monsieur Olifant ? Mais qu'est-ce que vous faites là ? soupiré-je, inquiète, mais quand même un peu soulagée de ne pas avoir à affronter les forces du mal toute seule.

– Oh, Dieu soit loué. Je suis coincé dans cet escalier depuis une éternité.

– Vous êtes tombé ?

– Non, je prends le frais, bougonne-t-il, son cynisme naturel reprenant le dessus.

– Eh bien, je vois que vous gardez l'esprit vif, pour...

– Pour un vieillard ? me lance-t-il sur un ton accusateur.

Je suis passablement tentée de le laisser pourrir dans son escalier mais, comme il a été plutôt gentil avec moi pendant ma période de convalescence, je me ravise et viens m'asseoir à côté de lui.

– J'allais dire pour quelqu'un qui a l'air de mourir de froid, me moqué-je. Vous avez quelque chose de cassé ?

– Je n'en sais rien, j'attends le radiologue d'une minute à l'autre, se fout-il de moi.

– OK, j'ai compris. Je vais vous aider à remonter et à vous mettre au chaud. Puis on appellera le 911 pour vous conduire à l'hôpital.

– Je ne veux pas aller à l'hôpital, grogne le vieil homme en passant son bras sur mes épaules.

– Mais si, mais si, ça va aller, vous verrez...

Je regroupe mes forces pour l'aider à se lever, ce qui lui arrache un gémissement de douleur, et je suis obligée d'admettre que mes cinquante-cinq kilos ne viendront jamais à bout de ses soixante-dix de barbaque et de mauvaise volonté.

– Bon, déclaré-je en essayant de rassembler mes idées. Je vais monter seule chercher Paul et il viendra nous aider.

– Rhaaaa, si vous avez une autre solution, je suis preneur, maugrée-t-il.

– Oui, je pensais me faire couler un bain chaud, me verser un verre de merlot et écouter la cinquième symphonie de Sibelius. Malheureusement pour vous, à aucun moment vous n'êtes dans le cadre.

– J'aurais quarante ans de moins, vous le prendriez avec moi, ce bain.

Heureusement qu'il ne peut pas voir ma mine dégoûtée à l'instant, mais il va me falloir un certain nombre de douches pour évacuer cette image sordide de mon esprit.

– Bon ! C'est pas tout ça, mais il se fait tard et je ne tiens pas à passer la nuit ici, le coupé-je. Ne bougez pas, je reviens tout de suite.

– Ah, parce que vous pensez que je vais aller quelque part ?

– Oui, bon, façon de parler. Oh et puis arrêtez de me déconcentrer, hein.

Je m'énerve en grimpant les marches.

– Saleté de bonshommes, vous êtes vraiment tous les mêmes, ronchonné-je, pour moi.

Bizarrement, ma colère a supplanté ma peur panique du noir, et je parviens jusqu'à ma porte, bien décidée à en finir au plus vite avec mon vieux voisin acariâtre.

Après avoir poussé la porte de la chambre de Paul, je suis accueillie par un cortège de jurons tous plus imaginatifs et inspirants les uns que les autres. Mon meilleur ami descend de sa mezzanine en râlant et récupère une lampe de poche dans un des tiroirs de la cuisine. Nous relevons le vieil Olifant et le reconduisons jusqu'à son appartement. Nous sommes reçus par les braillements désespérés de son chat, qui fait des allers-retours perpétuels entre son maître et sa gamelle.

– Mon pauvre Virgule, geint Olifant, il doit mourir de faim.

– Combien de temps êtes-vous resté coincé dans cet escalier ? s'étonne Paul.

– Je suis rentré à vingt heures d'une conférence à Northwestern et les plombs ont sauté au moment où je montais l'escalier. J'ai été surpris, j'ai glissé et vous m'avez trouvé.

Je regarde ma montre, il est plus de vingt-trois heures. Si je n'étais pas rentrée ce soir, il aurait sans doute passé la nuit dans le froid.

– Mais vous n'avez pas appelé à l'aide ? m'exclamé-je, effarée. Paul était là, il aurait pu vous secourir.

– Non, je préfère que ce soit vous, Andrea, bougonne-t-il.

Paul hausse un de ses sourcils, il croise ses bras sur son torse et, avec un rictus moqueur sur le visage, me regarde m'activer autour du voisin désormais installé sur son canapé, pour couvrir ses jambes avec un plaid et donner ses croquettes à Virgule, qui pousse des beuglements tout droit sortis de l'enfer.

– Mouais, eh bien, finalement, le résultat est le même, siffle Paul. Mais puisque ma présence n'est pas souhaitée, je vais retourner me coucher et vous laisser entre amoureux.

Je m'arrête net, les bras ballants et dévisage Paul, paniquée.

– Oui, c'est ça, bonne nuit, monsieur Serra, continue de grogner Olifant, on vous donnera des nouvelles.

– Je te demande pardon ? Il faut appeler le 911 et s'assurer qu'il est pris en charge. Tu ne vas pas me laisser m'en occuper toute seule ?

– Nous serons mieux sans lui, peste le vieux.

J'agite ma main en direction d'Olifant, lui faisant signe de la mettre en sourdine, et suis Paul jusque dans le couloir.

– Paul, pitié, reste avec moi, je tombe de fatigue, ça sera plus facile si on est ensemble.

– Moi aussi je suis fatigué, Drea. Et si je peux me permettre, c'est toi qu'il a réclamée ; il m'a fait comprendre que je n'étais pas le bienvenu chez lui.

– Tu sais comment il est, Paul ? J'ai besoin de toi. Super Girl a besoin de Superman, tu te souviens ?

– Désolée, Suricate, je vais me coucher, et puis ce n'est pas comme si tu prenais mes conseils au sérieux de toute façon.

Je le scrute, immobile. Son visage est fermé, et il ne me regarde pas dans les yeux. Son comportement m'inquiète. Il ne peut pas juste être de mauvais poil parce que je l'ai levé au début de sa nuit…

Bon sang, il sait !

Putain de bordel !!!

Comment ?

– Paul…

– C'est bon, Drea. Fais ce que tu as à faire et va te coucher. Il n'en est pas à sa première chute et il n'est pas sous ta responsabilité. Tu ne peux pas sauver tout le monde, me crache-t-il sur un ton teinté de reproches à peine voilés.

Puis, sans même me jeter un regard, Paul s'éloigne de moi et me claque la porte de notre appartement au nez.

Complètement abasourdie, je sens les larmes me monter aux yeux.

Mais merde ! Ça ne va jamais s'arrêter ?

Je passe mon temps à tourner cette putain de roue de la fortune et je tombe sur la case « bordel » à chaque fois. Ma vie est un mauvais film. Non, pire, ma vie est une saison entière des *Feux de l'amour*, et je m'embourbe dedans jour après jour.

– Enfin seuls ! s'exclame Olifant alors que je reviens dans son appartement, le cœur au bord des lèvres.

– Oh vous, ça va, hein ! N'en rajoutez pas.

– Ne vous énervez pas, s'indigne-t-il. Je n'ai rien fait, moi.

Je le regarde, furibonde, les mains sur les hanches.

Il est blessé, Drea. Il est vulnérable. Reste calme.

– Pardon, soupiré-je, il est tard et je suis fatiguée, je n'avais pas besoin d'une engueulade avec Paul. Bon. Où est votre téléphone, qu'on en finisse ?

– Pas besoin, je me sens beaucoup mieux, se dépêche-t-il de dire en me voyant m'avancer vers le poste fixe que je viens de repérer sur la console de l'entrée.

– Monsieur Olifant… m'agacé-je.

– Edward.

– Hein ?

– Appelez-moi Edward.

– Arrêtez votre numéro de charme, et dites-moi où vous avez mal.

– J'ai 70 ans, Andrea. J'ai mal à peu près partout.

– Bon, vous ne m'aidez pas, là. Où vous êtes-vous fait mal en tombant ? Les secours vont me le demander.

– Vous dites souvent « bon ». C'est un tic de langage mais, chez vous, c'est tout à fait charmant.

Je viens m'asseoir sur le canapé à côté de lui et me penche légèrement vers son visage.

Bon sang ! Il pourrait décoller du papier peint avec une haleine aussi alcoolisée.

Je le vois me dévisager, perplexe. Puis je me recule et compose le numéro des urgences.

– Oui, bonjour, je vous appelle du 64 West Eugenie Street. Mon voisin, qui est très âgé, est tombé dans les escaliers et s'est blessé.

Olifant me lance un regard noir outré ; je lui souris en haussant les épaules innocemment.

– Tout à fait, reprends-je, il a bu. Hein, hein. D'accord. Très bien, nous vous attendons.

Je raccroche et le regarde, le sourire aux lèvres.

– L'ambulance arrive.

– Je n'ai pas bu, s'insurge-t-il.

– Edward, vous sentez le scotch à plein nez, la plante à côté de vous vient juste de faner.

– Très drôle.

– Il est près de minuit, je meurs de sommeil et je viens de me faire claquer la porte au nez par Paul, alors non, je n'ai pas envie de rire.

– Il ne vous mérite pas.

– Je me tue à le lui répéter, soupiré-je en tentant de dédramatiser l'altercation que je viens d'essuyer avec mon Viking revanchard.

– Je ne devrais pas vous le dire, mais je crois qu'il vous trompe.

– Seigneur tout-puissant ! Edward, ce ne sont pas vos oignons.

– Une jolie jeune femme comme vous, avec ce peigne-cul, rabat-joie. Ça me dépasse.

– Moi, ce que je ne comprends pas, c'est que vous vous détestiez tous les deux. Paul est un ange et il vous serait d'excellente compagnie si vous vous donniez la peine d'apprendre à le connaître.

– Mmh.

– Que ferez-vous quand je ne serai plus là ? Qu'auriez-vous fait si je n'étais pas rentrée cette nuit ? Hein ?

– Pourquoi, vous nous quittez ?

– Mais nooon ! soupiré je, épuisée. Bon, je vais faire un peu de thé.

Je traverse le salon du voisin et m'affaire en cuisine, comme si j'étais chez moi. En moins de temps qu'il ne faut pour le dire, j'apporte à Olifant une tasse de thé fumant, tandis que Virgule vient se frotter à mes jambes en ronronnant.

– Je peux vous demander une faveur ? geint-il en caressant sa boule de poils blottie à nos pieds.

– Dites toujours.

– Si je suis hospitalisé, il faudra nourrir Virgule.
– OK.
– C'est vrai ? Ça ne vous dérange pas de vous en occuper ?
– Je suis sûre que vous serez sorti demain. Je ne m'inquiète pas pour vous, vous êtes coriace. Mais vous pouvez compter sur moi.

Je sens Olifant soulagé d'un poids, et je prends conscience que ce petit homme rabougri vit seul depuis longtemps. Cela m'attriste pour lui. Je lui demande s'il veut que je prévienne ses filles, mais il décline ma proposition et, lorsque les secouristes arrivent, ils me confirment qu'Olifant s'est certainement fracturé le coccyx et qu'une hospitalisation semble inévitable. Je fais promettre à un des ambulanciers de me communiquer le numéro de sa chambre et assure à mon voisin que je passerai le voir dès qu'il sera installé. Je le regarde s'éloigner sur sa civière avec un léger pincement au cœur.

Quand je rentre enfin chez moi, je m'adosse à la porte de l'entrée, morte d'épuisement. L'appartement est plongé dans l'obscurité. La seule source de lumière que je perçois est un clignotement provenant certainement de la table basse du living. J'éclaire la pièce et découvre tout de suite que le signal lumineux vient de mon portable oublié hier en plein milieu du salon. Un sentiment d'angoisse s'empare de moi.

J'ai laissé mon téléphone. Allumé. Cela n'a évidemment pas pu échapper à Paul.

Je m'approche et le ramasse. Je déverrouille l'écran et trouve plusieurs SMS de Colin. Le dernier date d'à peine trois heures.

[Ton corps va me manquer
cette nuit. Je t'embrasse.]

Merde.

***

Je me suis levée aux aurores et je tourne dans le salon comme une lionne en cage depuis au moins deux heures quand Paul se décide à se lever.

Je le regarde quitter sa mezzanine d'un pas flegmatique et le suis des yeux quand il passe derrière l'îlot de la cuisine pour se servir un café. Il ne m'adresse pas la parole, ne me lance même pas un regard et je me sens terriblement gênée à l'idée qu'il ait pu lire mes échanges de messages enflammés avec Colin. Pire, il a sûrement compris que je lui ai menti en utilisant Steph comme alibi le matin de nos retrouvailles. Qui plus est, il doit savoir que je n'ai pas passé la nuit chez Aria, comme je le lui avais fait croire.

Il s'attable, pose ses coudes sur le plan de la cuisine et me dévisage enfin. Je crois finalement que je préférais quand il m'ignorait. Je me sens toute petite et très fautive. Et son regard noir me met à nu.

– Alors ? demande-t-il d'une voix enrouée. Notre charmant voisin a mis les voiles ?

– Peu après minuit, oui. Il va sans doute être hospitalisé quelques jours.

– Je vois, répond-il en avalant une gorgée de son café.

– Paul, il faut qu'on parle, me lancé-je.

– Ah oui ?

– Oui.

– Je crois au contraire qu'il n'y a plus grand-chose à dire.

J'ai vraiment l'impression d'avoir commis une faute grave et je ne vois pas pourquoi Paul m'en veut à ce point. Je le trouve plutôt injuste de me juger aussi durement.

– Je n'ai rien prémédité, Paul. Ça nous est tombé dessus comme ça.

– Ça dure depuis combien de temps ? me coupe-t-il.

– C’est tout récent.

– Combien de temps, Andrea ?

Ouh là ! Il me donne du Andrea. Pas de Suricate ou même Drea. Il est réellement fâché et ça va barder pour moi.

– À peu près dix jours, mais on s’était rencontrés avant que…

– Dix jours ? Alors quand on était à Fish Creek, tu t’envoyais déjà en l’air avec lui ? me reproche-t-il, presque écœuré.

Je suis anéantie par sa réaction. Paul n’a pas le droit d’être en colère contre moi. Nous ne sommes pas ensemble, et sa réaction n’est en rien légitime.

– Tu me prends pour un con.

– Arrête, Paul, c’est faux !

Je me lève et contourne le bar pour venir me poster face à lui. Tout son corps se tend ; je vois bien qu’il n’a pas envie de cette confrontation.

– Écoute-moi, je t’en supplie. Ce n’est pas une passade. On est amoureux et je t’assure qu’il est loin de l’image de salaud que tu veux à tout prix me faire voir.

– De mieux en mieux. Il t’a bien retourné le cerveau.

– Paul…

– Drea, il va te blesser, je le sais. Je t’aime et je ne veux pas que tu souffres.

Je respire un peu mieux. Son ton est en train de changer et cela me rassure.

– Après Ben, je pensais que tu avais retenu la leçon. Mais on dirait que tu aimes ça, jouer les victimes. Finalement, peut-être que c’est ce que tu cherches, en te collant avec des voyous.

Bon. Peut-être pas…

Je retiens un sanglot devant la froideur de cette déclaration. Qu’est-ce qu’il a bien pu se passer pour qu’il devienne si hostile et revanchard ?

– C'est vraiment bas, Paul. Je ne mérite pas ça. Je n'ai rien fait de mal et on dirait que j'ai agi contre toi alors que tu n'as rien à voir avec cette histoire.

– Tu sais quoi ? Fais comme tu veux. Je t'aurais prévenue. Tu me trouves sans doute dur avec toi, mais je pense que tu as besoin d'un électrochoc. Ne compte pas sur moi pour te consoler quand il t'aura larguée comme une merde.

Sur ces dernières paroles, Paul quitte son siège et se dirige vers sa chambre sans se retourner.

Je reste complètement abasourdie par cette discussion stérile avec celui que je croyais être mon meilleur ami, mon frère. Qu'est-ce que cela voulait dire, il aurait le droit d'être heureux et pas moi ? Je ne dois pas le laisser insinuer le doute en moi.

Une fois douchée et prête à partir, j'envoie un rapide message à Steph, car elle me manque et j'ai besoin de me confier à ma meilleure amie.

[Ça part en couille avec Paul.
Rappelle-moi, j'ai besoin de
parler à quelqu'un. Bisous]

***

J'arrive au Bower, quelques minutes avant dix heures, et je suis d'une humeur de dogue. Je n'ai pas attendu que Paul ressorte de sa chambre pour prolonger notre discussion fort peu amicale. Il a pris un congé aujourd'hui et j'espère que ce sera la pire journée de sa vie. J'ai continué de ruminer ma mauvaise humeur dans le métro et sur le chemin qu'il me restait à faire à pied jusqu'au restaurant. Finalement, cette journée au boulot s'annonce comme une délivrance. Je vais enfin pouvoir me vider la tête et m'adonner à ce que je maîtrise le mieux et, disons-le clairement, la seule chose sur laquelle j'ai encore un semblant de contrôle. Cette expatriation est un véritable fiasco et chaque jour apporte son lot de déceptions et de prises de tête.

À mon entrée dans la salle, Aria est la première personne que je rencontre. Elle est accoudée au bar et discute avec Trevor et Gordon, qui savourent leurs cafés.

Trevor me voit arriver de loin et n'a visiblement pas besoin d'un dessin ; il se précipite sur le percolateur et enclenche la machine pour moi.

– Tu es sûre qu'elle n'était pas blonde ? demande Gordon. Moi, je me souviens d'une blonde super gaulée.

Aria semble se crisper alors que j'essaie de prendre la conversation en cours de route.

– Une brune, je te dis, répond Trevor, un avion de chasse, mon pote.

Il ne termine pas sa phrase, il se contente de mordre son poing en poussant un gémissement de bête en rut.

– Ce mec est mon héros. Il les fait toutes tomber.

– De qui vous parlez ? demandé-je, curieuse.

– De personne, se précipite Aria en se raclant la gorge.

Au même moment, Trevor fait un clin d'œil, suivi d'un mouvement d'épaule à Gordon, et les deux têtes se dévissent en direction du couloir avec une discrétion toute relative.

Et là, le choc.

Betty parcourt les derniers mètres jusqu'à la porte du restaurant et nous sourit avant de disparaître.

Restons calmes. Respire, Drea.

Je jette un œil à Aria, qui me regarde avec un air désolé. Elle hausse les épaules, comme résignée.

– Qu'est-ce qu'elle fait là ? murmuré-je.

Aria pose la main sur mon bras dans un geste compatissant comme si l'innommable venait de se passer dans ce bureau. Puis elle m'attire à l'écart.

– Tu m'expliques ? demandé-je en essayant de canaliser ma colère.

– Drea, je t'assure, je ne sais rien. Elle est arrivée il y a une heure et a foncé vers le bureau. Visiblement, elle savait que Colin y était déjà.

– OK.

– OK ?

– Je reste calme. Ce n'est sans doute rien. J'ai choisi de lui faire confiance. Je vais aller lui parler.

– Tu as raison, crève l'abcès.

– Au fait, Aria, tu ne chercherais pas une colocataire, par hasard ?

– Non, pourquoi ?

– Pour rien, laisse tomber.

Je brûle peut-être un peu les étapes en envisageant de quitter l'appartement de Lincoln Park mais, si la situation continue à être aussi compliquée entre Paul et moi, je ne tiens pas à poursuivre ma colocation avec lui. Les règlements de compte à minuit après le travail ou encore les leçons de morale dès le petit-déjeuner ne sont définitivement pas ma tasse de thé.

Aria opine du chef et retourne à son café, alors que les garçons sont encore en train de faire des plaisanteries graveleuses au sujet de la plantureuse brunette qui vient de quitter le Bower.

Je franchis le sas conduisant au bureau et frappe à la porte. Je suis surprise d'entendre la voix de Ian, qui m'autorise à entrer. Les deux frères sont visiblement en grande conversation au sujet de…

Mon Dieu, qu'elles sont laides !

Ian se tient debout en équilibre avec une jambe posée sur le bureau, affichant fièrement une paire de santiags bleues.

– Ah, Drea ! Tu tombes bien ! chantonne-t-il, excité comme un gosse. Comment tu trouves ?

Il pointe du doigt son immonde botte, avec un air très satisfait imprimé sur le visage.

– Euh…

– C'est un modèle unique, tu n'en verras pas ailleurs et j'ai eu un super prix ! s'exclame-t-il surexcité.

– Ah, tu me rassures.

Comment de telles horreurs peuvent-elles se vendre ? Je me souviens alors de l'allusion de Colin, il y a quelques mois, au sujet des goûts vestimentaires douteux de son frère. Mais à ce point-là…

– Hein ?

Colin pouffe discrètement.

– Alors ? Ton avis, vite, je veux l'opinion d'une femme de goût.

– Oui, euh, comment dire… Ça plairait sûrement à la femme de Chuck Norris. Mais, euh…

Drea, tu t'enfonces, trouve un truc gentil.

Colin, quant à lui, se contient, mais je vois bien à ses pommettes rougissantes que l'éclat de rire n'est pas loin.

– Elles sont bleues, quoi…

– Turquoise, pas bleues, turquoise. Ça se voit, quand même ?

– Oh pour ça, je pense qu'on les voit depuis le Texas.

Ça y est, Colin explose de rire en se tenant les côtes, et je sens que cela va être un grand moment de solitude pour Drea Rosetti.

– Tu n'aimes pas ?

– Ben…

– Je vois. Après m'être fait descendre par mon frangin, j'espérais un peu de soutien de ta part. Je vois que je ne peux compter sur personne dans ce foutu resto.

– Désolée, Ian, mais ce sont des bottes de cow-boy. Des bottes de cow-boy bleues, en plus.

– TURQUOISE ! Putain, c'est pas compliqué, TUR-QUOI-SE ! insiste-t-il visiblement vexé. Bon, je vous laisse, j'ai des rendez-vous à l'extérieur.

Il attrape son blouson, se dirige vers la porte et, avant de disparaître, lance à Colin :

– Au fait, pas de bêtise, les enfants. C'est un bureau ici, pas un lupanar.

Un hoquet de surprise m'échappe alors que Ian se faufile à l'extérieur avec un regard malicieux. Je me tourne vers Colin, son sourire s'étire jusqu'aux oreilles.

Puis il se lève lentement de son fauteuil et fait le tour du bureau pour s'approcher de moi. Il attrape ma main et me tire jusqu'à lui, avant de m'administrer un baiser mémorable. Ses mains s'enfoncent dans mes cheveux lâchés et sa langue danse avec la mienne, entraînant un rapprochement de nos deux corps déjà frémissants.

– Mmh, tu m'as manqué, murmure-t-il en m'embrassant dans le cou.

– Il est au courant ?

– Qui ça ?

Ses lèvres me goûtent, me mordillent.

– Ian ? Il est au courant ?

– Oui, je lui ai dit ce matin. Mais il avait déjà deviné. Je n'aurais pas dû ?

Sa langue est maintenant dans mon oreille. Je n'arrive pas à comprendre comment il arrive à chaque fois à me vriller les neurones. J'en oublie presque pourquoi je suis venue le trouver au début. Et puis, ça me frappe comme un coup de pelle en plein derrière la tête.

– J'ai vu Betty sortir du restaurant tout à l'heure.

– Mmh, mmh.

Sa bouche est encore sur ma nuque, sur ma peau.

– Qu'est-ce qu'elle voulait ?

Colin s'arrête alors et relève la tête. Il me dévisage, toujours avec le sourire, puis il soupire.

– Assieds-toi, me dit-il.

Je ne perds pas une seconde et m'installe dans un des sièges, impatiente d'en savoir plus. Il se pose sur le bureau, les bras croisés sur son torse athlétique.

– Betty, c'est Bethany Crawford.

Je reste muette. Il a l'air de penser que je sais qui c'est, mais je dois dire que je suis larguée.

– Cela ne te dit sans doute rien... Mais elle travaille pour une chaîne nationale de la télévision américaine.

– Super, tu vas me dérouler tout son CV ? Je dois applaudir ?

Colin me sourit et je me souviens que ma jalousie l'amuse. Je tente de me redonner une contenance en tripatouillant une breloque qui pendouille de mon sac à main.

– Elle est productrice, notamment d'une émission culinaire diffusée à une heure de grande audience sur la chaîne.

– Oh.

Ça y est. Je commence à comprendre. Les démons de l'audiovisuel veulent transformer mon ange aux yeux verts en rock star de la cuisine.

– Cela fait un moment qu'elle me courtise pour que je participe à un nouveau programme culinaire en tant que juré. Elle repart ce soir à New York. Elle venait tenter sa chance une dernière fois.

– Et alors ?

– Mmh, pas intéressé.

– Mais ! Tu déconnes, là ?

– Quoi ?

– Ce programme, c'est ta chance. Cela veut dire que tu as

suffisamment de renommée pour faire grimper le Bower dans les hautes sphères de la gastronomie. C'est ton ticket d'entrée pour le Michelin, Colin. C'est juste…

Je fronce les sourcils.

– Pourquoi tu as dit non ? conclus-je.

Il descend du bureau, s'accroupit face à moi et prend mes mains dans les siennes. Puis il plonge son regard dans le mien.

– Drea, je veux cette étoile. Rien ne me ferait plus plaisir. Ça serait… C'est mon but.

– Alors, pourquoi dire non ? Je ne comprends pas, cette émission aurait pu t'aider.

– Pas comme ça. Je veux la mériter. Je ne veux pas que certains choix soient dictés par une publicité autre que ma cuisine. Je veux qu'on entre au Bower et qu'on en ressorte convaincu. Je ne tiens pas à ce que les gens viennent manger chez moi parce qu'ils m'ont vu à la télé.

– C'est une erreur, Colin. Toute publicité est bonne à prendre. Après le battage médiatique, après tout ça, ce qui reste, c'est ta cuisine et ton talent. Je pense que tu devrais accepter.

– Le tournage dure trois semaines en janvier. C'est long, je serais absent longtemps. Je ne peux pas me le permettre.

J'arbore une moue boudeuse. Trois semaines, c'est long, mais pas insurmontable et puis, il y a Rufus. La brigade n'est pas livrée à elle-même. J'entends et je comprends ce que me dit Colin, mais je sens que cette émission de télévision pourrait être un tremplin formidable pour lui et son restaurant.

– Reste discrète sur le sujet, s'il te plaît. Je ne veux pas que cela remonte aux oreilles de notre actionnaire. Il pourrait mal le prendre.

– Il aurait raison, ronchonné-je. Mais et Ian ? Qu'est-ce qu'il en pense ?

– Ian me soutient, quoi que je décide. Drea, je comprends que cela te paraisse dingue de refuser une offre comme celle-là, mais pense à tout ce qui risque d'en découler. Je veux dire, au-delà de la renommée du Bower. Si je deviens populaire, je pourrais être la cible de certains magazines qui se feront un plaisir de déterrer mes frasques du passé. Cela peut aussi m'attirer une mauvaise presse. Cela pourrait faire du tort au Bower.

– Oui, je sais, tu es un tombeur, soupiré-je. Honnêtement, Colin, il y a pire comme publicité.

– Pas pour moi. Pas alors que j'essaie de construire quelque chose avec toi.

À cette déclaration sans équivoque, mon cœur s'emballe. Qui aurait pu dire que mon adonis pouvait être un homme aussi tendre et si attentionné ?

– Il n'y a pas que ça, Drea.

– Comment ça ? De quoi tu parles ?

Il se redresse et va reprendre sa place derrière le bureau. Il joint ses mains devant lui et adopte une posture un peu défensive, comme s'il craignait que ses révélations à venir me fassent changer d'avis sur nous deux.

– Eh bien… Tu te souviens quand je t'ai dit que j'avais vraiment déconné après la mort de ma mère ?

Je le scrute, l'interrogeant du regard, mais je ne dis rien. Je ne veux pas l'effrayer et qu'il renonce à se confier à moi.

– Je ne t'ai pas tout dit.

Bon Dieu ! Qu'est-ce qu'il va me sortir encore ? Ma vie est un feuilleton. Steph ne me croira jamais quand je lui raconterai les derniers jours que je viens de vivre. Je me cale dans mon siège, les bras croisés, un sourcil relevé, attendant la suite.

– Je me suis un peu lâché sur les médicaments. J'étais sous antidépresseurs et, quand cela s'est avéré insuffisant, j'ai… disons, que j'ai tapé dans des drogues plus dures.

– Ah… par plus dures… tu veux dire…

– Cocaïne.

Oh, putain ! Ah, mais là, on est dans un autre registre.

– Tu… attends, quoi ? m'exclamé-je, sous le choc.

– Drea, je ne veux pas que tu prennes peur, mais on a dit qu'on ne se cachait rien. Cette période de ma vie est derrière moi. C'est terminé, je ne touche plus à ça. Je te le jure. Mais j'ai eu du mal à m'en sortir. Grâce à Ian, c'est fini maintenant. Mais… enfin… Voilà, je ne tiens pas à ce que cela rejaillisse sur le Bower ou sur lui. Ni même sur toi.

– Je comprends. Colin ? Je suis désolée d'avoir insisté. Je veux que tu te sentes libre de me parler si tu en as besoin. Je ne te jugerai pas. C'est promis.

– Merci, beauté. C'est une période sombre de ma vie. Je n'aime pas en parler. Mais je suis rassuré que tu sois au courant.

Je me lève, prête à rejoindre le vestiaire, quand Colin m'apostrophe une dernière fois.

– Drea… Tu as parlé à Paul ?

Je soupire, j'ai encore le cœur meurtri par les paroles dures de mon ami et j'espérais un peu mettre de côté le souvenir amer de cette confrontation aujourd'hui. Je lève les yeux vers lui et vois qu'il comprend que cela ne s'est pas bien passé.

– Il l'a mal pris, c'est ça ?

– Je crois que le terme est un peu faible.

– Je suis désolé, Drea.

Je me rassieds, exténuée.

– Ce n'est pas ta faute. Mais, très franchement, je ne comprends pas pourquoi il ne t'apprécie pas. Il a des idées très arrêtées à ton sujet et je pense qu'il cherche à me protéger.

– Eh bien, deux choses selon moi, me reprend Colin, premièrement, ce type est amoureux de toi.

Je m'apprête à protester quand il me coupe.

– Et ne me dis pas non, cela saute aux yeux. Deuxièmement, s'il ne peut pas t'avoir, je pense que cela le désole que tu tombes dans les bras d'un mec comme moi. Après tout, je suis un ancien toxico, dépressif, et je ne représente pas l'image du gendre idéal pour tes parents.

– Colin… je… On s'en fout de ce que pense Paul, OK ? Je veux être avec toi. Et je peux te promettre sur tout ce que j'ai de plus cher qu'il n'est pas amoureux de moi. C'est juste… Je ne supporte pas de m'engueuler avec lui. Ce matin, c'était… Vraiment, je ne tiens pas à revivre ça.

– Il s'y fera, beauté. Ne t'inquiète pas. Je me suis bien fait à son amitié extravagante avec Ian. Alors…

J'écoute ce qu'il me dit sans vraiment trop l'entendre. Je me contente d'acquiescer et, soudain, un sentiment étrange me frappe de plein fouet.

Une chose qu'il a dite.

Ou plutôt, sa façon d'en parler.

« Son amitié extravagante avec Ian. »

Ian et Paul.

Paul et Ian.

Il a prétendu être avec quelqu'un et que c'était compliqué pour lui. Il m'a dit que c'était sérieux. Ian et Paul ne se quittent pas d'une semelle depuis quatre ans. Est-ce que cela pourrait…

Non.

Non, c'est impossible.

Ian est père de famille, il a deux beaux enfants. Il a une femme, bordel ! Il a quitté Fish Creek par amour. Par amour pour elle. Pour Caroline.

Putain. Mais, et si c'était pour Paul qu'il était parti ? Et si Colin savait quelque chose ?

Non. Il me l'aurait dit, c'est sûr. En plus, il croit que Paul est amoureux de moi…

Drea, tu te montes la tête. Tout cela n'a pas de sens.

– Tout va bien, Drea ? me demande Colin. Tu es toute pâle.

– Je… non. Je ne me sens pas très bien.

– Merde, qu'est-ce que tu as ? Tu veux rester dans le bureau ? Et te reposer un peu ?

J'essaie de réfléchir aussi vite que je peux. Retrouver Paul. Lui parler. Comprendre.

– Je… Est-ce que ça t'ennuie si je rentre chez moi ? Je reviendrai pour le service du soir. Je suis désolée, je ne sais pas ce que j'ai.

– Non, non, non, bien sûr, rentre, je peux même te raccompagner si tu veux.

– Non ! Non, merci, me radoucis-je. Ça ira. J'ai une bonne migraine, je pense que je dois juste m'allonger un peu au calme.

– OK… Tu m'appelles si ça ne va pas mieux ? C'est d'accord ?

– Promis… murmuré-je, la voix tremblotante.

Colin a à peine le temps de m'embrasser que je fonce dans le couloir et traverse le restaurant comme une tornade. Aria me fait signe et je l'ignore royalement, je me précipite dans la rue et cours jusqu'à la bouche de métro la plus proche. Je prie pour que Paul soit encore à la maison.

***

Le trajet jusqu'à Lincoln Park me semble interminable. Je ne cesse de ressasser les innombrables discussions que j'ai pu avoir avec Paul ou avec Ian au sujet de leur amitié fusionnelle. Ça ne peut pas être vrai. C'est impossible, même si cela expliquait bien des choses. Puis le questionnement fait place à la colère. Je suis en colère contre mon ami. Toutes ces leçons de morale et ces jugements dont je fais l'objet depuis quelques jours. Ils n'ont plus lieu d'être, ils n'ont plus de sens, si ce que j'imagine est vraiment en train de se passer.

Bon sang ! Ian et Paul.

J'espère me tromper. Je vais le mettre au pied du mur. Je ne vais lui laisser aucune échappatoire. Il va devoir me parler et me dire la vérité.

Une fois arrivée devant l'immeuble, je farfouille dans mon sac et trouve mes clés. J'entre en trombe, et je me souviens que l'ampoule des parties communes a grillé. Je progresse lentement dans l'escalier, me guidant à l'aide de la torche de mon portable. Très doucement, j'ouvre la porte de l'appartement.

Pas un bruit.

Je dépose mon sac dans l'entrée et pénètre dans le salon. C'est alors que mon pied bute contre un obstacle. Un obstacle tout à fait identifiable. Une santiag hideuse bleu turquoise. La deuxième a été jetée négligemment au pied de l'escalier menant à la mezzanine de Paul.

– Nom de Dieu !

Je souffle silencieusement. Il y a quelques minutes, complètement déboussolée, j'étais encore persuadée que je faisais erreur et que mon imagination débordante était en train de me jouer des tours.

Mais là, il n'y a plus de doute possible.

Mais qu'est-ce qu'il fait ?

Il est fou ?

Ils sont fous.

Un sanglot incontrôlé m'échappe.

Comment osent-ils ? Je suis perdue dans mes tourments quand un gémissement provenant de la chambre à l'étage me sort de ma torpeur, puis un deuxième. Deux voix d'hommes. Celle de Ian et celle de Paul.

Je suis écœurée. Pas par la nature de ce qui est en train de se passer dans cette chambre. Mais par l'immense trahison que cela révèle. La trahison de Ian envers sa famille et celle de Paul envers moi.

Ils sont ensemble. Ils s'aiment, et depuis longtemps. Et là, tout de suite, je suis incapable de décider de ce que je dois faire.

Je rebrousse chemin et sors dans le couloir. Une fois la porte refermée, je m'y adosse le cœur battant. J'essaie de reprendre mon souffle, mais j'ai l'impression d'être en pleine crise de tachycardie. Je suis anéantie. Impossible de dire quel sentiment domine à l'instant présent, à vrai dire. La déception ? La colère ? La tristesse ? La confusion ? Tout se mélange dans ma tête, et je suis tellement paumée que ça va me rendre folle.

Je ne sais combien de temps je reste immobile dans ce couloir sombre. C'est un autre bruit sourd qui me sort de mes pensées en sursaut. Des miaulements. Le chat de M. Olifant.

Je récupère le deuxième trousseau de clés dans mon sac et entre chez mon voisin. Le chat se jette sur moi, il miaule, proteste, se frotte à moi en décrivant des cercles gracieux et en s'enroulant autour de mes jambes, telle une pauvre âme esseulée. Dans un état second, je m'empare de son paquet de croquettes, lui verse une ration dans sa gamelle et change son eau avant d'aller me recroqueviller sur le canapé du salon.

Virgule ne semble pas mourir de faim, car il me suit et me saute sur les genoux en ronronnant. Puis il s'installe sur moi confortablement et s'applique à me pétrir la cuisse avec ses pattes.

Je dois avouer que cela est apaisant. J'ai beau être en rage contre Paul, je me surprends à câliner le chat avec tendresse, comme pour me consoler.

Puis la réalité se rappelle à moi. Et je recommence à ruminer ma déception et mon incompréhension.

Depuis le début, Paul entretient une relation adultère avec mon boss et il ose m'expliquer la vie et surtout comment je dois la vivre. C'est tout de même un comble ! Et Ian, qui trompe sa femme avec un homme ! Le mensonge est tellement gros qu'il en devient risible.

Puis, je rassemble mes idées et essaie de réfléchir plus posément. Comment vais-je aborder la question avec Paul ? Car il est évident que je vais le confronter. Il ne m'a pas loupée avec Colin, je ne le laisserai pas s'en sortir ; sauf que je vais me montrer bien plus adulte.

Il sera obligé de reconnaître que c'est lui qui se comporte mal dans toute cette histoire et qu'il n'a aucun droit de juger ma relation avec l'homme que j'aime.

Bon sang. Je comprends tout maintenant. Ses rapports conflictuels avec Colin, c'est de la jalousie. Il est tellement exclusif qu'il ne supporte pas que Ian sacrifie tout pour son frère alors que lui ne peut pas vivre son histoire au grand jour avec Ian.

Il n'empêche que tout cela n'est pas bien glorieux. Une relation de couple qui repose sur un mensonge ne peut pas s'épanouir correctement.

Et leur liaison n'est qu'une vaste supercherie. Cela dit, je n'ai rien contre l'homosexualité et, si Ian avait été libre, je n'aurais pas rêvé mieux pour mon ami. Mais il n'est pas disponible. Il est marié et père de deux enfants. Bordel, tout ça n'est qu'une énorme mascarade qui va leur péter à la gueule ! C'est sûr. Mon Dieu, Colin est-il au courant ? Je suis sûre que non. Un truc aussi énorme. Il ne sait pas, c'est évident. Quand il va l'apprendre, quelle va être sa réaction ?

Mon cerveau est en pleine ébullition et les ronronnements de Virgule commencent à me bercer. Je m'allonge confortablement sur le canapé, ma bouillotte féline étalée sur l'abdomen et je glisse dans un léger sommeil.

26

Je suis réveillée par des voix masculines dans le couloir. Je me lève à la hâte et me précipite sur la pointe des pieds jusqu'à l'entrée de l'appartement de mon voisin. Je colle mon oreille à la surface lisse et froide de la porte. Les sons sont étouffés. Je ne saurais dire de quoi ils sont en train de parler, mais je distingue des fous rires entrecoupés de silences qui laissent peu de place au doute.

Puis une porte claque. Et j'entends des pas pressés dans l'escalier.

Ian est parti. Est-il reparti seul ?

Putain ! Qu'est-ce que je fais ?

Je baisse les yeux et vois Virgule qui se tient docilement à mes pieds. Il est assis sur son derrière et m'observe avec beaucoup d'attention.

– Qu'est-ce que je fais, le chat ? chuchoté-je, comme si cette pauvre bête allait réellement me répondre.

Miaou.

– Mouais, c'est bien ce que je pensais, rétorqué-je.

Miaou, ronronronron…

– Tu penses que je devrais aller voir ? C'est ça ?

Virgule me contemple, stoïque puis, visiblement saoulé par mes interrogations, se tourne et, dans une posture très acrobatique, commence à se lécher l'arrière-train.

Mouais, parle à mon cul, quoi !

N'y tenant plus, je ramasse mon sac posé à terre et quitte l'appartement d'Edward. Une fois dans le couloir, je retiens ma respiration et entre de nouveau chez moi. Contrairement à la dernière fois, le silence est monacal à l'intérieur. À part peut-être… le bruit du ruissellement de la douche à l'étage. Je décide de m'installer au bar et d'attendre qu'il redescende. Je l'entends siffloter et chanter.

Vas-y, mon pote, profite. Avant que le cyclone Drea ne te pète à la tronche.

Quand il descend de sa chambre, de longues minutes plus tard, il se fige à mi-chemin en me voyant attablée dans la cuisine.

– Tu… tu es là ? me demande-t-il en faisant preuve d'un self-control insolent vu la situation.

– Oui.

– Qu'est-ce qui se passe ?

– J'avais besoin de rentrer, je ne me sentais pas bien.

– Ah… Qu'est-ce que tu as ?

– Je ne sais pas trop, tu peux m'aider ?

– Euh… Dis-moi.

Il s'approche de moi, le regard toujours fixé au mien, puis il ouvre le réfrigérateur pour en sortir une bouteille d'eau.

– Là, dans mon dos. Tu ne vois rien ? demandé-je d'une voix plate et sans chaleur.

– Euh… tu as mal au dos ? Parce que, là, il n'y a rien, Drea.

– Tu es sûr ?

Il se rapproche en essayant de lire une réponse dans mes yeux certainement assombris par la colère. Quand je suis hors de moi, le gris de mes iris vire au noir orageux. Il n'est pas con. Il sent que quelque chose ne va pas. Il dévisse le bouchon de sa bouteille pour la porter à sa bouche.

– Oui, je suis sûre, c'est comme si… on m'avait planté un couteau dedans, entre les omoplates. Regarde bien, je suis sûre que tu vas comprendre de quoi je parle.

Il suspend son geste. Et me dévisage, un sourcil relevé, comme si j'étais folle. Cela me rend dingue.

– Franchement, Drea, là, ça relève plutôt du domaine psy…

– Putain, Paul ! le coupé-je, furieuse, en tapant violemment du plat de la main sur le plan de travail, ce qui a pour effet de lui arracher un sursaut. Tu vas arrêter de me prendre pour une conne, maintenant !

– De quoi tu parles ?

Il a l'air médusé.

– Je parle de toi, Paul, t'envoyant mon boss, et j'aimerais que tu me dises la vérité et que tu arrêtes de me faire passer pour une débile profonde.

Je le vois déglutir péniblement et s'installer à côté de moi devant l'îlot de la cuisine. Les yeux baissés, il a l'air désemparé.

– Drea, je…

– Tu quoi ?

– Je l'aime. On s'aime.

– Putain, Paul, sangloté-je, mais merde à la fin ! Tu te rends compte de ce que ça veut dire ?

– Je sais, Drea, je sais, tout ce que tu peux penser, toutes les questions que tu te poses, je me les suis posées des milliers de fois. C'est juste… C'est arrivé. C'est tout.

– Comment oses-tu ? protesté-je, les larmes au bord des yeux. Comment oses-tu porter des jugements sur ma relation avec Colin et me dicter ma conduite, quand ce que tu fais est bien pire ?

– Ça n'a rien à voir, Suricate.

– Ah non ! Ne me suricate pas ! Ne te fous pas de moi, Paul. Tu m'as pourrie ce matin à cause de ce qui se passe entre Colin et moi, tu n'en avais pas le droit. Encore moins, maintenant que je sais ça !

– Drea, on peut parler ? Calmement, je veux dire, sans que tu me hurles dessus comme une dingue.

J'inspire longuement et m'exhorte au calme. Je me rends compte que je me laisse complètement dominer par ma colère et que mon comportement est loin d'être adulte. Mais il a l'air de donner tellement plus de crédit à ce qu'il vit qu'à ma propre relation que cela me rend hystérique. Je respire plus lentement. Je pose les mains à plat sur le plan de travail et je murmure d'une voix atone :

– OK, je t'écoute, et je veux que tu me dises tout.

Paul s'installe derrière le bar avec une lenteur calculée, sans me quitter des yeux, craignant sans doute que je pète de nouveau les plombs. Il reste silencieux plusieurs secondes et je finis par me racler la gorge pour le forcer à s'ouvrir.

– Quand je suis arrivé à Chicago, j'étais un peu paumé. Je ne t'en ai jamais parlé, mais j'avais eu quelques aventures avec des mecs en France. Rien de sérieux. Je ne savais plus où j'en étais, sexuellement parlant, et… je me suis retrouvé à des milliers de kilomètres de chez moi, complètement désorienté.

– Mais attends, le coupé-je, tu n'es pas parti à cause de ça, quand même ?

Il secoue la tête, soupire et pose ses coudes devant lui sur le plan de travail.

– Disons que cette promotion est tombée au bon moment. À mon arrivée, j'ai très vite sympathisé avec un type au boulot. Il était gay et a commencé à me traîner dans des endroits peu recommandables. Je me suis mis à fréquenter des personnes pas trop sérieuses.

Il baisse les yeux, comme envahi par un sentiment de honte.

– Et puis, j'ai fait une mauvaise rencontre, qui m'a un peu échaudé…

Je le dévisage, interdite. Tétanisée à l'idée que l'on ait pu lui faire du mal, et très triste qu'il ait traversé ça seul.

– Paul…

– Je ne tiens pas à en parler, me coupe-t-il avec empressement.

Je me renfrogne et le laisse poursuivre.

– À la suite de ça, j'ai pris un peu de temps pour me ressourcer. J'avais besoin de me retrouver seul. J'ai passé quelques jours dans un ranch dans le Minnesota. C'est d'ailleurs là-bas que j'ai entendu parler du Door County ; ses jolies plages bordant le lac Michigan, ses parcs, ses sentiers de randonnée et ses jolis petits villages côtiers. J'ai roulé pendant plusieurs jours à travers l'État, pour rejoindre le Wisconsin et ai atterri à Fish Creek. J'ai poussé la porte d'un café, le seul du village en l'occurrence, on m'a dirigé vers le Pilgrim's Rest.

– Et c'est là que tu as rencontré Ian, acquiescé-je.

Le regard de Paul s'illumine et un léger sourire se dessine sur ses lèvres. La sincérité de ses sentiments à l'égard de Ian ne fait aucun doute.

– La première fois que je l'ai vu, il jouait avec son fils et sa fille, dans le jardin devant l'auberge. Je me suis tout de suite dit que je le trouvais très beau, m'explique-t-il. Il m'a vu arriver dans ma vieille guimbarde de l'époque, avec mon canoë sur le toit, et je voyais bien que cela l'amusait de voir un petit Français paumé dans le Door County.

Je souris en repensant à cette photo de Ian et lui, accrochée sur un des murs de l'auberge. Deux grands types affublés de chapeaux ridicules, brandissant fièrement le trophée de leur fructueuse partie de pêche. Ils avaient l'air tellement heureux et complices.

– Il vivait encore là-bas à l'époque ? demandé-je avant de me lever pour mettre la machine à café en route.

– Oui, répond-il en hochant la tête, son frère était parti en

France pour le boulot. Il en parlait tout le temps ; ça se voyait qu'il lui manquait beaucoup. Quant à Caroline, elle habitait déjà à Chicago pour le travail et revenait tous les week-ends. Du moins, au début de leur arrangement. Mais Ian voyait bien que son mariage battait de l'aile et se sentait otage de cette situation.

– Et tu en as profité, lâché-je amèrement, regrettant aussitôt cette remarque.

– Drea, non ! Ce n'est pas… Je ne suis pas comme ça, me réprimande-t-il, blessé. Tu le sais, j'espère ?

– Pardon, Minou… Pardon, continue, dis-je en me levant pour sortir deux mugs du placard de la cuisine.

– Les premiers jours, nos échanges étaient cordiaux, sans plus, mais nous avions beaucoup d'atomes crochus et cela ne nous avait pas échappé, et puis Ian s'est proposé de me faire visiter la région. On faisait de longues virées dans la campagne en parlant de tout et rien. De Colin, nos parents respectifs, son mariage. C'était si facile de discuter avec lui, je me sentais bien et je pense que lui en avait autant besoin que moi. Maintenant que tu le connais mieux, tu sais à quel point Ian est quelqu'un de joyeux et attachant. Mais à l'époque, il était si triste.

– Triste, à cause de sa relation chaotique avec sa femme ?

– Entre autres choses. Il était surtout très inquiet pour son frère et désespéré de ne pas trouver comment l'aider. Colin se débattait avec le traumatisme de son enfance et vivait mal le décès très récent de leur mère. Il espérait secrètement que son expérience en France allait lui apporter une sorte de paix intérieure.

Paul soupire, se passe la main dans les cheveux et poursuit :

– Un soir de semaine, alors que l'auberge était calme, je me suis confié à Ian en lui avouant mon homosexualité. Je me sentais en confiance et c'était la première fois que j'en parlais librement. Cependant, sans que j'en prenne réellement conscience, toutes ces conversations nous avaient considérablement rapprochés. J'en étais vraiment troublé et je me suis aperçu, au bout de seulement quelques jours, que son regard sur moi avait changé.

– Comment ça ? Que veux-tu dire ?

Je sens Paul se crisper, et je comprends que nous sommes sur le point d'aborder le tournant décisif de sa relation avec mon patron. Il avale une longue gorgée de café, se racle la gorge et reprend :

– J'ai d'abord pensé qu'il voyait en moi ce frère qu'il aimait tant et que son absence lui pesait beaucoup. Puis ce fameux soir, le bourbon aidant, j'ai fondu en larmes dans ses bras. Je ne saurais pas dire ce qui m'a pris à ce moment-là. Je crois que faire remonter tous ces souvenirs à la surface m'avait éprouvé, et… tu me manquais aussi terriblement. Le suicide de mon père, la dépression de ma mère, mon orientation sexuelle… Je m'en voulais d'avoir gardé tout ça aussi longtemps pour moi. Ian m'a consolé, m'a calmé et m'a donné plein de conseils rassurants. Mais notre étreinte n'avait plus rien d'amical. Je le voyais et cela me déroutait car, bien que sachant que rien ne se passerait entre Ian et moi, je sentais que je commençais à réellement tomber amoureux de lui. Puis Caroline est revenue pour le week-end et, je ne sais pour quelle raison, une violente dispute a éclaté entre elle et Ian, le laissant anéanti. Elle a quitté l'auberge précipitamment, emmenant les enfants, et Ian n'a pas pu l'en empêcher. Le soir même, comprenant que la situation devenait bien trop complexe et, mes sentiments à son égard se renforçant, j'ai annoncé à Ian que j'allais reprendre la route. C'est à ce moment-là que tout a basculé entre nous. Il m'a supplié de ne pas l'abandonner à mon tour. Et la détresse que je lisais dans son regard m'a tellement ébranlé que je n'ai pas réfléchi, je l'ai embrassé. Il ne m'a pas repoussé, il m'a rendu mon baiser. Une chose en entraînant une autre, nous avons franchi la limite.

Mon Dieu… Cette histoire a tout d'une tragédie romanesque. Mais je découvre que leur relation dure depuis beaucoup plus longtemps que je ne l'imaginais. Paul m'a tenue à l'écart tout ce temps… C'est un peu la douche froide.

– Vous êtes ensemble depuis ce soir-là ? demandé-je, hésitante.

– Pas exactement, souffle-t-il, comme libéré d'un poids. Après cette nuit, le comportement de Ian a changé. Il regrettait ce qui s'était passé. Il était manifestement en colère contre lui-même d'avoir cédé à cette pulsion. Il n'avait jamais ressenti cela pour un autre homme. Il n'avait jamais trompé Caroline et se maudissait d'avoir agi de façon si irresponsable et égoïste. Il m'a repoussé et, à contrecœur, je suis parti.

– Non… murmuré-je d'une voix tremblante, captivée par son récit.

– Que voulais-tu que je fasse ? J'étais amoureux de lui, mais sa vie était trop compliquée. J'ai choisi de me préserver. J'avais déjà assez souffert.

– Je comprends… Qu'est-ce qui s'est passé alors ?

– Quelques semaines plus tard, un soir en rentrant du boulot, j'ai reçu un appel de lui. Il était à Chicago pour affaires. Il devait rencontrer des investisseurs pour son projet de restaurant en ville. Nous nous sommes revus et nous sommes retombés dans les bras l'un de l'autre. À partir de ce jour, il nous a été impossible de nier l'évidence des sentiments que nous éprouvions.

Paul se lève et contourne le bar pour aller s'installer dans le canapé du salon. Je l'imite en emportant nos deux mugs de café chaud. Son beau regard bleu se perd dans le vague. Je constate que parler de tout cela n'a pas l'air simple pour lui.

Lui qui me disait pourtant tout avant. Nous restons silencieux peut-être une minute ou deux et je ressens le besoin de le toucher. Ma main posée sur son épaule, je le caresse doucement avec des mouvements circulaires.

Une larme roule sur ma joue. Son récit me bouleverse et j'éprouve une profonde compassion pour mon ami, prenant la mesure de l'épreuve difficile dans laquelle il a dû se retrouver. Un tourbillon de sentiments contradictoires. Il semble heureux et, à la fois, vit dans la culpabilité d'être avec l'homme qu'il aime. Mais alors que je le croyais trop remué pour continuer de se confier, il reprend :

– Au début, il m'a dit qu'il ne voulait pas quitter sa femme. Il était amoureux de moi, mais voulait préserver ses enfants avant tout. Cela faisait des mois que Caroline et lui ne faisaient plus l'amour, et notre rencontre avait fini par lui couper toute envie de la toucher. Un soir, je l'ai mis au pied du mur. Je lui ai dit que s'il ne la quittait pas, ça serait fini entre nous. Il devait prendre une décision et il m'a promis que, dès que son frère serait de retour, il quitterait sa femme et viendrait s'installer avec moi.

– Oooh… soufflé-je.

Soudain, tout s'éclaire. Je commence à comprendre la nature conflictuelle de ses rapports avec mon beau chef.

– Eh oui, me répond-il, navré. Colin a fini par rentrer. Mal en point, drogué aux antidépresseurs et certainement accro à des saloperies plus hard. Il était encore plus en colère contre la terre entière. Ian n'a pas eu le temps de réfléchir, son frère étant devenu sa priorité. Et il était hors de question que celui-ci soit au courant pour nous deux.

– Paul… je suis tellement désolée, murmuré-je, accablée. Je n'avais pas perçu à quel point cela pouvait être difficile pour toi.

– C'était l'enfer. Je l'avais dans la peau et je le voyais s'éloigner de moi. J'allais le perdre. Alors, je lui ai lancé un ultimatum. J'ai agi comme un connard égoïste à l'époque et j'en avais conscience, mais je lui ai malgré tout demandé de choisir. C'était moi ou son frère.

– Il a choisi son frère, soufflé-je en retenant un sanglot.

Paul hoche la tête, les yeux embués de larmes.

– Ça m'a brisé le cœur. Je voyais l'homme que j'aimais mener un combat qui n'était pas le sien, pour un frère qui ne voulait pas qu'on l'aide et qui sabotait toutes ses chances de réussir en prenant Ian en otage avec ses frasques. Mais… La chose qu'il n'avait pas prévue, c'est qu'il m'aimait vraiment, passionnément. Et j'ai donc accepté son choix en continuant à le voir en secret.

– Seigneur, Paul… ce n'est pas une vie. Je veux dire, ce n'est pas toi qui es égoïste dans l'histoire… Ian n'a pas le droit de te demander ça ! m'indigné-je. Ça dure depuis combien de temps, ces conneries ?

– Trois ans. Trois ans que je tente de raisonner Ian pour que nous y mettions fin. Il reste très hésitant. L'équilibre de sa famille est précaire, et les dommages collatéraux pourraient être sans précédent. À commencer par ses enfants, qui vont indubitablement mal vivre la séparation de leurs parents. Et même si les rapports entre Ian et Caroline ne sont plus ceux d'avant, malgré l'affection qu'ils se portent, il angoisse à l'idée de lui révéler la vérité.

– Pardon, Paul, mais ce n'est pas ton problème, m'offusqué-je. Il n'a pas le droit de te demander de vivre comme ça. Surtout s'il t'aime comme il le prétend. Cette situation est injuste pour toi, autant que pour ses enfants et, très franchement, je doute que Caroline soit dupe.

– Elle ne sait rien, me soutient-il.

– Pour vous deux, peut-être. Mais si leur couple va mal, cela ne peut pas être que la faute de Ian. Elle est tout de même partie vivre à Chicago. Je ne peux pas croire qu'elle attende encore quelque chose de ce mariage.

– Tu oublies Colin. Il est trop instable pour…

– Il n'est pas instable, le coupé-je, piquée au vif. Et peut-être que si son frère arrêtait de le couver, il se rendrait compte que Colin est tout à fait capable de faire ses propres choix et d'agir raisonnablement.

Je commence à en avoir assez que Paul lui colle tous ses problèmes sur le dos. Mon ami semble remarquer mon agacement et se radoucit.

– Drea, je sais tout ça. Mais Ian maintient que son frère reste fragile et il craint que notre histoire ne le fasse sombrer de nouveau dans la dépression. Colin idéalise tellement le couple que son frère forme avec sa femme, c'est un socle familial solide pour lui et Ian pense que révéler notre histoire serait néfaste à son équilibre mental. Et puis, il y a son affaire. Le meilleur ami de Caroline, Gareth Clark, étant actionnaire à cinquante pour cent, il pourrait décider de se retirer du Bower pour soutenir son amie. Bref, Ian ne veut pas prendre de décision sans avoir analysé tous les risques.

– C'est la boîte de Pandore, votre histoire, soupiré-je.

– Oui, c'est la merde.

– Et toi, Paul ?

– Moi ?

– Oui, toi, Minou, demandé-je en me rapprochant de lui. Qui pense à toi et à ce que tu veux vraiment ? Qui va s'assurer que, toi, Paul Serra, tu es heureux ?

Je pleure à présent, attristée par cette situation dans laquelle mon ami est embourbé et qui semble sans issue.

Paul me prend dans ses bras, et nous sanglotons tous les deux. Il me serre fort. Ce contact m'a tellement manqué que je m'abandonne complètement à lui, dans la chaleur de son corps rassurant pressé contre le mien.

– Ian m'a ouvert les yeux sur une chose aujourd'hui, Suricate, chuchote-t-il à présent, comme si ce qu'il allait me dire devait rester un secret entre nous. Tu fais du bien à Colin. Ian le voit bien. Son frère va mieux et il a l'air très amoureux de toi. Je pense que Ian attend simplement de le voir s'en sortir et il en prend le chemin visiblement. Ça pourrait être bon pour nous.

– Tu es sérieux ?

– Mmh, mmh. Quand il sera prêt, il lui annoncera pour nous, mais il doit d'abord tout avouer à sa femme. Et puis, il m'a parlé de cette émission de télévision pour laquelle Colin est sollicité, cela pourrait sauver le restaurant, au cas où Gareth souhaiterait renoncer à ses parts du Bower.

– Il ne veut pas la faire, Paul.

– Je sais, Ian me l'a dit. Mais il peut changer d'avis.

– C'est apparemment trop tard, d'après ce que j'ai compris.

– Ne dis pas ça, rien n'est encore joué.

Je regarde furtivement ma montre, il est déjà plus de quatorze heures. Avec toutes ces émotions, je n'ai pas vu le temps filer. Je dois repartir au Bower pour le service du soir. Je rassemble mes esprits, me mouche et regarde Paul en souriant. Il a l'air apaisé, délivré d'avoir enfin tout dit. Puis il se lève pour s'approcher de moi et attrape les pans de mon manteau pour m'attirer à lui, pour ce qui semble être une ultime confidence.

– Je sais que je te demande beaucoup, Suricate, mais s'il te plaît, n'en parle à personne. Ian tient absolument à ce que les gens qui comptent pour lui l'apprennent de sa bouche.

– Paul, tu ne peux pas me demander ça.

– Drea, c'est très important. Colin ne doit pas savoir. Pas comme ça.

– Paul, j'ai promis à Colin que je n'aurais pas de secret pour lui, et tu dois admettre que celui-ci est colossal. Quel genre de relation je peux construire avec lui si je lui mens dès le départ ?

– Je sais, Suricate, c'est aussi pour cela que je ne voulais rien te dire, tu te souviens ? Mais Colin n'est pas obligé de savoir que tu étais au courant ? N'est-ce pas ?

– Aïe, double mensonge. C'est chaud, Paul.

– Je t'en supplie. C'est vraiment la seule chose que je te demande. Tout cela sera bientôt terminé. Fais-moi confiance.

– Promets-le-moi. Promets-moi que Ian va aller lui parler rapidement.

Paul soupire, fatigué, presque résigné.

– Je ne peux pas te dire quand, mais ne t'inquiète pas, ça ne sera plus long.

– Bien, si Colin et moi sommes toujours ensemble après Noël, je ne veux pas commencer l'année prochaine sur un mensonge entre lui et moi.

Je ramasse mon sac et quitte l'appartement, un peu angoissée par cette histoire. Il faut que cette situation prenne fin, je ne veux pas me rendre complice de leurs cachotteries. Je sais que Colin va mal le prendre. Mais si, en plus, il découvre que j'étais au courant et que je ne lui ai rien dit, je n'ose imaginer sa réaction.

27

L'air se réchauffe à l'instant même où je franchis les portes automatiques du terminal. J'ai l'impression que mes oreilles vont tomber tellement j'ai froid. J'aurais dû prendre un bonnet. Paul me l'a répété au moins mille fois, mais j'étais tellement impatiente de prendre la route que je n'en ai fait qu'à ma tête, comme d'habitude. J'ai foncé jusqu'au Bower, Colin m'a donné les clés de la Hemmings en souriant, et je l'ai embrassé du bout des lèvres avant de m'élancer jusqu'au parking. Il sait qu'il ne peut pas m'en vouloir d'être aussi excitée ce matin. Il a bien essayé de me retenir de la seule façon qu'il connaisse, en me serrant contre lui, en m'embrassant dans le cou, provoquant un tourbillon sensuel au creux de mon ventre.

Les choses ne pourraient pas aller mieux entre nous. Je vis un rêve éveillé. Colin est adorable avec moi et me comble de bonheur par une multitude de petites attentions romantiques. Je ne me suis jamais sentie aussi amoureuse et en symbiose avec quelqu'un. Nous nous découvrons, jour après jour, et tout ce que j'apprends de lui me plaît et me séduit de plus en plus. On est très loin de l'image du Don Juan qu'il affichait au début de notre relation. Il est délicat, tendre, prévenant. Et notre histoire dépasse toutes mes espérances.

Trois semaines se sont écoulées depuis ma confrontation avec

Paul, et Ian n'a toujours pas avoué la vérité à son frère. J'essaie d'y penser le moins possible. À chaque fois que j'aborde le sujet avec mon ami, je sens que je l'agace. Mais il oublie qu'il me rend complice de leur mensonge à tous les deux et que cela me met profondément mal à l'aise.

Il continue de filer le parfait amour avec Ian en toute clandestinité. Nos rapports, bien que fragilisés par cette situation un peu précaire, sont plus ou moins revenus à la normale.

Je compte beaucoup sur Ian pour se trahir à un moment ou à un autre. Car à présent que je sais ce que mon meilleur ami et lui partagent, certains de ses comportements me semblent aberrants, et je m'étonne que personne ne remarque rien. Cela dit, j'ai été moi-même aveugle pendant suffisamment longtemps à ce qui se passait juste devant mon nez, pour me garder de reprocher aux autres leur manque de clairvoyance.

Je fais en sorte que cela ne perturbe pas mon travail. Je sais que Colin et la brigade comptent sur moi, et le Bower a définitivement le vent en poupe depuis le début du mois d'octobre. Il y a une semaine, pour les fêtes de Noël, nous avons organisé un cocktail privé réunissant quelques-unes des plus grandes fortunes de Chicago. J'ai enfin eu l'occasion de rencontrer Gareth, l'investisseur du restaurant, qui s'avère être quelqu'un de tout à fait charmant. Le type a le cul posé sur une montagne d'argent mais ne laisse rien paraître au premier abord. Il est très simple, accessible et très bel homme pour ne rien gâcher, ce qui n'est pas passé inaperçu auprès de la gent féminine présente au Bower à cette occasion. Le champagne coulait à flots et, un peu plus tard dans la soirée, quelque peu enivrée, je me suis retrouvée en sa compagnie à parler français et à m'esclaffer comme une bécasse. Et j'ai vraiment passé un excellent moment, sous le regard noir de Colin qui m'a servi sa première crise de jalousie. Il s'est manifesté plus d'une fois au cours de ma conversation avec Gareth en me rappelant à l'ordre discrètement mais, une fois chez lui, il m'a fait payer plutôt cher le fait d'avoir batifolé avec l'avocat sexy au cours de la réception.

Nous profitons pleinement de cet amour naissant. Au début, nous vivions retranchés à l'abri des regards, profitant l'un de l'autre, apprivoisant mutuellement nos corps et imaginant les meilleures façons de nous faire du bien. Nous faisions de longues balades sur les bords du lac ou le long de la rivière. Colin me faisait découvrir le vrai Chicago, son Chicago, celui qu'il aimait, avec ses artistes, ses petites galeries d'art anonymes, ses pâtisseries confidentielles, ses disquaires recélant des trésors introuvables ailleurs et ses petites brasseries romantiques. Nous vivions d'amour et de cuisine et partagions des moments de réelle complicité derrière les fourneaux de son loft où nous échangions nos recettes, mettions au point des menus parfaits, les repas se terminant presque à chaque fois de la même façon : sous la couette à gémir de plaisir et à nous susurrer des mots doux.

Puis, un beau matin, je suis entrée dans le laboratoire et Colin m'a accueillie avec un baiser digne d'un condamné dans le couloir de la mort, sous les yeux ébaubis des membres de la brigade affairés de l'autre côté du mur de verre. C'en est fini de notre secret et, à mon grand soulagement, la nouvelle a été plutôt bien accueillie.

Colin me dit réfléchir avec beaucoup de sérieux à la proposition d'émission de télévision *Salt & the City*, dont le tournage doit commencer au début du mois de janvier. Bethany lui a octroyé un délai supplémentaire de réflexion, arguant qu'il est LE chef dont le programme a besoin et qu'elle patientera, sachant qu'il prendra la bonne décision finalement. Notre bonheur est total.

Je jette un œil sur le panneau des arrivées. Le vol est annoncé à l'heure. Je commence à sentir des papillons dans mon ventre, et mon cœur tambourine dans ma poitrine.

J'ai réussi à obtenir de mon boss qu'il me donne une petite semaine de congé juste avant Noël, et je ne suis pas mécontente. Cela me permet de souffler et de profiter de ceux que j'aime. Cette année, le réveillon tombe un week-end. Et Ian tient absolument à ce que nous soyons tous présents à l'auberge. Je n'y suis pas retournée depuis Thanksgiving, et je suis très impatiente de retrouver Grace et Harrison. Je sais que Colin est heureux de se rendre là-bas lui aussi, et c'est tout ce qui compte à mes yeux. Ian a sans doute raison. Ce que nous vivons, son frère et moi, lui fait du bien et l'aide à faire la paix avec son passé.

Je regarde ma montre : dix-sept heures. L'avion est posé depuis quelques minutes. Je me dirige vers le Starbucks et commande un *latte*. Je me poste devant le présentoir où je me sers de sucre, je saupoudre mon café mousseux de cannelle et referme le couvercle sur mon gobelet brûlant. Quelques tables plus loin, un homme m'observe. Il est assis devant son Mac ouvert et sirote sa boisson chaude en me dévisageant. Je lui souris, il me rend mon sourire. Pour la première fois de ma vie, je suis à l'aise avec cela. Je me sentirais presque belle. Chose qui m'aurait paru inenvisageable il y a quelques mois. Mais Colin passe son temps à me flatter et je ne crains pas sa réaction face au regard des autres ; il est fier de partager ma vie et, dans l'intimité, il n'a de cesse de me vénérer et de me dire à quel point il me trouve merveilleuse.

« Tu es sublime, Drea, j'aime tes belles boucles brunes et brillantes qui tombent voluptueusement dans ton dos. Je pourrais passer une éternité, lové entre tes petits seins en forme de pomme. J'adore ton teint hâlé même en hiver, qui fait ressortir tes yeux d'un gris si profond, comme l'intérieur nacré d'un coquillage éprouvé par les éléments ; j'aime ta bouche couleur framboise, c'est un bonbon que j'ai envie de croquer, ton petit nez retroussé qui se plisse quand tu es en pleine réflexion au-dessus de ton plan de travail. Je craque devant tes jolies pommettes rosées après l'amour, ton petit corps de gymnaste fuselé qui n'est fait que pour fusionner avec le mien. J'aime que tu sois si magnifique, et que tu n'en aies même pas conscience. Et j'aimerais que tu te voies telle que je te vois. »

Comment ne pas craquer devant un tel déluge de compliments, une si belle déclaration d'amour ?

Je me dirige vers le cordon formant un couloir pour orienter les passagers vers la sortie. Les premiers voyageurs commencent à affluer, ce qui me ramène quelques mois en arrière, quand je franchissais ces portes pour retrouver Paul. J'ai l'impression que cela fait une éternité. Comme si une vie s'était écoulée depuis que j'ai posé le pied sur le sol américain.

Et je la vois, grande, belle et éclatante de blonditude. Elle est chaudement vêtue d'une doudoune matelassée rose fuchsia, ses longs cheveux ondulant sur ses épaules. Elle jette un regard au loin et m'aperçoit, son sourire m'éblouit. Ma meilleure amie, ma sœur, elle m'a tellement manqué. Elle parcourt les derniers mètres en trottinant sur ses talons de dix centimètres et pousse un cri strident à la limite du supportable. Tous les regards se tournent vers nous alors qu'elle me saute dans les bras. La grande perche blonde enlaçant la lilliputienne aux cheveux d'ébène, quel tableau !

– Mon chaaaaaaaat ! hurle-t-elle.

Je pouffe, et je sanglote un peu aussi, tant l'émotion de ce moment est forte. Nous restons comme cela, dans les bras l'une de l'autre, pendant plus d'une minute.

– Steph, soufflé-je.

– Oh je sais, mon chat, tu m'as manqué aussi, me murmure-t-elle à l'oreille.

– Non, enfin si, mais là, tu m'étouffes, je ne peux plus respirer.

Elle éclate de rire et se détache de moi pour me regarder, ses deux mains manucurées encadrant mes épaules.

– Tu n'as encore rien vu, ma poulette, j'ai près de cinq mois de câlins à rattraper, et ton Colin va devoir partager.

Je m'esclaffe et me cramponne de nouveau à ma grande gigue aux cheveux d'or pour profiter encore de ce moment de tendresse entre nous.

– Où est-il ? Il n'est pas là, ton cuistot sexy ?

– Il travaille, ricané-je. Patience, tu le verras ce soir, nous dînons avec lui et Paul.

– Oh, mon Dieu ! J'ai tellement hâte que tu me le présentes ! Et son frère, il sera là ? Et Paul, il va bien ? Dis donc, tu n'aurais pas maigri ? Au fait, tu as vu que j'ai fait éclaircir mes cheveux ? Ça me va, hein ?

Je la scrute, les yeux écarquillés. Ah oui, j'avais oublié cette version de Steph. Le moulin à paroles.

– Alors, dans l'ordre : non, oui, oui, oui et ça te va très bien.

Steph s'immobilise quelques secondes en me dévisageant, puis nous éclatons de rire en chœur.

– Pardon, pardon, mini-pouce, mais ça fait tellement longtemps, j'ai tellement de choses à te raconter et je suis sûre que toi aussi, me dit-elle avec un regard en coin.

– On s'est parlé hier au téléphone mais, oui, je vois ce que tu veux dire. Allez, viens, rentrons, tu dois être fatiguée.

– Pas du tout ! Je me suis empiffrée de sucreries dans l'avion et j'ai bu au moins trois Red Bull à l'aéroport de Francfort, donc je m'excuse d'avance, mais je pète le feu.

Je lui souris de toutes mes dents. Steph m'a terriblement manqué. Je sais que ces quelques jours vont être épuisants. Cette fille est hyperactive et a besoin d'une attention constante, mais ce n'est rien comparé au fait que j'ai eu beaucoup de mal à me passer d'elle ces derniers mois.

Nous rejoignons la camionnette, et j'ai droit à un sifflement teinté d'ironie.

– Mais dis-moi, je vois qu'on ne se refuse rien, on vit dans l'opulence.

– C'est le pick-up de Colin, ricané-je. Des commentaires ?

– Je pensais que j'aurais droit à un transfert en limousine ou en Porsche ; ton Colin devrait changer de conseiller financier.

– Il a des goûts très simples, malgré ce que tu penses.

– Mmh, faux, sinon il ne serait pas avec toi, ma bichette, minaude-t-elle.

Nous grimpons à bord du pick-up et, quelques minutes plus tard, je m'engage sur l'autoroute 90 pour rejoindre le centre avec, à mon bord, mon amie survoltée et intarissable d'anecdotes.

Le travail reste crevant à l'hôpital. Voilà plusieurs semaines qu'elle fréquente ce médecin qui travaille au service d'oncologie pédiatrique. Il a l'air vraiment très bien, mais trimballe un paquet de problèmes et rentre de plus en plus déprimé de ses journées de garde.

– Comprends-moi, argumente Steph, comme pour me rassurer, sur son ton emphatique. Je sais que sa spécialité n'est pas facile, d'autant plus qu'il est au contact d'enfants gravement malades toute la journée, mais j'aimerais qu'il prenne plus de recul avec son boulot et pendant qu'il me chiale sur l'épaule, eh bien… Comment dire ?

Je lui jette un regard en coin, très au fait de l'énormité qu'elle s'apprête à me sortir, et je ne me trompe pas.

– Eh bien, il ne me baise pas.

– Steph…

– Je sais, je sais. Tu dois me prendre pour une pute sans cœur, mais on ne fait pas ce boulot si on n'est pas blindé, émotionnellement parlant. Il passe son temps à sangloter, Drea, je ne suis pas une assistante sociale, moi, proteste-t-elle.

– Steph, je vois parfaitement ce que tu veux dire, mais tu n'as pas l'impression que, de ton côté, tu es un peu trop détachée ?

– C'est-à-dire ?

– Tu sais très bien ce que je veux dire, ma belle. Tu enchaînes les conquêtes sans te soucier de demain, tu ne cherches pas à construire quelque chose, comme si cela te faisait peur, je ne sais pas…

– Drea, arrête, s'il te plaît ! Tu regardes trop de films à l'eau de rose ou quoi ? Ce n'est pas parce que la société moderne te dicte une conduite sociale aussi convenue que tu dois t'y plier. Moi, ce n'est pas ce que je veux.

– La relation homme-femme n'est pas qu'une affaire de sexe, Steph.

– Peut-être, mais ça en fait partie intégrante, et cela a une importance capitale dans un couple. Tu ne peux pas le nier. J'ose espérer que ton homme te baise bien ?

– Steph… soupiré-je, gênée d'aborder aussi vite un sujet si personnel avec elle alors qu'elle vient à peine d'arriver.

– Drea, oui ou non ? insiste-t-elle.

– Déjà, il ne me baise pas… il me fait l'amour, et c'est là toute la différence. Notre relation ne repose pas que là-dessus. Nous sommes tous les deux passionnés par notre métier et partageons beaucoup de choses à ce sujet. C'est… C'est un tout. Mais s'il n'avait été question que de sexe, nous ne serions peut-être pas ensemble.

– Mouais.

Steph semble dubitative. Et son regard se perd dans le paysage bétonné qui défile à mesure que nous progressons au cœur de la ville.

– Je suis comme ça, Drea. Je ne me sens pas prête à me poser. Je n'en ai tout simplement pas envie. C'est aussi simple que ça.

– Je l'entends tout à fait. Mais tu es tellement attachante, tu as tant à offrir que cela ne me semble pas étonnant que les hommes souhaitent obtenir un peu plus de ta part.

Steph ne répond rien, je pense qu'elle commence à fatiguer un peu. Avant Chicago, j'approuvais complètement son choix de vie, l'enviant presque. Ben était très envahissant, c'était à peine si j'avais le droit de sortir et de voir mes amis. Quand Steph me racontait ses aventures et ses rencontres, je la jalousais discrètement. J'étais dans une relation déjà bien établie et, même si j'avais la conviction d'aimer Ben, je me sentais un peu comme retenue prisonnière. Je ne savais plus ce que cela faisait de séduire. Ce que l'on éprouvait quand un homme vous manifestait de l'intérêt. Steph l'expérimentait en permanence. Aujourd'hui, je me sens tellement en phase et comblée par ce que je vis avec Colin, que les relations que Steph entretient avec les hommes me semblent tristement superficielles.

Finalement, Steph me rappelle la personne qu'était Colin avant que je ne le rencontre. La peur de souffrir et d'être abandonnée l'empêchait de se projeter dans une relation amoureuse. Peut-être que Steph doit juste tomber sur la bonne personne.

***

Alors que je gare la Hemmings dans la rue de Paul, je me rends compte que ma meilleure amie s'est assoupie. Je pose ma main doucement sur son épaule, et nous sortons de la voiture pour récupérer sa valise.

Je sais que Steph aime être prévoyante, mais j'ai l'impression de traîner un âne mort derrière moi.

– Ôte-moi d'un doute, il n'y a pas d'enclume là-dedans ?

– Hahaha, très drôle ! ricane Steph.

Nous grimpons difficilement les escaliers et entrons dans l'appartement. Paul n'est pas encore rentré. Je fais brièvement visiter les lieux à Steph et lui annonce que je dois aller m'assurer que mon voisin n'a besoin de rien.

Edward Olifant a quitté l'hôpital il y a quinze jours, mais il reste assez diminué physiquement et s'est vu octroyer une aide à domicile pour certaines choses qu'il n'arrive pas à faire seul. Ainsi, Amber Perry, une charmante aide-soignante âgée de la cinquantaine se présente deux fois par jour à son domicile, pour lui préparer ses repas et l'aider à faire sa toilette. Au départ, Edward n'était pas du tout emballé, d'autant plus que la quinqua s'adresse à lui comme on parle à un tout petit enfant. Mais, à force de patience, la douce Amber a réussi à dompter la bête et, désormais, bien qu'il refuse de l'admettre, Edward attend son passage avec un plaisir non dissimulé.

Je toque à la porte du voisin et entre à son signal, Steph sur mes talons. J'ai pris soin de rapporter quelques mets récupérés plus tôt au restaurant pour son repas du soir.

Edward est assis dans son canapé, les jambes étendues sur la méridienne. Il a les yeux plongés dans un énorme livre, pendant que l'infirmière lui prend sa tension. À mon entrée, son visage s'illumine.

– Andrea ! s'exclame-t-il. Je suis tellement content que vous passiez.

Je hausse un sourcil, dubitative. Edward fait comme si cette visite n'était pas prévue alors que ce matin, je lui ai bien dit que je passerais le voir dans la soirée. Je salue Amber tandis qu'Olifant tord le nez et se dévisse le cou pour admirer la plantureuse visiteuse qui m'accompagne.

– Bonjour, charmante demoiselle ! lance-t-il d'une voix chaude.

Quel charmeur, je n'en reviens pas. Ce type a juste 1 000 ans et il se prend pour Alain Delon. Je soupire alors qu'il commence son rentre-dedans.

– Vous devez être Stéphanie, roucoule-t-il. Andrea n'arrête pas de me parler de vous. Elle a oublié de me dire que vous êtes une véritable splendeur.

Je jette un regard en coin à Steph, qui se met à rougir.

J'y crois pas. Il fait son numéro et elle marche.

– Enchantée de vous rencontrer, monsieur, minaude-t-elle.

– Je vous en prie, ma jolie, appelez-moi Edward.

Il lui fait signe de s'installer dans le canapé en face de lui, puis je me rends à la cuisine pour déballer mes courses.

– Nous ne restons pas, Edward, lancé-je depuis la kitchenette. Je suis juste venue voir si tout allait bien et vous déposer un plat chaud du Bower.

J'entends Steph s'esclaffer dans le salon.

Il est fort, ce vieux couillon !

Je m'approche de lui, les mains sur les hanches, pendant qu'il dévore mon amie des yeux et continue sa drague un peu désuète.

– Comment ça s'est passé aujourd'hui, Edward ?

Il ne me répond pas, trop occupé à faire rire Steph en lui racontant des idioties ; je crois que je ne l'ai jamais vu dans cet état.

Amber se lève, époussetant sa blouse de tâches imaginaires puis, avec le sourire, elle entreprend de me faire une synthèse avec une voix aiguë, limite agaçante.

– Eh bien, aujourd'hui, on a fait une bonne sieste, n'est-ce pas Edward ? Et ce n'était pas gagné, car on était fortement constipé et notre ventre nous faisait souffrir. Heureusement, avec l'heure du thé, est arrivée la délivrance et on est de bien meilleure humeur à présent.

Olifant lève les yeux au ciel, outré, alors que je me retiens d'exploser de rire.

– Elle me demande comment s'est passée ma journée, idiote, pas la vôtre. C'est qui ça, ON ?

Steph le regarde, médusée. L'aide-soignante ne se démonte pas.

– Oh, je vous demande pardon, vous auriez peut-être préféré que je ne dévoile pas vos problèmes intestinaux devant ces jeunes femmes ? Mais il n'y a pas de honte à avoir, Edward. Nous faisons tous popo.

– Je ne fais pas « popo », grogne-t-il sur un ton méprisant.

– Allons, allons, ne soyez pas si ronchon, avouez qu'on est soulagé de ne pas avoir à remettre un suppositoire de glycérine, ce soir. On trouve cela très inconfortable, soupire-t-elle en me regardant, navrée.

– Merci, Amber, pour ce rapport très détaillé, je vous raccompagne, dis-je encore sous l'emprise de mon fou rire.

Sans s'en rendre compte, l'infirmière vient de réduire à néant toute tentative de séduction de la part d'Olifant sur ma meilleure amie, et cela sans aucun complexe. Il lui balance des œillades furieuses, mais elle ne semble pas y prêter la moindre attention. Elle rassemble ses affaires et me suit jusqu'à l'entrée de l'appartement. Avant de partir, elle m'explique qu'elle repassera le lendemain comme prévu mais qu'elle sera remplacée pour la soirée. Visiblement, Olifant est déjà au courant.

Une fois débarrassée de la nounou d'Edward, je reviens au salon où je découvre une Steph aux petits soins, ajustant les oreillers dans le dos du septuagénaire et s'assurant que ses jambes sont bien au chaud sous une épaisse couverture.

– Elle est partie, soupiré-je.

– Quelle abrutie ! croasse Edward, arrachant un éclat de rire à Steph.

– Je croyais que vous l'aimiez bien ?

– Andrea, vous êtes sérieuse ? Vous avez vu comment elle me

traite ? Je n'ai pas 2 ans et nous ne sommes pas en crèche, bon sang de bois !

– Elle prend son travail très au sérieux, et je sais qu'elle vous apprécie, alors que vous êtes odieux avec elle.

– C'est cela, oui, il lui manque quelques neurones. Pour apprécier sa compagnie, il faudrait que je sois sourd, ou bien qu'elle soit muette. Bon Dieu ! Douze ans d'études, quarante ans d'enseignement dans des universités prestigieuses, tout ça pour finir avec une folle qui me torche le cul en me parlant comme à un débile.

– Allons, calmez-vous, Edward. Nous ne devrions pas nous énerver. Cela n'est pas bon pour notre petit cœur, me moqué-je de lui ouvertement.

– Pff !

– Je vous ai mis de l'agneau au thym sur la table avec des pommes grenailles et de la fondue de poireaux. Et dans le frigo, il y a deux verrines de panna cotta au caramel beurre salé. Ne mangez pas les deux ce soir. C'est très sucré et vous allez vous énerver tout seul avant la nuit.

– Vous ne restez pas ? s'étonne-t-il, visiblement déçu.

– Mais non, Edward, je vous ai déjà dit que je dînais avec Stéphanie ce soir. Mais si vous avez besoin de quoi que ce soit, je suis joignable sur mon portable.

– Mmh… bougonne-t-il.

Puis il lance à Stéphanie un regard rempli d'amour et demande :

– Aurais-je la chance de vous revoir avant votre départ pour le Wisconsin ?

– Euh…

Steph me regarde, interloquée. Avec tout ça, je n'ai pas encore eu le temps de lui faire un topo sur notre programme de la semaine.

– Nous repasserons. Ne vous inquiétez pas.

Après avoir quitté mon cher voisin, j'explique brièvement à

Stéphanie ce que j'ai prévu pendant son séjour. Nous allons passer les deux premiers jours ensemble à Chicago, où nous ferons absolument tout ce qui lui plaira : musées, shopping, sorties en boîte… j'ai l'intention de me plier à ses quatre volontés. Puis nous partirons le 24 au matin dans le Door County avec Ian et Paul, tandis que Colin nous rejoindra le soir après le travail. Nous passerons le week-end là-bas et, ensuite, je reprendrai le boulot et Paul assurera le relais avec elle. Elle boude un peu, au début, de ne pas pouvoir être avec moi pendant la totalité de son séjour, mais elle a l'habitude que mon travail me rende assez peu disponible.

Steph retrouve Paul avec bonheur et le serre chaleureusement dans ses bras. Il a l'air exténué mais heureux de voir notre amie.

– Mais, s'étonne-t-elle, attends un peu, tu ne portes pas mon cadeau ?

Je lui jette un regard désapprobateur, lui signifiant que ce n'est vraiment pas le moment de lancer les hostilités. Paul ronchonne, bougonne et lâche un « sorcière ! », qui a le mérite de la faire rire.

– Je plaisante, Paulo, on enterre la hache de guerre pour les vacances ? lui demande-t-elle.

– Mouais, tu dis ça uniquement parce que tu sais que si tu m'énerves trop, tu mourras dans ton sommeil, étouffée par ton oreiller.

Il saisit la main qu'elle lui tend et se rapproche d'elle pour lui murmurer quelque chose à l'oreille. Je suis trop éloignée pour entendre, mais je vois le visage de Steph se décomposer.

– Maintenant ? lui répond-elle, intriguée.

– Non, quand tu seras plus reposée. On a le temps, ajoute-t-il.

Je comprends alors qu'il lui a certainement dit qu'il avait besoin de lui parler, et son air grave semble la faire un peu paniquer. Elle me lance un regard angoissé et je hausse les épaules, bien que je sache pertinemment de quoi il est question. S'il l'annonce à Steph, cela signifie que Colin sera bientôt au courant. Je commence à respirer.

Enfin ! Enfin, tout cela va prendre fin. Ce mensonge entre nous qui me bouffe l'existence depuis des semaines va éclater au grand jour. Colin et moi passons beaucoup de temps ensemble, et c'est de plus en plus difficile de lui mentir. Un soir, il m'a fait une révélation qui m'a presque poussée à tout lui avouer. Je n'arrivais pas à trouver le sommeil. Je ruminais un peu ce qu'il m'avait confié au sujet de ses addictions passées et, je ne sais comment, la conversation a dévié sur un truc que Paul m'avait raconté au sujet de Caroline et lui. Cette histoire que je trouvais de plus en plus ahurissante selon laquelle il se serait jeté sur elle. Il m'a alors expliqué que c'était exactement la chose inverse qui s'était passée. Caroline sentait que Ian s'éloignait d'elle. Évidemment, je me suis bien gardée de commenter ce fait qui suscitait beaucoup d'interrogations dans l'esprit de Colin. Il a essayé de la consoler comme il pouvait et ce que Ian a surpris n'était que la manifestation du désespoir de Caroline, qui se sentait profondément délaissée. Elle a embrassé Colin, qui a essayé de la repousser, mais le mal était déjà fait puisque Ian est arrivé dans la pièce pile au mauvais moment. Il a accepté de porter la culpabilité de cet instant d'égarement, pour épargner sa belle-sœur. Et ils n'en ont jamais reparlé. Les choses se sont un peu améliorées entre son frère et elle, et il a décidé de ne plus y penser.

Ce jour-là, j'aurais pu tout lui dire. Mais je me répétais mentalement que ce n'était pas à moi de lui en parler.

Steph ne se fait pas prier lorsque je lui propose de prendre une douche et de se délasser un peu. Nous sommes attendus au restaurant pour vingt heures. Et ma meilleure amie va enfin rencontrer l'homme de ma vie. Je meurs d'impatience.

28

Le Bower est plein à craquer ce soir. Je suis tellement impatiente de présenter Colin à Steph que je ne tiens plus en place. Nous sommes accueillis par Aria, qui est particulièrement en beauté.

– Tu dois être Steph, déclare-t-elle. Je suis contente de te rencontrer enfin.

La belle rouquine prend mon amie dans ses bras après avoir embrassé Paul sur les deux joues.

– Je vois que Drea est bien entourée, murmure Steph, l'air un peu intimidée.

– Je te présente Aria, elle est sommelière au Bower et ma confidente après les services.

– Oui et, ce soir, je m'occupe de votre table, s'esclaffe-t-elle. Drea, je t'interdis de te mettre en cuisine ce soir. Je veillerai personnellement à ce que tu respectes cette consigne.

– Oui mais…

– Il n'y a pas de « mais ». Colin m'a dit que je serais virée si je te laissais saisir une seule spatule. Alors, rends-moi service, ne me complique pas la tâche. Je vous installe et ton homme vous rejoint.

Je jette un regard noir à Aria, je sais que je ne vais pas pouvoir m'empêcher d'aller saluer l'équipe.

Nous avons droit à une table très bien placée devant le cube vitré, nous laissant tout le loisir d'observer la brigade en action. Je préviens

Steph que je lui présenterai mes collègues après le dîner, mais celle-ci aperçoit déjà mon apollon en train de dispenser ses conseils aux commis qui l'écoutent avec attention. Il me remarque, me sourit et, après un dernier mot de sa part, je vois l'équipe se disperser et commencer à s'activer derrière les fourneaux. Steph s'évente de sa main et me jette des œillades lourdes de sous-entendus. Ce qu'elle voit lui plaît, et je ne pourrais pas être plus d'accord avec elle.

Colin est juste magnifique. Il en impose avec sa carrure athlétique, sa blouse sombre cintrée sur laquelle se superpose son tablier noir noué serré sur sa taille musclée et parfaitement dessinée. Il ne porte pas de toque de chef mais son éternelle casquette des Bears, visière sur la nuque, et ce soir, son regard brille d'une intensité qui me laisse toute chose.

– Bon Dieu… me murmure mon amie. Je ne sais pas si je vais pouvoir avaler quelque chose devant ce spectacle.

Je lui souris, pas peu fière de pouvoir clamer haut et fort que le bel éphèbe derrière la vitre est à moi et rien qu'à moi. Colin me glisse un clin d'œil furtif, m'invitant à le rejoindre.

J'abandonne mes amis quelques minutes pour aller saluer Pilar et Leandro au passage. Mes deux acolytes ont déjà la tête dans le guidon, et ils sont en plein dans la conception des premières commandes de la soirée. Je vérifie que tout est en ordre dans la cuisine et propose mon aide pour une demande spéciale, mais je sens que je suis de trop.

– Va manger, Drea, me lance Leandro, agacé. On s'occupe de tout, là ; on s'en sortira, tu es en vacances, je te rappelle.

– Oui mais…

– Ma ! Tou ba nous laisser tranquille ? soupire Pilar avec son petit accent chantant. Tou sais bienne qué nous poubons assourer lé service tout seuls. Ba manger abec tes amis, on biendra té boir quand ça séra plou calme.

– OK, OK. Du calme, les amis. Je voulais juste filer un coup de main, j'ai compris ! m'exclamé-je, vexée comme un pou.

Je me dirige dans le couloir lorsqu'une main ferme me saisit par le coude pour m'attirer à l'écart. Mon beau chef me colle contre le mur et écrase sa bouche sur la mienne avec passion. Je soupire, émoustillée par cette prise d'otage surprise. Puis, sa langue s'insinue dans le creux de mon cou et je laisse échapper un couinement de plaisir. Il sait exactement comment s'y prendre pour me faire grimper aux rideaux, et l'on dirait bien que je lui ai manqué.

– Mmh, qu'est-ce que tu faisais en cuisine, Rosetti ? Tu es en vacances, c'est interdit.

Un sourire étire mes lèvres alors qu'une de ses mains se glisse sous l'ourlet de ma petite robe noire et trouve son chemin jusqu'à la fine dentelle de ma culotte. Colin plonge ses yeux dans les miens, incandescents, ravageurs, je suis dans un état second. Il faut pourtant que je me ressaisisse, j'ai à ma table une foldingue surexcitée qui attend de rencontrer mon sex-symbol de petit ami.

– Je vais devoir te punir… me murmure-t-il dans le creux de l'oreille

Sa voix rauque et sexy fait vibrer tout mon corps, qui n'est plus qu'un brasier ardent prêt à exploser.

– Colin, pitié, gémis-je, tu vas me tuer, là. Steph et Paul nous attendent.

– Mmh…

Il m'embrasse de nouveau, me coinçant un peu plus contre le mur.

– À moins que tu ne préfères que je demande à ta meilleure amie de soulager elle-même cette érection massive qui m'empêche de retirer mon tablier, je crois, ma chère Drea, que ta présence est requise de toute urgence dans le vestiaire.

J'écarquille les yeux, le fixe, le feu aux joues, et un sourire carnassier se dessine sur son visage parfait.

– Putain, Hatwood ! Tu n'es qu'une machine !

Je capitule et le laisse m'attirer à lui dans la pénombre du vestiaire.

Il claque la porte et me pousse face à celle-ci. Son souffle caresse mes épaules dénudées et son sexe est déjà dur contre mes fesses. Je frissonne. Les négociations s'annoncent tendues, et pas franchement en ma faveur.

– On doit faire vite, balbutié-je alors qu'il plante ses crocs avides dans ma nuque.

Mon lion meurt de faim ce soir et semble sur le point de ne faire qu'une bouchée de sa proie. Il fait lentement glisser les bretelles de ma robe le long de mes bras.

– Je crois que vous êtes bien trop habillée, chef Rosetti, pour ce que je m'apprête à vous faire.

– Colin ! protesté-je, on n'a pas le…

– Pas le temps. Oui, je sais, me coupe-t-il avant de parsemer mon cou de baisers brûlants. As-tu conscience que plus tu me presses, plus j'ai envie de prendre tout mon temps pour te savourer, justement ?

Une douleur sourde pulse au delta de mes cuisses et remonte lentement jusqu'à la pointe de mes seins. Toutes les cellules de mon anatomie s'affolent, comme chatouillées par une brise glacée figeant le monde et les choses tout autour de nous. Mes mains posées contre le mur, j'essaie vainement de trouver mon air et de canaliser la vague de plaisir qui fait péter un à un tous les vaisseaux qui irriguent mes veines. Colin vient d'actionner le courant, chargeant chaque atome de mon corps en milliers de volts. Ma tête bascule en arrière quand ses mains s'emparent de mes tétons au garde-à-vous. Mes reins entrent en surchauffe, sa raideur toujours calée dans mon dos.

– Colin… on va se faire prendre, chuchoté-je pantelante.

– Toi, c'est certain. Je peux t'assurer que c'est précisément ce qui va t'arriver d'ici quelques minutes.

Je reste muette. Ma robe tombe au sol et je sais déjà que je suis foutue.

Ce soir, j'ai sorti l'artillerie lourde avec mon tout nouvel ensemble en dentelle noire et mes porte-jarretelles.

De la pure provocation.

D'ailleurs, je ne l'entends plus. Il passe son doigt dans l'échancrure de mon slip brésilien, qui couvre à peine mes fesses rebondies et lâche un « Oh bordel ! » complètement jouissif. Je souris en silence et profite de l'effet de surprise pour prendre l'avantage. Je me dégage de son emprise et, en l'espace de quelques secondes, Colin se retrouve plaqué contre les casiers et dévêtu de son tablier. Mes yeux balancent des éclairs et la boucle de sa ceinture ne me résiste pas longtemps. Colin n'a pas l'habitude que je prenne les commandes, mais nous ne sommes pas en cuisine et j'ai l'intention de diriger ce corps-à-corps. Il mord sa lèvre inférieure, cette moue sexy qui me met totalement à genoux. Il le sait parfaitement et c'est bien dans cette position que je compte satisfaire mon amant. Je baisse son pantalon, entraînant son boxer dans la foulée. Puis je me saisis de son membre dressé fièrement entre nous, et le caresse en le défiant du regard.

Il grogne et se jette sur mes lèvres comme une bête sauvage. Il m'embrasse intensément tout en promenant ses mains sur l'arrondi de mes seins. Au bout de quelques secondes, chacun cherche à reprendre son souffle. Le crépitement d'éclats dorés dans ses pupilles dilatées achève de me convaincre. Sans plus attendre, je descends lentement le long de son buste, et m'agenouille au sol avant de déposer mes lèvres sur son sexe et de le goûter avec douceur. J'entends sa tête cogner contre le battant d'un des casiers. Et s'ensuit une nuée de jurons et de borborygmes alors que ma bouche s'applique à le prendre dans toute sa longueur. Sa main agrippe fermement mes cheveux, ma langue s'enroule autour de lui et j'empoigne ses fesses dures comme de l'acier pour gagner en profondeur. Nous pourrions être surpris à tout moment. Cette simple pensée, ce goût de débauche interdite, m'excite au-delà de la raison.

– Putain ! Drea ! jure-t-il au bord de la jouissance.

Je ne m'arrête pas, bien au contraire. J'accélère le mouvement et l'attire un peu plus en moi. Mais Colin m'attrape sous les aisselles, m'arrachant brusquement à sa hampe. Il me soulève et je me retrouve projetée contre la porte du vestiaire, son corps puissant aimanté au mien. Il me dévisage, hors d'haleine et avant que je n'aie le temps de protester, mon amant s'enfonce vigoureusement dans mes chairs.

– Tu es diabolique, gronde-t-il. Tu croyais vraiment que j'allais te laisser m'amadouer avec tes lèvres ensorcelantes ?

Il me percute furieusement, me faisant perdre la tête peu à peu.

– Mon Dieu, Colin… gémis-je, à bout de souffle.

– C'est ta punition, ma beauté. On ne désobéit pas à son chef sans en subir les conséquences.

Il me pilonne sans relâche. Sa façon de me parler, de me posséder sans ménagement me pousse au bord du précipice. Un orgasme dévastateur me propulse dans le cosmos et j'éclate dans une pluie d'étoiles scintillantes.

Quel délicieux châtiment…

Les muscles puissants de Colin se tendent et il m'étreint encore plus fort avant de jouir à son tour, quelques coups de reins plus tard.

Quand je regagne ma place, il ne fait aucun doute que je porte mon air d'après-baise imprimé sur la tronche. Steph me dévisage, alors que Paul est en pleine discussion avec Aria sur le choix des vins qui pourraient s'accorder avec nos plats. La sommelière relève la tête et me balance un sourire sans équivoque. J'en viens à me demander si je ne porte pas un panneau avec un truc écrit dessus du style : « grosse cochonne qui vient de prendre son pied de façon démentielle » avec une flèche clignotante qui pointe vers ma tête.

Je me rassieds gentiment, tentant de me redonner une contenance. Colin nous rejoint quelques minutes plus tard. Et je vois Steph se mettre à baver littéralement.

– Colin, je te présente Stéphanie, ma meilleure amie.

Il s'approche avec élégance, il a revêtu une chemise noire moulant ses muscles saillants et, avant qu'il n'ait le temps de tendre sa main en direction de Steph, celle-ci se lève d'un bond et se jette à son cou pour se coller à lui sans aucune pudeur. Elle l'enlace chaleureusement et reste scotchée à mon dieu grec, fermant les yeux, comme habitée par une sensation de plénitude extrême. Quelque peu décontenancé, Colin me jette des œillades inquiètes. Il tente de se détacher de la sangsue à deux reprises, mais elle resserre l'étau de ses bras dans une accolade presque trop longue à mon goût.

– Oh, mon Dieu ! Je suis tellement contente de te rencontrer enfin, Colin Hatwood.

– Je… Oui, moi aussi, répond-il, intimidé.

– Steph, c'est bon ! Tu peux le lâcher, là, il est tout bleu.

– Mmh, il faut bien que je tâte un peu la marchandise, Drea. Ne sois pas jalouse, ne t'inquiète pas. Tout le monde a compris qu'il était à toi.

Colin pouffe et me détaille, dubitatif. Puis, une fois libéré de sa camisole blonde, il s'assied à table à côté de Paul, alors qu'Aria se rapproche de moi discrètement et se penche pour me murmurer à l'oreille :

– Chérie, tu as remis ta robe à l'envers.

Oh, bordel de merde…

– Si vous voulez bien m'excuser une petite minute.

Je me lève rapidement pour filer dans le couloir ; Colin me dévisage, visiblement très amusé par la situation.

***

Le repas se passe de façon très décontractée. Nous dégustons avec délectation un filet mignon de veau aux champignons, servi sur un lit de petits légumes de saison confits et une polenta de châtaignes, le tout arrosé d'un gamay rouge aux arômes de fruits des bois, absolument étourdissant.

Steph nous fait profiter de certaines anecdotes amusantes de son service, bien que la traumatologie ne soit pas une spécialité particulièrement hilarante. Il faut reconnaître cela à ma meilleure amie. Elle est d'une nature très optimiste, ce qui, dans sa profession, s'avère être une qualité précieuse. À l'occasion de plusieurs visites sur son lieu de travail, j'ai eu le loisir de la voir interagir avec ses patients, et je dois avouer qu'elle est hyper douée pour leur donner le sourire et elle est très appréciée de ses collègues pour cela.

Paul et Colin ne s'adressent pas la parole. Cela dit, mon chef passe son temps à s'éclipser en cuisine pour surveiller ce qu'il s'y passe. Cela m'agace prodigieusement, mais j'essaie de ne pas le montrer. Après tout, lui n'est pas en congés, et je savais que cela risquait d'arriver. Steph l'a très bien remarqué et profite de l'absence de Paul, au petit coin, pour me tacler.

– Je te sens bouillonner, mon chat.

– Je sais, c'est juste… J'espérais qu'il resterait plus longtemps à table avec nous, gémis-je.

– Je dois t'avouer quelque chose, ma jolie… m'annonce Steph

sur le ton de la confidence.

Je me tourne vers elle, intriguée, et elle se lance :

– Je ne misais pas un centime sur ton histoire avec le beau chef.

Je hoquette, indignée.

Bon ben, ça, c'est fait ! Prends ça dans la mouille, Drea !

– Non… non, écoute-moi. C'est une véritable bête de sexe ce type et, d'après le peu d'informations que tu m'as données sur son passé, son pedigree m'a un peu effrayée.

– Je vois…

Je boude, elle va avoir du mal à s'en sortir, là.

– Mais, Drea, quand il te regarde… *Oh my God* ! Il t'a dans la peau, c'est évident. Il te bouffe des yeux, mais ça va au-delà du sexe. Ça se voit qu'il est fou d'amour pour toi. Il vénère le sol que tu foules, c'est très agaçant.

Je me mets à rougir de façon incontrôlée, et Paul réapparaît, les lèvres pincées. Je soupire un « merci » silencieux à Steph et celle-ci se tourne vers notre ingénieur à l'air un peu désorienté.

– Qu'est-ce qu'il y a ? demandé-je, interloquée.

– Je viens de passer à côté des cuisines et le moins qu'on puisse dire, c'est que ton beau gosse aime les démonstrations de force.

L'avantage de ce cube vitré, c'est sa totale insonorisation. Ainsi, même si nous sommes témoins en direct du travail élaboré en cuisine, aucun son ne filtre à travers l'épaisse couche de verre. Je relève la tête, soucieuse, mais ne vois pas Colin. C'est alors que je comprends qu'il doit se trouver dans le laboratoire. J'abandonne mes convives un instant et me précipite en cuisine. Leandro fait la gueule, et Pilar a l'air paniquée.

– Qu'est-ce qu'il se passe ?

– Rien, chef, me répond mon commis.

– Leandro, pas de ça avec moi, je veux savoir quel est le problème, ordonné-je.

– Je vais te le dire, moi, ce qu'il se passe, rugit Colin, pénétrant dans la cuisine. Nous avons un client important en salle qui n'aura pas le dessert qu'il demande parce que ces deux incapables ne savent pas gérer les stocks et prévenir le personnel de ce qui ne pourra pas être proposé.

– C'est ma faute ! coupe Pilar. Jé n'ai pas fait attenzionne et lé client né veut pas autré chose qué lé parfait au citron.

– Oui, tu peux le dire ! C'est ta faute, tu es virée !

– Colin ! m'écrié-je.

– Quoi ? hurle-t-il, excédé.

– D'abord, tu te calmes ! Pilar, tu n'es pas virée. Où en est cette table ?

– Aux entrées, soupire Leandro. Drea, on est désolés.

– Oui, vous pouvez ! insiste Colin, furibond.

Puis il me pointe d'un doigt accusateur.

– Et toi ! Ne me dis pas de me calmer. C'est moi, le chef, ici ! Ce genre de manquement est inacceptable !

– Qui est-ce ? demandé-je, la mâchoire serrée, ignorant ce Colin hargneux, furieuse de constater le manque de sang-froid dont il fait preuve.

– Table six. Costard bleu nuit avec une blonde en robe rouge, répond Leandro, tremblant.

– C'est juste Trevor McBride, le conseiller du maire de Chicago. Tu te prends pour une magicienne ? se moque Colin.

Je regarde les différentes commandes en cours, épinglées sur le passe, sans prêter attention à Colin et demande à Pilar un état des stocks actuels. Dans ce métier, on apprend à intégrer les informations et à calculer rapidement. Un imprévu est toujours possible, nous sommes humains après tout. Mais je refuse que mes excellents commis soient punis pour une erreur qui aurait pu être la mienne. Ils font un travail exceptionnel, et je me dois de prendre leur défense. Sous le regard noir de Colin, je fonce au vestiaire et enfile ma blouse de chef, noue mon tablier et coiffe ma toque. Puis je me rends en salle. Je passe discrètement à la table de mes amis.

– Vous m'accordez un instant ?

– Tout ce que tu veux, répondent-ils en me souriant tous les deux.

Puis je m'approche d'un pas sûr de la table six, où je découvre un couple d'une quarantaine d'années, visiblement tendu.

Pourtant, j'ai le sentiment que cela n'a rien à voir avec leur frustration de ne pouvoir sustenter leur envie soudaine d'agrumes. Ils ne se parlent pas, et la femme, très séduisante au demeurant, a un regard triste et perdu face à la baie vitrée donnant sur la rue.

– Monsieur McBride, bonsoir ! dis-je en tendant ma main vers l'homme au regard torve. Je me présente, je suis Andrea Rosetti, chef pâtissière du Bower.

Il me salue et ne se gêne pas pour me détailler des pieds à la tête. Mais son air sévère ne disparaît pas pour autant.

– Je suppose que cette femme somptueuse à votre table est votre épouse ?

La blonde me sourit, j'ai au moins gagné une alliée.

– Je ne suis pas en service aujourd'hui, mais j'ai appris que vous aviez jeté votre dévolu sur ma spécialité au citron. Je suis très honorée. Cela dit, vous le savez déjà, nous n'avons plus d'entremets au citron pour la soirée. Néanmoins, puis-je me permettre de solliciter votre aide pour une mission gourmande de la plus haute importance ?

Le bureaucrate me fixe et croise ses bras sur son torse, je sens que je l'amuse, il n'est pas dupe, il se doute bien que je lui fais de la lèche comme jamais. Mais s'il n'est pas trop con, il se prendra au jeu et l'incident diplomatique sera évité.

– Je vous écoute, Miss Rosetti.

– Je suis très fière d'une toute nouvelle création qui vient de faire son entrée sur notre carte des desserts. Le délice Coco-Choc. Si vous aimez la noix de coco et le chocolat, je serais très intéressée d'avoir votre avis intraitable sur ce nouvel entremets.

La blonde a désormais le sourire jusqu'aux oreilles.

– J'adore la noix de coco ! s'exclame-t-elle.

– Ces entremets sont offerts, bien entendu. Vous seriez mes cobayes pour la soirée, qu'en dites-vous ?

– Vous êtes une excellente commerciale, déclare McBride en souriant. Vous avez un léger accent, vous êtes italienne ?

– J'ai un peu de sang italien en effet, mais je suis née en France.

– Oh, mon Dieu ! s'exclame la blonde. J'adooore la France !

Bah tiens ! Ça marche à tous les coups.

– Marché conclu, soupire-t-il. Nous acceptons votre offre. Elle est présentée avec tellement de charme et de professionnalisme que je me vois incapable de vous refuser cette faveur.

– À la bonne heure ! m'exclamé-je en français, ce qui a pour effet de les faire rire.

Après quelques plaisanteries échangées avec le couple, je prends congé de mes invités de marque pour rejoindre le laboratoire.

– Leandro, tu notes : deux délices Coco-Choc pour la six et, Pilar, débrouille-toi pour faire envoyer trois parfaits au citron au bureau du maire, un pour lui et deux pour McBride et son épouse. Je veux qu'ils les aient demain, avant midi.

– C'est noté, chef, scandent-ils en chœur, soulagés.

Colin me scrute, bras croisés, avec un rictus malicieux sur le visage. Mais je suis bien trop en colère contre lui pour lui rendre son sourire. Je dénoue mon tablier et retire ma blouse avant de rejoindre la table de Paul et Steph.

Dans le couloir, il me saisit le bras pour m'arrêter.

– Drea, attends !

– Quoi ?

– Qu'est-ce que tu leur as dit ?

– J'ai été aimable et commerçante. On arrive à beaucoup de choses comme ça, tu devrais essayer, le morigéné-je, énervée.

– Tu m'en veux ?

Je m'esclaffe. Je n'en reviens pas. Il a l'air de ne pas comprendre pourquoi je suis fâchée.

– Oui, je t'en veux. Je déteste le Colin que j'ai vu en cuisine tout à l'heure, incapable de garder son calme et de penser avec sa tête. Si tu le permets, je vais retrouver mes amis qui m'attendent depuis un peu trop longtemps.

– Drea…

– Non ! le coupé-je. Arrête ! Là, je suis en colère. J'ai juste besoin de passer un moment avec les gens que j'aime.

– Tu ne m'aimes plus ? demande-t-il, boudeur.

– Là, tout de suite ? Non. De toute façon, ce soir, tu es trop occupé en cuisine pour accorder de l'attention à moi ou aux personnes qui sont importantes dans ma vie. Et je ne veux pas de ce mec colérique et capricieux à ma table.

Il soupire, visiblement frappé en plein cœur par ma diatribe. J'ai envie de le serrer dans mes bras, de lui dire que c'est oublié, mais je tiens bon, je ne veux pas céder du terrain sur un truc aussi important.

Je poursuis mon chemin dans le couloir et, avant de pousser la porte, je lui lance :

– Au fait, les entremets sont offerts à la table six et à la mienne. Bonne soirée, Colin.

***

Quand je reviens dans la salle, Ian est là et toute la table rit aux éclats. Steph a l'air soupçonneuse, mais je donne assez bien le change, et elle finit par détourner le regard. Je la trouve étonnamment silencieuse, et c'est à mon tour de me montrer intriguée. Je sais qu'elle doit se sentir un peu fatiguée. De mon côté, je ne tiens pas à m'éterniser au restaurant. Ces échanges houleux avec Colin m'ont épuisée et je n'arrive pas à comprendre ce qui vient de se passer. Je pensais qu'il s'était calmé. Tout le monde le croyait. Il avait, semble-t-il, trouvé une sorte d'équilibre. Et sa réaction a été complètement disproportionnée. Je tente, tant bien que mal, de reprendre le fil de la conversation en cours, mais Paul et Ian se lèvent pour régler la note de notre table.

Steph se penche vers moi et me chuchote :

– La fée des mecs canon s'est penchée sur le berceau des frères Hatwood, on dirait ?

– Il est marié, Steph.

– Oui, en plus !

– Comment ça, en plus ?

– En plus d'être homo, je veux dire.

Allô, Houston ? Nous avons un problème ! Paul est sur le point d'être découvert !

Je pousse un petit cri d'exclamation. Et me mets à gamberger à toute vitesse. OK ! Steph n'est pas extralucide. Soit Paul lui a parlé, soit ils ont fait une erreur à table qui les a trahis.

– Que... Comment... Je veux dire, qu'est-ce qui te fait dire ça ?

– Drea... Ma chérie, me sermonne mon amie, tu sais bien que j'ai un radar pour ces choses-là ?

– Ah.

Oui, en plus, elle ne s'est pas complètement plantée il y a quelques années quand elle a suspecté Paul de jouer dans l'équipe adverse. Voire pas du tout.

– Tu vas me dire ce qui se passe, ou je vais devoir attendre que Miss Illinois crache le morceau ?

Le bulldozer Steph s'apprête à charger et je n'aurai plus qu'à compter les blessés.

– Euh…

Tout à coup, je suis un peu perdue. Et j'ai l'impression d'être une grosse abrutie. Il lui a fallu moins de dix heures pour mettre le doigt dessus alors que mon boss et Paul se fréquentent depuis des mois à mon insu, sans que je remarque quoi que ce soit.

– Très bien, reprend-elle, puisque tu ne me diras rien, je vais devoir lancer l'offensive, ajoute Steph au moment où Paul revient s'asseoir à la table.

– Steph !

Tous aux abris ! Planquez-vous, bordel ! J'ai dit PLAN-QUEZ-VOUS !

– Drea ?

– Les filles ? Tout va bien ?

Je dévisage Steph, morte d'angoisse à l'idée qu'elle provoque un esclandre à table, mais je constate que c'est déjà trop tard.

– Paul, tu préfères en parler ici ou à la maison ? balance-t-elle avec véhémence.

– Je te demande pardon ?

– Il est marié, Paul.

Il se tourne d'un coup vers moi, le regard teinté de reproches. Je hausse les épaules et je vois bien qu'il comprend que je n'ai rien dit. Il soupire et se lève pour enfiler son manteau.

– OK, on rentre.

29

Pour la première fois depuis des semaines, le jour se lève avec le soleil. Cette grisaille commençait à m'attaquer le moral, et c'est tout de même plus agréable de courir par beau temps. Les rayons restent timides, mais je sens la peau de mon visage se réchauffer doucement. Je jette un coup d'œil à ma montre, cela va bientôt faire deux heures que j'ai quitté l'appartement. Et, bien que la nuit ait été courte, j'ai ressenti le besoin viscéral de me vider la tête en courant sur quelques kilomètres dans le parc. Steph n'a pas épargné Paul hier soir. Après notre retour, ils sont restés presque trois heures à discuter dans la cuisine, alors que mon amie tombait de fatigue. Lorsqu'elle est venue se coucher dans ma chambre, elle semblait dans un état second. Je pense que cela a été un choc pour toutes les deux de découvrir que Paul menait une double vie depuis tant d'années. Mais le fait qu'il ne nous ait pas jugées dignes de confiance pour évoquer son secret plus tôt avec nous, ça, c'était le plus déroutant. Steph a eu besoin d'en parler un peu avant de s'endormir et je sentais qu'elle vivait assez mal cette nouvelle.

À l'annonce de son homosexualité, ma première réaction a été de soutenir Paul. Il m'a témoigné une telle détresse que je me suis attendrie, et ai mis de côté ma rancœur face au sentiment de trahison que j'éprouvais. Mais pour Steph, je ne m'étais pas trompée sur la nature de ses sentiments envers lui. Elle avait un vrai coup de cœur pour notre ami commun. Elle a fini par me l'avouer avant de sceller ses paupières alourdies par le sommeil. Et tout cela n'arrange en rien son problème relationnel avec les hommes.

– Je crois que je l'ai toujours aimé. Je m'en aperçois seulement maintenant. Maintenant que je sais que je ne l'aurai jamais, a-t-elle sangloté.

Je l'ai tenue serrée dans mes bras et l'ai bercée doucement, sa joue mouillée de larmes enfouie dans mon cou. J'ai caressé ses cheveux soyeux et tenté de la réconforter.

Steph prend toujours un air détaché au sujet de ses fréquentations masculines. Elle aime garder le contrôle sur ce qu'elle éprouve. Et même si je me doute qu'elle avait ce genre d'attachement à son égard depuis longtemps, elle dépensait une telle énergie à le nier qu'elle m'avait convaincue du contraire. Finalement, peut-être avait-elle réussi à se convaincre elle-même.

La peur du rejet. La peur d'être déçue et abandonnée a pris le dessus sur le reste.

Ce qui est tu ne nuit pas.

Steph a construit un rempart imprenable autour d'elle et supportait que Paul la repousse tant qu'il demeurait une chance, un « peut-être ». Elle espérait malgré tout, et il ne vient pas seulement de lui avouer son plus gros mensonge, mais également de clore définitivement le chapitre d'une idylle possible entre eux.

– Je me disais que, un jour peut-être, vieilli de plusieurs années, il serait venu me trouver. Il m'aurait dit qu'il m'aimait et qu'il était prêt à tenter l'aventure avec moi… Quelle conne je suis… Hein ?

– Mais non, Steph. Comment aurais-tu pu savoir ? Je n'ai rien vu pendant tout ce temps.

– Qu'est-ce qui a changé ? Pourquoi ce soir, ici ? Pourquoi ça m'a sauté aux yeux ?

J'ai soupiré et pris une grande inspiration. Loin de moi l'envie de faire de la psychologie à deux balles à une heure du matin, mais cela me semblait tellement évident.

– Parce que Steph... il est heureux. On a beau dire ce qu'on voudra, on a beau avoir toujours été proches tous les trois... nous ne l'avons jamais vraiment connu heureux toutes les deux. Il a changé et nous ne sommes pas habituées à le voir comme ça. Je crois que c'est là qu'est la différence.

– Il m'a dit qu'il s'était senti seul. Mais putain, on était là, nous ! Il m'a rejeté mes doutes à la tronche il y a six ans, il me faisait passer pour une folle, c'est dégueulasse.

– Il était jeune et perdu. Je pense qu'on ne peut pas comprendre ce qui se passait dans sa tête à cette époque.

Steph a reniflé bruyamment et s'est pelotonnée contre moi dans mon lit. Et nous nous sommes endormies comme ça, l'une contre l'autre, les yeux bouffis de larmes et de sommeil. Qui aurait pu prédire que l'aveu de l'homosexualité de notre meilleur ami allait semer autant le trouble dans notre petit monde ?

Il est tout juste huit heures quand je retrouve mes pénates, et je surprends une scène qui me gonfle le cœur de tendresse. Paul et Stéphanie sont enlacés, dans les bras l'un de l'autre, et je crois que, cette fois-ci, ils se sont tout dit. Je trouble ce moment de quiétude en balançant lourdement mes baskets à travers la pièce et vois Paul me lancer un regard noir, auquel je réponds par un sourire enjôleur.

Une fois que je suis sous le jet brûlant de la douche, certains événements d'hier se rappellent à moi. Colin m'a laissé une bonne dizaine de messages mais je n'ai répondu à aucun. Je me comporte peut-être comme une garce, mais j'ai envie de le laisser mariner un peu.

J'avais l'impression que nous avancions tous les deux, mais le coup d'éclat d'hier m'a ramenée cinq mois en arrière et je veux vraiment que Colin comprenne pourquoi je ne peux pas laisser passer ce comportement déraisonné de sa part.

Une fois séchée et habillée, je jette un œil sur mon téléphone. Je fais défiler tous les SMS de Colin.

[Drea, je suis désolé.
Rappelle-moi.]

[Chérie, je t'aime, j'ai compris
la leçon, s'il te plaît, décroche.]

[Rosetti, je suis ton chef,
décroche, c'est un ordre !]

Voyez-vous ça ? Monsieur le cuistot s'énerve. Ça pourrait devenir intéressant.

[Je vais venir chez toi
et tu n'auras pas le choix,
on va devoir se parler.]

Alors là, tu rêves mon pote, j'ai d'autres projets, tu vas devoir attendre ton tour.

Je décide de couper court à son harcèlement et je mettrai les choses au clair plus tard. Je sens qu'il a compris, mais j'ai d'autres priorités aujourd'hui et Colin va devoir grandir un peu s'il veut que l'on discute sérieusement.

[Impossible. Journée chargée
avec les copines, on parlera
quand je serai dispo. A+]

C'est tout. Pas de « je t'aime », « je te pardonne » ou encore « tu me manques ». Il a de quoi réfléchir encore un peu. Je sais, c'est dégueulasse mais, franchement, je suis tellement atterrée par son comportement que je n'arrive pas à lui trouver de circonstances atténuantes. Je sais qu'il est fragile émotionnellement, je sais qu'il lutte en permanence contre ses propres problèmes, mais je refuse que cela lui serve d'excuse plus longtemps.

Mon ancien chef Bertrand m'a toujours dit que, en cuisine, il faut laisser parler ses émotions, mais ne jamais les laisser nous gouverner, sinon ce pour quoi nous sommes là n'a plus de sens, plus de légitimité, on perd le fil, on s'égare et, en gros, on fait de la merde.

Quand je suis rentrée à l'Institut Bocuse pour ma formation, il venait de perdre sa jeune fille dans un accident de moto. Personne ne devrait être confronté à cela. La perte d'un enfant est tout bonnement contre nature, une épreuve qu'aucun être humain ne devrait avoir à subir. Et pourtant, Bertrand a repris le travail deux semaines après l'enterrement. Il a montré une endurance et un professionnalisme qui forçaient le respect. Bien sûr, c'était difficile. Il pensait à sa fille disparue à chaque minute, de chaque heure, de chaque journée. Mais il restait concentré sur la tâche à accomplir et conscient qu'il devait montrer l'exemple.

Je suppose que Colin a une bonne raison pour s'être comporté comme un connard hier soir. Et je resterai à son écoute quoi qu'il arrive. Mais tant que mon ressentiment est plus fort que mon désir de lui pardonner, je préfère laisser le temps faire son œuvre.

Quand nous rejoignons Aria plus tard dans la matinée, nous commençons notre journée entre filles par un brunch dans un pub du Magnificent Mile. Steph et ma belle rouquine s'entendent à merveille. Rien de très surprenant, elles ont beau avoir deux personnalités très fortes, je savais en mon for intérieur que ça collerait tout de suite entre elles. Heureusement que ma meilleure amie parle couramment l'anglais, cela facilite grandement nos échanges.

Nous passons l'après-midi à flâner devant les boutiques de luxe, un peu chancelantes après notre repas bien arrosé. Malgré la rudesse du climat, nous profitons des quelques rayons de soleil pour une séance de selfies insolites au Millennium Park, devant la Cloud Gate[19]. Aria nous conduit ensuite au Daley Plaza pour découvrir le Christkindlmarket, où nous dégustons du vin chaud et dansons comme des folles au rythme des chants de Noël de la fanfare.

À la fin de la journée, nous rejoignons l'appartement d'Aria pour nous « harnacher » comme des bêtes de concours, en vue de notre soirée en boîte.

***

L'alcool coule à flots depuis le midi et nous passons un excellent moment à nous raconter des anecdotes sur les hommes, l'amour et la vie. Steph, égale à elle-même, nous abreuve d'histoires rocambolesques sur ses conquêtes à l'hôpital, arrachant des sanglots d'hilarité à Aria. Quant à moi, je suis forcee de constater que, depuis mon texto expéditif plus tôt dans la journée, Colin s'est montré très silencieux. Non pas que cela m'inquiète, mais je dois dire que mon sexy chef me manque.

– Un problème, Frenchie ? me lance Aria, suspicieuse.

– Euh non. Ça va.

Je remballe mon portable dans la poche de mon jean pendant que Steph se met du mascara devant le miroir de la salle de bains.

– Il y a un chef quelque part qui doit se bouffer les couilles d'avoir joué au con hier soir…

– Steph ! la réprimandé-je.

19. Sculpture géante en forme de haricot, située dans le Millennium Park.

Je ne suis pas certaine de vouloir aborder ce sujet avec mes copines ce soir.

– Vraiment, qu'est-ce qu'il s'est passé ? demande la sommelière.

– Aaargh, Aria, je n'ai pas vraiment envie d'en parler.

– Vous vous êtes engueulés ? insiste-t-elle.

Je soupire, elles ne vont pas me lâcher, je le sens bien. Aria vient se poster derrière Steph devant le miroir en l'interrogeant du regard. Celle-ci range son maquillage en marmonnant.

– Ne me demande pas, elle n'a rien voulu me dire. Je les ai juste vus se prendre la tête dans la cuisine.

– Frenchie…

– C'est bon, Aria, il n'y a rien. Il nous a fait une petite crise d'ego hier soir au laboratoire et je l'ai remis à sa place. C'est tout.

– Ouhhh ! Je vois. Je me doutais qu'il serait un peu tendu après son entrevue avec Betty.

– Betty ? demande Steph. C'est qui, celle-là ?

– C'est personne, coupé-je court directement.

Je sens poindre le sermon de la part de mes copines. Et l'idée ne m'emballe que très moyennement.

Je suis juste un tout petit peu furax d'apprendre qu'il a vu Betty et qu'il n'a pas jugé bon d'y faire allusion. Il m'a littéralement sauté dessus dans les couloirs du Bower, et m'a fait prendre un pied d'enfer. Mais à aucun moment, il n'a été question d'un rendez-vous avec Betty. Et je trouve qu'il la voit un peu trop régulièrement à mon goût.

– Elle n'était pas rentrée à New York, cette pouffe ? grommelé-je.

– Eh bien… je préfère être honnête avec toi. Les sentiments de Colin à ton égard ne font aucun doute. Mais je peux te dire que cette fille ne cherche pas seulement à mettre le chef dans son programme télé, j'ai l'impression qu'elle veut aussi le mettre dans son lit.

Putain, j'en étais sûre ! Je vais me la faire, cette connasse !

– OK, Aria, vas-y, balance ce que tu sais, râlé-je.

– Sincèrement, je pensais que Colin t'en aurait parlé, Drea, vu que vous vous dites tout…

– Oh, c'est trop mignon, se moque Steph, pas de secret entre nous, on est âmes sœurs, cœur avec les mains, gna gna gna…

– Putain, Steph, juste, tais-toi ! Je t'écoute, Aria, qu'est-ce que je devrais savoir ?

– Ben disons… que…

Si Aria tourne autour du pot, c'est que ça doit être grave et là, tout de suite, ça me fait chier. Un million de choses me passent par la tête, et je suis à deux doigts de péter un câble si elle ne crache pas le morceau dans la seconde.

– Aria ?

– OK ! J'ai surpris un truc que je n'aurais peut-être pas dû voir hier après-midi.

Merde. Qu'est-ce qu'elle va me sortir, cette fois ?

– Elle est arrivée, après ton départ pour l'aéroport, le sourire jusqu'aux oreilles, et Colin a lâché son poste pour la recevoir dans le bureau. Je suis sûre qu'elle en a après lui, parce que je suis passée dans le couloir et je l'ai vue se pendre à son cou pour essayer de l'embrasser. Il l'a repoussée violemment en me voyant. Il avait l'air furieux. Mais je ne peux pas te dire s'il était contrarié de s'être fait choper, ou d'avoir eu à repousser cette sangsue devant moi.

Respire.

Ce n'est peut-être rien.

Ce n'est sûrement rien.

Zen.

– Drea ! me hurle Steph, me faisant sursauter. Reviens avec nous, là.

– Il faut que je le voie.

– Non.

– Il faut que je lui parle.
– Arrête !
– Mais…
– Ça suffit ! me coupe Steph avec détermination. Il t'aime, il ne s'est rien passé. Tu lui parleras demain, au calme, quand tu auras évacué tout cet alcool de ton sang. Là, tu nous fais ta Drea, tu surréagis, n'oublie pas que je te connais et que je sais un peu comment tu fonctionnes depuis le temps.
– Tu as raison.
– Un peu que j'ai raison.
Aria ne pipe plus mot. Elle doit se sentir un peu honteuse d'avoir amené ce sujet dans la conversation. Je ne lui en veux pas, ce n'est pas sa faute. Le seul à m'avoir menti, c'est Colin.
Mensonge par omission. Mensonge, quand même.
– OK, je lui fais confiance. On n'en parle plus.
– Voilà.
Steph me dévisage, dubitative, et me prend dans ses bras alors qu'Aria attaque son maquillage. Puis elle me chuchote à l'oreille :
– Il t'aime, ma belle. Demain, tu comprendras que tout ça n'est qu'un malentendu.
– Je sais.
– En attendant, tu me dois une soirée de folie. Donc on va s'éclater.
Je leur emboîte le pas jusqu'au salon pour récupérer mon sac. Nous quittons l'appartement passablement éméchées, mais nous sommes prêtes à faire la fête. Discrètement, je tape un SMS à l'attention de Colin sans que les filles s'en aperçoivent.

[Aria m'a tout raconté.
Tu aurais dû me le dire.]

Je sais… Mais, c'est plus fort que moi.

***

Aria a choisi de nous emmener au Dark Burgundy. D'abord parce qu'elle y a ses habitudes, elle connaît tout le monde là-bas. Et j'ai beaucoup apprécié ma soirée passée avec l'équipe du restaurant, la dernière fois. Soirée qui s'est terminée de manière plutôt torride. Steph est dans un état d'excitation incontrôlable. On dirait une gosse gavée de sucre qui a la permission de minuit. Je reconnais qu'elle nous fait beaucoup rire et son charme naturel ne passe pas inaperçu auprès de la gent masculine présente autour de nous dans la salle « House ».

Nous sommes confortablement installées sur les banquettes moelleuses de notre box et savourons d'excellents mojitos à la framboise. Le club est plein à craquer et l'ambiance est surchauffée. Le DJ qui se trouve aux platines met le feu au dancefloor et je dodeline de la tête en rythme avec la musique en sirotant mon cocktail.

Aria se lance dans un numéro d'imitation de Ian avec ses nouvelles santiags, nous laissant écroulées de rire, quand une main large se pose sur son épaule dénudée. Elle se retourne brusquement, et je reconnais immédiatement Gareth Clark, l'actionnaire du Bower. Il affiche un petit rictus terriblement sexy.

Aria est rouge comme une tomate et Gareth nous salue tour à tour.

Regard noir de Steph, qui doit me reprocher mentalement de ne pas avoir évoqué la présence de ce magnifique mâle alpha dans notre entourage.

– Mademoiselle Rosetti, quel plaisir de vous revoir, me lance-t-il d'une voix rauque, avant de m'embrasser délicatement la joue.

Enfer et damnation !

Ce type est tout bonnement chaud comme la braise et extrêmement affolant.

– Le plaisir est partagé, Gareth, laissez-moi vous présenter mon amie Stéphanie, qui vient de France, tout comme moi.

– Son amie célibataire, rectifie Steph.

Elle m'éjecte de la banquette pour se jeter sur Gareth et l'embrasser à la française, sur les deux joues.

Gareth semble très amusé par ma foldingue de copine et se laisse faire avec beaucoup moins de réserve que Colin face à l'ouragan Stéphanie.

– Je suis avec un groupe de collègues, si cela vous dit de vous joindre à nous, lance-t-il.

La table qu'il désigne du doigt est à quelques mètres de la nôtre et est encerclée par le club des beaux gosses pleins de fric de Chicago. Cinq gars, de la trentaine à la quarantaine, qui sentent le foutre et l'oseille à plein nez, et je ne suis pas franchement tranquille à l'idée de partager la soirée avec ces tombeurs stéréotypés. Nous avons un peu bu, et je ne vois pas mes deux vamps se tenir correctement avec le taux d'alcool qu'elles cumulent à elles deux.

– Avec plaisir, répond Steph du tac au tac sans même prendre le temps de connaître notre avis.

Aria me sourit, en battant des cils comme une biche à la saison des amours, et je me résigne en acceptant la proposition de l'avocat. Je crois que je peux dire adieu à ma « soirée filles ». Je n'ai, manifestement, pas voix au chapitre sur ce coup-là. Nous nous approchons de la table de Clark ; Aria nous fait signe qu'elle nous rejoint et elle s'éclipse au calme pour répondre à son téléphone.

Les tournées de verres défilent tranquillement, la conversation va bon train. Les collègues de Clark sont très agréables et Stéphanie ne lâche pas notre actionnaire d'une semelle. Au bout du deuxième mojito, elle l'entraîne sur la piste et se colle à lui frénétiquement comme si sa vie en dépendait. Je ne sais pas ce qu'elle lui raconte dans le creux de l'oreille mais je le vois souvent rire aux éclats, il semble séduit. Aria, quant à elle, est sous le charme étourdissant d'un certain Bruce, qui a ressenti le besoin, au cours de sa discussion, de lui prendre la main, peut-être pour mieux faire circuler les informations.

Je reste de glace devant la drague un peu lourde des deux autres avocats qui sont encore plus pétés que mes copines. Les deux compères finissent par battre en retraite, et commencent à se chamailler, comme des gamins, au sujet d'un cas que plaide l'un d'eux. Ils sont spécialisés dans le droit des affaires et je ne comprends pas un traître mot de leur discussion soporifique. Je décide alors, d'un commun accord avec moi-même, qu'il est temps de faire ma première vidange de la soirée.

Je m'éloigne en avertissant Aria et jette un coup d'œil par-dessus mon épaule pour scanner la piste de danse où se trouve Steph. Je mets bien deux bonnes minutes avant de la repérer, et le moins que l'on puisse dire, c'est qu'elle va vite en besogne. Gareth est penché sur elle, ses mains agrippant ses fesses avec fermeté. Ils sont visiblement en plein mélange de fluides dans ce qui semble être un roulage de pelle enflammé.

Bon. Je sens que je vais galérer à ramener ma Steph à la maison, moi.

Je me faufile entre les corps ambiancés qui se déhanchent en rythme avec la musique. Je parviens à atteindre le premier couloir quand je tombe nez à nez avec l'objet de tous mes fantasmes.

Seigneur. Ça devrait être interdit d'être aussi beau.

Ses deux agates printanières me lancent des éclairs, il est essoufflé, son torse musclé monte et descend sous l'effet de sa respiration saccadée, et je frémis à l'idée de cette confrontation pour laquelle je ne me sens pas en état. Il m'attrape fermement le coude et m'attire à l'écart du brouhaha de la salle, dans un renfoncement du couloir.

– Putain, Rosetti ! Ne me fais plus jamais ça ! gronde-t-il avant de plonger sur ma bouche comme on se jette sur une bouteille d'oxygène en pleine ascension de l'Everest.

Ses lèvres me happent avec fureur tandis que sa langue s'infiltre sans sommation entre mes dents. Il me possède complètement, me revendique et me désarme. Je tente de rassembler mes esprits et de le décoller de mon corps en le repoussant violemment.

– Arrête ! hurlé-je. Ça suffit !

Je m'écarte rapidement et croise les bras sur mon corps tremblant en signe défensif.

Colin passe sa main dans ses cheveux et l'arrête sur sa nuque. Il me scrute, mais je serais bien incapable de dire ce qui lui passe par la tête à cet instant.

– Comment tu as su que j'étais là ?

– Aria.

Je soupire, elle va m'entendre. Quelle collabo, celle-là !

– Tu ne répondais pas à mes appels et mes SMS, je savais que tu passais la soirée avec elle. Alors je l'ai appelée et j'ai menacé de la virer si elle ne me disait pas où vous étiez.

Le coup de fil de tout à l'heure. Je vois.

– Tu dois arrêter ça !

– Arrêter quoi ? me demande-t-il en se rapprochant de moi.

– Tu dois arrêter de menacer tous les gens autour de toi. D'abord Pilar, ensuite Aria. Ça sera quoi la prochaine fois ? Un concours de celui qui pisse le plus loin avec Leandro ?

– Drea, parle-moi.

– Que je te parle ?

– Oui.

– Que je te parle ? Mais ce n'est pas moi qui te cache des choses. Ce n'est pas moi qui enlace un autre homme dans ton dos.

– Putain ! lâche-t-il, excédé. Drea, je n'ai rien fait ! Elle s'est jetée sur moi. Je l'ai repoussée, fin de l'histoire.

Je le dévisage, les yeux baignés de larmes. J'ai envie de le croire, mais j'ai si peur de souffrir. En même temps, c'est trop tard, je suis complètement accro à ce mec et je déguste de toutes les façons possibles. J'ai vécu des dizaines de petites morts depuis qu'il a croisé ma route, il me consume entièrement, et la passion entre nous est dévorante et dangereuse. Nous sommes totalement dépendants l'un de l'autre, et je vois mal comment me passer de lui maintenant.

– Ça fait mal, Colin. Ça fait trop mal.

– Je sais, mon amour, répond-il dans un soupir.

Il comble d'un pas la distance de sécurité que je maintenais entre nous et me prend dans ses bras.

– Je n'ai rien dit pour cette raison, il n'y a rien eu entre elle et moi, et je ne voulais pas insinuer le doute dans ton esprit. J'ai besoin que tu me fasses confiance, Drea. Je t'aime à la folie, je ne te ferai jamais de mal. Je te le jure.

Je resserre notre étreinte en nouant mes mains dans son dos, mon nez s'écrasant sur son buste chaud et ferme.

– Je sais que j'ai fait une erreur, j'aurais dû t'en parler, j'ai été con. En plus, ça m'a rongé toute la fin de journée. C'est aussi pour ça que je me suis énervé en cuisine, hier. Je suis désolé.

– Je te crois, lâché-je comme une délivrance.

Nous restons comme ça, enlacés, pendant un moment indéfini, hors du temps et bercés par les basses qui résonnent dans les murs, quand je sens une vibration entre nos deux corps aimantés.

Colin s'écarte à peine et sort son portable de sa poche. Il fronce les sourcils et me demande une minute, le temps de prendre l'appel.

– Ma belle, tu as vu l'heure ?

Je cille à mon tour. À qui peut-il bien parler aussi chaleureusement ?

– Attends, calme-toi, je ne comprends rien. Care, qu'est-ce qui se passe...? Où es-tu...? OK, ne bouge pas, j'arrive.

Colin raccroche et se tourne vers moi, l'air inquiet.

– C'est Caroline. Je ne sais pas ce qui se passe, elle a l'air bouleversée, je vais voir ce qu'elle a. Ça ne te dérange pas ?

Mon sang se fige dans mes veines. Mon Dieu, je suis presque sûre que Paul voyait Ian ce soir. Et si elle avait tout découvert ? Merde. Je ne sais pas quoi faire.

– Je viens avec toi.

– Drea... Ce n'est pas la peine. Elle doit faire encore une montée d'hormones.

Je hausse un sourcil.

Euh... What ?

– Je ne devrais pas te le dire, mais Caroline pense qu'elle a de fortes chances d'être enceinte. Elle ne l'a pas encore annoncé à Ian, alors tu gardes ça pour toi, OK ?

– Laisse-moi venir avec toi, Colin, s'il te plaît...

Je le supplie maintenant. Toute cette histoire pue la merde à des kilomètres et quelque chose me dit qu'il vaut mieux que je sois dans le coin pour temporiser les choses si la situation dégénère.

– Mais... et tes copines ?

– Donne-moi une minute.

Je fonce dans la salle où je retrouve ma table d'avocats en plein débat. Steph et Aria sirotent leurs boissons et écarquillent les yeux d'étonnement en me voyant arriver avec ma mine déconfite.

Je leur explique rapidement la situation ; l'arrivée de Colin, l'explication et le coup de fil inquiétant de Caroline. Aria me fait signe d'y aller, me promettant de prendre soin de Steph, tandis que celle-ci se lève pour me prendre dans ses bras.

– Tu es sûre de ce que tu fais, mon chat ? Ça ne sent pas bon du tout, cette histoire, me chuchote-t-elle discrètement.

– Je sais, murmuré-je en essayant de retenir mes larmes. Je sais. Je t'appelle, OK ?

Elle hoche la tête et se détache de moi à contrecœur.

Je salue les garçons attablés et me faufile à l'extérieur pour rejoindre Colin, qui me tend sa main chaude et rassurante.

Sur le chemin jusqu'au pick-up, je prends peu à peu la mesure de ce qui m'attend peut-être.

Je pourrais me tromper, mais je suis rongée par l'inquiétude. Mon propre mensonge par omission s'apprête à me péter à la figure. Je ne sais pas dans quoi j'ai mis les pieds, mais j'y suis jusqu'au cou. Je prie silencieusement pour que mon amour me pardonne à son tour.

30

Le silence règne dans la camionnette. Colin tient ma main dans la sienne et me lance des regards en coin furtifs de temps à autre. Je me tortille sur mon siège, mal à l'aise et terriblement angoissée. J'ai mal au ventre à l'idée de ce qui va se passer quand on arrivera là-bas. Où va-t-on, d'ailleurs ? Je n'en sais rien. Nous n'en avons même pas parlé.

Colin est très silencieux depuis que nous avons quitté le Dark Burgundy. Il porte ma main à ses lèvres pour y déposer un baiser délicat.

– Je t'aime, murmure-t-il.

Seigneur ! J'aime tellement cet homme que mon cœur pourrait exploser. J'ai envie de chialer, mais je retiens mes larmes une fois de plus. Je tente un sourire, mais Colin voit bien que le cœur n'y est pas.

– Drea ? Ça va ?

– Je…

Bon sang, je pourrais tout balancer maintenant. Tout lui dire. Enfin. Mais si je me trompe, et que l'appel de Caroline n'a rien à voir avec la liaison qu'entretient son mari avec Paul, je n'ose imaginer les conséquences. De toute évidence, quelle que soit l'issue de toute cette histoire, je suis baisée. Je n'aurais jamais dû écouter Paul. J'aurais dû tout avouer à Colin.

Vais-je en payer le prix fort ? Et quel prix ?

– J'ai un peu trop bu, déclaré-je d'une voix terne.

– Merde ! Tu veux que je m'arrête ?

– Non ! Non, ça ne sera pas nécessaire mais où est-ce qu'on va, en fait ?

– Chez moi. Caroline m'a dit qu'elle m'attendait là-bas.

– Attends. Quoi ? Ta belle-sœur a les clés de chez toi ?

– Oui. C'est vrai qu'on n'en a jamais vraiment parlé tous les deux, mais Caroline est un peu comme ma grande sœur. Je la connais depuis que j'ai 15 ans. Ian et elle sont ensemble depuis l'université. Elle a pour ainsi dire toujours fait partie de ma vie, et nous sommes très proches. Mais cela dit, ils ont les clés de chez moi. Ian et Caroline, je veux dire.

Oh là là ! Je vais me sentir mal.

Paul sait-il qu'il s'est engagé avec un homme qui fait encore l'amour à son épouse ? Si Caroline pense être enceinte, cela veut dire que Ian trompe son amant avec sa femme.

Mais sortez-moi de là, bon Dieu !

Colin gare le pick-up dans la rue et sort, avant de claquer la portière. Je ne bouge pas, tétanisée. Je me dis, trop tard, que je n'aurais pas dû l'accompagner. Toute cette histoire, toute cette merde ne me concerne pas. Je suis en train de me trahir toute seule et je ne vois aucune échappatoire. Un coup sur la carrosserie me tire de mes pensées. Colin ouvre la portière côté passager et se penche au-dessus de moi.

– Ça va aller, beauté ? me demande-t-il d'une voix douce.

J'acquiesce et saute de mon siège, plus angoissée que jamais.

Une fois devant la porte du loft, je prends une grande inspiration. Colin ouvre et nous entrons.

Show time.

Caroline est prostrée dans le canapé, se balançant d'avant en arrière comme une possédée. Elle lève la tête et, reconnaissant son beau-frère, elle se jette à son cou en éclatant en sanglots. Colin la réconforte tout en l'étreignant avec tendresse. La pauvre semble inconsolable. Elle balbutie des paroles incompréhensibles avant de relever son visage ruisselant de larmes.

– Il me quitte, Colin ! hurle-t-elle dans un mélange confus de chagrin et de rage. Ton frère me quitte deux jours avant Noël. Tu peux le croire, ça ?

Puis elle se remet à pleurer de plus belle.

– Quoi ? Care, de quoi tu parles ?

Caroline ne répond pas, submergée par la tristesse ; elle se laisse aller à son chagrin dans les bras de mon bel apollon, qui semble désemparé.

Je me tiens interdite dans le salon. Je n'ose rien dire ni même faire un seul mouvement qui trahirait ce que je sais. Je me sens comme une intruse devant cette scène de désespoir.

– Drea ? Tu peux aller faire un peu de café ? me chuchote-t-il sans lâcher sa belle-sœur.

À cet instant précis, Caroline lève la tête subitement et me voit. Et l'expression sur son visage ne laisse aucune place au doute. Elle est furieuse, et je vais en faire les frais.

– Toi ! grogne-t-elle, la mâchoire serrée. Toi, tu n'as aucun droit d'être ici !

Colin se crispe et encadre son visage de ses mains, il tente de sonder les pensées de Caroline. Mais je vois bien le sentiment d'incompréhension qui l'habite.

– Care, chut, ça va aller, détends-toi. C'est juste Drea, elle va nous faire un peu de café et tu m'expliqueras tout.

La femme éplorée se dégage alors vivement de l'étreinte de Colin et s'avance vers moi, pointant son doigt accusateur dans ma direction.

– Tu savais ! Tu savais ce qui se passait et tu n'as rien dit. Espèce de salope ! hurle-t-elle.

– Caroline ! la réprimande Colin, perplexe.

Aucun son ne sort de ma bouche. Je suis complètement statufiée et je sais que je ne peux même pas me défendre.

– Caroline, je…

– Je veux que tu t'en ailles ! s'écrie-t-elle.

– Care, calme-toi, tente de la raisonner Colin. Qu'est-ce qui t'arrive, de quoi tu parles ?

– On est vraiment trop cons, Colin ! annonce-t-elle sur un ton plein de mépris. Ça se passait sous nos yeux et on ne voyait rien. Ça dure depuis des mois, putain… des années ! Mais ta petite chérie, elle, elle savait. Pas vrai, Drea ? Hein ? Tu savais que ton meilleur ami se tapait mon mari ?

Un hoquet de consternation s'échappe de la gorge de Colin, visiblement sous le choc.

– Que… Qu'est-ce que tu viens de dire ?

Je ne peux plus nier. C'est fini. Je vais devoir assumer tout ce drame et prendre mes responsabilités vis-à-vis de Colin.

– C'est vrai, Drea ? Ce que dit Caroline, c'est la vérité ?

Quelle vérité ? Que mon frère se tape le tien ou bien que je savais ? Les deux, mon capitaine. Eh oui ! Je suis foutue, définitivement. Tout est vrai. Et j'ai fermé ma gueule, effectivement.

– Caroline, je suis désolée.

– Ta gueule ! vocifère-t-elle. Tais-toi. Juste, barre-toi.

Colin laisse ses bras retomber lourdement le long de son corps. Il me dévisage, désorienté, et passe sa main dans ses cheveux avant de se tourner vers Caroline. Il lui chuchote quelques paroles à l'oreille, inaudibles pour moi, et celle-ci hoche la tête avant de s'éclipser dans le couloir qui mène à la chambre.

Puis, il se tourne vers moi sans faire un pas. Cette fois-ci, c'est lui qui conserve une distance de sécurité. N'y tenant plus, je cède à mon instinct et avance dans sa direction, mais il stoppe mon élan d'un geste, la main levée vers moi, m'incitant à rester où je me trouve.

– Non ! souffle-t-il.

– Colin…

– C'est vrai ?

Je sais que je ne peux plus lui cacher la vérité ; pourtant, je me refuse à lui donner raison. Tout simplement parce que ce n'est pas à moi d'avoir cette conversation avec lui. Tout ce qui est en train de se passer est une énorme injustice, envers Caroline, envers son beau-frère et envers moi. Nous sommes les victimes collatérales de l'histoire d'amour de deux imbéciles égoïstes.

J'acquiesce doucement, toujours plongée dans un profond mutisme, comme si le son de ma voix pouvait causer encore plus de dégâts.

– Et tu savais.

– Je… je suis désolée, expiré-je enfin.

– Tu es désolée ? Putain !

Il passe sa main sur son visage, écrasé de fatigue. Il est toujours à bonne distance de moi, et je ne rêve que d'une chose : le serrer dans mes bras, l'embrasser et lui dire que je l'aime.

Je veux lui dire que toute cette merde, on s'en fout, que l'on est bien tous les deux et que l'on doit vivre un peu pour nous et arrêter de vivre en fonction des autres, comme on le fait depuis si longtemps. Je sens mon téléphone qui vibre dans mon sac, mais je ne bouge pas un seul cheveu. J'ai peur de ce qui est en train d'arriver, peur de ce qu'il va me dire.

– Caroline a raison. Il vaut mieux que tu t'en ailles.

– Colin, non ! me défends-je.

– Va-t'en ! Rentre chez toi. Elle a besoin de moi. Et je n'y arriverai pas si tu es là.

Je baisse les yeux au sol. Il me vire. Juste ce soir ? Ou bien...

– OK, je comprends... Tu peux m'appeler si tu as besoin de parler.

– Tu es sérieuse ? s'esclaffe-t-il, moqueur.

Je le regarde, interloquée. Mon Dieu, je suis en train de le perdre, je suis en train de perdre l'homme que j'aime.

– Je n'ai pas besoin de parler, Drea. Non, ce dont j'avais besoin c'était que, toi, tu me parles. Mais dans quel monde vis-tu ?

– Colin...

– Avec tes leçons de morale, tes conneries sur la confiance qui se gagne, putain ! s'écrie-t-il. Et dire que je culpabilisais pour Betty alors que je n'avais absolument rien à me reprocher. Tu t'es bien foutue de moi.

Oh non ! Pas ça, pitié, ne me laisse pas.

– Je ne veux pas que tu restes parce que je ne te veux pas près de moi. Et je ne veux pas te parler parce que je n'ai plus rien à te dire. Tu me déçois tellement.

– Non, Colin, je t'en supplie, tu ne sais pas tout, pitié, écoute-moi, sangloté-je.

– Il t'a menacée ?

– Quoi ?

– Ton GRAND ami. Il t'a menacée ? Parce que j'aimerais vraiment comprendre ce qui t'a empêchée de me dire la vérité, de me parler comme on se l'était promis. La vérité, Drea, c'est que tu ne seras jamais à moi, tu ne l'as jamais été. Paul passera toujours avant moi, toujours. Aujourd'hui, j'espère que tu es fière de toi. Vois ce que ta belle amitié t'a rapporté. Ma famille est quand même détruite. Et toi et moi...

– Et Ian, Colin ? Et ton frère dans tout ça ? m'écrié-je en pleurant. Il est aussi coupable que Paul, si ce n'est plus. Tu me punis alors que je n'ai fait que protéger un secret que l'on m'a confié. Cela devait te protéger aussi, le temps que Ian trouve les bons mots et le bon moment. Tu ne devais pas l'apprendre de cette façon, je suis désolée, ça me brise le cœur pour toi. Colin, je t'aime tellement fort, mais je n'avais pas le choix.

Pitié, je t'aime tant, ne me rejette pas.

– Eh bien, Andrea, nous avons au moins un point commun dans toute cette histoire.

Donc, je suis Andrea à présent. Je n'aime pas ça.

Il détourne le regard un instant, je vois, à ses agates brillantes, qu'il retient ses larmes. Puis il me fixe de nouveau.

– Nous avons tous les deux le cœur brisé.

Puis il se détourne de moi pour rejoindre Caroline, qui doit l'attendre dans la chambre.

Ne pars pas. Je t'aime.

– Claque la porte derrière toi en partant. Comment tu rentres ? Je m'en fous. Je veux juste que tu aies disparu quand je reviendrai.

***

Je me réveille, la joue collée au carrelage glacé de la salle de bains. Je suis encore tout habillée et je pue comme jamais. Je consulte ma montre, il est près de huit heures et une musique épouvantable cogne dans ma tête. C'est d'ailleurs ça qui m'a tirée de ma torpeur. J'essaie de me redresser en position assise, et les premiers souvenirs reviennent peu à peu dans mon esprit, accompagnés d'une migraine carabinée. J'ai passé presque toute la nuit à vomir dans la cuvette des toilettes.

Adieu, mojito, je ne te boirai plus.

Ma bouche est pâteuse, mon crâne me fait mal et cette musique insupportable continue de retentir comme une sonnerie de téléphone. Je repère mon sac devant la porte, il vibre, c'est mon portable, mais je ne reconnais pas la musique. J'attrape l'anse dans une pirouette acrobatique avec la pointe de mes orteils et le tire jusqu'à moi. Même ce mouvement me semble surhumain dans l'état où je suis.

« In the Navy, yes you can sail the seven seas
In the Navy, yes you can put your mind at ease »[20]

Les paroles sont plus claires à présent. On dirait… Putain, ce sont les Village People ! Je sors mon portable de ma pochette et vois la photo de Paul s'afficher.

« In the Navy, come on now people, make a stand
In the Navy, can't you see we need a hand »

Ça, c'est encore un coup de Steph. Elle a bidouillé mon téléphone hier soir et elle a dû attribuer cette sonnerie à Paul.

Très Fin. J'adore.

Bon, ça suffit maintenant !

Je coupe mon portable et le balance contre la porte. Le film des événements de la veille défile dans ma tête dans le sens inverse de leur chronologie. Je me souviens avoir marché pendant une heure dans le quartier de Wicker Park, avoir rejoint la West North Avenue à l'aide du GPS de mon téléphone pour rejoindre l'appartement de Paul à pied.

Je me suis arrêtée dans une épicerie tenue par un Portoricain qui avait des tatouages jusque dans les trous de nez. J'ai acheté une bouteille de tequila. Je l'ai bu comme une bouteille d'Évian. C'est un miracle que je sois arrivée en vie à l'appartement.

Je me redresse un peu plus et mon fessier endolori percute

20. « In the Navy », extrait de l'album *Go West* des Village People, paroles de Henri Belolo, Jacques Morali et Victor Willis.

ladite bouteille, désespérément vide. Comme moi.

Qu'est-ce qui m'a pris ?

Le portable se remet à sonner. Une autre musique cette fois. Je mets mon téléphone systématiquement sur vibreur, je déteste ça. Je ne sais pas comment il est repassé en mode sonnerie. Qu'est-ce que c'est que cette connerie de chanson, encore ?

De mieux en mieux.

C'est maintenant le refrain d'un classique de Stevie Wonder qui résonne contre le carrelage. Je rampe jusqu'à l'endroit où j'ai balancé mon téléphone une minute plus tôt et m'en empare en gémissant. Tous mes muscles me font souffrir. La vitre est fendue mais je reconnais le numéro de Stéphanie. Je décroche en soupirant.

– Quoi ?

– Oh, Dieu merci, tu es vivante ! s'exclame ma meilleure amie.

– Mmh.

– Putain, mais où t'étais ? me hurle-t-elle dans le combiné.

J'écarte mon iPhone de mon oreille, persuadée que je viens d'y laisser un tympan. Et j'arrive encore à entendre ma furie me sermonner lourdement à l'autre bout de la ligne. Je colle de nouveau le portable à mon oreille.

– ... alors j'ai appelé Paul et il m'a dit qu'il ne savait pas où tu étais et là, je me suis vraiment inquiétée. Drea ? Drea ? Tu es toujours là ?

– Pitié... arrête de crier, gémis-je. Je suis à la maison.

– D'accord. Mais je suis passée à trois heures et tu n'étais pas rentrée. Où étais-tu ?

Ouh là ! Où étais-je, à trois heures du matin ? La vérité, c'est que je n'en sais rien.

Total black-out.

Je jette un coup d'œil au cadavre de bouteille à mes pieds et me passe la main sur le visage.

Bon sang ! Mais qu'est-ce que j'ai foutu hier soir ?

– Drea, tu es partie avec Colin vers vingt-trois heures et, après ça, plus de nouvelles.

Colin. Merde. Caroline, la dispute, lui me disant de m'en aller, moi le suppliant de m'écouter. Tout me revient d'un coup, comme un tsunami emportant tout sur son passage. Oh non ! J'aurais préféré oublier cette nuit.

– Il a rompu, déclaré-je platement.

– … Je… OK, j'arrive, surtout, ne bouge pas.

– Mmh.

Je raccroche et mets mon téléphone sur vibreur. Je ne tiens plus à être dérangée, une fois de plus, par tous les tubes du top 50.

Je me lève péniblement en m'agrippant au rebord du lavabo. Et là, le choc. Je ne suis plus que l'ombre de moi-même. Mon mascara a coulé sur mes joues qui sont presque violettes tant mes larmes les ont inondées. Mes cheveux sont en bataille. Et j'ai un look global complètement débraillé. Je me croiserais dans la rue, je changerais de trottoir immédiatement. Mais qu'est-ce qui m'arrive ?

Colin a rompu avec moi.

Mon Dieu. Mon homme, mon beau prince, mon amour. Il m'a jetée hier soir et je l'ai perdu pour toujours.

J'ai vraiment tout gâché. Je repense à son air désespéré quand il a compris la vérité, quand il a compris que je l'avais trahi, sa déception, le mépris dans son regard.

Je me dévêtis très lentement, chaque geste me coûte et met mon corps à rude épreuve. Quand je suis sortie de chez Colin, j'avais le cœur tellement en miettes que je ne me sentais pas de commander un Uber. J'ai marché un peu, le temps de rejoindre l'artère principale qui mène à mon quartier ; je me souviens m'être arrêtée pour acheter à boire. Le type de l'épicerie m'a prise en pitié et a proposé de m'appeler un taxi. Mais j'ai insisté pour continuer à pied. C'était faisable, bien que peu recommandable pour une jeune femme seule et ivre au milieu de la nuit en plein Chicago. Je suis quand même passée sous le pont de l'autoroute Kennedy et ai longé le canal à une heure avancée de la nuit. J'aurais pu me faire violer ou trucider cent fois. Je devais déjà être attaquée par l'alcool pour prendre un tel risque. Je comprends mieux pourquoi je me suis écroulée comme une merde, pour vomir au-dessus de la cuvette des toilettes tout le reste de la nuit.

J'enjambe le rebord de la baignoire et enclenche le jet de la douche. Je me presse sous l'eau brûlante qui réchauffe mon corps et détend mes muscles. J'ai l'impression que mon esprit a quitté mon corps à un moment donné, et que je fais tous les gestes du quotidien mécaniquement. Je colle mon front à la surface carrelée de la douche et de plus en plus de souvenirs me reviennent par vagues. Les yeux de Colin, le sourire de Colin, la colère de Colin, son cœur brisé, le mien, c'est fini.

Un hoquet de sanglot m'échappe bruyamment. Un cri. Une prise de conscience violente et dévastatrice. C'est fini.

Les larmes ruissellent le long de mon visage, se mêlant à l'eau de la douche. Je pleure comme pour me débarrasser de ce fardeau qui pèse sur mes épaules depuis si longtemps. Je n'ai pas pu lui dire que je regrettais. Je n'ai pas pu lui dire combien je l'aimais et combien mon cœur saignait pour lui, à cause de lui. Je me sens morte à l'intérieur. Et je ne vois pas comment je vais me remettre de ce chagrin d'amour qui me déchire les entrailles.

Je sors de la douche, chancelante, et m'enveloppe dans une serviette moelleuse. Puis, comme un zombie, je me dirige jusqu'à ma chambre et m'effondre sur mon lit. Les draps sont froids, vides de sa présence. Je grelotte et, petit à petit, je me sens glisser dans l'obscurité d'un sommeil sans rêves.

Je me sens réchauffée et apaisée quand je m'éveille de nouveau. Un corps est pressé contre le mien et une main douce caresse mes cheveux, ma nuque, mes épaules. J'ouvre les yeux lentement. Je sais que je suis dans ma chambre. Je me souviens de tout et, sans que je puisse me contrôler, mon corps est une nouvelle fois secoué par les sanglots. J'entends la voix rassurante de Steph dans mon dos, qui me console et m'apaise. Et j'arrive à me calmer peu à peu.

– Mon chat… murmure-t-elle. Je suis tellement désolée.

– Il a rompu, pleuré-je, dévastée.

– Je sais, ma chérie. Ça va aller. Je suis là.

31

Nous ne sommes pas retournés à Fish Creek pour Noël. Je ne parle plus à Paul. Il a pris la route avec Ian le jour même, et je rejette tous ses appels. Ma vie a volé en éclats et il s'en fout. Il continue de vivre son amour avec Ian, sans s'inquiéter du fait que j'aie perdu le mien. Comme il a vu que je ne répondais pas à ses appels, il m'a envoyé des SMS, me disant qu'il était désolé. Qu'il ne voulait pas que les choses se passent comme ça et que nous parlerions à son retour. Je m'en fous de ce qu'il pense. Je lui en veux. J'ai protégé son secret et, aujourd'hui, j'ai perdu l'homme que j'aime. Et il n'est pas là. Steph est restée avec moi. Nous avons réveillonné avec Edward, uniquement parce qu'il a lourdement insisté. Il ne sait pas ce qu'il s'est passé, il a juste compris que j'étais triste et il a été vraiment adorable avec moi. J'ai laissé des dizaines de messages sur le répondeur de Colin. Je scrute mon téléphone pendant des heures, comme s'il détenait toutes les réponses à mes problèmes. Mais il n'appelle pas. Jamais. Il n'appellera pas.

Le matin de Noël, je n'ai même pas la force de me lever. Steph toque à ma porte doucement et n'attend pas que je l'autorise à entrer.

– Joyeux Noël, mini-pouce ! chantonne-t-elle, enjouée.

Je me redresse et m'assieds dans mon lit pour m'adosser au mur. Je souris sans joie. J'ai tellement de chance d'avoir une amie aussi fidèle et précieuse que Steph. Nos rapports ont toujours été si simples et dénués de calculs. Je l'aime, elle me fait du bien.

– Steph... je suis désolée que tu passes un 25 décembre aussi pourri, murmuré-je dans un sanglot.

Mon amie s'approche de mon lit et se jette dessus pour se coller à moi.

– Ne dis pas de bêtises, mon chat. Il n'y a pas d'autre endroit où j'ai envie d'être. Tu es ma meilleure amie et je serai toujours là pour toi.

– Je t'aime, ma chérie, déclaré-je en essuyant les larmes perlant au coin de mes yeux.

Steph me sourit et prend son air malicieux.

– Il y a deux jolis paquets à mon nom sous le sapin, dans le salon. Je présume que c'est pour moi ?

– Oui, Steph, soupiré-je, tu peux aller ouvrir tes cadeaux.

– Génial ! jubile-t-elle.

Elle se précipite en dehors de la chambre, et revient quelques secondes plus tard avec les deux paquets dans ses bras. Elle me jette des regards en coin excités et attaque l'ouverture du plus gros. Une fois le papier déchiré sauvagement, une boîte de chez Victoria's Secret apparaît. Steph pousse des cris de joie et ouvre la boîte pour y découvrir trois ensembles de lingerie hyper sexy.

– J'adore ! s'exclame-t-elle.

Je lui souris alors qu'elle poursuit son déballage. Le deuxième est un petit sac avec une enveloppe contenant un bon cadeau pour un soin spa dans un institut réputé de Lyon, acheté sur Internet, et une bouteille d'un très savoureux bourbon que j'ai eu l'occasion de découvrir au cours de mes cinq mois d'expérience en tant que Chicagoan.

– Paul a participé à tous les cadeaux, mais c'est moi qui les ai choisis, déclaré-je.

– Tu vas l'appeler aujourd'hui ? me demande-t-elle.

– Non. Je ne veux parler qu'à une seule personne et elle ne veut plus entendre parler de moi.

– Ça va s'arranger, mon chat. Je le sais. Fais-moi confiance.

– Mmh… Que dirais-tu d'un super petit-déjeuner de Noël qui tue ? lui lancé-je.

– Je dis banco !

Steph se faufile hors de ma chambre et j'enfile un legging et un pull chaud, avant de rejoindre le salon. Olifant nous a proposé de passer le 25 décembre avec lui, mais je pense que Steph et moi allons cocooner toutes les deux à l'appartement. Quand j'arrive devant l'îlot de la cuisine, je remarque la présence d'un gros paquet en carton sur le plan de travail, surmonté d'un imposant nœud rose. Je hausse les sourcils et me tourne vers mon amie, affairée à mettre la table. Elle chantonne et fait comme si de rien n'était. Je m'approche lentement du comptoir et remarque mon nom inscrit sur la boîte.

– Qu'est-ce que c'est ? demandé-je, intriguée.

– Ouvre et tu verras.

Je m'assieds devant le paquet et l'observe, dubitative.

– Si tu veux un indice, disons que c'est chaud, réconfortant et que tu pourrais en avoir bien besoin, annonce-t-elle, malicieuse.

Je sursaute. J'ai l'impression que le colis mystérieux vient de vibrer très subtilement.

Attends, c'est chaud, apporte du réconfort, ça vibre…

– Steph, j'ai déjà un vibromasseur offert par tes soins, tu te souviens ? Tu enterres ma vie sexuelle un peu vite, non ? la réprimandé-je gentiment.

– Qu'est-ce que tu as l'esprit mal tourné, mon chat.

– Han ! C'est toi qui me dis ça ?

– Edward m'a aidée à le choisir.

Beurk !

– Ouvre-le et arrête de faire ta prude ! me lance-t-elle, impatiente.

Je dénoue lentement le ruban rose et soulève le couvercle de la boîte. Je ne vois rien. Je me redresse sur mon tabouret et, dans un coin, j'aperçois une minuscule boule de poils rousse et tigrée, dotée d'une paire d'oreilles pointues adorables.

– Mon Dieu ! C'est un chaton ! m'écrié-je d'une voix de crécelle.

Une petite tête se relève et de jolis yeux verts me scrutent, apeurés.

Steph me sourit de toutes ses dents ; je lui rends son sourire, soudain follement éprise de mon nouveau compagnon.

– Mais comment ? Comment tu as trouvé le temps ? C'est dingue !

Je m'empare du chaton fragile pour le blottir contre moi.

– Eh bien, j'en ai d'abord parlé à Paul et, comme tu t'en doutes, il m'a envoyée chier direct avec « mon idée à la con », comme il dit. Et puis, quand j'ai vu le chat chez Olifant, je lui en ai touché deux mots discrètement. Il m'a avoué qu'une de ses connaissances avait une portée de chatons à placer et une de ses filles a récupéré la bestiole hier soir avant de se rendre chez lui. Je suis allée le chercher tôt ce matin quand tu dormais. Un chaton pour mon chat !

Paul déteste les chats. Ils lui font peur. Il dit souvent que ces bêtes l'angoissent avec leurs regards perçants, « on ne sait jamais à quoi ils pensent, c'est flippant ». Je jubile intérieurement de ce nouveau paramètre dans notre colocation tumultueuse. Il va détester Steph. C'est sûr.

Je serre le chaton contre moi et le sens ronronner très doucement. Je l'aime déjà et c'est vrai qu'il est tout chaud ; je me mets à sangloter comme une madeleine. Pour le réconfort, on repassera.

– Oh, ma chérie, soupire Stéphanie.

Elle contourne l'îlot de la cuisine et vient me prendre dans ses bras. Nous nous étreignons de longues minutes. Et je finis par me calmer. Un petit couinement émane du chaton et nous nous émerveillons comme deux débiles.

– Merci, c'est… C'est pile ce dont j'avais besoin. Je t'aime, murmuré-je pour ne pas effrayer mon petit rouquin poilu.

– Je t'en prie, ma biche. Tu feras attention, il a une pattoune un peu fragile, mais le véto a dit qu'elle se renforcerait en grandissant. C'est un petit mâle. Au fait, comment vas-tu l'appeler ?

Je commence à réfléchir, son joli pelage roux tigré m'inspire pas mal de petits sobriquets mais un seul me semble suffisamment approprié.

– Nemo.

– Euh… un nom de poisson pour un chat ? T'es sûre, là ? se marre-t-elle.

– C'est un Nemo, c'est évident. Je l'adore, merci.

Je dépose un baiser délicat sur son petit crâne soyeux et le chaton ronronne de plus belle. Un vrai petit moteur.

Steph me montre ensuite toutes les acquisitions faites pour le bien-être de l'animal. Une caisse pour ses besoins, avec un sac de litière, des croquettes « spécial chaton », des jouets et un petit couffin pour ses siestes. Je suis aux anges et, après avoir câliné ma petite bête comme un enfant, je le dépose délicatement sur son coussin moelleux pour me mettre en cuisine.

Nous savourons un parfait petit-déjeuner de Noël et convions Olifant et ses filles à venir boire le café à la maison un peu plus tard. Nous passons un très agréable moment et j'écoute avec beaucoup d'intérêt tous les précieux conseils dispensés par mon voisin pour prendre soin de mon nouveau petit compagnon de vie.

La journée se termine bien mieux que je ne l'espérais, je n'ai presque pas pensé à Colin et, même si Paul a essayé de me joindre plusieurs fois, je n'ai pas répondu à ses appels. Je ne tiens pas à gâcher la bonne ambiance de ce Noël.

Colin n'a pas donné signe de vie. Mais petit à petit, je reprends confiance et me dis qu'il lui faut du temps pour digérer toute cette histoire. Je réattaque le boulot lundi et je commence à préparer mon discours pour nos retrouvailles qui s'annoncent compliquées.

***

Ce matin, je me lève gonflée à bloc. Steph et moi avons passé le 26 à nous balader dans Lincoln Park et puis, transies de froid, nous sommes rentrées nous pelotonner sous les couvertures avec Nemo pour regarder des vieux films en noir et blanc. J'ai entendu Paul rentrer peu après dix heures du soir mais Steph et moi avons fait comme si nous étions profondément endormies quand il est venu frapper à la porte de ma chambre. Je tiens à commencer ma journée de travail sans avoir à endurer une nouvelle confrontation avec mon ami. Je quitte Steph aux aurores, lui faisant promettre d'être là quand je rentrerai après le boulot.

En poussant les portes du Bower, je retrouve Trevor derrière le bar. Il me sert un café, et nous discutons de nos réveillons respectifs quand Ian fait son apparition. Il traverse la salle avec une mine triste et m'interpelle :

– Drea, rejoins-moi dans mon bureau, s'il te plaît.

Je le suis docilement. Une fois la porte refermée, il se débarrasse de son écharpe et de sa parka en me fixant intensément. Puis sans crier gare, il s'approche de moi et me serre dans ses bras. Un peu déstabilisée par cette marque d'affection soudaine, je le laisse faire.

– Je suis désolé, souffle-t-il, la voix tremblotante.

Il s'écarte enfin de moi et me contemple, ses deux mains posées sur mes épaules.

– Est-ce qu'il t'a appelée ? me demande-t-il.

Je comprends qu'il parle de Colin, et je secoue lentement la tête, les yeux pleins de tristesse.

– Il va le faire, m'annonce-t-il. Drea, il t'aime et je sais que Paul et moi sommes responsables de cette situation merdique, mais j'ai beaucoup parlé avec mon frère hier en rentrant à Chicago. Je sais qu'il va revenir vers toi.

Je prends un air désolé. J'apprécie la sollicitude de mon boss, mais la situation me semble encore inextricable à l'heure actuelle.

– Ian, je…

Je réfléchis à ce que je vais lui dire. Il n'était pas la première personne que je m'attendais à voir ce matin mais, quelque part, je suis soulagée de ne pas avoir à vivre une confrontation directe avec mon ex-amant dès le début de mon service.

Ian me sert tout un discours larmoyant que j'écoute à peine. Les souvenirs douloureux refont surface dans mon esprit, et je n'arrive pas à me concentrer sur ce qu'il raconte. Je suis consciente que ce que je m'apprête à lui dire n'est pas très approprié pour une employée face à son patron mais, tant pis, je me lance.

– Paul sait-il que Caroline est peut-être enceinte ?

Il se fige et me dévisage. Je vois bien que je viens de le prendre de court avec ma question frontale, mais j'en ai assez de ces faux-semblants.

– Drea, je sais de quoi ça a l'air… je… Caroline et moi, c'est compliqué…

– Est-ce qu'il sait ? le coupé-je en commençant à m'énerver un peu.

– Elle n'est pas enceinte. Elle me l'a appris ce fameux soir, et je lui ai tout avoué. Nous avons eu un moment d'égarement il y a deux mois. Paul est au courant, j'avais bu et… je n'ai rien contrôlé. Mais elle n'est pas enceinte.

– Putain… soufflé-je. Dieu merci.

Ian me sourit faiblement.

– Drea, je tiens à toi, et je suis plus que satisfait de ton travail ici au Bower. Je ne sais pas ce que l'avenir nous réserve, mais je ferai tout ce qui est en mon pouvoir pour que tu gardes ta place au sein de la brigade.

Je le regarde, interloquée.

– Colin t'a dit quelque chose ? Il veut que je m'en aille ?

– Non, non, m'assure-t-il. Non, je suis juste inquiet que tout cela nous échappe, que tu te sentes oppressée et exprimes le désir de partir.

– Je ne partirai pas, déclaré-je.

– Bien.

– Je t'ai fait une promesse. Je tiens mes promesses et je garde les secrets, même si j'en paie un prix élevé.

– Je vois. Eh bien, sache que tu peux également compter sur moi. Je suis là pour toi si tu as besoin de parler ou quoi que ce soit d'autre.

– Merci, soupiré-je.

Je quitte le bureau dans un état second et vais me changer pour prendre mon poste. Je ne sais pas ce que me réserve cette journée. Mais l'angoisse me saisit quand Rufus nous apprend, peu après neuf heures, que Colin ne viendra pas aujourd'hui ni demain. On refuse de m'en donner la raison, mais je sais que je suis sans doute responsable de son absence. Je me mets au travail et, prise dans le balai cadencé des commis et le tourbillon des annonces, je me recentre peu à peu, mettant de côté mes inquiétudes personnelles.

***

Cela fait trois jours. Trois longues journées que j'ai repris le travail et que Colin n'est pas réapparu. Dehors, il pleut à verse depuis des heures et j'ai l'impression que même la météo s'est accordée à mon humeur.

Aujourd'hui, Ian nous a appris qu'une équipe de télé allait venir prendre des informations pour filmer le restaurant et la brigade en pleine action. Je comprends sans trop de difficultés que Colin a accepté l'offre de Bethany Crawford de tourner cette fameuse émission de cuisine. Un programme est affiché à l'entrée de la cuisine. Le staff de la chaîne doit venir après le dix janvier. Colin sera présent pour être filmé dans son élément. Cela permettra d'inaugurer les lancements et son portrait pour l'émission à venir.

Puis s'ensuivront trois longues semaines de tournage où il sera retenu à New York. Ian et Rufus nous ont appris la nouvelle sans que je sois préparée psychologiquement, et cela me flanque un véritable coup au cœur. Je me noie complètement dans le travail, sans compter mes heures. Et je sens que Leandro et Pilar n'osent pas me manifester leur inquiétude face à mon rythme de forçat.

C'est finalement Aria qui se décide à venir rompre la glace à la fin de la journée. Elle commence par me présenter ses excuses. Je la regarde, perplexe, puis elle m'explique qu'elle se sent coupable d'avoir allumé la mèche en disant à Colin où nous nous trouvions le fameux soir où ma vie a volé en éclats. Je lui explique qu'elle n'y est pour rien, qu'il est temps à présent de comprendre que nous sommes responsables de nos actes et que nous ne pouvons pas éternellement reprocher aux autres ce qui se passe de mauvais dans nos vies.

Nous discutons une petite heure, mais je suis pressée de rentrer chez moi et d'aller serrer Steph dans mes bras. Elle part demain, elle va me manquer.

Ian me convoque de nouveau dans son bureau avant que je ne quitte le restaurant.

– Drea, je suis désolé que tu l'aies appris comme ça. Je pensais vraiment qu'il allait revenir au Bower avant de partir. Il me l'a dit ce matin. Il reviendra uniquement pour les deux jours de tournage à Chicago et, après, il sera retenu à New York pour trois semaines, peut-être plus avec la promotion.

Je retiens mes larmes. Qui prend la fuite aujourd'hui ? Il ne m'a même pas laissé l'occasion de m'expliquer. Je suis furieuse et déçue. Il me doit une chance de lui dire ce que j'ai sur le cœur. Après tout ce que l'on s'est promis, je trouve qu'il est injuste de mettre cette distance entre nous aussi rapidement.

– Drea, je suis mal placé pour te dire ce que tu dois faire. Mais une personne que j'estime beaucoup m'a conseillé un jour de me battre pour les choses en lesquelles je crois. Je pense que c'est à ton tour de te battre.

Je l'observe, pensive. Je me souviens très bien de cette conversation que j'ai eue avec Ian à l'occasion de mon premier jour au Bower. Je suis émue qu'il s'en souvienne lui aussi, mais les choses me semblent perdues d'avance avec son frère.

– C'est trop tard, Ian.

– Ce n'est pas vrai. Drea, est-ce que Colin t'a dit que c'était fini entre vous ?

– Je…

Je repense à cette fameuse nuit où il m'a foutue à la porte et je frissonne, tant ce souvenir m'est désagréable. Il m'a demandé de partir, il m'a dit qu'il se moquait de ce qu'il pouvait advenir de moi, mais non. C'est vrai qu'il n'a pas dit que c'était fini. En même temps, je ne pense pas vraiment avoir besoin d'un dessin.

– Non, il ne l'a pas dit, réponds-je dans un soupir de résignation.

– C'est parce que ça ne l'est pas, continue Ian.

– Écoute, je ne suis pas débile, il ne l'a pas dit textuellement mais je pense que les choses sont plutôt claires entre nous.

– Je pense que tu abandonnes un peu trop facilement. Je connais mon frère ; je sais qu'il a besoin de toi. Et la jeune femme que j'ai vue arriver dans mon restaurant il y a six mois est déterminée, elle sait ce qu'elle veut. Je crois que tu devrais lui accorder le bénéfice du doute, et en parler avec lui posément.

J'avoue que Ian a raison. J'ai devant moi un avenir qui me tend les bras. Une brigade talentueuse au sein d'un restaurant prometteur, des gens avec lesquels j'ai plaisir à travailler. Et par-dessus tout ça, il y a cet homme qui a bouleversé ma vie et m'a appris ce qu'était réellement aimer. Je suis consciente que cette émission est importante pour lui et le restaurant. Je l'aime et je l'attendrai. Il doit le savoir. Je dois le lui dire, maintenant.

Je me lève d'un bond de mon fauteuil et remercie Ian, qui arbore un sourire solaire, le même que celui de son frère. Ce sourire qui réchauffe mon cœur à chaque fois qu'il me l'accorde. J'en ai besoin, j'ai besoin de lui et Ian a raison. Je vais me battre.

Je récupère mes affaires au vestiaire et fonce jusqu'à la bouche de métro la plus proche. Dehors, la pluie a redoublé d'intensité et c'est totalement trempée que je me précipite dans la rame qui s'ouvre devant moi. Durant le trajet, j'ai tout le loisir de penser à ce que je vais lui dire en arrivant chez lui. Je lui dirai tout. Toute la vérité, depuis le début. Je ne lui laisserai pas d'autre choix que celui de m'écouter.

J'arrive à Wicker Park vers vingt-deux heures trente et cours sous la pluie battante jusqu'à son lieu de résidence. Je compose frénétiquement le digicode de son entrée. Je me retrouve devant la lourde porte en fer, impatiente, effrayée et folle d'amour pour lui. Rien ne peut plus me faire reculer. Je frappe trois coups sur le métal et le dernier rempart qui me sépare de mon amour s'ouvre au bout de quelques secondes. Je dois dire que je ne m'attendais pas à voir la personne qui se tient devant moi.

– Tiens ! Qu'est-ce que vous faites là ? Alicia, c'est ça ?

Putain ! Même pas capable de retenir un prénom, cette connasse.

Mon cœur se serre. Betty est en petite tenue, plus exactement, elle ne porte qu'un t-shirt de Colin sur le dos et une paire de chaussettes chaudes qui lui arrivent à mi-mollets. Elle est en train de sécher ses cheveux humides avec une serviette.

Ça ne peut pas être vrai ! Il n'a pas fait ça ?

– C'est Andrea, je… je viens voir Colin, balbutié-je, complètement hébétée.

– Ah ? Il est sous la douche, si vous voulez l'attendre, j'allais faire un peu de thé, minaude-t-elle.

Putain ! La salope ! Elle n'a rien à faire là, à porter les fringues de mon mec et à faire du thé comme si elle était chez elle.

Je baisse les yeux, anéantie. Il n'aurait pas pu me blesser davantage qu'à cet instant. J'ai le sentiment d'entendre mon cœur se fissurer lentement puis voler en éclats dans ma poitrine. Je ne sais pas comment je vais pouvoir survivre à ça. Mais pour l'heure, je n'ai pas le temps d'y réfléchir. Je me tourne lentement pour rebrousser chemin et je lance un « Non, ça ira » laconique.

– Aurora ? m'interpelle Betty. Je lui dirai que vous êtes passée.

Elle le fait exprès, c'est certain.

– Non, pas la peine.

Je me dirige vers l'escalier pour rejoindre l'extérieur sans un regard en arrière. Quand j'arrive à l'appartement, Paul et Steph m'attendent patiemment. Ils ont préparé un repas chaud et me prennent dans leurs bras tour à tour sans savoir de quel nouveau psychodrame je viens d'être victime. J'accueille ces marques d'affection avec beaucoup de soulagement. Sans mot dire, Paul m'embrasse le sommet du crâne avec une infinie tendresse. Je suis émue de retrouver mon meilleur ami, mais je ne pleure pas. Je n'ai plus de larmes. Je me sens comme une coquille vide.

Je sais que, quelque part, tout cela est ma faute. Je suis l'unique responsable de cette situation qui est en train de me détruire. Je n'ai pas tenu tête à Paul face à son mensonge, et j'ai poussé Colin dans les bras de cette fille en le décevant. Je l'ai trahi, il m'a trahie à son tour. C'est de bonne guerre, même si ça fait mal.

Au fil de la soirée, je remonte brique par brique le mur de protection que Colin avait réussi à démolir. Je vais reprendre ma vie en main. Et arrêter toutes ces bêtises d'amoureux transis. Il est temps de se remettre au travail et je vais arrêter de me déconcentrer pour me réapproprier mon objectif premier.

Colin a essayé de me joindre deux fois dans la soirée. J'ai rejeté ses appels. Je ne tiens pas à entendre ce qu'il va me dire. Je ne sais pas si Betty lui a avoué que j'étais passée à son appartement.

J'ai tellement peur de cogiter toute la nuit que j'avale un Xanax pour m'anesthésier le cerveau, et je m'endors immédiatement. Au réveil, je suis encore plus dans le pâté et, aujourd'hui, ma meilleure amie s'en va. Ça va être difficile.

Avec Paul, nous aidons Steph à boucler ses valises et c'est le cœur en berne que nous prenons tous les trois le chemin de l'aéroport. Son vol décolle à neuf heures trente et Ian a accepté de me donner ma matinée, le temps de lui dire au revoir avant qu'elle ne s'envole pour la France. Nous nous prenons dans les bras dans un câlin collectif qui dure de longues minutes.

– Ne vous étripez pas tous les deux, nous murmure Steph, des sanglots dans la voix.

Paul me passe frénétiquement sa main dans le dos dans une caresse réconfortante.

– Je prendrai soin d'elle, ne t'inquiète pas.

Je leur souris à tous les deux, je sais que ça ne sera pas tous les jours facile mais je vais aller mieux. J'ai décidé que ma vie allait changer et je suis confiante dans l'avenir, alors que je sais désormais que Colin n'en fera pas partie.

Steph se tourne vers moi. Elle passe sa main dans mes cheveux et les soulève comme pour faire une queue-de-cheval.

– Toi, je veux que tu me donnes des nouvelles régulièrement. OK ? Et je veux que tu me croies quand je te dis que les choses vont s'arranger.

Je hoche la tête. Elle ne sait pas. Je n'ai rien dit au sujet de ce que j'ai surpris la veille. Je pense que le temps des confidences, c'est bel et bien terminé pour moi. Même si je sais que les choses vont mieux avec Paul et que je les aime de tout mon cœur, Steph et lui. Aujourd'hui, je ressens le besoin de préserver une sorte de jardin secret. Je vais vivre ma vie en gardant pour moi certains détails, et je ne laisserai filtrer que ce que je jugerai nécessaire.

– Prends soin de Nemo et envoie-moi des photos.

– C'est promis.

– Je vous aime, les amis.

Nous nous réunissons dans une dernière étreinte et observons Steph franchir les barrières de sécurité pour rejoindre la salle d'embarquement.

En quelques minutes, elle disparaît de notre champ de vision. Le barrage de mes larmes cède. Paul enroule son bras autour de mes épaules et dépose un baiser sur ma tempe. Puis, sans un mot, nous regagnons la voiture garée sur le parking.

32

– J'annonce : un faisan, un carré à point et deux veloutés, ensuite, un tiramisu et un Coco-Choc.

Je regarde Rufus, dubitative.

– Ils ne sont pas quatre ? demandé-je.

– Si. Pourquoi ?

– Je n'ai que deux entremets ?

– Tu as deux entremets… et deux cafés gourmands. Félicitations, Rosetti. Premiers candidats à l'expérience.

Je souris. Enfin ! Mes frileux Chicagoans tentent l'aventure. Ça a été long. Trois semaines que ce truc est à la carte et aucun client n'avait encore été séduit. Je suis très fière de pouvoir enfin les servir et je décide de les apporter moi-même en salle.

Le service est tonique et les annonces se suivent à un rythme effréné. Le restaurant est plein. Je virevolte entre les différents postes avec enthousiasme. Leandro me jette des coups d'œil amusés en montant ses blancs en neige, tandis que Pilar est concentrée sur son caramel.

Mon café gourmand du mois de janvier est calqué sur la thématique mensuelle de la neige, la glace et les États les plus au nord du continent américain. Je prépare de minuscules boules de neige pour réaliser de jolies petites verrines d'îles flottantes dans une crème anglaise onctueuse et vanillée. Puis Pilar réalise de délicates sphères faites de filaments de caramel durci dans lesquelles nous emprisonnerons les globes de blancs d'œufs. Le second dessert est un yaourt glacé au sirop d'érable, servi dans une petite coque de cacao en forme de feuille du même arbre. Le troisième, deux tranches de pain d'épices imbibées d'un bourbon à la cannelle entre lesquelles je dépose une fine couche de marmelade d'orange, et surmontées d'un sorbet au potimarron saupoudré de noisettes grillées. Le café, dans tout ça, paraît presque anecdotique. Je mets beaucoup de passion et de détails dans cette formule du mois et mon cerveau fourmille d'idées pour les suivantes.

Après le service, je sors fumer ma traditionnelle cigarette dans le froid glacial de l'hiver. Ian me rejoint avec un café. Il pose un plaid en mohair sur mes épaules qu'il frictionne vigoureusement.

– Je ne tiens pas à ce que ma meilleure chef pâtissière attrape la mort par ce temps, me dit-il.

Je lui souris. Nous sirotons nos cafés en silence, quand Ian se décide à le rompre.

– Tu as des nouvelles ?

– Non. Et toi ?

– Pas depuis que je l'ai laissé à l'aéroport il y a dix jours. Je crois qu'il bosse pas mal. Le tournage a commencé plus tôt que prévu. J'ai récupéré le numéro de son hôtel si ça t'intéresse.

Un hôtel ? Mais bien sûr. Je suis pratiquement sûre qu'il n'y met jamais les pieds. Il doit être trop occupé à se relaxer avec Betty après ses longues journées de travail.

Après le fameux soir où j'ai quitté son appartement en catastrophe, il n'a plus essayé de me joindre. Je pense que les choses sont claires des deux côtés à présent.

– Ça ne m'intéresse pas.

– Drea, tu ne m'as jamais dit ce qu'il s'était passé quand tu t'es rendue chez lui la dernière fois.

– Je n'y suis pas allée.

Ian me regarde, stupéfait. Je vois bien qu'il ne me croit pas une minute. Mais je ne tiens pas à argumenter sur ce point avec lui. Cela ne le concerne pas et, désormais, je n'ai qu'un seul mot d'ordre, chacun sa vie et ses petites histoires. De la même façon que je ne tiens pas à ce qu'il me raconte ce qui se passe entre lui et Paul. Ce n'est plus mon problème. Je suis détachée de tout ça. Je me concentre sur mon travail et je le fais bien. C'est tout ce que l'on attend de moi et je n'en demande pas plus.

Ian et Caroline vivent séparés depuis le soir où celle-ci m'a témoigné tout son ressentiment. Elle est partie s'installer chez ses parents à Milwaukee avec les petits et Ian les récupère tous les quinze jours. Paul est très peu à l'appartement, mais nos rapports sont pratiquement revenus à la normale. Nous avons peu discuté de ce qui s'était passé quand Colin a rompu avec moi il y a deux semaines, il sait l'essentiel. Je ne lui en veux plus. J'assume l'entière responsabilité du naufrage de ma relation amoureuse. Ce tournage est finalement tombé à point nommé, cela nous évite de nous croiser au Bower et j'ose espérer que quand il refera surface, de l'eau aura coulé sous les ponts et que nous pourrons reprendre notre collaboration où nous l'avons arrêtée.

Intérieurement, je sais que je me berce d'illusions. J'essaie de me convaincre tant bien que mal de tout cela, mais mon cœur saigne d'une blessure ouverte qui semble ne jamais vouloir cicatriser. Je n'ai même pas célébré le réveillon du nouvel an, j'ai travaillé et suis rentrée me coucher, fourbue et la tête vide.

Le soir, je retourne à l'appartement, seule, et je m'endors en pleurant, mon chaton collé contre ma poitrine. Je dors d'un sommeil sans rêves et je sors courir à l'aube. Je pars au boulot avec une quantité inavouable de caféine dans le sang, travaille comme une acharnée jusqu'au soir, je fume, je discute avec Aria, je rentre chez moi et je boucle ma journée comme je l'ai commencée. Seule et désespérée.

Les jours se suivent et se ressemblent, et j'erre, perdue comme une intruse dans ma propre vie. La seule chose qui me motive et qui m'aide à tenir, c'est ma cuisine. Je m'applique à délivrer un travail impeccable et sans fausse note. La brigade est sous tension depuis plusieurs semaines, mais je sais que le grand sujet de discussion qui les passionne le plus concerne mon histoire avec leur chef. Dès que j'arrive au laboratoire, les conversations cessent comme par miracle ; certains ne me regardent même plus dans les yeux. Je m'en fous. Je sais qui je suis et ce que je vaux et, tant que je peux compter sur Leandro et Pilar, le reste m'importe peu. Cette épreuve, en dépit des apparences, m'a renforcée et je me sens plus déterminée que jamais à réussir.

J'ai eu longuement mes parents au téléphone. Je prévois de rentrer quelques jours à Lyon début juillet pour mon anniversaire. Ils sont enchantés. Je suis, de mon côté, soulagée d'apprendre que Ben leur a définitivement lâché la grappe. Il a disparu des radars et ma mère commence à se rendre compte, un peu tard, de l'enfer qu'il m'a fait vivre.

Ian se redresse et époussette son jean.

– Je te laisse, Bethany doit arriver dans moins d'une heure avec l'équipe pour mettre en place le planning de tournage.

Je blêmis à la prononciation de son prénom. Elle ne m'a pas manqué, celle-là. Si Betty se pointe, Colin ne va pas tarder à réapparaître aussi. Cette idée ne m'enchante pas, mais je sais que c'est l'affaire d'une journée ou deux, histoire que la chaîne ait des images à mettre en boîte pour faire son portrait.

Je suis Ian dans le couloir du restaurant et nous tombons nez à nez avec le démon en personne.

Quand on parle du loup.

Betty est là, avec toute sa suffisance plaquée sur le visage.

– Ian, mon chéri ! s'exclame-t-elle avec son air hypocrite qui m'est insupportable au plus haut point.

Il lui serre la main et elle fronce les sourcils en me voyant derrière lui. Elle pointe un doigt vers moi.

– Aurélia, c'est ça ?

– Non, Andrea. Je suis consciente que la coke dont vous devez vous garnir le pif a dû griller quelques neurones, mais un prénom, à retenir, ce n'est quand même pas le bout du monde, grondé-je, excédée.

Elle prend un air outré et plaque ses mains aux ongles manucurés sur ses hanches en me détaillant de haut en bas. Ian me regarde, perplexe.

– Je vous demande pardon ? s'indigne-t-elle.

– Excuses acceptées, grommelé-je en poussant les portes battantes de la cuisine.

Je sais que je vais entendre parler de cette altercation, mais cette pouffe commence à me taper sur les nerfs. Et si je dois me la coltiner pendant deux jours, j'exige au minimum qu'elle retienne mon prénom.

Je finis de nettoyer mon poste de travail quand Aria vient me trouver, rayonnante. Elle m'annonce qu'un homme mystérieux me demande en salle. Elle ajoute qu'elle le trouve tout à fait à son goût et qu'elle s'en voudrait de le faire attendre. Vu que c'est le moment que choisissent Betty et son équipe pour pénétrer dans les cuisines, je suis donc Aria bien volontiers. Plus je me retrouve dans son proche périmètre, plus je ressens le besoin de lui coller une baffe magistrale, et j'ai beau prôner la non-violence, il m'en faudrait peu pour craquer avec elle.

Je fais quelques pas entre les tables. Le restaurant est plongé dans une ambiance tamisée à cette heure-ci et une bonne partie de l'équipe du restaurant a déjà déserté les lieux pour profiter d'un peu de repos avant le service de la soirée.

Soudain, je crois rêver. Mon cœur s'arrête et le sang se fige dans mes veines. Debout, devant l'entrée, emmitouflé chaudement dans une parka.

Benjamin.

Je n'ose plus bouger, je ferme les yeux, prise de vertiges, je sens le regard d'Aria sur moi et l'inquiétude dans sa voix.

– Drea ? Ça va, ma belle ?

– Je… Oui, c'est bon, tu peux nous laisser, s'il te plaît ? demandé-je, tremblante.

Mon amie fronce les sourcils, jette un œil à l'homme qui se dresse en face de moi, certes très beau mais qui, à mes yeux, ne représente rien de plus que l'impardonnable bourreau qui m'a brisée.

– OK… je… je suis à côté si besoin, m'annonce-t-elle.

Je hoche timidement la tête, encore tétanisée devant cette apparition funeste.

***

Deux billes de plomb d'une intensité sombre me passent au crible. Il porte une barbe de plusieurs jours, semée de poils blancs par endroits. Il a pris un sacré coup de vieux. Son visage semble marqué par des nuits d'insomnies torturées et son corps est visiblement amaigri de quelques kilos.

– Qu'est-ce que tu fais là ?

– Il fallait que je te voie.

– Chicago, ce n'est pas vraiment la porte à côté, hein ?

– Je sais, je suis en déplacement pour le boulot. Je… On peut parler une minute ?

– Non.

– Drea, je te demande juste une minute de ton temps et, après, je disparais. Je promets de bien me tenir, tu n'as pas à avoir peur de moi, murmure-t-il, l'air manifestement accablé.

Un frisson parcourt mon corps, cette scène a comme un goût de déjà-vu. Je suis mortifiée mais, à côté de ça, je suis curieuse de savoir ce qu'il a à me dire. Je désigne une table d'un mouvement de tête et il ne prend pas la peine de défaire son blouson, il s'en approche et s'assied.

Je le scrute, hésitante. J'ai peur de commettre une erreur en lui accordant cette minute qu'il me demande. Mais ici, il ne peut rien tenter.

Je m'approche, raide comme la justice, et m'assieds très lentement à table en face de lui.

– Je t'écoute, dis-je en tentant de dominer ma trouille.

Il me dévisage, je suis terrorisée et il le sent.

– Mon Dieu, souffle-t-il.

Il passe sa main sur son visage et retire son bonnet, laissant jaillir son épaisse chevelure brune. J'ai toujours aimé ses cheveux, ils ont beaucoup poussé, cela lui donne un côté sauvage. Mais là, je m'égare. Je n'arrive pas à le regarder dans les yeux, cette confrontation imprévue me stresse et j'ai beaucoup de mal à garder mon calme.

– Je… Bordel ! Qu'est-ce que je t'ai fait ? soupire-t-il sur un ton qui semble sincère.

– C'est une question ?

– Je sais que tu ne veux plus me voir et je respecte ton choix.

– Apparemment pas ! le coupé-je sèchement.

– Je sais, pardon, il fallait juste que je te voie pour te dire ceci…

Ses mains tremblent, j'ai soudain la sensation d'être en face d'un étranger, il ne donne plus du tout cette impression de puissance et d'assurance que je lui connaissais.

– Je suis désolé.

– Tu l'as déjà dit, tu te souviens ? Il y a six mois à l'Alessandro, avant de m'insulter et de partir comme un boulet de canon.

– Je sais, Drea. Sauf que... cette fois, je le pense vraiment. Je me fais soigner depuis plusieurs semaines. J'ai pris conscience de mes accès de violence, de ce que je t'ai fait subir, de...

Il s'arrête, cherchant ses mots. Quelque chose a changé, c'est indéniable. Il dit peut-être la vérité, cette fois.

– Je me suis comporté comme un monstre avec toi. Je t'ai martyrisée psychologiquement et physiquement et, pour tout ça, je te dois des excuses. Je n'attends pas que tu me pardonnes, tu ne le feras sans doute jamais, mais ça fait partie de mon processus de guérison et j'ai besoin que tu entendes ce que j'ai à te dire.

Je sens les muscles de mon corps se détendre très légèrement. Mais je ne baisse pas ma garde pour autant. Je l'ai pratiqué pendant cinq ans, je sais de quel moule cet homme est fait. Combien de fois m'a-t-il servi ce même discours repentant ? C'était toujours dans le but de me récupérer et de me dominer un peu plus.

– Continue.

– Malgré ce que tu peux penser, je t'ai aimée sincèrement. Je... je t'aime toujours. C'est pour cela que c'est encore plus difficile aujourd'hui d'accepter ce que je t'ai fait. Depuis que je suis pris en charge à un niveau « médical », on va dire, je rencontre des hommes et parfois des femmes qui ont eu ce genre d'agissements et ça me glace le sang. J'ai enfin mis des mots sur cette violence qui m'habite et que j'ai osé t'infliger. Je sais que je suis impardonnable. Mais il faut que tu saches que je m'en veux sincèrement. Tu es la femme la plus intelligente, la plus brillante et la plus belle que je connaisse et je ne peux pas croire que tu aies supporté tout ça pendant si longtemps.

Seigneur.

Je sens les larmes me monter aux yeux. Pas parce que son aveu me touche. Non. Cela ne fait que raviver ces blessures que je n'arrive pas à guérir. Je lui en veux tellement. Je suis encore meurtrie dans mes chairs et dans mon esprit. Et ce besoin d'expiation qu'il manifeste avec cette confession me heurte plus que je ne l'aurais cru.

– Je ne t'ai jamais méritée. Je n'ai jamais pris conscience de la chance que j'avais de t'avoir dans ma vie. Je n'ai fait que te détruire et, encore maintenant, je constate que tu me crains et ça me brise le cœur. Tu es un trésor que j'aurais dû chérir ; au lieu de cela, je t'ai battue, humiliée et… violée.

Putain.

Je n'avais jamais mis de mots aussi précis sur cette nuit-là, et c'est pourtant la vérité. Lui les énumère comme une catharsis, pour les évacuer de son esprit et repartir sur des bases saines. Pourquoi, moi, je n'y arrive pas ?

– Je suis sincèrement désolé, Drea, et si tu décidais de me donner une chance de te le prouver, je passerais chaque seconde de ma vie à essayer de réparer ce que je t'ai fait. Mais… je sais que ça n'arrivera pas. J'ai déjà de la chance d'être ici et de pouvoir te dire tout ça. Je devrais être en taule pour ces violences. Je ne m'explique pas pourquoi tu n'as pas porté plainte. Et sache que si tu décidais de le faire, je le comprendrais. Je l'aurais mérité et bien pire encore.

La porte du Bower s'ouvre subitement, laissant une vague de froid s'infiltrer dans mes os. Je me crispe et croise le regard vert d'eau de Colin, qui se tient dans l'embrasure. Il est comme une apparition divine dans ce chaos. Je retiens un hoquet de sanglot. Mon cœur ne va pas survivre à cette journée. Il me dévisage et jette un œil à Ben, assis devant moi. Il ne le connaît pas, il n'a donc aucun moyen de savoir qui il est. Puis sans même m'adresser la parole, il traverse la salle de restaurant pour rejoindre le couloir menant au bureau.

Je suis muette de stupeur devant l'étalage de bons sentiments de mon ex. Je ne sais pas que penser. Cette démarche a peut-être pour but de le faire se sentir mieux mais, de mon côté, elle va me laisser désorientée pour un bout de temps.

– Je… Merci de m'avoir dit tout ça, lui réponds-je. Tu as raison, je ne peux pas te pardonner, du moins, je n'y arrive pas. Pas encore. Et si je n'ai pas porté plainte, c'est… Je crois que tu m'as tellement bousillée que j'ai fini par croire que tout ça était ma faute.

– Je comprends, acquiesce-t-il, troublé. Il paraît que c'est courant avec des personnalités comme la mienne. Drea, pardon. J'espère que tu trouveras le bonheur un jour. Je te souhaite vraiment d'être heureuse et je ne me maudirai jamais assez de t'avoir perdue et de m'être aussi mal comporté avec toi. J'ai tout perdu aujourd'hui mais, le pire, c'est de me dire qu'à cause de moi, tu vas garder ce traumatisme sans doute toute ta vie. J'aimerais tellement pouvoir t'aider à oublier tout ça…

– Mais tu es là, déclaré-je froidement.

– Je…

– Si cette démarche t'aide dans ton processus de guérison comme tu le dis, à moi, ça ne fait que du mal. Te revoir, ressasser toute cette histoire, cette souffrance. Je ne m'en sortirai jamais si tu continues à être présent dans ma vie. À me téléphoner, à aller voir mes parents, à…

J'essaie de reprendre mon souffle alors que les larmes roulent sur mes joues.

– Je comprends que tu en avais besoin mais, si tu m'aimes comme tu le dis, laisse-moi oublier. Laisse-moi t'oublier définitivement, sangloté-je. Je dois tourner la page pour guérir, Ben. Avec toi dans les parages, c'est juste impossible. Pourquoi crois-tu que je sois partie si loin ? Tu veux que je m'en sorte, donc pars, s'il te plaît. Et ne reviens plus dans ma vie. Je vais t'oublier et tu dois faire pareil.

Ben détourne le regard et sans que j'aie le temps de comprendre ce qui lui arrive, il fond en larmes devant moi. C'est la première fois que je le vois pleurer sincèrement et je suis totalement prise au dépourvu. Il saisit ma main au-dessus de la table et je me crispe automatiquement, mais je n'arrive pas à la retirer. Je suis complètement déstabilisée. Il ne m'a pas habituée à ça. Il reprend ses esprits et essuie ses larmes du dos de la main. Puis il plonge son regard dans le mien et me dit :

– Je comprends, Drea. Et je sais que tu as raison. C'était égoïste de ma part de venir ici. Je pense que… J'espérais naïvement que tu aurais assez pitié de moi pour me reprendre. Je… je ne sais pas ce que j'imaginais.

Il lâche ma main et se lève ; il enfonce son bonnet sur ses oreilles et, avant de tourner les talons, déclare :

– Tu m'oublieras si c'est ce que tu souhaites réellement. J'espère que tu as raison et que ça t'aidera. Mais moi, Drea, je ne peux pas t'oublier. Et je ne le veux pas. Tu es et seras pour toujours l'amour de ma vie. Et je dois continuer de vivre en sachant ce que j'ai fait, en sachant que je t'ai perdue à jamais. Merci de m'avoir écouté.

Ben me sourit et, en un battement de cils, il n'est déjà plus là.

Il a disparu de ma vie, et je n'ai strictement rien compris à ce qui vient de se passer.

Sous le choc de cette rencontre inopinée, je ne sais pas si je dois le croire. Il me semble qu'il était sincère et réellement désolé. Il m'a dit des choses qu'il n'avait jamais dites avant. Je suis abasourdie par ce moment partagé avec mon ex. Est-ce le début de la guérison pour moi aussi ? Je l'espère.

Je me souviens alors que Colin est dans les locaux et qu'il a surpris cette confrontation entre Ben et moi. Qu'en a-t-il déduit ?

On s'en fout, Drea, il se tape la pétasse de la télé !

Je me rends dans le vestiaire d'un pas hésitant, mais il ne s'y trouve pas. Je sors mon sac et commence à relever mes mails sur mon portable. Une vague de tristesse me submerge soudain et, épuisée de fatigue, je colle mon front contre la porte, laissant libre cours à mes larmes. Je n'étais pas prête pour tout ça. Ces aveux, ce chagrin qui m'abîment de nouveau alors que j'essaie de me recentrer et de gagner mon pari sur l'avenir. Absorbée par ma tristesse, je sens soudain une présence dans mon dos. Puis, je vois Colin qui avance jusqu'à son casier sans me regarder et commence à se changer.

– On va juste faire quelques prises de vues aujourd'hui. Vous ne serez pas gênés par l'équipe télé, annonce-t-il, comme si je n'étais qu'une vulgaire employée.

Je hoche la tête silencieusement, réprimant un sanglot.

– Qui c'était ? demande-t-il.

– Qui ça ?

– À la table avec toi quand je suis arrivé. C'était qui ?

– Personne, reniflé-je.

Colin fronce les sourcils et s'approche de moi.

– Tu pleures ?

Je ne sens aucune chaleur dans sa voix, et ça me brise le cœur. De toute façon, le sien ne m'appartient plus.

– Non.

Je peux l'entendre s'approcher dans mon dos, il n'est qu'à quelques centimètres de moi. Ensuite, je sens la paume douce de sa main sur mon épaule et je relève la tête, il me retourne face à lui et me dévisage avec inquiétude.

– Drea…

– Laisse-moi, Colin, soupiré-je, des trémolos dans la voix.

– On doit parler.

– Non. Tu te trompes. Je crois qu'on s'est tout dit. Et pour le reste, j'ai pu compter sur Betty pour me mettre au parfum.

Colin plisse ses yeux et laisse retomber sa main le long de son corps.

– Betty ? Mais…

« *In the Navy, yes you can sail the seven seas*
In the Navy, yes you can put your mind at ease »

Putain de bordel de portable ! Je vais tuer Steph.

Colin jette un coup d'œil à l'écran du mobile alors que le refrain résonne dans le vestiaire. Il aperçoit la photo de Paul. Et recule lentement.

– Très fin ! me lance-t-il d'un air dédaigneux.

Puis il s'éclipse, sans rien ajouter, me laissant avec mon chagrin et les Village People.

33

Ces deux jours de tournage se sont transformés en quatre et ont été un véritable enfer. Évidemment, Betty m'a prise en grippe tout de suite et je n'ai rien fait pour améliorer nos échanges. La visite de la chaîne dans les locaux s'est soldée par une séance photo intensive où elle n'a eu de cesse de se frotter à Colin. Bizarrement, je le voyais la repousser constamment, mais elle n'a pas l'air de piger le message. Cela dit, je peux comprendre qu'elle soit un peu dure à la comprenette. On se lasse difficilement d'un spécimen tel que lui, une fois que l'on y a goûté. Et dire qu'il a osé me tromper avec cette pétasse, pour s'en désintéresser aussi vite. Si l'objectif était de me fusiller l'organe qui me sert de cœur, l'effet est réussi.

Dans le but de faire un zoom sur Colin pour la promo de l'émission, quelques membres de la brigade ont été sélectionnés pour parler de lui et donner leur avis sur leur chef.

Ian s'est également prêté à l'exercice avec beaucoup de plaisir et n'a pas arrêté de nous bassiner avec le fait qu'il allait bientôt passer à la télé et devenir célèbre.

– Parfait ! lui ai-je lancé d'un air moqueur. Tu vas pouvoir te racheter une paire de pompes.

Ma réflexion a fini de le calmer.

Je suis assez sarcastique depuis le passage de Ben au restaurant. Je devrais me sentir mieux, mais j'ai comme un poids dans la poitrine et je n'arrive pas à refaire surface. Je suis morose en dehors de la cuisine et complètement absorbée par le travail dès que je prends mon poste. Colin me manque, c'est atroce, et sa présence au Bower n'a fait que raviver une plaie encore à vif. Nous avons à peine échangé trois mots au cours de ces quatre jours et il a été très pris par l'équipe de télévision. Mais je sens bien que ce n'est pas son truc. Ça le gonfle dès qu'on lui donne une directive, il souffle, boude et s'agace. Ça me fait un peu sourire parce que j'ai l'impression de voir un petit garçon que l'on sermonne. Heureusement pour lui, la vraie aventure commence bientôt, il va rencontrer les candidats qui se présentent pour l'émission et, selon Ian, il a hâte de voir ce que le casting va donner.

Aria, quant à elle, est venue vivre à l'appartement pour une dizaine de jours. Son voisin du dessus a eu un dégât des eaux et les travaux pour refaire sa tapisserie et son parquet s'annoncent longs et bruyants. Depuis qu'elle est installée, elle vit une véritable histoire d'amour avec Nemo et a presque du mal à partir travailler le matin. Paul m'a laissé sa chambre le temps de cette colocation improvisée, mais vient régulièrement au restaurant pour déjeuner avec moi entre deux services. Je pense qu'il profite de l'absence de Colin pour se montrer. On ne peut pas dire que la révélation de sa liaison avec son frère va l'aider à se faire mieux apprécier.

Lorsque j'arrive au Bower ce matin, mes yeux restent scotchés devant l'immeuble du trottoir opposé au restaurant. Une immense pancarte publicitaire en recouvre la façade. Une photo magnifique de Colin vêtu de sa blouse de cuisinier, les bras croisés sur le torse, un sourire carnassier aux lèvres.

Le slogan se veut accrocheur et même un peu racoleur.

« *Salt & the City*

En février, découvrez à quelle sauce vous allez être dégusté

avec Colin Hatwood,
tous les lundis soir sur E Channel. »

Par cette accroche publicitaire, la chaîne cible clairement un public féminin. Pas étonnant que Bethany ait autant insisté pour avoir Colin dans son programme, c'est un aimant à gonzesses. Il va partager l'affiche avec deux autres chefs, dont une femme et un type d'un certain âge venu d'Amérique du Sud, Pilar ne jure d'ailleurs que par lui.

Ça va être trop sympa d'attaquer le boulot tous les matins après avoir vu cette affiche !

On dirait que le destin s'acharne contre moi. Sauf que je n'en connais pas la raison. J'ai dû tuer beaucoup trop d'araignées alors le karma se venge sur moi. Et ça continue.

En entrant dans le restaurant, je percute Caroline de plein fouet. Nous nous dévisageons pendant quelques secondes. Elle a les traits tirés, mais elle a toujours une folle allure dans son tailleur crème, ses talons de dix centimètres et son manteau sur le bras.

– Drea…

– Caroline, je suis désolée.

Je me précipite avant de ne plus avoir le temps de lui dire ce que j'ai sur le cœur :

– Et je ne parle pas de cette bousculade, mais… enfin, si, je suis désolée pour ça aussi, mais je veux que tu saches que…

Pitié, arrêtez-moi, je me ridiculise.

– Je sais, me coupe-t-elle. Drea, c'est à moi de te présenter des excuses, j'ai été vraiment dure avec toi l'autre soir et je sais que tu n'as rien à voir avec cette histoire. Je te demande pardon.

Je lâche un soupir de soulagement. Je rêve d'entendre ces mots depuis des semaines et ça me fait tellement de bien que je pourrais la prendre dans mes bras et la serrer très fort. Mais je ne veux pas forcer ma chance et je reste prudente en faisant preuve de retenue.

– Je suis assez pressée, là, je dois filer mais j'aimerais beaucoup que l'on prenne un café toutes les deux quand tu auras le temps.

– Je… Oui, ça devrait pouvoir se faire.

– OK, super, je passerai dans la semaine au Bower, ça te va ?

– Euh… oui. Parfait.

Puis, Caroline disparaît dans un nuage de parfum, me laissant complètement ahurie.

Les choses seraient-elles en train de s'arranger ? Je n'ose pas y croire. Nous n'avons jamais été proches, je l'ai finalement assez peu côtoyée ces six derniers mois, et je dois avouer que la belle avocate m'intimide un peu. Pour être totalement honnête, je reconnais que j'ai un peu pitié d'elle. Apprendre après autant d'années de mariage que son mari la trompe, avec un autre homme, en plus, ne doit pas être une pilule facile à avaler.

Je traverse le couloir ; Ian est accoudé à son bureau, la tête dans ses mains. Je le sens désemparé et je ne sais pas trop si je dois le déranger. Mais je décide quand même d'entrer.

– Tout va bien ?

– Tu as croisé Caroline ?

– Oui, à l'instant. Mais je ne vois pas d'objets cassés ni de fauteuils renversés au sol. Alors…

Ian se redresse et je vois une enveloppe de papier kraft posée sur son bureau.

– Elle m'a apporté le contrat du divorce.

– Oh.

Non, les choses ne se sont pas arrangées, je ne sais pas ce que j'espérais. Après tout, son mari est homosexuel. Je ne vois pas comment la situation pourrait s'améliorer.

– Mouais. Ça va saigner. Elle exige mes parts du Bower et la garde exclusive de Maddie et Jack.

– Mais, comment… Putain, qu'est-ce que tu vas faire ?

– Je vais payer. Qu'est-ce que tu veux que je fasse d'autre ? Et je vais me battre pour mes enfants.

Je cille, incrédule. Cette histoire est un vrai sac de nœuds. Mon patron est en train de vivre des heures sombres. Et il n'y a rien que je puisse faire pour l'aider.

J'aime beaucoup Ian et, même si je n'approuve pas son infidélité envers Caroline, je n'ai pas vraiment mon mot à dire.

– Payer ? Mais comment ?

– Je sais, c'est la merde. Je n'ai pas encore réussi à joindre Clark mais, d'après Caroline, il ne se retirera pas de l'affaire. Elle m'a clairement fait comprendre qu'elle ne lâcherait rien. Je pense qu'avec l'endettement du Pilgrim, je n'ai pas beaucoup de solutions qui s'offrent à moi.

– Mais si tu perds tes parts, que va-t-il advenir de Colin ? Il est au courant ?

– Colin a vingt-cinq pour cent du Bower. Il peut choisir de rester s'il le souhaite. Je vais juste devoir m'en aller. Il n'est pas question qu'il soit impacté par tout ça. Et je préfère qu'il n'en sache rien pour le moment.

Je hoche la tête, inquiète. Encore des secrets. J'aurais préféré ne rien savoir. Colin risque de péter un plomb quand il va l'apprendre. Mais je sais aussi qu'il s'est sacrifié pour suivre Ian dans son ambition de restaurant à Chicago. Je suis certaine que si Ian retourne à Fish Creek, Colin le suivra.

– Comment ça va entre vous deux ? osé-je demander timidement.

– Ça va. On a beaucoup parlé, lors de son passage la semaine dernière, et je ne sais pas s'il acceptera un jour ma relation avec Paul, mais je crois qu'il a envie de me pardonner de ne lui avoir rien dit.

– C'est bien, soupiré-je, pensive.

– Drea, je ne devrais sans doute pas t'en parler, mais il est fou de chagrin.

Je plisse les yeux et croise mes bras sur ma poitrine, dans une posture défensive. Je crois que je ne vais pas apprécier ce qui va suivre.

– Écoute. Ce qui arrive est trop bête. Votre couple est en train de subir les conséquences de notre relation cachée et ça, je n'arrive pas à le supporter. Il est amoureux de toi et j'ai peur qu'il fasse une connerie.

– Oui, de ce côté-là, tu peux considérer que la connerie est déjà faite.

– Que veux-tu dire ?

Je soupire. Je m'étais juré de ne plus me confier à lui au sujet de ma relation avec Colin, mais j'en ai tellement assez de ruminer tout ça que je me décide à parler à mon boss.

– Je t'ai menti, Ian.

Il me regarde, perplexe, et fronce les sourcils. Je continue :

– Le soir où tu m'as appris que Colin avait accepté de faire l'émission, je me suis rendue chez lui. Je voulais me battre, il fallait que je me batte pour lui. Mais… il n'était pas seul. Betty était là, dans une tenue qui laissait peu de place au doute.

– Drea, c'est impossible. Je ne peux pas le croire.

– Je sais ce que j'ai vu, Ian.

– Qu'est-ce qu'il t'a dit quand il t'a vue ?

– Il était sous la douche. J'étais tellement sous le choc que je me suis enfuie après avoir demandé à Betty de ne rien lui dire ; il n'a jamais su que j'étais venue.

– Mais tu te rends compte de ce que tu me dis ? s'exclame-t-il, ahuri. Tout ça n'est qu'un malentendu. Il n'a rien fait avec cette fille. Il la tolère à peine la plupart du temps et, surtout, il t'aime sincèrement. Je sais qu'il peut se montrer impulsif mais, Drea, je mettrais ma main à couper qu'il ne s'est rien passé entre eux.

– Eh bien, je crois qu'on ne le saura jamais. Ian, comprends-moi, j'aime ton frère de tout mon cœur. Entre lui et moi, c'était comme une évidence. Mais tu n'es pas sans savoir que j'ai beaucoup souffert dans ma dernière relation et je pense que tout arrive pour une raison. Je n'étais peut-être pas prête à vivre cette histoire d'amour avec lui. Il a été tellement dur et froid avec moi, cette nuit-là. Il m'a brisé le cœur. Je ne suis pas sûre d'arriver à me remettre d'une nouvelle déception.

– Je t'entends, Drea, et je te comprends, je t'assure. Mais je veux que tu me promettes quelque chose, je veux absolument que vous vous parliez tous les deux. Mettez les choses à plat et si, après cela, vous considérez que ça ne peut pas marcher, alors vous ferez ce que bon vous semblera.

Mon regard se voile de larmes contenues.

Ça commence à devenir gonflant, cette sensibilité accrue que j'expérimente depuis des mois. Moi qui ai toujours été forte, je suis en train de devenir une vraie pleurnicheuse.

Si seulement Ian savait qu'il m'est impossible de résister à l'attraction que Colin exerce sur moi.

Dès que je suis en face de son frère, je perds tous mes moyens. L'alchimie entre nous est tellement forte, la passion tellement dévorante que nous cédons systématiquement à notre attirance mutuelle. Une confrontation avec Colin pourrait me faire plus de mal que de bien et je ne me sens pas prête à vivre une énième désillusion.

Je veux absolument me préserver, et si je dois tenir Colin à l'écart pour y arriver, c'est ce que je ferai.

***

Le mois de janvier passe à une vitesse folle. Aria et moi nous sommes inscrites à un cours de zumba à deux pas du restaurant. Nous nous retrouvons deux fois par semaine entre deux services et cela me fait le plus grand bien. Si Aria passe plus de temps à draguer les hommes qui circulent dans la salle de fitness aux heures de pause déjeuner, j'ai trouvé pour ma part un bon moyen d'évacuer ma colère et ma frustration.

En rentrant, je suis tellement vannée que je n'ai même pas le courage de ramper jusqu'à ma chambre. Je ramasse ma boule de poils ronronnant sur son coussin et nous blottis sous une épaisse couverture chaude devant la télé.

C'est en zappant sans m'en apercevoir que je tombe avec surprise sur Colin et ses deux collègues jurés, Mila et Luciano, interviewés pour la promotion de leur émission, sur le Rebecca Hampton Show. Mon cœur se met à battre de plus en plus vite. Et je fixe l'écran comme une groupie énamourée.

Je scrute chaque détail comme si je ne l'avais pas vu depuis des années. Ses cheveux ont poussé et sont encore plus beaux que d'habitude. Il porte un blouson en cuir par-dessus un t-shirt blanc moulant parfaitement ses pectoraux et il est à tomber. Bien qu'il semble épuisé, il est magnifique, rayonnant ; mon cœur se serre dans ma poitrine quand je le vois.

Je constate qu'à son grand agacement, on interroge Mila et Luciano sur la cuisine et toutes les questions le concernant portent sur son physique, sa vie sentimentale et autres futilités. La présentatrice bat des cils, croise et décroise ses longues jambes comme pour essayer de l'aguicher.

Pas très subtil comme plan drague, ma pauvre Rebecca.

Les cheveux « choucroutés » à mort, le visage dissimulé sous une épaisse couche de maquillage, la journaliste minaude et en fait des tonnes.

– Mais alors, dites-nous, Colin Hatwood, et là je suis sûre que je vais intéresser beaucoup de jeunes femmes qui nous regardent, existe-t-il une Mme Hatwood ?

Colin se renfrogne et s'enfonce dans son fauteuil puis, après avoir sans doute pesté intérieurement, il répond :

– Il y a en effet une Mme Hatwood, qui n'est malheureusement plus de ce monde, c'était ma mère, et c'est d'ailleurs elle qui m'a transmis mon goût pour la cuisine au cas où cela vous intéresserait.

– Nous sommes désolés de l'apprendre, murmure la présentatrice, un peu ébranlée par cette pirouette défensive.

Bien envoyé, Colin !

– Mais reconnaissez que l'on vous prête des idylles tumultueuses dans votre belle ville de Chicago. Vous êtes un célibataire très en vogue, qui attire beaucoup la convoitise de la gent féminine. Qu'avez-vous à répondre à cela ?

Ladite gent féminine se met à murmurer dans le public et des sifflements commencent à fuser.

Je vois la mâchoire de Colin se serrer. Il ne va pas tarder à perdre patience.

– Monsieur Hatwood ?

– Oh, je suis désolé, mon attaché de presse m'a clairement spécifié de ne pas répondre aux questions ne portant pas sur la cuisine. Après tout, c'est pour cela que je suis là, non ?

Rebecca Hampton se racle la gorge, mal à l'aise. Il vient de lui envoyer un nouvel uppercut, et je suis ébahie par son aplomb.

– Je… Hum… Oui, donc, nous avons vu dans un extrait de votre portrait tout à l'heure quelques-uns de vos collaborateurs parler de vous en des termes très élogieux. Mais il se dit aussi en « off » que vous avez un caractère bien trempé.

Oh, merde. Ian va être intenable quand il va savoir qu'il est passé à la télé.

Je vois Colin afficher un rictus moqueur. Si cette séance d'interrogatoire à charge a pour but de le déstabiliser, il ne va pas se laisser faire. Une réputation sulfureuse, un tempérament volcanique…

Les motivations de la chaîne pour intégrer mon beau cuisinier au programme ne font aucun doute. Et l'interview semble dirigée de façon à exacerber ces traits de sa personnalité. Si Colin n'est pas prudent, cette image que l'on veut donner de lui pourrait être néfaste pour sa carrière.

– Je vois… s'esclaffe-t-il en saisissant son menton entre son pouce et son index, comme s'il pesait la portée de ce qu'il s'apprête à dire. Je n'écoute pas les on-dit, ma chère Rebecca, je n'ai pas de temps pour ça. Je fais de la cuisine, c'est mon métier et je le fais bien, du moins j'ose l'espérer. De ce programme, j'espère tirer des leçons importantes auprès de mes partenaires, car j'ai la conviction que c'est un domaine où l'apprentissage est permanent, et si je peux donner sa chance à un ou plusieurs jeunes candidats de se démarquer comme on m'a donné la mienne, je serai le plus heureux. Cela dit, pour répondre à votre question, avoir du caractère dans ce métier n'est pas un défaut, bien au contraire. Naturellement, il faut connaître ce milieu pour savoir de quoi je parle, mais je suis sûr que mes partenaires ici présents vous le confirmeront, ajoute-t-il, en lançant un clin d'œil à ses deux acolytes qui semblent amusés par sa diatribe.

Doux Jésus ! Je l'aime. Il est trop fort, quelle repartie !

Et il vient juste de l'envoyer au tapis, cette garce sournoise.

– Eh bien, merci, Colin, pour votre sincérité, je suis sûre que c'est une des valeurs que nous retrouverons dans votre cuisine.

– Je vous invite quand vous voulez dans mon restaurant pour y goûter, plaisante-t-il, sous les applaudissements et les rires du public.

La présentatrice se tourne alors face à Mila et commence à l'interroger sur son expérience en Californie. Je vois Colin se fermer, et son regard s'éteindre. Il n'est déjà plus sur le plateau et un sentiment de tristesse intense s'empare de moi.

N'y tenant plus, je me jette sur mon téléphone, pour lui envoyer un SMS.

[Je t'ai vu dans l'émission
de ce soir. Tu as été parfait.
Je suis fière de toi.]

Je veux qu'il sache que je crois en lui et qu'il a mon soutien absolu. Malgré le différend qui nous sépare, je ne cesserai jamais de l'aimer et de croire en sa valeur et son talent.

***

Depuis qu'Aria a réintégré son appartement et Paul sa chambre, la vie a repris son cours normal à la maison. Je profite de la moindre occasion pour cocooner avec mon chat et Paul commence tout doucement à s'y attacher. Je l'ai même surpris il y a quelques jours à lui parler pendant qu'il préparait son petit-déjeuner.

Assis sur le plan de travail, Nemo ne perd pas une miette de tous ses gestes, captivé par mon ami en pleine action au-dessus des plaques de cuisson.

– Et c'est pour ça qu'il ne faut jamais ajouter de beurre dans la poêle, tu comprends ?

Miaou.

– Je te prends à pervertir notre fils avec de la malbouffe ? lui demandé-je.

Nemo vient se frotter à moi alors que je prends place autour de l'îlot de la cuisine.

– Il n'y a pas d'âge pour apprendre, pas vrai, mon p'tit pote ?

Miaou.

– Tiens, d'ailleurs, il faut que je pense à prendre rendez-vous chez le véto, Edward m'a dit que je devais songer à le faire castrer, lancé-je d'un ton détaché.

– Ouch ! Ça, c'était vraiment pas obligé, Suricate, gémit Paul en portant la main à ses bijoux de famille, dans un geste protecteur, comme s'il était visé.

– Pas le choix, sinon il va pisser partout et hurler à la mort dès qu'il sentira une chatte en chaleur dans le coin.

– Mmh, je sais… Pauvre Nemo, soupire-t-il en saisissant le chaton pour le blottir contre son torse. Cette femme est cruelle, ne l'écoute pas.

Il s'adresse à lui en bêtifiant comme un papa gâteau.

– Tu te rends compte que tu as l'air très con, là ?

– Sorcière ! me crache-t-il au visage avant de reposer le petit félin sur son coussin douillet.

Il va certainement s'y prélasser toute la journée, en alternant entre le radiateur devant la fenêtre, la surface lisse du plan de travail et le canapé de Paul. Puis vers vingt-trois heures, quand nous serons enfin couchés, il trouvera un capuchon de stylo ou un truc insolite qui traîne sous un meuble et le poursuivra à travers tout l'appartement dans un barouf d'enfer.

Au réveil, ce matin, j'ai tout de suite compris qu'il avait grimpé dans le sapin, quand je l'ai vu débouler en trombe dans ma chambre avec une guirlande multicolore enroulée autour du ventre. Ce chat est une vraie pile électrique, mais je dois admettre qu'il me change les idées et me réconforte dès que le coup de blues refait surface.

Dans le métro qui me conduit jusqu'à la Michigan Avenue, je m'aperçois que Colin n'a pas répondu à mon message. Je ne lui en veux pas, même si cela m'attriste. Je dois éviter d'y penser, je vais me pourrir la journée si je commence à réfléchir à ce qu'il fait des siennes.

Quand j'arrive au restaurant, Ian est en train de faire les cent pas devant la cuisine, et je vois tout de suite qu'il a l'air bouleversé. À cet instant précis, un nombre incalculable de scénarios catastrophes jaillissent dans mon esprit. Il est arrivé quelque chose aux enfants, à Colin.

Mon Dieu, non. Pas Colin.

– Drea, je dois partir immédiatement à Fish Creek. C'est Harrison. Il vient d'avoir une crise cardiaque et il a été emmené d'urgence à Sturgeon Bay. Je n'arrive pas à joindre Colin, je… Je ne sais pas quoi faire.

– OK, qu'est-ce que je peux faire pour t'aider ? Dis-moi, demandé-je, paniquée.

– Je dois y aller, Grace est folle d'inquiétude et il faut que quelqu'un soit présent à l'auberge pour qu'elle puisse être auprès de son mari.

– OK, d'accord ! Alors fonce ! Je me chargerai de prévenir Colin.

– Je suis désolé, je te laisse le bateau en pleine tempête mais… c'est Harrison, je ne peux pas…

– Ne t'inquiète pas pour ça, je ne suis pas seule, Rufus est là et ça va rouler. Vas-y fonce et embrasse Grace pour moi.

– Merci, Drea. Je te revaudrai ça.

Ian se précipite dans le bureau pour récupérer son manteau et ses clés. Je le stoppe en pleine course dans le couloir, le temps de l'étreindre. Il me serre contre lui, je le sens désemparé.

– Merci, me souffle-t-il.

– Tiens-moi au courant, s'il te plaît.

Ian hoche la tête, le visage défait et les yeux brillants de larmes, puis je le vois s'engouffrer par la porte à l'arrière du restaurant pour foncer jusqu'au parking.

Harrison. Seigneur, faites qu'il s'en sorte.

34

Un crachin glacé s'abat sur moi, alors que je progresse d'un pas hésitant sur la pelouse. Je suis une longue procession de parapluies noirs, Grace et Ian en tête. Le temps est maussade et cette journée l'est tout autant.

Je jette un œil par-dessus mon épaule et j'aperçois Colin, le regard fermé et le visage partiellement caché entre les pans d'un épais manteau sombre. Caroline s'accroche à son bras, les yeux bouffis de larmes.

Harrison est mort.

L'attaque qui l'a foudroyé il y a une dizaine de jours l'avait laissé très affaibli. Il ne parlait plus et était alimenté par une sonde. Une deuxième crise cardiaque est survenue deux jours après son hospitalisation, en pleine nuit. Il n'y a pas survécu. Ian n'était pas rentré depuis lors. Un épais brouillard recouvre le cimetière de Fish Creek, et la foule demeure silencieuse.

Nous arrivons petit à petit devant la fosse à côté de laquelle le cercueil est posé sur des tréteaux en bois.

La cérémonie est très émouvante et beaucoup de gens ont fait le déplacement. Ceux qui l'aimaient bien entendu ; sa femme, son frère et son neveu, et toute l'équipe de l'auberge. Il y a aussi ceux qui le connaissaient et l'appréciaient en tant que chef, et en tant que personne. Harrison était quelqu'un de bien. Il laisse derrière lui un cortège d'âmes tristes et esseulées.

Je n'arrive pas à croire que cet homme que j'ai rencontré il y a à peine trois mois nous a quittés. Et je suis désemparée pour Ian et Colin, qui le considéraient comme un père.

Après le sermon du prêtre, Ian prend la parole pour l'éloge funèbre, Colin à ses côtés.

Je cherche le regard de mon bel ange, mais il est perdu dans ses pensées. Je sens que cette journée va être une des plus difficiles de sa vie. À l'annonce de l'attaque de son ancien chef, il a voulu rentrer immédiatement, mais la production de la chaîne le lui a refusé. Puis quand j'ai dû l'appeler trois jours plus tard, pour lui annoncer que Harrison était parti, il a pris le premier avion pour Chicago. J'ai fait la route avec Paul, ne sachant pas si Colin voudrait de moi à ses côtés. Mais ça me déchire le cœur de savoir qu'il souffre de la perte de son ami et que je ne peux pas l'aider comme je le voudrais, comme il en a besoin.

La cérémonie est suivie d'une sorte de brunch au Pilgrim's Rest. Nous évoquons des souvenirs heureux avec les gens de la famille et rions en nous remémorant ses coups de gueule et son caractère soupe au lait. Il était aimé de tant de monde ; je me surprends alors à penser que, s'il existe un paradis depuis lequel il nous observe, il doit bougonner, sans doute un peu gêné, à l'évocation de l'amour que beaucoup lui portent. Caroline repart en fin d'après-midi pour retrouver les enfants ; elle a gardé ses distances avec Paul, qui est resté un peu en retrait. Ian, quant à lui, a fait la navette toute la journée entre la cuisine et la salle de restaurant, dans un rythme effréné pour approvisionner le buffet. Il prétend qu'il préfère rester occupé, cela lui évite de penser. Paul semble inquiet de voir son amant perdre pied, mais je sais que mon boss est fort et qu'il est soutenu. Je passe un long moment avec Grace et son neveu, pendant lequel nous évoquons les balades à faire autour du lac pendant l'hiver, celles que Harrison aimait faire avec son chien au petit matin avant de venir travailler.

Au bout de quelques minutes, je m'aperçois que je n'ai pas vu Colin depuis un moment, et je décide de partir à sa recherche. Il n'est ni sur le ponton ni dans le jardin, et pas de trace de lui dans la cuisine. Je monte même à l'étage pour le chercher, mais il reste introuvable.

Exténuée, je pousse la porte de ma chambre pour la nuit. L'obscurité règne dans la pièce et je pousse un cri de stupeur quand je distingue une silhouette assise sur mon lit.

Il est là.

J'éclaire la petite lampe sur la commode près du lit où il se tient, abattu, son regard perdu dans le vague. Je m'approche lentement, remarquant ses yeux rougis par les larmes. Je ne suis plus qu'à quelques centimètres, debout devant lui et, d'un mouvement hésitant, je passe ma main dans sa chevelure soyeuse. Il lève ses beaux yeux vert lagon sur moi, m'implorant du regard, puis il entoure ma taille de ses bras puissants et colle son visage contre mon ventre. Je promène les mains dans ses boucles châtains, sur ses épaules, diffusant tout l'amour que j'ai pour lui dans des caresses douces et rassurantes, essayant d'effacer son chagrin. Je vois son corps agité de soubresauts et, soudain, je l'entends pleurer.

J'ai le cœur brisé et je pleure avec lui. Nous restons comme ça pendant une éternité. Je l'aime tellement que mon cœur saigne devant cet homme blessé. J'ai l'impression de voir le petit garçon qu'il était, à la mort de son père, il y a vingt ans. J'aimerais prendre sa douleur et l'absorber complètement. Je n'ai jamais ressenti ça pour personne avant. Je serais prête à tout pour lui et, malgré ce que nous avons traversé, malgré les doutes et la colère que j'ai pu éprouver, mon amour redouble d'intensité. Je ne pourrai jamais guérir de lui. Je ne le veux pas d'ailleurs. C'est grâce à lui que je sais que je suis vivante ; il me colle à la peau comme un parfum rassurant.

– Tu m'as tellement manqué, gémit-il en reniflant.

– Tu me manques aussi, soufflé-je, sentant ma poitrine prise dans un étau.

Il relève lentement la tête et me fait asseoir sur ses genoux. Il passe délicatement ses mains chaudes dans mes cheveux et plonge son regard dans le mien. Puis, il m'embrasse tendrement, sa langue entamant une danse langoureuse avec la mienne. Je lui rends ce baiser désespéré. Un baiser qui sonne la fin de toutes ces tensions qui nous dominent, de cette frustration, cette colère qui nous abîme. Nous nous aimons, et c'est impossible de l'ignorer.

Alors qu'il se fait plus entreprenant, ses mains glissant sur mes cuisses emprisonnées dans mes bas noirs, je ressens le besoin de m'éloigner une seconde pour reprendre mes esprits. Il vient d'enterrer son ami aujourd'hui et je ne veux pas commettre une erreur, un acte uniquement guidé par son chagrin et mon besoin de me sentir moins seule.

– Colin, soupiré-je.

– J'ai besoin de te sentir, Drea, j'ai besoin de toi, ne me rejette pas, je t'en supplie.

– Je... Ça ne serait pas bien, tu as de la peine et j'aurais l'impression de profiter de la situation. On... n'est plus ensemble et...

– Quoi ? me coupe-t-il. Drea, je n'ai que toi, je n'aime que toi. Je... suis désolé pour ce que je t'ai dit ce soir-là à mon appartement, je ne voulais pas qu'on se sépare. J'ai réagi sous le coup de la colère... Pardonne-moi.

Je l'observe, interdite. Il a l'air de penser ce qu'il me dit, seulement, à moi, ça ne me suffit pas. Je suis un peu perdue, mais je me souviens aussi qu'il ne sait pas que j'ai surpris Betty chez lui. Ce n'est vraiment pas le moment d'avoir ce genre de discussion avec Colin, il est fragile, blessé. Mais je ne veux pas non plus coucher avec lui, juste pour le soulager, alors que j'ai encore la sensation tenace qu'il a fauté avec cette connasse. Et je tiens à préserver mon cœur.

– Tu n'as pas répondu à mes messages, murmuré-je, dépitée.

– J'étais avec Caroline, Drea, elle était anéantie, je… Je n'ai pas regardé mon téléphone de la nuit. Et après ça, les choses se sont enchaînées très vite, j'ai accepté l'offre de la chaîne pour cette émission, j'avais besoin de m'éloigner un peu, j'ai… J'ai voulu t'appeler mais, ce que j'avais à te dire, je voulais le faire face à face. Et puis, quand je suis revenu, tu m'as rejeté et j'ai préféré te laisser tranquille… De toute façon…

– Tu l'as sautée ? le coupé-je, n'y tenant plus.

Il faut que je sache. Colin hausse les sourcils et me dévisage, perplexe.

– Drea, de quoi tu parles ?

– Je suis passée chez toi, Colin. Juste avant que tu ne partes pour New York, c'était… il y a des semaines. Elle était là.

– Mais qui ? insiste-t-il, inquiet.

– Betty, elle portait un de tes t-shirts et rien d'autre, elle sortait de la douche visiblement, parce qu'elle s'essorait les cheveux avec une serviette.

Je sens ma voix trembler, à cette image qui refait surface dans mon esprit.

Colin redresse la tête, son visage s'illumine comme s'il venait de comprendre quelque chose et sa bouche forme un O parfait.

– Tu as cru que…

– Tu étais encore sous la douche quand j'ai frappé à ta porte, elle a pris un malin plaisir à me le signaler.

– Drea, toute cette histoire, c'est… Putain, c'est n'importe quoi. Tu as cru que je t'avais trompée avec Betty ?

– Nous n'étions plus ensemble.

– Mais bien sûr que si ! s'indigne-t-il.

– Tu m'as virée de chez toi en me disant que tu te foutais de ce qui pouvait m'arriver, boudé-je, alors que Colin resserre son étreinte.

– Je suis tellement désolé, je ne le pensais pas, j'étais fou de rage que tu m'aies menti, je n'ai pas réfléchi, Drea. Mais je ne voulais pas rompre avec toi. Je… Bordel, c'est… une histoire de dingue ! Tu vois ce qui se passe quand on ne se parle pas ?

Il prend mes mains dans les siennes et m'assied à côté de lui sur le lit.

– Je ne t'ai pas trompée, Drea. Le lendemain, après que Caroline est partie, j'ai appelé Betty et j'ai accepté son offre. Le soir où tu es passée, il tombait des seaux d'eau dehors. Elle venait de débarquer, trempée jusqu'aux os. Je lui ai prêté des fringues sèches pour qu'elle n'attrape pas la mort, c'est tout. J'étais en piteux état à son arrivée, tellement je me sentais mal. Elle m'a sermonné et m'a poussé sous la douche, puis elle a attendu que je fasse mon sac pour New York. Dans le salon. Elle n'a pas quitté le salon, Drea. Je n'ai pas touché à un seul de ses cheveux.

Colin détourne le regard et passe sa main sur son visage, l'air excédé.

– Je pensais…

– Tu ne me fais pas confiance, constate-t-il à haute voix. C'est… il s'interrompt.

Je ne réponds rien. Nous avons encore beaucoup de choses à régler tous les deux. Il a raison, je vis avec l'angoisse que Betty parvienne à ses fins. Et je n'ai pas suffisamment confiance en ses sentiments pour moi.

– Je suis désolée, soufflé-je avec angoisse.

– Tu voulais que je fasse cette émission, tu m'as dit que tu m'aimais.

– Je t'aime, Colin. Je t'aime plus que tout, mais j'ai peur que tu me fasses du mal.

– Je ne suis pas lui, Andrea. Je ne suis pas ton ex. Je t'aime, et je suis prêt à beaucoup de choses pour que ça marche entre nous, mais pas si tu n'es pas prête pour moi. J'ai besoin que tu me fasses confiance. Et je ne sais plus quoi faire pour te convaincre. Je crois… que tu as des choses à régler avant de construire une relation avec moi.

– Colin, je t'aime, c'est juste que je suis morte de trouille, sangloté-je.

– Mais pourquoi ? De quoi as-tu peur, Drea ? Malgré toute cette histoire, malgré le fait que tu m'aies caché la relation de Paul avec mon frère, je te fais confiance, parce que je t'aime et je veux être avec toi.

De grosses larmes chaudes roulent sur mes joues, je ne veux pas le perdre, je viens à peine de le retrouver.

– Ne me laisse pas, je t'en supplie, pleuré-je, la mâchoire serrée.

– Je dois retourner à New York pour quelques jours mais, quand je reviendrai, je veux qu'on parle, toi et moi.

– Tu m'en veux ? ajouté-je dans un hoquet.

Il me serre contre lui et dépose un tendre baiser sur ma tempe. Je m'enveloppe dans cette chaleur qu'il veut bien m'accorder, je me sens minable de l'obliger à me consoler alors qu'il vient de perdre un être cher.

– Je ne t'en veux pas, je t'aime. Je suis juste en train de te donner du temps. On en a besoin tous les deux.

J'acquiesce, compréhensive. Je ne sais pas si je survivrai à une semaine de plus sans lui, mais je le lui dois. Il sait se montrer patient et réfléchi, et je veux lui donner tout ce qu'il me demande ; je dois faire un pas vers lui, lui prouver que je le mérite et que je suis, moi aussi, prête à tout pour lui.

Je regarde son taxi s'éloigner dans les dernières lueurs du jour, son avion décolle de Green Bay dans à peine trois heures.

J'ai l'impression que le destin me l'arrache encore une fois ; une vague d'inquiétude m'envahit. Et si les choses changeaient. Si nous ne retrouvions pas notre chemin jusqu'à l'autre ?

***

Il est à peine sept heures du matin quand je pars courir dans le parc à côté de l'appartement. Paul est parti en formation à Dallas et, même si cela ne fait que deux jours, je me sens vraiment seule.

Je poursuis mes journées dans un rythme effréné et, au grand désespoir d'Aria, je m'alimente peu – je n'y pense pas, à vrai dire. Je me jette à corps perdu dans le travail et ne rentre chez moi que pour dormir et passer prendre des nouvelles d'Olifant. Une boule d'angoisse a pris naissance dans mon ventre et je n'arrête pas de me torturer au sujet de Colin. Il m'a envoyé deux messages depuis que nous nous sommes quittés, un pour me dire que je lui manquais et qu'il avait hâte de rentrer, l'autre pour m'annoncer que son émission serait diffusée dans les prochains jours à la télévision, et qu'il voulait absolument avoir mon avis sur un candidat qui lui avait tapé dans l'œil.

Il rentre dans quatre jours et je ne sais pas trop comment vont se passer nos retrouvailles. Je suis consciente qu'il a raison au sujet de notre relation. L'ombre des sévices de Ben plane encore au-dessus de moi et j'ai beaucoup de mal à m'abandonner complètement à Colin. J'ai beau savoir qu'ils n'ont rien en commun tous les deux, je ne peux m'empêcher d'avoir peur qu'il me fasse du mal. Pas physiquement, bien sûr, je sais qu'il ne me toucherait jamais de cette façon, mais ces dernières semaines m'ont appris quelque chose que j'ignorais sur moi.

Je suis jalouse, maladivement. Cela n'avait jamais été le cas avec Benjamin. Force est de reconnaître que je me suis emprisonnée toute seule dans ce marasme. Je ne peux pas faire continuellement payer à Colin son passé de séducteur. Il a toujours été honnête avec moi. Mais la peur d'être manipulée me fait entrevoir des choses qui n'existent pas et je me retrouve prise au piège avec mes doutes.

À mon arrivée au restaurant, Caroline m'attend, assise à une table. Je n'ai aucune idée de ce dont elle veut discuter mais je décide de rester ouverte. J'ai en face de moi une femme bafouée qui essaie tant bien que mal de refaire surface.

– J'espère que ça ne te dérange pas, me dit-elle, j'ai commandé un café en t'attendant.

– Bien sûr que non.

Je la serre dans mes bras et défais mon manteau pour prendre place en face d'elle. Je fais signe à Trevor de m'en apporter un aussi ; celui-ci acquiesce et lance le percolateur.

– Tu es pressée ou tu as un peu de temps ? l'interrogé-je.

– Non, aujourd'hui, j'ai du temps, je te remercie de m'accorder un peu du tien d'ailleurs.

Trevor m'apporte une tasse fumante et nous restons un moment à nous dévisager, Caroline et moi, sans trop savoir quoi nous dire, puis nous rompons le silence en même temps :

– Andrea…

– Je suis désolée.

Nous nous esclaffons, un peu gênées.

– OK, vas-y d'abord, me dit-elle en portant sa tasse de café à ses lèvres.

Je lui souris et frotte mes mains l'une contre l'autre pour me réchauffer.

– Je voulais te dire à quel point je suis désolée pour tout ça. Je n'ai jamais voulu te faire souffrir et, après que j'ai su ce qu'il y avait entre Ian et Paul, nous ne nous sommes pour ainsi dire plus revues. Je ne sais pas si j'aurais été capable de te mentir en face, Caroline.

– Je vois. Andrea, je ne t'en veux pas et je te demande de m'excuser pour mes paroles un peu dures à ton égard l'autre soir. Nous ne nous connaissons pas vraiment toutes les deux, mais je sais que Colin est très attaché à toi, tout comme Ian d'ailleurs, et peut-être que, dans d'autres circonstances, nous aurions pu devenir copines.

Je soupire, j'aurais aimé avoir une amie comme elle. Colin m'en parle avec beaucoup de tendresse et je sais que Caroline est véritablement une chic fille.

– Mais les choses sont ce qu'elles sont, tu es comme une sœur pour Paul et c'est trop pénible de le voir avec Ian, j'espère que tu me comprends ?

– Oui, Caroline. Je comprends, rassure-toi. Je leur en ai beaucoup voulu à tous les deux, pour ce qui s'est passé, mais je te souhaite d'arriver à avancer et te reconstruire. Mon Dieu, me reprends-je, j'espère que ce n'est pas trop maladroit de te dire tout ça, je viens de m'entendre et je trouve ça minable comme réflexion.

Caroline pouffe, une jolie mélodie cristalline, elle est si gracieuse et attachante, je regrette tellement que cette histoire ait gâché nos chances de nous rapprocher. J'ai l'impression de la découvrir seulement maintenant et cela me met un petit coup au cœur.

– Justement. En parlant de se reconstruire, rebondit-elle. Je voulais discuter de quelque chose avec toi. Deux choses à vrai dire.

– Je t'écoute, murmuré-je, fébrile.

– Eh bien, je ne veux pas mettre la charrue avant les bœufs mais tu dois être au courant que j'ai demandé à Ian de me céder les parts du Bower.

– J'en ai entendu parler, soufflé-je, décontenancée par son franc-parler.

Effectivement, elle va vite en besogne, et je ne suis pas sûre d'avoir envie d'entendre la suite.

– Au rythme où vont les choses, ce n'est pas pour demain. Mais, si… je veux dire, quand Ian quittera le Bower, j'aimerais que tu restes en poste. Tu as beaucoup de talent et je crois qu'avec ton aide, Colin a ses chances d'arriver à obtenir les distinctions qu'il espère depuis longtemps.

Je la dévisage, désarçonnée, je ne pensais pas qu'elle oserait. Mettre la main sur le restaurant comme ça, de cette façon, je trouve cela très perfide. C'est le rêve de Ian, il en aura le cœur brisé si, en plus de perdre le Bower, nous restons en poste, Colin et moi. Cela le prive de l'occasion de recommencer quelque chose autre part.

– Je… Tu en as parlé à Colin ? demandé-je prudemment.

– Non, pas encore, je comptais un peu sur toi pour le convaincre, si tu acceptes bien sûr, dit-elle en grimaçant.

Ben voyons. Je dois vraiment avoir écrit « Bonne poire » en gros sur mon front.

J'ai l'impression que tous les gens que je croise ressentent un besoin viscéral de me manipuler, à commencer par Ben avec son harcèlement psychologique, puis Paul me faisant croire que le fait de protéger son secret pourrait aider mon couple. Tous ont tenté quelque chose, mis à part Steph, et… Colin, bien sûr. Il ne s'est jamais comporté de cette façon avec moi. Il a toujours été honnête, vrai et aimant. Il n'attend rien de ma part, hormis ce que j'ai à offrir et dont je le prive malgré moi.

– Je ne sais pas, Caroline, ça me fait bizarre de parler de ça avec toi… Je ne peux pas te répondre.

– Je comprends, ne t'inquiète pas, je voulais juste te faire connaître ma position au cas où tu te poserais la question de ce qui se passera quand Ian sera parti.

J'opine du chef, un peu attristée par cette réalité qui me frappe. Le Bower va péricliter si Colin s'en va, et Ian risque de perdre son restaurant. Ça sera la fin d'une époque pour certains. Je n'y travaille pas depuis suffisamment longtemps pour me sentir nostalgique, mais l'idée de ne plus voir mes collègues de la brigade, ou encore Aria et les autres, m'attriste considérablement.

– Tu as parlé de deux choses ? demandé-je pour clore le débat intérieur auquel je me livre.

– Ah oui ! C'est à propos de Maddie ; elle fête ses 6 ans dans quinze jours et j'aimerais beaucoup lui organiser un super goûter d'anniversaire. Ian m'a soufflé à l'oreille que tu serais la candidate idéale pour cette mission. Qu'en penses-tu ?

– Je serais ravie de te rendre ce service ! m'exclamé-je, souriante.

J'adore cette gosse et je sens que je pourrais m'éclater à lui faire un magnifique gâteau pour sa petite fête.

Je te paierai, bien entendu.

– Laisse, la coupé-je, ça sera mon cadeau pour Maddie. Tu peux compter sur moi.

Caroline quitte peut-être le restaurant le cœur léger ; pour ma part, je suis emportée dans un tourbillon d'interrogations. Je ne ferai rien contre Colin ou contre Ian. Je préfère attendre que l'un ou l'autre amène le sujet sur le tapis. Je ne prendrai ma décision qu'en fonction d'eux, même si cela va à l'encontre de mes principes concernant ma carrière. Je ne pense pas être capable de continuer sans Colin. Si les choses se compliquent, j'espère ne pas avoir à envisager un retour précipité en France.

***

Plus qu'un seul jour avant le retour de Colin et je ne tiens plus en place. Il est à peine vingt-trois heures quand je quitte le Bower et je décide de marcher un peu le long de la Michigan Avenue.

Le temps s'est légèrement radouci, et je compte sur cette marche nocturne pour délasser mes muscles atrophiés par cette longue journée de boulot.

Le service a été harassant aujourd'hui et j'ai dû passer près de cinq heures courbée sur mon plan de travail, à garnir des choux de crème pâtissière pour une table de douze personnes. J'ai laissé Pilar et Leandro se charger des autres commandes mais je suis épuisée. Ian m'a appelée dans la matinée, pour me dire qu'il allait fermer l'auberge pour le reste de l'hiver. Il n'y a pas de clients et, sans Harrison et Grace, il se sent très seul. La vente de la propriété lui semble inévitable, et j'ai bien senti au ton de sa voix qu'il est très triste d'en arriver à cette extrémité. Il a peur de ce que l'avocat va lui coûter pour son divorce et ne voit pas d'autre solution pour se sortir de ce guêpier.

J'ai beau me creuser les méninges, je ne vois pas de moyen de lui venir en aide. Si, j'en vois un, bien sûr, mais encore faudrait-il que Colin le veuille. Retourner à Fish Creek pour prendre la tête de la brigade en serait un, mais il faudrait beaucoup de communication pour faire affluer les clients ; c'est là que son émission pourrait l'aider. Cela dit, Colin pourrait être séduit par l'idée, et je me dis que je devrais lui en toucher deux mots à son retour. Mais dans ce cas, qu'adviendrait-il de moi ? Je ne me vois pas continuer seule au Bower sous les ordres d'un autre chef. Rufus va-t-il rester ? Et les autres ? Mon Dieu, quelle galère !

Calme-toi, Drea, les jeux ne sont pas faits, les choses peuvent changer.

Je suis perdue dans mes pensées quand une voix nasillarde m'interpelle. Deux types un peu éméchés sortis d'une ruelle à ma droite se mettent à me siffler et à m'apostropher de manière peu courtoise.

Pauvres cons.

Mais je continue d'avancer sans leur prêter attention. Je suis à plusieurs rues de chez moi et je ne tiens pas à ce qu'ils sentent que je ne suis pas tranquille.

Mais les deux hommes sont tenaces et l'un d'eux vient glisser son bras sur mon épaule, grand, black, un mètre quatre-vingt-dix au moins. Je suis une lilliputienne, tout le monde me paraît grand, quoi qu'il en soit. Mais lui a l'air d'un monstre, un géant bodybuildé.

– Tu vas où comme ça, poupée ? me demande-t-il, la voix traînante.

Il doit être bien imbibé, il pue l'alcool bon marché, il a d'ailleurs une bouteille de whisky dans son autre main. Son pote le suit de près, puis vient se poster devant moi et marche à reculons devant mon refus d'obtempérer.

– C'est bon, les gars, laissez-moi tranquille, soupiré-je, peu rassurée.

– Alors quoi ? Une petite chatte, seule comme ça, dans la rue, en pleine nuit, tu ne vas pas nous dire que tu n'attends pas que deux beaux étalons comme nous te tiennent compagnie.

– Ça ira merci, je voudrais que vous me lâchiez maintenant.

Les rues sont désertes pour un jeudi soir, et je cherche désespérément un passant ou deux pour me venir en aide. Mes harceleurs n'ont pas l'air de vouloir prendre le large.

– À ton avis, mon pote, comment on pourrait s'amuser avec une belle petite chatte blanche comme celle-là ?

Le deuxième gars se marre en me jetant un regard vicieux lourd de sous entendus.

– J'ai ma petite idée, lance-t-il à tue-tête.

Il s'arrête net, et mon nez vient buter contre son torse.

– Une grosse idée, tu veux dire ? raille le premier, son bras toujours agrippé à mon épaule.

Sa main se fait plus baladeuse et vient claquer mes fesses, crispées par le choc.

– Mmh, un bon p'tit cul, tout ce que j'aime ! se gausse-t-il pendant que j'essaie de me défaire de son emprise.

– Foutez-moi la paix ou je hurle !

Je m'en rends à peine compte mais je crie déjà, épouvantée à l'idée que ces deux voyous n'arrivent à leurs fins. Puis, avant que je n'aie le temps de faire un pas de plus, ils me précipitent avec force dans une petite rue sombre à seulement quelques mètres de la station de métro.

– On va bien s'occuper de toi, me balance le plus grand d'une voix rauque.

Je sens les larmes me monter aux yeux alors qu'ils me plaquent contre un mur de briques et que l'un d'eux pose sa main sur ma bouche pour m'empêcher de crier. Mon sac tombe au sol, le deuxième gars s'en empare et fouille à l'intérieur pendant que le premier pose ses lèvres répugnantes sur ma gorge.

Puis une voix s'élève dans ce chaos. La voix d'un homme.

– Lâchez-la !

Les deux connards stoppent ce qu'ils sont en train de faire. J'ai les yeux trop embués de larmes pour suivre l'action. Mais j'entends le baraqué qui se rebiffe.

– Qu'est-ce que tu veux ? Personne ne t'a demandé ton avis, espèce de merde ! Donc casse-toi, ou attends ton tour.

Pitié, pitié, ne pars pas.

– Je vous ai dit de la lâcher, gronde la voix.

Ça ne se peut pas. Ça ne peut pas être lui ?

Le baraqué me lâche et se tourne vers mon sauveur. Puis, sans que je puisse anticiper son geste, il balance un coup de poing à l'homme qui s'interpose. Il fait sombre, je ne vois pas grand-chose, j'ai juste le temps de le voir esquiver l'attaque du monstre et de lui asséner à son tour un uppercut qui le fait reculer sous la violence de l'impact.

Le deuxième laisse choir mon sac pour venir en aide à son ami et se prend un coup de pied latéral qui le projette au sol. Les deux se relèvent, fous de rage, prêts à en découdre avec mon ange gardien, quand la sirène d'un véhicule de police les fait sursauter et fuir à toutes jambes dans le sens opposé.

J'expire bruyamment et m'accroupis, les paumes de mes mains posées sur mes genoux, la tête baissée. J'essaie de maîtriser les battements erratiques de mon cœur, et mes larmes se mettent à couler sans retenue. La silhouette s'approche de moi et je reconnais mon protecteur.

– Putain… soufflé-je, déroutée. Qu'est-ce que tu fais là ?

– J'avais un dîner avec un client dans le quartier. Je rentrais à mon hôtel, je suis au Best Western, deux rues plus loin.

Je me mets à pleurer à chaudes larmes, je suis complètement déboussolée. Ma vie ne m'offre aucun répit, et je suis paumée. Il s'approche de moi lentement et pose la main sur mon épaule.

– Drea…

Je me redresse, chancelante et, sans réfléchir, j'encercle mes bras autour de sa taille et enfouis mon visage dans la chaleur de son manteau.

– Je… je ne sais pas ce qui se serait passé si tu n'avais pas été là, sangloté-je.

Il me serre contre lui, et je m'abandonne à cette étreinte, soulagée d'avoir échappé de justesse à l'indicible.

– Je suis là, murmure-t-il.

– Merci… Merci, Ben, tu m'as sauvé la vie.

Il prend mon visage en coupe dans ses mains chaudes et me fixe.

– Ça va aller, Drea… Tu es en sécurité.

J'essuie mes larmes et recule vivement, je me sens coupable de me laisser aller dans ses bras. Mais je n'ose pas imaginer une seconde ce qui serait arrivé s'il n'était pas intervenu dans cette ruelle cachée des regards.

– Je… je dois rentrer, bafouillé-je, soudain submergée par un sentiment d'inquiétude.

– Je te raccompagne, me répond-il d'une voix douce. Je ne peux pas te laisser rentrer seule après ce que tu viens de vivre.

Je pourrais refuser, commander un Uber ou prendre le métro. Mais je tremble encore d'émotion à la suite de cette agression et, sans réfléchir, je lui réponds :

– D'accord.

Ben n'ajoute pas un mot. Il prend mon bras et l'enroule autour du sien, puis me dirige vers l'avenue où nous rejoignons la station Chicago pour rentrer chez moi.

35

Il est minuit passé lorsque nous arrivons à West Eugenie Street. Benjamin n'a pas lâché ma main et, bizarrement, je me sens plutôt bien. Il a toujours été assez protecteur avec moi – la plupart du temps –, et je commence à me dire qu'il a peut-être véritablement changé. Je sais qu'il m'a déjà flouée par le passé et je demeure méfiante, mais ses déclarations de l'autre jour combinées à son intervention providentielle alors que ma vie était en danger me font peu à peu réviser mon jugement.

Nous montons les marches lentement. Je me tourne face à lui. Il est très beau, et il m'intimide un peu. Il est aujourd'hui typiquement le genre d'homme qui pourrait me séduire, mais je ne peux occulter ce qu'il m'a fait subir au cours de notre relation, même si je vois bien qu'il essaie de se racheter.

– Comment se fait il que tu sois encore à Chicago ? demandé-je, apaisée.

– C'était mon dernier rendez-vous, je repars demain dans la soirée.

– Je vois.

– Je ne voudrais pas abuser de ta gentillesse, mais est-ce que tu me laisserais utiliser tes toilettes ? Je te jure de ne pas vous déranger longtemps. J'entre et je sors.

Je le regarde, perplexe, il a l'air d'en savoir pas mal sur ma vie, c'est un peu déroutant.

– Nous déranger ?

– Euh… Oui, tes parents m'ont dit que tu vivais avec Paul.

Je soupire. Dieu merci, il n'est pas là. Je n'ose imaginer la réaction de Paul trouvant mon ex violent au milieu de notre salon. Je pense que j'aurais droit à un bon sermon à la Serra, il ne me loupe pas en général sur ce sujet. Il rêve de lui péter la tronche depuis qu'il connaît toute l'histoire, et je ne peux, objectivement, pas lui en vouloir.

– Je ne peux pas te refuser ça, j'imagine. Suis-moi. Paul est à Dallas, de toute façon. Il n'y a que moi.

Ben m'emboîte le pas et me suis docilement dans les escaliers. J'entre dans l'appartement et, au moment où j'éclaire le salon, ma petite boule de poils tigrée me fonce dessus en braillant. Je la prends dans mes bras et la serre contre mon cœur. Je soupire d'aise, je m'offre ma dose de câlins et de réconfort mérités après ce moment de violence terrifiant.

Ben me dévisage, le sourire aux lèvres et un peu gêné.

– Tu as un chat maintenant ? s'amuse-t-il.

– Je te présente Nemo, lui réponds-je, souriante, en brandissant le petit félin devant lui. Un cadeau de Steph pour Noël.

Ben acquiesce et défait son manteau, alors que je repose le chaton au sol.

Je lui indique le couloir où se trouve la salle de bains, il pose son pardessus sur l'accoudoir du canapé et prend la direction des toilettes, d'un pas hésitant.

Après avoir donné ses croquettes à Nemo, accompagnées de quelques caresses supplémentaires, je m'appuie au bord de l'évier, épuisée. Mes muscles me font mal, je me rends compte que mes épaules sont crispées depuis l'après-midi, et mon coup de flip de tout à l'heure n'a rien arrangé, je suis une véritable boule de nerfs. Dieu seul sait ce qui aurait pu m'arriver si Ben n'était pas arrivé à temps, j'en frémis d'angoisse. J'attrape une casserole pour la remplir d'eau et la mettre à chauffer sur les plaques. J'ai juste envie d'une tisane, une douche chaude et mon lit.

Mais le sentiment étrange que ce programme va être remis à plus tard me vrille les entrailles. Deux mains glissent sur mes épaules, provoquant une décharge d'électricité dans tout mon corps. Je ne peux retenir un sursaut de panique. Ben s'est faufilé derrière moi et son souffle chaud balaie ma nuque.

– Qu'est-ce que tu fais ? murmuré-je, le cœur battant, confuse devant son élan soudain d'affection.

Il se rapproche un peu plus et je sens son torse ferme contre mon dos. Ses mains descendent le long de mes bras et viennent se poser sur ma taille. Il dépose un baiser sur la peau fine de mon cou, mon pouls s'accélère et une sensation de dégoût se propage dans tout mon être.

– Tu me manques tellement, me chuchote t il à l'oreille.

– Non… gémis-je, la mâchoire serrée.

Non, pas ça.

Je ne viens pas d'échapper à une agression pour en affronter une autre, dites-moi que je rêve putain !

Je me tourne lentement, et nous sommes maintenant face à face, ou plutôt mon visage face à son large torse. Il est beaucoup plus grand que moi, un peu moins imposant que Colin, mais impressionnant quand même et là, tout de suite, j'ai la sensation de redevenir cette frêle victime face à son bourreau, incapable de se rebeller et de se défendre. Il pose sa paume chaude sur ma joue, et ce geste me met alors très mal à l'aise.

Je n'ai pas le temps de baisser les yeux pour éviter son regard. Sa bouche fond sur la mienne et sa langue s'engouffre furieusement à l'intérieur. Cette effusion n'a rien de docile et je suis pétrifiée par son incursion forcée. Ma tête bascule en arrière et ses mains sont partout sur moi. Je ne lui rends pas son baiser, je me laisse juste faire, trop choquée pour réagir. J'ai peur de le repousser, j'ai peur de déclencher bien pire que ce baiser ; sa colère, sa violence.

Mon esprit quitte mon corps. Je n'arrive pas à croire qu'il profite à ce point de ma détresse émotionnelle, il n'a aucune limite. Son érection massive vient se plaquer contre mon bassin et là, je me mets à paniquer. Résolue à en finir, je pose mes mains sur ses pectoraux pour le repousser, doucement au début, et avec plus de conviction, une seconde fois.

– Non, Ben ! m'exclamé-je.

Il me scrute, ahuri, le souffle court ; j'essuie mes lèvres encore humides de son étreinte non consentie. Puis, comme une bête enragée, il se jette de nouveau sur moi, m'imposant un nouvel assaut brutal.

– Arrête ! hurlé-je en me débattant.

Cette fois-ci, je comprends enfin ce qui est en train de se passer et je ne peux pas le laisser faire. Je griffe, je tape, j'arrache le col de sa chemise dans ma furie. Mais il redouble d'intensité et de détermination, à croire que ça l'excite que je me débatte.

– Laisse-toi faire ! grogne-t-il, impatient. Je t'aime, je veux juste te montrer comme je t'aime, Drea. Laisse-toi faire.

Je n'arrive plus à le repousser, il est trop fort et il se cale entre mes cuisses, bloquant mes mouvements par son imposante carrure. Un sanglot m'échappe quand il déchire mon top en soie d'un coup sec et violent. Sa bouche mord ma mâchoire et mon oreille.

Seigneur, je ne vais pas y arriver, il va m'avoir contre mon gré.

– Je t'en supplie, gémis-je, ne fais pas ça, Ben, ne me fais pas ça.

Je hurle à présent.

Ses lèvres progressent sur ma peau, plongeant sur ma poitrine, et je sens la bile remonter dans ma gorge, je vais vomir. Je sais que je vais vomir s'il continue.

Il lâche ma taille quelques minutes pour essayer de déboutonner mon jean, on dirait qu'il n'est même plus avec moi, il n'est plus Ben, le protecteur inespéré qui a pris ma défense devant ces agresseurs tout à l'heure. Il n'est plus qu'une bête qui se déchaîne sur moi, dominée par une démence brutale. Soudain, une pensée terrifiante s'infiltre dans mon cerveau. Et si tout cela était prémédité ? Si Benjamin avait commandité cette agression pour arriver à ses fins ? Je ne peux pas le croire. Je ne peux pas imaginer qu'il soit capable de manigancer une telle folie. Tentant désespérément de trouver un moyen de lui échapper, mon regard embué croise le sien. Ses yeux ont changé, ils sont désormais habités par une obscurité malsaine qui me glace le sang et je ne peux plus retenir mes larmes.

Alors qu'il est affairé sur l'ouverture de mon pantalon, je constate que j'ai les mains libres de nouveau pour un court instant ; voyant là un moyen d'agir, je saisis son sexe à travers son jean et le serre, le tords dans tous les sens, lui arrachant un cri de douleur.

C'est con, mais c'est tout ce que j'ai trouvé, tant mon champ d'action est limité. Il me fixe, les yeux brûlants de colère, et m'assène un violent coup de tête qui me désarçonne et me fait momentanément perdre connaissance. Je ferme les yeux quelques secondes, comme si mon esprit quittait mon corps. Je bascule sur le côté, m'écroulant lourdement sur le sol. Je sens que mon nez coule, je porte ma main à mon visage, celle-ci est couverte de sang.

Putain ! Il m'a pété le nez, ce con !

Dire que je l'ai laissé monter chez moi, je lui ai ouvert ma porte, je l'ai laissé me consoler, je suis tellement naïve, c'était ce qu'il attendait. Depuis le début. Et maintenant, il va me violer. Encore. Je ne peux m'en prendre qu'à moi, les gens ne changent pas. Malgré tous ses beaux discours, ses excuses éplorées, il reste le même monstre que j'ai connu et qui me martyrisait. J'aurais dû le savoir. Il est fou.

Je suis complètement sonnée et Ben profite de mon état d'hébétude pour se redresser et défaire sa ceinture. Mais je suis encore lucide, et l'instinct de survie reprend le dessus. J'agrippe la lourde planche à découper en bois qui dépasse du plan de travail et la fait tomber sur sa tête, il rugit de douleur. J'essaie de me relever et de tirer avantage de son moment de faiblesse, mais il me rattrape et m'envoie un coup de poing violent dans l'abdomen. J'en ai le souffle coupé. Je bascule de nouveau en arrière, ma tête vient se cogner contre la porte du placard, et Ben m'agrippe les cuisses pour me tirer jusqu'à lui. Il fait pleuvoir les gifles sur mon visage tandis que je hurle de rage.

– Drea, tiens-toi tranquille, tu me forces à te faire du mal, grogne-t-il, alors qu'il vient tout juste de me prouver toute l'étendue de son agressivité.

– Lâche-moi, salaud ! Lâche-moi ! C'est tout ce que je suis pour toi ? Un vulgaire punching-ball ? crié-je, la gorge enrouée de sanglots.

Tout à coup, j'entends une voix appeler de l'autre côté de la porte, puis quelqu'un qui cogne contre le battant. Ben, déstabilisé, se redresse et j'en profite pour me dégager et saisir la poignée de la casserole sur la plaque de cuisson. Je lui jette l'eau bouillante à la figure. Ben pousse un hurlement d'agonie. Il attrape un torchon, le trempe sous le jet glacé dans l'évier pour se couvrir le visage, puis il ramasse son manteau à la hâte et se précipite sur la porte d'entrée. J'entends des cris, la voix d'Olifant qui vocifère contre mon violeur vaincu. Puis le chaos. Je m'écroule d'épuisement, meurtrie et tétanisée par la colère et la stupeur.

***

Je suis réveillée par le bip régulier et incessant d'une machine. J'ouvre un œil difficilement, puis l'autre, j'ai l'impression d'être enveloppée dans du coton. Je suis dans une chambre terne et sans vie, sur un lit d'hôpital. Je tente un mouvement léger, comme replier ma jambe sous les draps, et un gémissement de douleur m'échappe. Adieu le coton, mon corps semble brisé de part en part. Mon visage me fait souffrir mais le plus douloureux reste cette torsion dans mon ventre, qui me déchire les entrailles.

J'ai à peine le temps de réfléchir à comment je suis arrivée là qu'Edward Olifant pénètre dans la chambre avec un gobelet de café à la main. J'essaie de me redresser tant bien que mal mais ce nouvel effort m'arrache une plainte déchirante.

– Ne bougez pas, ma douce, faites le moins de mouvements possible, me conseille-t-il d'une voix rassurante. Il ne vous a pas ratée, ce salopard, gronde-t-il, la mâchoire serrée.

– Je… Pourquoi suis-je ici ? Je veux dire, comment je suis arrivée là ?

J'ai beau creuser dans ma mémoire, je ne me souviens de rien après que Ben a fui l'appartement comme le couard qu'il est.

– Andrea, vous êtes salement amochée, les médecins vous ont prise en charge dès votre arrivée et Aria est dans le couloir.

– Aria ? soupiré-je, stupéfaite.

– Vous m'avez demandé de la joindre pour prévenir le restaurant que vous ne seriez pas au travail aujourd'hui. Elle a insisté pour venir.

Seigneur. On peut dire que j'ai le sens des priorités. Je viens de me faire tabasser, et mon premier réflexe est d'appeler le boulot pour justifier mon absence. Abrutie.

Les larmes commencent à rouler sur mes joues. Je croyais, j'espérais que tout ça était derrière moi. Je me sens tellement conne de m'être fait avoir encore une fois.

– Andrea ?

Je tourne la tête dans la direction de mon voisin. Il semble désemparé.

– Ça va aller, Edward, je repense juste à cette nuit…

– Comment est-ce arrivé, qui était-ce ?

Je sens bien qu'il est bouleversé.

– Il ne vous a pas blessé au moins ? demandé-je, inquiète.

Olifant pose son gobelet sur la table roulante au bout de mon lit et vient prendre ma main avec chaleur.

– Regardez-vous… Vous ressemblez à une œuvre de Francis Bacon et vous vous inquiétez de savoir si je n'ai rien.

Je souris à cette allusion, mais une douleur lancinante me crispe instantanément, je porte mes doigts à ma lèvre inférieure et je constate qu'elle a l'air fendue.

– Je vais faire entrer Aria, nous ne sommes pas autorisés à venir à deux dans la chambre, mais je reste dans le couloir, au cas où vous auriez besoin de moi. Entendu ?

– Merci, soupiré-je, reconnaissante.

Olifant serre ma main un peu plus fort, je vois à son regard qu'il est très ému. Notre lien, bien que fragile, est sincère, et je suis touchée qu'il prenne soin de moi comme ça. Je tapote sa main gentiment et il disparaît derrière la porte.

Aria fait son entrée quelques secondes plus tard, affolée, les larmes aux yeux. Elle se penche au-dessus de moi très doucement pour m'embrasser le sommet du crâne. Je ne dois pas être belle à voir pour qu'elle n'ose pas me toucher.

Puis commence l'interrogatoire. Qui était cet homme ? Que faisait-il chez moi ? A-t-il un lien avec celui qu'elle a vu au restaurant l'autre jour ? Aria n'est pas bête, elle a tout compris à l'instant même où Ben s'est présenté au Bower. Mais elle a décidé de ne pas me harceler de questions, pensant que je viendrais à elle de mon propre chef avec des explications. Je lui raconte comment toute cette histoire a commencé ; la confession de Ben au Bower et son espoir de rédemption, l'agression sur la Michigan Avenue, mes soupçons quant à l'implication de mon ex dans ce guet-apens trop bien orchestré pour être un pur hasard, et enfin le retour à l'appartement, où tout a basculé.

Aria m'écoute sans dire un seul mot, les yeux écarquillés, déboussolée par toute cette cruauté dont je fais étalage en quelques phrases. Elle semble anéantie et compatissante. Moi, je reste froide, relatant mon histoire comme un enchaînement de faits sans gravité.

– Tu as déjà parlé à la police ?

– Non.

– Mais tu vas le faire ? Ils attendent dans le couloir.

– Oui, cette fois, je vais le faire, réponds-je en hochant la tête avec détermination.

– OK, je dois te dire quelque chose.

Je l'observe, dubitative, mais je suis tellement épuisée que rien de ce qu'elle pourra me dire ne me fera réagir.

– J'ai appelé Colin, il doit être dans l'avion à l'heure qu'il est.

Merde, il va être franchement remué en voyant ma tête, ce n'est pas vraiment comme cela que j'imaginais nos retrouvailles. Soudain, je me dis que je ne sais même pas quelle heure il est.

– Pas loin de huit heures, me répond Aria. Il était fou quand je lui ai dit que tu étais à l'hôpital, mais je n'avais aucune idée de ce qui t'était arrivé, alors je n'ai pas su quoi lui raconter. Autant te dire qu'il doit être dingue, là.

Je déglutis péniblement. Il vaut mieux que la police trouve Ben avant lui. Je ne veux pas me retrouver au milieu d'un règlement de compte.

Le téléphone de mon amie se met à vibrer. Elle me regarde avec un air emprunté.

– C'est lui.

– Décroche, lui intimé-je, résignée.

– Colin ?… Oui, elle est à côté de moi… Oui… Ne quitte pas.

Aria me présente le portable et je relève douloureusement le bras pour le porter à mon oreille.

– Allô, dis-je d'une voix chevrotante, alors que toutes mes émotions refont surface d'un seul coup.

– Ma chérie, tu vas bien ? Dis-moi que tu vas bien, pitié.

– Ça va, dis-je pour le rassurer, je… je suis désolée, Colin.

– Putain ! s'écrie-t-il, mais désolée de quoi, bon Dieu, tu plaisantes ?

– Je l'ai laissé me raccompagner, il… il m'a dit qu'il avait changé, je l'ai cru et il a failli réussir à…

– C'était lui ? C'était ton ex ? enrage-t-il. Mais putain, qu'est-ce qu'il fout à Chicago ?

– Il m'a dit qu'il était là pour le boulot, et… je n'ai pas réfléchi, je suis désolée, il repart ce soir mais la police doit venir m'interroger.

– Où est-il ?

– Colin…

– Quel hôtel ? me coupe-t-il.

– Non, tu n'iras pas ! Je te l'interdis, et puis je ne l'ai pas raté non plus, je me suis défendue, il s'est enfui…

– Bordel ! Je te jure sur ce que j'ai de plus cher que si tu ne me dis pas où le trouver, je vais péter un câble, Drea ! hurle-t-il à présent.

Je suis secouée par les sanglots.

– Il m'a dit qu'il était descendu au Best Western sur la Michigan Avenue, abdiqué-je.

– J'arrive, OK ? Repasse-moi Aria.

– D'accord.

– Oh, eh, Drea ?

– Oui ?

– Je t'aime, je serai là dans quelques heures et, après, je ne te quitte plus.

– Je t'aime aussi, mais je t'en supplie, ne fais pas de bêtises, Colin.

– Ne t'inquiète pas, j'arrive.

Je repasse le combiné à Aria, qui écoute à son tour avec attention ce que Colin lui raconte. Elle bafouille, s'interrompt, puis elle me fait signe qu'elle doit s'éclipser une minute. Et Olifant réapparaît dans la chambre. Le vieil homme me tient compagnie un moment, mais je suis tiraillée par l'angoisse.

Aria ne revient pas.

De longues heures passent, ni Colin ni elle ne réapparaissent et je suis morte d'inquiétude. Pour couronner le tout, Edward n'a rien trouvé de mieux à faire que de prévenir Paul quand j'étais assoupie, et mon ami m'a appelée au moins quatre fois pour me bombarder de questions en poussant des cris d'orfraie. Tout le monde se mobilise autour de moi et je me sens encore plus coupable d'avoir laissé Ben s'engouffrer dans la brèche.

L'interrogatoire des agents de police est bref et je n'ai aucune idée de ce qu'il va advenir de mon bourreau. Ils ont pris des notes en se jetant des coups d'œil inquisiteurs. Ils semblent, eux aussi, croire à la thèse du coup monté. Ben avait tout intérêt à me secourir et passer pour mon sauveur pour atteindre son but. Plus je me repasse le film des événements, plus je sens chaque cellule de mon corps se crisper de colère. Toutes ces tensions m'épuisent et j'ai la sensation que je ne vais pas tarder à glisser dans le sommeil. Edward finit par rentrer à son tour, après m'avoir offert de s'occuper de Nemo. Je suis un peu désemparée de me retrouver seule mais je suis tellement exténuée nerveusement et physiquement qu'un peu de repos ne me ferait pas de mal.

En fin de matinée, Aria pousse la porte de ma chambre, l'air catastrophé. Je me redresse, dans un état de panique intense.

– Où est-il ? la supplié-je.

Je sais qu'elle lui a parlé et qu'ils se sont vus, mais Colin n'est toujours pas là et je commence réellement à m'inquiéter.

– Drea, je suis désolée, il fallait qu'il le retrouve, il m'a demandé de l'accompagner, parce que je connaissais son visage, pardonne-moi, il devait vraiment le faire…

– Qu'est-ce qui s'est passé ? soupiré-je, fébrile.

– Il l'a attendu devant son hôtel et…

– Et ?

Je m'impatiente, ma poitrine se resserre.

– Il lui a défoncé la gueule, déclare platement Aria.

Doux Jésus.

– Où est-il, Aria ? demandé-je en grimaçant alors qu'une vague de douleur et de contrariété me cisaille les côtes.

– Les flics sont arrivés pour les séparer et ils ont été emmenés au poste tous les deux.

– Non ! pleuré-je. Non, non, non. J'ai besoin de lui, il m'avait promis, putain !

– Je sais, Frenchie, calme-toi, il connaît des gens dans la police et Ian est déjà sur le coup, je suis sûre que ça va s'arranger. Ne t'inquiète pas.

Aria me caresse les cheveux et me berce doucement avec tendresse. Je me laisse aller peu à peu et finis par me calmer pour m'assoupir, terrassée par la fatigue.

***

– Drea, mon trésor… Réveille-toi.

Mes yeux restent clos, mais je reconnais la voix de Colin et les battements de mon cœur s'accélèrent. Sa main puissante enserre la mienne et je le sens déposer un baiser délicat sur mon front. J'ouvre les yeux. Il est là.

– Hey, beauté, murmure-t-il. Enfin, tu sors de ta sieste.

– Colin.

– Je suis là, dit-il en caressant ma main et en collant son front au mien. Putain, j'ai eu tellement peur.

Je pose mes mains sur son visage. Sa barbe naissante érafle le bulbe sensible de mes doigts, je sens sa chevelure soyeuse aux reflets caramel effleurer ma peau. Je hume son parfum frais et iodé. Mon Dieu. Cette sensation, ces sensations, je croyais ne jamais pouvoir les revivre.

– Embrasse-moi, chuchoté-je.

Il me dévisage, j'avais oublié que mon corps et mon faciès roués de coups pouvaient sembler rebutants.

– Je vais te faire mal, gémit-il. J'ai peur de te faire mal, mon amour.

– Non, tu ne me feras pas mal, pitié, embrasse-moi, j'ai besoin de te sentir.

Sa bouche s'approche doucement de la mienne et la frôle avec une infinie délicatesse. Je goûte ses lèvres charnues et offertes, ma coupure est douloureuse mais je m'en moque. Tout ce que je veux, c'est le sentir contre moi, en moi. Je veux qu'il me protège et qu'il m'aime, et je veux être à lui, pour toujours. Parce que je l'aime de tout mon cœur. Je l'aime plus que ma vie, cette vie que j'aurais pu perdre hier soir, à cause de mon inconscience.

Sa langue se mêle à la mienne et je savoure ces retrouvailles avec délectation. Je n'en attendais pas moins de mon bel ange déchu. Il me dorlote, me cajole. Et je m'abandonne à ces émotions rassurantes, qui me comblent et me soulagent. J'ai besoin de lui, de sa force et de sa virilité. Je n'arrive pas à croire que je puisse être excitée dans un moment pareil, mais c'est pourtant le cas.

Il se détache enfin de moi. Et je le scrute avec attention. Ses traits tirés et son allure un peu défaite me laissent penser qu'il n'a pas beaucoup dormi, pour ainsi dire pas du tout. Je baisse les yeux sur ses mains et un hoquet de stupeur m'échappe.

Elles sont en vrac, sanguinolentes. Impossible de ne pas voir qu'il s'est battu.

– Colin, soupiré-je avec un regard désapprobateur à son intention.

Il accroche ses yeux aux miens, impassible, ses beaux lagons verts se bordent de larmes.

– J'aurais dû le tuer, murmure-t-il entre ses dents serrées.

– Aria m'a raconté. Comment as-tu fait pour sortir du poste de police ?

– Plus tard, trésor. Pour le moment, laisse-moi profiter de nos retrouvailles. Tu m'as tellement manqué, susurre-t-il, d'une voix enjôleuse.

Il s'allonge à mes côtés et dépose un tendre baiser sur ma tempe.

– J'ai eu si peur, Colin, sangloté-je en repensant au déchaînement de violence de Benjamin.

– Chuuut, je suis là. Je ne te quitte plus.

Et je m'abandonne dans la chaleur réconfortante de ses bras.

36

Cela va faire plus de trois semaines que Ben m'a agressée chez moi et je viens seulement de reprendre mon poste au Bower. Aria est plus protectrice que jamais et mes commis se sont montrés exemplaires en mon absence. Je suis tellement heureuse de les retrouver. J'ai vraiment besoin de retourner bosser pour m'occuper l'esprit. Je n'arrêtais pas de ressasser mon agression et, malgré le fait que j'aie entamé une thérapie avec un psychologue recommandé par Caroline, il m'arrive encore de faire des crises de panique qui me laissent paralysée.

Le spectre cauchemardesque de ces événements tragiques hante encore mes nuits. J'ai dû retourner au poste pour signer ma déposition de plainte et Ben a été incarcéré au MCC de Chicago[21] en attendant que le juge fixe la date de son procès. Il risque jusqu'à dix ans de réclusion pour coups et blessures.

À ma sortie de l'hôpital, Colin a exigé que je vienne m'installer chez lui, arguant qu'il se sentirait plus tranquille en me sachant en sécurité dans son loft. Bien que cela me semble un peu précipité, je n'ai pas eu le cœur de refuser car je ne me sentais pas de retourner vivre à l'appartement. Paul est presque tout le temps chez Ian et, bien qu'Edward se soit montré particulièrement

21. The « Metropolitan Correctional Center », Chicago (MCC Chicago), Centre correctionnel métropolitain de Chicago.

présent avec moi, je préférais prendre mes quartiers à Wicker Park.

Colin veille sur moi comme une poule couve son œuf et c'est tout juste si j'ai l'occasion de mettre un pied dehors sans qu'il soit sur mes talons. Pourtant, je me délecte de cette récente cohabitation. Mon beau cuisinier me cajole, prend soin de moi en me préparant de bons petits plats. Il fait du mieux qu'il peut pour ne rien laisser paraître, mais son angoisse de me voir arrachée à lui est encore palpable. Je sais qu'il m'aime et que sa réaction est compréhensible. Mais je vois surtout dans ces faits et gestes rejaillir sa peur panique d'être abandonné.

Il a cru me perdre cette nuit-là et semble avoir beaucoup de mal à surmonter ce traumatisme. Une autre conséquence de cette nouvelle colocation est que je ne vois presque plus Paul. Dans la mesure où lui et Colin ne se côtoient pas, il m'est difficile, voire impossible, de retrouver mon meilleur ami ailleurs qu'au restaurant. Et nos moments de complicité me manquent cruellement, d'autant plus qu'il a été bouleversé par mon agression et regrette amèrement de ne pas avoir été là pour me protéger.

Ma mère, elle aussi, a été profondément choquée d'apprendre ce qui m'était arrivé. Au point qu'elle a abandonné mon père et pris le premier vol pour Chicago pour venir soutenir sa fille.

Nous nous sommes retrouvées en larmes dans le terminal des arrivées. J'ai l'impression de ne pas l'avoir vue depuis des années. Cela ne fait que huit mois que je suis partie mais il s'est passé tellement de choses qu'une vie semble s'être écoulée depuis mon départ de Lyon.

Elle s'est installée chez Paul pendant les quinze jours de sa présence. Ce qui me permet, à moi, de le voir un peu plus fréquemment. À l'occasion d'un dîner tous ensemble au Bower, Colin a alors évoqué de quelle façon il avait réussi à échapper à la garde à vue. Ian a passé, en toute simplicité, un coup de fil à l'adjoint du maire. Il lui a raconté toute l'histoire et celui-ci est intervenu en faveur de son frère auprès de la police de Chicago.

Le lendemain, un magnifique bouquet de roses a été livré au loft avec une carte à mon attention, signée de sa main :

Je m'en voudrais que ma pâtissière préférée soit privée
de son protecteur. Bon rétablissement, amitiés.
T. McBride

Je me souviens que, la semaine après son passage au Bower, McBride avait été très sensible à ma démarche de faire envoyer des entremets au bureau du maire et m'avait remerciée de la même façon, avec un peu plus d'ambiguïté cette fois. Une carte identique, signée de sa main, disait :

Merci pour ce savoureux et délicat moment sucré.
Votre cobaye pour tout ce que vous voudrez.
T. McBride

Bien entendu, je n'en ai rien dit à Colin puisque, à l'époque, nous étions en froid. Mais j'en ai été tout émoustillée. Ian a eu les remerciements du maire et depuis, il est convié à beaucoup d'événements mondains organisés aux quatre coins de la ville.

Ma mère a découvert avec moi le programme télévisé auquel participait Colin. Lui refuse catégoriquement de regarder l'émission. Il dit se sentir mal à l'aise à l'idée de se voir en train de juger les candidats. Le show remporte un franc succès dans tout le pays et Colin n'a pas tardé à faire parler de lui. Les chaînes de télévision locales et nationales le sollicitent pour des interviews, mais il les sélectionne avec soin, refusant de s'éloigner plus d'une journée du restaurant, et de moi par voie de conséquence.

Maman, quant à elle, a lourdement insisté pour se rendre à la prison où Ben est détenu.

– J'ai besoin de le voir, m'a-t-elle dit. Je veux qu'il sache ce que je pense de lui et qu'il ne sera jamais pardonné pour ce qu'il a fait.

J'ai fini par céder, et l'ai attendue sur le parking du centre de détention.

La vie reprend doucement son cours. Les services au restaurant, les visites chez le psy, les après-midi cocooning sous la couette avec Colin, une sorte de routine rassurante s'installe et je recouvre peu à peu une forme de sérénité. Malgré tout, mon beau chef reste préoccupé par le sort du Pilgrim's Rest, et la vente de l'auberge semble inéluctable.

– Ton téléphone ! grogné-je alors que Colin est enfermé dans la salle de bains.

– J'arrive !

Je me penche au-dessus du portable vibrant sur la table basse et découvre le patronyme de mon ennemie jurée, affiché sur l'écran.

Colin arrive jusqu'au canapé, en se séchant les cheveux. Il est torse nu, avec pour seul vêtement un bas de jogging en coton, tombant négligemment sur ses hanches, et j'en bave d'envie tant le spectacle est appétissant. Ses tablettes de chocolat sculptées ondulent alors qu'il s'approche d'un pas tranquille pour ramasser son iPhone. Il grimace et prend l'appel. Je fais mine de retourner à mon documentaire sur les avions de chasse.

Je fais comme si j'en avais quelque chose à faire, mais mon attention est ailleurs. J'écoute d'une oreille indiscrète l'échange froid entre Colin et Betty de l'autre côté du salon. Pour une fois, il ne quitte pas la pièce pour lui parler, chose qu'il faisait assez souvent pour que je finisse par le lui reprocher et monter au créneau. Là, je pense qu'il a compris.

– Je ne sais pas, Betty, c'est plutôt loin. Comment m'as-tu dit qu'il s'appelait ?

Il arrime son regard au mien et je vois bien que cette manœuvre n'a pour seul but que celui de me rassurer et de m'empêcher de me faire des films comme à mon habitude.

Nous avons fait un pacte avec Colin. Dès que quelque chose ne va pas, nous en parlons immédiatement, quitte à interrompre ce que nous sommes en train de faire pour écarter tout malentendu ou quiproquo.

Il continue d'échanger quelques banalités au sujet du boulot, des scores d'audience de certaines diffusions et finit par raccrocher. Je quitte ses yeux menthe à l'eau qui vont finir par m'hypnotiser et me faire oublier que je suis fâchée contre cette garce. Elle n'a jamais une seule fois pris de mes nouvelles.

Colin a pourtant clairement officialisé notre relation et elle sait à présent que nous vivons ensemble. Pourtant, elle s'en moque ; on dirait que je n'existe pas. Elle lui rabâche sans arrêt qu'il est stupide de ne pas répondre à toutes les demandes d'interviews et que je ne suis pas en sucre, que je peux me passer d'un baby-sitter pour une journée ou deux. Je sais qu'elle essaie juste de se le récupérer et de tenter de nouveau de le séduire.

Je la hais.

– Qu'est-ce qu'elle voulait encore ? râlé-je, emmitouflée dans ma couverture.

– Comment ça, « encore » ? Elle n'a pas appelé de la semaine.

– Tu sais très bien ce que je veux dire.

Colin me dévisage quelques secondes. Il s'assied à côté de moi dans le canapé, se passe la main lascivement sur la figure et se met à soupirer.

– Elle veut que je rencontre un type qui bosse à Las Vegas. Il cherche à investir dans un restaurant à fort potentiel dans l'Est et Betty sait que je cherche de l'argent pour le Pilgrim.

Je hoche la tête, dubitative.

– Vegas ?

– Mmh.

– Tu vas y aller ?

– Je ne sais pas. Je n'ai pas été beaucoup à mon poste au Bower ces derniers temps, et il y en a pour au moins huit jours, peut-être plus.

– Hein ?

Genre ? Il y va à vélo ou bien ?

– Ça serait l'occasion de faire cette apparition dans le programme *Live with Rita* à Los Angeles, dont je t'ai parlé, et peut-être une ou deux émissions de cuisine sur des chaînes locales.

– Mmh.

– Non ?

– Elle sera là ?

– Oui, Drea, elle sera là, me répond-il en souriant. Elle est productrice de l'émission, elle y sera certainement.

Il se moque de moi et je meurs d'envie de bouder.

– Mais je ne vois pas en quoi ça sera un problème. Tu sais que tu peux avoir confiance en moi, n'est-ce pas ?

Je soupire exagérément et me tourne face à lui pour capter son regard.

– Mais si, bien sûr, Colin, me ravisé-je. Je te fais confiance.

C'est surtout en cette grognasse de Betty que je n'ai pas confiance.

– Pardon, ajouté-je. C'est juste que j'ai toujours autant de mal avec cette fille, et l'idée d'être de nouveau séparée de toi ne me fait pas sauter de joie.

Mon ange aux yeux verts m'attire jusqu'à lui pour m'asseoir sur ses genoux. D'une main, il prend mon visage en coupe et de l'autre ramène une mèche de cheveux derrière mon oreille.

– C'est important, Andrea. Je déteste l'idée de te quitter, mais j'ai peut-être une chance de sauver la maison de ma mère. Je ne veux pas la laisser passer.

– Je sais…

Je songe alors à ce que m'a dit Ian lors de mon premier jour au Bower :

Toutes ces choses que l'on fait par amour…

Tout ce que Paul et lui ont enduré avant de pouvoir être enfin ensemble. Les mensonges, les trahisons, les regrets. Le chagrin. Je fouille dans ma mémoire et admets que, de bien des façons, Colin a su me prouver qu'il méritait ma confiance et mon amour. Il est là pour moi, m'adore et me respecte. Je dois le soutenir à mon tour. Lui montrer que je crois en lui.

– Je pense vraiment que tu devrais y aller. Rassure-toi, je ne serai pas seule, ajouté-je. Je retournerai habiter avec Paul, le temps où tu seras parti.

Il me sourit et ses traits s'illuminent. Sa beauté m'aveugle parfois, ça en est presque douloureux. Un bourdonnement sourd s'insinue dans mes chairs et me picote la nuque. Je dépose mes lèvres sur les siennes dans un long baiser langoureux. Sa langue caresse la mienne et sa main glisse lentement sur ma cuisse dénudée. C'est toujours aussi bon. Toujours aussi troublant. Ce magnétisme sensuel qu'il a sur mon corps, cette façon qu'il a de m'aimer, de me toucher, de se perdre en moi.

Mon esprit vacille et un petit volcan prend naissance au creux de mon ventre. Mes tétons durcissent sous mon caraco en soie sauvage. Colin intensifie son étreinte.

Il approfondit notre baiser et pose ses mains sur mes reins pour m'asseoir à califourchon sur lui.

– Caresse-moi, soufflé-je dans un gémissement contenu.

Ses mains puissantes pétrissent mes fesses. Je soupire, me languissant de sa peau chaude. Ses lèvres descendent dans mon cou, semant un chemin humide de petits baisers. J'ondule lascivement sur son corps tendu.

– Bon sang, j'ai tout le temps envie de toi, grogne-t-il, avant de faire voler mon top à travers la pièce.

Puis il reprend ma bouche avec ardeur, me plaquant brutalement sur le canapé.

– Alors, prends-moi, le défié-je, le regard brûlant.

Je soulève ma jambe pour le laisser se caler entre mes cuisses, contre mon intimité désespérément humide de désir pour lui. Je sens son érection imposante frotter contre mon ventre.

– Je vais te baiser tellement fort... râle-t-il tandis que sa main glisse sur la peau satinée de mon ventre.

Ses doigts s'insinuent dans ma culotte. Je me cambre au moment où ils me pénètrent.

Des émotions singulières m'emportent quand je fais l'amour avec Colin. Chaque nouvelle fois est comme une première expérience. C'est toujours plus intense, plus fort, plus pur. L'amour avec Colin, c'est comme redécouvrir nos corps sans cesse. Comme si j'étais endormie le reste du temps, et qu'il ranimait tous mes sens un à un. Nos yeux se caressent avant même que nos peaux ne se frôlent. Ses effluves de mâle alpha marquent chaque atome de chacune de mes cellules tel un loup qui délimite son territoire. Le grain velouté de son épiderme effleure mes courbes voluptueuses comme la vague glisse sur le sable. Le goût de sa peau, de sa salive que je reconnaîtrais entre mille. Et alors qu'il dessine un tracé sensoriel sur les reliefs de mon anatomie frissonnante, les battements de nos cœurs résonnent dans la pénombre, métronomes intimes de notre ballet érotique.

– À quoi tu penses ? murmure-t-il, avant de lécher la pointe d'un de mes seins.

– Je pense que je t'aime, soupiré-je d'une voix plaintive. Je t'aime à en crever.

Il fait descendre mon shorty le long de mes jambes tremblantes, puis mon sous-vêtement. Il noie ses écrins de mousse verte dans mon océan nacré et plonge dans mon intimité lentement. Je sens chaque centimètre de son sexe pousser doucement en moi.

Il me révèle. Je suis entière. Remplie de lui. Son regard ne me quitte pas. On dit que les yeux sont le reflet de l'âme. Ce soir, Colin me fait l'amour de toute son âme. Et peu à peu, il recolle chaque fragment de mon corps brisé, soigne les égratignures de mon cœur blessé. Il m'aime, fort. Passionnément.

Alors, je l'aime en retour, de tout mon être.

***

Nous nous quittons le même jour aux portes du terminal de Chicago O'Hare.

– J'ai quelque chose pour toi, me dit-il.

Il sort un bout de papier plié en quatre de la poche de son manteau. Cela me rappelle celui qu'il m'avait donné lors de notre première rencontre.

– C'est un poème que j'ai écrit en pensant à nous. Tu le liras quand tu seras seule. C'est exactement ce que je ressens.

– Un poème, hein ?

Pour la première fois depuis que je le connais, mon amant rougit et je trouve cela extrêmement touchant.

– Je t'aime, lui dis-je en l'embrassant tendrement. Et tu vas me manquer.

– Je reviens vite. C'est promis, répond-il en me rendant mon baiser.

En m'installant au volant de la Hemmings, je déplie la feuille précautionneusement. Et ce que j'y lis me bouleverse.

Je laisse mon cœur amoureux entre tes mains.
La promesse de nous deux, d'un lendemain.

Le chemin est sinueux, bordé de ravins.
Quels que soient les enjeux, je suis serein.
Même loin de tes yeux, je serai tien.
N'oublie pas notre vœu, car je reviens.
Ce n'est pas un adieu, ni une fin.
Garde mon cœur amoureux entre tes mains.
Je t'aime,
Colin

37

Deux semaines qu'il est parti et l'attente est interminable. Chaque message et chaque coup de fil ne font que me rappeler qu'il est loin de moi. Cette absence me ronge. Alors, quand Colin m'a annoncé hier au téléphone qu'il n'avait même pas encore vu ce contact à Las Vegas, j'ai littéralement pété les plombs.

Paraîtrait que je suis chiante.

Ian dit très poétiquement que je suis en transit émotionnel. Paul, lui, me prête des problèmes de transit tout court. Il me trouve insupportable et ne s'est pas gêné pour me le faire savoir.

Il faut reconnaître que depuis que Colin et moi avons officialisé notre relation, malgré quelques incidents de parcours, nous sommes devenus très fusionnels. Et l'amour à distance n'est clairement pas mon truc.

Mais le fameux mécène qui prétend s'intéresser au Pilgrim's Rest semble très occupé et reporte sans cesse les rendez-vous fixés. Je crois que Colin commence à perdre patience lui aussi.

Néanmoins, une autre question me préoccupe. Colin parle de l'auberge constamment, de ses projets, ses envies. Mais, jamais il ne m'inclut dans le package. Nous n'en avons même pas parlé ensemble. Et je m'interroge sur l'avenir qu'il entrevoit pour nous deux.

Aria se poste à l'entrée du laboratoire, alors que je suis en plein nettoyage de celui-ci avec Leandro.

– Ian veut te voir, Frenchie.

Je dénoue mon tablier machinalement et me rends dans le couloir menant au bureau.

Les rouages de mon cerveau tournent à plein régime, et j'entre dans la pièce, l'esprit en ébullition, curieuse de savoir ce que mon patron me veut.

– Drea…

Il se racle la gorge et aimante son regard au mien ; il prend un air solennel et, d'un seul coup, je suis très intriguée par ce qui va sortir de sa bouche.

Oh, oh, ça ne sent pas très bon.

– Je voulais t'annoncer que j'ai cédé mes parts du restaurant à Caroline.

Je déglutis lentement.

– Hein ?

– Je sais que cela peut te paraître soudain, mais j'y ai longuement réfléchi. Cela m'évite une procédure de divorce longue et douloureuse. Et j'ai pu, de ce fait, renégocier les termes de la garde de Jack et Maddie.

– Je vois. Tu as prévenu ton frère ? demandé-je, hésitante.

– Je lui ai laissé un message. Je voulais attendre son retour pour prendre la décision, mais je dois avancer avec ma vie et mes projets, et je ne me voyais pas repousser l'inéluctable plus longtemps.

– Tes projets ? Quels projets ?

– Je voulais justement t'en parler. Depuis que McBride m'a fait intégrer son cercle d'amis, et donc d'investisseurs potentiels, je fourmille d'idées et j'ai très envie de me lancer dans une nouvelle aventure gastronomique.

– Du style ?

– Je pense ouvrir un salon de thé de luxe proposant des desserts et des viennoiseries stylés et raffinés.

– C'est chouette.

– C'est vrai ? Tu aimes l'idée ?

– Bien sûr. Ça marche du tonnerre à New York, c'est sûr que tu auras du succès ici.

– Drea, on m'a soufflé que Caroline t'a demandé de rester en poste au Bower, et je ne sais pas quelle sera ta décision, mais j'aimerais beaucoup que tu fasses partie de cette nouvelle entreprise.

Je prends une grande inspiration. Je suis très touchée par l'offre de Ian qui est plus que séduisante ; ce serait la consécration pour moi. L'occasion de me faire un nom outre-Atlantique. Il m'apporte mon rêve de gosse sur un plateau d'argent. J'ai travaillé si dur pour en arriver là. Et je sais que, avec son aide, je pourrais acquérir la notoriété qui me permettrait de m'éclater vraiment dans mon métier.

Mais je nage en plein flou artistique concernant Colin. Parviendra-t-il à obtenir les fonds pour le Pilgrim ? Aurai-je ma place à ses côtés, s'il part s'installer là-bas ? Et si cela ne marche pas, restera-t-il au Bower ?

Autant de questions auxquelles je ne peux pas répondre aujourd'hui. Mon équation comporte trop d'inconnues, et cela m'angoisse profondément. Je suis venue à Chicago pour recommencer ma vie de zéro et donner une chance à ma carrière d'évoluer. Et je fais le constat que j'ai trouvé bien plus que ce que j'étais venue chercher. Cela reconditionne indéniablement mon avenir. Quand l'heure de faire un choix se présentera, je veux être sûre de faire le bon.

Mon patron me fixe avec nervosité, attendant ma réponse.

– Je… je suis très flattée par ton offre, Ian. Sincèrement.

– Mais… continue-t-il.

– Mais… Tout est allé tellement vite ces derniers mois. Je t'avoue que cela me donne un peu le tournis.

– Je comprends tout à fait, Andrea. J'aimerais pouvoir te convaincre. La question est, que veux-tu véritablement, toi ?

Je baisse les yeux, un peu désorientée. C'est la pagaille dans ma tête et je suis en proie à l'indécision la plus totale. Pendant longtemps, Ben a muselé mes envies et mon ambition. Il aura fallu que je change de continent pour m'affranchir de cet ascendant qu'il avait sur moi. Et aujourd'hui que de nouveaux horizons s'ouvrent à moi, c'est mon amour pour Colin qui semble baliser mon chemin.

– Je te demande d'y réfléchir, reprend Ian, manifestement conscient de mon désarroi. Je sais que certains financements me seront plus facilement octroyés si tu me suis. On parle déjà beaucoup de toi à Chicago depuis quelque temps et je ne doute pas une seconde que cette entreprise sera couronnée de succès si tu fais partie de l'aventure.

Je hoche doucement la tête, désemparée à l'idée de le décevoir. Mais une chose est certaine, il est trop tôt pour lui donner une réponse.

– Je ne peux rien te promettre, Ian. À part que je vais y réfléchir sérieusement.

Ce soir-là, Steph et moi discutons longuement sur Skype de la proposition de Ian. Je lui fais part de mes doutes et interrogations au sujet de Colin. Selon elle, je devrais en parler avec lui directement, et je sais qu'elle a raison.

C'est aussi l'occasion pour elle de me présenter sa nouvelle conquête. Un certain Augustin, du service comptabilité de l'hôpital où elle travaille. Elle aborde à peine la question que l'heureux élu se matérialise à l'écran. Il me salue brièvement avant d'embrasser Steph, puis disparaît.

Le « garçon » a plus de la quarantaine et ne ressemble en rien aux hommes que mon amie a l'habitude de fréquenter. En dépit de son look un peu rétro, il est plutôt quelconque, mais je vois bien que, même s'il n'a pas exactement le profil de l'aventurier sexy qui fait vibrer ma copine en temps normal, une vraie alchimie semble irradier entre les deux tourtereaux.

Augustin parti, je ne contrôle plus le flot de questions qui me brûle les lèvres.

– Mais comment ? Je veux dire, c'est bizarre, non ? Enfin, il n'est pas comme…

Steph explose de rire et me dévisage avec un air satisfait. Je vois bien que cette situation la fait jubiler et elle comprend que je ne m'attendais pas à ce qu'elle se mette à la colle avec ce type d'énergumène.

– Il m'a dépannée un soir sur le parking de l'hôpital. Ma voiture ne démarrait plus, j'étais désespérée. Au premier abord, je me suis dit : « Mais qu'est-ce que c'est que ce gugusse ringard ? », puis je l'ai recroisé deux jours plus tard à la cafétéria du boulot. Et là…

– Mmh, soupiré-je, dubitative.

– Il me tenait la porte, me parlait avec beaucoup de respect et de douceur et, contrairement à ce qu'on pourrait croire, il ne semblait pas intimidé par moi. Tu dois admettre que ça, c'est une première, non ? m'apostrophe-t-elle avant de reprendre. Nous sommes allés boire un café, mais je n'arrivais pas à me résoudre à franchir le pas avec lui. Il ne me plaisait pas physiquement. Enfin, je veux dire, il n'est pas moche mais…

Stéphanie a raison, il a un certain charme malgré son look vestimentaire à chier. Mais, quand même, il a l'air beaucoup plus vieux qu'elle.

– J'ai accepté de dîner avec lui. J'ai passé un super moment. Il m'a fait rire et il est très intelligent et cultivé.

– Attends, le mec a 1000 ans, Steph ! m'exclamé-je.

Elle pouffe.

– Quarante-trois ans. Je sais, ça fait plus de dix ans d'écart, mais franchement, je m'en tape.

– Et donc ?

– Il m'a raccompagnée chez moi, m'a plaquée contre le mur et je te jure, Drea, que je n'ai jamais pris un pied pareil ! Et pour tout te dire, il est super gaulé. On dirait une vieille bagnole de collection avec un moteur de Maserati. Il m'a fait feuler. T'imagines ?

– Feuler ? Je me marre.

– Ce type est un dieu au lit et un véritable gentleman dans la vie.

– Eh bien, comme quoi, tout arrive, mon chat.

Je glousse bêtement. En douze ans d'amitié avec ma Steph, je ne l'ai jamais vue rougir une seule fois. Et quand je dis jamais, ça veut vraiment dire, *jamais de la vie* !

Steph pousse un soupir de béatitude et je la dévisage, perplexe. *Qui êtes-vous et qu'avez-vous fait de ma meilleure amie?*

– Je suis bluffée.

– Mmh.

– Il t'a transformée.

– Mmh, je sais.

– Tu es une personne différente.

– Seigneur, si tu savais comme j'ai envie de baiser, là, tout de suite.

– Bon, pas si différente que ça, quand même, ricané-je en levant les yeux au ciel.

***

À la mi-avril, Ian décide d'organiser une grande soirée cocktail au Bower pour entériner l'accord passé avec sa future ex-femme. La passation doit se faire en douceur et le restaurant accueille un parterre d'invités plutôt prestigieux ce soir-là. Évidemment, tout le monde se pose la question de savoir où se trouve le chef du

Bower, question à laquelle je me garde bien de répondre. Colin m'a promis d'être rentré à temps pour l'événement, mais je n'ai pas eu de nouvelles de lui depuis trois jours. Et je commence à m'inquiéter. Il avait enfin obtenu ce rendez-vous tant attendu. Il devait rencontrer son fameux investisseur et rentrer à Chicago. Mais curieusement, ni moi ni son frère n'avons eu de retour de cette entrevue.

De mon côté, je suis un peu sous pression. Caroline m'a clairement fait comprendre qu'elle attendait une réponse de ma part, et qu'elle ne pouvait plus se permettre d'attendre. Ian, quant à lui, n'a pas osé me relancer, mais je sais très bien qu'il retient son souffle depuis qu'il m'a fait cette proposition alléchante. D'autant plus que mon boss papillonne d'invité en invité, en me présentant comme sa « presque » future collaboratrice. Cette situation me met particulièrement mal à l'aise, et la seule personne dont j'attends un signe ne daigne même pas se montrer.

J'enrage.

Très vite, cette soirée se transforme en un véritable calvaire. Je me devais d'être là pour soutenir Ian et ma brigade, mais j'ai le cul entre deux chaises et prends sur moi depuis le début de la réception.

Et pour ajouter à mon malaise, un journaliste indélicat revient sur mon agression sans montrer l'once d'un remords. Depuis que Colin est largement médiatisé, ce qu'il craignait de voir arriver se produit. Je suis tombée sur un magazine à scandale il y a quelques semaines, relatant ma triste expérience amoureuse avec Ben. L'article avait pour titre « Mais qui est donc Andrea Rosetti, la mystérieuse fiancée de Colin Hatwood ? », et comportait tous les détails les plus indécents et sordides que l'on pouvait espérer trouver dans ce genre de torchon. Comment je suis tombée entre les griffes de Ben (qui s'est laissé interroger en prison par le journaliste sans scrupules) et mon goût pour les mauvais garçons qui m'a tout naturellement poussée dans les bras d'un ancien toxico repenti, promis à une carrière éblouissante.

Tout ce monceau d'immondices me faisait passer pour une garce, une véritable pute sans vergogne qui se complaisait dans les relations violentes et conflictuelles.

Le journaliste me harcèle, me pousse à bout et je ne vois pas comment je vais arriver à me dépêtrer de cette situation. Je reste résolument muette, les yeux baissés, effondrée par tant d'agressivité.

– Votre ex-fiancé était plus loquace, mademoiselle Rosetti, je suis surpris que vous ne souhaitiez pas faire entendre votre point de vue.

– Je…

– Vous savez, dans mon métier, un silence est parfois bien plus éloquent qu'une argumentation. Et que dire du fameux chef Hatwood, qui brille par son absence, ce soir ?

Je n'ai pas le temps de réagir que je vois deux doigts tapoter l'épaule de mon tortionnaire. Il se retourne vivement et, à mon grand soulagement, mon beau cuisinier se tient face à lui dans toute sa majesté, les iris brûlants de colère.

Une décharge électrique transperce ma poitrine. Il est splendide dans son smoking sombre parfaitement ajusté. Une très fine cravate noire, légèrement dénouée, pend autour de son cou et le col de sa chemise à peine ouvert laisse entrevoir une barbe naissante. Une immense fatigue se lit dans ses deux lagons vert d'eau et mon cœur pèse soudain une tonne dans ma poitrine. Il est si beau, si impressionnant et semble pourtant cacher une extrême fragilité.

– Tiens donc ? Vous nous faites enfin l'honneur de votre présence ? J'étais justement en train de…

– Je sais ce que vous étiez en train de faire, le coupe Colin, la mâchoire serrée. Et vous feriez mieux de dégager de ma vue.

Je retiens mon souffle. Mon homme semble bouillonner de rage et je connais son tempérament volcanique. Il pourrait perdre son sang-froid en un battement de cils.

Mais l'abruti de scribouillard n'a pas l'air de sentir le danger et insiste lourdement.

– Je ne fais que mon métier, monsieur Hatwood, et je pense que les gens ont le droit de savoir. Mademoiselle Rosetti, m'apostrophe-t-il de nouveau, n'avez-vous pas l'impression de répéter ce cycle infernal en fréquentant ce type d'hommes ?

Je suis scandalisée par cette remarque, qui a pour effet de me sortir brutalement de ma torpeur, alors que je sens bien que Colin essaie de dominer sa fureur.

– Je vous interdis de me parler de cette façon. Pour qui vous prenez-vous ?

Colin vient se placer à côté de moi et glisse sa main rassurante dans le bas de mon dos. Le type ricane et me détaille avec une lueur malsaine dans le regard.

– Et sur la défensive avec ça ! Dans mon métier…

Il ne termine pas sa phrase. Colin lui balance un uppercut fulgurant en plein visage, devant tous les invités. Le journaliste vacille, recule de quelques pas et tombe en arrière, entraînant un plateau de petits fours dans sa chute. Une vague de murmures d'indignation parcourt la salle. Colin se penche au-dessus de mon harceleur :

– Dans mon métier, on appelle ça « casser les formes »[22]… Maintenant, dégagez d'ici si vous ne voulez pas finir en sashimi.

Le type se lève, effaré, en se tenant la joue et prend la poudre

---

22. « Casser les formes » est une technique japonaise qui consiste à déstructurer l'assiette. Évidemment, dans le cas présent, l'expression est purement rhétorique.

d'escampette sans demander son reste. Notre auditoire finit par se détourner de nous tandis qu'un Ian affolé se précipite à la suite du paparazzi.

Mais je n'y prête déjà plus attention. Je plonge mes yeux dans le regard hypnotique de Colin et me jette à son cou.

– Ma beauté… soupire-t-il en m'étreignant.

Ses bras s'enroulent autour de moi et me recouvrent de leur chaleur. Il m'a tellement manqué que j'en ai mal au ventre. Je n'arrive pas à être fâchée contre lui pour ce coup de poing vengeur, ni même pour son silence de ces derniers jours. Il dépose un doux baiser sur ma nuque et caresse mes joues avant de m'embrasser tendrement.

– Tu m'as manqué, mon trésor, je devenais dingue loin de toi.

– Mon Dieu, mais où étais-tu, Colin ? J'étais folle d'inquiétude.

– Viens avec moi, murmure-t-il en désignant le couloir qui mène au bureau. Je vais te raconter.

La porte se referme sur nous et, en moins d'une seconde, Colin me plaque contre le battant, sa bouche sur la mienne. Tout mon corps vibre sous cet assaut impétueux. Le besoin de le sentir contre ma peau est si intense que je ne maîtrise plus rien. Je gémis quand je le sens saisir mes fesses à pleines mains, et me coller contre son excitation tendue sous l'étoffe de son pantalon. Toutes les frustrations de ces dernières semaines s'évaporent en quelques secondes. Mais je ne parviens cependant pas à occulter la raison de notre présence ici, à l'écart de la foule.

– Colin… attends, soupiré-je, haletante.

Il se recule légèrement et m'adresse un sourire solaire. Un de ses sourires qui me font complètement craquer. J'essaie de ne pas me laisser déstabiliser.

– On doit parler, tu ne crois pas ?

Je m'assieds maladroitement dans un des fauteuils. Mon bel

adonis hoche la tête, passe une main dans ses boucles en pagaille et vient s'installer face à moi. Nous ne nous disons rien pendant peut-être une ou deux minutes, jusqu'à ce que je me décide à rompre le silence.

– Colin ?

– Je viens de vendre mes parts du Bower à Clark et Caroline.

OK. Son annonce est brute et sans équivoque. Je regrette simplement qu'il ne m'ait pas consultée avant de prendre cette décision majeure pour son avenir.

Je fais quoi, moi ? Je suis quoi pour lui ?

– Je vais retourner à Fish Creek reprendre l'auberge de mes parents. Je vais m'installer là-bas.

Deuxième salve.

– Je vois...

Je ne sais pas quoi lui répondre, son aplomb me déstabilise un peu et il semble avoir paramétré chaque détail de sa vie sans même m'en parler.

– Et ça a donné quoi avec cet investisseur que tu devais rencontrer ?

– C'est dans la poche, mais je vais devoir patienter un peu avant que ce ne soit officiel. Je vais d'abord retaper le Pilgrim avec les fonds du Bower, puis je développerai son potentiel avec le second financement. Et toi, alors ? Ian m'a brièvement parlé de son projet.

Je dégouline de déception.

Mais enfin, qu'est-ce qu'il est en train de me faire ?

– En effet, c'est un beau projet. Il attend d'ailleurs ma réponse.

Colin acquiesce lentement, pose ses coudes sur ses genoux et m'examine silencieusement. Un léger sourire étire ses lèvres.

– Drea... je ne sais pas ce que tu vas décider et j'ai conscience que ce que te propose Ian est une réelle chance pour toi. Mais... j'aimerais vraiment que tu m'accompagnes à Fish Creek.

Thank God ! J'ai cru qu'il n'allait jamais me le demander.

Mon cœur fait des loopings dans ma poitrine et mes hormones entament une petite danse de la joie.

– Seigneur, Colin… soufflé-je, rassurée.

Je me penche pour l'embrasser avec ferveur et colle mon front au sien.

– Beauté ? Je me trompe ou tu as cru que je n'envisageais pas cette option ?

Je secoue la tête et me rapproche de lui pour caresser sa joue.

– Colin, je… Oui, je l'avoue. J'avais peur que tu ne me le demandes pas.

– Drea, sérieusement ? Je sais que je te livre toutes ces infos de but en blanc et que ça peut donner l'impression que je me projette seul, mais… je t'aime, n'en doute jamais.

– Je sais.

– C'est juste que tu es arrivée à Chicago avec ton rêve de carrière et tes ambitions, et je ne veux pas être un frein à tout ça. Je ne veux pas que tu fasses un choix que tu regretteras plus tard.

Est-il possible que je puisse tomber encore plus amoureuse de cet homme ?

– Je n'ai pas grand-chose à t'offrir, à part une place auprès de moi dans cette petite auberge paumée du Door County. Mais je crois que nous pourrions y être heureux si tu acceptais de me suivre.

– Colin, tu ne comprends donc pas ? réponds-je en m'agrippant à lui avec détermination pour l'embrasser de nouveau. C'est toi que je choisis et je te choisirai toujours. Je t'aime et je veux venir avec toi. Ma carrière, mes rêves, tout ça n'a aucun sens si tu n'es pas dans ma vie.

Colin me sourit, le regard brillant et me prend dans ses bras. Nous nous enlaçons tendrement et, pour la première fois de mon existence, je sais au fond de moi que j'ai pris la bonne décision.

38

Je cale mon dos au fond de ma chaise de jardin et laisse la brise légère du mois de juillet caresser mon visage ; un frisson balaie ma peau. Il fait un peu moins chaud qu'à Fish Creek, et je suis bien. Le soleil commence lentement à descendre au-dessus des cimes, le groupe entame « Les yeux noirs » de Django Reinhardt et je savoure ce moment de calme au milieu des vignes, entourée de ma famille et de mes amis. Je me surprends à rêver en repensant à ces derniers mois.

Je me suis longtemps demandé comment je m'adapterais à cette nouvelle vie, loin des vibrations urbaines qui rythmaient mon quotidien, mais je me sens comme un poisson dans l'eau à Fish Creek. Les prairies bourgeonnantes de couleurs illuminent nos promenades, et le clapotis paisible des eaux claires du lac berce nos nuits. Peu à peu, la nature fait peau neuve. Et ces émois champêtres me plongent dans un état d'euphorie permanent.

Ma créativité n'a jamais été aussi exacerbée que ces temps-ci. Je me suis rendu compte, au fil des semaines qui passent, que je ne savais rien. « C'est un apprentissage constant », a coutume de dire mon père. Cette vérité ne pourrait pas avoir plus de sens qu'aujourd'hui. Je redécouvre mon métier, les saveurs, le plaisir, la générosité d'une cuisine simple. Le retour aux vraies valeurs.

Depuis que nous sommes installés au Pilgrim, tout le personnel travaille d'arrache-pied pour rendre à l'auberge son éclat et sa jeunesse passés. Les travaux avancent vite, la brigade est au complet et Grace a finalement repris son poste parmi nous, pour le plus grand bonheur de mon beau cuisinier.

Force est de constater que Colin a changé. Je le trouve plus serein, plus enjoué, et cela en dépit de nos nuits blanches et nos journées harassantes. On croirait voir un gosse gavé de sucre dans un immense parc d'attractions, qui veut absolument tester tous les manèges. Son cerveau fourmille d'idées, tant pour la cuisine que pour les rénovations de la maison, et tout se met en place petit à petit. Nous accueillons nos premiers clients dans quelques jours, après plusieurs mois de fermeture. Et même s'il reste encore beaucoup à faire, toute l'équipe brûle d'impatience.

Le projet de Ian fait son chemin, il a finalement recruté la perle rare. Un candidat extrêmement talentueux de l'émission culinaire où Colin était juré. Un coup de pub efficace pour son salon de thé et la garantie supplémentaire, s'il en fallait une, d'obtenir tous les financements souhaités. Paul et lui filent le parfait amour, et les tensions avec Caroline semblent s'être très légèrement apaisées. À mon grand soulagement, Paul et Colin ont fini par faire la paix. Enfin, on est plus proche d'un cessez-le-feu à durée indéterminée que d'une réconciliation tout à fait officialisée, mais je dois dire que les réunions de famille à Fish Creek sont nettement plus détendues. Paul nous a gentiment offert son aide pour retaper les chambres du premier étage. Ils ont passé de longs week-ends tous les deux à trier toutes les affaires du clan Hatwood. J'ai dû me pincer lorsque je les ai surpris en train de rire à gorge déployée devant une photo de Ian à l'âge de 8 ans, uniquement vêtu d'un collant et d'un tutu.

Cachée derrière l'armoire dans le couloir, je n'avais rien raté de leur échange très touchant.

– Quand j'y pense, les signes étaient pourtant là, avait plaisanté mon sexy chef.

– Je n'ai jamais eu l'occasion de te dire à quel point j'étais désolé pour tout ça, Colin. Je… je sais que les choses n'ont pas été faciles à vivre pour toi et je veux que tu saches que je suis de ton côté.

Colin n'avait rien répondu, il s'était contenté de donner une tape amicale sur l'épaule de mon meilleur ami. Mais j'ai tout de suite compris à quel point ce témoignage d'amitié sincère l'avait ému.

Et nous voilà, de retour en France pour quelques jours, dans cet endroit magnifique. Ma meilleure amie a tout prévu pour que nous passions une excellente soirée ; un joli coin de campagne au bord du Rhône, un décor de guinguette et un orchestre reprenant tous mes morceaux favoris. Le champagne coule à flots, les invités s'amusent et j'ai le bonheur immense d'avoir tous mes proches autour de moi.

Colin, assis à ma droite, ne s'est pas arrêté de rire depuis au moins vingt minutes. Paul et Steph n'ont pas pu s'empêcher de raconter mes frasques lors de ma soirée d'anniversaire d'il y a trois ans et nous font un véritable sketch en me singeant sur la piste de danse.

– Ça, c'est complètement déloyal, boudé-je. Tout le monde sait très bien que je ne tiens pas l'alcool !

– J'ai toujours pensé que tu avais le rythme dans la peau, trésor, mais je dois avouer que je suis déçu d'avoir raté cette soirée, se gondole-t-il de rire.

Je finis par l'imiter et nous nous esclaffons en chœur.

Une petite heure passe et je gagne discrètement les toilettes. En sortant, je percute de plein fouet une immense silhouette. Sofiane, un ami et collègue infirmier de Steph. Lui et moi nous entendons très bien, et je suis heureuse de sa présence ce soir.

– Drea ! La reine de la fête.

Le beau métis m'attrape, me soulève dans les airs et me fait tourner comme une poupée de chiffon. Je ris aux éclats et manque de me casser la figure quand il me repose au sol.

– Tu es sublime, me susurre-t-il à l'oreille en déposant un doux baiser sur ma joue échauffée.

C'est vrai que, ce soir, j'ai mis le paquet, avec ma petite robe fourreau noire en dentelle, mes escarpins vernis Jimmy Choo et ma bouche peinte en rouge pétard, en contraste total avec ma peau bronzée.

Sofiane me bouffe des yeux et je me sens rougir de la tête aux pieds. Il est très beau et je me souviens qu'il m'avait un peu draguée lors de notre dernière soirée ensemble. J'avais quitté Ben depuis peu, et j'étais pas mal déboussolée. Nous avions échangé un innocent baiser, mais ne nous étions jamais revus depuis.

Ses prunelles noisette me détaillent sans aucune gêne, et je me sens très intimidée d'un seul coup.

Sofiane s'en aperçoit et un sourire malicieux étire ses lèvres. Il attrape ma main pour m'entraîner sur la piste.

– Danse avec moi, me lance-t-il avec un regard suppliant.

Je lui souris et passe ma main sur son épaule pour accompagner son mouvement.

Alors que le groupe joue les premières notes de « I'm not the only one » de Sam Smith, Sofiane presse doucement son corps contre le mien. Je me laisse porter, envoûtée par la légèreté de ce moment, de la musique, un peu enivrée par les bulles alcoolisées. J'ai quitté mes talons vertigineux et je danse pieds nus, cramponnée à ma montagne de douceur. Sofiane est un excellent danseur, ses pas sont sûrs et mesurés. Il colle sa joue contre ma tempe et je sens sa mâchoire se contracter.

– J'ai beaucoup pensé à toi, me chuchote-t-il à l'oreille.

Ma peau se couvre de chair de poule. J'ai peut-être un peu trop bu, mais je ne veux pas laisser Sofiane se faire des idées, mon cœur appartient à un seul homme désormais. Je ne lui réponds pas. Je me contente de suivre son rythme sur la piste.

– Après notre soirée, j'ai voulu te revoir. Mais Steph m'a dit que tu avais quitté la France, continue-t-il.

– J'étais à Chicago, déclaré-je platement.

– Je sais. Tu vas rester, maintenant que tu es revenue ? me demande-t-il, manifestement plein d'espoir.

– Non… je… suis installée là-bas à présent.

– Dommage, soupire-t-il.

Il s'écarte très légèrement pour me contempler ; à cet instant, son regard ne me trompe pas une seconde et, si je ne réagis pas, il va sûrement essayer de m'embrasser.

– Sofiane, je… je suis désolée, mais j'ai quelqu'un dans ma vie.

– J'ai vu ça… Steph m'a raconté et elle m'a aussi défendu de t'approcher ce soir.

Je le dévisage, médusée. Puis je cherche ma vamp des yeux, parmi les invités. Je la trouve assise, enlacée dans les bras de son comptable, son regard braqué sur nous. Elle est visiblement furax et tape du pied nerveusement. Elle ne manque pas d'air !

Soudain, je sens le corps de Sofiane se décoller brusquement du mien.

– Besoin d'un coup de main ? résonne une voix chargée de colère.

Oh, oh. Mon lion est en colère.

Sofiane hausse les épaules en me jetant des coups d'œil nerveux.

– Je…

– Ça ne te gêne pas de tripoter ma femme devant tout le monde ?

– Colin ! m'interposé-je. Calme-toi, on ne faisait que danser.

– Et la main sur ton cul ? C'était pour faire joli ? ricane-t-il, les dents serrées.

– Je vais vous laisser, déclare Sofiane en s'éloignant, penaud.

– C'est ça… barre-toi.

– Colin ! Mais enfin, qu'est-ce qui te prend ? m'impatienté-je.

– C'était qui, lui ? Un ex ?

Je cherche à dominer ma contrariété face à ses manières d'homme des cavernes. Je ne connais pas le Colin jaloux, et son comportement me consterne autant qu'il m'amuse. On dirait un petit garçon boudeur privé de son jouet favori. Malgré son interruption grossière et cette crise évitée de justesse, je choisis de ne pas jeter de l'huile sur le feu en plaquant mes mains sur ses joues. Je plonge mes yeux dans ses agates tempétueuses, luisantes d'une colère contenue. Et peu à peu, son visage se radoucit. Mes lèvres viennent caresser les siennes dans un baiser apaisant.

– C'est un ami… et je n'aime que toi. Je ne veux que toi, lui murmuré-je comme une prière réconfortante.

Il colle son front contre le mien et m'enlace tendrement. Ses muscles bandés sous mes paumes se détendent progressivement. Colin se calme et me serre un peu plus dans ses bras.

– Je suis désolé, souffle-t-il.

Je l'observe, dubitative.

– Ça va ?

Il hoche doucement la tête. Je saisis sa main et l'entraîne à ma suite. Je connais deux façons de détendre mon homme quand il est stressé : le plonger dans sa cuisine ou le plonger en moi.

Je pousse la porte d'un petit réduit à notre gauche et nous fais entrer discrètement, avant de refermer derrière nous. Il fait sombre à l'intérieur, mais les lueurs de notre guinguette improvisée font danser des ombres sur les murs. Je décide de laisser la pièce dans la pénombre.

Colin est haletant, impatient et, sans prévenir, il me plaque contre le mur et écrase ses lèvres sur les miennes, me dévorant avec passion. Je le laisse faire alors qu'une plainte silencieuse me brûle les entrailles. Nous tombons tous les deux au sol et ses mains empoignent mes fesses avec vigueur.

– Je t'aime si fort, murmure-t-il en m'installant à califourchon sur lui.

Il me serre dans ses bras, fourrage ses doigts dans mes cheveux qui dégringolent en cascade dans mon dos. Il m'embrasse dans le cou, sur la tempe, et sa bouche s'empare de la mienne. Nos langues se cherchent, se caressent et s'entremêlent, ce baiser à un goût de paradis.

– Tu as tellement changé ma vie… soupire-t-il, alors que notre corps-à-corps se fait plus enfiévré.

Je suis peu de chose entre les bras de cet homme. Mais la raison semble totalement me quitter quand il me touche avec des paroles comme celles-ci. Une sorte de transe émotionnelle m'enveloppe et électrise mes terminaisons nerveuses. Toutes mes alarmes s'affolent et clignotent dans tous les sens. Colin me fait l'amour avec des mots. Et je perds la tête. Nos langues se retrouvent dans une danse sensuelle. Mon sang bouillonne dans mes veines et les grondements qui s'échappent de sa gorge ont raison de ma patience. J'ondule lascivement sur son corps ferme. Je sens la toile de son jean se tendre contre mon entrejambe trempé. Ses mains parcourent toute la surface de ma peau dénudée avec urgence et détermination. Il saisit une poignée de mes cheveux et bascule ma tête en arrière pour intensifier son assaut passionné sur mes lèvres. Soudain, il s'interrompt et me fixe de son regard vert lagon chargé de paillettes dorées.

– Putain, Drea… murmure-t-il à bout de souffle.

J'aimante mon regard au sien, vibrante de désir pour cet adonis qui me pousse dans mes retranchements et ranime en moi un feu brûlant qui me consume.

– Ne t'arrête pas, lui réponds-je dans un souffle presque inaudible.

N'y tenant plus, il plonge sa bouche dans le sillon humide de mon décolleté. Il fait glisser la fermeture éclair de ma robe et mord mon épaule avec voracité. Je gémis, mes sens en ébullition. Il déboutonne son jean et écarte la fine dentelle de ma lingerie. Il me soulève très légèrement et, d'un seul geste, m'empale sur son membre érigé. Une plainte de soulagement nous échappe en même temps. Il est enfoncé en moi jusqu'à la garde, mais ne bouge plus, il me fixe, attendant encore mon approbation. J'acquiesce silencieusement, au comble de l'extase. Il me répond d'un signe de tête sans équivoque, puis il commence à soulever son bassin très lentement. J'accompagne son mouvement en coulissant sur lui avec douceur. Nous ne nous quittons pas des yeux, alternant le va-et-vient de nos deux corps imbriqués l'un dans l'autre par des baisers langoureux et incandescents. Le rythme s'accélère, et il m'étreint avec fermeté, accentuant vigoureusement ses coups de boutoir. Sa bouche plonge dans le creux de mon cou et il grogne, laissant sa bestialité le gouverner alors que les prémices d'un orgasme foudroyant menacent de m'emporter. Sans crier gare, il me bascule dos au sol et s'allonge sur moi, en continuant de me pilonner comme si sa vie en dépendait. Mes yeux se révulsent, un nuage de coton m'enveloppe et une jouissance fulgurante fend mon corps en deux.

Une poignée de secondes plus tard, il se déverse en moi, et nos chairs restent fusionnées l'une dans l'autre, secouées par les derniers soubresauts de cette étreinte fugace et empreinte d'une folie passagère.

Colin dépose un tendre baiser sur ma tempe et me cale contre son cœur, dont les battements reprennent peu à peu un rythme cohérent.

– Vous êtes insatiable, chef Rosetti, plaisante-t-il.

Je lui assène une petite claque sur l'épaule et il se jette sur ma bouche en pouffant.

– Je pourrais passer ma vie à te goûter sans jamais m'en lasser.

Il mordille ma lèvre inférieure, et je sens les siennes s'étirer dans un sourire alors qu'une nouvelle vivacité se dresse entre nous.

Je glousse.

– Colin… Et c'est moi qui suis insatiable ?

Il dégage quelques mèches de cheveux de mes épaules et enfouit son nez dans ma nuque.

– Drea… je voulais te dire… à quel point je suis heureux que tu sois venue vivre avec moi au Pilgrim.

Je caresse sa tignasse ébouriffée et l'embrasse très doucement. Il y a comme une lueur dans ses iris couleur forêt. Une petite flamme qui m'ébranle et me force à chercher mon air.

Un peu de légèreté, vite.

– Comment aurais-je pu refuser ? Le proprio de l'auberge est un con, mais le chef est un dieu. Un vrai dieu du sexe, ajouté-je avant d'éclater de rire avec lui.

Au bout de quelques instants, nous nous décollons l'un de l'autre. Je réajuste ma tenue avec empressement et me redresse, un peu chancelante. Il referme les pans de son pantalon et se lève à son tour. Nous nous dévisageons avec un sourire presque gêné.

– On ferait mieux de… balbutié-je en désignant le jardin d'un signe de tête.

– Oui, allons-y. Tu ne vas tout de même pas faire attendre tes invités.

Il me tient la porte avec un air canaille puis, sans crier gare, me claque la fesse au moment où je passe devant lui.

***

Alors que nous redescendons au jardin, un bruit de larsen épouvantable nous fait sursauter et je vois Steph prendre la parole au micro.

– Drea, ma petite chérie, nous sommes réunis ce soir pour fêter dignement tes 28 ans !

Le début de son discours est accueilli par des applaudissements nourris et quelques sifflements. Puis elle reprend :

– Nul n'est censé ignorer ton goût immodéré pour la musique, sous toutes ses formes et tous ses genres. Donc, ce soir, j'ai pensé pimenter le jeu en organisant une petite scène ouverte. Ainsi tous ceux qui le souhaitent pourront te témoigner leur amitié en poussant la chansonnette. Pour les moins doués d'entre nous, une urne est placée à l'entrée de la maison, cela vous dispensera de massacrer les chansons de Céline Dion et préservera nos précieux tympans par la même occasion.

Tout le monde explose de rire et se met à scander : « Une chanson ! Une chanson ! Une chanson ! »

– OK, OK ! s'exclame Steph en riant, je vais ouvrir le bal, mais je vais demander à ma choupette de me rejoindre.

Je la toise avec un regard noir dissuasif, mais elle insiste lourdement et tous les regards sont braqués sur moi. Je finis par abdiquer et me lève. Puis sous les encouragements et les sifflements de la foule, je me dirige, sautillante, jusqu'à la scène. Steph me tend un micro et me murmure le titre à l'oreille après avoir communiqué son choix aux musiciens qui semblent très amusés.

Le piano démarre en même temps que Steph, et mon cœur se gonfle de tendresse pour ma meilleure amie. Nous interprétons cette chanson de Véronique Sanson[23] à la façon des deux actrices d'un film que nous adorons, qui en avaient fait leur générique de fin. Nous avions passé des mois à nous entraîner avant de le faire correctement et cela nous plaisait de nous mettre dans la peau de ces héroïnes le temps d'un morceau de musique.

Stéphanie me toise malicieusement et commence à chanter :

---

23. « Chanson sur ma drôle de vie », chanson écrite par Véronique Sanson.

« Tu m'as dit que j'étais faite,
Pour une drôle de vie »

J'entonne la suite avec entrain :

« J'ai des idées dans la tête,
Et je fais ce dont j'ai envie »

Nous tournons sur nous-mêmes dans des arabesques gracieuses et entonnons en chœur :

« Même si tu as des problèmes
Tu sais que je t'aime
Ça t'aidera
Laisse les autres totems
Tes drôles de poèmes
Et viens avec moi »

Le morceau se poursuit dans un rythme endiablé et je vois tous nos invités se lever et frapper dans leurs mains pour nous encourager. Steph et moi nous dandinons, galvanisées par la joie de reprendre ensemble ce titre que nous aimons tant. Nous finissons sous les hourras de la foule et nous tombons dans les bras l'une de l'autre. Puis, nous retournons nous attabler pour laisser la place aux joyeux drilles et collègues de Steph, qui décident d'interpréter « Les Copains d'abord » de Georges Brassens.

L'ambiance est surchauffée, les morceaux s'enchaînent, et je vois avec amusement ma mère et Raphaëlle, mon ancienne chef, se précipiter sur scène pour entonner « La Javanaise » en chœur. Elles ont l'air complètement saoules et nous font mourir de rire. Finalement, Paul nous attrape par la main, Steph et moi, pour reprendre « Kiss » de Prince. Quelques minutes plus tard, c'est totalement éreintés que nous nous écroulons sur nos tabourets, secoués par les fous rires. Je laisse une serveuse du restaurant me resservir du champagne quand une voix familière au micro attire mon attention.

Je tourne lentement la tête et mon pouls s'emballe.

Colin se tient là, devant tout le monde. Il est magnifique. Solaire. Vêtu simplement de son polo noir, laissant ces biceps saillants à la vue de tous. Ses belles mèches caramel tombent sur ses prunelles exotiques. Mon sang se solidifie dans mes artères et mon cœur semble vouloir s'extraire de ma poitrine tant il tambourine fort dans ma cage thoracique. Il me dévisage et son regard de braise me transperce, me laissant pantelante. Je voudrais mourir sur-le-champ et, paradoxalement, je ne me suis jamais sentie aussi vivante.

– Bonsoir, tout le monde, commence-t-il, mal à l'aise, mais dans un français impeccable. Je m'appelle Colin et… je voudrais chanter une chanson pour Drea.

***

Il se penche au-dessus du piano pour murmurer quelque chose au pianiste et attrape une guitare posée dans un coin. Il tire un tabouret et s'installe avant de commencer à jouer.

J'interroge mes amis du regard.

– Vous étiez au courant ?

Tous me sourient avec malice, sans répondre. Je me réinstalle sur mon siège et fixe la scène, les yeux humides. Colin se racle la gorge et les premières notes de piano débutent. Je reconnais immédiatement la chanson « The Scientist » de Coldplay[24], et un

24. « The Scientist », paroles de Chris Martin, du groupe britannique Coldplay.

sentiment de malaise m'étreint lorsque je me souviens que mon ange aux mèches caramel chante comme si l'on avait balancé un pétard dans une benne à ordures pleine de chats sauvages. Je tremble à l'idée de le voir se ridiculiser. Mais les premières paroles s'envolent au-dessus de l'assemblée et je découvre avec stupéfaction que le bougre a dû s'entraîner. Sa voix est juste… méconnaissable. Parfaite.

« Tu ne sais à quel point tu es adorable
Il fallait que je te trouve, que je te dise que j'ai besoin de toi
Que je te dise que tu es à part
Confie-moi tes secrets, et pose-moi tes questions
Oh, reprenons de zéro
Oh, ramène-moi là où tout a commencé »

Puis, là, il me tue en commençant à jouer de la guitare.

Même ma mère se met à larmoyer d'émotion. J'aperçois certains briquets levés comme si l'on était à un concert de Patrick Bruel. Les quelques filles de mon entourage qui ont fait le déplacement le regardent, les yeux brillants, manifestement vibrantes de désir pour lui, alors que mon bel apollon continue de gratter les notes sur sa guitare, totalement pris dans son morceau. Soudain, il relève la tête et aimante son regard au mien. Je suis foutue. Et terriblement amoureuse de lui. Jamais personne n'a fait quelque chose d'aussi romantique pour moi.

Colin entame la fin de la chanson et tout le monde se met à reprendre les dernières paroles avec lui. Au moment où la musique s'achève, mon cœur est sur le point d'imploser. La foule est en liesse et applaudit sans discontinuer. Le pianiste se lève pour faire une révérence théâtrale devant mon bel interprète. Et il sourit de toutes ses dents, arrachant des gémissements d'extase dans le petit groupe de supportrices pressées devant la scène. Steph me regarde avec un sourire espiègle sur le visage.

Colin descend de la scène et s'engage dans ma direction. Il est d'abord arrêté par une troupe de hyènes en rut, très curieuses de connaître l'identité de mon bel interprète.

Puis, c'est au tour de ma mère de le stopper dans sa course pour me rejoindre. Elle le prend dans ses bras et il serre ensuite la main de mon père d'une poignée ferme.

Il finit par se planter devant moi après quelques enjambées.

– Je n'arrive pas à croire que tu aies fait un truc pareil, déclaré-je, la voix tremblante.

Il m'adresse un sourire lumineux et pose sa main sur ma joue.

– Joyeux anniversaire, ma beauté.

– Merci. J'ai eu un peu peur, connaissant tes talents de chanteur. Une carte musicale t'aurait demandé moins d'efforts. Mais... c'était magique.

Il pouffe et passe sa main dans sa chevelure ébouriffée. Je rêve de l'imiter, mais j'ai l'impression que des dizaines de paires d'yeux sont braquées sur nous.

Pour l'intimité, on repassera.

– Ce que j'ai à te dire ne tient pas sur une carte.

Mon cœur rate un battement.

– Que... Comment ça ?

– La chanson, c'était l'échauffement.

Gloups.

Je baisse les yeux, légèrement intimidée.

– Alors, éloignons-nous, proposé-je.

– Non.

Je le dévisage, perplexe.

– Ce que j'ai à te dire, tout le monde peut l'entendre. Je veux que tous les gens qui sont là ce soir, tous ceux qui t'aiment sachent ce que je ressens pour toi.

– Euh… Colin, je crois qu'ils ont compris.

– Je t'aime, me coupe-t-il en attrapant mes deux mains brusquement. Je suis fou de toi. Et je sais que je n'aurai pas assez d'une seule vie pour te le prouver. Mais cette vie, je veux la passer avec toi, je veux vivre avec toi, vieillir avec toi, cuisiner avec toi, je veux que tu portes mes enfants et que tu m'épouses. Bon, pas nécessairement dans cet ordre, mais c'est l'idée principale, ajoute-t-il, souriant.

J'écarquille les yeux, éberluée. Il vient de me scotcher avec son monologue. Et comme si cela ne suffisait pas, je le vois se reculer très légèrement et poser un genou à terre.

Doux Jésus.

Notre public nous entoure en rangs serrés, retenant son souffle, impatient de connaître le dénouement de notre petit spectacle improvisé.

– Colin… Qu'est-ce que tu fais ? Tout le monde nous regarde. Mon père te voit, là ! paniqué-je.

– Ton père est au courant. Je lui ai posé la question avant de venir.

Il sort un minuscule écrin en velours noir de la poche de son jean devant mes yeux ronds comme des soucoupes.

– Drea, mon amour, me ferais-tu l'honneur de devenir ma femme ?

Pouf ! Coma.

Clairement, à ce moment précis, la réponse qui me vient en tête, la seule réponse qui s'impose n'est pas bien compliquée. Elle tient en trois lettres. Trois insignifiantes voyelles qui, combinées entre elles, feraient basculer mon existence. Mais submergée par l'émotion, je suis comme paralysée. Impossible de faire sortir le moindre son de ma bouche.

Je ne doute pas une seule seconde de mes sentiments pour cet homme magnifique qui me comble au-delà de mes espérances. Je suis juste sous le choc.

Colin m'observe avec espoir et, comme toujours, je n'ai pas besoin de parler pour qu'il comprenne. Il me fait m'agenouiller face à lui, dans le silence le plus total.

Puis il murmure :

– Certaines personnes nous font nous sentir chez nous, peu importe l'endroit où l'on se trouve. Tu te souviens de cette phrase que tu m'as dite la première fois que nous nous sommes rencontrés ?

Je hoche la tête, retenant mon souffle, mes iris plantés dans les siens.

– C'est toi, ma maison, Drea… déclare-t-il en posant sa main sur ma poitrine, à la place de mon cœur. Tu es mon refuge, mon île, ma recette préférée. Je te demande juste d'ajouter un peu de sucré à ma vie, et de me laisser être ton chez-toi.

Il n'existe pas de regard plus doux, de mots plus tendres et de déclaration d'amour plus belle que celle-ci. Tout comme il n'y a pas de choix plus évident à faire à cet instant.

J'entrelace mes doigts aux siens, me perds dans le lagon de ses yeux et, dans un soupir salvateur, je réponds :

– Oui…

ÉPILOGUE

Colin

– Je dois dire que je suis impressionné, Colin.

Ian m'assène une tape fraternelle et virile sur l'épaule. Nous venons seulement de finir le tour de la propriété. Je voulais lui montrer les dernières installations, notamment le spa qui ne désemplit pas depuis le mois de novembre. Notre activité a progressé de manière significative et je dois même refuser des réservations. Mais je suis heureux. Ça valait le coup de se battre.

– Merci. Mais on ne relâche pas le rythme. C'est un travail constant et, je dois l'avouer, nous sommes complètement épuisés.

Ian hoche la tête, avec un demi-sourire plaqué sur le visage.

– Maman serait tellement fière de voir ce que tu as fait de cet endroit. C'est du beau boulot ! Bravo, frangin.

Je suis extrêmement ému par le compliment de mon frère. Il a toujours eu une place importante dans ma vie et dans mon cœur. Je ne ressens plus le besoin de chercher son approbation. Je sais qu'il me soutient. Nous avons laissé tellement de choses nous séparer. J'ai laissé ma colère nous éloigner l'un de l'autre si souvent. Aujourd'hui, nous sommes en paix. Nous sommes amis, et nous sommes une famille. Cette auberge en est le ciment. Et me retrouver ici avec lui pour les fêtes de Noël me procure un sentiment de bonheur intense. Un bonheur qui dépasse de loin ce que j'étais en droit d'espérer pour mon avenir.

– À quelle heure arrivent les autres ? me demande-t-il, comme pour éluder ce moment gênant d'émotion palpable entre nous.

– Paul récupère les parents de Drea d'ici une petite heure. Et Stéphanie est déjà là avec son petit ami.

– Je vois, pouffe Ian d'un air moqueur. Et tu tiens le coup ?

J'adore Stéphanie, je trouve que c'est vraiment une chic fille. Mais elle m'épuise. C'est un véritable moulin à paroles et elle est en permanence sur le dos de Drea, qui accepte toutes ses loufoqueries sans broncher. Il faut dire qu'elle connaît bien sa meilleure amie. Elle fait preuve d'une patience redoutable, mais je vois qu'elle aussi est exténuée. Et comme si cela ne suffisait pas, Steph a empêché toute l'auberge de dormir la nuit dernière, en poussant des cris d'animaux laissant peu de place à l'imagination. Heureusement, les derniers clients partaient ce matin. Nous fermons l'auberge quelques jours pour les fêtes de fin d'année. L'occasion de souffler un peu et de recevoir la famille.

Drea n'a pas revu ses parents depuis le mois de juillet dernier à l'occasion de son anniversaire. Et je sais qu'elle est très impatiente de les recevoir chez nous.

Moi, tout ce que j'espère, c'est qu'il lui restera un peu de temps pour moi. Depuis que tout ce petit monde nous a rejoints, elle se démène comme un diable et s'écroule de fatigue à la nuit tombée. Les occasions de nous retrouver en tête à tête sont devenues rarissimes. Et ma douce fiancée me manque.

Nous stoppons net notre marche sur le ponton quand des cris hystériques nous parviennent depuis l'auberge. Ian me regarde en haussant un sourcil. Je tourne la tête en direction de la maison, et j'aperçois Steph qui m'appelle comme une folle à lier, brassant l'air en agitant ses bras dans tous les sens. Je lâche ma tasse de café et me précipite vers le jardin, en proie à la panique la plus totale, Ian sur mes talons.

– Colin ! hurle-t-elle. C'est Drea ! Dépêche-toi !

Mon sang ne fait qu'un tour et je me rue vers les escaliers, le trouillomètre à zéro. J'enfonce la porte d'entrée et trouve Grace à l'accueil, souriante, pas inquiète pour un sou.

– Où est-elle ? m'écrié-je, affolé.

Grace pointe la cuisine du doigt et je me précipite vers les portes battantes, sans reprendre mon souffle. Toute la brigade est réunie autour de Drea, qui se tient appuyée contre le plan de travail, un sourire béat sur les lèvres. Elle m'aperçoit à l'entrée de la cuisine, et son regard s'illumine.

– Qu'est-ce que…

Je m'approche, le cœur battant, à bout de souffle.

– Trop tard, me nargue-t-elle simplement avec un sourire mutin.

– Je peux le lui dire ? s'impatiente Steph en frappant dans ses mains comme une gosse surexcitée. S'il te plaît, s'il te plaît !!!

Je les dévisage tour à tour, ne comprenant absolument rien à ce qui est en train de se passer.

Drea jette un regard noir à son amie puis, après un instant de réflexion, elle répond :

– OK, mais va d'abord chercher Augustin.

– Pourquoi ? s'étonne Steph.

– Fais-le, je te dis. Je veux qu'il soit là.

Steph se précipite hors de la cuisine sans demander son reste. Et j'interroge Drea du regard.

– Pourquoi ? Pourquoi faut-il que Gus soit là ? Qu'est-ce que tu dois m'annoncer ?

Elle s'approche de moi lentement, les joues rosies. Elle n'a jamais été plus belle qu'aujourd'hui, ses yeux brillent d'une étincelle singulière, une étincelle que je ne vois que quand nous sommes tous les deux, moi enfoui en elle, son corps répondant au mien. Bon sang, elle me tue. Je ne pourrai jamais me lasser de cette femme.

– Gus n'a pas besoin d'être là, me susurre-t-elle, visiblement très satisfaite de son petit tour, alors que toute la brigade a les yeux braqués sur nous.

Je ne l'avais pas encore remarqué, mais eux aussi ont le sourire jusqu'aux oreilles.

– Je voulais juste qu'elle déguerpisse d'ici. C'est notre moment. Notre moment à nous tous, et je me suis dit que tu aurais envie de le savourer seul, avec la brigade et moi.

– Mais… murmuré-je en la scrutant, stupéfait. De quoi tu parles ?

– Le guide Michelin vient d'appeler.

Je retiens mon souffle, mais je n'ai plus de doute possible sur l'issue de cette conversation. Drea, mon ange aux yeux gris, ses agates de chat qui se chargent de larmes de joie, commence à taper dans ses mains puis, un à un, les membres de la brigade se mettent à imiter son geste.

– Félicitations, chef Hatwood ! clament-ils à tour de rôle en me donnant l'accolade.

Je suis complètement sous le choc. Je ne pensais plus du tout à cette distinction. Je n'y pense plus depuis des mois, à vrai dire. Bien sûr, il y a bien eu cette fois en octobre, où certains indices, suggérant le passage d'un inspecteur du guide, nous ont interpellés. Une réservation pour deux, alors qu'il est venu seul. Il a posé beaucoup de questions à Grace sur le cadre du restaurant, le personnel, puis la provenance des produits cuisinés, et j'ai fini par sortir de derrière mes fourneaux pour répondre directement au client curieux. Mais j'étais loin d'imaginer qu'une chose pareille allait m'arriver. C'est magnifique, bien sûr, c'est tout ce que j'espérais, depuis des années.

Je regarde la femme que j'aime qui se tient devant moi. Le sourire aux lèvres, des cernes sous les yeux, sa peau diaphane et sa blouse entrouverte qui laisse apparaître sa clavicule saillante et terriblement désirable. Sans réfléchir une minute, je l'attrape par la main et la traîne derrière moi. Nous gravissons les marches des escaliers sous les yeux éberlués de mon frère, et je la pousse dans notre chambre à coucher en refermant la porte derrière nous.

– Colin, ce n'est pas…

– Chuuut… soufflé-je en embrassant sa tempe avec tendresse.

– Qu'est-ce que tu fais ? me demande-t-elle d'une toute petite voix.

Je déboutonne sa blouse très lentement et sa poitrine, seulement retenue par la fine dentelle de son soutien-gorge, jaillit de son carcan de tissu. Elle me regarde avec amour, elle est magnifique et elle est à moi. Je pose mes mains sur la peau satinée de son ventre tendu. Elle est tellement menue que l'on pourrait à peine remarquer qu'elle est enceinte de cinq mois. Elle porte mon enfant et, à cet instant, rien ne pourrait me rendre plus fier et plus amoureux d'elle. J'embrasse sa clavicule et elle bascule sa tête en arrière.

– Colin, m'admoneste-t-elle, haletante, tu viens d'avoir une étoile au Michelin et tu ne penses qu'à t'envoyer en l'air ? Ce n'est pas très sérieux, tout ça, plaisante-t-elle.

– Ah oui ? Alors, écoute-moi bien. Je te veux, allongée dans ce lit, sous les couvertures et paisiblement endormie. Tu dois absolument te reposer. C'est le médecin qui l'a dit.

– Mais…

– Il n'y a pas de « mais ». Tout à l'heure, cette cinglée de Steph m'a foutu une trouille bleue. J'ai cru qu'il t'était arrivé quelque chose de grave. Tu es mon trésor le plus précieux, et si je te chope encore dans cette cuisine dans les cinq prochains jours, je serais obligé de te punir, lui réponds-je sur un ton faussement sévère.

– Me punir ? minaude-t-elle, pas une seconde intimidée.

– Mmh, mmh. Tu sais ce qui se passe quand tu désobéis ?

– Bizarrement, j'ai une envie soudaine de cuisiner un gâteau au chocolat, me taquine-t-elle.

– Et c'est moi qui suis insatiable ? la grondé-je en m'esclaffant.

– Je n'y peux rien, Colin, ce sont les hormones, même si je trouve mon chef étoilé scandaleusement sexy, m'achève-t-elle en battant des cils langoureusement.

– Au lit ! m'obstiné-je.

Je ne me laisse pas démonter, bien que j'aie furieusement envie d'elle. Son obstétricien nous a mis en garde contre son rythme de travail effréné.

– À une condition, bat-elle en retraite. Que tu t'allonges avec moi.

J'opine, le sourire aux lèvres, et défais ma blouse avant de la suivre docilement jusqu'à notre lit. Je m'allonge derrière elle, son petit corps frêle lové contre le mien, mon nez dans le creux de sa nuque délicate, ma main protectrice posée sur l'arrondi parfait de son ventre. Je suis chez moi et je ne connais pas de sentiment plus fort, plus pur et plus réconfortant que l'amour que je lui porte.

– Je t'aime, me murmure-t-elle.

Je la serre contre moi.

– Je n'ai qu'une seule étoile, trésor. Une seule étoile qui guide mes pas et éclaire ma route dans cette nuit interminable qu'était ma vie. Cette étoile, c'est toi. Je n'en veux pas d'autre. Je ne veux que toi.

Elle se tourne légèrement vers moi, le sourire aux lèvres, lumineuse.

– Tu m'as déjà.

FIN

REMERCIEMENTS

Ça y est. Le moment fatidique des remerciements est enfin arrivé. Je dois admettre que j'ai quitté mes héros de papier à regret, et écrire le mot « FIN » à cette histoire a été plus difficile que je ne l'imaginais. Par qui commencer ? Ou par quoi ?

Peut-être par cette douce fin d'été, il y a quelques années, où je sortais d'un restaurant, après un savoureux dîner. Ce moment d'intimité secrète que j'ai surpris entre le chef et une serveuse dans l'arrière-cour de l'établissement. Tout, dans leur gestuelle, dans leurs regards, témoignait de leur attirance mutuelle. Ils se souriaient timidement en partageant une cigarette après le service du soir. Ils étaient extrêmement touchants. Cette image m'a marquée.

J'y ai repensé longtemps après, songeant à des dizaines de scénarios romantiques, et l'idée d'une histoire d'amour autour de la cuisine a finalement germé dans mon esprit. Mais ce n'est que quelques années plus tard que l'histoire tumultueuse de Colin et Dréa a vu le jour. Des mois intenses d'écriture, pour donner à mes héros l'univers dont je rêvais secrètement pour eux. Pour autant, tout cela n'aurait pas été possible sans l'aide et le soutien de personnes chères à mon cœur. Je vais peut-être en oublier quelques-unes. Par pitié, ne m'en tenez pas rigueur, vous avez toutes et tous votre place entre ces quelques lignes. Mais je manque cruellement de temps (eh oui, j'ai un gâteau au chocolat dans le four ;D).

Alors, merci à :

Seb, pour avoir toujours cru en moi et pour ta patience tout au long de ces journées et ces nuits d'écriture. Cheryl, ma première lectrice et amie. Je repense avec amusement à ton sourire coquin et tes pommettes rougissantes à la lecture de ma première scène d'amour. Hélène, pour m'avoir lue et corrigée avec patience et enthousiasme. Valérie (Feï), pour ton avis sans concessions sur mon travail. Merci, tu m'as confortée dans ma démarche. Catherine, pour ton amitié, ton soutien indéfectible et ta tendresse immodérée pour Colin. Je suis tellement heureuse de t'avoir rendu ton goût pour la lecture. Ana, Margot et Ewa, mes « copines de plumes », vous êtes arrivées plus tard dans le processus, mais vous comptez pour moi et je vous admire tellement. Ma petite maman, une amoureuse des mots, qui m'a fait l'honneur de me lire et de porter un regard bienveillant sur cette histoire. Merci à toutes mes bêta lectrices de Wattpad ; je ne peux pas vous citer toutes, alors je n'en citerai aucune, mais vous savez à quel point votre avis compte pour moi, et ce rêve merveilleux que je vis en ce moment, c'est aussi et surtout grâce à vous. Parmi elles, une petite fée de vingt ans ma cadette, cruellement talentueuse et d'une générosité extrême. Jazz, tu es ma plus belle rencontre Wattpad dans cette aventure. Et je sais que, sans toi, ce roman serait sans doute enterré dans mon jardin secret avec quelques autres de mes écrits. Merci pour ta foi en moi. Je t'aime, chaton. Et merci aux Éditions Addictives d'avoir donné sa chance à cette histoire – un grand merci à Maud en particulier, pour son écoute et sa disponibilité.

Juliette

Extrait

INSOLENT BOSS

Sarina Cassint

1

Maddie

Qu'est-ce que je fous là ?

Je n'aurais jamais dû suivre Angie ici mais depuis quelque temps, ma meilleure amie fréquente un type que je ne supporte pas. Il a des réflexions misogynes et se comporte avec elle comme si elle devait être sa mère et sa maîtresse en même temps. Sincèrement, je ne comprends pas ce qu'elle fabrique avec lui et je me mords les doigts de l'avoir suivie à cette fichue soirée. Ça ne nous ressemble pas !

Le son est trop fort et les gens trop nombreux. On se retrouve dans une maison de luxe avec d'innombrables pièces qui fait ressembler le tout à un labyrinthe. Et j'ai d'ailleurs perdu de vue Angie. Son Brett est pourtant là, en face de moi, en train de boire une bière, mais aucune trace de ma meilleure amie. Elle ne perd rien pour attendre, celle-là ! Non mais sérieux, j'ai accepté de sortir un peu à contrecœur, juste parce que ça me faisait une pause dans mes révisions, et elle me lâche ? Elle va m'entendre !

Enfin, dès que je l'aurai retrouvée…

Je grimace lorsque deux danseurs me bousculent et je détourne les yeux. Ils dansent vraiment très collé-serré et le mec a même plaqué ses mains sur les fesses de la jeune femme. Ils ne se privent pas non plus pour s'embrasser d'une manière très approfondie devant tout le monde, et ça me gêne. Je ne suis pas pudique mais quand même. Un minimum.

Coincée dans l'angle d'un mur, j'hésite à partir mais je voudrais d'abord retrouver Angie pour la prévenir.

Et si possible, la convaincre de rentrer avec moi. On réglera nos comptes plus tard.

Je n'aime pas du tout l'ambiance de cette fête. Les gens sont déchaînés. Le bruit me donne mal au crâne et je ne m'amuse pas du tout. Après plusieurs profondes inspirations, je traverse la pièce et me glisse contre le mur pour ne pas approcher de trop près les individus, visiblement ivres, qui s'excitent sur de la musique techno. Les lumières qui clignotent sont vives et me piquent les yeux. J'aurais peut-être dû picoler un peu pour être dans l'ambiance. Là, j'ai clairement l'impression de me retrouver dans un monde de fous.

J'arrive tant bien que mal dans la cuisine, après avoir joué des coudes pour avancer, et suis soulagée qu'il n'y ait pas grand monde ici. C'est plus calme. Je peux respirer et la sensation d'étouffement qui me comprimait la poitrine diminue légèrement.

Vraiment légèrement.

Angie n'est pas ici. Je me vois mal la chercher dans toute la maison mais je vais au moins faire les toilettes, la terrasse où plusieurs personnes sont sorties prendre l'air, et peut-être un rapide tour au premier… Ça ne m'enchante pas mais ma conscience m'interdit de partir sans l'avoir vue d'abord. Pour m'assurer qu'elle va bien. Ce n'est pas notre genre, ces soirées où l'alcool coule à flots. Je m'inquiète un peu.

Et je commence à paniquer quand je ne trouve Angie nulle part. Brett aussi a disparu. Je me décide à grimper l'escalier et j'envoie un message à mon amie pour la prévenir que je compte bientôt partir. L'ambiance est un peu plus calme à l'étage, la musique étant un peu atténuée ici. En revanche, les gens ont un drôle de comportement. On dirait qu'ils marchent au ralenti. Ils ne titubent pas, je n'ai pas l'impression qu'ils soient soûls mais un sourire béat se trouve sur toutes les bouches. Mal à l'aise, je parcours le couloir en jetant un œil discret par les portes entrouvertes.

C'est pas vrai !

Des couples ont investi les chambres et je vois malgré moi quelques scènes très osées. Je rougis et me détourne aussi vite que possible. Ce qui me choque, en plus du fait qu'ils ne se sont pas enfermés pour faire ça, c'est qu'ils étaient plusieurs dans la même pièce. Une véritable orgie. Je prie pour ne pas tomber sur Angie et Brett dans ce genre d'endroit !

J'hésite d'ailleurs à faire demi-tour mais il ne me reste que quelques salles à vérifier. Je renvoie un texto à mon amie pour lui dire que cette fois-ci, je pars, mais je n'ai toujours pas de réponse. Et ça m'énerve. Elle m'a clairement abandonnée avec de parfaits inconnus. On est venues dans la voiture de Brett, il va falloir que je trouve un moyen de rentrer autrement. On ne m'y reprendra pas !

Je soupire et pousse doucement la dernière porte du couloir. Je me fige mais ne peux pas quitter des yeux le spectacle qui s'offre à moi. C'est malsain et pourtant, impossible de ne pas regarder. C'est un petit salon avec deux canapés dont toutes les places sont prises. Je ne remarque d'abord que le grand type du milieu, pile en face de moi. Cheveux clairs en bataille, mâchoires bien dessinées, son profil ressemble à celui d'un dieu grec. Une telle virilité se dégage de lui… C'est sûrement dû à la situation : il embrasse langoureusement une jeune femme assise à sa droite. Il a la chemise ouverte et j'aperçois sa peau qui, d'ici, me semble si douce qu'on a instantanément envie de glisser ses doigts dessus. Juste pour le plaisir de voir la chair de poule se répandre sur son corps.

Je déraille.

Je me mets à avoir chaud et la scène qui se joue devant moi n'aide pas. Il est entouré de deux superbes femmes blondes qui s'occupent de lui. Littéralement. L'une l'embrasse et se laisse peloter la poitrine sans honte pendant que l'autre lui lèche le cou tout en massant son érection. Jambes écartées, un bras sur le dossier, l'homme se laisse faire. Sur l'autre canapé, c'est la même chose. Un homme pour deux femmes et je sursaute en reconnaissant Angie en train d'embrasser un parfait inconnu. Parce que ce n'est pas Brett qui a la main dans son décolleté.

– Angie !

Mon cri passe presque inaperçu. En tout cas, mon amie ne réagit pas. C'est l'autre homme qui redresse la tête pour me regarder. Et je déglutis.

Mon Dieu, qu'il est beau !

Des cheveux châtain clair qui retombent sur son front, un nez droit et fin, des lèvres sensuelles et des yeux verts qui expriment fugacement une telle douleur que ça me perturbe. Il n'est pas censé être comblé, plutôt ? Ou alors j'ai rêvé, car cette émotion a disparu aussi vite qu'elle est apparue. Lui, il continue de me fixer pendant que les deux jeunes femmes se trémoussent sensuellement contre lui. Je ne sais pas pourquoi je ne me détourne pas, ce spectacle me dégoûte mais je suis happée par l'intensité de ses iris posés sur moi. Il fronce les sourcils, comme s'il était intrigué par l'image que je renvoie, puis cligne plusieurs fois des paupières. Il a un léger haussement d'épaules avant de reprendre d'autorité la bouche de la blonde à sa droite. Celle de gauche s'enhardit et descend la braguette de son pantalon. Au moment où elle se penche en avant, lèvres entrouvertes, je déglutis et tourne enfin mon visage vers Angie. Je ne peux et ne veux pas en voir plus !

Prenant mon courage à deux mains, je m'avance le plus près possible de mon amie malgré ma répulsion pour ce qu'ils sont en train de faire.

Ça ne lui ressemble pas, ce genre de comportement.

– Angie ? appelé-je une fois assez proche pour entendre leur souffle rapide et les bruits désagréables de succion.

– Va voir ailleurs, me répond l'homme que mon amie embrasse maintenant dans le cou.

– Je suis occupée, Maddie, grogne bizarrement celle-ci en me faisant un vague geste de la main pour que je décampe.

Qu'est-ce que je dois faire ? La laisser ? Avec ce type ? Je me demande si elle est vraiment consciente de ce qu'elle est en train de faire et du fait qu'elle n'est pas seule dans la pièce. Je me balance d'un pied sur l'autre, indécise, lorsqu'une main empoigne mon coude et me tire hors de la pièce. Je m'écarte dans le couloir pour faire face à Brett. La colère me submerge.

– C'est quoi ton problème ? me demande-t-il d'une voix râpeuse.

On dirait que sa langue est trop grosse pour sa bouche et l'empêche d'articuler correctement. Je ne sais pas ce qu'il a pris mais ce ne doit pas être seulement de l'alcool.

– Je vais rentrer, dis-je, un brin agacée. Je voulais juste savoir si Angie voulait venir…

– Tu as bien vu qu'elle est occupée, non ?

– Ça ne te dérange pas ?

Je me mords la lèvre d'avoir posé cette question. Leur relation ne me regarde pas. S'ils n'ont rien contre le fait d'aller voir ailleurs, ce n'est pas à moi de les juger.

Un rictus déforme sa bouche et ses yeux se mettent à me détailler. Je tire inconsciemment sur ma jupe trop courte, me maudissant d'avoir accepté de porter cette tenue. Mon décolleté n'est pas trop plongeant mais suffisamment pour que Brett s'en délecte, apparemment. Je résiste à l'envie de croiser les bras sur ma poitrine et me redresse.

– Je rentre, déclaré-je d'une voix posée avant de faire demi-tour.

Mais ma décision n'a pas l'air de lui convenir. Brett m'arrête et me plaque contre le mur du couloir. Son index vient dessiner le contour de mon visage et je me trémousse pour tenter de me dégager. J'arrête net en comprenant que le frottement de mon corps contre le sien l'excite. Je sens son érection contre mon bas-ventre et je serre les dents pour ne pas hurler tout de suite. Ce connard va comprendre de quel bois je me chauffe. Je me suis fait avoir une fois, plus jamais je ne laisserai un homme décider pour moi !

– Recule tout de suite !

– On va peut-être s'amuser un peu avant, ma jolie. Finalement, tes cheveux courts te donnent un côté sexy.

Je prends une brève inspiration et le pousse sans ménagement. Il titube un peu avant de se redresser et de me sourire. Un sourire carnassier qui me fait froid dans le dos. Brett pose sa main contre le mur, juste à côté de ma tête, m'empêchant d'avancer. Je grogne, me baisse pour passer en dessous mais son autre main attrape mon bras et m'attire à lui.

– Lâche-moi !

Je me débats vraiment cette fois et le frappe à la cuisse avec mon genou, loupant de peu son entrejambe. Il peste mais n'en reste pas là. Ma réaction vive l'énerve et ses doigts agrippent mon épaule, ses ongles s'enfonçant dans ma peau. Je grimace et me dégage mais j'entends le tissu de mon débardeur craquer. Une bretelle vient de se déchirer et tout un pan de mon habit glisse sur ma poitrine, dévoilant mon soutien-gorge. Je fixe bêtement mon torse, prise de tremblements. Ma respiration se coince dans ma gorge et je ne réagis même pas lorsque les mains de Brett se posent sur mes épaules et me font reculer contre le mur.

Paralysée par les souvenirs douloureux qui me reviennent, je ne suis plus vraiment présente dans ce couloir. C'est comme si un écran noir venait voiler la scène pour m'en montrer une autre, datant de quelques années. Aucune réaction non plus lorsque ses lèvres viennent caresser mon cou. Il suffit parfois d'une parole, d'un geste ou même d'une odeur pour me faire revivre ce cauchemar sans que je m'y attende. Mes séances de psy n'ont toujours pas réglé le problème.

– Je ne crois pas que la d'moiselle soit partante.

Malgré une légère lenteur dans l'élocution, la phrase claque dans le couloir et me fait revenir au présent. C'est comme si je reprenais conscience. Je repousse brutalement Brett et le gifle aussi fort que possible. Le bruit résonne dans ce petit espace et mes doigts chauffent à cause du contact un peu vif sur la peau de l'autre enfoiré.

– Putain, quelle salope ! s'énerve-t-il en levant les mains vers mon cou.

Je m'apprête à me mettre en position de défense, bien décidée à lui enfoncer mon genou dans les parties, cette fois-ci, quand une main vient se poser sur l'épaule de Brett. Il ouvre la bouche pour protester mais son visage blêmit. Je découvre en même temps que lui le bel homme de tout à l'heure. Celui avec les magnifiques yeux verts qui, à ce moment précis, expriment une froide colère.

– Tu ferais mieux de dégager.

Les deux hommes s'affrontent silencieusement.

– Je la connais, Geoffrey, tente d'expliquer Brett.

– M'en fous. Tu dégages.

– Bordel, quelle soirée de merde !

Brett souffle, passe une main sur sa joue tout en me dévisageant puis décampe avec un dernier grognement mécontent. Les doigts encore tremblants, je relève la partie déchirée de mon haut et coince le tissu dans mon soutien-gorge. Le fameux Geoffrey se déplace jusqu'à moi et je suis envahie par son parfum. Boisé, épicé et musqué. Une odeur qui me fait légèrement tourner la tête. Quand il est tout proche, nos yeux s'accrochent une nouvelle fois. Une lueur de tendresse traverse son beau regard. Cela m'apaise d'un coup et l'adrénaline retombe. Les battements de mon cœur reprennent un rythme normal et ma respiration se calme.

– Mer…

– Tu n'as rien à faire ici, me coupe-t-il froidement en passant une main sur son front.

– Je comptais partir, justement, répliqué-je, piquée au vif par sa remarque.

Un drôle de sourire étire ses lèvres et son doigt se pose sur ma bretelle de soutien-gorge. Je frémis avant de reculer d'un bond. J'ai retrouvé mes esprits maintenant et plus personne ne me touchera ce soir sans mon autorisation.

– Qu'est-ce qu'une sainte nitouche comme toi fait chez moi ? murmure-t-il.

– Je m'en vais, répété-je, troublée par les frissons qu'il a déclenchés. Mais… je crois que mon amie n'est pas faite non plus pour… ce genre de soirées.

Il soupire, agacé, puis se détourne pour rentrer dans la pièce qu'il vient de quitter. Je ne sais pas comment réagir et c'est lorsque je me décide à le suivre qu'il ressort, tenant Angie par le coude.

– Putain, on n'amène pas des novices ici, râle-t-il.

Il me balance la jeune femme dans les bras et triture ses cheveux avant de sortir son portable de la poche de son jean. On l'a sûrement interrompu à un moment crucial pour qu'il soit aussi grognon !

Angie se redresse péniblement contre moi et me regarde comme si elle ne me reconnaissait pas.

Elle a l'air de planer très loin d'ici.

– Qu'est-ce que tu as pris ? lui chuchoté-je.

– Je sais pas, glousse-t-elle avant de tirer sur mes courtes mèches. T'es drôlement jolie, ce soir, Maddie. On dirait un ange.

– Les effets vont bientôt se dissiper, m'explique Geoffrey sans que j'y comprenne grand-chose.

Il prend Angie par un bras et agrippe mon coude avant de nous tirer dans le couloir. Au pas de course, nous descendons l'escalier et nous nous retrouvons dehors. Je n'ai même pas protesté, trop soulagée de quitter cette soirée. La fraîcheur de la nuit me fait frissonner et arrache encore un grognement à notre… sauveur ?

– Où sont vos affaires ?

– On les a accrochées dans un placard de l'entrée. Une veste en cuir noir et une veste en jean trouée au coude gauche.

Cette précision semble l'amuser un instant puis il dégaine de nouveau son portable pour aboyer des ordres secs. Angie le contemple avec les yeux grands ouverts. Je la comprends tout à fait. De près, il est encore plus beau. Une beauté froide, accentuée par son attitude autoritaire et sa carrure de gymnaste. Il a un charisme fou, ce type.

Une voiture s'arrête près du portail et Geoffrey reprend le bras d'Angie pour l'y conduire. Elle le regarde comme s'il était Dieu en personne et ça me fait sourire. En revanche, je me dérobe quand il tente de m'attraper le coude et je le vois lever les yeux au ciel, contrarié. Je n'ai pas besoin qu'on m'aide et je ne veux surtout pas qu'il me touche à nouveau : cette petite décharge ressentie un peu plus tôt à son contact me fait dire que cet homme est dangereux. Pour moi et mes résolutions.

– Donne ton adresse au chauffeur, marmonne-t-il après avoir aidé mon amie à monter à l'arrière.

Je n'ai pas le temps de m'exécuter qu'un homme en costard noir déboule près de moi et me tend deux vestes ainsi que deux pochettes brillantes. Je bégaye des remerciements avant de balancer les affaires à côté d'Angie, qui s'est effondrée sur la banquette en riant.

– J'espère ne plus vous revoir ici

– Aucun risque, m'agacé-je en le foudroyant du regard.

– T'as un sacré culot.

– Et vous, un sérieux problème !

Je me mords la lèvre, regrettant un peu mes paroles. Surtout quand je vois l'effet qu'elle déclenche chez mon interlocuteur. Son visage se ferme brusquement et je retiens ma respiration.

Merde, j'ai l'impression d'avoir visé juste.

Sans vraiment y réfléchir, et alors que j'ai refusé son contact tout à l'heure, je pose mes doigts sur son avant-bras pour l'apaiser. Allez savoir pourquoi sa réaction me perturbe et pourquoi j'essaye de rattraper ma gaffe… Peut-être parce que je ne comprends pas qu'il paraisse tourmenté au vu de sa condition sociale. Des amis, la richesse, une gigantesque villa… qu'est-ce qui le pousse donc dans ces paradis artificiels ?

En tout cas, cela fonctionne. Geoffrey soupire et je sens ses muscles se détendre sous ma main.

– Merci pour votre aide, ne puis-je m'empêcher de dire en laissant mon bras retomber le long de mon corps.

– Allez-vous en.

Ce n'est qu'un murmure mais je ne perçois aucun mépris dans son ton. Il a juste l'air déboussolé. Je hoche simplement la tête avant de m'engouffrer au côté de mon amie qui glousse toute seule depuis cinq minutes. La portière se referme lentement et je balbutie l'adresse de notre colocation au chauffeur qui démarre immédiatement.

Angie finit par s'endormir contre mon épaule et ses cheveux châtains viennent me caresser la peau. Ça faisait longtemps que je n'avais pas eu cette sensation de douceur. Je fixe les mèches qui roulent délicatement sur moi et sens les larmes monter. Je ne regrette pas d'avoir coupé mes cheveux aussi court, je l'ai fait sciemment, mais une petite pointe de jalousie vient me titiller la poitrine. Je passe une main tremblante sur ma tête et ferme les yeux en sentant le peu de longueur de ma coupe. Un râle m'échappe et j'enfonce mon poing dans ma bouche pour ne pas crier. Je ne peux le nier, ils me manquent, mais… je ne les supportais plus.

J'essaye de me concentrer sur autre chose pour oublier et des images de Geoffrey me viennent d'un coup. Un sourire ironique étire mes lèvres. Je lui ai dit qu'il avait un sérieux problème, ce qui, je n'en doute pas, est la vérité, mais cette remarque était presque hypocrite quand je repense à ma propre histoire.

– Nous sommes arrivées, mesdemoiselles.

Les paroles du chauffeur me font sursauter et je secoue Angie pour la réveiller. Elle a les yeux à moitié fermés et je la porte presque dans le hall d'entrée. Une vraie discussion va s'imposer dans quelques heures.

Je ne veux plus jamais me retrouver dans cette situation !

Et son Brett va pouvoir aller se faire voir.

addictives

Romans déjà parus et à paraître

Rose Becker
Le Bébé, mon milliardaire et moi (aussi en poche)
Noël, mon milliardaire et moi
Agaçant, sexy & dangereux
Cède-moi
Torride, sexy & dangereux
Le père Noël était (presque) parfait
Forever You – saisons 1 et 2
Dangerous

Anna Bel
Bad & Perfect

Phoebe Campbell
Tes ordres sont mes désirs – volumes 1 à 3 (aussi en poche)
Lui résister… ou pas – volumes 1 et 2
Fast
Lui résister… ou pas – l'intégrale
You Again
Single Daddy – Try Me if You Can

Mia Carre
Bad for You
Teach Me Everything

Olivia Dean
À lui, corps et âme – volumes 1 et 2 (aussi en poche)
Dangerous Rider

Juliette Duval
Bad Games
Secret Games

Stuart Evans
Roméo & Jules
Sea, Sex & You

Ann Fox
Spring Break – l'intégrale

Emma Green
Toi + Moi : L'un contre l'autre (aussi en poche)
Toi + Moi : Envers et contre tout (aussi en poche)
Toi + Moi – Seuls contre tous (aussi en poche)

Call Me Baby – volumes 1 et 2
Love Me if You Can
Call Me Bitch
Kiss Me if You Can
Bliss. Le faux journal d'une vraie romantique – volumes 1 et 2
Jeux interdits
Jeux insolents
Fallait pas me chercher ! – volumes 1 et 2
Corps impatients
Cœurs insoumis
Bliss – Le faux journal d'une vraie romantique – l'intégrale
Âmes indociles
Cent facettes de Mr Diamonds – l'intégrale
Jeux imprudents
(Im)parfait
Une toute dernière fois
Love Me if You Can – l'intégrale
It's Raining Love !
Kiss Me if You Can – l'intégrale
The Boy Next Room
Call Me Baby – l'intégrale (à paraître en juillet 2019)

Kim Grey
Ma vie, mes rêves et lui
Sexy comédie – Recherche (fausse) fiancée
Apprends-moi – My Stepbrother
Insolent Bastard

Megan Harold
Tout pour lui – volumes 1 et 2 (aussi en poche)
Sublime-moi ! – poche
Juste toi et moi – volumes 1 et 2
Insupportable… mais à tomber !
Arrogant Player
Breaking the Rules

Julie Huleux
Alpha Player

Kate Jacobson
Révèle-moi – volumes 1 et 2

Amber James
Contrôle-moi – poche

Lucy Jones
Perfect Lover. Envoûte-moi ! – poche
Bad Secrets

Sienna Lloyd
Mords-moi !

Nina Marx
Soumets-moi ! – volumes 1 à 3
Escort Girl. Diamonds Private Club – poche
Rock You – l'intégrale de la trilogie *Soumets-moi !*
Night Fires

June Moore
Étreinte – volumes 1 à 3
Étreinte – l'intégrale

Clara Oz
Resist or Not ?
Arrogant
Te séduire, te trahir

Heather Powell
Je te veux – volumes 1 et 2

Lisa Rey
Love Challenge

Lise Robin
Infiltrée – Sex, Drugs & Danger
Love Scandal

Alex Roussel
Ch't'aime. Moi non plus !
The Casting

Ana Scott
Dark Ride

Mina Shepard
Mon milliardaire, mon mariage et moi

Gabriel Simon
Sex Friends – Mon boss et moi

Ève Souliac
Le milliardaire était (presque) parfait

Perfect Mistake
Sexy Mistake

Liv Stone
Love Lessons

Lisa Swann
Adore-moi ! – volumes 1 et 2
Attractive Bastard
Adore-moi ! – l'intégrale

Louise Valmont
Play with Me
Toi & moi, c'est compliqué !
Mine Again

Chloe Wilkox
Ordonne-moi ! – volumes 1 à 3
Ordonne-moi ! – l'intégrale
Lune de sang – La meute de Riverside Creek
Wild Love – Bad Boy & Secret Girl – saisons 1 et 2
Extreme Lover – l'intégrale

Romans déjà parus et à paraître

Ana K. Anderson
Indompté

Fanny André
À jamais. Une vie pour l'Autre

L.S. Ange
Cash Girl. Combien tu m'aimes ?

Sophie Auger
Be with Me

Juliette Brunel
Delicious

Anne Cantore
On the Road with You
Promets-moi – Louise et Marco

Sarina Cassint
Avec toi… peut-être
Insolent Boss

Nora Davy
Absolute Boss
Don't resist

Gwen Delmas
Noël, toi & moi
Perfect Boss

Cléa Dorian & Ninon Vars
Dark Love

Audrey Dumont
The Pink Panthers

Lil Evans
Savage Rider

Ena Fitzbel
Sexy Disaster

Chrys Galia
TOI (mon ex, ton ex) & MOI
Dark Revenge

Alexandra Gonzalez
Shades of You

Erin Graham
Teach Me Love

Joh Harper
Crazy Love

Iris Julliard
Prends-moi contre toi

Lucie F. June
Fight with Darkness

Sara June
Rider in the Dark

Lena Jung
Mon coloc, mes désirs et moi

Jessica Lumbroso
Emma X. Secrète et insoumise

Mag Maury
Fast Games
No Love, No Limits

Jeanne Pears
Insupportable coloc

Jeanne Périlhac
Only You… & Me

Silvia Reed
Darkest. La dernière heure

Avril Rose
Challenge Me
Coffee, Sex & Law

Jana Rouze
Effet de vague – saisons 1, 2 et 3

Wendy Roy
Une seule fois (ou presque)

Sophie S. Pierucci
L'Inconnu de l'ascenseur et moi
My Stepbrother – L'initiation

Ana Scott
À corps brisés

Gabriel Simon
Toi & Moi, à cet instant précis

Cara Solak
Perfect Obsession

Liv Stone
Initie-moi. Mes jours contre tes nuits

Lena K. Summers
Perfect Bad Boy

Flore Valier
Ta peau contre la mienne

Nouveau colocataire...
Nouveaux problèmes ?

Dominica est indépendante et fière, déterminée à mener sa vie comme elle le veut. Elle sait qu'elle se met en danger, beaucoup trop, mais refuse d'écouter la voix de la raison. L'arrivée de Rim – imposé par sa colocataire – dans leur appartement va tout bouleverser ! Il est mystérieux, sombre, intrusif... et l'attire irrépressiblement.
Mais aucun des deux ne veut s'attacher ni faire confiance. Il est donc hors de question de craquer.
Résister à la tentation n'aura jamais été aussi compliqué...

Auteure : Juliette Brunel

Edisource – Éditions Addictives
100, rue Petit, 75019 Paris
Imprimé par FINIDR – Lipova cp. 1965 – 73701 Cesky Tesin,
République tchèque
Dépôt légal : juin 2019 – Achevé d'imprimer : mai 2019
ISBN : 978-2-37126-269-0
Réf. contrat : ZISH_001